Das Franz Kafka Buch

Mit einem Nachwort
von Jürg Amann

S. Fischer

Zusammengestellt von Knut Beck

833.912
K11t
141364
mai 1987

Der Heizer

Als der sechzehnjährige Karl Roßmann, der von seinen armen Eltern nach Amerika geschickt worden war, weil ihn ein Dienstmädchen verführt und ein Kind von ihm bekommen hatte, in dem schon langsam gewordenen Schiff in den Hafen von New York einfuhr, erblickte er die schon längst beobachtete Statue der Freiheitsgöttin wie in einem plötzlich stärker gewordenen Sonnenlicht. Ihr Arm mit dem Schwert ragte wie neuerdings empor, und um ihre Gestalt wehten die freien Lüfte.

»So hoch!« sagte er sich und wurde, wie er so gar nicht an das Weggehen dachte, von der immer mehr anschwellenden Menge der Gepäckträger, die an ihm vorüberzogen, allmählich bis an das Bordgeländer geschoben.

Ein junger Mann, mit dem er während der Fahrt flüchtig bekannt geworden war, sagte im Vorübergehen: »Ja, haben Sie denn noch keine Lust, auszusteigen?« »Ich bin doch fertig«, sagte Karl, ihn anlachend, und hob aus Übermut, und weil er ein starker Junge war, seinen Koffer auf die Achsel. Aber wie er über seinen Bekannten hinsah, der ein wenig seinen Stock schwenkend sich schon mit den andern entfernte, merkte er bestürzt, daß er seinen eigenen Regenschirm unten im Schiff vergessen hatte. Er bat schnell den Bekannten, der nicht sehr beglückt schien, um die Freundlichkeit, bei seinem Koffer einen Augenblick zu warten, überblickte noch die Situation, um sich bei der Rückkehr zurechtzufinden und eilte davon. Unten fand er zu seinem Bedauern einen Gang, der seinen Weg sehr verkürzt hätte, zum erstenmal versperrt, was wahrscheinlich mit der Ausschiffung sämtlicher Passagiere zusammenhing, und mußte sich seinen Weg durch eine Unzahl kleiner Räume, über kurze Treppen, die einander immer wieder folgten, durch fortwährend abbiegende Korridore, durch ein leeres Zimmer mit einem verlassenen Schreibtisch mühselig suchen, bis er sich tatsächlich, da er diesen Weg nur ein- oder zweimal und immer in größerer Gesellschaft gegangen war, ganz und gar verirrt hatte. In seiner Ratlosigkeit und da er keinen Menschen traf und nur immerfort über sich das Scharren der tausend Menschenfüße hörte und von der Ferne, wie einen Hauch, das letzte

Arbeiten der schon eingestellten Maschinen merkte, fing er, ohne zu überlegen, an eine beliebige kleine Tür zu schlagen an, bei der er in seinem Herumirren stockte.

»Es ist ja offen«, rief es von innen, und Karl öffnete mit ehrlichem Aufatmen die Tür. »Warum schlagen Sie so verrückt auf die Tür?« fragte ein riesiger Mann, kaum daß er nach Karl hinsah. Durch irgendeine Oberlichtluke fiel ein trübes, oben im Schiff längst abgebrauchtes Licht in die klägliche Kabine, in welcher ein Bett, ein Schrank, ein Sessel und der Mann knapp nebeneinander, wie eingelagert, standen. »Ich habe mich verirrt«, sagte Karl, »ich habe es während der Fahrt gar nicht so bemerkt, aber es ist ein schrecklich großes Schiff.« »Ja, da haben Sie recht«, sagte der Mann mit einigem Stolz und hörte nicht auf, an dem Schloß eines kleinen Koffers zu hantieren, den er mit beiden Händen immer wieder zudrückte, um das Einschnappen des Riegels zu behorchen. »Aber kommen Sie doch herein!« sagte der Mann weiter, »Sie werden doch nicht draußen stehn!« »Störe ich nicht?« fragte Karl. »Ach, wie werden Sie denn stören!« »Sind Sie ein Deutscher?« suchte sich Karl noch zu versichern, da er viel von den Gefahren gehört hatte, welche besonders von Irländern den Neuankömmlingen in Amerika drohten. »Bin ich, bin ich«, sagte der Mann. Karl zögerte noch. Da faßte unversehens der Mann die Türklinke und schob mit der Türe, die er rasch schloß, Karl zu sich herein. »Ich kann es nicht leiden, wenn man mir vom Gang hereinschaut«, sagte der Mann, der wieder an seinem Koffer arbeitete, »da läuft jeder vorbei und schaut herein, das soll der Zehnte aushalten!« »Aber der Gang ist doch ganz leer«, sagte Karl, der unbehaglich an dem Bettpfosten gequetscht dastand. »Ja jetzt«, sagte der Mann. »Es handelt sich doch um jetzt«, dachte Karl, »mit dem Mann ist schwer zu reden.« »Legen Sie sich doch aufs Bett, da haben Sie mehr Platz«, sagte der Mann. Karl kroch, so gut es ging, hinein und lachte dabei laut über den ersten vergeblichen Versuch, sich hinüberzuschwingen. Kaum war er aber im Bett, rief er: »Gotteswillen, ich habe ja ganz meinen Koffer vergessen!« »Wo ist er denn?« »Oben auf dem Deck, ein Bekannter gibt acht auf ihn. Wie heißt er nur?« Und er zog aus einer Geheimtasche, die ihm seine Mutter für die Reise im Rockfutter angelegt hatte, eine Visitkarte. »Butterbaum, Franz Butterbaum.« »Haben Sie den Koffer sehr nötig?« »Natürlich.« »Ja, warum haben Sie ihn dann einem fremden Menschen gegeben?« »Ich hatte meinen Regenschirm unten vergessen und bin gelaufen, ihn zu holen, wollte aber den Koffer nicht mitschleppen. Dann habe ich mich auch noch verirrt.« »Sie sind allein? Ohne Begleitung?« »Ja, allein.« »Ich sollte mich vielleicht an diesen Mann halten«, ging es Karl durch den Kopf, »wo finde ich gleich einen besseren Freund.« »Und jetzt haben Sie auch noch den Koffer verloren. Vom Regenschirm rede ich gar nicht.« Und der Mann setzte sich auf den Sessel, als habe Karls Sache jetzt einiges Interesse für ihn gewonnen. »Ich glaube aber, der Koffer ist noch nicht verloren.« »Glauben macht selig«, sagte der Mann und kratzte sich kräftig in seinem dunklen, kurzen, dichten Haar, »auf dem Schiff wechseln mit den Hafenplätzen auch die Sitten. In Hamburg hätte Ihr Butterbaum den Koffer vielleicht bewacht, hier ist höchstwahrscheinlich von beiden keine Spur mehr.« »Da muß ich aber doch gleich hinaufschaun«, sagte Karl und sah sich um, wie er hinauskommen könnte. »Bleiben Sie nur«, sagte der Mann und stieß ihn mit einer Hand gegen die Brust, geradezu rauh, ins Bett zurück. »Warum denn?« fragte Karl ärgerlich. »Weil es keinen Sinn hat«, sagte der Mann, »in einem kleinen Weilchen gehe ich auch, dann gehen wir zusammen. Entweder ist der Koffer gestohlen, dann ist keine Hilfe, oder der Mann hat ihn stehen gelassen, dann werden wir ihn, bis das Schiff ganz entleert ist, desto besser finden. Ebenso auch Ihren Regenschirm.« »Kennen Sie sich auf dem Schiff aus?« fragte Karl mißtrauisch, und es schien ihm, als hätte der sonst überzeugende Gedanke, daß auf dem leeren Schiff seine Sachen am besten zu finden sein würden, einen verborgenen Haken. »Ich bin doch Schiffsheizer«, sagte der Mann. »Sie sind Schiffsheizer!« rief Karl freudig, als überstiege das alle Erwartungen, und sah, den Ellbogen aufgestützt, den Mann näher an. »Gerade vor der Kammer, wo ich mit dem Slowaken geschlafen habe, war eine Luke angebracht, durch die man in den Maschinenraum sehen konnte.« »Ja, dort habe ich gearbeitet«, sagte der Heizer. »Ich habe mich immer so für Technik interessiert«, sagte Karl, der in einem bestimmten Gedankengang blieb, »und ich wäre sicher später Ingenieur geworden, wenn ich nicht nach Amerika hätte fahren müssen.« »Warum haben Sie denn fahren müssen?« »Ach was!« sagte Karl und warf die ganze Geschichte mit der Hand weg. Dabei sah er lächelnd den Heizer an, als bitte er ihn selbst für das Nichteingestandene um seine Nachsicht. »Es wird schon einen Grund gehabt haben«, sagte der Heizer, und man wußte nicht recht, ob er damit die Erzählung dieses Grundes fordern oder abwehren wollte. »Jetzt könnte ich auch Heizer werden«, sagte Karl, »meinen Eltern ist es jetzt ganz gleichgültig, was ich werde.« »Meine Stelle wird frei«, sagte der Heizer, gab im Vollbewußtsein dessen die Hände in die Hosentaschen und warf die Beine, die in faltigen, lederartigen, eisengrauen Hosen staken, aufs Bett hin, um sie zu strecken. Karl mußte mehr an die Wand rücken. »Sie verlassen das Schiff?« »Jawohl, wir marschieren heute ab.« »Warum denn? Gefällt es Ihnen nicht?« »Ja, das sind die Verhältnisse, es entscheidet nicht immer, ob es einem gefällt oder nicht. Übrigens haben Sie recht, es gefällt mir auch nicht. Sie denken wahrscheinlich nicht ernstlich daran, Heizer zu werden, aber gerade dann kann man es am leichtesten werden. Ich also rate Ihnen entschieden ab. Wenn Sie in Europa studieren wollten, warum wollen Sie es denn hier nicht? Die amerikanischen Universitäten sind ja unvergleichlich besser als die europäischen.« »Es ist ja möglich«, sagte Karl, »aber ich habe ja fast kein Geld zum Studieren. Ich habe zwar von irgend jemandem gelesen, der bei Tag in einem Geschäft gearbeitet und in der Nacht studiert hat, bis er Doktor und ich glaube Bürgermeister wurde, aber dazu gehört doch eine große Ausdauer, nicht? Ich fürchte, die fehlt mir. Außerdem war ich gar kein besonders guter Schülter, der Abschied von der Schule ist mir wirklich nicht schwer geworden. Und die Schulen hier sind vielleicht noch strenger. Englisch kann ich fast gar nicht. Überhaupt ist man hier gegen Fremde so eingenommen, glaube ich.« »Haben Sie das auch schon erfahren? Na, dann ist's gut. Dann sind Sie mein Mann. Sehen Sie, wir sind doch auf einem deutschen Schiff, es gehört der Hamburg-Amerika-Linie, warum sind wir nicht lauter Deutsche hier? Warum ist der Obermaschinist ein Rumäne? Er heißt Schubal. Das ist doch nicht zu glauben. Und dieser Lumpenhund schindet uns Deutsche auf einem deutschen Schiff! Glauben Sie nicht« – ihm ging die Luft aus, er fackelte mit der Hand –, »daß ich klage, um zu klagen. Ich weiß, daß Sie keinen Einfluß haben und selbst ein armes Bürschchen sind. Aber es ist zu arg!« Und er schlug auf den Tisch mehrmals mit der Faust und ließ kein Auge von ihr, während er schlug. »Ich habe doch schon auf so vielen Schiffen gedient« – und er nannte zwanzig Namen hintereinander als sei es ein Wort, Karl wurde ganz wirr – »und habe mich ausgezeichnet, bin belobt worden, war ein Arbeiter nach dem Geschmack meiner Kapitäne, sogar auf dem gleichen Handelssegler war ich einige Jahre« – er erhob sich, als sei das der Höhepunkt seines Lebens – »und hier auf diesem Kasten, wo alles nach der Schnur eingerichtet ist, wo kein Witz gefordert wird, hier taug' ich nichts, hier stehe ich dem Schubal immer im Wege, bin ein Faulpelz, verdiene hinausgeworfen zu werden und bekomme meinen Lohn aus Gnade. Verstehen Sie das? Ich nicht.« »Das dürfen Sie sich nicht gefallen lassen«, sagte Karl aufgeregt. Er hatte fast das Gefühl davon verloren, daß er auf dem unsicheren Boden eines Schiffes, an der Küste eines unbekannten Erdteils war, so heimisch war ihm hier auf dem Bett des Heizers zumute. »Waren Sie schon beim Kapitän? Haben Sie schon bei ihm Ihr Recht gesucht?« »Ach gehen Sie, gehen Sie lieber weg. Ich will Sie nicht hier haben. Sie hören nicht zu, was ich sage, und geben mir Ratschläge. Wie soll ich denn zum Kapitän gehen!« Und müde setzte sich der Heizer wieder und legte das Gesicht in beide Hände.

»Einen besseren Rat kann ich ihm nicht geben«, sagte sich Karl. Und er fand überhaupt, daß er lieber seinen Koffer hätte holen sollen, statt hier Ratschläge zu geben, die doch nur für dumm gehalten wurden. Als ihm der Vater den Koffer für immer übergeben hatte, hatte er im Scherz gefragt: »Wie lange wirst Du ihn haben?«, und jetzt war dieser teure Koffer vielleicht schon im Ernst verloren. Der einzige Trost war noch, daß der Vater von seiner jetzigen Lage kaum erfahren konnte, selbst wenn er nachforschen sollte. Nur daß er bis New York mitgekommen war, konnte die Schiffsgesellschaft gerade noch sagen. Leid tat es aber Karl, daß er die Sachen im Koffer noch kaum verwendet hatte, trotzdem er es beispielsweise längst nötig gehabt hätte, das Hemd zu wechseln. Da hatte er also am unrichtigen Ort gespart; jetzt wo er es gerade am Beginn seiner Laufbahn nötig haben würde, rein gekleidet aufzutreten, würde er im schmutzigen Hemd erscheinen müssen. Sonst wäre der Verlust des Koffers nicht gar so arg gewesen, denn der Anzug, den er anhatte, war sogar besser als jener im Koffer, der eigentlich nur ein Notanzug war, den die Mutter noch knapp vor der Abreise hatte flicken müssen. Jetzt erinnerte er sich auch, daß im Koffer noch ein Stück Veroneser Salami war, die ihm die Mutter als Extragabe eingepackt hatte, von der er jedoch nur den kleinsten Teil hatte aufessen können, da er während der Fahrt ganz ohne Appetit gewesen war und die Suppe, die im Zwischendeck zur Verteilung kam, ihm reichlich genügt hatte. Jetzt hätte er aber die Wurst gern bei der Hand gehabt, um sie dem Heizer zu verehren. Denn solche Leute sind leicht gewonnen, wenn man ihnen irgendeine Kleinigkeit zusteckt, das wußte Karl noch von seinem Vater her, welcher durch Zigarrenverteilung alle die niedrigeren Angestellten gewann, mit denen er geschäftlich zu tun hatte. Jetzt besaß Karl an Verschenkbarem nur noch sein Geld, und das wollte er, wenn er schon vielleicht den Koffer verloren haben sollte, vorläufig nicht anrühren. Wieder kehrten seine Gedanken zum Koffer zurück, und er konnte jetzt wirklich nicht einsehen, warum er den Koffer während der Fahrt so aufmerksam bewacht hatte, daß ihm die Wache fast den Schlaf gekostet hatte, wenn er jetzt diesen gleichen Koffer so leicht sich hatte wegnehmen lassen. Er erinnerte sich an die fünf Nächte, während derer er einen kleinen Slowaken, der zwei Schlafstellen links von ihm gelegen hatte, unausgesetzt im Verdacht gehabt hatte, daß er es auf seinen Koffer abgesehen habe. Dieser Slowake hatte nur darauf gelauert, daß Karl endlich, von Schwäche befallen, für einen Augenblick einnicke, damit er den Koffer mit einer langen Stange, mit der er immer während des Tages spielte oder übte, zu sich hinüberziehen könne. Bei Tage sah dieser Slowake genug unschuldig aus, aber kaum war die Nacht gekommen, erhob er sich von Zeit zu Zeit von seinem Lager und sah traurig zu Karls Koffer hinüber. Karl konnte dies ganz deutlich erkennen, denn immer hatte hie und da jemand mit der Unruhe des Auswanderers ein Lichtchen angezündet, trotzdem dies nach der Schiffsordnung verboten war, und versuchte, unverständliche Prospekte der Auswanderungsagenturen zu entziffern. War ein solches Licht in der Nähe, dann konnte Karl ein wenig eindämmern, war es aber in der Ferne oder war dunkel, dann mußte er die Augen offenhalten. Diese Anstrengung hatte ihn recht erschöpft, und nun war sie vielleicht ganz nutzlos gewesen. Dieser Butterbaum, wenn er ihn einmal irgendwo treffen sollte!

In diesem Augenblick ertönten draußen in weiter Ferne in die bisherige vollkommene Ruhe hinein kleine kurze Schläge, wie von Kinderfüßen, sie kamen näher mit verstärktem Klang, und nun war es ein ruhiger Marsch von Männern. Sie gingen offenbar, wie es in dem schmalen Gang natürlich war, in einer Reihe, man hörte Klirren wie von Waffen. Karl, der schon nahe daran gewesen war, sich im Bett zu einem von allen Sorgen um Koffer und Slowaken befreiten Schlafe auszustrecken, schreckte auf und stieß den Heizer an, um ihn endlich aufmerksam zu machen, denn der Zug schien mit seiner Spitze die Tür gerade erreicht zu haben. »Das ist die Schiffskapelle«, sagte der Heizer, »die haben oben gespielt und gehen jetzt einpacken. Jetzt ist alles fertig und wir können gehen. Kommen Sie!« Er faßte Karl bei der Hand, nahm noch im letzten Augenblick ein eingerahmtes Muttergottesbild von der Wand über dem Bett, stopfte es in seine Brusttasche, ergriff seinen Koffer und verließ mit Karl eilig die Kabine.

»Jetzt gehe ich ins Bureau und werde den Herren meine Meinung sagen. Es ist kein Passagier mehr da, man muß keine Rücksicht nehmen.« Dieses wiederholte der Heizer verschiedenartig und wollte im Gehen mit Seitwärtsstoßen des Fußes eine den Weg kreuzende Ratte niedertreten, stieß sie aber bloß schneller in das Loch hinein, das sie noch rechtzeitig erreicht hatte. Er war überhaupt langsam in seinen Bewegungen, denn wenn er auch lange Beine hatte, so waren sie doch zu schwer.

Sie kamen durch eine Abteilung der Küche, wo einige Mädchen in schmutzigen Schürzen – sie begossen sie absichtlich – Geschirr in großen Bottichen reinigten. Der Heizer rief eine gewisse Line zu sich, legte den Arm um ihre Hüfte und führte sie, die sich immerzu kokett gegen seinen Arm drückte, ein Stückchen mit. »Es gibt jetzt Auszahlung, willst du mitkommen?« fragte er. »Warum soll ich mich bemühn, bring mir das Geld lieber her«, antwortete sie, schlüpfte unter seinem Arm durch und lief davon. »Wo hast du denn den schönen Knaben aufgegabelt?« rief sie noch, wollte aber keine Antwort mehr. Man hörte das Lachen aller Mädchen, die ihre Arbeit unterbrochen hatten.

Sie aber gingen weiter und kamen an eine Tür, die oben einen kleinen Vorgiebel hatte, der von kleinen, vergoldeten Karyatiden getragen war. Für eine Schiffseinrichtung sah das recht verschwenderisch aus. Karl war, wie er merkte, niemals in diese Gegend gekommen, die wahrscheinlich während der Fahrt den Passagieren der ersten und zweiten Klasse vorbehalten gewesen war, während man jetzt vor der großen Schiffsreinigung die Trennungstüren ausgehoben hatte. Sie waren auch tatsächlich schon einigen Männern begegnet, die Besen an der Schulter trugen und den Heizer gegrüßt hatten. Karl staunte über den großen Betrieb; in seinem Zwischendeck hatte er davon freilich wenig erfahren. Entlang der Gänge zogen sich auch Drähte elektrischer Leitungen, und eine kleine Glocke hörte man immerfort.

Der Heizer klopfte respektvoll an der Türe an und forderte, als man »herein« rief, Karl mit einer Handbewegung auf, ohne Furcht einzutreten. Dieser trat auch ein, aber blieb an der Tür stehen. Vor den drei Fenstern des Zimmers sah er die Wellen des Meeres, und bei Betrachtung ihrer fröhlichen Bewegung schlug ihm das Herz, als hätte er nicht fünf lange Tage das Meer ununterbrochen gesehen. Große Schiffe kreuzten gegenseitig ihre Wege und gaben dem Wellenschlag nur soweit nach, als es ihre Schwere erlaubte. Wenn man die Augen kleinmachte, schienen diese Schiffe vor lauter Schwere zu schwanken. Auf ihren Masten trugen sie schmale, aber lange Flaggen, die zwar durch die Fahrt gestrafft wurden, trotzdem aber noch hin und her zappelten. Wahrscheinlich von Kriegsschiffen her erklangen Salutschüsse, die Kanonenrohre eines solchen nicht allzuweit vorüberfahrenden Schiffes, strahlend mit dem Reflex ihres Stahlmantels, waren wie gehätschelt von der sicheren, glatten und doch nicht waagrechten Fahrt. Die kleinen Schiffchen und Boote konnte man, wenigstens von der Tür aus, nur in der Ferne beobachten, wie sie in Mengen in die Öffnungen zwischen den großen Schiffen einliefen. Hinter alledem aber stand New York und sah Karl mit den hunderttausend Fenstern seiner Wolkenkratzer an. Ja, in diesem Zimmer wußte man, wo man war.

An einem runden Tisch saßen drei Herren, der eine ein Schiffsoffizier in blauer Schiffsuniform, die zwei anderen, Beamte der Hafenbehörde, in schwarzen, amerikanischen Uniformen. Auf dem Tisch lagen, hochaufgeschichtet, verschiedene Dokumente, welche der Offizier zuerst mit der Feder in der Hand überflog, um sie dann den beiden anderen zu reichen, die bald lasen, bald exzerpierten, bald in ihre Aktentaschen einlegten, wenn nicht gerade der eine, der fast ununterbrochen ein kleines Geräusch mit den Zähnen vollführte, seinem Kollegen etwas in ein Protokoll diktierte.

Am Fenster saß an einem Schreibtisch, den Rücken der Türe zugewendet, ein kleinerer Herr, der mit großen Folianten hantierte, die
auf einem starken Bücherbrett in Kopfhöhe vor·ihm aneinander
gereiht waren. Neben ihm stand eine offene, wenigstens auf den
ersten Blick leere Kassa.

Das zweite Fenster war leer und gab den besten Ausblick. In der
Nähe des dritten aber standen zwei Herren in halblautem Gespräch.
Der eine lehnte neben dem Fenster, trug auch die Schiffsuniform und
spielte mit dem Griff des Degens. Derjenige, mit dem er sprach, war
dem Fenster zugewendet und enthüllte hie und da durch eine Bewegung einen Teil der Ordensreihe auf der Brust des andern. Er war in
Zivil und hatte ein dünnes Bambusstöckchen, das, da er beide Hände
an den Hüften festhielt, auch wie ein Degen abstand.

Karl hatte nicht viel Zeit, alles anzusehen, denn bald trat ein Diener
auf sie zu und fragte den Heizer mit einem Blick, als gehöre er nicht
hierher, was er denn wolle. Der Heizer antwortete, so leise als er
gefragt wurde, er wolle mit dem Herrn Oberkassier reden. Der
Diener lehnte für seinen Teil mit einer Handbewegung diese Bitte ab,
ging aber dennoch auf den Fußspitzen, dem runden Tisch in großem
Bogen ausweichend, zu dem Herrn mit den Folianten. Dieser Herr –
das sah man deutlich – erstarrte geradezu unter den Worten des
Dieners, kehrte sich aber endlich nach dem Manne um, der ihn zu
sprechen wünschte, und fuchtelte dann, streng abwehrend, gegen den
Heizer und der Sicherheit halber auch gegen den Diener hin. Der
Diener kehrte darauf zum Heizer zurück und sagte in einem Tone, als
vertraue er ihm etwas an: »Scheren Sie sich sofort aus dem
Zimmer!«

Der Heizer sah nach dieser Antwort zu Karl hinunter, als sei dieser
sein Herz, dem er stumm seinen Jammer klage. Ohne weitere Besinnung machte sich Karl los, lief quer durchs Zimmer, daß er sogar
leicht an den Sessel des Offiziers streifte; der Diener lief gebeugt mit
zum Umfangen bereiten Armen, als jage er ein Ungeziefer, aber Karl
war der erste beim Tisch des Oberkassiers, wo er sich festhielt, für
den Fall, daß der Diener versuchen sollte, ihn fortzuziehen.

Natürlich wurde gleich das ganze Zimmer lebendig. Der Schiffsoffizier am Tisch war aufgesprungen, die Herren von der Hafenbehörde
sahen ruhig, aber aufmerksam zu, die beiden Herren am Fenster

waren nebeneinander getreten, der Diener, welcher glaubte, er sei dort, wo schon die hohen Herren Interesse zeigten, nicht mehr am Platze, trat zurück. Der Heizer an der Tür wartete angespannt auf den Augenblick, bis seine Hilfe notwendig würde. Der Oberkassier endlich machte in seinem Lehnsessel eine große Rechtswendung.

Karl kramte aus seiner Geheimtasche, die er den Blicken dieser Leute zu zeigen keine Bedenken hatte, seinen Reisepaß hervor, den er statt weiterer Vorstellung geöffnet auf den Tisch legte. Der Oberkassier schien diesen Paß für nebensächlich zu halten, denn er schnippte ihn mit zwei Fingern beiseite, worauf Karl, als sei diese Formalität zur Zufriedenheit erledigt, den Paß wieder einsteckte.

»Ich erlaube mir zu sagen«, begann er dann, »daß meiner Meinung nach dem Herrn Heizer Unrecht geschehen ist. Es ist hier ein gewisser Schubal, der ihm aufsitzt. Er selbst hat schon auf vielen Schiffen, die er Ihnen alle nennen kann, zur vollständigen Zufriedenheit gedient, ist fleißig, meint es mit seiner Arbeit gut, und es ist wirklich nicht einzusehen, warum er gerade auf diesem Schiff, wo doch der Dienst nicht so übermäßig schwer ist, wie zum Beispiel auf Handelsseglern, schlecht entsprechen sollte. Es kann daher nur Verleumdung sein, die ihn in seinem Vorwärtskommen hindert und ihn um die Anerkennung bringt, die ihm sonst ganz bestimmt nicht fehlen würde. Ich habe nur das Allgemeine über diese Sache gesagt, seine besonderen Beschwerden wird er Ihnen selbst vorbringen.«

Karl hatte sich mit dieser Rede an alle Herren gewendet, weil ja tatsächlich auch alle zuhörten und es viel wahrscheinlicher schien, daß sich unter allen zusammen ein Gerechter vorfand, als daß dieser Gerechte gerade der Oberkassier sein sollte. Aus Schlauheit hatte außerdem Karl verschwiegen, daß er den Heizer erst so kurze Zeit kannte. Im übrigen hätte er noch viel besser gesprochen, wenn er nicht durch das rote Gesicht des Herrn mit dem Bambusstöckchen beirrt worden wäre, das er von seinem jetzigen Standort zum erstenmal sah.

»Es ist alles Wort für Wort richtig«, sagte der Heizer, ehe ihn noch jemand gefragt, ja ehe man überhaupt auf ihn hingesehen hatte. Diese Übereiltheit des Heizers wäre ein großer Fehler gewesen, wenn nicht der Herr mit den Orden, der, wie es jetzt Karl aufleuchtete, jedenfalls der Kapitän war, offenbar mit sich bereits übereingekommen wäre, den Heizer anzuhören. Er streckte nämlich die Hand aus und rief dem Heizer zu: »Kommen Sie her!« mit einer Stimme, fest, um mit einem Hammer darauf zu schlagen. Jetzt hing alles vom Benehmen des Heizers ab, denn was die Gerechtigkeit seiner Sache anlangte, an der zweifelte Karl nicht.

Glücklicherweise zeigte sich bei dieser Gelegenheit, daß der Heizer schon viel in der Welt herumgekommen war. Musterhaft ruhig nahm er aus seinem Köfferchen mit dem ersten Griff ein Bündelchen Papiere sowie ein Notizbuch, ging damit, als verstünde sich das von selbst, unter vollständiger Vernachlässigung des Oberkassiers, zum Kapitän und breitete auf dem Fensterbrett seine Beweismittel aus. Dem Oberkassier blieb nichts übrig, als sich selbst hinzubemühn. »Der Mann ist ein bekannter Querulant«, sagte er zur Erklärung, »er ist mehr in der Kassa als im Maschinenraum. Er hat Schubal, diesen ruhigen Menschen, ganz zur Verzweiflung gebracht. Hören Sie einmal!« wandte er sich an den Heizer, »Sie treiben Ihre Zudringlichkeit doch schon wirklich zu weit. Wie oft hat man Sie schon aus den Auszahlungsräumen hinausgeworfen, wie Sie es mit Ihren ganz, vollständig und ausnahmslos unberechtigten Forderungen verdienen! Wie oft sind Sie von dort in die Hauptkassa gelaufen gekommen! Wie oft hat man Ihnen im Guten gesagt, daß Schubal Ihr unmittelbarer Vorgesetzter ist, mit dem allein Sie sich als sein Untergebener abzufinden haben! Und jetzt kommen Sie gar noch her, wenn der Kapitän da ist, schämen sich nicht, sogar ihn zu belästigen, sondern entblöden sich nicht einmal, als eingelernten Stimmführer Ihrer abgeschmackten Beschuldigungen diesen Kleinen mitzubringen, den ich überhaupt zum erstenmal auf dem Schiff sehe!«

Karl hielt sich mit Gewalt zurück, vorzuspringen. Aber schon war auch der Kapitän da, welcher sagte: »Hören wir den Mann doch einmal an. Der Schubal wird mir sowieso mit der Zeit viel zu selbständig, womit ich aber nichts zu Ihren Gunsten gesagt haben will.« Das letztere galt dem Heizer, es war nur natürlich, daß er sich nicht sofort für ihn einsetzen konnte, aber alles schien auf dem richtigen Wege. Der Heizer begann seine Erklärungen und überwand sich gleich am Anfang, indem er den Schubal mit »Herr« titulierte. Wie freute sich Karl am verlassenen Schreibtisch des Oberkassiers, wo er eine Briefwaage immer wieder niederdrückte vor lauter Vergnügen. – Herr Schubal ist ungerecht! Herr Schubal bevorzugt die Ausländer! Herr Schubal verwies den Heizer aus dem Maschinenraum und ließ ihn Klosette reinigen, was doch gewiß nicht des Heizers Sache war! – Einmal wurde sogar die Tüchtigkeit des Herrn Schubal angezweifelt, die eher scheinbar als wirklich vorhanden sein sollte. Bei dieser Stelle starrte Karl mit aller Kraft den Kapitän an, zutunlich, als sei er sein Kollege, nur damit er sich durch die etwas ungeschickte Ausdrucksweise des Heizers nicht zu dessen Ungunsten beeinflussen lasse. Immerhin erfuhr man aus den vielen Reden nichts Eigentliches, und wenn auch der Kapitän noch immer vor sich hinsah, in den Augen die Entschlossenheit, den Heizer diesmal bis zu Ende anzuhören, so wurden doch die anderen Herren ungeduldig, und die Stimme des Heizers regierte bald nicht mehr unumschränkt in dem Raume, was manches befürchten ließ. Als erster setzte der Herr in Zivil sein Bambusstöckchen in Tätigkeit und klopfte, wenn auch nur leise, auf das Parkett. Die anderen Herren sahen natürlich hie und da hin, die Herren von der Hafenbehörde, die offenbar pressiert waren, griffen wieder zu den Akten und begannen, wenn auch noch etwas geistesabwesend, sie durchzusehen, der Schiffsoffizier rückte seinem Tisch wieder näher, und der Oberkassier, der gewonnenes Spiel zu haben glaubte, seufzte aus Ironie tief auf. Von der allgemein eintretenden Zerstreuung schien nur der Diener bewahrt, der von den Leiden des unter die Großen gestellten armen Mannes einen Teil mitfühlte und Karl ernst zunickte, als wolle er damit etwas erklären.

Inzwischen ging vor den Fenstern das Hafenleben weiter; ein flaches Lastschiff mit einem Berg von Fässern, die wunderbar verstaut sein mußten, daß sie nicht ins Rollen kamen, zog vorüber und erzeugte in dem Zimmer fast Dunkelheit; kleine Motorboote, die Karl jetzt, wenn er Zeit gehabt hätte, genau hätte ansehen können, rauschten nach den Zuckungen der Hände eines am Steuer aufrecht stehenden Mannes schnurgerade dahin; eigentümliche Schwimmkörper tauchten hie und da selbständig aus dem ruhelosen Wasser, wurden gleich wieder überschwemmt und versanken vor dem erstaunten Blick; Boote der Ozeandampfer wurden von heiß arbeitenden Matrosen vorwärtsgerudert und waren voll von Passagieren, die darin, so wie man sie hineingezwängt hatte, still und erwartungsvoll saßen, wenn es auch manche nicht unterlassen konnten, die Köpfe nach den wechselnden Szenerien zu drehen. Eine Bewegung ohne Ende, eine Unruhe, übertragen von dem unruhigen Element auf die hilflosen Menschen und ihre Werke!

Aber alles mahnte zur Eile, zur Deutlichkeit, zu ganz genauer Darstellung, aber was tat der Heizer? Er redete sich allerdings in Schweiß, die Papiere auf dem Fenster konnte er längst mit seinen zitternden Händen nicht mehr halten; aus allen Himmelsrichtungen strömten ihm Klagen über Schubal zu, von denen seiner Meinung nach jede einzelne genügt hätte, diesen Schubal vollständig zu begraben, aber was er dem Kapitän vorzeigen konnte, war nur ein trauriges Durcheinanderstrudeln aller insgesamt. Längst schon pfiff der Herr mit dem Bambusstöckchen schwach zur Decke hinauf, die Herren von der Hafenbehörde hielten schon den Offizier an ihrem Tisch und machten keine Miene, ihn je wieder loszulassen, der Oberkassier wurde sichtlich nur durch die Ruhe des Kapitäns vor dem Dreinfahren zurückgehalten, der Diener erwartete in Habtachtstellung jeden Augenblick einen auf den Heizer bezüglichen Befehl seines Kapitäns.

Da konnte Karl nicht mehr untätig bleiben. Er ging also langsam zu der Gruppe hin und überlegte im Gehen nur desto schneller, wie er die Sache möglichst geschickt angreifen könnte. Es war wirklich höchste Zeit, noch ein kleines Weilchen nur, und sie konnten ganz gut beide aus dem Bureau fliegen. Der Kapitän mochte ja ein guter Mann sein und überdies gerade jetzt, wie es Karl schien, irgendeinen besonderen Grund haben, sich als gerechter Vorgesetzter zu zeigen, aber schließlich war er kein Instrument, das man in Grund und Boden spielen konnte – und gerade so behandelte ihn der Heizer, allerdings aus seinem grenzenlos empörten Innern heraus.

Karl sagte also zum Heizer: »Sie müssen das einfacher erzählen, klarer, der Herr Kapitän kann es nicht würdigen, so wie Sie es ihm erzählen. Kennt er denn alle Maschinisten und Laufburschen beim Namen oder gar beim Taufnamen, daß er, wenn Sie nur einen solchen Namen aussprechen, gleich wissen kann, um wen es sich handelt? Ordnen Sie doch Ihre Beschwerden, sagen Sie die wichtigste zuerst und absteigend die anderen, vielleicht wird es dann überhaupt nicht mehr nötig sein, die meisten auch nur zu erwähnen. Mir haben Sie es doch immer so klar dargestellt!« Wenn man in Amerika Koffer stehlen kann, kann man auch hie und da lügen, dachte er zur Entschuldigung.

Wenn es aber nur geholfen hätte! Ob es nicht auch schon zu spät war? Der Heizer unterbrach sich zwar sofort, als er die bekannte Stimme hörte, aber mit seinen Augen, die ganz von Tränen der beleidigten Mannesehre, der schrecklichen Erinnerungen, der äußersten gegenwärtigen Not verdeckt waren, konnte er Karl schon nicht einmal gut mehr erkennen. Wie sollte er auch jetzt – Karl sah das schweigend vor dem jetzt Schweigenden wohl ein – wie sollte er auch jetzt plötzlich seine Redeweise ändern, da es ihm doch schien, als hätte er alles, was zu sagen war, ohne die geringste Anerkennung schon vorgebracht und als habe er andererseits noch gar nichts gesagt und könne doch den Herren jetzt nicht zumuten, noch alles anzuhören. Und in einem solchen Zeitpunkt kommt noch Karl, sein einziger Anhänger, daher, will ihm gute Lehren geben, zeigt ihm aber statt dessen, daß alles, alles verloren ist.

»Wäre ich früher gekommen, statt aus dem Fenster zu schauen«, sagte sich Karl, senkte vor dem Heizer das Gesicht und schlug die Hände an die Hosennaht, zum Zeichen des Endes jeder Hoffnung.

Aber der Heizer mißverstand das, witterte wohl in Karl irgendwelche geheime Vorwürfe gegen sich, und in der guten Absicht, sie ihm auszureden, fing er zur Krönung seiner Taten mit Karl jetzt zu streiten an. Jetzt, wo doch die Herren am runden Tisch längst empört über den nutzlosen Lärm waren, der ihre wichtigen Arbeiten störte, wo der Hauptkassier allmählich die Geduld des Kapitäns unverständlich fand und zum sofortigen Ausbruch neigte, wo der Diener, ganz wieder in der Sphäre seiner Herren, den Heizer mit wildem Blicke maß, und wo endlich der Herr mit dem Bambusstöckchen, zu welchem sogar der Kapitän hie und da freundschaftlich hinübersah, schon gänzlich abgestumpft gegen den Heizer, ja von ihm angewidert, ein kleines Notizbuch hervorzog und, offenbar mit ganz anderen Angelegenheiten beschäftigt, die Augen zwischen dem Notizbuch und Karl hin und her wandern ließ.

»Ich weiß ja, ich weiß ja«, sagte Karl, der Mühe hatte, den jetzt gegen ihn gekehrten Schwall des Heizers abzuwehren, trotzdem aber quer durch allen Streit noch ein Freundeslächeln für ihn übrig hatte, »Sie haben recht, recht, ich habe ja nie daran gezweifelt.« Er hätte ihm gern aus Furcht vor Schlägen die herumfahrenden Hände gehalten, noch lieber allerdings ihn in einen Winkel gedrängt, um ihm ein paar leise, beruhigende Worte zuzuflüstern, die niemand sonst hätte hören müssen. Aber der Heizer war außer Rand und Band. Karl begann jetzt schon sogar aus dem Gedanken eine Art Trost zu schöpfen, daß der Heizer im Notfall mit der Kraft seiner Verzweiflung alle anwesenden sieben Männer bezwingen könne. Allerdings lag auf dem Schreibtisch, wie ein Blick dorthin lehrte, ein Aufsatz mit viel zu vielen Druckknöpfen der elektrischen Leitung; und eine Hand, einfach auf sie niedergedrückt, konnte das ganze Schiff mit allen seinen von feindlichen Menschen gefüllten Gängen rebellisch machen.

Da trat der doch so uninteressierte Herr mit dem Bambusstöckchen auf Karl zu und fragte, nicht überlaut, aber deutlich über allem Geschrei des Heizers: »Wie heißen Sie denn eigentlich?« In diesem Augenblick, als hätte jemand hinter der Tür auf diese Äußerung des Herrn gewartet, klopfte es. Der Diener sah zum Kapitän hinüber, dieser nickte. Daher ging der Diener zur Tür und öffnete sie. Draußen stand in einem alten Kaiserrock ein Mann von mittleren Proportionen, seinem Aussehen nach nicht eigentlich zur Arbeit an den Maschinen geeignet, und war doch – Schubal. Wenn es Karl nicht an aller Augen erkannt hätte, die eine gewisse Befriedigung ausdrückten, von der nicht einmal der Kapitän frei war, er hätte es zu seinem Schrecken am Heizer sehen müssen, der die Fäuste an den gestrafften Armen so ballte, als sei diese Ballung das Wichtigste an ihm, dem er alles, was er an Leben habe, zu opfern bereit sei. Da steckte jetzt alle seine Kraft, auch die, welche ihn überhaupt aufrecht erhielt.

Und da war also der Feind, frei und frisch im Festanzug, unter dem Arm ein Geschäftsbuch, wahrscheinlich die Lohnlisten und Arbeitsausweise des Heizers, und sah mit dem ungescheuten Zugeständnis, daß er die Stimmung jedes einzelnen vor allem feststellen wolle, in aller Augen der Reihe nach. Die sieben waren auch schon alle seine Freunde, denn wenn auch der Kapitän früher gewisse Einwände gegen ihn gehabt oder vielleicht nur vorgeschützt hatte, nach dem Leid, das ihm der Heizer angetan hatte, schien ihm wahrscheinlich an Schubal auch das Geringste nicht mehr auszusetzen. Gegen einen

Mann wie den Heizer konnte man nicht streng genug verfahren, und wenn dem Schubal etwas vorzuwerfen war, so war es der Umstand, daß er die Widerspenstigkeit des Heizers im Laufe der Zeit nicht so weit hatte brechen können, daß es dieser heute noch gewagt hatte, vor dem Kapitän zu erscheinen.

Nun konnte man ja vielleicht noch annehmen, die Gegenüberstellung des Heizers und Schubals werde die ihr vor einem höheren Forum zukommende Wirkung auch vor den Menschen nicht verfehlen, denn wenn sich auch Schubal gut verstellen konnte, er mußte es doch durchaus nicht bis zum Ende aushalten können. Ein kurzes Aufblitzen seiner Schlechtigkeit sollte genügen, um sie den Herren sichtbar zu machen, dafür wollte Karl schon sorgen. Er kannte doch schon beiläufig den Scharfsinn, die Schwächen, die Launen der einzelnen Herren, und unter diesem Gesichtspunkt war die bisher hier verbrachte Zeit nicht verloren. Wenn nur der Heizer besser auf dem Platz gewesen wäre, aber der schien vollständig kampfunfähig. Wenn man ihm den Schubal hingehalten hätte, hätte er wohl dessen gehaßten Schädel mit den Fäusten aufklopfen können. Aber schon die paar Schritte zu ihm hinzugehen, war er wohl kaum imstande. Warum hatte denn Karl das so leicht Vorauszusehende nicht vorausgesehen, daß Schubal endlich kommen müsse, wenn nicht aus eigenem Antrieb, so vom Kapitän gerufen. Warum hatte er auf dem Herweg mit dem Heizer nicht einen genauen Kriegsplan besprochen, statt, wie sie es in Wirklichkeit getan hatten, heillos unvorbereitet einfach dort einzutreten, wo eine Tür war? Konnte der Heizer überhaupt noch reden, ja und nein sagen, wie es bei dem Kreuzverhör, das allerdings nur im günstigsten Fall bevorstand, nötig sein würde? Er stand da, die Beine auseinander gestellt, die Knie unsicher, den Kopf etwas gehoben, und die Luft verkehrte durch den offenen Mund, als gäbe es innen keine Lungen mehr, die sie verarbeiteten.

Karl allerdings fühlte sich so kräftig und bei Verstand, wie er es vielleicht zu Hause niemals gewesen war. Wenn ihn doch seine Eltern sehen könnten, wie er in fremdem Land, vor angesehenen Persönlichkeiten, das Gute verfocht und, wenn er es auch noch nicht zum Siege gebracht hatte, so doch zur letzten Eroberung sich vollkommen bereitstellte! Würden sie ihre Meinung über ihn revidieren? Ihn zwischen sich niedersetzen und loben? Ihm einmal, einmal in die

ihnen so ergebenen Augen sehn? Unsichere Fragen und ungeeignet-
ster Augenblick, sie zu stellen!

»Ich komme, weil ich glaube, daß mich der Heizer irgendwelcher
Unredlichkeiten beschuldigt. Ein Mädchen aus der Küche sagte mir,
sie hätte ihn auf dem Wege hierher gesehen. Herr Kapitän und Sie alle
meine Herren, ich bin bereit, jede Beschuldigung an der Hand meiner
Schriften, nötigenfalls durch Aussagen unvoreingenommener und
unbeeinflußter Zeugen, die vor der Türe stehen, zu widerlegen.« So
sprach Schubal. Das war allerdings die klare Rede eines Mannes, und
nach der Veränderung in den Mienen der Zuhörer hätte man glauben
können, sie hörten zum erstenmal nach langer Zeit wieder menschliche Laute. Sie bemerkten freilich nicht, daß selbst diese schöne Rede
Löcher hatte. Warum war das erste sachliche Wort, das ihm einfiel,
»Unredlichkeiten«? Hätte vielleicht die Beschuldigung hier einsetzen
müssen, statt bei seinen nationalen Voreingenommenheiten? Ein
Mädchen aus der Küche hatte den Heizer auf dem Weg ins Bureau
gesehen, und Schubal hatte sofort begriffen? War es nicht das Schuldbewußtsein, das ihm den Verstand schärfte? Und Zeugen hatte er
gleich mitgebracht und nannte sie noch außerdem unvoreingenommen und unbeeinflußt? Gaunerei, nichts als Gaunerei! Und die
Herren duldeten das und anerkannten es noch als richtiges Benehmen? Warum hatte er zweifellos sehr viel Zeit zwischen der Meldung
des Küchenmädchens und seiner Ankunft hier verstreichen lassen?
Doch zu keinem anderen Zwecke, als damit der Heizer die Herren so
ermüde, daß sie allmählich ihre klare Urteilskraft verlören, welche
Schubal vor allem zu fürchten hatte. Hatte er, der sicher schon lange
hinter der Tür gestanden hatte, nicht erst in dem Augenblick ge-
klopft, als er infolge der nebensächlichen Frage jenes Herrn hoffen
durfte, der Heizer sei erledigt?

Alles war klar und wurde ja auch von Schubal wider Willen so
dargeboten, aber den Herren mußte man es anders, noch handgreifli-
cher zeigen. Sie brauchten Aufrüttelung. Also Karl, rasch, nütze jetzt
wenigstens die Zeit aus, ehe die Zeugen auftreten und alles über-
schwemmen!

Eben aber winkte der Kapitän dem Schubal ab, der daraufhin sofort –
denn seine Angelegenheit schien für ein Weilchen aufgeschoben zu
sein – beiseite trat und mit dem Diener, der sich ihm gleich ange-

schlossen hatte, eine leise Unterhaltung begann, bei der es an Seitenblicken nach dem Heizer und Karl sowie an den überzeugtesten Handbewegungen nicht fehlte. Schubal schien so seine nächste große Rede einzuüben.

»Wollten Sie nicht den jungen Menschen etwas fragen, Herr Jakob?« sagte der Kapitän unter allgemeiner Stille zu dem Herrn mit dem Bambusstöckchen.

»Allerdings«, sagte dieser, mit einer kleinen Neigung für die Aufmerksamkeit dankend. Und fragte dann Karl nochmals: »Wie heißen Sie eigentlich?«

Karl, welcher glaubte, es sei im Interesse der großen Hauptsache gelegen, wenn dieser Zwischenfall des hartnäckigen Fragers bald erledigt würde, antwortete kurz, ohne, wie es seine Gewohnheit war, durch Vorweisung des Passes sich vorzustellen, den er erst hätte suchen müssen: »Karl Roßmann«.

»Aber«, sagte der mit Jakob Angesprochene und trat zuerst fast ungläubig lächelnd zurück. Auch der Kapitän, der Oberkassier, der Schiffsoffizier, ja sogar der Diener zeigten deutlich ein übermäßiges Erstaunen wegen Karls Namen. Nur die Herren von der Hafenbehörde und Schubal verhielten sich gleichmütig.

»Aber«, wiederholte Herr Jakob und trat mit etwas steifen Schritten auf Karl zu, »dann bin ich ja dein Onkel Jakob, und du bist mein lieber Neffe. Ahnte ich es doch die ganze Zeit über!« sagte er zum Kapitän hin, ehe er Karl umarmte und küßte, der alles stumm geschehen ließ.

»Wie heißen Sie?« fragte Karl, nachdem er sich losgelassen fühlte, zwar sehr höflich, aber gänzlich ungerührt, und strengte sich an, die Folgen abzusehen, welche dieses neue Ereignis für den Heizer haben dürfte. Vorläufig deutete nichts darauf hin, daß Schubal aus dieser Sache Nutzen ziehen könnte.

»Begreifen Sie doch, junger Mann, Ihr Glück«, sagte der Kapitän, der durch Karls Frage die Würde der Person des Herrn Jakob verletzt glaubte, der sich zum Fenster gestellt hatte, offenbar, um sein aufgeregtes Gesicht, das er überdies mit einem Taschentuch betupfte, den andern nicht zeigen zu müssen. »Es ist der Senator Edward Jakob, der sich Ihnen als Ihr Onkel zu erkennen gegeben hat. Es erwartet Sie nunmehr, doch wohl ganz gegen Ihre bisherigen Erwartungen, eine glänzende Laufbahn. Versuchen Sie das einzusehen, so gut es im ersten Augenblick geht, und fassen Sie sich!«

»Ich habe allerdings einen Onkel Jakob in Amerika«, sagte Karl zum Kapitän gewendet, »aber wenn ich recht verstanden habe, ist Jakob bloß der Zuname des Herrn Senators.«

»So ist es«, sagte der Kapitän erwartungsvoll.

»Nun, mein Onkel Jakob, welcher der Bruder meiner Mutter ist, heißt aber mit dem Taufnamen Jakob, während sein Zuname natürlich gleich jenem meiner Mutter lauten müßte, welche eine geborene Bendelmayer ist.«

»Meine Herren!« rief der Senator, der von seinem Erholungsposten beim Fenster zurückkehrte, mit Bezug auf Karls Erklärung aus. Alle, mit Ausnahme der Hafenbeamten, brachen in Lachen aus, manche wie in Rührung, manche undurchdringlich.

»So lächerlich war das, was ich gesagt habe, doch keineswegs«, dachte Karl.

»Meine Herren«, wiederholte der Senator, »Sie nehmen gegen meinen und gegen Ihren Willen an einer kleinen Familienszene teil, und ich kann deshalb nicht umhin, Ihnen eine Erläuterung zu geben, da, wie ich glaube, nur der Herr Kapitän« – diese Erwähnung hatte eine gegenseitige Verbeugung zur Folge – »vollständig unterrichtet ist.«

»Jetzt muß ich aber wirklich auf jedes Wort achtgeben«, sagte sich Karl und freute sich, als er bei einem Seitwärtsschauen bemerkte, daß in die Figur des Heizers das Leben zurückzukehren begann.

»Ich lebe seit allen den langen Jahren meines amerikanischen Aufenthaltes – das Wort Aufenthalt paßt hier allerdings schlecht für den amerikanischen Bürger, der ich mit ganzer Seele bin –, seit allen den langen Jahren lebe ich also von meinen europäischen Verwandten vollständig getrennt, aus Gründen, die erstens nicht hierher gehören und die zweitens zu erzählen mich wirklich zu sehr hernehmen würde. Ich fürchte mich sogar vor dem Augenblick, wo ich vielleicht gezwungen sein werde, sie meinem lieben Neffen zu erzählen, wobei sich leider ein offenes Wort über seine Eltern und ihren Anhang nicht vermeiden lassen wird.«

»Es ist mein Onkel, kein Zweifel«, sagte sich Karl und lauschte, »wahrscheinlich hat er seinen Namen ändern lassen.«

»Mein lieber Neffe ist nun von seinen Eltern – sagen wir nur das

Wort, das die Sache auch wirklich bezeichnet – einfach beiseitege-schafft worden, wie man eine Katze vor die Tür wirft, wenn sie ärgert. Ich will durchaus nicht beschönigen, was mein Neffe gemacht hat, daß er so gestraft wurde, aber sein Verschulden ist ein solches, daß sein einfaches Nennen schon genug Entschuldigung enthält.«

»Das läßt sich hören«, dachte Karl, »aber ich will nicht, daß er es allen erzählt. Übrigens kann er es ja auch nicht wissen. Woher denn?«

»Er wurde nämlich«, fuhr der Onkel fort und stützte sich mit kleinen Neigungen auf das vor ihm eingestemmte Bambusstöckchen, wo-durch es ihm tatsächlich gelang, der Sache die unnötige Feierlichkeit zu nehmen, die sie sonst unbedingt gehabt hätte, »er wurde nämlich von einem Dienstmädchen, Johanna Brummer, einer etwa 35jährigen Person, verführt. Ich will mit dem Worte ›verführt‹ meinen Neffen durchaus nicht kränken, aber es ist doch schwer, ein anderes gleich passendes Wort zu finden.«

Karl, der schon ziemlich nahe zum Onkel getreten war, drehte sich hier um, um den Eindruck der Erzählung von den Gesichtern der Anwesenden abzulesen. Keiner lachte, alle hörten geduldig und ernsthaft zu. Schließlich lacht man auch nicht über den Neffen eines Senators bei der ersten Gelegenheit, die sich darbietet. Eher hätte man schon sagen können, daß der Heizer, wenn auch nur ganz wenig, Karl anlächelte, was aber erstens als neues Lebenszeichen erfreulich und zweitens entschuldbar war, da ja Karl in der Kabine aus dieser Sache, die jetzt so publik wurde, ein besonderes Geheimnis hatte machen wollen.

»Nun hat diese Brummer«, setzte der Onkel fort, »von meinem Neffen ein Kind bekommen, einen gesunden Jungen, welcher in der Taufe den Namen Jakob erhielt, zweifellos in Gedanken an meine Wenigkeit, welche, selbst in den sicher nur ganz nebensächlichen Erwähnungen meines Neffen, auf das Mädchen einen großen Ein-druck gemacht haben muß. Glücklicherweise, sage ich. Denn da die Eltern zur Vermeidung der Alimentenzahlung oder sonstigen bis an sie selbst heranreichenden Skandales – ich kenne, wie ich betonen muß, weder die dortigen Gesetze noch die sonstigen Verhältnisse der Eltern –, da sie also zur Vermeidung der Alimentenzahlung und des Skandales ihren Sohn, meinen lieben Neffen, nach Amerika haben transportieren lassen, mit unverantwortlich ungenügender Ausrüstung, wie man sieht, so wäre der Junge, ohne die gerade noch in Amerika lebendigen Zeichen und Wunder, auf sich allein angewiesen, wohl schon gleich in einem Gäßchen im Hafen von New York verkommen, wenn nicht jenes Dienstmädchen in einem an mich gerichteten Brief, der nach langen Irrfahrten vorgestern in meinen Besitz kam, mir die ganze Geschichte samt Personenbeschreibung meines Neffen und vernünftigerweise auch Namensnennung des Schiffes mitgeteilt hätte. Wenn ich es darauf angelegt hätte, Sie, meine Herren, zu unterhalten, könnte ich wohl einige Stellen jenes Briefes« – er zog zwei riesige, engbeschriebene Briefbogen aus der Tasche und schwenkte sie – »hier vorlesen. Er würde sicher Wirkung machen, da er mit einer etwas einfachen, wenn auch immer gutgemeinten Schlauheit und viel Liebe zu dem Vater des Kindes geschrieben ist. Aber ich will weder Sie mehr unterhalten, als es zur Aufklärung nötig ist, noch vielleicht gar zum Empfang möglicherweise noch bestehende Gefühle meines Neffen verletzen, der den Brief, wenn er mag, in der Stille seines ihn schon erwartenden Zimmers zur Belehrung lesen kann.«

Karl hatte aber keine Gefühle für jenes Mädchen. Im Gedränge einer immer mehr zurücktretenden Vergangenheit saß sie in ihrer Küche neben dem Küchenschrank, auf dessen Platte sie ihren Ellbogen stützte. Sie sah ihn an, wenn er hin und wieder in die Küche kam, um ein Glas zum Wassertrinken für seinen Vater zu holen oder einen Auftrag seiner Mutter auszurichten. Manchmal schrieb sie in der vertrackten Stellung seitlich vom Küchenschrank einen Brief und holte sich die Eingebungen von Karls Gesicht. Manchmal hielt sie die Augen mit der Hand verdeckt, dann drang keine Anrede zu ihr. Manchmal kniete sie in ihrem engen Zimmerchen neben der Küche und betete zu einem hölzernen Kreuz; Karl beobachtete sie dann nur mit Scheu im Vorübergehen durch die Spalte der ein wenig geöffneten Tür. Manchmal jagte sie in der Küche herum und fuhr, wie eine Hexe lachend, zurück, wenn Karl ihr in den Weg kam. Manchmal schloß sie die Küchentüre, wenn Karl eingetreten war, und behielt die Klinke so lange in der Hand, bis er wegzugehn verlangte. Manchmal holte sie Sachen, die er gar nicht haben wollte, und drückte sie ihm schweigend in die Hände. Einmal aber sagte sie »Karl« und führte ihn, der noch über die unerwartete Ansprache staunte, unter Grimassen seufzend in ihr Zimmerchen, das sie zusperrte. Würgend umarmte sie seinen Hals, und während sie ihn bat, sie zu entkleiden, entkleidete sie in Wirklichkeit ihn und legte ihn in ihr Bett, als wolle sie ihn von jetzt niemandem mehr lassen und ihn streicheln und pflegen bis zum Ende der Welt. »Karl, o du mein Karl!« rief sie, als sähe sie ihn und bestätige sich seinen Besitz, während er nicht das Geringste sah und sich unbehaglich in dem vielen warmen Bettzeug fühlte, das sie eigens für ihn aufgehäuft zu haben schien. Dann legte sie sich auch zu ihm und wollte irgendwelche Geheimnisse von ihm erfahren, aber er konnte ihr keine sagen, und sie ärgerte sich im Scherz oder Ernst, schüttelte ihn, horchte sein Herz ab, bot ihre Brust zum gleichen Abhorchen hin, wozu sie Karl aber nicht bringen konnte, drückte ihren nackten Bauch an seinen Leib, suchte mit der Hand, so widerlich, daß Karl Kopf und Hals aus den Kissen herausschüttelte, zwischen seinen Beinen, stieß dann den Bauch einige Male gegen ihn – ihm war, als sei sie ein Teil seiner selbst, und vielleicht aus diesem Grunde hatte ihn eine entsetzliche Hilfsbedürftigkeit ergriffen. Weinend kam er endlich nach vielen Wiedersehenswünschen ihrerseits in sein Bett. Das war alles gewesen, und doch verstand es der Onkel, daraus eine große Geschichte zu machen. Und die Köchin hatte also auch an ihn gedacht und den Onkel von seiner Ankunft verständigt. Das war schön von ihr gehandelt, und er würde es ihr wohl noch einmal vergelten.

»Und jetzt«, rief der Senator, »will ich von dir offen hören, ob ich dein Onkel bin oder nicht.«

»Du bist mein Onkel«, sagte Karl und küßte ihm die Hand und wurde dafür auf die Stirne geküßt. »Ich bin sehr froh, daß ich dich getroffen habe, aber du irrst, wenn du glaubst, daß meine Eltern nur Schlechtes von dir reden. Aber auch abgesehen davon sind in deiner Rede einige Fehler enthalten gewesen, das heißt, ich meine, es hat sich in Wirklichkeit nicht alles so zugetragen. Du kannst aber auch wirklich von hier aus die Dinge nicht so gut beurteilen, und ich glaube außerdem, daß es keinen besonderen Schaden bringen wird, wenn die Herren in Einzelheiten einer Sache, an der ihnen doch wirklich nicht viel liegen kann, ein wenig unrichtig informiert worden sind.«

»Wohl gesprochen«, sagte der Senator, führte Karl vor den sichtlich teilnehmenden Kapitän und fragte: »Habe ich nicht einen prächtigen Neffen?«

»Ich bin glücklich«, sagte der Kapitän mit einer Verbeugung, wie sie nur militärisch geschulte Leute zustandebringen, »Ihren Neffen, Herr Senator, kennen gelernt zu haben. Es ist eine besondere Ehre für mein Schiff, daß es den Ort eines solchen Zusammentreffens abgeben konnte. Aber die Fahrt im Zwischendeck war wohl sehr arg, ja, wer kann denn wissen, wer da mitgeführt wird. Nun, wir tun alles Mögliche, den Leuten im Zwischendeck die Fahrt möglichst zu erleichtern, viel mehr zum Beispiel, als die amerikanischen Linien, aber eine solche Fahrt zu einem Vergnügen zu machen, ist uns allerdings noch immer nicht gelungen.«

»Es hat mir nicht geschadet«, sagte Karl.

»Es hat ihm nicht geschadet!« wiederholte laut lachend der Senator.

»Nur meinen Koffer fürchte ich verloren zu –« und damit erinnerte er sich an alles, was geschehen war und was noch zu tun übrigblieb, sah sich um und erblickte alle Anwesenden stumm vor Achtung und Staunen auf ihren früheren Plätzen, die Augen auf ihn gerichtet. Nur den Hafenbeamten sah man, soweit ihre strengen, selbstzufriedenen Gesichter einen Einblick gestatteten, das Bedauern an, zu so ungelegener Zeit gekommen zu sein, und die Taschenuhr, die sie jetzt vor sich liegen hatten, war ihnen wahrscheinlich wichtiger als alles, was im Zimmer vorging und vielleicht noch geschehen konnte.

Der erste, welcher nach dem Kapitän seine Anteilnahme ausdrückte, war merkwürdigerweise der Heizer. »Ich gratuliere Ihnen herzlich«, sagte er und schüttelte Karl die Hand, womit er auch etwas wie Anerkennung ausdrücken wollte. Als er sich dann mit der gleichen Ansprache auch an den Senator wenden wollte, trat dieser zurück, als überschreite der Heizer damit seine Rechte; der Heizer ließ auch sofort ab.

Die übrigen aber sahen jetzt ein, was zu tun war, und bildeten gleich um Karl und den Senator einen Wirrwarr. So geschah es, daß Karl sogar eine Gratulation Schubals erhielt, annahm und für sie dankte. Als letzte traten in der wieder entstandenen Ruhe die Hafenbeamten hinzu und sagten zwei englische Worte, was einen lächerlichen Eindruck machte.

Der Senator war ganz in der Laune, um das Vergnügen vollständig auszukosten, nebensächlichere Momente sich und den anderen in Erinnerung zu bringen, was natürlich von allen nicht nur geduldet, sondern mit Interesse hingenommen wurde. So machte er darauf aufmerksam, daß er sich die in dem Brief der Köchin erwähnten hervorstechendsten Erkennungszeichen Karls in sein Notizbuch zu möglicherweise notwendigem augenblicklichen Gebrauch eingetragen hatte. Nun hatte er während des unerträglichen Geschwätzes des Heizers zu keinem anderen Zweck, als um sich abzulenken, das Notizbuch herausgezogen und die natürlich nicht gerade detektivisch richtigen Beobachtungen der Köchin mit Karls Aussehen zum Spiel in Verbindung zu bringen gesucht. »Und so findet man seinen Neffen!« schloß er in einem Ton, als wolle er noch einmal Gratulationen bekommen.

»Was wird jetzt dem Heizer geschehen?« fragte Karl vorbei an der letzten Erzählung des Onkels. Er glaubte in seiner neuen Stellung alles, was er dachte, auch aussprechen zu können.

»Dem Heizer wird geschehen, was er verdient«, sagte der Senator, »und was der Herr Kapitän für gut erachtet. Ich glaube, wir haben von dem Heizer genug und übergenug, wozu mir jeder der anwesenden Herren sicher zustimmen wird.«

»Darauf kommt es doch nicht an, bei einer Sache der Gerechtigkeit«, sagte Karl. Er stand zwischen dem Onkel und dem Kapitän und glaubte, vielleicht durch diese Stellung beeinflußt, die Entscheidung in der Hand zu haben.

Und trotzdem schien der Heizer nichts mehr für sich zu hoffen. Die Hände hielt er halb in dem Hosengürtel, der durch seine aufgeregten Bewegungen mit dem Streifen eines gemusterten Hemdes zum Vorschein gekommen war. Das kümmerte ihn nicht im geringsten; er hatte sein ganzes Leid geklagt, nun sollte man auch noch die paar Fetzen sehen, die er am Leibe hatte, und dann sollte man ihn forttragen. Er dachte sich aus, der Diener und Schubal, als die zwei hier im Range Tiefsten, sollten ihm die letzte Güte erweisen. Schubal würde dann Ruhe haben und nicht mehr in Verzweiflung kommen, wie sich der Oberkassier ausgedrückt hatte. Der Kapitän würde lauter Rumänen anstellen können, es würde überall rumänisch gesprochen werden, und vielleicht würde dann wirklich alles besser gehen. Kein Heizer würde mehr in der Hauptkassa schwätzen, nur sein letztes Geschwätz würde man in ziemlich freundlicher Erinnerung behalten, da es, wie der Senator ausdrücklich erklärt hatte, die mittelbare Veranlassung zur Erkennung des Neffen gegeben hatte. Dieser Neffe hatte ihm übrigens vorher öfters zu nützen gesucht und daher für seinen Dienst bei der Wiedererkennung längst vorher einen mehr als genügenden Dank abgestattet; dem Heizer fiel gar nicht ein, jetzt noch etwas von ihm zu verlangen. Im übrigen, mochte er auch der Neffe des Senators sein, ein Kapitän war er noch lange nicht, aber aus dem Munde des Kapitäns würde schließlich das böse Wort fallen. – So wie es seiner Meinung entsprach, versuchte auch der Heizer, nicht zu Karl hinzusehen, aber leider blieb in diesem Zimmer der Feinde kein anderer Ruheort für seine Augen.

»Mißverstehe die Sachlage nicht«, sagte der Senator zu Karl, »es handelt sich vielleicht um eine Sache der Gerechtigkeit, aber gleichzeitig um eine Sache der Disziplin. Beides und ganz besonders das letztere unterliegt hier der Beurteilung des Herrn Kapitäns.«

»So ist es«, murmelte der Heizer. Wer es merkte und verstand, lächelte befremdet.

»Wir aber haben überdies den Herrn Kapitän in seinen Amtsgeschäften, die sich sicher gerade bei der Ankunft in New York unglaublich häufen, so sehr schon behindert, daß es höchste Zeit für uns ist, das Schiff zu verlassen, um nicht zum Überfluß auch noch durch irgendwelche höchst unnötige Einmischung diese geringfügige Zänkerei zweier Maschinisten zu einem Ereignis zu machen. Ich begreife deine Handlungsweise, lieber Neffe, übrigens vollkommen, aber gerade das gibt mir das Recht, dich eilends von hier fortzuführen.«

»Ich werde sofort ein Boot für Sie flottmachen lassen«, sagte der Kapitän, ohne zum Erstaunen Karls auch nur den kleinsten Einwand gegen die Worte des Onkels vorzubringen, die doch zweifellos als eine Selbstdemütigung des Onkels angesehen werden konnten. Der Oberkassier eilte überstürzt zum Schreibtisch und telephonierte den Befehl des Kapitäns an den Bootsmeister.

»Die Zeit drängt schon«, sagte sich Karl, »aber ohne alle zu beleidigen, kann ich nichts tun. Ich kann doch jetzt den Onkel nicht verlassen, nachdem er mich kaum wiedergefunden hat. Der Kapitän ist zwar höflich, aber das ist auch alles. Bei der Disziplin hört seine

Höflichkeit auf, und der Onkel hat ihm sicher aus der Seele gesprochen. Mit Schubal will ich nicht reden, es tut mir sogar leid, daß ich ihm die Hand gereicht habe. Und alle anderen Leute hier sind Spreu.«

Und er ging langsam in solchen Gedanken zum Heizer, zog dessen rechte Hand aus dem Gürtel und hielt sie spielend in der seinen. »Warum sagst du denn nichts?« fragte er. »Warum läßt du dir alles gefallen?«

Der Heizer legte nur die Stirn in Falten, als suche er den Ausdruck für das, was er zu sagen habe. Im übrigen sah er auf Karls und seine Hand hinab.

»Dir ist ja Unrecht geschehen, wie keinem auf dem Schiff, das weiß ich ganz genau.« Und Karl zog seine Finger hin und her zwischen den Fingern des Heizers, der mit glänzenden Augen ringsumher schaute, als widerfahre ihm eine Wonne, die ihm aber niemand verübeln möge.

»Du mußt dich aber zur Wehr setzen, ja und nein sagen, sonst haben doch die Leute keine Ahnung von der Wahrheit. Du mußt mir versprechen, daß du mir folgen wirst, denn ich selbst, das fürchte ich mit vielem Grund, werde dir gar nicht mehr helfen können.« Und nun weinte Karl, während er die Hand des Heizers küßte, und nahm die rissige, fast leblose Hand und drückte sie an seine Wangen, wie einen Schatz, auf den man verzichten muß. – Da war aber auch schon der Onkel Senator an seiner Seite und zog ihn, wenn auch nur mit dem leichtesten Zwange, fort.

»Der Heizer scheint dich bezaubert zu haben«, sagte er und sah verständnisinnig über Karls Kopf zum Kapitän hin.

»Du hast dich verlassen gefühlt, da hast du den Heizer gefunden und bist ihm jetzt dankbar, das ist ja ganz löblich. Treibe das aber, schon mir zuliebe, nicht zu weit und lerne deine Stellung begreifen.«

Vor der Tür entstand ein Lärmen, man hörte Rufe, und es war sogar, als werde jemand brutal gegen die Türe gestoßen. Ein Matrose trat ein, etwas verwildert, und hatte eine Mädchenschürze umgebunden. »Es sind Leute draußen«, rief er und stieß einmal mit dem Ellbogen herum, als sei er noch im Gedränge. Endlich fand er seine Besinnung und wollte vor dem Kapitän salutieren, da bemerkte er die Mädchenschürze, riß sie herunter, warf sie zu Boden und rief: »Das ist ja ekelhaft, da haben sie mir eine Mädchenschürze umgebunden.« Dann aber klappte er die Hacken zusammen und salutierte. Jemand versuchte zu lachen, aber der Kapitän sagte streng: »Das nenne ich eine gute Laune. Wer ist denn draußen?«

»Es sind meine Zeugen«, sagte Schubal vortretend, »ich bitte ergebenst um Entschuldigung für ihr unpassendes Benehmen. Wenn die Leute die Seefahrt hinter sich haben, sind sie manchmal wie toll.«

»Rufen Sie sie sofort herein!« befahl der Kapitän, und gleich sich zum Senator umwendend sagte er verbindlich, aber rasch: »Haben Sie jetzt die Güte, verehrter Herr Senator, mit Ihrem Herrn Neffen diesem Matrosen zu folgen, der Sie ins Boot bringen wird. Ich muß wohl nicht erst sagen, welches Vergnügen und welche Ehre mir das persönliche Bekanntwerden mit Ihnen, Herr Senator, bereitet hat. Ich wünsche mir nur, bald Gelegenheit zu haben, mit Ihnen, Herr Senator, unser unterbrochenes Gespräch über die amerikanischen Flottenverhältnisse wieder einmal aufnehmen zu können und dann vielleicht neuerdings auf so angenehme Weise, wie heute, unterbrochen zu werden.«

»Vorläufig genügt mir dieser eine Neffe«, sagte der Onkel lachend. »Und nun nehmen Sie meinen besten Dank für Ihre Liebenswürdigkeit und leben Sie wohl. Es wäre übrigens gar nicht so unmöglich, daß wir« – er drückte Karl herzlich an sich – »bei unserer nächsten Europareise vielleicht für längere Zeit mit Ihnen zusammenkommen könnten.«

»Es würde mich herzlich freuen«, sagte der Kapitän. Die beiden Herren schüttelten einander die Hände, Karl konnte nur noch stumm und flüchtig seine Hand dem Kapitän reichen, denn dieser war bereits von den vielleicht fünfzehn Leuten in Anspruch genommen, welche unter Führung Schubals zwar etwas betroffen, aber doch sehr laut einzogen. Der Matrose bat den Senator, vorausgehen zu dürfen, und teilte dann die Menge für ihn und Karl, die leicht zwischen den sich verbeugenden Leuten durchkamen. Es schien, daß diese im übrigen gutmütigen Leute den Streit Schubals mit dem Heizer als einen Spaß auffaßten, dessen Lächerlichkeit nicht einmal vor dem Kapitän aufhöre. Karl bemerkte unter ihnen auch das Küchenmädchen Line, welche, ihm lustig zuzwinkernd, die vom Matrosen hingeworfene Schürze umband, denn es war die ihre.

Weiter dem Matrosen folgend verließen sie das Bureau und bogen in einen kleinen Gang ein, der sie nach ein paar Schritten zu einem Türchen brachte, von dem aus eine kurze Treppe in das Boot hinabführte, welches für sie vorbereitet war. Die Matrosen im Boot, in das ihr Führer gleich mit einem einzigen Satz hinuntersprang, erhoben sich und salutierten. Der Senator gab Karl gerade eine Ermahnung zu vorsichtigem Hinuntersteigen, als Karl noch auf der obersten Stufe in heftiges Weinen ausbrach. Der Senator legte die rechte Hand unter Karls Kinn, hielt ihn fest an sich gepreßt und streichelte ihn mit der linken Hand. So gingen sie langsam Stufe für Stufe hinab und traten engverbunden ins Boot, wo der Senator für Karl gerade sich gegenüber einen guten Platz aussuchte. Auf ein Zeichen des Senators stießen die Matrosen vom Schiffe ab und waren gleich in voller Arbeit. Kaum waren sie ein paar Meter vom Schiffe entfernt, machte Karl die unerwartete Entdeckung, daß sie sich gerade auf jener Seite des Schiffes befanden, wohin die Fenster der Hauptkassa gingen. Alle drei Fenster waren mit Zeugen Schubals besetzt, welche freundschaftlichst grüßten und winkten, sogar der Onkel dankte, und ein Matrose machte das Kunststück, ohne eigentlich das gleichmäßige Rudern zu unterbrechen, eine Kußhand hinaufzuschicken. Es war wirklich, als gäbe es keinen Heizer mehr. Karl faßte den Onkel, mit dessen Knien sich die seinen fast berührten, genauer ins Auge, und es kamen ihm Zweifel, ob dieser Mann ihm jemals den Heizer werde ersetzen können. Auch wich der Onkel seinem Blicke aus und sah auf die Wellen hin, von denen ihr Boot umschwankt wurde.

Erinnerung an die Kaldabahn

Eine Zeit meines Lebens – es ist nun schon viele Jahre her – hatte ich eine Anstellung bei einer kleinen Bahn im Innern Rußlands. So verlassen wie dort bin ich niemals gewesen. Aus verschiedenen Gründen, die nicht hierhergehören, suchte ich damals einen solchen Ort, je mehr Einsamkeit mir um die Ohren schlug, desto lieber war es mir, und ich will also auch jetzt nicht darüber klagen. Nur Beschäftigung fehlte mir in der ersten Zeit.

Die kleine Bahn war ursprünglich vielleicht aus irgendwelchen wirtschaftlichen Absichten angelegt worden, das Kapital hatte aber nicht ausgereicht, der Bau kam ins Stocken und statt nach Kalda, dem nächsten, von uns fünf Tagreisen mit dem Wagen entfernten, größern Ort, zu führen, machte die Bahn bei einer kleinen Ansiedlung geradezu in einer Einöde halt, von wo noch eine ganze Tagereise nach Kalda nötig war. Nun hätte die Bahn, selbst wenn sie bis Kalda ausgedehnt worden wäre, noch für unabsehbare Zeiten unrentabel bleiben müssen, denn ihr ganzer Plan war verfehlt, das Land brauchte Straßen, aber keine Eisenbahnen, in dem Zustand jedoch, in dem sich die Bahn jetzt befand, konnte sie überhaupt nicht bestehn, die zwei Züge, die täglich verkehrten, führten Lasten mit sich, die ein leichter Wagen hätte transportieren können, und Passagiere waren nur ein paar Feldarbeiter im Sommer. Aber man wollte die Bahn doch nicht gänzlich eingehn lassen, denn man hoffte immer noch dadurch, daß man sie in Betrieb erhielt, für den weitern Ausbau Kapital anzulocken. Auch diese Hoffnung war meiner Meinung nach nicht so sehr Hoffnung als vielmehr Verzweiflung und Faulheit. Man ließ die Bahn laufen, solange noch Material und Kohle vorhanden waren, man zahlte den paar Arbeitern die Löhne unregelmäßig und verkürzt, als wären es Gnadengeschenke, und wartete im übrigen auf den Zusammenbruch des Ganzen.

Bei dieser Bahn war ich angestellt und bewohnte einen Holzverschlag, der noch seit dem Bau der Bahn dort zurückgeblieben war und gleichzeitig als Stationsgebäude diente. Er hatte nur einen Raum, in dem eine Pritsche für mich aufgestellt war – und ein Pult für mögliche Schreibarbeiten. Über ihm war der telegraphische Apparat angebracht. Als ich im Frühjahr hinkam, passierte der eine Zug die Station sehr früh – später wurde es geändert –, und es geschah manchmal, daß irgendein Passagier zur Station kam, während ich noch schlief. Er blieb dann natürlich – die Nächte waren dort bis in die Mitte des Sommers hinein sehr kühl – nicht im Freien, sondern klopfte an, ich riegelte auf und wir verbrachten dann oft ganze Stunden mit Plaudern. Ich lag auf meiner Pritsche, mein Gast hockte auf dem Boden oder kochte nach meiner Anweisung Tee, den wir dann beide in gutem Einverständnis tranken. Alle diese Dorfleute zeichnet große Verträglichkeit aus. Ich merkte übrigens, daß ich nicht sehr dazu angetan war, vollständige Einsamkeit zu ertragen, wenn ich mir auch sagen mußte, daß diese Einsamkeit, die ich mir auferlegt hatte, schon nach kurzer Zeit die vergangenen Sorgen zu zerstreuen begann. Ich habe überhaupt gefunden, daß es eine große Kraftprobe für ein Unglück ist, einen Menschen in der Einsamkeit dauernd zu beherrschen. Die Einsamkeit ist mächtiger als alles und treibt einen wieder den Menschen zu. Natürlich versucht man dann andere, scheinbar weniger schmerzliche, in Wirklichkeit bloß noch unbekannte Wege zu finden.

Ich schloß mich den Leuten dort mehr an, als ich gedacht hatte. Ein regelmäßiger Verkehr war es natürlich nicht. Von den fünf Dörfern, die für mich in Betracht kamen, war jedes einige Stunden sowohl von der Station als auch von den andern Dörfern entfernt. Allzuweit mich von der Station zu entfernen durfte ich nicht wagen, wenn ich nicht meinen Posten verlieren wollte. Und das wollte ich wenigstens in der ersten Zeit durchaus nicht. In die Dörfer selbst konnte ich nicht gehn und blieb auf die Passagiere angewiesen oder auf die Leute, welche den weiten Weg nicht scheuten, um mir einen Besuch zu machen. Schon im ersten Monat fanden sich solche Leute ein, aber wie freundlich sie auch waren, es war leicht zu erkennen, daß sie nur kamen, um vielleicht ein Geschäft mit mir zu machen, sie verbargen übrigens auch ihre Absicht gar nicht. Sie brachten verschiedene Waren, und ich kaufte zuerst, solange ich Geld hatte, gewöhnlich fast unbesehen alles ein, so willkommen waren mir die Leute, besonders einzelne. Später schränkte ich die Einkäufe allerdings ein, unter anderem auch deshalb, weil ich zu bemerken glaubte, daß meine Art, einzukaufen, ihnen verächtlich erschien. Außerdem bekam ich auch Lebensmittel mit der Bahn, die waren allerdings ganz schlecht und noch viel teurer als das, was die Bauern brachten.

Ursprünglich hatte ich ja beabsichtigt, einen kleinen Gemüsegarten anzulegen, eine Kuh zu kaufen und mich auf diese Weise möglichst unabhängig von allen zu machen. Ich hatte auch Gartengeräte und Aussaat mitgebracht, Boden war überreichlich da, unbebaut dehnte er sich in einer einzigen Fläche um meine Hütte, ohne die geringste Erhöhung, soweit das Auge reichte. Aber ich war zu schwach, um diesen Boden zu bezwingen. Ein widerspenstiger Boden, der bis ins Frühjahr festgefroren war und selbst meiner neuen scharfen Hacke widerstand. Was man an Aussaat in ihn senkte, war verloren. Ich bekam Verzweiflungsanfälle bei dieser Arbeit. Ich lag tagelang auf meiner Pritsche und kam nicht einmal bei Ankunft der Züge hinaus. Ich steckte dann nur den Kopf aus der Luke, die gerade über der Pritsche angebracht war, und machte die Meldung, daß ich krank sei. Dann kam das Zugpersonal, das aus drei Mann bestand, zu mir herein, um sich zu wärmen, aber sie fanden nicht viel Wärme, denn ich vermied es womöglich, den alten, leicht explodierenden Eisenofen zu benützen. Ich lag lieber in einen alten warmen Mantel eingepackt und mit verschiedenen Fellen zugedeckt, die ich den Bauern nach und nach abgekauft hatte. »Du bist oft krank«, sagten sie mir. »Du bist ein kränklicher Mensch. Du wirst nicht mehr von hier fortkommen.« Sie sagten es nicht etwa, um mich traurig zu machen, sondern sie hatten das Bestreben, wenn es nur möglich war, die Wahrheit rund herauszusagen. Sie taten das meistens unter einem eigentümlichen Glotzen der Augen.

Einmal im Monat, aber immer zu verschiedenen Zeiten, kam ein Inspektor, um mein Vormerkbuch zu überprüfen, das eingenommene Geld mir abzunehmen und – dies aber nicht immer – den Lohn mir auszuzahlen. Seine Ankunft wurde mir immer einen Tag vorher von den Leuten angezeigt, die ihn in der letzten Station abgesetzt hatten. Diese Anzeige hielten sie für die größte Wohltat, die sie mir erweisen konnten, trotzdem ich natürlich jeden Tag alles in Ordnung hatte. Es war auch nicht die geringste Mühe dazu nötig. Aber auch der Inspektor betrat immer die Station mit einer Miene, als müsse er diesmal meine Mißwirtschaft unbedingt aufdecken. Die Tür der Hütte öffnete er immer mit einem Kniestoß und sah mich dabei an. Kaum hatte er mein Buch aufgeschlagen, fand er einen Fehler. Es brauchte lange Zeit, ehe ich durch nochmalige Rechnung vor seinen Augen ihm nachwies, daß nicht ich, sondern er einen Fehler begangen hatte. Immer war er mit meiner Einnahme unzufrieden, dann schlug er klatschend auf das Buch und sah mich wieder scharf an. »Wir werden die Bahn einstellen müssen«, sagte er jedesmal. »Es wird dazu kommen«, antwortete ich gewöhnlich.

Nach beendeter Revision änderte sich unser Verhältnis. Ich hatte immer Schnaps und womöglich irgendeine Delikatesse vorbereitet. Wir tranken einander zu, er sang mit einer erträglichen Stimme, aber immer nur zwei Lieder, eines war traurig und begann: »Wohin gehst du, kleines Kind, im Walde?«, das zweite war lustig und fing so an: »Fröhliche Gesellen, ich gehöre zu euch!« – Je nach der Laune, in die ich ihn zu versetzen imstande war, bekam ich meinen Lohn in Teilen ausgezahlt. Aber nur am Anfang solcher Unterhaltungen beobachtete ich ihn mit irgendeiner Absicht, später wurden wir ganz einig, beschimpften schamlos die Verwaltung, ich bekam geheime Versprechungen ins Ohr geflüstert über die Karriere, die er für mich erwirken wollte, und schließlich fielen wir gemeinsam auf die Pritsche nieder in einer Umarmung, die wir oft zehn Stunden nicht lösten. Am nächsten Morgen reiste er wieder als mein Vorgesetzter weg. Ich stand vor dem Zug und salutierte, er drehte sich während des Einsteigens gewöhnlich noch nach mir um und sagte: »Also Freundchen, in einem Monat sehn wir uns wieder. Du weißt, was für dich auf dem Spiel steht.« Ich sehe noch sein mir mit Mühe zugewendetes verquollenes Gesicht, alles drängte in diesem Gesicht vor, die Wangen, die Nase, die Lippen.

Das war die einmalige große Abwechslung im Monat, bei der ich mich gehen ließ; war irrtümlich etwas Schnaps zurückgeblieben, dann soff ich es gleich nach der Abfahrt des Inspektors aus, meistens hörte ich noch das Abfahrtsignal des Zuges, während es schon in mich hineingurgelte. Der Durst nach einer solchen Nacht war fürchterlich; es war, als ob in mir ein zweiter Mensch wäre, der aus meinem Mund seinen Kopf und Hals streckte und nach etwas Trinkbarem schrie. Der Inspektor war versorgt, der führte in seinem Zug immer großen Trinkvorrat mit sich, ich aber war auf die Reste angewiesen.

Dann aber trank ich den ganzen Monat lang nichts, ich rauchte auch nicht, ich machte meine Arbeit und wollte nichts anderes. Es war, wie gesagt, nicht viel Arbeit, aber ich machte sie gründlich. Ich hatte zum Beispiel die Verpflichtung, die Geleise einen Kilometer weit rechts und links von der Station täglich zu reinigen und zu untersuchen. Ich hielt mich aber nicht an die Bestimmung und ging oft viel weiter, so weit, daß ich gerade noch die Station sehen konnte. Bei klarem Wetter war das noch bei etwa fünf Kilometer Entfernung möglich, das Land war ja ganz flach. War ich dann so weit, daß die Hütte in der Ferne mir schon vor den Augen fast nur flimmerte, sah ich manchmal infolge der Augentäuschung viele schwarze Punkte sich zur Hütte hin bewegen. Es waren ganze Gesellschaften, ganze Trupps. Manchmal aber kam wirklich jemand, dann lief ich, die Hacke schwingend, die ganze lange Strecke zurück.

Gegen Abend war ich mit meiner Arbeit fertig und zog mich endgültig in die Hütte zurück. Gewöhnlich kam um diese Zeit auch kein Besuch, denn der Rückweg in die Dörfer war bei Nacht nicht ganz sicher. Es trieb sich verschiedenes Gesindel in der Gegend herum, aber es waren nicht Eingeborene, sie wechselten auch, sie kamen allerdings auch wieder zurück. Ich bekam die meisten zu sehn, die einsame Station lockte sie an, sie waren nicht eigentlich gefährlich, aber man mußte streng mit ihnen umgehn.

Sie waren die einzigen, die mich um die Zeit der langen Dämmerung störten. Sonst lag ich auf der Pritsche, dachte nicht an die Vergangenheit, dachte nicht an die Bahn, der nächste Zug fuhr erst zwischen zehn und elf Uhr abends durch, kurz, ich dachte an gar nichts. Hie und da las ich eine alte Zeitung, die man mir vom Zug aus zugeworfen hatte, sie enthielt Skandalgeschichten aus Kalda, die mich interessiert hätten, die ich aber aus der einzelnen Nummer allein nicht verstehen konnte. Außerdem stand in jeder Nummer die Fortsetzung eines Romans, der hieß: ›Die Rache des Kommandeurs‹. Von diesem Kommandeur, der immer einen Dolch an der Seite trug, bei einer besonderen Gelegenheit hielt er ihn sogar zwischen den Zähnen, träumte ich einmal. Übrigens konnte ich nicht viel lesen, da es bald dunkel wurde und Petroleum oder ein Talglicht unerschwinglich teuer waren. Von der Bahn bekam ich für den Monat nur einen halben Liter Petroleum geliefert, das ich lange vor Ablauf des Monats verbraucht hatte, um bloß abends während einer halben Stunde das Signallicht für den Zug zu erhalten. Aber dieses Licht war auch gar nicht nötig und ich zündete es später wenigstens in Mondnächten gar nicht mehr an. Ich sah ganz richtig voraus, daß ich nach Ablauf des Sommers das Petroleum sehr dringend brauchen würde. Ich grub daher in einer Ecke der Hütte eine Grube aus, stellte dort ein altes ausgepichtes Bierfäßchen auf und schüttete jeden Monat das ersparte Petroleum ein. Das Ganze war mit Stroh zugedeckt und niemand

merkte etwas. Je mehr es in der Hütte nach Petroleum stank, desto
zufriedener war ich; der Gestank wurde deshalb so groß, weil es ein
Faß aus altem brüchigem Holz war, das sich voll Petroleum tränkte.
Später grub ich das Faß aus Vorsicht außerhalb der Hütte ein, denn
der Inspektor protzte einmal mir gegenüber mit einer Schachtel
Wachszündhölzchen und warf sie, als ich sie haben wollte, eines nach
dem andern brennend in die Luft. Wir beide und besonders das
Petroleum waren in wirklicher Gefahr, ich rettete alles, indem ich ihn
so lange würgte, bis er alle Zündhölzchen fallen ließ.
In meinen freien Stunden dachte ich öfters darüber nach, wie ich mich
für den Winter versorgen könnte. Wenn ich schon jetzt in der warmen
Jahreszeit fror – und es war, wie man sagte, wärmer als seit vielen
Jahren –, würde es mir im Winter sehr schlecht gehn. Daß ich
Petroleum anhäufte, war nur eine Laune, ich hätte vernünftigerweise
vielerlei für den Winter sammeln müssen; daß sich die Gesellschaft
meiner nicht besonders annehmen würde, daran war ja kein Zweifel,
aber ich war zu leichtsinnig oder, besser gesagt, ich war nicht leichtsinnig, aber es lag mir zuwenig an mir selbst, als daß ich mich in dieser
Hinsicht hätte sehr bemühen wollen. Jetzt in der warmen Jahreszeit
ging es mir leidlich, ich beließ es dabei und unternahm nichts weiter.
Eine der Verlockungen, die mich in diese Station gebracht hatten, war
die Aussicht auf Jagd gewesen. Man hatte mir gesagt, es sei eine
außerordentlich wildreiche Gegend, und ich hatte mir schon ein
Gewehr gesichert, das ich mir, wenn ich einiges Geld gespart haben
würde, nachschicken lassen wollte. Nun zeigte sich, daß von jagdba-
rem Wild hier keine Spur war, nur Wölfe und Bären sollten hier
vorkommen, in den ersten Monaten sah ich keine, und außerdem
waren eigentümliche große Ratten hier, die ich gleich beobachten
konnte, wie sie in Mengen, wie vom Wind geweht, über die Steppe
liefen. Aber das Wild, auf das ich mich gefreut hatte, gab es nicht. Die
Leute hatten mich nicht falsch unterrichtet, die wildreiche Gegend
bestand, nur war sie drei Tagesreisen entfernt – ich hatte nicht
bedacht, daß die Ortsangaben in diesen über hunderte Kilometer hin
unbewohnten Ländern notwendigerweise unsicher sein müssen. Jedenfalls brauchte ich vorläufig das Gewehr nicht und konnte das Geld
für anderes verwenden, für den Winter mußte ich mir allerdings ein
Gewehr anschaffen, und ich legte dafür regelmäßig Geld beiseite. Für

die Ratten, die manchmal meine Nahrungsmittel angriffen, genügte mein langes Messer.

In der ersten Zeit, als ich noch alles neugierig auffaßte, spießte ich einmal eine solche Ratte auf und hielt sie vor mir in Augenhöhe an die Wand. Man sieht kleinere Tiere erst dann genau, wenn man sie vor sich in Augenhöhe hat; wenn man sich zu ihnen zur Erde beugt und sie dort ansieht, bekommt man eine falsche, unvollständige Vorstellung von ihnen. Das Auffallendste an diesen Ratten waren die Krallen, groß, ein wenig gehöhlt und am Ende doch zugespitzt, sie waren sehr zum Graben geeignet. Im letzten Krampf, in dem die Ratte vor mir an der Wand hing, spannte sie dann die Krallen scheinbar gegen ihre lebendige Natur straff aus, sie waren einem Händchen ähnlich, das sich einem entgegenstreckt.

Im allgemeinen belästigten mich diese Tiere wenig, nur in der Nacht weckten sie mich manchmal, wenn sie im Lauf auf dem harten Boden klappernd an der Hütte vorbeieilten. Setzte ich mich dann aufrecht und zündete etwa ein Wachslichtchen an, so konnte ich irgendwo in einer Lücke unter den Bretterpfosten die von außen hereingesteckten Krallen einer Ratte fieberhaft arbeiten sehn. Es war ganz nutzlose Arbeit, denn um für sich ein genügend großes Loch zu graben, hätte sie tagelang arbeiten müssen und sie entfloh doch schon, sobald der Tag nur ein wenig sich aufhellte, trotzdem arbeitete sie wie ein Arbeiter, der sein Ziel kennt. Und sie leistete gute Arbeit, es waren zwar unmerkliche Teilchen, die unter ihrem Graben aufflogen, aber ohne Ergebnis wurde die Kralle wohl niemals angesetzt. Ich sah in der Nacht oft lange zu, bis mich die Regelmäßigkeit und Ruhe dieses Anblicks einschläferte. Dann hatte ich nicht mehr die Kraft, das Wachslichtchen zu löschen, und es leuchtete noch ein Weilchen der Ratte bei ihrer Arbeit.

Einmal in einer warmen Nacht ging ich, als ich wieder diese Krallen arbeiten hörte, vorsichtig, ohne ein Licht anzuzünden, hinaus, um das Tier selbst zu sehen. Es hatte den Kopf mit der spitzen Schnauze tief gesenkt, fast zwischen die Vorderbeine eingeschoben, um nur möglichst eng an das Holz heranzukommen und möglichst tief die Krallen unter das Holz zu schieben. Man hätte glauben können, jemand halte in der Hütte die Krallen fest und wolle das ganze Tier hineinzuziehn, so sehr war alles angespannt. Und doch war auch alles mit einem Tritt beendet, durch den ich das Tier totschlug. Ich durfte bei völligem Wachsein nicht dulden, daß meine Hütte, die mein einziger Besitz war, angegriffen wurde.

Um die Hütte gegen diese Ratten zu sichern, stopfte ich alle Lücken mit Stroh und Werg zu und untersuchte jeden Morgen den Boden ringsherum. Ich beabsichtigte auch, den Boden der Hütte, der bisher nur festgestampfte Erde war, mit Brettern zu belegen, was auch für den Winter nützlich sein konnte. Ein Bauer aus dem nächsten Dorf, namens Jekoz, hatte mir längst versprochen, zu diesem Zweck schöne trockene Bretter zu bringen, ich hatte ihn auch schon für dieses Versprechen öfters bewirtet, er blieb auch niemals längere Zeit aus, sondern kam alle vierzehn Tage, hatte auch manchmal Versendungen mit der Bahn auszuführen, aber die Bretter brachte er nicht. Er hatte verschiedene Ausreden dafür, meistens die, daß er selbst zu alt sei, um eine solche Last zu schleppen, und daß sein Sohn, der die Bretter bringen würde, gerade mit Feldarbeiten beschäftigt sei. Nun war Jekoz nach seiner Angabe, und es schien auch richtig zu sein, weit über siebzig Jahre alt, aber ein großer, noch sehr starker Mann. Außerdem änderte er auch seine Ausreden und sprach ein anderes Mal von den Schwierigkeiten der Beschaffung so langer Bretter, wie ich sie brauchte. Ich drängte nicht, ich brauchte die Bretter nicht notwendig, erst Jekoz selbst hatte mich überhaupt auf den Gedanken gebracht, den Boden zu belegen, vielleicht war ein solcher Belag gar nicht vorteilhaft, kurz, ich konnte ruhig die Lügen des Alten anhören. Mein ständiger Gruß war: »Die Bretter, Jekoz!« Sofort begannen in einer halb gelallten Sprache die Entschuldigungen, ich hieß Inspektor oder Hauptmann oder auch nur Telegraphist, er versprach mir nicht nur, die Bretter nächstens zu bringen, sondern mit Hilfe seines Sohnes und einiger Nachbarn meine ganze Hütte abzutragen und ein festes Haus statt ihrer aufzubauen. Ich hörte so lange zu, bis es mich müde machte und ich ihn hinausschob. Aber noch in der Tür hob er, um Verzeihung zu erlangen, die angeblich so schwachen Arme, mit denen er in Wirklichkeit einen erwachsenen Mann hätte erdrücken können. Ich wußte, warum er die Bretter nicht brachte, er dachte, wenn der Winter näher käme, würde ich die Bretter dringender brauchen und besser bezahlen, außerdem hätte er selbst, solange die Bretter nicht geliefert seien, einen größeren Wert für mich. Nun war er natürlich nicht dumm und wußte, daß ich seine Hintergedanken kannte, aber darin, daß ich diese Kenntnis nicht ausnutzte, sah er seinen Vorteil und den wahrte er.

Alle Vorbereitungen aber, die ich machte, um die Hütte gegen die Tiere zu sichern und mich für den Winter zu verwahren, mußten eingestellt werden, als ich – das erste Vierteljahr meines Dienstes näherte sich seinem Ende – ernstlich krank wurde. Ich war bis dahin jahrelang von jeder Krankheit, selbst vom leichtesten Unwohlsein verschont geblieben, diesmal wurde ich krank. Es begann mit einem starken Husten. Etwa zwei Stunden landeinwärts von der Station entfernt war ein kleiner Bach, aus dem ich in einem Faß auf einem Schubkarren meinen Wasservorrat zu holen pflegte. Ich badete dort auch öfters, und dieser Husten war die Folge davon. Die Hustenanfälle waren so stark, daß ich mich beim Husten zusammenkrümmen mußte, ich glaubte, dem Husten nicht widerstehen zu können, wenn ich mich nicht zusammenkrümmte und so alle Kräfte zusammennahm. Ich dachte, das Zugpersonal würde über den Husten entsetzt sein, aber sie kannten ihn, sie nannten ihn Wolfshusten. Seitdem begann ich, das Heulen aus dem Husten herauszuhören. Ich saß auf dem Bänkchen vor der Hütte und begrüßte heulend den Zug, heulend begleitete ich seine Abfahrt. In den Nächten kniete ich auf der Pritsche, statt zu liegen, und drückte das Gesicht in die Felle, um mir wenigstens das Anhören des Heulens zu ersparen. Ich wartete gespannt, bis das Springen irgendeines wichtigen Blutgefäßes allem ein Ende machen würde. Es geschah aber nichts Derartiges, und der Husten war sogar in wenigen Tagen vergangen. Es gibt einen Tee, der ihn heilt, und der eine Lokomotivführer versprach mir, ihn zu bringen, erklärte mir aber, daß man ihn erst am achten Tage nach Beginn des Hustens trinken dürfe, sonst helfe er nicht. Am achten Tag brachte er ihn wirklich und ich erinnerte mich, wie außer dem Zugpersonal auch die Passagiere, zwei junge Bauern, in meine Hütte kamen, denn das Anhören des ersten Hustens nach dem Teetrinken soll eine gute Vorbedeutung haben. Ich trank, hustete noch den ersten Schluck den Anwesenden ins Gesicht, fühlte dann aber wirklich gleich eine Erleichterung, wenn auch allerdings der Husten in den letzten zwei Tagen schon schwächer gewesen war. Aber ein Fieber blieb zurück und verlor sich nicht.

Dieses Fieber machte mich sehr müde, ich verlor alle Widerstands-
kraft, es konnte geschehn, daß mir ganz unerwartet auf der Stirn
Schweiß ausbrach, ich zitterte dann am ganzen Leib und mußte mich,
wo ich auch war, niederlegen und warten, bis sich die Sinne wieder
zusammenfanden. Ich merkte sehr genau, daß mir nicht besser,
sondern schlechter wurde und daß es für mich sehr notwendig war,
nach Kalda zu fahren und dort ein paar Tage zu bleiben, bis sich mein
Zustand gebessert.

Bilder von der Verteidigung eines Hofes

Es war ein einfacher und lückenloser Holzzaun von nicht ganz
Manneshöhe. Dahinter standen drei Männer, deren Gesichter man
über den Zaun hinausragen sah, der mittlere war der größte, die
beiden anderen, um mehr als einen Kopf kleiner, drängten sich an
ihn, es war eine einheitliche Gruppe. Diese drei Männer verteidigten
den Zaun oder vielmehr den ganzen Hof, der von ihm umschlossen
war. Es waren noch andere Männer da, aber unmittelbar beteiligten
sie sich an der Verteidigung nicht. Einer saß an einem Tischchen
mitten im Hof; da es warm war, hatte er sich den Uniformrock
ausgezogen und über die Sessellehne gehängt. Er hatte vor sich einige
kleine Zettel, die er mit großen, breiten, viel Tinte verbrauchenden
Schriftzügen beschrieb. Hie und da sah er auf eine kleine Zeichnung,
die weiter oben mit Reißnägeln an der Tischplatte befestigt war, es
war ein Plan des Hofes und der Mann, welcher der Kommandant
war, verfaßte nach diesem Plane die Anordnung für die Verteidigung.
Manchmal richtete er sich halb auf, um nach den drei Verteidigern zu
sehn und über den Zaun hinweg ins freie Land. Auch was er dort sah,
nützte er für seine Anordnungen aus. Er arbeitete eilig, wie es die
gespannte Lage erforderte. Ein kleiner bloßfüßiger Junge, der in der
Nähe im Sande spielte, trug, wenn es so weit war und der Kommandant ihn rief, die Zettel aus. Doch mußte ihm der Kommandant
immer zuerst mit dem Uniformrock die vom feuchten Sande schmut-

zigen Hände reinigen, ehe er ihm die Zettel gab. Der Sand war feucht vom Wasser, das aus einem großen Bottich ausspritzte, in welchem ein Mann Militärwäsche wusch, auch eine Leine hatte er von einer Latte des Zauns zu einem schwachen Lindenbaum gezogen, der verlassen im Hof stand. Auf dieser Leine war Wäsche zum Trocknen ausgehängt, und als jetzt der Kommandant sein Hemd, das ihm schon am schwitzenden Leibe klebte, plötzlich über den Kopf hin auszog und mit kurzem Zuruf dem Mann beim Bottich zuwarf, nahm dieser ein trockenes Hemd von der Leine und übergab es seinem Vorgesetzten. Nicht weit vom Bottich im Baumschatten saß ein junger Mann schaukelnd auf einem Sessel, unbekümmert um alles, was ringsumher geschah, die Blicke verloren zum Himmel und zum Flug der Vögel gerichtet, und übte auf einem Waldhorn militärische Signale. Das war notwendig wie etwas anderes, aber manchmal wurde es dem Kommandanten zuviel, dann winkte er, ohne von seiner Arbeit aufzusehen, dem Trompeter zu, daß er aufhöre, und als das nicht half, drehte er sich um und schrie ihn an, dann war ein Weilchen lang Stille, bis der Trompeter leise, zum Versuch nur, wieder zu blasen begann und, als es ihm durchging, allmählich wieder den Ton zur früheren Stärke anschwellen ließ. Der Vorhang des Giebelfensters war herabgelassen, was nichts Auffallendes hatte, denn alle Fenster auf dieser Hausseite waren irgendwie verdeckt, um sie vor dem Einblick und Angriff der Feinde zu schützen, aber hinter jenem Vorhang duckte sich die Tochter des Pächters, blickte auf den Trompeter hinunter, und die Klänge des Waldhorns entzückten sie so, daß sie manchmal nur mit geschlossenen Augen, die Hand am Herzen, sie in sich aufnehmen konnte. Eigentlich hätte sie in der großen Stube im Hinterhaus die Mägde beaufsichtigen sollen, die dort Charpie zupften, aber sie hatte es dort, wohin die Töne nur schwach, niemals Befriedigung bringend, immer nur Sehnsucht erweckend, gedrungen waren, nicht ausgehalten und sich durch das verlassene dumpfe Haus hier heraufgestohlen. Manchmal beugte sie sich auch ein wenig weiter vor, um zu sehn, ob der Vater noch bei seiner Arbeit sitze und nicht etwa das Gesinde revidieren gegangen sei, denn dann wäre auch ihres Bleibens hier nicht mehr gewesen. Nein, er saß noch immer, aus seiner Pfeife paffend, auf der Steinstufe vor der Haustür und schnitt Schindeln, ein großer Haufe fertiger und halbfertiger Schindeln sowie rohen Materials lag um ihn herum. Das Haus und das Dach würde leider unter dem Kampfe leiden und man mußte Vorsorge treffen. Aus dem Fenster neben der Haustür, das bis auf eine kleine Lücke mit Brettern verschlagen war, kam Rauch und Lärm, dort war die Küche und die Pächterin beendigte eben mit den Militärköchen das Mittagessen. Der große Herd reichte dafür nicht aus, es waren daher auch noch zwei Kessel aufgestellt worden, aber auch sie genügten nicht, wie sich jetzt zeigte: dem Kommandanten war es sehr wichtig, die Mannschaft reichlich zu nähren. Man hatte sich deshalb entschlossen, noch einen dritten Kessel zu Hilfe zu nehmen, da er aber ein wenig schadhaft war, war ein Mann auf der Gartenseite des Hauses damit beschäftigt, ihn zuzulöten. Er hatte es ursprünglich vor dem Hause zu machen gesucht, aber der Kommandant hatte das Hämmern nicht ertragen können und man hatte den Kessel wegrollen müssen. Die Köche waren sehr ungeduldig, immer wieder schickten sie jemanden nachzusehn, ob der Kessel schon fertig sei, aber er war noch immer nicht fertig, für das heutige Mittagessen kam er nicht mehr in Betracht und man würde sich einschränken müssen. Zuerst wurde dem Kommandanten serviert. Trotzdem er es sich einige Male und sehr ernsthaft verbeten hatte, ihm etwas Besonderes zu kochen, hatte sich die Hausfrau nicht entschließen können, ihm die gewöhnliche Mannschaftskost zu geben, auch wollte sie es niemand anderem anvertrauen, ihn zu bedienen, zog eine schöne weiße Schürze an, stellte auf ein silbernes Tablett den Teller mit kräftiger Hühnersuppe und trug es dem Kommandanten in den Hof hinaus, da man nicht erwarten konnte, daß er seine Arbeit unterbrechen und ins Haus essen gehn werde. Er erhob sich gleich sehr höflich, als er die Hausfrau selbst herankommen sah, mußte ihr aber sagen, daß er keine Zeit zum Essen habe, weder Zeit noch Ruhe, die Hausfrau bat mit geneigtem Kopf, Tränen in den aufwärts schauenden Augen, und erreichte damit, daß der Kommandant, noch immer stehend, aus dem noch immer in den Händen der Hausfrau befindlichen Teller lächelnd einen Löffel voll Suppe nahm. Damit war aber auch der äußersten Höflichkeit Genüge getan, der Kommandant verbeugte sich und setzte sich zu seiner Arbeit, er merkte wahrscheinlich kaum, daß die Hausfrau noch ein Weilchen lang neben ihm stand, und dann seufzend in die Küche zurückging. Ganz anders aber war der Appetit der Mannschaften.

Kaum erschien in der Lücke des Küchenfensters das wildbärtige Gesicht eines Kochs, der mit einer Pfeife das Zeichen gab, daß das Mittagessen ausgeteilt werde, wurde es überall lebendig, lebendiger als es dem Kommandanten lieb war. Aus einem Holzschuppen zogen zwei Soldaten einen Handwagen, der eigentlich nur ein großes Faß darstellte, in welches aus der Küchenlücke in breitem Strom die Suppe geschüttet wurde für jene Mannschaften, welche ihren Platz nicht verlassen durften und denen daher das Essen zugeführt wurde. Zuerst fuhr das Wägelchen zu den Verteidigern am Zaun, es wäre dies wohl auch geschehn, ohne daß der Kommandant mit dem Finger ein Zeichen hätte geben müssen, denn jene drei waren augenblicklich am meisten dem Feind ausgesetzt und das verstand auch der einfache Mann zu würdigen, vielleicht mehr als der Offizier, aber dem Kommandanten lag vor allem daran, die Verteilung zu beschleunigen und die lästige Unterbrechung der Verteidigungsarbeiten, welche das Essen verursachte, möglichst abzukürzen, sah er doch, wie selbst die drei, sonst musterhafte Soldaten, sich jetzt mehr um den Hof und das Wägelchen als um das Vorfeld des Zaunes bekümmerten. Sie wurden schnell aus dem Wägelchen versorgt, das dann weiter den Zaun entlang geführt wurde, denn alle zwanzig Schritte etwa hockten unten am Zaun drei Soldaten, bereit, wenn es nötig werden sollte, so wie jene ersten drei aufzustehn und sich dem Feind zu zeigen. Inzwischen kam in langer Reihe aus dem Haus die Reserve zur Küchenlücke, jeder Mann die Schüssel in der Hand. Auch der Trompeter näherte sich, zog zum Leidwesen der Pächterstochter, die nun wieder zu den Mägden zurückkehrte, die Schüssel unter seinem Sessel hervor und brachte statt ihrer sein Waldhorn dort unter. Und in dem Wipfel der Linde begann ein Rauschen, denn dort saß ein Soldat, der die Feinde durch ein Fernrohr zu beobachten hatte und der trotz seiner wichtigen unentbehrlichen Arbeit von dem Führer des Suppenwagens wenigstens vorläufig vergessen worden war. Das erbitterte ihn um so mehr, als sich einige Soldaten, nichtstuerische Reservemannschaften, um die Mahlzeit besser zu genießen, rund um den Stamm niedergesetzt hatten und der Dampf und Duft der Suppe zu ihm emporstieg. Zu schreien wagte er nicht, aber im Gezweig schlug er um sich und stieß mehrmals das Fernrohr, um auf sich aufmerksam zu machen, durch das Laubwerk hinab. Alles vergebens.

Er gehörte zu den Abnehmern des Wägelchens und mußte warten, bis es nach beendigter Rundfahrt zu ihm kam. Das dauerte freilich lange, denn der Hof war groß, wohl vierzig Posten zu drei Mann waren zu versorgen, und als das Wägelchen, von den übermüdeten Soldaten gezogen, endlich zur Linde kam, war schon nur wenig im Faß und besonders die Fleischstücke waren spärlich. Zwar nahm der Späher den Rest noch gern an, als er ihm in einer Schüssel mit einer Hakenstange heraufgereicht wurde, glitt dann aber ein wenig am Stamm herab und stieß wütend – dies war sein Dank – den Fuß in das Gesicht des Soldaten, der ihn bedient hatte. Dieser, begreiflicherweise außer sich vor Erregung, ließ sich von seinem Kameraden hochheben, war im Nu oben im Baum und nun begann ein von unten unsichtbarer Kampf, der sich nur im Schwanken der Äste, dumpfem Stöhnen, Umherfliegen der Blätter äußerte, bis dann endlich das Fernrohr zu Boden fiel und nun sofort Ruhe eintrat. Der Kommandant hatte, von andern Dingen sehr in Anspruch genommen – draußen im Felde schien Verschiedenes vorzugehen –, glücklicherweise nichts bemerkt, still kletterte der Soldat herunter, freundschaftlichst wurde das Fernrohr hinaufgereicht und alles war wieder gut, nicht einmal von der Suppe war nennenswert viel verlorengegangen, denn der Späher hatte vor dem Kampf die Schüssel an den obersten Zweigen sorgfältig windsicher befestigt.

Verlockung im Dorf

Ich kam einmal im Sommer gegen Abend in ein Dorf, in dem ich noch nie gewesen war. Mir fiel auf, wie breit und frei die Wege waren. Überall vor den Bauernhöfen sah man hohe alte Bäume. Es war nach einem Regen, die Luft ging frisch, mir gefiel alles so gut. Ich suchte es durch meinen Gruß den Leuten zu zeigen, die vor den Toren standen, sie antworteten freundlich, wenn auch zurückhaltend. Ich dachte, daß es gut wäre, hier zu übernachten, wenn ich einen Gasthof fände.

Ich ging gerade an der hohen grünbewachsenen Mauer eines Hofes vorüber, als eine kleine Türe in dieser Mauer sich öffnete, drei Gesichter hervorsahen, verschwanden und die Tür sich wieder schloß. »Sonderbar«, sagte ich seitwärts, als hätte ich einen Begleiter. Und tatsächlich stand neben mir, wie um mich verlegen zu machen, ein großer Mann, ohne Hut und Rock, in einer gestrickten schwarzen Weste, und rauchte eine Pfeife. Ich faßte mich rasch und sagte, als hätte ich schon früher von seiner Anwesenheit gewußt: »Die Tür! Haben Sie auch gesehn, wie sich diese kleine Tür geöffnet hat?«

»Ja«, sagte der Mann, »aber warum soll das sonderbar sein, es waren die Kinder des Pächters. Sie haben Ihre Schritte gehört und nachgesehn, wer so spät abends hier geht.«

»Das ist allerdings eine einfache Erklärung«, sagte ich lächelnd, »einem Fremden kommt leicht alles sonderbar vor. Ich danke Ihnen.« Und ich ging weiter. Aber der Mann folgte mir. Ich wunderte mich nicht eigentlich darüber, der Mann konnte den gleichen Weg haben, aber es war kein Grund, warum wir hintereinander und nicht nebeneinander gehn sollten.

Ich drehte mich um und sagte: »Ist hier der richtige Weg zum Gasthof?«

Der Mann blieb stehn und sagte: »Einen Gasthof haben wir nicht oder vielmehr, wir haben einen, aber er ist unbewohnbar. Er gehört der Gemeinde, und sie hat ihn schon vor Jahren, da sich niemand um ihn beworben hat, einem alten Krüppel vergeben, für den sie bisher hatte sorgen müssen. Der verwaltet jetzt mit seiner Frau den Gasthof, und zwar so, daß man kaum an der Tür vorübergehn kann, so groß ist der Gestank, der herauskommt. In der Wirtsstube gleitet man vor Schmutz aus. Eine elende Wirtschaft, eine Schande des Dorfes, eine Schande der Gemeinde.«

Ich hatte Lust, dem Mann zu widersprechen, sein Aussehn reizte mich dazu, dieses im Grunde magere Gesicht mit gelblichen, lederartigen, schwach gepolsterten Wangen und schwarzen, nach den Kieferbewegungen durch das ganze Gesicht irrenden Falten. »So«, sagte ich, ohne weiteres Staunen über diese Verhältnisse auszudrücken, und fuhr dann fort: »Nun, ich werde doch dort wohnen, da ich nun einmal entschlossen bin, hier zu übernachten.«

»Dann allerdings«, sagte der Mann hastig, »ins Gasthaus müssen Sie aber hier gehn«, und er zeigte mir die Richtung, aus der ich gekommen war. »Gehn Sie bis zur nächsten Ecke und biegen Sie dann rechts ein. Sie werden dann gleich eine Gasthaus-Tafel sehn. Dort ist es.« Ich dankte für die Auskunft und ging nun wieder an ihm, der mich jetzt besonders genau beobachtete, vorüber. Dagegen, daß er mir vielleicht eine falsche Richtung angegeben hatte, war ich allerdings wehrlos, wohl aber sollte er mich weder dadurch verblüffen, daß er mich jetzt zwang, an ihm vorbeizumarschieren, noch dadurch, daß er so auffallend schnell von seiner Warnung wegen des Gasthauses abgelassen hatte. Das Gasthaus würde mir auch ein anderer zeigen, und war es schmutzig, so konnte ich auch einmal im Schmutz schlafen, wenn nur mein Trotz befriedigt war. Übrigens hatte ich auch nicht viel andere Wahl, es war schon dunkel, die Landstraßen waren vom Regen aufgeweicht und der Weg zum nächsten Dorf noch lang.

Ich hatte den Mann schon hinter mir und beabsichtigte, mich gar nicht mehr um ihn zu kümmern, da hörte ich eine Frauenstimme, die zu dem Mann sprach. Ich drehte mich um. Aus dem Dunkel unter einer Gruppe von Platanen trat eine aufrechte große Frau hervor. Ihr Rock glänzte gelblichbraun, am Kopf und an den Schultern lag ein schwarzes grobmaschiges Tuch. »Komm doch schon nach Hause«, sagte sie zu dem Mann, »warum kommst du nicht?«

»Ich komme schon«, sagte er, »warte nur noch ein Weilchen. Ich will nur noch zusehn, was dieser Mann hier machen wird. Er ist ein Fremder. Er treibt sich hier ganz unnötigerweise herum. Sieh nur.«

Er redete von mir, als sei ich taub oder als verstände ich seine Sprache nicht. Nun lag mir allerdings nicht viel daran, was er sagte, aber es wäre mir natürlich unangenehm gewesen, wenn er im Dorf irgendwelche falsche Gerüchte über mich verbreitet hätte. Ich sagte also zu der Frau hinüber: »Ich suche hier den Gasthof, nichts weiter. Ihr Mann hat kein Recht, in dieser Weise von mir zu reden und Ihnen vielleicht eine falsche Meinung über mich beizubringen.«

Die Frau sah aber kaum auf mich hin, sondern ging zu ihrem Mann, ich hatte richtig erkannt, daß es ihr Mann war, eine so gerade selbstverständliche Beziehung bestand zwischen ihnen – und legte die Hand auf seine Schulter: »Wenn Sie etwas haben wollen, dann reden Sie mit meinem Mann, nicht mit mir.«

»Ich will gar nichts haben«, sagte ich, ärgerlich über diese Behandlung, »ich kümmere mich um Sie nicht, kümmern Sie sich auch nicht um mich. Das ist meine einzige Bitte.« Die Frau zuckte mit dem Kopf, das konnte ich im Dunkel noch sehn, den Ausdruck ihrer Augen aber nicht mehr. Offenbar wollte sie etwas antworten, aber ihr Mann sagte: »Sei still!« und sie schwieg.

Dieses Zusammentreffen schien mir nun endgültig erledigt, ich drehte mich um und wollte weitergehn, da rief jemand »Herr«. Das galt wahrscheinlich mir. Im ersten Augenblick wußte ich gar nicht, woher die Stimme kam, dann aber sah ich über mir auf der Hofmauer einen jungen Mann sitzen, der mit herabbaumelnden Beinen und aneinanderschlagenden Knien nachlässig zu mir sagte: »Ich habe jetzt gehört, daß Ihr im Dorf übernachten wollt. Außer hier auf dem Hof bekommt Ihr nirgends ein brauchbares Quartier.«

»Auf dem Hof?« fragte ich und unwillkürlich, ich war nachher darüber wütend, sah ich fragend auf das Ehepaar, das noch immer aneinandergelehnt dastand und mich beobachtete.

»Es ist so«, sagte er, in seiner Antwort wie in seinem ganzen Benehmen war Hochmut.

»Es werden hier Betten vermietet?« fragte ich nochmals, um Sicherheit zu haben und um den Mann in die Rolle des Vermieters zurückzudrängen.

»Ja«, sagte er und hatte schon den Blick ein wenig von mir abgewendet, »es werden hier Betten für die Nacht überlassen, nicht jedem, sondern nur dem, dem sie angeboten werden.«

»Ich nehme es an«, sagte ich, »werde aber natürlich das Bett bezahlen, wie im Gasthof.«

»Bitte«, sagte der Mann und sah schon längst über mich hinweg, »wir werden Euch nicht übervorteilen.«

Er saß oben wie der Herr, ich stand unten wie ein kleiner Diener, ich hatte viel Lust, ihn dort oben durch einen Steinwurf etwas lebendiger zu machen. Statt dessen sagte ich: »Macht mir bitte also die Tür auf.«

»Sie ist nicht zugesperrt«, sagte er.

»Sie ist nicht zugesperrt«, wiederholte ich brummend, fast ohne es zu wissen, öffnete die Tür und trat ein. Zufällig sah ich gleich nach dem Eintritt auf die Mauer hinauf, der Mann war nicht mehr oben, er war offenbar die Mauer trotz ihrer Höhe hinabgesprungen und besprach sich vielleicht mit dem Ehepaar. Mochten sie sich besprechen, was konnte mir, einem jungen Menschen, geschehn, dessen Barschaft knapp drei Gulden überstieg und dessen sonstiger Besitz in nicht viel anderem bestand als einem reinen Hemd im Rucksack und einem Revolver in der Hosentasche. Übrigens sahen die Leute gar nicht so aus, als ob sie jemanden bestehlen wollten. Was konnten sie aber sonst von mir verlangen?

Es war der gewöhnliche ungepflegte Garten großer Bauernhöfe, die feste Steinmauer hatte mehr erwarten lassen. Im hohen Gras standen, regelmäßig verteilt, abgeblühte Kirschbäume. In der Ferne sah man das Bauernhaus, einen ausgedehnten ebenerdigen Bau. Es wurde schon sehr dunkel; ich war ein später Gast; wenn mich der Mann auf der Mauer irgendwie belogen hatte, konnte ich in eine unangenehme Lage kommen. Auf dem Weg zum Haus traf ich niemanden, aber schon ein paar Schritte vor dem Haus sah ich durch die offene Tür im ersten Raum zwei große alte Leute, Mann und Frau nebeneinander, die Gesichter der Tür zugewendet, aus einer Schüssel irgendeinen Brei essen. In der Finsternis unterschied ich nichts Genaueres, nur an dem Rock des Mannes glänzte es stellenweise wie von Gold, es waren wohl die Knöpfe oder vielleicht die Uhrkette.

Ich grüßte und sagte dann, ohne vorläufig die Schwelle zu überschreiten: »Ich suchte gerade Nachtquartier im Ort, da sagte mir ein junger Mann, der auf der Mauer Ihres Gartens saß, daß man hier im Hofe gegen Bezahlung übernachten könne.« Die zwei Alten hatten ihre Löffel in den Brei gesteckt, sich auf ihrer Bank zurückgelehnt und sahen mich schweigend an. Sehr gastfreundlich war ihr Benehmen nicht. Ich fügte deshalb hinzu: »Ich hoffe, daß die Auskunft, die ich bekommen habe, richtig war und daß ich Sie nicht unnötigerweise gestört habe.« Ich sagte das sehr laut, denn vielleicht waren die zwei auch schwerhörig.

»Kommen Sie näher«, sagte der Mann nach einem Weilchen.

Nur weil er so alt war, folgte ich ihm, sonst hätte ich natürlich darauf bestanden, daß er auf meine bestimmte Frage bestimmt antworte. Jedenfalls sagte ich während des Eintretens: »Wenn Ihnen meine Aufnahme nur die geringsten Schwierigkeiten machen sollte, so sagen Sie es offen, ich bestehe durchaus nicht darauf. Ich gehe in den Gasthof, es ist mir ganz gleichgültig.«

»Er redet so viel«, sagte die Frau leise.

Es konnte nur als Beleidigung gemeint sein, auf meine Höflichkeiten antwortete man also mit Beleidigungen, aber es war eine alte Frau, ich konnte mich nicht wehren. Und gerade diese Wehrlosigkeit war vielleicht der Grund dessen, daß die nicht zurückzutreibende Bemerkung der Frau in mir viel mehr wirkte, als sie es verdiente. Ich fühlte irgendeine Berechtigung irgendeines Tadels, nicht deshalb, weil ich zuviel gesprochen hatte, denn ich hatte tatsächlich nur das Notwendigste gesagt, aber aus sonstigen, ganz nah an meine Existenz heranreichenden Gründen. Ich sagte nichts weiter, bestand auf keiner Antwort, sah in einem nahen dunklen Winkel eine Bank, ging hin und setzte mich.

Die Alten begannen wieder zu essen, ein Mädchen kam aus einem Nebenzimmer und stellte eine brennende Kerze auf den Tisch. Jetzt sah man noch weniger als früher, alles war im Dunkel zusammengezogen, nur die kleine Flamme flackerte über den ein wenig gebeugten Köpfen der Alten. Einige Kinder liefen aus dem Garten herein, eines fiel lang hin und weinte, die andern stockten im Lauf und standen nun verstreut im Zimmer, der Alte sagte:»Geht schlafen, Kinder.«

Sofort sammelten sie sich, das Weinende schluchzte nur noch, ein Junge in meiner Nähe zupfte mich am Rock, als ob er meinte, ich solle auch mitkommen, tatsächlich wollte ich ja auch schlafen gehn, ich stand also auf und ging als großer Mensch inmitten der Kinder, die laut und einheitlich Gute Nacht sagten, stumm aus dem Zimmer. Der freundliche kleine Junge hielt mich an der Hand, so daß ich mich leicht im Dunkel zurechtfand. Wir kamen aber auch sehr bald zu einer Leitertreppe, stiegen hinauf und waren auf dem Boden. Durch eine kleine offene Dachluke sah man gerade den schmalen Mond, es war eine Lust, unter die Luke zu treten – mein Kopf ragte fast in sie hinein – und die laue und doch kühle Luft zu atmen. Auf der Erde war an einer Wand Stroh aufgeschüttet, dort war auch für mich Platz genug zum Schlafen. Die Kinder – es waren zwei Jungen und drei Mädchen – zogen sich unter Lachen aus, ich hatte mich in den Kleidern aufs Stroh geworfen, ich war doch bei Fremden und hatte keinen Anspruch, hier gelassen zu werden. Auf den Ellbogen gestützt sah ich ein Weilchen den Kindern zu, die halbnackt in einem Winkel spielten. Dann fühlte ich mich aber so müde, daß ich den Kopf auf meinen Rucksack legte, die Arme ausstreckte, ein wenig noch die Dachbalken mit den Blicken streifte und einschlief. Im ersten Schlaf glaubte ich noch den einen Knaben rufen zu hören: »Achtung, er kommt!«, worauf in mein schon entschwindendes Bewußtsein das eilige Trippeln der Kinder hineinklang, die zu ihrem Lager liefen. Ich hatte gewiß nur ganz kurze Zeit geschlafen, denn als ich aufwachte, fiel das Mondlicht durch die Luke fast unverändert auf die gleiche Stelle des Fußbodens. Ich wußte nicht, warum ich aufgewacht war, denn ich hatte ohne Träume und tief geschlafen. Da bemerkte ich neben mir etwa in der Höhe meines Ohres einen ganz kleinen buschigen Hund, eines jener widerlichen Schoßhündchen mit verhältnismäßig großem, von lockigen Haaren umgebenen Kopf, in den die Augen und die Schnauze wie Schmuckstücke aus irgendeiner leblosen hornartigen Masse locker eingesetzt sind. Wie kam ein solcher Großstadthund ins Dorf? Was trieb ihn bei Nacht im Haus herum? Warum stand er bei meinem Ohr? Ich fauchte ihn an, damit er wegginge, vielleicht war er ein Spielzeug der Kinder und hatte sich zu mir nur verirrt. Er erschrak über mein Blasen, lief aber nicht weg, sondern drehte sich nur um, stand nun mit krummen Beinchen da und zeigte seinen besonders im Vergleich zum großen Kopf verkümmerten kleinen Leib. Da er ruhig blieb, wollte ich wieder schlafen, aber ich konnte nicht, immerfort sah ich gerade vor meinen geschlossenen Augen in der Luft den Hund schaukeln und die Augen hervordrücken. Das war unerträglich, ich konnte das Tier nicht neben mir behalten, ich stand auf und nahm es auf den Arm, um es hinauszutragen. Aber das bisher so stumpfe Tier fing an, sich zu wehren und versuchte mit seinen Krallen mich zu fassen. Ich mußte also auch seine Pfötchen verwahren, was freilich sehr leicht war, alle vier konnte ich in einer Hand zusammenhalten.

»So, mein Hündchen«, sagte ich zu dem aufgeregten Köpfchen mit den schüttelnden Locken hinunter und ging mit ihm ins Dunkel, um die Tür zu suchen. Erst jetzt fiel mir auf, wie still das Hündchen war, es bellte und quietschte nicht, nur das Blut klopfte ihm wild durch alle Adern, das fühlte ich. Nach ein paar Schritten – die Aufmerksamkeit, die der Hund in Anspruch nahm, hatte mich unvorsichtig gemacht – stieß ich zu meinem großen Ärger an eines der schlafenden Kinder. Es war jetzt auch ganz dunkel in der Bodenkammer, durch die kleine Luke kam nur noch wenig Licht. Das Kind seufzte, ich stand einen Augenblick still, entfernte nicht einmal meine Fußspitze, um nur durch keine Änderung das Kind noch mehr zu wecken. Es war zu spät, plötzlich sah ich rings um mich die Kinder in ihren weißen Hemden sich erheben, wie auf Verabredung, wie ein Befehl, meine Schuld war es nicht, ich hatte nur ein Kind geweckt, und dieses Wecken war gar kein Wecken gewesen, sondern nur eine kleine Störung, die ein Kinderschlaf leicht hätte überstehen müssen. Nun, jetzt waren sie wach. »Was wollt ihr, Kinder«, fragte ich, »schlaft doch weiter.«

»Sie tragen etwas«, sagte ein Junge, und alle fünf suchten an mir herum.

»Ja«, sagte ich, ich hatte nichts zu verbergen, wenn die Kinder das Tier hinaustragen wollten, war es desto besser. »Diesen Hund trage ich hinaus. Er hat mich nicht schlafen lassen. Wisset ihr, wem er gehört?«

»Der Frau Cruster«, so glaubte ich wenigstens aus ihren verwirrten, undeutlichen, verschlafenen, nicht für mich, nur für einander berechneten Ausrufen herauszuhören.

»Wer ist denn Frau Cruster?« fragte ich, aber ich bekam von den aufgeregten Kindern keine Antwort mehr. Eines nahm mir den Hund, der nun ganz still geworden war, vom Arm und eilte mit ihm weg, alle folgten.

Allein wollte ich hier nicht bleiben, die Schläfrigkeit war mir nun auch schon vergangen, einen Augenblick zögerte ich zwar, es schien mir, als mische ich mich zu sehr in die Angelegenheiten dieses Hauses ein, in dem mir niemand großes Vertrauen gezeigt hatte, schließlich lief ich aber doch den Kindern nach. Ich hörte knapp vor mir das Tappen ihrer Füße, aber in dem völligen Dunkel und auf den unbekannten Wegen stolperte ich öfters und schlug sogar einmal schmerzhaft mit dem Kopf an die Wand. Wir kamen auch in das Zimmer, in dem ich die Alten zuerst getroffen hatte, es war leer, durch die noch immer offene Tür sah man den Garten im Mondlicht. ›Geh hinaus‹, sagte ich mir, ›die Nacht ist warm und hell, man kann weitermarschieren oder auch im Freien übernachten. Es ist doch so sinnlos, hier den Kindern nachzulaufen.‹ Aber ich lief doch weiter, ich hatte ja auch noch Hut, Stock und Rucksack oben auf dem Boden. Aber wie die Kinder liefen! Das mondbeleuchtete Zimmer hatten sie, wie ich deutlich gesehen hatte, mit wehenden Hemden in zwei Sprüngen durchflogen. Mir fiel ein, daß ich für den Mangel an Gastfreundschaft in diesem Hause gebührend dankte, indem ich die Kinder aufgescheucht hatte, einen Rundlauf durchs Haus veranstaltete, selbst, statt zu schlafen, das Haus durchlärmte (die Schritte der bloßen Kinderfüße waren neben meinen schweren Stiefeln kaum zu hören) und nicht einmal wußte, was sich noch als Folge alles dessen ergeben sollte.

Plötzlich leuchtete es hell auf. In einem vor uns sich öffnenden Zimmer mit einigen weit offenen Fenstern saß bei einem Tisch eine zarte Frau und schrieb beim Licht einer großen schönen Stehlampe. »Kinder!« rief sie erstaunt, mich sah sie noch nicht, ich blieb vor der Tür im Schatten. Die Kinder stellten den Hund auf den Tisch, sie liebten die Frau wohl sehr, immerfort suchten sie ihr in die Augen zu sehn, ein Mädchen ergriff ihre Hand und streichelte sie, sie ließ es geschehn und merkte es kaum. Der Hund stand vor ihr auf dem Briefbogen, auf dem sie eben geschrieben hatte, und streckte ihr seine zitternde kleine Zunge entgegen, die man knapp vor dem Lampenschirm deutlich sah. Die Kinder baten nun, hierbleiben zu dürfen, und suchten der Frau eine Zustimmung abzuschmeicheln. Die Frau war unentschlossen, erhob sich, streckte die Arme aus, zeigte auf das eine Bett und den harten Boden. Die Kinder wollten das nicht gelten lassen und legten sich zur Probe auf den Boden nieder, wo sie gerade standen; ein Weilchen lang war alles still. Die Frau blickte lächelnd, die Hände im Schoß gefaltet, auf die Kinder nieder. Hie und da hob ein Kind den Kopf, aber da es auch noch die andern liegen sah, legte es sich wieder zurück.

Hochzeitsvorbereitungen auf dem Lande

I

Als Eduard Raban, durch den Flurgang kommend, in die Öffnung des Tores trat, sah er, daß es regnete. Es regnete wenig.

Auf dem Trottoir gleich vor ihm gab es viele Menschen in verschiedenartigem Schritt. Manchmal trat einer vor und durchquerte die Fahrbahn. Ein kleines Mädchen hielt in den vorgestreckten Händen ein müdes Hündchen. Zwei Herren machten einander Mitteilungen. Der eine hielt die Hände mit der innern Fläche nach oben und bewegte sie gleichmäßig, als halte er eine Last in Schwebe. Da erblickte man eine Dame, deren Hut viel beladen war mit Bändern, Spangen und Blumen. Und es eilte ein junger Mensch mit dünnem Stock vorüber, die linke Hand, als wäre sie gelähmt, platt auf der Brust. Ab und zu kamen Männer, welche rauchten und kleine aufrechte längliche Wolken vor sich her trugen. Drei Herren – zwei hielten leichte Überröcke auf dem geknickten Unterarm – gingen oft von der Häusermauer zum Rande des Trottoirs vor, betrachteten das, was sich dort ereignete, und zogen dann sprechend sich wieder zurück.

Durch die Lücken zwischen den Vorübergehenden sah man die regelmäßig gefügten Steine der Fahrbahn. Da wurden Wagen auf zarten hohen Rädern von Pferden mit gestreckten Hälsen gezogen. Die Leute, welche auf den gepolsterten Sitzen lehnten, sahen schweigend die Fußgänger an, die Läden, die Balkone und den Himmel. Sollte ein Wagen einem andern vorfahren, dann preßten sich die Pferde aneinander und das Riemenzeug hing baumelnd. Die Tiere rissen an der Deichsel, der Wagen rollte, eilig schaukelnd, bis der Bogen um den vordern Wagen vollendet war und die Pferde wieder auseinander traten, nur die schmalen ruhigen Köpfe einander zugeneigt.

Einige Leute kamen rasch auf das Haustor zu, auf dem trockenen Mosaik blieben sie stehn, wandten sich langsam um und schauten in den Regen, der eingezwängt in diese enge Gasse verworren fiel.

Raban fühlte sich müde. Seine Lippen waren blaß wie das ausgebleichte Rot seiner dicken Krawatte, die ein maurisches Muster zeigte. Die Dame bei dem Türstein drüben, die bis jetzt ihre Schuhe angesehn hatte, die unter dem enggehaltenen Rock ganz sichtbar waren, sah jetzt auf ihn. Sie tat es gleichgültig, und außerdem sah sie vielleicht nur auf den Regenfall vor ihm oder auf die kleinen Firmaschildchen, die über seinem Haar an der Tür befestigt waren. Raban glaubte, sie schaue verwundert. ›Also‹, dachte er, ›wenn ich es ihr erzählen könnte, würde sie gar nicht staunen. Man arbeitet so übertrieben im Amt, daß man dann sogar zu müde ist, um seine Ferien gut zu genießen. Aber durch alle Arbeit erlangt man noch keinen Anspruch darauf, von allen mit Liebe behandelt zu werden, vielmehr ist man allein, gänzlich fremd und nur Gegenstand der Neugierde. Und solange du *man* sagst an Stelle von *ich*, ist es nichts und man kann diese Geschichte aufsagen, sobald du aber dir eingestehst, daß du selbst es bist, dann wirst du förmlich durchbohrt und bist entsetzt.‹ Er stellte den mit gewürfeltem Tuch benähten Handkoffer nieder und beugte dabei die Knie ein. Schon rann das Regenwasser an der Kante der Fahrbahn in Streifen, die sich zu den tiefer gelegenen Kanälen fast spannten.

›Wenn ich aber selbst unterscheide zwischen *man* und *ich*, wie darf ich mich dann über die andern beklagen. Sie sind wahrscheinlich nicht ungerecht, aber ich bin zu müde, um alles einzusehn. Ich bin sogar zu müde, um ohne Anstrengung den Weg zum Bahnhof zu gehn, der doch kurz ist. Warum bleibe ich also diese kleinen Ferien über nicht in der Stadt, um mich zu erholen? Ich bin doch unvernünftig. – Die Reise wird mich krank machen, ich weiß es wohl. Mein Zimmer wird nicht genügend bequem sein, das ist auf dem Land nicht anders möglich. Kaum sind wir auch in der ersten Hälfte des Juni, die Luft auf dem Lande ist oft noch sehr kühl. Zwar bin ich vorsichtig gekleidet, aber ich werde mich selbst Leuten anschließen müssen, die spät am Abend spazieren. Es sind dort Teiche, man wird entlang der Teiche spazierengehn. Da werde ich mich sicher erkälten. Dagegen werde ich mich bei den Gesprächen wenig hervortun. Ich werde den Teich nicht mit andern Teichen in einem entfernten Land vergleichen können, denn ich bin nie gereist, und um vom Mond zu reden und Seligkeit zu empfinden und schwärmend auf Schutthaufen zu steigen, dazu bin ich doch zu alt, um nicht ausgelacht zu werden.‹

Die Leute gingen mit etwas tief gehaltenen Köpfen vorüber, über denen sie lose die dunklen Schirme trugen. Ein Lastwagen fuhr auch vorüber, auf dessen mit Stroh gefülltem Kutschersitz ein Mann so nachlässig die Beine streckte, daß ein Fuß fast die Erde berührte, während der andere gut auf Stroh und Fetzen lag. Es sah aus, als sitze er bei schönem Wetter in einem Felde. Doch hielt er aufmerksam die Zügel, daß sich der Wagen, auf dem Eisenstangen aneinanderschlugen, gut durch das Gedränge drehte. Auf der Erde sah man in der Nässe den Widerschein des Eisens von Steinreihen zu Steinreihen in Windungen und langsam gleiten. Der kleine Junge bei der Dame gegenüber war gekleidet wie ein alter Weinbauer. Sein faltiges Kleid machte unten einen großen Kreis und war nur, fast schon unter den Achseln, von einem Lederriemen umfaßt. Seine halbkugelige Mütze reichte bis zu den Brauen und ließ von der Spitze aus eine Quaste bis zum linken Ohr hinunterhängen. Der Regen freute ihn. Er lief aus dem Tor und schaute mit offenen Augen zum Himmel, um mehr Regen abzufangen. Er sprang oft hoch, so daß das Wasser viel spritzte und Vorübergehende ihn sehr tadelten. Da rief ihn die Dame und hielt ihn fortan mit der Hand; doch weinte er nicht.

Raban erschrak da. War es nicht schon spät? Da er Überzieher und Rock offen trug, griff er rasch nach seiner Uhr. Sie ging nicht. Verdrießlich fragte er einen Nachbarn, der ein wenig tiefer im Flur stand, nach der Zeit. Der führte ein Gespräch und noch in dem Gelächter, das dazu gehörte, sagte er: »Bitte, vier Uhr vorüber« und wandte sich ab.

Raban spannte schnell sein Schirmtuch auf und nahm seinen Koffer in die Hand. Als er aber auf die Straße treten wollte, wurde ihm der Weg durch einige eilende Frauen versperrt, die er also noch vorüberließ. Er sah dabei auf den Hut eines kleinen Mädchens nieder, der, aus rotgefärbtem Stroh geflochten, auf dem gewellten Rande ein grünes Kränzchen trug.

Noch hatte er es in der Erinnerung, als er schon auf der Straße war, die ein wenig in der Richtung anstieg, in die er gehen wollte. Dann vergaß er es, denn er mußte sich jetzt ein wenig bemühn; das Köfferchen war ihm nicht leicht und der Wind blies ihm ganz entgegen, machte den Rock wehen und drückte die Schirmdrähte vorne ein.

Er mußte tiefer atmen; eine Uhr auf einem nahen Platz in der Tiefe schlug ein Viertel auf fünf, er sah unter dem Schirm die leichten kurzen Schritte der Leute, die ihm entgegen kamen, gebremste Wagenräder knirschten, sich langsamer drehend, die Pferde streckten ihre dünnen Vorderbeine, gewagt wie Gemsen im Gebirge.

Da schien es Raban, er werde auch noch die lange schlimme Zeit der nächsten vierzehn Tage überstehn. Denn es sind nur vierzehn Tage, also eine begrenzte Zeit, und wenn auch die Ärgernisse immer größer werden, so vermindert sich doch die Zeit, während welcher man sie ertragen muß. Daher wächst der Mut ohne Zweifel. ›Alle, die mich quälen wollen und die jetzt den ganzen Raum um mich besetzt haben, werden ganz allmählich durch den gütigen Ablauf dieser Tage zurückgedrängt, ohne daß ich ihnen auch nur im geringsten helfen müßte. Und ich kann, wie es sich als natürlich ergeben wird, schwach und still sein und alles mit mir ausführen lassen und doch muß alles gut werden, nur durch die verfließenden Tage.

Und überdies kann ich es nicht machen, wie ich es immer als Kind bei gefährlichen Geschäften machte? Ich brauche nicht einmal selbst aufs Land fahren, das ist nicht nötig. Ich schicke meinen angekleideten Körper. Wankt er zur Tür meines Zimmers hinaus, so zeigt das Wanken nicht Furcht, sondern seine Nichtigkeit. Es ist auch nicht Aufregung, wenn er über die Treppe stolpert, wenn er schluchzend aufs Land fährt und weinend dort sein Nachtmahl ißt. Denn ich, ich liege inzwischen in meinem Bett, glatt zugedeckt mit gelbbrauner Decke, ausgesetzt der Luft, die durch das wenig geöffnete Zimmer weht. Die Wagen und Leute auf der Gasse fahren und gehen zögernd auf blankem Boden, denn ich träume noch. Kutscher und Spaziergänger sind schüchtern und jeden Schritt, den sie vorwärts wollen, erbitten sie von mir, indem sie mich ansehn. Ich ermuntere sie, sie finden kein Hindernis.

Ich habe, wie ich im Bett liege, die Gestalt eines großen Käfers, eines Hirschkäfers oder eines Maikäfers, glaube ich.‹

Vor einer Auslage, in der hinter einer nassen gläsernen Scheibe auf Stäbchen kleine Herrenhüte hingen, blieb er stehen und schaute, die Lippen gespitzt, in sie. ›Nun, mein Hut wird für die Ferien noch reichen‹, dachte er und ging weiter, ›und wenn mich niemand meines Hutes halber leiden kann, dann ist es desto besser.‹

Eines Käfers große Gestalt, ja. Ich stellte es dann so an, als handle es sich um einen Winterschlaf, und ich preßte meine Beinchen an meinen gebauchten Leib. Und ich lisple eine kleine Zahl Worte, das sind Anordnungen an meinen traurigen Körper, der knapp bei mir steht und gebeugt ist. Bald bin ich fertig – er verbeugt sich, er geht flüchtig und alles wird er aufs beste vollführen, während ich ruhe.‹

Er erreichte ein freistehendes, sich rundwölbendes Tor, das auf der Höhe der steilen Gasse auf einen kleinen Platz führte, der von vielen schon beleuchteten Geschäften umgeben war. In der Mitte des Platzes, durch das Licht am Rande etwas verdunkelt, stand das niedrige Denkmal eines sitzenden nachdenklichen Mannes. Die Leute bewegten sich wie schmale Blendscheiben vor den Lichtern, und da die Pfützen allen Glanz weit und tief ausbreiteten, änderte sich der Anblick des Platzes unaufhörlich.

Raban drang wohl weit im Platze vor, wich aber den treibenden Wagen zuckend aus, sprang von vereinzeltem trockenen Stein wieder zu trockenen Steinen und hielt den offenen Schirm in der hocherhobenen Hand, um alles rund herum zu sehn. Bis er bei einer Laternenstange – einer Haltestelle der elektrischen Bahn –, die auf einen kleinen viereckigen Pflasteraufbau gestellt war, stehenblieb.

›Auf dem Lande erwartet man mich doch. Macht man sich nicht schon Gedanken? Aber ich habe ihr die Woche über, seit sie auf dem Lande ist, nicht geschrieben, nur heute früh. Da stellt man sich schon mein Aussehen am Ende anders vor. Man glaubt vielleicht, daß ich losstürze, wenn ich einen anspreche, doch das ist nicht meine Gewohnheit, oder daß ich umarme, wenn ich ankomme, auch das tue ich nicht. Ich werde sie böse machen, wenn ich versuchen werde, sie zu begütigen. Ach, wenn ich sie durchaus böse machen könnte, beim Versuch sie zu begütigen.‹

Da fuhr ein offener Wagen nicht schnell vorüber, hinter seinen zwei brennenden Laternen waren zwei Damen sitzend auf dunklen Lederbänkchen zu sehn. Die eine war zurückgelehnt und hatte das Gesicht durch einen Schleier und den Schatten ihres Hutes verdeckt. Doch der Oberkörper der andern Dame war aufrecht; ihr Hut war klein, ihn begrenzten dünne Federn. Jeder konnte sie sehn. Ihre Unterlippe war ein wenig in den Mund gezogen.

Gleich als der Wagen an Raban vorüber war, verstellte irgendeine

Stange den Anblick des Handpferdes dieses Wagens, dann wurde irgendein Kutscher – der trug einen großen Zylinderhut – auf einem ungewöhnlich hohen Bock vor die Damen geschoben, – das war schon viel weiter, – dann fuhr ihr Wagen selbst um die Ecke eines kleinen Hauses, das jetzt auffallend wurde, und verschwand dem Blick.

Raban sah ihm nach, mit geneigtem Kopf, lehnte den Schirmstock an die Schulter, um besser zu sehn. Den Daumen der rechten Hand hatte er in den Mund gesteckt und rieb die Zähne daran. Sein Koffer lag neben ihm, mit einer Seitenfläche auf der Erde.

Wagen eilten von Gasse zu Gasse über den Platz, die Leiber der Pferde flogen waagrecht wie geschleudert, aber das Nicken des Kopfes und des Halses zeigte Schwung und Mühe der Bewegung an.

Ringsum auf den Trottoirkanten aller drei hier zusammentreffenden Straßen standen viele Nichtstuer, die mit kleinen Stöckchen auf das Pflaster klopften. Zwischen ihren Gruppen waren Türmchen, in denen Mädchen Limonade ausschenkten, dann schwere Straßenuhren auf dünnen Stäben, dann Männer, die auf Brust und Rücken große Tafeln trugen, auf welchen in vielfarbigen Buchstaben Vergnügungen angekündigt waren, dann Dienstmänner, ...[Zwei Seiten fehlen.]... eine kleine Gesellschaft. Zwei herrschaftliche Wagen, die quer durch den Platz in die abfallende Gasse fuhren, hielten einige Herren dieser Gesellschaft zurück, doch hinter dem zweiten Wagen – schon hinter dem ersten hatten sie es ängstlich versucht – vereinigten sich diese Herren wieder zu einem Haufen mit den andern, mit denen sie dann in einer langen Reihe das Trottoir betraten und sich in die Türe eines Kaffeehauses drängten, überstürzt von den Lichtern der Glühbirnen, die über dem Eingang hingen.

Wagen der elektrischen Straßenbahn fuhren groß in der Nähe vorüber, andere standen weit in den Straßen undeutlich still.

›Wie gebückt sie ist‹, dachte Raban, als er das Bild jetzt ansah, ›niemals ist sie eigentlich aufrecht und vielleicht ist ihr Rücken rund. Ich werde viel darauf achten müssen. Und ihr Mund ist so breit und die Unterlippe ragt ohne Zweifel hier vor, ja, ich erinnere mich jetzt auch daran. Und das Kleid! Natürlich, ich verstehe nichts von Kleidern, aber diese ganz knapp genähten Ärmel sind sicher häßlich, wie ein Verband sehn sie aus. Und der Hut, dessen Rand an jeder Stelle mit anderer Biegung in die Höhe aus dem Gesichte gehoben ist. Aber ihre Augen sind schön, sie sind braun, wenn ich nicht irre. Alle sagen, daß ihre Augen schön sind.‹

Als nun ein elektrischer Wagen vor Raban hielt, schoben sich um ihn viele Leute der Wagentreppe zu, mit wenig geöffneten spitzigen Schirmen, die sie aufrecht in den an die Schulter gepreßten Händen hielten. Raban, der den Koffer unter dem Arm hielt, wurde vom Trottoir hinuntergezogen und trat stark in eine unsichtbare Pfütze. Im Wagen kniete auf der Bank ein Kind und drückte die Fingerspitzen beider Hände an die Lippen, als nähme es Abschied von jemandem, der jetzt davonging. Einige Passagiere stiegen herunter und mußten einige Schritte entlang des Wagens gehn, um aus dem Gedränge zu kommen. Dann stieg eine Dame auf die erste Stufe, ihre Schleppe, die sie mit beiden Händen hielt, lag knapp über ihren Beinen. Ein Herr hielt sich an einer Messingstange und erzählte, den Kopf gehoben, einiges der Dame. Alle die einsteigen wollten, waren ungeduldig. Der Kondukteur schrie.

Raban, der jetzt am Rande der wartenden Gruppe stand, wandte sich um, denn jemand hatte seinen Namen gerufen.

»Ach Lement«, sagte er langsam und reichte einem herankommenden jungen Mann den kleinen Finger der Hand, in der er den Schirm hielt.

»Das ist also der Bräutigam, der zu seiner Braut fährt. Er sieht schrecklich verliebt aus«, sagte Lement und lächelte dann mit geschlossenem Munde.

»Ja, du mußt verzeihn, daß ich heute fahre«, sagte Raban. »Ich habe dir auch nachmittag geschrieben. Ich wäre natürlich sehr gerne morgen mit dir gefahren, aber morgen ist Samstag, alles wird überfüllt sein, die Fahrt ist lang.«

»Das macht ja nichts. Du hast es mir zwar versprochen, aber wenn man verliebt ist –. Ich werde eben allein fahren müssen.« Lement hatte einen Fuß auf das Trottoir, den andern auf das Pflaster gestellt und stützte den Oberkörper bald auf das eine, bald auf das andere Bein. – »Du wolltest jetzt in die Elektrische steigen; gerade fährt sie weg. Komm, wir gehn zu Fuß, ich begleite dich. Es ist noch Zeit genug.«

»Ist es nicht schon spät, ich bitte dich?«

»Es ist kein Wunder, daß du ängstlich bist, aber du hast wirklich noch Zeit. Ich bin nicht so ängstlich, deshalb habe ich auch jetzt Gillemann verfehlt.«

»Gillemann? Wird er nicht auch draußen wohnen?«

»Ja, er mit seiner Frau, nächste Woche wollen sie hinausfahren und deshalb hatte ich eben Gillemann versprochen, ihn heute, wenn er aus dem Büro kommt, zu treffen. Er wollte mir einige Anweisungen betreffs ihrer Wohnungseinrichtung geben, deshalb sollte ich ihn treffen. Nun habe ich mich aber irgendwie verspätet, ich hatte Besorgungen. Und gerade als ich nachdachte, ob ich nicht in ihre Wohnung gehen sollte, sah ich dich, war zuerst über den Koffer erstaunt und sprach dich an. Nun ist es aber schon zu sehr Abend, um Besuche zu machen, es ist ziemlich unmöglich, noch zu Gillemann hinzugehn.«

»Natürlich. So werde ich also doch Bekannte draußen haben. Die Frau Gillemann habe ich übrigens nie gesehn.«

»Und die ist sehr schön. Sie ist blond, und jetzt nach ihrer Krankheit blaß. Sie hat die schönsten Augen, die ich je gesehen habe.«

»Ich bitte dich, wie sehn schöne Augen aus? Ist es der Blick? Ich habe Augen niemals schön gefunden.«

»Gut, ich habe vielleicht ein wenig übertrieben. Sie ist aber eine hübsche Frau.«

Durch die Scheibe eines ebenerdigen Kaffeehauses sah man eng beim Fenster um einen dreiseitigen Tisch lesende und essende Herren sitzen; einer hatte eine Zeitung auf den Tisch gesenkt, ein Täßchen hielt er erhoben, aus den Augenwinkeln sah er in die Gasse. Hinter diesen Fenstertischen war in dem großen Saale jedes Möbel und Gerät durch die Gäste verdeckt, die in kleinen Kreisen nebeneinander saßen. [Zwei Seiten fehlen.] ... »Zufällig ist es aber kein unangenehmes Geschäft, nicht wahr. Viele würden diese Last auf sich nehmen, meine ich.«

Sie betraten einen ziemlich dunklen Platz, der auf ihrer Straßenseite früher begann, denn die gegenüberliegende ragte weiter. Auf der Seite des Platzes, an der entlang sie weitergingen, stand ein ununterbrochener Häuserzug, von dessen Ecken aus zwei voneinander zuerst weit entfernte Häuserreihen in die unkenntliche Ferne rückten, in der sie sich zu vereinigen schienen. Das Trottoir war schmal an den meist kleinen Häusern, man sah keine Geschäftsläden, hier fuhr kein Wagen. Ein eiserner Ständer, nahe dem Ende der Gasse, aus der sie kamen, trug einige Lampen, die in zwei waagrecht übereinander hängenden Ringen befestigt waren. Die trapezförmige Flamme brannte zwischen aneinandergefügten Glasplatten unter turmartigem breiten Dunkel wie in einem Zimmerchen und ließ wenige Schritte entferntes Dunkel bestehn.

»Nun aber ist es sicher schon zu spät, du hast es mir verheimlicht und ich versäume den Zug. Warum?« [Vier Seiten fehlen.]

...»Ja, höchstens den Pirkershofer, na und der.«

»Der Name kommt, glaube ich, in den Briefen der Betty vor, er ist Bahnaspirant, nicht?«

»Ja, Bahnaspirant und unangenehmer Mensch. Du wirst mir recht geben, sobald du diese kleine dicke Nase gesehen hast. Ich sage dir, wenn man mit dem durch die langweiligen Felder geht... Übrigens ist er schon versetzt und geht, glaube und hoffe ich, nächste Woche von dort weg.«

»Warte, du hast früher gesagt, du rätst mir, heute nacht noch hier zu bleiben. Ich habe es überlegt, das würde nicht gut gehn. Ich habe doch geschrieben, daß ich heute abend komme, sie werden mich erwarten.«

»Das ist doch einfach, du telegraphierst.«

»Ja, das ginge – aber es wäre nicht hübsch, wenn ich nicht fahren würde – auch bin ich müde, ich werde doch schon fahren; – wenn ein Telegramm käme, würden sie noch erschrecken. – Und wozu das, wohin würden wir auch gehn?«

»Dann ist es wirklich besser, wenn du fährst. Ich dachte nur –. Auch könnte ich heute nicht mit dir gehn, da ich verschlafen bin, das habe ich dir zu sagen vergessen. Ich werde mich auch schon verabschieden, denn durch den nassen Park will ich dich nicht mehr begleiten, da ich doch noch zu Gillemanns schauen möchte. Es ist dreiviertel sechs, da kann man doch noch bei guten Bekannten Besuche machen. Addio. Also glückliche Reise und grüße mir alle!«

Lement wendete sich nach rechts und reichte die rechte Hand zum Abschied hin, so daß er während eines Augenblicks gegen seinen ausgestreckten Arm ging.

»Adieu«, sagte Raban.

Aus einer kleinen Entfernung rief noch Lement: »Du, Eduard, hörst du mich, mach doch deinen Schirm zu, es regnet ja längst nicht mehr. Ich kam nicht dazu, es dir zu sagen.«

Raban antwortete nicht, zog den Schirm zusammen und der Himmel schloß sich bleich verdunkelt über ihm.

›Wenn ich wenigstens‹, dachte Raban, ›in einen falschen Zug einsteigen würde. Dann würde es mir doch scheinen, als sei das Unternehmen schon begonnen, und wenn ich später, nach Aufklärung des Irrtums, zurückfahrend wieder in diese Station käme, dann wäre mir schon viel wohler. Ist aber endlich die Gegend dort langweilig, wie Lement sagt, so muß das keineswegs ein Nachteil sein. Sondern man wird sich mehr in den Zimmern aufhalten und eigentlich niemals bestimmt wissen, wo alle andern sind, denn ist eine Ruine in der Umgebung, so unternimmt man wohl einen gemeinsamen Spaziergang zu dieser Ruine, wie man es schon einige Zeit vorher sicher verabredet hat. Dann aber muß man sich darauf freuen, deshalb darf man es nicht versäumen. Gibt es aber keine solche Sehenswürdigkeit, dann gibt es vorher auch keine Besprechung, denn man erwartet, es werden sich schon alle leicht zusammenfinden, wenn man plötzlich, gegen alle Gewohnheit, einen größern Ausflug für gut hält, denn man braucht nur das Mädchen in die Wohnung der andern schicken, wo sie vor einem Brief oder vor Büchern sitzen und entzückt durch diese Nachricht werden. Nun, gegen solche Einladungen sich zu schützen, ist nicht schwer. Und doch weiß ich nicht, ob ich es können werde, denn es ist nicht so leicht, wie ich es mir denke, da ich noch allein bin und noch alles tun kann, noch zurückgehn kann, wenn ich will, denn ich werde dort niemanden haben, dem ich Besuche machen könnte, wann ich will, und niemanden, mit dem ich beschwerlichere Ausflüge machen könnte, der mir dort den Stand seines Getreides zeigte oder einen Steinbruch, den er dort betreiben läßt. Denn selbst alter Bekannter ist man gar nicht sicher. War nicht Lement heute freundlich zu mir, er hat mir doch einiges erklärt und er hat alles so dargestellt, wie es mir erscheinen wird. Er hat mich angesprochen und mich dann begleitet, trotzdem er nichts von mir erfahren wollte und selbst ein anderes Geschäft noch hatte. Jetzt aber ist er unversehens weggegangen, und doch habe ich ihn mit keinem Worte kränken können. Ich habe mich zwar geweigert, den Abend in der Stadt zu verbringen, aber das war doch natürlich, das kann ihn nicht beleidigt haben, denn er ist ein vernünftiger Mensch.‹

Die Bahnhofsuhr schlug, es war dreiviertel sechs. Raban blieb stehn, weil er Herzklopfen verspürte, dann ging er rasch den Parkteich entlang, kam in einen schmalen, schlecht beleuchteten Weg zwischen großen Sträuchern, stürzte in einen Platz, auf dem viele leere Bänke an Bäumchen gelehnt standen, lief dann langsamer durch eine Öffnung im Gitter auf die Straße, durchquerte sie, sprang in die Bahnhofstüre, fand den Schalter nach einem Weilchen und mußte ein wenig an den Blechverschluß klopfen. Dann sah der Beamte heraus, sagte, es sei doch höchste Zeit, nahm die Banknote und warf laut die verlangte Karte und kleines Geld auf das Brett. Nun wollte Raban rasch nachrechnen, da er dachte, er müsse mehr herausbekommen, aber ein Diener, der in der Nähe ging, trieb ihn durch eine gläserne Tür auf den Bahnsteig. Raban sah sich dort um, während er dem Diener »Danke, danke!« zurief, und da er keinen Kondukteur fand, stieg er allein die nächste Waggontreppe hinauf, indem er den Koffer immer auf die höhere Stufe stellte und dann selbst nachkam, mit der einen Hand auf den Schirm gestützt und die andere am Griff des Koffers. Der Waggon, den er betrat, war hell durch das viele Licht der Bahnhofshalle, in der er stand; vor mancher Scheibe, alle waren bis in die Höhe geschlossen, hing nahe sichtbar eine rauschende Bogenlampe und die vielen Regentropfen am Fensterglase waren weiß, oft bewegten sich einzelne. Raban hörte den Lärm vom Bahnsteig her, auch als er die Waggontüre geschlossen hatte und sich auf das letzte freie Stückchen einer hellbraunen Holzbank setzte. Er sah viele Rücken und Hinterköpfe und zwischen ihnen die zurückgelehnten Gesichter auf der gegenüberliegenden Bank. An einigen Stellen drehte sich Rauch aus Pfeifen und Zigarren und zog einmal schlaff am Gesichte eines Mädchens vorüber. Oft änderten die Passagiere ihren Sitz und besprachen diese Änderung miteinander, oder sie übertrugen ihr Gepäck, das in einem schmalen blauen Netz über einer Bank lag, in ein anderes. Ragte ein Stock oder die beschlagene Kante eines Koffers vor, dann wurde der Besitzer darauf aufmerksam gemacht. Er ging dann hin und stellte die Ordnung wieder her. Auch Raban besann sich und schob seinen Koffer unter seinen Sitz.

Zu seiner linken Seite bei dem Fenster saßen einander gegenüber zwei

Herren und sprachen über Warenpreise. ›Das sind Geschäftsreisende‹, dachte Raban, und regelmäßig atmend sah er sie an. ›Der Kaufmann schickt sie auf das Land, sie folgen, sie fahren mit der Eisenbahn und in jedem Dorf gehn sie von Geschäft zu Geschäft. Manchmal fahren sie im Wagen zwischen den Dörfern. Nirgends müssen sie sich lange aufhalten, denn alles soll rasch geschehn, und immer müssen sie nur von Waren reden. Mit welcher Freude kann man sich dann anstrengen in einem Berufe, der so angenehm ist!‹

Der Jüngere hatte ein Notizbuch aus der hintern Hosentasche mit einem Ruck gezogen, blätterte darin mit rasch an der Zunge befeuchtetem Zeigefinger und las dann eine Seite durch, während er den Rücken des Fingernagels an ihr hinunterzog. Er sah Raban an, als er aufblickte, und drehte auch, als er jetzt über Zwirnpreise redete, das Gesicht von Raban nicht ab, wie man irgendwohin fest blickt, um nichts von dem zu vergessen, was man sagen will. Er preßte dabei die Brauen gegen seine Augen. Das halbgeschlossene Notizbuch hielt er in der linken Hand, den Daumen auf der gelesenen Seite, um leicht nachschauen zu können, wenn er es nötig hätte. Dabei zitterte das Notizbuch, denn er stützte diesen Arm nirgends auf und der fahrende Wagen schlug auf die Schienen wie ein Hammer.

Der andere Reisende hatte seinen Rücken angelehnt, hörte zu und nickte in gleichen Pausen mit dem Kopfe. Es war zu sehen, daß er keinesfalls mit allem übereinstimmte und später seine Meinung sagen würde.

Raban legte die gehöhlten Handflächen auf seine Knie und sich vorbeugend, sah er zwischen den Köpfen der Reisenden das Fenster und durch das Fenster Lichter, die vorüber-, und andere, die zurück in die Ferne flogen. Von der Rede des Reisenden verstand er nichts, auch die Antwort des andern würde er nicht verstehen. Da wäre erst große Vorbereitung nötig, denn hier sind Leute, die von ihrer Jugend an mit Waren sich beschäftigt haben. Hat man aber eine Zwirnspule so oft schon in der Hand gehabt und sie so oft der Kundschaft überreicht, dann kennt man den Preis und kann darüber reden, während Dörfer uns entgegenkommen und vorübereilen, während sie zugleich sich in die Tiefe des Landes wenden, wo sie für uns verschwinden müssen. Und doch sind diese Dörfer bewohnt und vielleicht gehn dort Reisende von Geschäft zu Geschäft.

Vor der Waggonecke am andern Ende stand ein großer Mann auf, in der Hand hielt er Spielkarten und rief: »Du, Marie, hast du auch die Zephirhemden miteingepackt?« »Aber ja«, sagte das Weib, das gegenüber Raban saß. Sie hatte ein wenig geschlafen, und als die Frage sie jetzt weckte, antwortete sie so vor sich hin, als ob sie es Raban sagte. »Sie fahren auf den Markt nach Jungbunzlau, nicht?« fragte sie der lebhafte Reisende. »Ja, nach Jungbunzlau.« »Diesmal ist es ein großer Markt, nicht wahr?« »Ja, ein großer Markt.« Sie war schläfrig, sie stützte den linken Ellbogen auf ein blaues Bündel und ihr Kopf legte sich schwer gegen ihre Hand, die sich durch das Fleisch der Wange bis an den Wangenknochen drückte. »Wie jung sie ist«, sagte der Reisende.

Raban nahm das Geld, das er vom Kassier erhalten hatte, aus der Westentasche und überzählte es. Er hielt jedes Geldstück lange aufrecht zwischen Daumen und Zeigefinger fest und drehte es auch mit der Spitze des Zeigefingers auf der Innenseite des Daumens hin und her. Er sah lange das Bild des Kaisers an, dann fiel ihm der Lorbeerkranz auf und wie er mit Knoten und Schleifen eines Bandes am Hinterkopf befestigt war. Endlich fand er, daß die Summe richtig sei, und legte das Geld in ein großes schwarzes Portemonnaie. Als er aber nun dem Reisenden sagen wollte: ›Das ist ein Ehepaar, meinen Sie nicht?‹, hielt der Zug. Der Lärm der Fahrt hörte auf, Schaffner riefen den Namen eines Ortes und Raban sagte nichts.

Der Zug fuhr so langsam an, daß man sich die Umdrehung der Räder vorstellen konnte, gleich aber jagte er eine Senkung hinab und ohne Vorbereitung wurden vor den Fenstern die langen Geländerstangen einer Brücke auseinandergerissen und aneinandergepreßt, wie es schien.

Raban gefiel es jetzt, daß der Zug so eilte, denn er hätte nicht in dem letzten Orte bleiben wollen. ›Wenn es dort dunkel ist, wenn man niemanden dort kennt, wenn es so weit nach Hause ist. Dann muß es bei Tag aber dort schrecklich sein. Und ist es in der nächsten Station anders oder in den frühern oder in den spätern oder in dem Dorf, nach dem ich fahre?‹

Der Reisende redete plötzlich lauter. ›Es ist ja noch weit‹, dachte Raban. »Herr, Sie wissen es ja so gut wie ich, in den kleinsten Nestern lassen diese Fabrikanten reisen, zum dreckigsten Krämer kriechen sie und glauben Sie, daß sie ihnen andere Preise machen als uns Großkaufleuten? Herr, lassen Sie es sich gesagt sein, ganz dieselben Preise, gestern erst habe ich es schwarz auf weiß gesehn. Ich nenne das Schufterei. Man erdrückt uns, bei den heutigen Verhältnissen ist es für uns einfach überhaupt unmöglich, Geschäfte zu machen, man erdrückt uns.« Wieder sah er Raban an; er schämte sich der Tränen in seinen Augen nicht; die Fingergelenke der linken Hand drückte er an seinen Mund, weil seine Lippen zitterten. Raban lehnte sich zurück und zog mit der linken Hand schwach an seinem Schnurrbart.

Die Krämerin gegenüber erwachte und strich mit den Händen lächelnd über die Stirn. Der Reisende redete leiser. Noch einmal rückte sich die Frau wie zum Schlafen zurecht, lehnte sich halb liegend auf ihr Bündel und seufzte. Über ihrer rechten Hüfte spannte sich der Rock.

Hinter ihr saß ein Herr mit einer Reisemütze auf dem Kopfe und las in einer großen Zeitung. Das Mädchen ihm gegenüber, das wahrscheinlich seine Verwandte war, bat ihn – und neigte dabei den Kopf gegen die rechte Schulter –, er möchte doch das Fenster öffnen, denn es wäre sehr heiß. Er sagte, ohne aufzuschauen, er wolle es gleich tun, nur müsse er noch vorher einen Abschnitt in der Zeitung zu Ende lesen und er zeigte ihr, welchen Abschnitt er meinte.

Die Krämerin konnte nicht mehr einschlafen, sie setzte sich aufrecht und sah aus dem Fenster, dann sah sie lange die Petroleumflamme an, die gelb an der Waggondecke brannte. Raban schloß die Augen für ein Weilchen.

Als er aufblickte, biß gerade die Krämerin in ein Stück Kuchen, das mit brauner Marmelade bedeckt war. Das Bündel neben ihr war offen. Der Reisende rauchte schweigend eine Zigarre und tat fortwährend so, als klopfte er die Asche vom Ende ab. Der andere fuhr mit der Spitze eines Messers im Räderwerk einer Taschenuhr hin und her, so daß man es hörte.

Mit fast geschlossenen Augen sah Raban noch undeutlich, wie der Herr mit der Reisemütze am Fensterriemen zog. Kühle Luft schlug herein, ein Strohhut fiel von einem Haken. Raban glaubte, er erwache und deshalb seien seine Wangen so erfrischt oder man öffne die Tür und ziehe ihn ins Zimmer oder er täusche sich irgendwie, und schnell schlief er mit tiefen Atemzügen ein.

Es zitterte die Wagentreppe noch ein wenig, als Raban jetzt auf ihr hinunterstieg. An sein Gesicht, das aus der Waggonluft kam, stieß der Regen und er schloß die Augen. – Auf das Blechdach vor dem Stationsgebäude regnete es lärmend, aber in das weite Land fiel der Regen nur so, daß man einen regelmäßig wehenden Wind zu hören glaubte. Ein barfüßiger Junge kam herbeigelaufen – Raban hatte nicht gesehn von wo – und bat, außer Atem, Raban möchte ihn den Koffer tragen lassen, denn es regne, doch Raban sagte: Ja, es regne, deshalb werde er mit dem Omnibus fahren. Er brauche ihn nicht. Darauf machte der Junge eine Grimasse, als halte er es für vornehmer, im Regen zu gehn und sich den Koffer tragen zu lassen als zu fahren, drehte sich gleich um und lief weg. Da war es schon zu spät, als Raban ihn rufen wollte.

Zwei Laternen sah man brennen und ein Stationsbeamter trat aus einer Tür. Er ging, ohne zu zögern, durch den Regen zur Lokomotive, stand dort mit verschränkten Armen still und wartete, bis der Lokomotivführer sich über sein Geländer beugte und mit ihm sprach. Ein Diener wurde gerufen, kam und wurde zurückgeschickt. An manchen Fenstern des Zuges standen Passagiere, und da sie ein gewöhnliches Stationsgebäude ansehn mußten, so war wohl ihr Blick trübe, die Augenlider waren einander genäht, wie während der Fahrt. Ein Mädchen, das von der Landstraße her unter einem Sonnenschirm mit Blumenmuster auf den Perron eilig kam, stellte den offenen Schirm auf den Boden, setzte sich und preßte die Beine auseinander, damit ihr Rock besser trockne, und mit den Fingerspitzen fuhr sie über den gespannten Rock. Es brannten nur zwei Laternen, ihr Gesicht war undeutlich. Der Diener, der vorüberkam, beklagte es, daß Pfützen unter dem Schirm entstanden, rundete vor sich die Arme, um die Größe dieser Pfützen zu zeigen, und führte dann die Hände hintereinander durch die Luft wie Fische, die in tieferes Wasser sinken, um klarzumachen, daß durch diesen Schirm auch der Verkehr gehindert sei.

Der Zug fuhr an, verschwand wie eine lange Schiebetür und hinter den Pappeln jenseits der Geleise war die Masse der Gegend, daß es den Atem störte. War es ein dunkler Durchblick oder war es ein

Wald, war es ein Teich oder ein Haus, in dem die Menschen schon schliefen, war es ein Kirchturm oder eine Schlucht zwischen den Hügeln; niemand durfte sich dorthin wagen, wer aber konnte sich zurückhalten? –

Und als Raban den Beamten noch erblickte – er war schon vor der Stufe zu seinem Büro –, lief er vor ihn und hielt ihn auf: »Ich bitte schön, ist es weit ins Dorf, ich will nämlich dorthin.«

»Nein, eine Viertelstunde, aber mit dem Omnibus – es regnet ja – sind Sie in fünf Minuten dort. Ich bitte.«

»Es regnet. Es ist kein schönes Frühjahr«, sagte Raban darauf.

Der Beamte hatte die rechte Hand an die Hüfte gelegt und durch das Dreieck, das zwischen dem Arm und dem Körper entstand, sah Raban das Mädchen, das den Schirm schon geschlossen hatte, auf ihrer Bank.

»Wenn man jetzt in die Sommerfrische fährt und dort bleiben soll, so muß man es bedauern. Eigentlich dachte ich, daß man mich erwarten würde.« Er blickte umher, damit es glaubhaft scheine.

»Sie werden den Omnibus versäumen, fürchte ich. Er wartet nicht so lange. Keinen Dank. – Der Weg geht dort zwischen den Hecken.«

Die Straße vor dem Bahnhof war nicht beleuchtet, nur aus drei ebenerdigen Fenstern des Gebäudes kam ein dunstiger Schein, er reichte aber nicht weit. Raban ging auf den Fußspitzen durch den Kot und rief »Kutscher!« und »Hallo!« und »Omnibus!« und »Hier bin ich« viele Male. Als er aber in kaum unterbrochene Pfützen auf der dunklen Straßenseite geriet, mußte er mit ganzen Sohlen weiterstampfen, bis plötzlich eine nasse Pferdeschnauze seine Stirn berührte.

Da war der Omnibus, rasch stieg er in die leere Kammer, setzte sich bei der Glasscheibe hinter dem Kutschbock nieder und beugte den Rücken in den Winkel, denn er hatte alles getan, was nötig war. Denn schläft der Kutscher, so wird er gegen Morgen aufwachen, ist er tot, so wird ein neuer Kutscher kommen oder der Wirt, geschieht aber auch das nicht, so werden mit dem Frühzug Passagiere kommen, eilige Leute, die Lärm machen. Jedenfalls darf man ruhig sein, durfte selbst die Vorhänge vor den Fenstern zusammenziehn und auf den Ruck warten, mit dem dieser Wagen anfahren muß.

›Ja, es ist nach dem vielen, was ich schon unternommen habe, sicher, daß ich morgen zu Betty und zu Mama kommen werde, das kann niemand hindern. Nur ist es richtig und es war auch vorauszusehn, daß mein Brief erst morgen ankommen wird, ich hätte recht gut also noch in der Stadt bleiben und bei Elvy eine angenehme Nacht verbringen können, ohne mich vor der Arbeit des nächsten Tages fürchten zu müssen, was mir sonst jedes Vergnügen verdirbt. Aber schau, ich habe nasse Füße.‹

Er zündete einen Kerzenstumpf an, den er aus der Westentasche genommen hatte, und stellte ihn auf die Bank gegenüber. Es war genügend hell, die Dunkelheit draußen machte, daß man schwarzgetünchte Omnibuswände ohne Scheiben sah. Man mußte nicht gleich daran denken, daß unter dem Boden Räder waren und vorne das angespannte Pferd.

Raban rieb seine Füße gründlich auf der Bank, zog frische Socken an und setzte sich aufrecht. Da hörte er jemanden, der vom Bahnhof her rief: »He!«, wenn ein Passagier im Omnibus sei, dann könne er sich melden.

»Ja, ja, und er möchte schon gerne fahren«, antwortete Raban aus der geöffneten Tür geneigt, mit der rechten Hand am Pfosten sich festhaltend, die linke geöffnet, nahe dem Munde.

Stürmisch floß ihm das Regenwasser zwischen Kragen und Hals. Eingewickelt in die Leinwand zweier zerschnittener Säcke kam der Kutscher herüber, der Widerschein seiner Stallaterne hüpfte durch die Pfützen unter ihm. Verdrießlich begann er eine Erklärung: Aufgepaßt, er habe mit dem Lebeda Karten gespielt und sie wären gerade sehr in Schwung gewesen, wie der Zug gekommen ist. Da wäre es eigentlich für ihn unmöglich gewesen, nachzuschaun, doch wolle er den, der es nicht begreife, nicht beschimpfen. Übrigens sei das hier ein Dreckort ohne Einschränkung und es sei nicht einzusehn, was ein solcher Herr hier zu tun haben könnte, und er käme noch bald genug hinein, so daß er sich nirgends beklagen müsse. Es sei eben erst jetzt Herr Pirkershofer – ich bitte, das ist der Herr Adjunkt – hineingekommen und habe gesagt, er glaube, ein kleiner Blonder habe mit dem Omnibus fahren wollen. Nun, da habe er gleich nachgefragt, oder habe er vielleicht nicht gleich nachgefragt?

Die Laterne wurde an der Deichselspitze befestigt, das Pferd, dumpf angerufen, zog an und das jetzt aufgerührte Wasser oben auf dem Omnibus tropfte durch eine Ritze langsam in den Wagen.

Der Weg konnte gebirgig sein, sicher sprang der Kot in die Speichen, Fächer von Pfützenwasser entstanden rauschend rückwärts an den sich drehenden Rädern, mit meist lockeren Zügeln hielt der Kutscher das triefende Pferd. – Konnte man das alles nicht als Vorwürfe gegen Raban gebrauchen? Viele Pfützen wurden unerwartet von der an der Deichsel zitternden Laterne erhellt und zerteilten sich, Wellen treibend, unter dem Rad. Das geschah nur deshalb, weil Raban zu seiner Braut fuhr, zu Betty, einem ältlichen hübschen Mädchen. Und wer würde, wenn man schon davon reden wollte, würdigen, was für Verdienste Raban hier hatte, und seien es nur die, daß er jene Vorwürfe ertrug, die ihm allerdings niemand offen machen konnte. Natürlich, er tat es gern, Betty war seine Braut, er hatte sie lieb, es wäre ekelhaft, wenn sie ihm auch dafür danken würde, aber immerhin.

Ohne Willen schlug er oft mit dem Kopf an die Wand, an der er lehnte, dann sah er ein Weilchen zur Decke auf. Einmal glitt seine rechte Hand vom Oberschenkel, auf den er sie gelehnt hatte, hinab. Aber der Ellbogen blieb in dem Winkel zwischen dem Bauch und dem Bein.

Schon fuhr der Omnibus zwischen den Häusern, hie und da nahm das Wageninnere am Licht eines Zimmers teil, eine Treppe – um ihre ersten Stufen zu sehn hätte Raban sich aufstellen müssen – war zu einer Kirche hin gebaut, vor einem Parktor brannte eine Lampe mit großer Flamme, aber eine Heiligenstatue trat nur durch das Licht eines Kramladens schwarz hervor, jetzt sah Raban seine niedergebrannte Kerze, deren geronnenes Wachs von der Bank unbeweglich hinunterhing.

Als der Wagen vor dem Gasthaus stehenblieb, der Regen stark zu hören war und – wahrscheinlich war ein Fenster offen – auch die Stimmen der Gäste, da fragte sich Raban, was besser sei, gleich auszusteigen oder zu warten, bis der Wirt zum Wagen komme. Wie der Gebrauch in diesem Städtchen war, das wußte er nicht, aber sicherlich hatte Betty schon von ihrem Bräutigam gesprochen, und nach seinem prächtigen oder schwachen Auftreten würde ihr Ansehen hier größer oder kleiner werden und damit wieder sein eigenes auch. Nun wußte er aber weder, in welchem Ansehen sie jetzt stand, noch, was sie über ihn verbreitet hatte, desto unangenehmer und schwieriger. Schöne Stadt und schöner Nachhauseweg! Regnet es dort, fährt man mit der Elektrischen über nasse Steine nach Hause, hier in dem Karren durch Morast zu einem Wirtshaus. – ›Die Stadt ist weit von hier, und würde ich jetzt aus Heimweh zu sterben drohn, hinbringen könnte mich heute niemand mehr. – Nun, ich würde auch nicht sterben – aber dort bekomme ich das für diesen Abend erwartete Gericht auf den Tisch gestellt, rechts hinter dem Teller die Zeitung, links die Lampe, hier wird man mir eine unheimliche fette Speise geben – man weiß nicht, daß ich einen schwachen Magen habe, und wenn man es wüßte –, eine fremde Zeitung, viele Leute, die ich schon höre, werden dabei sein und eine Lampe wird für alle brennen. Was für ein Licht kann das geben, zum Kartenspiel genug, aber zum Zeitunglesen?

Der Wirt kommt nicht, ihm liegt nichts an Gästen, er ist wahrscheinlich ein unfreundlicher Mann. Oder weiß er, daß ich Bettys Bräutigam bin und gibt ihm das einen Grund, nicht um mich zu kommen? Dazu würde es auch passen, daß mich am Bahnhof der Kutscher so lange warten ließ. Betty hat ja öfters erzählt, wie viel sie von lüsternen Männern zu leiden hatte und wie sie ihr Drängen zurückweisen mußte, vielleicht ist das auch hier…‹

[Bricht ab.]

Josefine, die Sängerin oder
Das Volk der Mäuse

Unsere Sängerin heißt Josefine. Wer sie nicht gehört hat, kennt nicht die Macht des Gesanges. Es gibt niemanden, den ihr Gesang nicht fortreißt, was um so höher zu bewerten ist, als unser Geschlecht im ganzen Musik nicht liebt. Stiller Frieden ist uns die liebste Musik; unser Leben ist schwer, wir können uns, auch wenn wir einmal alle Tagessorgen abzuschütteln versucht haben, nicht mehr zu solchen, unserem sonstigen Leben so fernen Dingen erheben, wie es die Musik ist. Doch beklagen wir es nicht sehr; nicht einmal so weit kommen wir; eine gewisse praktische Schlauheit, die wir freilich auch äußerst dringend brauchen, halten wir für unsern größten Vorzug, und mit dem Lächeln dieser Schlauheit pflegen wir uns über alles hinwegzutrösten, auch wenn wir einmal – was aber nicht geschieht – das Verlangen nach dem Glück haben sollten, das von der Musik vielleicht ausgeht. Nur Josefine macht eine Ausnahme; sie liebt die Musik und weiß sie auch zu vermitteln; sie ist die einzige; mit ihrem Hingang wird die Musik – wer weiß wie lange – aus unserem Leben verschwinden.

Ich habe oft darüber nachgedacht, wie es sich mit dieser Musik eigentlich verhält. Wir sind doch ganz unmusikalisch; wie kommt es, daß wir Josefines Gesang verstehn oder, da Josefine unser Verständnis leugnet, wenigstens zu verstehen glauben. Die einfachste Antwort wäre, daß die Schönheit dieses Gesanges so groß ist, daß auch der stumpfste Sinn ihr nicht widerstehen kann, aber diese Antwort ist nicht befriedigend. Wenn es wirklich so wäre, müßte man vor diesem Gesang zunächst und immer das Gefühl des Außerordentlichen haben, das Gefühl, aus dieser Kehle erklinge etwas, was wir nie vorher gehört haben und das zu hören wir auch gar nicht die Fähigkeit haben, etwas, was zu hören uns nur diese eine Josefine und niemand sonst befähigt. Gerade das trifft aber meiner Meinung nach nicht zu, ich fühle es nicht und habe auch bei andern nichts dergleichen bemerkt. Im vertrauten Kreise gestehen wir einander offen, daß Josefinens Gesang als Gesang nichts Außerordentliches darstellt.

Ist es denn überhaupt Gesang? Trotz unserer Unmusikalität haben wir Gesangsüberlieferungen; in den alten Zeiten unseres Volkes gab es Gesang; Sagen erzählen davon, und sogar Lieder sind erhalten, die freilich niemand mehr singen kann. Eine Ahnung dessen, was Gesang ist, haben wir also, und dieser Ahnung entspricht Josefinens Kunst eigentlich nicht. Ist es denn überhaupt Gesang? Ist es nicht vielleicht doch nur ein Pfeifen? Und Pfeifen allerdings kennen wir alle, es ist die eigentliche Kunstfertigkeit unseres Volkes, oder vielmehr gar keine Fertigkeit, sondern eine charakteristische Lebensäußerung. Alle pfeifen wir, aber freilich denkt niemand daran, das als Kunst auszugeben, wir pfeifen, ohne darauf zu achten, ja, ohne es zu merken, und es gibt sogar viele unter uns, die gar nicht wissen, daß das Pfeifen zu unsern Eigentümlichkeiten gehört. Wenn es also wahr wäre, daß Josefine nicht singt, sondern nur pfeift und vielleicht gar, wie es mir wenigstens scheint, über die Grenzen des üblichen Pfeifens kaum hinauskommt – ja vielleicht reicht ihre Kraft für dieses übliche Pfeifen nicht einmal ganz hin, während es ein gewöhnlicher Erdarbeiter ohne Mühe den ganzen Tag über neben seiner Arbeit zustande bringt –, wenn das alles wahr wäre, dann wäre zwar Josefinens angebliche Künstlerschaft widerlegt, aber es wäre dann erst recht das Rätsel ihrer großen Wirkung zu lösen.

Es ist aber eben doch nicht nur Pfeifen, was sie produziert. Stellt man sich recht weit von ihr hin und horcht, oder noch besser, läßt man sich in dieser Hinsicht prüfen, singt also Josefine etwa unter andern Stimmen und setzt man sich die Aufgabe, ihre Stimme zu erkennen, dann wird man unweigerlich nichts anderes heraushören als ein gewöhnliches, höchstens durch Zartheit oder Schwäche ein wenig auffallendes Pfeifen. Aber steht man vor ihr, ist es doch nicht nur ein Pfeifen; es ist zum Verständnis ihrer Kunst notwendig, sie nicht nur zu hören, sondern auch zu sehn. Selbst wenn es nur unser tagtägliches Pfeifen wäre, so besteht hier doch schon zunächst die Sonderbarkeit, daß jemand sich feierlich hinstellt, um nichts anderes als das Übliche zu tun. Eine Nuß aufknacken ist wahrhaftig keine Kunst, deshalb wird es auch niemand wagen, ein Publikum zusammenzurufen und vor ihm, um es zu unterhalten, Nüsse zu knacken. Tut er es dennoch und gelingt seine Absicht, dann kann es sich eben doch nicht nur um bloßes Nüsseknacken handeln. Oder es handelt sich um Nüsseknacken, aber es stellt sich heraus, daß wir über diese Kunst hinweggesehen haben, weil wir sie glatt beherrschten und daß uns dieser neue Nußknacker erst ihr eigentliches Wesen zeigt, wobei es dann für die Wirkung sogar nützlich sein könnte, wenn er etwas weniger tüchtig im Nüsseknacken ist als die Mehrzahl von uns.

Vielleicht verhält es sich ähnlich mit Josefinens Gesang; wir bewundern an ihr das, was wir an uns gar nicht bewundern; übrigens stimmt sie in letzterer Hinsicht mit uns völlig überein. Ich war einmal zugegen, als sie jemand, wie dies natürlich öfters geschieht, auf das allgemeine Volkspfeifen aufmerksam machte, und zwar nur ganz bescheiden, aber für Josefine war es schon zu viel. Ein so freches, hochmütiges Lächeln, wie sie es damals aufsetzte, habe ich noch nicht gesehn; sie, die äußerlich eigentlich vollendete Zartheit ist, auffallend zart selbst in unserem an solchen Frauengestalten reichen Volk, erschien damals geradezu gemein; sie mochte es übrigens in ihrer großen Empfindlichkeit auch gleich selbst fühlen und faßte sich. Jedenfalls leugnet sie also jeden Zusammenhang zwischen ihrer Kunst und dem Pfeifen. Für die, welche gegenteiliger Meinung sind, hat sie nur Verachtung und wahrscheinlich uneingestandenen Haß. Das ist nicht gewöhnliche Eitelkeit, denn diese Opposition, zu der auch ich halb gehöre, bewundert sie gewiß nicht weniger, als es die Menge tut, aber Josefine will nicht nur bewundert, sondern genau in der von ihr bestimmten Art bewundert sein, an Bewunderung allein liegt ihr nichts. Und wenn man vor ihr sitzt, versteht man sie; Opposition treibt man nur in der Ferne; wenn man vor ihr sitzt, weiß man: was sie hier pfeift, ist kein Pfeifen.

Da Pfeifen zu unseren gedankenlosen Gewohnheiten gehört, könnte man meinen, daß auch in Josefinens Auditorium gepfiffen wird; es wird uns wohl bei ihrer Kunst, und wenn uns wohl ist, pfeifen wir; aber ihr Auditorium pfeift nicht, es ist mäuschenstill, so als wären wir des ersehnten Friedens teilhaftig geworden, von dem uns zumindest unser eigenes Pfeifen abhält, schweigen wir. Ist es ihr Gesang, der uns entzückt oder nicht vielmehr die feierliche Stille, von der das schwache Stimmchen umgeben ist? Einmal geschah es, daß irgendein törichtes kleines Ding während Josefinens Gesang in aller Unschuld auch zu pfeifen anfing. Nun, es war ganz dasselbe, was wir auch von Josefine hörten; dort vorne das trotz aller Routine immer noch schüchterne Pfeifen und hier im Publikum das selbstvergessene kindliche Gepfeife; den Unterschied zu bezeichnen wäre unmöglich gewesen; aber doch zischten und pfiffen wir gleich die Störerin nieder, trotzdem es gar nicht nötig gewesen wäre, denn sie hätte sich gewiß auch sonst in Angst und Scham verkrochen, während Josefine ihr Triumphpfeifen anstimmte und ganz außer sich war mit ihren ausgespreizten Armen und dem gar nicht mehr höher dehnbaren Hals.

So ist sie übrigens immer, jede Kleinigkeit, jeden Zufall, jede Widerspenstigkeit, ein Knacken im Parkett, ein Zähneknirschen, eine Beleuchtungsstörung hält sie für geeignet, die Wirkung ihres Gesanges zu erhöhen; sie singt ja ihrer Meinung nach vor tauben Ohren; an Begeisterung und Beifall fehlt es nicht, aber auf wirkliches Verständnis, wie sie es meint, hat sie längst verzichten gelernt. Da kommen ihr denn alle Störungen sehr gelegen; alles, was sich von außen her der Reinheit ihres Gesanges entgegenstellt, in leichtem Kampf, ja ohne Kampf, bloß durch die Gegenüberstellung besiegt wird, kann dazu beitragen, die Menge zu erwecken, sie zwar nicht Verständnis, aber ahnungsvollen Respekt zu lehren. Wenn ihr aber nun das Kleine so dient, wie erst das Große. Unser Leben ist sehr unruhig, jeder Tag bringt Überraschungen, Beängstigungen, Hoffnungen und Schrekken, daß der Einzelne unmöglich dies alles ertragen könnte, hätte er nicht jederzeit bei Tag und Nacht den Rückhalt der Genossen; aber selbst so wird es oft recht schwer; manchmal zittern selbst tausend Schultern unter der Last, die eigentlich nur für einen bestimmt war. Dann hält Josefine ihre Zeit für gekommen. Schon steht sie da, das zarte Wesen, besonders unterhalb der Brust beängstigend vibrierend, es ist, als hätte sie alle ihre Kraft im Gesang versammelt, als sei allem an ihr, was nicht dem Gesange unmittelbar diene, jede Kraft, fast jede Lebensmöglichkeit entzogen, als sei sie entblößt, preisgegeben, nur dem Schutze guter Geister überantwortet, als könne sie, während sie so, sich völlig entzogen, im Gesange wohnt, ein kalter Hauch im Vorüberwehn töten. Aber gerade bei solchem Anblick pflegen wir angeblichen Gegner uns zu sagen: »Sie kann nicht einmal pfeifen; so entsetzlich muß sie sich anstrengen, um nicht Gesang – reden wir nicht von Gesang – aber um das landesübliche Pfeifen einigermaßen sich abzuzwingen.« So scheint es uns, doch ist dies, wie erwähnt, ein zwar unvermeidlicher, aber flüchtiger, schnell vorübergehender Eindruck. Schon tauchen auch wir in das Gefühl der Menge, die warm, Leib an Leib, scheu atmend horcht.

Und um diese Menge unseres fast immer in Bewegung befindlichen, wegen oft nicht sehr klarer Zwecke hin- und herschießenden Volkes um sich zu versammeln, muß Josefine meist nichts anderes tun, als mit zurückgelegtem Köpfchen, halboffenem Mund, der Höhe zugewandten Augen jene Stellung einzunehmen, die darauf hindeutet, daß sie zu singen beabsichtigt. Sie kann dies tun, wo sie will, es muß kein weithin sichtbarer Platz sein, irgendein verborgener, in zufälliger Augenblickslaune gewählter Winkel ist ebensogut brauchbar. Die

Nachricht, daß sie singen will, verbreitet sich gleich, und bald zieht es in Prozessionen hin. Nun, manchmal treten doch Hindernisse ein, Josefine singt mit Vorliebe gerade in aufgeregten Zeiten, vielfache Sorgen und Nöte zwingen uns dann zu vielerlei Wegen, man kann sich beim besten Willen nicht so schnell versammeln, wie es Josefine wünscht, und sie steht dort diesmal in ihrer großen Haltung vielleicht eine Zeitlang ohne genügende Hörerzahl – dann freilich wird sie wütend, dann stampft sie mit den Füßen, flucht ganz unmädchenhaft, ja sie beißt sogar. Aber selbst ein solches Verhalten schadet ihrem Rufe nicht; statt ihre übergroßen Ansprüche ein wenig einzudämmen, strengt man sich an, ihnen zu entsprechen; es werden Boten ausgeschickt, um Hörer herbeizuholen; es wird vor ihr geheimgehalten, daß das geschieht; man sieht dann auf den Wegen im Umkreis Posten aufgestellt, die den Herankommenden zuwinken, sie möchten sich beeilen; dies alles so lange, bis dann schließlich doch eine leidliche Anzahl beisammen ist.

Was treibt das Volk dazu, sich für Josefine so zu bemühen? Eine Frage, nicht leichter zu beantworten als die nach Josefinens Gesang, mit der sie ja auch zusammenhängt. Man könnte sie streichen und gänzlich mit der zweiten Frage vereinigen, wenn sich etwa behaupten ließe, daß das Volk wegen des Gesanges Josefine bedingungslos ergeben ist. Dies ist aber eben nicht der Fall; bedingungslose Ergebenheit kennt unser Volk kaum; dieses Volk, das über alles die freilich harmlose Schlauheit liebt, das kindliche Wispern, den freilich unschuldigen, bloß die Lippen bewegenden Tratsch, ein solches Volk kann immerhin nicht bedingungslos sich hingeben, das fühlt wohl auch Josefine, das ist es, was sie bekämpft mit aller Anstrengung ihrer schwachen Kehle.

Nur darf man freilich bei solchen allgemeinen Urteilen nicht zu weit gehn, das Volk ist Josefine doch ergeben, nur nicht bedingungslos. Es wäre z. B. nicht fähig, über Josefine zu lachen. Man kann es sich eingestehn: an Josefine fordert manches zum Lachen auf; und an und für sich ist uns das Lachen immer nah; trotz allem Jammer unseres Lebens ist ein leises Lachen bei uns gewissermaßen immer zu Hause; aber über Josefine lachen wir nicht. Manchmal habe ich den Eindruck, das Volk fasse sein Verhältnis zu Josefine derart auf, daß sie, dieses zerbrechliche, schonungsbedürftige, irgendwie ausgezeichnete, ihrer Meinung nach durch Gesang ausgezeichnete Wesen ihm anvertraut sei und es müsse für sie sorgen; der Grund dessen ist niemandem klar, nur die Tatsache scheint festzustehn. Über das aber, was einem anvertraut ist, lacht man nicht; darüber zu lachen, wäre Pflichtverletzung; es ist das Äußerste an Boshaftigkeit, was die Boshaftesten unter uns Josefine zufügen, wenn sie manchmal sagen: »Das Lachen vergeht uns, wenn wir Josefine sehn.«

So sorgt also das Volk für Josefine in der Art eines Vaters, der sich eines Kindes annimmt, das sein Händchen – man weiß nicht recht, ob bittend oder fordernd – nach ihm ausstreckt. Man sollte meinen, unser Volk tauge nicht zur Erfüllung solcher väterlicher Pflichten, aber in Wirklichkeit versieht es sie, wenigstens in diesem Falle, musterhaft; kein Einzelner könnte es, was in dieser Hinsicht das Volk als Ganzes zu tun imstande ist. Freilich, der Kraftunterschied zwischen dem Volk und dem Einzelnen ist so ungeheuer, es genügt, daß es den Schützling in die Wärme seiner Nähe zieht, und er ist beschützt genug. Zu Josefine wagt man allerdings von solchen Dingen nicht zu reden. »Ich pfeife auf eueren Schutz«, sagt sie dann. »Ja, ja, du pfeifst«, denken wir. Und außerdem ist es wahrhaftig keine Widerlegung, wenn sie rebelliert, vielmehr ist das durchaus Kindesart und Kindesdankbarkeit, und Art des Vaters ist es, sich nicht daran zu kehren.

Nun spricht aber doch noch anderes mit herein, das schwerer aus diesem Verhältnis zwischen Volk und Josefine zu erklären ist. Josefine ist nämlich der gegenteiligen Meinung, sie glaubt, sie sei es, die das Volk beschütze. Aus schlimmer politischer oder wirtschaftlicher Lage rettet uns angeblich ihr Gesang, nichts weniger als das bringt er zuwege, und wenn er das Unglück nicht vertreibt, so gibt er uns wenigstens die Kraft, es zu ertragen. Sie spricht es nicht so aus und auch nicht anders, sie spricht überhaupt wenig, sie ist schweigsam unter den Plappermäulern, aber aus ihren Augen blitzt es, von ihrem geschlossenen Mund – bei uns können nur wenige den Mund geschlossen halten, sie kann es – ist es abzulesen. Bei jeder schlechten Nachricht – und an manchen Tagen überrennen sie einander, falsche und halbrichtige darunter – erhebt sie sich sofort, während es sie sonst müde zu Boden zieht, erhebt sich und streckt den Hals und sucht den Überblick über ihre Herde wie der Hirt vor dem Gewitter.

Gewiß, auch Kinder stellen ähnliche Forderungen in ihrer wilden, unbeherrschten Art, aber bei Josefine sind sie doch nicht so unbegründet wie bei jenen. Freilich, sie rettet uns nicht und gibt uns keine Kräfte, es ist leicht, sich als Retter dieses Volkes aufzuspielen, das leidensgewohnt, sich nicht schonend, schnell in Entschlüssen, den Tod wohl kennend, nur dem Anscheine nach ängstlich in der Atmosphäre von Tollkühnheit, in der es ständig lebt, und überdies ebenso fruchtbar wie wagemutig – es ist leicht, sage ich, sich nachträglich als Retter dieses Volkes aufzuspielen, das sich noch immer irgendwie selbst gerettet hat, sei es auch unter Opfern, über die der Geschichtsforscher – im allgemeinen vernachlässigen wir Geschichtsforschung gänzlich – vor Schrecken erstarrt. Und doch ist es wahr, daß wir gerade in Notlagen noch besser als sonst auf Josefinens Stimme horchen. Die Drohungen, die über uns stehen, machen uns stiller, bescheidener, für Josefinens Befehlshaberei gefügiger; gern kommen wir zusammen, gern drängen wir uns aneinander, besonders weil es bei einem Anlaß geschieht, der ganz abseits liegt von der quälenden Hauptsache; es ist, als tränken wir noch schnell – ja, Eile ist nötig, das vergißt Josefine allzuoft – gemeinsam einen Becher des Friedens vor dem Kampf. Es ist nicht so sehr eine Gesangsvorführung als vielmehr eine Volksversammlung, und zwar eine Versammlung, bei der es bis auf das kleine Pfeifen vorne völlig still ist; viel zu ernst ist die Stunde, als daß man sie verschwätzen wollte. Ein solches Verhältnis könnte nun freilich Josefine gar nicht befriedigen. Trotz all ihres nervösen Mißbehagens, welches Josefine wegen ihrer niemals ganz geklärten Stellung erfüllt, sieht sie doch, verblendet von ihrem Selbstbewußtsein, manches nicht und kann ohne große Anstrengung dazu gebracht werden, noch viel mehr zu übersehen, ein Schwarm von Schmeichlern ist in diesem Sinne, also eigentlich in einem allgemein nützlichen Sinne, immerfort tätig, – aber nur nebenbei, unbeachtet, im Winkel einer Volksversammlung zu singen, dafür würde sie, trotzdem es an sich gar nicht wenig wäre, ihren Gesang gewiß nicht opfern.

Aber sie muß es auch nicht, denn ihre Kunst bleibt nicht unbeachtet. Trotzdem wir im Grunde mit ganz anderen Dingen beschäftigt sind und die Stille durchaus nicht nur dem Gesange zuliebe herrscht und mancher gar nicht aufschaut, sondern das Gesicht in den Pelz des Nachbarn drückt und Josefine also dort oben sich vergeblich abzu-

mühen scheint, dringt doch – das ist nicht zu leugnen – etwas von
ihrem Pfeifen unweigerlich auch zu uns. Dieses Pfeifen, das sich
erhebt, wo allen anderen Schweigen auferlegt ist, kommt fast wie eine
Botschaft des Volkes zu dem einzelnen; das dünne Pfeifen Josefinens
mitten in den schweren Entscheidungen ist fast wie die armselige
Existenz unseres Volkes mitten im Tumult der feindlichen Welt.
Josefine behauptet sich, dieses Nichts an Stimme, dieses Nichts an
Leistung behauptet sich und schafft sich den Weg zu uns, es tut wohl,
daran zu denken. Einen wirklichen Gesangskünstler, wenn einer
einmal sich unter uns finden sollte, würden wir in solcher Zeit gewiß
nicht ertragen und die Unsinnigkeit einer solchen Vorführung einmütig abweisen. Möge Josefine beschützt werden vor der Erkenntnis,
daß die Tatsache, daß wir ihr zuhören, ein Beweis gegen ihren Gesang
ist. Eine Ahnung dessen hat sie wohl, warum würde sie sonst so
leidenschaftlich leugnen, daß wir ihr zuhören, aber immer wieder
singt sie, pfeift sie sich über diese Ahnung hinweg.
Aber es gäbe auch sonst noch immer einen Trost für sie: wir hören ihr
doch auch gewissermaßen wirklich zu, wahrscheinlich ähnlich, wie
man einem Gesangskünstler zuhört; sie erreicht Wirkungen, die ein
Gesangskünstler vergeblich bei uns anstreben würde und die nur
gerade ihren unzureichenden Mitteln verliehen sind. Dies hängt wohl
hauptsächlich mit unserer Lebensweise zusammen. In unserem Volke
kennt man keine Jugend, kaum eine winzige Kinderzeit. Es treten
zwar regelmäßig Forderungen auf, man möge den Kindern eine
besondere Freiheit, eine besondere Schonung gewährleisten, ihr
Recht auf ein wenig Sorglosigkeit, ein wenig sinnloses Sichherum-
tummeln, auf ein wenig Spiel, dieses Recht möge man anerkennen
und ihm zur Erfüllung verhelfen; solche Forderungen treten auf und
fast jedermann billigt sie, es gibt nichts, was mehr zu billigen wäre,
aber es gibt auch nichts, was in der Wirklichkeit unseres Lebens
weniger zugestanden werden könnte, man billigt die Forderungen,
man macht Versuche in ihrem Sinn, aber bald ist wieder alles beim
alten. Unser Leben ist eben derart, daß ein Kind, sobald es nur ein
wenig läuft und die Umwelt ein wenig unterscheiden kann, ebenso
für sich sorgen muß wie ein Erwachsener; die Gebiete, auf denen wir
aus wirtschaftlichen Rücksichten zerstreut leben müssen, sind zu
groß, unserer Feinde sind zu viele, die uns überall bereiteten Gefah-

ren zu unberechenbar – wir können die Kinder vom Existenzkampfe nicht fernhalten, täten wir es, es wäre ihr vorzeitiges Ende. Zu diesen traurigen Gründen kommt freilich auch ein erhebender: die Fruchtbarkeit unseres Stammes. Eine Generation – und jede ist zahlreich – drängt die andere, die Kinder haben nicht Zeit, Kinder zu sein. Mögen bei anderen Völkern die Kinder sorgfältig gepflegt werden, mögen dort Schulen für die Kleinen errichtet sein, mögen dort aus diesen Schulen täglich die Kinder strömen, die Zukunft des Volkes, so sind es doch immer lange Zeit Tag für Tag die gleichen Kinder, die dort hervorkommen. Wir haben keine Schulen, aber aus unserem Volke strömen in allerkürzesten Zwischenräumen die unübersehbaren Scharen unserer Kinder, fröhlich zischend oder piepsend, solange sie noch nicht pfeifen können, sich wälzend oder kraft des Druckes weiterrollend, solange sie noch nicht laufen können, täppisch durch ihre Masse alles mit sich fortreißend, solange sie noch nicht sehen können, unsere Kinder! Und nicht wie in jenen Schulen die gleichen Kinder, nein, immer, immer wieder neue, ohne Ende, ohne Unterbrechung, kaum erscheint ein Kind, ist es nicht mehr Kind, aber schon drängen hinter ihm die neuen Kindergesichter ununterscheidbar in ihrer Menge und Eile, rosig vor Glück. Freilich, wie schön dies auch sein mag und wie sehr uns andere darum auch mit Recht beneiden mögen, eine wirkliche Kinderzeit können wir eben unseren Kindern nicht geben. Und das hat seine Folgewirkungen. Eine gewisse unerstorbene, unausrottbare Kindlichkeit durchdringt unser Volk; im geraden Widerspruch zu unserem Besten, dem untrüglichen praktischen Verstande, handeln wir manchmal ganz und gar töricht, und zwar eben in der Art, wie Kinder töricht handeln, sinnlos, verschwenderisch, großzügig, leichtsinnig und dies alles oft einem kleinen Spaß zuliebe. Und wenn unsere Freude darüber natürlich nicht mehr die volle Kraft der Kinderfreude haben kann, etwas von dieser lebt darin noch gewiß. Von dieser Kindlichkeit unseres Volkes profitiert seit jeher auch Josefine.

Aber unser Volk ist nicht nur kindlich, es ist gewissermaßen auch vorzeitig alt, Kindheit und Alter machen sich bei uns anders als bei anderen. Wir haben keine Jugend, wir sind gleich Erwachsene, und Erwachsene sind wir dann zu lange, eine gewisse Müdigkeit und Hoffnungslosigkeit durchzieht von da aus mit breiter Spur das im ganzen doch so zähe und hoffnungsstarke Wesen unseres Volkes. Damit hängt wohl auch unsere Unmusikalität zusammen; wir sind zu alt für Musik, ihre Erregung, ihr Aufschwung paßt nicht für unsere Schwere, müde winken wir ihr ab; wir haben uns auf das Pfeifen zurückgezogen; ein wenig Pfeifen hie und da, das ist das Richtige für uns. Wer weiß, ob es nicht Musiktalente unter uns gibt; wenn es sie aber gäbe, der Charakter der Volksgenossen müßte sie noch vor ihrer Entfaltung unterdrücken. Dagegen mag Josefine nach ihrem Belieben pfeifen oder singen oder wie sie es nennen will, das stört uns nicht, das entspricht uns, das können wir wohl vertragen; wenn darin etwas von Musik enthalten sein sollte, so ist es auf die möglichste Nichtigkeit reduziert; eine gewisse Musiktradition wird gewahrt, aber ohne daß uns dies im geringsten beschweren würde.

Aber Josefine bringt diesem so gestimmten Volke noch mehr. Bei ihren Konzerten, besonders in ernster Zeit, haben nur noch die ganz Jungen Interesse an der Sängerin als solcher, nur sie sehen mit Staunen zu, wie sie ihre Lippen kräuselt, zwischen den niedlichen Vorderzähnen die Luft ausstößt, in Bewunderung der Töne, die sie selbst hervorbringt, erstirbt und dieses Hinsinken benützt, um sich zu neuer, ihr immer unverständlicher werdender Leistung anzufeuern, aber die eigentliche Menge hat sich – das ist deutlich zu erkennen – auf sich selbst zurückgezogen. Hier in den dürftigen Pausen zwischen den Kämpfen träumt das Volk, es ist, als lösten sich dem Einzelnen die Glieder, als dürfte sich der Ruhelose einmal nach seiner Lust im großen warmen Bett des Volkes dehnen und strecken. Und in diese Träume klingt hie und da Josefinens Pfeifen; sie nennt es perlend, wir nennen es stoßend; aber jedenfalls ist es hier an seinem Platze, wie nirgends sonst, wie Musik kaum jemals den auf sie wartenden Augenblick findet. Etwas von der armen kurzen Kindheit ist darin, etwas von verlorenem, nie wieder aufzufindendem Glück, aber auch etwas vom tätigen heutigen Leben ist darin, von seiner kleinen, unbegreiflichen und dennoch bestehenden und nicht zu ertötenden Munterkeit. Und dies alles ist wahrhaftig nicht mit großen Tönen gesagt, sondern leicht, flüsternd, vertraulich, manchmal ein wenig heiser. Natürlich ist es ein Pfeifen. Wie denn nicht? Pfeifen ist die Sprache unseres Volkes, nur pfeift mancher sein Leben lang und weiß es nicht, hier aber ist das Pfeifen freigemacht von den Fesseln des täglichen Lebens und befreit auch uns für eine kurze Weile. Gewiß, diese Vorführungen wollten wir nicht missen. Aber von da bis zu Josefinens Behauptung, sie gebe uns in solchen Zeiten neue Kräfte usw. usw., ist noch ein sehr weiter Weg. Für gewöhnliche Leute allerdings, nicht für Josefinens Schmeichler. »Wie könnte es anders sein« – sagen sie in recht unbefangener Keckheit – »wie könnte man anders den großen Zulauf, besonders unter unmittelbar drängender Gefahr, erklären, der schon manchmal sogar die genügende, rechtzeitige Abwehr eben dieser Gefahr verhindert hat.« Nun, dies letztere ist leider richtig, gehört aber doch nicht zu den Ruhmestiteln Josefinens, besonders wenn man hinzufügt, daß, wenn solche Versammlungen unerwartet vom Feind gesprengt wurden und mancher der unserigen dabei sein Leben lassen mußte, Josefine, die alles verschuldet, ja, durch ihr Pfeifen den Feind vielleicht angelockt hatte, immer im Besitz des sichersten Plätzchens war und unter dem Schutze ihres Anhanges sehr still und eiligst als erste verschwand. Aber auch dieses wissen im Grunde alle, und dennoch eilen sie wieder hin, wenn Josefine nächstens nach ihrem Belieben irgendwo, irgendwann zum Gesange sich erhebt. Daraus könnte man schließen, daß Josefine fast außerhalb des Gesetzes steht, daß sie tun darf, was sie will, selbst wenn es die Gesamtheit gefährdet, und daß ihr alles verziehen wird. Wenn dies so wäre, dann wären auch Josefinens Ansprüche völlig verständlich, ja, man könnte gewissermaßen in dieser Freiheit, die ihr das Volk geben würde, in diesem außerordentlichen, niemand sonst gewährten, die Gesetze eigentlich widerlegenden Geschenk ein Eingeständnis dessen sehen, daß das Volk Josefine, wie sie es behauptet, nicht versteht, ohnmächtig ihre Kunst anstaunt, sich ihrer nicht würdig fühlt, dieses Leid, das es Josefine tut, durch eine geradezu verzweifelte Leistung auszugleichen strebt und, so wie ihre Kunst außerhalb seines Fassungsvermögens ist, auch ihre Person und deren Wünsche außerhalb seiner Befehlsgewalt stellt. Nun, das ist allerdings ganz und gar nicht richtig, vielleicht kapituliert im einzelnen das Volk zu schnell vor Josefine, aber wie es bedingungslos vor niemandem kapituliert, also auch nicht vor ihr.

Schon seit langer Zeit, vielleicht schon seit Beginn ihrer Künstlerlaufbahn, kämpft Josefine darum, daß sie mit Rücksicht auf ihren Gesang von jeder Arbeit befreit werde; man solle ihr also die Sorge um das tägliche Brot und alles, was sonst mit unserem Existenzkampf verbunden ist, abnehmen und es – wahrscheinlich – auf das Volk als Ganzes überwälzen. Ein schnell Begeisterter – es fanden sich auch solche – könnte schon allein aus der Sonderbarkeit dieser Forderung, aus der Geistesverfassung, die eine solche Forderung auszudenken imstande ist, auf deren innere Berechtigung schließen. Unser Volk zieht aber andere Schlüsse und lehnt ruhig die Forderung ab. Es müht sich auch mit der Widerlegung der Gesuchsbegründung nicht sehr ab. Josefine weist z. B. darauf hin, daß die Anstrengung bei der Arbeit ihrer Stimme schade, daß zwar die Anstrengung bei der Arbeit gering sei im Vergleich zu jener beim Gesang, daß sie ihr aber doch die Möglichkeit nehme, nach dem Gesang sich genügend auszuruhen und für neuen Gesang sich zu stärken, sie müsse sich dabei gänzlich erschöpfen und könne trotzdem unter diesen Umständen ihre Höchstleistung niemals erreichen. Das Volk hört sie an und geht darüber hinweg. Dieses so leicht zu rührende Volk ist manchmal gar nicht zu rühren. Die Abweisung ist manchmal so hart, daß selbst Josefine stutzt, sie scheint sich zu fügen, arbeitet wie sichs gehört, singt so gut sie kann, aber das alles nur eine Weile, dann nimmt sie den Kampf mit neuen Kräften – dafür scheint sie unbeschränkt viele zu haben – wieder auf.

Nun ist es ja klar, daß Josefine nicht eigentlich das anstrebt, was sie wörtlich verlangt. Sie ist vernünftig, sie scheut die Arbeit nicht, wie ja Arbeitsscheu überhaupt bei uns unbekannt ist, sie würde auch nach Bewilligung ihrer Forderung gewiß nicht anders leben als früher, die Arbeit würde ihrem Gesang gar nicht im Wege stehn, und der Gesang allerdings würde auch nicht schöner werden – was sie anstrebt, ist also nur die öffentliche, eindeutige, die Zeiten überdauernde, über alles bisher Bekannte sich weit erhebende Anerkennung ihrer Kunst. Während ihr aber fast alles andere erreichbar scheint, versagt sich ihr dieses hartnäckig. Vielleicht hätte sie den Angriff gleich anfangs in andere Richtung lenken sollen, vielleicht sieht sie jetzt selbst den Fehler ein, aber nun kann sie nicht mehr zurück, ein Zurückgehen hieße sich selbst untreu werden, nun muß sie schon mit dieser Forderung stehen oder fallen.

Hätte sie wirklich Feinde, wie sie sagt, sie könnten diesem Kampfe, ohne selbst den Finger rühren zu müssen, belustigt zusehen. Aber sie hat keine Feinde, und selbst wenn mancher hie und da Einwände gegen sie hat, dieser Kampf belustigt niemanden. Schon deshalb nicht, weil sich hier das Volk in seiner kalten richterlichen Haltung zeigt, wie man es sonst bei uns nur sehr selten sieht. Und wenn einer auch diese Haltung in diesem Falle billigen mag, so schließt doch die bloße Vorstellung, daß sich einmal das Volk ähnlich gegen ihn selbst verhalten könnte, jede Freude aus. Es handelt sich eben auch bei der Abweisung, ähnlich wie bei der Forderung, nicht um die Sache selbst, sondern darum, daß sich das Volk gegen einen Volksgenossen derart undurchdringlich abschließen kann und um so undurchdringlicher, als es sonst für eben diesen Genossen väterlich und mehr als väterlich, demütig sorgt.

Stünde hier an Stelle des Volkes ein Einzelner: man könnte glauben, dieser Mann habe die ganze Zeit über Josefine nachgegeben unter dem fortwährenden brennenden Verlangen, endlich der Nachgiebigkeit ein Ende zu machen; er habe übermenschlich viel nachgegeben im festen Glauben, daß das Nachgeben trotzdem seine richtige Grenze finden werde; ja, er habe mehr nachgegeben als nötig war, nur um die Sache zu beschleunigen, nur, um Josefine zu verwöhnen und zu immer neuen Wünschen zu treiben, bis sie dann wirklich diese letzte Forderung erhob; da habe er nun freilich kurz, weil längst vorbereitet, die endgültige Abweisung vorgenommen. Nun, so verhält es sich ganz gewiß nicht, das Volk braucht solche Listen nicht, außerdem ist seine Verehrung für Josefine aufrichtig und erprobt, und Josefinens Forderung ist allerdings so stark, daß jedes unbefangene Kind ihr den Ausgang hätte voraussagen können; trotzdem mag es sein, daß in der Auffassung, die Josefine von der Sache hat, auch solche Vermutungen mitspielen und dem Schmerz der Abgewiesenen eine Bitternis hinzufügen.

Aber mag sie auch solche Vermutungen haben, vom Kampf abschrecken läßt sie sich dadurch nicht. In letzter Zeit verschärft sich sogar der Kampf; hat sie ihn bisher nur durch Worte geführt, fängt sie jetzt an, andere Mittel anzuwenden, die ihrer Meinung nach wirksamer, unserer Meinung nach für sie selbst gefährlicher sind.

Manche glauben, Josefine werde deshalb so dringlich, weil sie sich alt werden fühle, die Stimme Schwächen zeige, und es ihr daher höchste Zeit zu sein scheine, den letzten Kampf um ihre Anerkennung zu führen. Ich glaube daran nicht. Josefine wäre nicht Josefine, wenn dies wahr wäre. Für sie gibt es kein Altern und keine Schwächen ihrer Stimme. Wenn sie etwas fordert, so wird sie nicht durch äußere Dinge, sondern durch innere Folgerichtigkeit dazu gebracht. Sie greift nach dem höchsten Kranz, nicht weil er im Augenblick gerade ein wenig tiefer hängt, sondern weil es der höchste ist; wäre es in ihrer Macht, sie würde ihn noch höher hängen.

Diese Mißachtung äußerer Schwierigkeiten hindert sie allerdings nicht, die unwürdigsten Mittel anzuwenden. Ihr Recht steht ihr außer Zweifel; was liegt also daran, wie sie es erreicht; besonders da doch in dieser Welt, so wie sie sich ihr darstellt, gerade die würdigen Mittel versagen müssen. Vielleicht hat sie sogar deshalb den Kampf um ihr Recht aus dem Gebiet des Gesanges auf ein anderes, ihr wenig teures verlegt. Ihr Anhang hat Aussprüche von ihr in Umlauf gebracht, nach denen sie sich durchaus fähig fühlt, so zu singen, daß es dem Volk in allen seinen Schichten bis in die versteckteste Opposition hinein eine wirkliche Lust wäre, wirkliche Lust nicht im Sinne des Volkes, welches ja behauptet, diese Lust seit jeher bei Josefinens Gesang zu fühlen, sondern Lust im Sinne von Josefinens Verlangen. Aber, fügt sie hinzu, da sie das Hohe nicht fälschen und dem Gemeinen nicht schmeicheln könne, müsse es eben bleiben, wie es sei. Anders aber ist es bei ihrem Kampf um die Arbeitsbefreiung, zwar ist es auch ein Kampf um ihren Gesang, aber hier kämpft sie nicht unmittelbar mit der kostbaren Waffe des Gesanges, jedes Mittel, das sie anwendet, ist daher gut genug.

So wurde z. B. das Gerücht verbreitet, Josefine beabsichtige, wenn man ihr nicht nachgebe, die Koloraturen zu kürzen. Ich weiß nichts von Koloraturen, habe in ihrem Gesange niemals etwas von Koloraturen bemerkt. Josefine aber will die Koloraturen kürzen, vorläufig nicht beseitigen, sondern nur kürzen. Sie hat angeblich ihre Drohung wahr gemacht, mir allerdings ist kein Unterschied gegenüber ihren früheren Vorführungen aufgefallen. Das Volk als Ganzes hat zugehört wie immer, ohne sich über die Koloraturen zu äußern, und auch die Behandlung von Josefinens Forderung hat sich nicht geändert. Übrigens hat Josefine, wie in ihrer Gestalt, unleugbar auch in ihrem Denken manchmal etwas recht Graziöses. So hat sie z. B. nach jener Vorführung, so als sei ihr Entschluß hinsichtlich der Koloraturen gegenüber dem Volk zu hart oder zu plötzlich gewesen, erklärt, nächstens werde sie die Koloraturen doch wieder vollständig singen. Aber nach dem nächsten Konzert besann sie sich wieder anders, nun sei es endgültig zu Ende mit den großen Koloraturen, und vor einer für Josefine günstigen Entscheidung kämen sie nicht wieder. Nun, das Volk hört über alle diese Erklärungen, Entschlüsse und Entschlußänderungen hinweg, wie ein Erwachsener in Gedanken über das Plaudern eines Kindes hinweghört, grundsätzlich wohlwollend, aber unerreichbar.

Josefine aber gibt nicht nach. So behauptete sie z. B. neulich, sie habe sich bei der Arbeit eine Fußverletzung zugezogen, die ihr das Stehen während des Gesanges beschwerlich mache; da sie aber nur stehend singen könne, müsse sie jetzt sogar die Gesänge kürzen. Trotzdem sie hinkt und sich von ihrem Anhang stützen läßt, glaubt niemand an eine wirkliche Verletzung. Selbst die besondere Empfindlichkeit ihres Körperchens zugegeben, sind wir doch ein Arbeitsvolk und auch Josefine gehört zu ihm; wenn wir aber wegen jeder Hautabschürfung hinken wollten, dürfte das ganze Volk mit Hinken gar nicht aufhören. Aber mag sie sich wie eine Lahme führen lassen, mag sie sich in diesem bedauernswerten Zustand öfters zeigen als sonst, das Volk hört ihren Gesang dankbar und entzückt wie früher, aber wegen der Kürzung macht es nicht viel Aufhebens.

Da sie nicht immerfort hinken kann, erfindet sie etwas anderes, sie schützt Müdigkeit vor, Mißstimmung, Schwäche. Wir haben nun außer dem Konzert auch ein Schauspiel. Wir sehen hinter Josefine ihren Anhang, wie er sie bittet und beschwört zu singen. Sie wollte gern, aber sie kann nicht. Man tröstet sie, umschmeichelt sie, trägt sie fast auf den schon vorher ausgesuchten Platz, wo sie singen soll. Endlich gibt sie mit undeutbaren Tränen nach, aber wie sie mit offenbar letztem Willen zu singen anfangen will, matt, die Arme nicht wie sonst ausgebreitet, sondern am Körper leblos herunterhängend, wobei man den Eindruck erhält, daß sie vielleicht ein wenig zu kurz sind – wie sie so anstimmen will, nun, da geht es doch wieder nicht, ein unwilliger Ruck des Kopfes zeigt es an und sie sinkt vor unseren Augen zusammen. Dann allerdings rafft sie sich doch wieder auf und singt, ich glaube, nicht viel anders als sonst, vielleicht wenn man für feinste Nuancen das Ohr hat, hört man ein wenig außergewöhnliche

Erregung heraus, die der Sache aber nur zugute kommt. Und am Ende ist sie sogar weniger müde als vorher, mit festem Gang, soweit man ihr huschendes Trippeln so nennen kann, entfernt sie sich, jede Hilfe des Anhangs ablehnend und mit kalten Blicken die ihr ehrfurchtsvoll ausweichende Menge prüfend.

So war es letzthin, das Neueste aber ist, daß sie zu einer Zeit, wo ihr Gesang erwartet wurde, verschwunden war. Nicht nur der Anhang sucht sie, viele stellen sich in den Dienst des Suchens, es ist vergeblich; Josefine ist verschwunden, sie will nicht singen, sie will nicht einmal darum gebeten werden, sie hat uns diesmal völlig verlassen.

Sonderbar, wie falsch sie rechnet, die Kluge, so falsch, daß man glauben sollte, sie rechne gar nicht, sondern werde nur weiter getrieben von ihrem Schicksal, das in unserer Welt nur ein sehr trauriges werden kann. Selbst entzieht sie sich dem Gesang, selbst zerstört sie die Macht, die sie über die Gemüter erworben hat. Wie konnte sie nur diese Macht erwerben, da sie diese Gemüter so wenig kennt. Sie versteckt sich und singt nicht, aber das Volk, ruhig, ohne sichtbare Enttäuschung, herrisch, eine in sich ruhende Masse, die förmlich, auch wenn der Anschein dagegen spricht, Geschenke nur geben, niemals empfangen kann, auch von Josefine nicht, dieses Volk zieht weiter seines Weges.

Mit Josefine aber muß es abwärts gehn. Bald wird die Zeit kommen, wo ihr letzter Pfiff ertönt und verstummt. Sie ist eine kleine Episode in der ewigen Geschichte unseres Volkes und das Volk wird den Verlust überwinden. Leicht wird es uns ja nicht werden; wie werden die Versammlungen in völliger Stummheit möglich sein? Freilich, waren sie nicht auch mit Josefine stumm? War ihr wirkliches Pfeifen nennenswert lauter und lebendiger, als die Erinnerung daran sein wird? War es denn noch bei ihren Lebzeiten mehr als eine bloße Erinnerung? Hat nicht vielmehr das Volk in seiner Weisheit Josefinens Gesang, eben deshalb, weil er in dieser Art unverlierbar war, so hoch gestellt?

Vielleicht werden wir also gar nicht sehr viel entbehren, Josefine aber, erlöst von der irdischen Plage, die aber ihrer Meinung nach Auserwählten bereitet ist, wird fröhlich sich verlieren in der zahllosen Menge der Helden unseres Volkes, und bald, da wir keine Geschichte treiben, in gesteigerter Erlösung vergessen sein wie alle ihre Brüder.

Betrachtungen
über Sünde, Leid, Hoffnung
und den wahren Weg[1]

1 Der wahre Weg geht über ein Seil, das nicht in der Höhe gespannt ist, sondern knapp über dem Boden. Es scheint mehr bestimmt stolpern zu machen, als begangen zu werden.

2 Alle menschlichen Fehler sind Ungeduld, ein vorzeitiges Abbrechen des Methodischen, ein scheinbares Einpfählen der scheinbaren Sache.

3 Es gibt zwei menschliche Hauptsünden, aus welchen sich alle andern ableiten: Ungeduld und Lässigkeit. Wegen der Ungeduld sind sie aus dem Paradiese vertrieben worden, wegen der Lässigkeit kehren sie nicht zurück. Vielleicht aber gibt es nur eine Hauptsünde: die Ungeduld. Wegen der Ungeduld sind sie vertrieben worden, wegen der Ungeduld kehren sie nicht zurück.

4 Viele Schatten der Abgeschiedenen beschäftigen sich nur damit, die Fluten des Totenflusses zu belecken, weil er von uns herkommt und noch den salzigen Geschmack unserer Meere hat. Vor Ekel sträubt sich dann der Fluß, nimmt eine rückläufige Strömung und schwemmt die Toten ins Leben zurück. Sie aber sind glücklich, singen Danklieder und streicheln den Empörten.

5 Von einem gewissen Punkt an gibt es keine Rückkehr mehr. Dieser Punkt ist zu erreichen.

6 Der entscheidende Augenblick der menschlichen Entwicklung ist immerwährend. Darum sind die revolutionären geistigen Bewegungen, welche alles Frühere für nichtig erklären, im Recht, denn es ist noch nichts geschehen.

7 Eines der wirksamsten Verführungsmittel des Bösen ist die Aufforderung zu Kampf.

---

[1] Wir folgen hier der von Kafka selbst angefertigten Reinschrift, wie sie von ihm – jedoch ohne Titel – mit Tinte auf einzelne Zettel geschrieben wurde, und übernehmen auch die Numerierung der Aphorismen, wie er sie selbst angegeben hat. [Die mit einem * bezeichneten Stücke sind von Kafka durchgestrichen, aber nicht aus dem Zettelkonvolut entfernt.]

8 Er ist wie der Kampf mit Frauen, der im Bett endet.

9 A. ist sehr aufgeblasen, er glaubt, im Guten weit vorgeschritten zu sein, da er, offenbar als ein immer verlockender Gegenstand, immer mehr Versuchungen aus ihm bisher ganz unbekannten Richtungen sich ausgesetzt fühlt.

10 Die richtige Erklärung ist aber die, daß ein großer Teufel in ihm Platz genommen hat und die Unzahl der kleineren herbeikommt, um dem Großen zu dienen.

11/12 Verschiedenheit der Anschauungen, die man etwa von einem Apfel haben kann: die Anschauung des kleinen Jungen, der den Hals strecken muß, um noch knapp den Apfel auf der Tischplatte zu sehn, und die Anschauung des Hausherrn, der den Apfel nimmt und frei dem Tischgenossen reicht.

13 Ein erstes Zeichen beginnender Erkenntnis ist der Wunsch zu sterben. Dieses Leben scheint unerträglich, ein anderes unerreichbar. Man schämt sich nicht mehr, sterben zu wollen; man bittet, aus der alten Zelle, die man haßt, in eine neue gebracht zu werden, die man erst hassen lernen wird. Ein Rest von Glauben wirkt dabei mit, während des Transportes werde zufällig der Herr durch den Gang kommen, den Gefangenen ansehen und sagen: »Diesen sollt ihr nicht wieder einsperren. Er kommt zu mir.«

14* Gingest du über eine Ebene, hättest den guten Willen zu gehen und machtest doch Rückschritte, dann wäre es eine verzweifelte Sache; da du aber einen steilen Abhang hinaufkletterst, so steil etwa, wie du selbst von unten gesehen bist, können die Rückschritte auch nur durch die Bodenbeschaffenheit verursacht sein, und du mußt nicht verzweifeln.

15 Wie ein Weg im Herbst: Kaum ist er rein gekehrt, bedeckt er sich wieder mit den trockenen Blättern.

16 Ein Käfig ging einen Vogel suchen.

17 An diesem Ort war ich noch niemals: Anders geht der Atem, blendender als die Sonne strahlt neben ihr ein Stern.

18 Wenn es möglich gewesen wäre, den Turm von Babel zu erbauen, ohne ihn zu erklettern, es wäre erlaubt worden.

19* Laß dich vom Bösen nicht glauben machen, du könntest vor ihm Geheimnisse haben.

20 Leoparden brechen in den Tempel ein und saufen die Opferkrüge

leer; das wiederholt sich immer wieder; schließlich kann man es vorausberechnen, und es wird ein Teil der Zeremonie.

21 So fest wie die Hand den Stein hält. Sie hält ihn aber fest, nur um ihn desto weiter zu verwerfen. Aber auch in jene Weite führt der Weg.

22 Du bist die Aufgabe. Kein Schüler weit und breit.

23 Vom wahren Gegner fährt grenzenloser Mut in dich.

24 Das Glück begreifen, daß der Boden, auf dem du stehst, nicht größer sein kann, als die zwei Füße ihn bedecken.

25 Wie kann man sich über die Welt freuen, außer wenn man zu ihr flüchtet?

26* Verstecke sind unzählige, Rettung nur eine, aber Möglichkeiten der Rettung wieder so viele wie Verstecke.

* Es gibt ein Ziel, aber keinen Weg; was wir Weg nennen, ist Zögern.

27 Das Negative zu tun, ist uns noch auferlegt; das Positive ist uns schon gegeben.

28 Wenn man einmal das Böse bei sich aufgenommen hat, verlangt es nicht mehr, daß man ihm glaube.

29 Die Hintergedanken, mit denen du das Böse in dir aufnimmst, sind nicht die deinen, sondern die des Bösen.

* Das Tier entwindet dem Herrn die Peitsche und peitscht sich selbst, um Herr zu werden, und weiß nicht, daß das nur eine Phantasie ist, erzeugt durch einen neuen Knoten im Peitschenriemen des Herrn.

30 Das Gute ist in gewissem Sinne trostlos.

31 Nach Selbstbeherrschung strebe ich nicht. Selbstbeherrschung heißt: an einer zufälligen Stelle der unendlichen Ausstrahlungen meiner geistigen Existenz wirken wollen. Muß ich aber solche Kreise um mich ziehen, dann tue ich es besser untätig im bloßen Anstaunen des ungeheuerlichen Komplexes und nehme nur die Stärkung, die e contrario dieser Anblick gibt, mit nach Hause.

32 Die Krähen behaupten, eine einzige Krähe könnte den Himmel zerstören. Das ist zweifellos, beweist aber nichts gegen den Himmel, denn Himmel bedeuten eben: Unmöglichkeit von Krähen.

33* Die Märtyrer unterschätzen den Leib nicht, sie lassen ihn auf dem Kreuz erhöhen. Darin sind sie mit ihren Gegnern einig.

34 Sein Ermatten ist das des Gladiators nach dem Kampf, seine Arbeit war das Weißtünchen eines Winkels in einer Beamtenstube.

35 Es gibt kein Haben, nur ein Sein, nur ein nach letztem Atem, nach Ersticken verlangendes Sein.

36 Früher begriff ich nicht, warum ich auf meine Frage keine Antwort bekam, heute begreife ich nicht, wie ich glauben konnte, fragen zu können. Aber ich glaubte ja gar nicht, ich fragte nur.

37 Seine Antwort auf die Behauptung, er *besitze* vielleicht, *sei* aber nicht, war nur Zittern und Herzklopfen.

38 Einer staunte darüber, wie leicht er den Weg der Ewigkeit ginge; er raste ihn nämlich abwärts.

39^a Dem Bösen kann man nicht in Raten zahlen – und versucht es unaufhörlich.

Es wäre denkbar, daß Alexander der Große trotz den kriegerischen Erfolgen seiner Jugend, trotz dem ausgezeichneten Heer, das er ausgebildet hatte, trotz den auf Veränderung der Welt gerichteten Kräften, die er in sich fühlte, am Hellespont stehen geblieben und ihn nie überschritten hätte, und zwar nicht aus Furcht, nicht aus Unentschlossenheit, nicht aus Willensschwäche, sondern aus Erdenschwere.

39^b Der Weg ist unendlich, da ist nichts abzuziehen, nichts zuzugeben und doch hält jeder noch seine eigene kindliche Elle daran. »Gewiß, auch diese Elle Wegs mußt du noch gehen, es wird dir nicht vergessen werden.«

40 Nur unser Zeitbegriff läßt uns das Jüngste Gericht so nennen, eigentlich ist es ein Standrecht.

41 Das Mißverhältnis der Welt scheint tröstlicherweise nur ein zahlenmäßiges zu sein.

42 Den ekel- und haßerfüllten Kopf auf die Brust senken.

43 Noch spielen die Jagdhunde im Hof, aber das Wild entgeht ihnen nicht, so sehr es jetzt schon durch die Wälder jagt.

44 Lächerlich hast du dich aufgeschirrt für diese Welt.

45 Je mehr Pferde du anspannst, desto rascher gehts – nämlich nicht das Ausreißen des Blocks aus dem Fundament, was unmöglich ist, aber das Zerreißen der Riemen und damit die leere fröhliche Fahrt.

46 Das Wort »sein« bedeutet im Deutschen beides: Dasein und Ihmgehören.

47 Es wurde ihnen die Wahl gestellt, Könige oder der Könige Kuriere zu werden. Nach Art der Kinder wollten alle Kuriere sein. Deshalb gibt es lauter Kuriere, sie jagen durch die Welt und rufen, da es keine Könige gibt, einander selbst die sinnlos gewordenen Meldungen zu. Gerne würden sie ihrem elenden Leben ein Ende machen, aber sie wagen es nicht wegen des Diensteides.

48 An Fortschritt glauben heißt nicht glauben, daß ein Fortschritt schon geschehen ist. Das wäre kein Glauben.

49 A. ist ein Virtuose und der Himmel ist sein Zeuge.

50* Der Mensch kann nicht leben ohne ein dauerndes Vertrauen zu etwas Unzerstörbarem in sich, wobei sowohl das Unzerstörbare als auch das Vertrauen ihm dauernd verborgen bleiben können. Eine der Ausdrucksmöglichkeiten dieses Verborgenbleibens ist der Glaube an einen persönlichen Gott.

51* Es bedurfte der Vermittlung der Schlange: das Böse kann den Menschen verführen, aber nicht Mensch werden.

52* Im Kampf zwischen dir und der Welt sekundiere der Welt.

53 Man darf niemanden betrügen, auch nicht die Welt um ihren Sieg.

54 Es gibt nichts anderes als eine geistige Welt; was wir sinnliche Welt nennen, ist das Böse in der geistigen, und was wir böse nennen, ist nur eine Notwendigkeit eines Augenblicks unserer ewigen Entwicklung.

* Mit stärkstem Licht kann man die Welt auflösen. Vor schwachen Augen wird sie fest, vor noch schwächeren bekommt sie Fäuste, vor noch schwächeren wird sie schamhaft und zerschmettert den, der sie anzuschauen wagt.

55 Alles ist Betrug: das Mindestmaß der Täuschungen suchen, im üblichen bleiben, das Höchstmaß suchen. Im ersten Fall betrügt man das Gute, indem man sich dessen Erwerbung zu leicht machen will, das Böse, indem man ihm allzu ungünstige Kampfbedingungen setzt. Im zweiten Fall betrügt man das Gute, indem man also nicht einmal im Irdischen nach ihm strebt. Im dritten Fall betrügt man das Gute, indem man sich möglichst weit von ihm entfernt, das Böse, indem man hofft, durch seine Höchststeigerung es machtlos zu machen. Vorzuziehen wäre also hiernach der zweite Fall, denn das Gute betrügt man immer, das Böse in diesem Fall, wenigstens dem Anschein nach, nicht.

56 Es gibt Fragen, über die wir nicht hinwegkommen könnten, wenn wir nicht von Natur aus von ihnen befreit wären.

57 Die Sprache kann für alles außerhalb der sinnlichen Welt nur andeutungsweise, aber niemals auch nur annähernd vergleichsweise gebraucht werden, da sie, entsprechend der sinnlichen Welt, nur vom Besitz und seinen Beziehungen handelt.

58* Man lügt möglichst wenig, nur wenn man möglichst wenig lügt, nicht wenn man möglichst wenig Gelegenheit dazu hat.

59* Eine durch Schritte nicht tief ausgehöhlte Treppenstufe ist, von sich selber aus gesehen, nur etwas öde zusammengefügtes Hölzernes.

60 Wer der Welt entsagt, muß alle Menschen lieben, denn er entsagt auch ihrer Welt. Er beginnt daher, das wahre menschliche Wesen zu ahnen, das nicht anders als geliebt werden kann, vorausgesetzt, daß man ihm ebenbürtig ist.

61* Wer innerhalb der Welt seinen Nächsten liebt, tut nicht mehr und nicht weniger Unrecht, als wer innerhalb der Welt sich selbst liebt. Es bliebe nur die Frage, ob das erstere möglich ist.

62 Die Tatsache, daß es nichts anderes gibt als eine geistige Welt, nimmt uns die Hoffnung und gibt uns die Gewißheit.

63 Unsere Kunst ist ein von der Wahrheit Geblendet-Sein: Das Licht auf dem zurückweichenden Fratzengesicht ist wahr, sonst nichts.

64/65 Die Vertreibung aus dem Paradies ist in ihrem Hauptteil ewig: Es ist also zwar die Vertreibung aus dem Paradies endgültig, das Leben in der Welt unausweichlich, die Ewigkeit des Vorganges aber (oder zeitlich ausgedrückt: die ewige Wiederholung des Vorgangs) macht es trotzdem möglich, daß wir nicht nur dauernd im Paradiese bleiben könnten, sondern tatsächlich dort dauernd sind, gleichgültig ob wir es hier wissen oder nicht.

66 Er ist ein freier und gesicherter Bürger der Erde, denn er ist an eine Kette gelegt, die lang genug ist, um ihm alle irdischen Räume frei zu geben, und doch nur so lang, daß nichts ihn über die Grenzen der Erde reißen kann. Gleichzeitig aber ist er auch ein freier und gesicherter Bürger des Himmels, denn er ist auch an eine ähnlich berechnete Himmelskette gelegt. Will er nun auf die Erde, drosselt ihn das Halsband des Himmels, will er in den Himmel, jenes der Erde. Und trotzdem hat er alle Möglichkeiten und fühlt es; ja, er weigert sich

sogar, das Ganze auf einen Fehler bei der ersten Fesselung zurückzuführen.

67 Er läuft den Tatsachen nach wie ein Anfänger im Schlittschuhlaufen, der überdies irgendwo übt, wo es verboten ist.

68 Was ist fröhlicher als der Glaube an einen Hausgott!

69 Theoretisch gibt es eine vollkommene Glücksmöglichkeit: An das Unzerstörbare in sich glauben und nicht zu ihm streben.

70/71 Das Unzerstörbare ist eines; jeder einzelne Mensch ist es und gleichzeitig ist es allen gemeinsam, daher die beispiellos Untrennbare Verbindung der Menschen.

72* Es gibt im gleichen Menschen Erkenntnisse, die bei völliger Verschiedenheit doch das gleiche Objekt haben, so daß wieder nur auf verschiedene Subjekte im gleichen Menschen rückgeschlossen werden muß.

73 Er frißt den Abfall vom eigenen Tisch; dadurch wird er zwar ein Weilchen lang satter als alle, verlernt aber, oben vom Tisch zu essen; dadurch hört dann aber auch der Abfall auf.

74 Wenn das, was im Paradies zerstört worden sein soll, zerstörbar war, dann war es nicht entscheidend; war es aber unzerstörbar, dann leben wir in einem falschen Glauben.

75* Prüfe dich an der Menschheit. Den Zweifelnden macht sie zweifeln, den Glaubenden glauben.

76 Dieses Gefühl: »hier ankere ich nicht« – und gleich die wogende, tragende Flut um sich fühlen!

* Ein Umschwung. Lauernd, ängstlich, hoffend umschleicht die Antwort die Frage, sucht verzweifelt in ihrem unzugänglichen Gesicht, folgt ihr auf den sinnlosesten, das heißt von der Antwort möglichst wegstrebenden Wegen.

77 Verkehr mit Menschen verführt zur Selbstbeobachtung.

78 Der Geist wird erst frei, wenn er aufhört, Halt zu sein.

79 Die sinnliche Liebe täuscht über die himmlische hinweg; allein könnte sie es nicht, aber da sie das Element der himmlischen Liebe unbewußt in sich hat, kann sie es.

80 Wahrheit ist unteilbar, kann sich also selbst nicht erkennen; wer sie erkennen will, muß Lüge sein.

81 Niemand kann verlangen, was ihm im letzten Grunde schadet. Hat es beim einzelnen Menschen doch diesen Anschein – und den hat

es vielleicht immer –, so erklärt sich dies dadurch, daß jemand im Menschen etwas verlangt, was diesem Jemand zwar nützt, aber einem zweiten Jemand, der halb zur Beurteilung des Falles herangezogen wird, schwer schadet. Hätte sich der Mensch gleich anfangs, nicht erst bei der Beurteilung auf Seite des zweiten Jemand gestellt, wäre der erste Jemand erloschen und mit ihm das Verlangen.

82 Warum klagen wir wegen des Sündenfalles? Nicht seinetwegen sind wir aus dem Paradiese vertrieben worden, sondern wegen des Baumes des Lebens, damit wir nicht von ihm essen.

83 Wir sind nicht nur deshalb sündig, weil wir vom Baum der Erkenntnis gegessen haben, sondern auch deshalb, weil wir vom Baum des Lebens noch nicht gegessen haben. Sündig ist der Stand, in dem wir uns befinden, unabhängig von Schuld.

84 Wir wurden geschaffen, um im Paradies zu leben, das Paradies war bestimmt, uns zu dienen. Unsere Bestimmung ist geändert worden; daß dies auch mit der Bestimmung des Paradieses geschehen wäre, wird nicht gesagt.

85 Das Böse ist eine Ausstrahlung des menschlichen Bewußtseins in bestimmten Übergangsstellungen. Nicht eigentlich die sinnliche Welt ist Schein, sondern ihr Böses, das allerdings für unsere Augen die sinnliche Welt bildet.

86 Seit dem Sündenfall sind wir in der Fähigkeit zur Erkenntnis des Guten und Bösen im Wesentlichen gleich; trotzdem suchen wir gerade hier unsere besonderen Vorzüge. Aber erst jenseits dieser Erkenntnis beginnen die wahren Verschiedenheiten. Der gegenteilige Schein wird durch folgendes hervorgerufen: Niemand kann sich mit der Erkenntnis allein begnügen, sondern muß sich bestreben, ihr gemäß zu handeln. Dazu aber ist ihm die Kraft nicht mitgegeben, er muß daher sich zerstören, selbst auf die Gefahr hin, sogar dadurch die notwendige Kraft nicht zu erhalten, aber es bleibt ihm nichts anderes übrig, als dieser letzte Versuch. (Das ist auch der Sinn der Todesdrohung beim Verbot des Essens vom Baume der Erkenntnis; vielleicht ist das auch der ursprüngliche Sinn des natürlichen Todes.) Vor diesem Versuch nun fürchtet er sich; lieber will er die Erkenntnis des Guten und Bösen rückgängig machen (die Bezeichnung »Sündenfall« geht auf diese Angst zurück); aber das Geschehene kann nicht rückgängig gemacht, sondern nur getrübt werden. Zu diesem Zweck

entstehen die Motivationen. Die ganze Welt ist ihrer voll, ja die ganze sichtbare Welt ist vielleicht nichts anderes als eine Motivation des einen Augenblick lang ruhenwollenden Menschen. Ein Versuch, die Tatsache der Erkenntnis zu fälschen, die Erkenntnis erst zum Ziel zu machen.

87 Ein Glaube wie ein Fallbeil, so schwer, so leicht.

88 Der Tod ist vor uns, etwa wie im Schulzimmer an der Wand ein Bild der Alexanderschlacht. Es kommt darauf an, durch unsere Taten noch in diesem Leben das Bild zu verdunkeln oder gar auszulöschen.

89 Ein Mensch hat freien Willen, und zwar dreierlei: Erstens war er frei, als er dieses Leben wollte; jetzt kann er es allerdings nicht mehr rückgängig machen, denn er ist nicht mehr jener, der es damals wollte, es wäre denn insoweit, als er seinen damaligen Willen ausführt, indem er lebt.

Zweitens ist er frei, indem er die Gangart und den Weg dieses Lebens wählen kann.

Drittens ist er frei, indem er als derjenige, der einmal wieder sein wird, den Willen hat, sich unter jeder Bedingung durch das Leben gehen und auf diese Weise zu sich kommen zu lassen, und zwar auf einem zwar wählbaren, aber jedenfalls derartig labyrinthischen Weg, daß er kein Fleckchen dieses Lebens unberührt läßt.

Das ist das Dreierlei des freien Willens, es ist aber auch, da es gleichzeitig ist, ein Einerlei und ist im Grunde so sehr Einerlei, daß es keinen Platz hat für einen Willen, weder für einen freien noch unfreien.

90* Zwei Möglichkeiten: sich unendlich klein machen oder es sein. Das zweite ist Vollendung, also Untätigkeit, das erste Beginn, also Tat.

91* Zur Vermeidung eines Wortirrtums: Was tätig zerstört werden soll, muß vorher ganz fest gehalten worden sein; was zerbröckelt, zerbröckelt, kann aber nicht zerstört werden.

92 Die erste Götzenanbetung war gewiß Angst vor den Dingen, aber damit zusammenhängend Angst vor der Notwendigkeit der Dinge und damit zusammenhängend Angst vor der Verantwortung für die Dinge. So ungeheuer erschien diese Verantwortung, daß man sie nicht einmal einem einzigen Außermenschlichen aufzuerlegen

98

wagte, denn auch durch Vermittlung eines Wesens wäre die menschliche Verantwortung noch nicht genug erleichtert worden, der Verkehr mit nur einem Wesen wäre noch allzusehr von Verantwortung befleckt gewesen, deshalb gab man jedem Ding die Verantwortung für sich selbst, mehr noch, man gab diesen Dingen auch noch eine verhältnismäßige Verantwortung für den Menschen.

93* Zum letztenmal Psychologie!

94 Zwei Aufgaben des Lebensanfangs: Deinen Kreis immer mehr einschränken und immer wieder nachprüfen, ob du dich nicht irgendwo außerhalb deines Kreises versteckt hältst.

95* Das Böse ist manchmal in der Hand wie ein Werkzeug, erkannt oder unerkannt läßt es sich, wenn man den Willen hat, ohne Widerspruch zur Seite legen.

96 Die Freuden dieses Lebens sind nicht die seinen, sondern unsere Angst vor dem Aufsteigen in ein höheres Leben; die Qualen dieses Lebens sind nicht die seinen, sondern unsere Selbstqual wegen jener Angst.

97 Nur hier ist Leiden Leiden. Nicht so, als ob die, welche hier leiden, anderswo wegen dieses Leidens erhöht werden sollen, sondern so, daß das, was in dieser Welt leiden heißt, in einer andern Welt, unverändert und nur befreit von seinem Gegensatz, Seligkeit ist.

98* Die Vorstellung von der unendlichen Weite und Fülle des Kosmos ist das Ergebnis der zum Äußersten getriebenen Mischung von mühevoller Schöpfung und freier Selbstbesinnung.

99 Wieviel bedrückender als die unerbittlichste Überzeugung von unserem gegenwärtigen sündhaften Stand ist selbst die schwächste Überzeugung von der einstigen, ewigen Rechtfertigung unserer Zeitlichkeit. Nur die Kraft im Ertragen dieser zweiten Überzeugung, welche in ihrer Reinheit die erste voll umfaßt, ist das Maß des Glaubens.

* Manche nehmen an, daß neben dem großen Urbetrug noch in jedem Fall eigens für sie ein kleiner besonderer Betrug veranstaltet wird, daß also, wenn ein Liebesspiel auf der Bühne aufgeführt wird, die Schauspielerin außer dem verlogenen Lächeln für ihren Geliebten auch noch ein besonders hinterhältiges Lächeln für den ganz bestimmten Zuschauer auf der letzten Galerie hat. Das heißt zu weit gehen.

100 Es kann ein Wissen vom Teuflischen geben, aber keinen Glauben daran, denn mehr Teuflisches, als da ist, gibt es nicht. ˙

101 Die Sünde kommt immer offen und ist mit den Sinnen gleich zu fassen. Sie geht auf ihren Wurzeln und muß nicht ausgerissen werden.

102 Alle Leiden um uns müssen auch wir leiden. Wir alle haben nicht *einen* Leib, aber *ein* Wachstum, und das führt uns durch alle Schmerzen, ob in dieser oder jener Form. So wie das Kind durch alle Lebensstadien bis zum Greis und zum Tod sich entwickelt (und jenes Stadium im Grunde dem früheren, im Verlangen oder in Furcht, unerreichbar scheint) ebenso entwickeln wir uns (nicht weniger tief mit der Menschheit verbunden als mit uns selbst) durch alle Leiden dieser Welt. Für Gerechtigkeit ist in diesem Zusammenhang kein Platz, aber auch nicht für Furcht vor den Leiden oder für die Auslegung des Leidens als eines Verdienstes.

103 Du kannst dich zurückhalten von den Leiden der Welt, das ist dir freigestellt und entspricht deiner Natur, aber vielleicht ist gerade dieses Zurückhalten das einzige Leid, das du vermeiden könntest.

105 Das Verführungsmittel dieser Welt sowie das Zeichen der Bürgschaft dafür, daß diese Welt nur ein Übergang ist, ist das gleiche. Mit Recht, denn nur so kann uns diese Welt verführen und es entspricht der Wahrheit. Das Schlimmste ist aber, daß wir nach geglückter Verführung die Bürgschaft vergessen und so eigentlich das Gute uns ins Böse, der Blick der Frau in ihr Bett gelockt hat.

106 Die Demut gibt jedem, auch dem einsam Verzweifelnden, das stärkste Verhältnis zum Mitmenschen, und zwar sofort, allerdings nur bei völliger und dauernder Demut. Sie kann das deshalb, weil sie die wahre Gebetsprache ist, gleichzeitig Anbetung und festeste Verbindung. Das Verhältnis zum Mitmenschen ist das Verhältnis des Gebetes, das Verhältnis zu sich das Verhältnis des Strebens; aus dem Gebet wird die Kraft für das Streben geholt.

* Kannst du denn etwas anderes kennen als Betrug? Wird einmal der Betrug vernichtet, darfst du ja nicht hinsehen oder wirst zur Salzsäule.

107 Alle sind zu A. sehr freundlich, so etwa wie man ein ausgezeichnetes Billard selbst vor guten Spielern sorgfältig zu bewahren sucht, solange bis der große Spieler kommt, das Brett genau unter-

sucht, keinen vorzeitigen Fehler duldet, dann aber, wenn er selbst zu spielen anfängt, sich auf die rücksichtsloseste Weise auswütet.

108 »Dann aber kehrte er zu seiner Arbeit zurück, so wie wenn nichts geschen wäre.« Das ist eine Bemerkung, die uns aus einer unklaren Fülle alter Erzählungen geläufig ist, obwohl sie vielleicht in keiner vorkommt.

109 »Daß es uns an Glauben fehle, kann man nicht sagen. Allein die einfache Tatsache unseres Lebens ist in ihrem Glaubenswert gar nicht auszuschöpfen.« »Hier wäre ein Glaubenswert? Man kann doch nicht nicht-leben.« »Eben in diesem ›kann doch nicht‹ steckt die wahnsinnige Kraft des Glaubens; in dieser Verneinung bekommt sie Gestalt.«

* Es ist nicht notwendig, daß du aus dem Hause gehst. Bleib bei deinem Tisch und horche. Horche nicht einmal, warte nur. Warte nicht einmal, sei völlig still und allein. Anbieten wird sich dir die Welt zur Entlarvung, sie kann nicht anders, verzückt wird sie sich vor dir winden.

Der plötzliche Spaziergang

Wenn man sich am Abend endgültig entschlossen zu haben scheint, zu Hause zu bleiben, den Hausrock angezogen hat, nach dem Nachtmahl beim beleuchteten Tische sitzt und jene Arbeit oder jenes Spiel vorgenommen hat, nach dessen Beendigung man gewohnheitsgemäß schlafen geht, wenn draußen ein unfreundliches Wetter ist, welches das Zuhausebleiben selbstverständlich macht, wenn man jetzt auch schon so lange bei Tisch stillgehalten hat, daß das Weggehen allgemeines Erstaunen hervorrufen müßte, wenn nun auch schon das Treppenhaus dunkel und das Haustor gesperrt ist, und wenn man nun trotz alledem in einem plötzlichen Unbehagen aufsteht, den Rock wechselt, sofort straßenmäßig angezogen erscheint, weggehen zu müssen erklärt, es nach kurzem Abschied auch tut, je nach der Schnelligkeit, mit der man die Wohnungstür zuschlägt, mehr oder weniger Ärger zu hinterlassen glaubt, wenn man sich auf der Gasse wiederfindet, mit Gliedern, die diese schon unerwartete Freiheit, die man ihnen verschafft hat, mit besonderer Beweglichkeit beantworten, wenn man durch diesen einen Entschluß alle Entschlußfähigkeit in sich gesammelt fühlt, wenn man mit größerer als der gewöhnlichen Bedeutung erkennt, daß man ja mehr Kraft als Bedürfnis hat, die schnellste Veränderung leicht zu bewirken und zu ertragen, und wenn man so die langen Gassen hinläuft – dann ist man für diesen Abend gänzlich aus seiner Familie ausgetreten, die ins Wesenlose abschwenkt, während man selbst, ganz fest, schwarz vor Umrissenheit, hinten die Schenkel schlagend, sich zu seiner wahren Gestalt erhebt. Verstärkt wird alles noch, wenn man zu dieser späten Abendzeit einen Freund aufsucht, um nachzusehen, wie es ihm geht.

Entschlüsse

Aus einem elenden Zustand sich zu erheben, muß selbst mit gewollter Energie leicht sein. Ich reiße mich vom Sessel los, umlaufe den Tisch, mache Kopf und Hals beweglich, bringe Feuer in die Augen, spanne die Muskeln um sie herum. Arbeite jedem Gefühl entgegen, begrüße A. stürmisch, wenn er jetzt kommen wird, dulde B. freundlich in meinem Zimmer, ziehe bei C. alles, was gesagt wird, trotz Schmerz und Mühe mit langen Zügen in mich hinein.
Aber selbst wenn es so geht, wird mit jedem Fehler, der nicht ausbleiben kann, das Ganze, das Leichte und das Schwere, stocken, und ich werde mich im Kreise zurückdrehen müssen.
Deshalb bleibt doch der beste Rat, alles hinzunehmen, als schwere Masse sich verhalten und fühle man sich selbst fortgeblasen, keinen unnötigen Schritt sich ablocken lassen, den anderen mit Tierblick anschaun, keine Reue fühlen, kurz, das, was vom Leben als Gespenst noch übrig ist, mit eigener Hand niederdrücken, d. h., die letzte grabmäßige Ruhe noch vermehren und nichts außer ihr mehr bestehen lassen.
Eine charakteristische Bewegung eines solchen Zustandes ist das Hinfahren des kleinen Fingers über die Augenbrauen.

Der Ausflug ins Gebirge

»Ich weiß nicht«, rief ich ohne Klang, »ich weiß ja nicht. Wenn niemand kommt, dann kommt eben niemand. Ich habe niemandem etwas Böses getan, niemand hat mir etwas Böses getan, niemand aber will mir helfen. Lauter niemand. Aber so ist es doch nicht. Nur daß mir niemand hilft –, sonst wäre lauter Niemand hübsch. Ich würde ganz gern – warum denn nicht – einen Ausflug mit einer Gesellschaft von lauter Niemand machen. Natürlich ins Gebirge, wohin denn sonst? Wie sich diese Niemand aneinander drängen, diese vielen quer gestreckten und eingehängten Arme, diese vielen Füße, durch winzige Schritte getrennt! Versteht sich, daß alle in Frack sind. Wir gehen so lala, der Wind fährt durch die Lücken, die wir und unsere Gliedmaßen offen lassen. Die Hälse werden im Gebirge frei! Es ist ein Wunder, daß wir nicht singen.«

Der Aufbruch

Ich befahl mein Pferd aus dem Stall zu holen. Der Diener verstand mich nicht. Ich ging selbst in den Stall, sattelte mein Pferd und bestieg es. In der Ferne hörte ich eine Trompete blasen, ich fragte ihn, was das bedeute. Er wußte nichts und hatte nichts gehört. Beim Tore hielt er mich auf und fragte: »Wohin reitest du, Herr?« »Ich weiß es nicht«, sagte ich, »nur weg von hier, nur weg von hier. Immerfort weg von hier, nur so kann ich mein Ziel erreichen.« »Du kennst also dein Ziel?« fragte er. »Ja«, antwortete ich, »ich sagte es doch: ›Weg-von-hier‹, das ist mein Ziel.« »Du hast keinen Eßvorrat mit«, sagte er. »Ich brauche keinen«, sagte ich, »die Reise ist so lang, daß ich verhungern muß, wenn ich auf dem Weg nichts bekomme. Kein Eßvorrat kann mich retten. Es ist ja zum Glück eine wahrhaft ungeheuere Reise.«

Ein Landarzt

Ich war in großer Verlegenheit: eine dringende Reise stand mir bevor; ein Schwerkranker wartete auf mich in einem zehn Meilen entfernten Dorfe; starkes Schneegestöber füllte den weiten Raum zwischen mir und ihm; einen Wagen hatte ich, leicht, großräderig, ganz wie er für unsere Landstraßen taugt; in den Pelz gepackt, die Instrumententasche in der Hand, stand ich reisefertig schon auf dem Hofe; aber das Pferd fehlte, das Pferd. Mein eigenes Pferd war in der letzten Nacht, infolge der Überanstrengung in diesem eisigen Winter, verendet; mein Dienstmädchen lief jetzt im Dorf umher, um ein Pferd geliehen zu bekommen; aber es war aussichtslos, ich wußte es, und immer mehr vom Schnee überhäuft, immer unbeweglicher werdend, stand ich zwecklos da. Am Tor erschien das Mädchen, allein, schwenkte die Laterne; natürlich, wer leiht jetzt sein Pferd her zu solcher Fahrt? Ich durchmaß noch einmal den Hof; ich fand keine Möglichkeit; zerstreut, gequält stieß ich mit dem Fuß an die brüchige Tür des schon seit Jahren unbenützten Schweinestalles. Sie öffnete sich und klappte in den Angeln auf und zu. Wärme und Geruch wie von Pferden kam hervor. Eine trübe Stallaterne schwankte drin an einem Seil. Ein Mann, zusammengekauert in dem niedrigen Verschlag, zeigte sein offenes blauäugiges Gesicht. »Soll ich anspannen?« fragte er, auf allen vieren hervorkriechend. Ich wußte nichts zu sagen und beugte mich nur, um zu sehen, was es noch in dem Stalle gab. Das Dienstmädchen stand neben mir. »Man weiß nicht, was für Dinge man im eigenen Hause vorrätig hat«, sagte es, und wir beide lachten. »Holla, Bruder, holla, Schwester!« rief der Pferdeknecht, und zwei Pferde, mächtige flankenstarke Tiere schoben sich hintereinander, die Beine eng am Leib, die wohlgeformten Köpfe wie Kamele senkend, nur durch die Kraft der Wendungen ihres Rumpfes aus dem Türloch, das sie restlos ausfüllten. Aber gleich standen sie aufrecht, hochbeinig, mit dicht ausdampfendem Körper. »Hilf ihm«, sagte ich, und das willige Mädchen eilte, dem Knecht das Geschirr des Wagens zu reichen. Doch kaum war es bei ihm, umfaßt es der Knecht und schlägt sein Gesicht an ihres. Es schreit auf und flüchtet sich zu mir; rot eingedrückt sind zwei Zahnreihen in des Mädchens Wange. »Du Vieh«, schrie ich wütend, »willst du die Peitsche?«, besinne mich aber gleich, daß es ein Fremder ist; daß ich nicht weiß, woher er kommt, und daß er mir freiwillig aushilft, wo alle andern versagen. Als wisse er von meinen Gedanken, nimmt er meine Drohung nicht übel, sondern wendet sich nur einmal, immer mit den Pferden beschäftigt, nach mir um. »Steigt ein«, sagt er dann, und tatsächlich: alles ist bereit. Mit so schönem Gespann, das merke ich, bin ich noch nie gefahren, und ich steige fröhlich ein. »Kutschieren werde aber ich, du kennst nicht den Weg«, sage ich. »Gewiß«, sagt er, »ich fahre gar nicht mit, ich bleibe bei Rosa.« »Nein«, schreit Rosa und läuft im richtigen Vorgefühl der Unabwendbarkeit ihres Schicksals ins Haus; ich höre die Türkette klirren, die sie vorlegt; ich höre das Schloß einspringen; ich sehe, wie sie überdies im Flur und weiterjagend durch die Zimmer alle Lichter verlöscht, um sich unauffindbar zu machen. »Du fährst mit«, sage ich zu dem Knecht, »oder ich verzichte auf die Fahrt, so dringend sie auch ist. Es fällt mir nicht ein, dir für die Fahrt das Mädchen als Kaufpreis hinzugeben.« »Munter!« sagte er; klatscht in die Hände; der Wagen wird fortgerissen, wie Holz in die Strömung; noch höre ich, wie die Tür meines Hauses unter dem Ansturm des Knechtes birst und splittert, dann sind mir Augen und Ohren von einem zu allen Sinnen gleichmäßig dringenden Sausen erfüllt. Aber auch das nur einen Augenblick, denn, als öffne sich unmittelbar vor meinem Hoftor der Hof meines Kranken, bin ich schon dort; ruhig stehen die Pferde; der Schneefall hat aufgehört; Mondlicht ringsum; die Eltern des Kranken eilen aus dem Haus; seine Schwester hinter ihnen; man hebt mich fast aus dem Wagen; den verwirrten Reden entnehme ich nichts; im Krankenzimmer ist die Luft kaum atembar; der vernachlässigte Herdofen raucht; ich werde das Fenster aufstoßen; zuerst aber will ich den Kranken sehen. Mager, ohne Fieber, nicht kalt, nicht warm, mit leeren Augen, ohne Hemd hebt sich der Junge unter dem Federbett, hängt sich an meinen Hals, flüstert mir ins Ohr: »Doktor, laß mich sterben.« Ich sehe mich um; niemand hat es gehört; die Eltern stehen stumm vorgebeugt und erwarten mein Urteil; die Schwester hat einen Stuhl für meine Handtasche gebracht. Ich öffne die Tasche und suche unter meinen Instrumenten; der Junge tastet immerfort aus dem Bett nach mir hin, um mich an seine Bitte zu erinnern; ich fasse eine Pinzette, prüfe sie im Kerzenlicht und lege sie wieder hin. »Ja«, denke ich lästernd, »in solchen Fällen helfen die Götter, schicken das fehlende Pferd, fügen der Eile wegen noch ein zweites hinzu, spenden zum Übermaß noch den Pferdeknecht –« Jetzt erst fällt mir wieder Rosa ein; was tue ich, wie rette ich sie, wie ziehe ich sie unter diesem Pferdeknecht hervor, zehn Meilen von ihr entfernt, unbeherrschbare Pferde vor meinem Wagen? Diese Pferde, die jetzt die Riemen irgendwie gelockert haben; die Fenster, ich weiß nicht wie, von außen aufstoßen; jedes durch ein Fenster den Kopf stecken und, unbeirrt durch den Aufschrei der Familie, den Kranken betrachten. »Ich fahre gleich wieder zurück«, denke ich, als forderten mich die Pferde zur Reise auf, aber ich dulde es, daß die Schwester, die mich durch die Hitze betäubt glaubt, den Pelz mir abnimmt. Ein Glas Rum wird mir bereitgestellt, der Alte klopft mir auf die Schulter, die Hingabe seines Schatzes rechtfertigt diese Vertraulichkeit. Ich schüttle den Kopf; in dem engen Denkkreis des Alten würde mir übel; nur aus diesem Grunde lehne ich es ab zu trinken. Die Mutter steht am Bett und lockt mich hin; ich folge und lege, während ein Pferd laut zur Zimmerdecke wiehert, den Kopf an die Brust des Jungen, der unter meinem nassen Bart erschauert. Es bestätigt sich, was ich weiß: der Junge ist gesund, ein wenig schlecht durchblutet, von der sorgenden Mutter mit Kaffee durchtränkt, aber gesund und am besten mit einem Stoß aus dem Bett zu treiben. Ich bin kein Weltverbesserer und lasse ihn liegen. Ich bin vom Bezirk angestellt und tue meine Pflicht bis zum Rand, bis dorthin, wo es fast zu viel wird. Schlecht bezahlt, bin ich doch freigebig und hilfsbereit gegenüber den Armen. Noch für Rosa muß ich sorgen, dann mag der Junge recht haben und auch ich will sterben. Was tue ich hier in diesem endlosen Winter! Mein Pferd ist verendet, und da ist niemand im Dorf, der mir seines leiht. Aus dem Schweinestall muß ich mein Gespann ziehen; wären es nicht zufällig Pferde, müßte ich mit Säuen fahren. So ist es. Und ich nicke der Familie zu. Sie wissen nichts davon, und wenn sie es wüßten, würden sie es nicht glauben. Rezepte schreiben ist leicht, aber im übrigen sich mit den Leuten verständigen, ist schwer. Nun, hier wäre also mein Besuch zu Ende, man hat mich wieder einmal unnötig bemüht, daran bin ich gewöhnt, mit Hilfe meiner Nachtglocke martert mich der ganze Bezirk, aber daß ich diesmal auch noch Rosa hingeben mußte, dieses schöne Mädchen, das jahrelang, von mir kaum beachtet, in meinem Hause lebte – dieses Opfer ist zu groß, und ich muß es mir mit Spitzfindigkeiten aushilfsweise in meinem Kopf irgendwie zurechtlegen, um nicht auf diese Familie loszufahren, die mir ja beim besten Willen Rosa nicht zurückgeben kann. Als ich aber meine Handtasche schließe und nach meinem Pelz winke, die Familie beisammensteht, der Vater schnuppernd über dem Rumglas in seiner Hand, die Mutter, von mir wahrscheinlich enttäuscht – ja, was erwartet denn das Volk? – tränenvoll in die Lippen beißend und die Schwester ein schwer blutiges Handtuch schwenkend, bin ich irgendwie bereit, unter Umständen zuzugeben, daß der Junge doch vielleicht krank ist. Ich gehe zu ihm, er lächelt mir entgegen, als brächte ich ihm etwa die allerstärkste Suppe – ach, jetzt wiehern beide Pferde; der Lärm soll wohl, höhern Orts angeordnet, die Untersuchung erleichtern –, und nun finde ich: ja, der Junge ist krank. In seiner rechten Seite, in der Hüftgegend hat sich eine handtellergroße Wunde aufgetan. Rosa, in vielen Schattierungen, dunkel in der Tiefe, hellwerdend zu den Rändern, zartkörnig, mit ungleichmäßig sich aufsammelndem Blut, offen wie ein Bergwerk obertags. So aus der Entfernung. In der Nähe zeigt sich noch eine Erschwerung. Wer kann das ansehen ohne leise zu pfeifen? Würmer, an Stärke und Länge meinem kleinen Finger gleich, rosig aus eigenem und außerdem blutbespritzt, winden sich, im Innern der Wunde festgehalten, mit weißen Köpfchen, mit vielen Beinchen ans Licht. Armer Junge, dir ist nicht zu helfen. Ich habe deine große Wunde aufgefunden; an dieser Blume in deiner Seite gehst du zugrunde. Die Familie ist glücklich, sie sieht mich in Tätigkeit; die Schwester sagt's der Mutter, die Mutter dem Vater, der Vater einigen Gästen, die auf den Fußspitzen, mit ausgestreckten Armen balancierend, durch den Mondschein der offenen Tür hereinkommen. »Wirst du mich retten?« flüstert schluchzend der Junge, ganz geblendet durch das Leben in seiner Wunde. So sind die Leute in meiner Gegend. Immer das Unmögliche vom Arzt verlangen. Den alten Glauben haben sie verloren; der Pfarrer sitzt zu Hause und zerzupft die Meßgewänder, eines nach dem andern; aber der Arzt soll alles leisten mit seiner zarten chirurgischen Hand. Nun, wie es beliebt: ich habe mich nicht angeboten; verbraucht ihr mich zu heiligen Zwecken, lasse ich auch das mit mir geschehen; was will ich Besseres, alter Landarzt, meines

Dienstmädchens beraubt! Und sie kommen, die Familie und die Dorfältesten, und entkleiden mich; ein Schulchor mit dem Lehrer an der Spitze steht vor dem Haus und singt eine äußerst einfache Melodie auf den Text:

»Entkleidet ihn, dann wird er heilen,
Und heilt er nicht, so tötet ihn!
'S ist nur ein Arzt, 's ist nur ein Arzt.«

Dann bin ich entkleidet und sehe, die Finger im Barte, mit geneigtem Kopf die Leute ruhig an. Ich bin durchaus gefaßt und allen überlegen und bleibe es auch, trotzdem es mir nichts hilft, denn jetzt nehmen sie mich beim Kopf und bei den Füßen und tragen mich ins Bett. Zur Mauer, an die Seite der Wunde legen sie mich. Dann gehen alle aus der Stube; die Tür wird zugemacht; der Gesang verstummt; Wolken treten vor den Mond; warm liegt das Bettzeug um mich; schattenhaft schwanken die Pferdeköpfe in den Fensterlöchern. »Weißt du«, höre ich, mir ins Ohr gesagt, »mein Vertrauen zu dir ist sehr gering. Du bist ja auch nur irgendwo abgeschüttelt, kommst nicht auf eigenen Füßen. Statt zu helfen, engst du mir mein Sterbebett ein. Am liebsten kratzte ich dir die Augen aus.« »Richtig«, sage ich, »es ist eine Schmach. Nun bin ich aber Arzt. Was soll ich tun? Glaube mir, es wird auch mir nicht leicht.« »Mit dieser Entschuldigung soll ich mich begnügen? Ach, ich muß wohl. Immer muß ich mich begnügen. Mit einer schönen Wunde kam ich auf die Welt; das war meine ganze Ausstattung.« »Junger Freund«, sage ich, »dein Fehler ist: du hast keinen Überblick. Ich, der ich schon in allen Krankenstuben, weit und breit, gewesen bin, sage dir: deine Wunde ist so übel nicht. Im spitzen Winkel mit zwei Hieben der Hacke geschaffen. Viele bieten ihre Seite an und hören kaum die Hacke im Forst, geschweige denn, daß sie ihnen näher kommt.« »Ist es wirklich so oder täuschest du mich im Fieber?« »Es ist wirklich so, nimm das Ehrenwort eines Amtsarztes mit hinüber.« Und er nahm's und wurde still. Aber jetzt war es Zeit, an meine Rettung zu denken. Noch standen treu die Pferde an ihren Plätzen. Kleider, Pelz und Tasche waren schnell zusammengerafft; mit dem Ankleiden wollte ich mich nicht aufhalten; beeilten sich die Pferde wie auf der Herfahrt, sprang ich ja gewissermaßen aus diesem Bett in meines. Gehorsam zog sich ein

Pferd vom Fenster zurück; ich warf den Ballen in den Wagen; der Pelz flog zu weit, nur mit einem Ärmel hielt er sich an einem Haken fest. Gut genug. Ich schwang mich aufs Pferd. Die Riemen lose schleifend, ein Pferd kaum mit dem andern verbunden, der Wagen irrend hinterher, der Pelz als letzter im Schnee. »Munter!« sagte ich, aber munter ging's nicht; langsam wie alte Männer zogen wir durch die Schneewüste; lange klang hinter uns der neue, aber irrtümliche Gesang der Kinder:

»Freuet Euch, Ihr Patienten,
der Arzt ist Euch ins Bett gelegt!«

Niemals komme ich so nach Hause; meine blühende Praxis ist verloren; ein Nachfolger bestiehlt mich, aber ohne Nutzen, denn er kann mich nicht ersetzen; in meinem Hause wütet der ekle Pferdeknecht; Rosa ist sein Opfer; ich will es nicht ausdenken. Nackt, dem Froste dieses unglückseligsten Zeitalters ausgesetzt, mit irdischem Wagen, unirdischen Pferden, treibe ich mich alter Mann umher. Mein Pelz hängt hinten am Wagen, ich kann ihn aber nicht erreichen, und keiner aus dem beweglichen Gesindel der Patienten rührt den Finger. Betrogen! Betrogen! Einmal dem Fehlläuten der Nachtglocke gefolgt – es ist niemals gutzumachen.

Die Brücke

Ich war steif und kalt, ich war eine Brücke, über einem Abgrund lag ich. Diesseits waren die Fußspitzen, jenseits die Hände eingebohrt, in bröckelndem Lehm habe ich mich festgebissen. Die Schöße meines Rockes wehten zu meinen Seiten. In der Tiefe lärmte der eisige Forellenbach. Kein Tourist verirrte sich zu dieser unwegsamen Höhe, die Brücke war in den Karten noch nicht eingezeichnet. – So lag ich und wartete; ich mußte warten. Ohne einzustürzen kann keine einmal errichtete Brücke aufhören, Brücke zu sein.
Einmal gegen Abend war es – war es der erste, war es der tausendste, ich weiß nicht –, meine Gedanken gingen immer in einem Wirrwarr

und immer in der Runde. Gegen Abend im Sommer, dunkler rauschte der Bach, da hörte ich einen Mannesschritt! Zu mir, zu mir. – Strecke dich, Brücke, setze dich in Stand, geländerloser Balken, halte den dir Anvertrauten. Die Unsicherheit seines Schrittes gleiche unmerklich aus, schwankt er aber, dann gib dich zu erkennen und wie ein Berggott schleudere ihn ans Land.

Er kam, mit der Eisenspitze seines Stockes beklopfte er mich, dann hob er mit ihr meine Rockschöße und ordnete sie auf mir. In mein buschiges Haar fuhr er mit der Spitze und ließ sie, wahrscheinlich wild umherblickend, lange drin liegen. Dann aber – gerade träumte ich ihm nach über Berg und Tal – sprang er mit beiden Füßen mir mitten auf den Leib. Ich erschauerte in wildem Schmerz, gänzlich unwissend. Wer war es? Ein Kind? Ein Traum? Ein Wegelagerer? Ein Selbstmörder? Ein Versucher? Ein Vernichter? Und ich drehte mich um, ihn zu sehen. – Brücke dreht sich um! Ich war noch nicht umgedreht, da stürzte ich schon, ich stürzte, und schon war ich zerrissen und aufgespießt von den zugespitzten Kieseln, die mich immer so friedlich aus dem rasenden Wasser angestarrt hatten.

Das Unglück des Junggesellen

Es scheint so arg, Junggeselle zu bleiben, als alter Mann unter schwerer Wahrung der Würde um Aufnahme zu bitten, wenn man einen Abend mit Menschen verbringen will, krank zu sein und aus dem Winkel seines Bettes wochenlang das leere Zimmer anzusehn, immer vor dem Haustor Abschied zu nehmen, niemals neben seiner Frau sich die Treppe hinaufzudrängen, in seinem Zimmer nur Seitentüren zu haben, die in fremde Wohnungen führen, sein Nachtmahl in einer Hand nach Hause zu tragen, fremde Kinder anstaunen zu müssen und nicht immerfort wiederholen zu dürfen: »Ich habe keine«, sich im Aussehn und Benehmen nach ein oder zwei Junggesellen der Jugenderinnerungen auszubilden.

So wird es sein, nur daß man auch in Wirklichkeit heute und später selbst dastehen wird, mit einem Körper und einem wirklichen Kopf, also auch einer Stirn, um mit der Hand an sie zu schlagen.

Der Kaufmann

Es ist möglich, daß einige Leute Mitleid mit mir haben, aber ich spüre nichts davon. Mein kleines Geschäft erfüllt mich mit Sorgen, die mich innen an Stirne und Schläfen schmerzen, aber ohne mir Zufriedenheit in Aussicht zu stellen, denn mein Geschäft ist klein. Für Stunden im voraus muß ich Bestimmungen treffen, das Gedächtnis des Hausdieners wachhalten, vor befürchteten Fehlern warnen und in einer Jahreszeit die Moden der folgenden berechnen, nicht wie sie unter Leuten meines Kreises herrschen werden, sondern bei unzugänglichen Bevölkerungen auf dem Lande.

Mein Geld haben fremde Leute; ihre Verhältnisse können mir nicht deutlich sein; das Unglück, das sie treffen könnte, ahne ich nicht; wie könnte ich es abwehren! Vielleicht sind sie verschwenderisch geworden und geben ein Fest in einem Wirtshausgarten, und andere halten sich für ein Weilchen auf der Flucht nach Amerika bei diesem Feste auf.

Wenn nun am Abend eines Werketages das Geschäft gesperrt wird und ich plötzlich Stunden vor mir sehe, in denen ich für die ununterbrochenen Bedürfnisse meines Geschäftes nichts werde arbeiten können, dann wirft sich meine am Morgen weit vorausgeschickte Aufregung in mich, wie eine zurückkehrende Flut, hält es aber in mir nicht aus und ohne Ziel reißt sie mich mit.

Und doch kann ich diese Laune gar nicht benützen und kann nur nach Hause gehn, denn ich habe Gesicht und Hände schmutzig und verschwitzt, das Kleid fleckig und staubig, die Geschäftsmütze auf dem Kopfe und von Kistennägeln zerkratzte Stiefel. Ich gehe dann wie auf Wellen, klappere mit den Fingern beider Hände, und mir entgegenkommenden Kindern fahre ich über das Haar.

Aber der Weg ist zu kurz. Gleich bin ich in meinem Hause, öffne die Lifttür und trete ein.

Ich sehe, daß ich jetzt und plötzlich allein bin. Andere, die über Treppen steigen müssen, ermüden dabei ein wenig, müssen mit eilig atmenden Lungen warten, bis man die Tür der Wohnung öffnen kommt, haben dabei einen Grund für Ärger und Ungeduld, kommen jetzt ins Vorzimmer, wo sie den Hut aufhängen, und erst bis sie durch den Gang an einigen Glastüren vorbei in ihr eigenes Zimmer kommen, sind sie allein.

Ich aber bin gleich allein im Lift, und schaue, auf die Knie gestützt, in den schmalen Spiegel. Als der Lift sich zu heben anfängt, sage ich: »Seid still, tretet zurück, wollt Ihr in den Schatten der Bäume, hinter die Draperien der Fenster, in das Laubengewölbe?«

Ich rede mit den Zähnen und die Treppengeländer gleiten an den Milchglasscheiben hinunter wie stürzendes Wasser.

»Flieget weg; Euere Flügel, die ich niemals gesehen habe, mögen Euch ins dörfliche Tal tragen oder nach Paris, wenn es Euch dorthin treibt.

Doch genießet die Aussicht des Fensters, wenn die Prozessionen aus allen drei Straßen kommen, einander nicht ausweichen, durcheinander gehn und zwischen ihren letzten Reihen den freien Platz wieder entstehen lassen. Winket mit den Tüchern, seid entsetzt, seid gerührt, lobet die schöne Dame, die vorüberfährt.

Geht über den Bach auf der hölzernen Brücke, nickt den badenden Kindern zu und staunet über das Hurra der tausend Matrosen auf dem fernen Panzerschiff.

Verfolget nur den unscheinbaren Mann, und wenn Ihr ihn in einen Torweg gestoßen habt, beraubt ihn und seht ihm dann, jeder die Hände in den Taschen, nach, wie er traurig seines Weges in die linke Gasse geht.

Die verstreut auf ihren Pferden galoppierende Polizei bändigt die Tiere und drängt Euch zurück. Lasset sie, die leeren Gassen werden sie unglücklich machen, ich weiß es. Schon reiten sie, ich bitte, paarweise weg, langsam um die Straßenecken, fliegend über die Plätze.«

Dann muß ich aussteigen, den Aufzug hinunterlassen, an der Türglocke läuten, und das Mädchen öffnet die Tür, während ich grüße.

Zerstreutes Hinausschaun

Was werden wir in diesen Frühlingstagen tun, die jetzt rasch kommen? Heute früh war der Himmel grau, geht man aber jetzt zum Fenster, so ist man überrascht und lehnt die Wange an die Klinke des Fensters.

Unten sieht man das Licht der freilich schon sinkenden Sonne auf dem Gesicht des kindlichen Mädchens, das so geht und sich umschaut, und zugleich sieht man den Schatten des Mannes darauf, der hinter ihm rascher kommt.

Dann ist der Mann schon vorübergegangen und das Gesicht des Kindes ist ganz hell.

Das Urteil

Eine Geschichte für Fräulein Felice B.

Es war an einem Sonntagvormittag im schönsten Frühjahr. Georg Bendemann, ein junger Kaufmann, saß in seinem Privatzimmer im ersten Stock eines der niedrigen, leichtgebauten Häuser, die entlang des Flusses in einer langen Reihe, fast nur in der Höhe und Färbung unterschieden, sich hinzogen. Er hatte gerade einen Brief an einen sich im Ausland befindenden Jugendfreund beendet, verschloß ihn in spielerischer Langsamkeit und sah dann, den Ellbogen auf den Schreibtisch gestützt, aus dem Fenster auf den Fluß, die Brücke und die Anhöhen am anderen Ufer mit ihrem schwachen Grün.

Er dachte darüber nach, wie dieser Freund, mit seinem Fortkommen zu Hause unzufrieden, vor Jahren schon nach Rußland sich förmlich geflüchtet hatte. Nun betrieb er ein Geschäft in Petersburg, das anfangs sich sehr gut angelassen hatte, seit langem aber schon zu stocken schien, wie der Freund bei seinen immer seltener werdenden Besuchen klagte. So arbeitete er sich in der Fremde nutzlos ab, der fremdartige Vollbart verdeckte nur schlecht das seit den Kinderjahren wohlbekannte Gesicht, dessen gelbe Hautfarbe auf eine sich entwikkelnde Krankheit hinzudeuten schien. Wie er erzählte, hatte er keine rechte Verbindung mit der dortigen Kolonie seiner Landsleute, aber auch fast keinen gesellschaftlichen Verkehr mit einheimischen Familien und richtete sich so für ein endgültiges Junggesellentum ein. Was sollte man einem solchen Manne schreiben, der sich offenbar verrannt hatte, den man bedauern, dem man aber nicht helfen konnte. Sollte man ihm vielleicht raten, wieder nach Hause zu kommen, seine Existenz hierher zu verlegen, alle die alten freundschaftlichen Beziehungen wieder aufzunehmen – wofür ja kein Hindernis bestand – und im übrigen auf die Hilfe der Freunde zu vertrauen? Das bedeutete aber nichts anderes, als daß man ihm gleichzeitig, je schonender, desto kränkender, sagte, daß seine bisherigen Versuche mißlungen seien, daß er endlich von ihnen ablassen solle, daß er zurückkehren und sich als ein für immer Zurückgekehrter von allen mit großen Augen anstaunen lassen müsse, daß nur seine Freunde etwas verstünden und daß er ein altes Kind sei, das den erfolgreichen, zu Hause gebliebenen Freunden einfach zu folgen habe. Und war es dann noch sicher, daß alle die Plage, die man ihm antun müßte, einen Zweck hätte? Vielleicht gelang es nicht einmal, ihn überhaupt nach Hause zu bringen – er sagte ja selbst, daß er die Verhältnisse in der Heimat nicht mehr verstünde –, und so bliebe er dann trotz allem in seiner Fremde, verbittert durch die Ratschläge und den Freunden noch ein Stück mehr entfremdet. Folgte er aber wirklich dem Rat und würde hier – natürlich nicht mit Absicht, aber durch die Tatsachen – niedergedrückt, fände sich nicht in seinen Freunden und nicht ohne sie zurecht, litte an Beschämung, hätte jetzt wirklich keine Heimat und keine Freunde mehr, war es da nicht viel besser für ihn, er blieb in der Fremde, so wie er war? Konnte man denn bei solchen Umständen daran denken, daß er es hier tatsächlich vorwärts bringen würde?

Aus diesen Gründen konnte man ihm, wenn man noch überhaupt die briefliche Verbindung aufrecht erhalten wollte, keine eigentlichen Mitteilungen machen, wie man sie ohne Scheu auch den entferntesten Bekannten machen würde. Der Freund war nun schon über drei Jahre nicht in der Heimat gewesen und erklärte dies sehr notdürftig mit der Unsicherheit der politischen Verhältnisse in Rußland, die demnach also auch die kürzeste Abwesenheit eines kleinen Geschäftsmannes

nicht zuließen, während hunderttausende Russen ruhig in der Welt herumfuhren. Im Laufe dieser drei Jahre hatte sich aber gerade für Georg vieles verändert. Von dem Todesfall von Georgs Mutter, der vor etwa zwei Jahren erfolgt war und seit welchem Georg mit seinem alten Vater in gemeinsamer Wirtschaft lebte, hatte der Freund wohl noch erfahren und sein Beileid in einem Brief mit einer Trockenheit ausgedrückt, die ihren Grund nur darin haben konnte, daß die Trauer über ein solches Ereignis in der Fremde ganz unvorstellbar wird. Nun hatte aber Georg seit jener Zeit, so wie alles andere, auch sein Geschäft mit größerer Entschlossenheit angepackt. Vielleicht hatte ihn der Vater bei Lebzeiten der Mutter dadurch, daß er im Geschäft nur seine Ansicht gelten lassen wollte, an einer wirklichen eigenen Tätigkeit gehindert, vielleicht war der Vater seit dem Tode der Mutter, trotzdem er noch immer im Geschäfte arbeitete, zurückhaltender geworden, vielleicht spielten – was sogar sehr wahrscheinlich war – glückliche Zufälle eine weit wichtigere Rolle, jedenfalls aber hatte sich das Geschäft in diesen zwei Jahren ganz unerwartet entwikkelt, das Personal hatte man verdoppeln müssen, der Umsatz hatte sich verfünffacht, ein weiterer Fortschritt stand zweifellos bevor.
Der Freund aber hatte keine Ahnung von dieser Veränderung. Früher, zum letztenmal vielleicht in jenem Beileidsbrief, hatte er Georg zur Auswanderung nach Rußland überreden wollen und sich über die Aussichten verbreitet, die gerade für Georgs Geschäftszweig in Petersburg bestanden. Die Ziffern waren verschwindend gegenüber dem Umfang, den Georgs Geschäft jetzt angenommen hatte. Georg aber hatte keine Lust gehabt, dem Freund von seinen geschäftlichen Erfolgen zu schreiben, und hätte er es jetzt nachträglich getan, es hätte wirklich einen merkwürdigen Anschein gehabt.
So beschränkte sich Georg darauf, dem Freund immer nur über bedeutungslose Vorfälle zu schreiben, wie sie sich, wenn man an einem ruhigen Sonntag nachdenkt, in der Erinnerung ungeordnet aufhäufen. Er wollte nichts anderes, als die Vorstellung ungestört lassen, die sich der Freund von der Heimatstadt in der langen Zwischenzeit wohl gemacht und mit welcher er sich abgefunden hatte. So geschah es Georg, daß er dem Freund die Verlobung eines gleichgültigen Menschen mit einem ebenso gleichgültigen Mädchen dreimal in ziemlich weit auseinanderliegenden Briefen anzeigte, bis

sich dann allerdings der Freund, ganz gegen Georgs Absicht, für diese Merkwürdigkeit zu interessieren begann.

Georg schrieb ihm aber solche Dinge viel lieber, als daß er zugestanden hätte, daß er selbst vor einem Monat mit einem Fräulein Frieda Brandenfeld, einem Mädchen aus wohlhabender Familie, sich verlobt hatte. Oft sprach er mit seiner Braut über diesen Freund und das besondere Korrespondenzverhältnis, in welchem er zu ihm stand. »Da wird er gar nicht zu unserer Hochzeit kommen«, sagte sie, »und ich habe doch das Recht, alle deine Freunde kennen zu lernen.« »Ich will ihn nicht stören«, antwortete Georg, »verstehe mich recht, er würde wahrscheinlich kommen, wenigstens glaube ich es, aber er würde sich gezwungen und geschädigt fühlen, vielleicht mich beneiden und sicher unzufrieden und unfähig, diese Unzufriedenheit jemals zu beseitigen, allein wieder zurückfahren. Allein – weißt du, was das ist?« »Ja, kann er denn von unserer Heirat nicht auch auf andere Weise erfahren?« »Das kann ich allerdings nicht verhindern, aber es ist bei seiner Lebensweise unwahrscheinlich.« »Wenn du solche Freunde hast, Georg, hättest du dich überhaupt nicht verloben sollen.« »Ja, das ist unser beider Schuld; aber ich wollte es auch jetzt nicht anders haben.« Und wenn sie dann, rasch atmend unter seinen Küssen, noch vorbrachte: »Eigentlich kränkt es mich doch«, hielt er es wirklich für unverfänglich, dem Freund alles zu schreiben. »So bin ich und so hat er mich hinzunehmen«, sagte er sich, »ich kann nicht aus mir einen Menschen herausschneiden, der vielleicht für die Freundschaft mit ihm geeigneter wäre, als ich es bin.«

Und tatsächlich berichtete er seinem Freunde in dem langen Brief, den er an diesem Sonntagvormittag schrieb, die erfolgte Verlobung mit folgenden Worten: »Die beste Neuigkeit habe ich mir bis zum Schluß aufgespart. Ich habe mich mit einem Fräulein Frieda Brandenfeld verlobt, einem Mädchen aus einer wohlhabenden Familie, die sich hier erst lange nach Deiner Abreise angesiedelt hat, die Du also kaum kennen dürftest. Es wird sich noch Gelegenheit finden, Dir Näheres über meine Braut mitzuteilen, heute genüge Dir, daß ich recht glücklich bin und daß sich in unserem gegenseitigen Verhältnis nur insofern etwas geändert hat, als Du jetzt in mir statt eines ganz gewöhnlichen Freundes einen glücklichen Freund haben wirst. Außerdem bekommst Du in meiner Braut, die Dich herzlich grüßen läßt, und die Dir nächstens selbst schreiben wird, eine aufrichtige Freundin, was für einen Junggesellen nicht ganz ohne Bedeutung ist. Ich weiß, es hält Dich vielerlei von einem Besuche bei uns zurück, wäre aber nicht gerade meine Hochzeit die richtige Gelegenheit, einmal alle Hindernisse über den Haufen zu werfen? Aber wie dies auch sein mag, handle ohne alle Rücksicht und nur nach Deiner Wohlmeinung.«

Mit diesem Brief in der Hand war Georg lange, das Gesicht dem Fenster zugekehrt, an seinem Schreibtisch gesessen. Einem Bekannten, der ihn im Vorübergehen von der Gasse aus gegrüßt hatte, hatte er kaum mit einem abwesenden Lächeln geantwortet.

Endlich steckte er den Brief in die Tasche und ging aus seinem Zimmer quer durch einen kleinen Gang in das Zimmer seines Vaters, in dem er schon seit Monaten nicht gewesen war. Es bestand auch sonst keine Nötigung dazu, denn er verkehrte mit seinem Vater ständig im Geschäft, das Mittagessen nahmen sie gleichzeitig in einem Speisehaus ein, abends versorgte sich zwar jeder nach Belieben, doch saßen sie dann meistens, wenn nicht Georg, wie es am häufigsten geschah, mit Freunden beisammen war oder jetzt seine Braut besuchte, noch ein Weilchen, jeder mit seiner Zeitung, im gemeinsamen Wohnzimmer. Georg staunte darüber, wie dunkel das Zimmer des Vaters selbst an diesem sonnigen Vormittag war. Einen solchen Schatten warf also die hohe Mauer, die sich jenseits des schmalen Hofes erhob. Der Vater saß beim Fenster in einer Ecke, die mit verschiedenen Andenken an die selige Mutter ausgeschmückt war, und las die Zeitung, die er seitlich vor die Augen hielt, wodurch er irgendeine Augenschwäche auszugleichen suchte. Auf dem Tisch standen die Reste des Frühstücks, von dem nicht viel verzehrt zu sein schien.

»Ah, Georg!« sagte der Vater und ging ihm gleich entgegen. Sein schwerer Schlafrock öffnete sich im Gehen, die Enden umflatterten ihn – »mein Vater ist noch immer ein Riese«, sagte sich Georg.

»Hier ist es ja unerträglich dunkel«, sagte er dann.

»Ja, dunkel ist es schon«, antwortete der Vater.

»Das Fenster hast du auch geschlossen?«

»Ich habe es lieber so.«

»Es ist ja ganz warm draußen«, sagte Georg, wie im Nachhang zu dem Früheren, und setzte sich.

Der Vater räumte das Frühstücksgeschirr ab und stellte es auf einen Kasten.

»Ich wollte dir eigentlich nur sagen«, fuhr Georg fort, der den Bewegungen des alten Mannes ganz verloren folgte, »daß ich nun doch nach Petersburg meine Verlobung angezeigt habe.« Er zog den Brief ein wenig aus der Tasche und ließ ihn wieder zurückfallen.

»Wieso nach Petersburg?« fragte der Vater.

»Meinem Freunde doch«, sagte Georg und suchte des Vaters Augen. – »Im Geschäft ist er doch ganz anders«, dachte er, »wie er hier breit sitzt und die Arme über der Brust kreuzt.«

»Ja. Deinem Freunde«, sagte der Vater mit Betonung.

»Du weißt doch, Vater, daß ich ihm meine Verlobung zuerst verschweigen wollte. Aus Rücksichtnahme, aus keinem anderen Grunde sonst. Du weißt selbst, er ist ein schwieriger Mensch. Ich sagte mir, von anderer Seite kann er von meiner Verlobung wohl erfahren, wenn das auch bei seiner einsamen Lebensweise kaum wahrscheinlich ist – das kann ich nicht hindern –, aber von mir selbst soll er es nun einmal nicht erfahren.«

»Und jetzt hast du es dir wieder anders überlegt?« fragte der Vater, legte die große Zeitung auf den Fensterbord und auf die Zeitung die Brille, die er mit der Hand bedeckte.

»Ja, jetzt habe ich es mir wieder überlegt. Wenn er mein guter Freund ist, sagte ich mir, dann ist meine glückliche Verlobung auch für ihn ein Glück. Und deshalb habe ich nicht mehr gezögert, es ihm anzuzeigen. Ehe ich jedoch den Brief einwarf, wollte ich es dir sagen.«

»Georg«, sagte der Vater und zog den zahnlosen Mund in die Breite, »hör' einmal! Du bist wegen dieser Sache zu mir gekommen, um dich mit mir zu beraten. Das ehrt dich ohne Zweifel. Aber es ist nichts, es ist ärger als nichts, wenn du mir jetzt nicht die volle Wahrheit sagst. Ich will nicht Dinge aufrühren, die nicht hierher gehören. Seit dem Tode unserer teueren Mutter sind gewisse unschöne Dinge vorgegangen. Vielleicht kommt auch für sie die Zeit, und vielleicht kommt sie früher, als wir denken. Im Geschäft entgeht mir manches, es wird mir vielleicht nicht verborgen – ich will jetzt gar nicht die Annahme machen, daß es mir verborgen wird –, ich bin nicht mehr kräftig genug, mein Gedächtnis läßt nach, ich habe nicht mehr den Blick für alle die vielen Sachen. Das ist erstens der Ablauf der Natur, und zweitens hat mich der Tod unseres Mütterchens viel mehr niedergeschlagen als dich. – Aber weil wir gerade bei dieser Sache halten, bei diesem Brief, so bitte ich dich, Georg, täusche mich nicht. Es ist eine Kleinigkeit, es ist nicht des Atems wert, also täusche mich nicht. Hast du wirklich diesen Freund in Petersburg?«

Georg stand verlegen auf. »Lassen wir meine Freunde sein. Tausend Freunde ersetzen mir nicht meinen Vater. Weißt du, was ich glaube? Du schonst dich nicht genug. Aber das Alter verlangt seine Rechte. Du bist mir im Geschäft unentbehrlich, das weißt du ja sehr genau, aber wenn das Geschäft deine Gesundheit bedrohen sollte, sperre ich es noch morgen für immer. Das geht nicht. Wir müssen da eine andere Lebensweise für dich einführen. Aber von Grund aus. Du sitzt hier im Dunkeln und im Wohnzimmer hättest du schönes Licht. Du nippst vom Frühstück, statt dich ordentlich zu stärken. Du sitzt bei geschlossenem Fenster, und die Luft würde dir so gut tun. Nein, mein Vater! Ich werde den Arzt holen, und seinen Vorschriften werden wir folgen. Die Zimmer werden wir wechseln, du wirst ins Vorderzimmer ziehen, ich hierher. Es wird keine Veränderung für dich sein, alles wird mit übertragen werden. Aber das alles hat Zeit, jetzt lege dich noch ein wenig ins Bett, du brauchst unbedingt Ruhe. Komm, ich werde dir beim Ausziehn helfen, du wirst sehn, ich kann es. Oder willst du gleich ins Vorderzimmer gehn, dann legst du dich vorläufig in mein Bett. Das wäre übrigens sehr vernünftig.«

Georg stand knapp neben seinem Vater, der den Kopf mit dem struppigen weißen Haar auf die Brust hatte sinken lassen.

»Georg«, sagte der Vater leise, ohne Bewegung.

Georg kniete sofort neben dem Vater nieder, er sah die Pupillen in dem müden Gesicht des Vaters übergroß in den Winkeln der Augen auf sich gerichtet.

»Du hast keinen Freund in Petersburg. Du bist immer ein Spaßmacher gewesen und hast dich auch mir gegenüber nicht zurückgehalten. Wie solltest du denn gerade dort einen Freund haben! Das kann ich gar nicht glauben.«

»Denk doch noch einmal nach, Vater«, sagte Georg, hob den Vater vom Sessel und zog ihm, wie er nun doch recht schwach dastand, den Schlafrock aus, »jetzt wird es bald drei Jahre her sein, da war ja mein

Freund bei uns zu Besuch. Ich erinnere mich noch, daß du ihn nicht besonders gern hattest. Wenigstens zweimal habe ich ihn vor dir verleugnet, trotzdem er gerade bei mir im Zimmer saß. Ich konnte ja deine Abneigung gegen ihn ganz gut verstehn, mein Freund hat seine Eigentümlichkeiten. Aber dann hast du dich doch auch wieder ganz gut mit ihm unterhalten. Ich war damals noch so stolz darauf, daß du ihm zuhörtest, nicktest und fragtest. Wenn du nachdenkst, mußt du dich erinnern. Er erzählte damals unglaubliche Geschichten von der russischen Revolution. Wie er z. B. auf einer Geschäftsreise in Kiew bei einem Tumult einen Geistlichen auf einem Balkon gesehen hatte, der sich ein breites Blutkreuz in die flache Hand schnitt, diese Hand erhob und die Menge anrief. Du hast ja selbst diese Geschichte hie und da wiedererzählt.«

Währenddessen war es Georg gelungen, den Vater wieder niederzusetzen und ihm die Trikothose, die er über den Leinenunterhosen trug, sowie die Socken vorsichtig auszuziehn. Beim Anblick der nicht besonders reinen Wäsche machte er sich Vorwürfe, den Vater vernachlässigt zu haben. Es wäre sicherlich auch seine Pflicht gewesen, über den Wäschewechsel seines Vaters zu wachen. Er hatte mit seiner Braut darüber, wie sie die Zukunft des Vaters einrichten wollten, noch nicht ausdrücklich gesprochen, denn sie hatten stillschweigend vorausgesetzt, daß der Vater allein in der alten Wohnung bleiben würde. Doch jetzt entschloß er sich kurz mit aller Bestimmtheit, den Vater in seinen künftigen Haushalt mitzunehmen. Es schien ja fast, wenn man genauer zusah, daß die Pflege, die dort dem Vater bereitet werden sollte, zu spät kommen könnte.

Auf seinen Armen trug er den Vater ins Bett. Ein schreckliches Gefühl hatte er, als er während der paar Schritte zum Bett hin merkte, daß an seiner Brust der Vater mit seiner Uhrkette spiele. Er konnte ihn nicht gleich ins Bett legen, so fest hielt er sich an dieser Uhrkette.

Kaum war er aber im Bett, schien alles gut. Er deckte sich selbst zu und zog dann die Bettdecke noch besonders weit über die Schulter. Er sah nicht unfreundlich zu Georg hinauf.

»Nicht wahr, du erinnerst dich schon an ihn?« fragte Georg und nickte ihm aufmunternd zu.

»Bin ich jetzt gut zugedeckt?« fragte der Vater, als könne er nicht nachschauen, ob die Füße genug bedeckt seien.

»Es gefällt dir also schon im Bett«, sagte Georg und legte das Deckzeug besser um ihn.

»Bin ich gut zugedeckt?« fragte der Vater noch einmal und schien auf die Antwort besonders aufzupassen.

»Sei nur ruhig, du bist gut zugedeckt.«

»Nein!« rief der Vater, daß die Antwort an die Frage stieß, warf die Decke zurück mit einer Kraft, daß sie einen Augenblick im Fluge sich ganz entfaltete, und stand aufrecht im Bett. Nur eine Hand hielt er leicht an den Plafond. »Du wolltest mich zudecken, das weiß ich, mein Früchtchen, aber zugedeckt bin ich noch nicht. Und ist es auch die letzte Kraft, genug für dich, zuviel für dich. Wohl kenne ich deinen Freund. Er wäre ein Sohn nach meinem Herzen. Darum hast du ihn auch betrogen die ganzen Jahre lang. Warum sonst? Glaubst du, ich habe nicht um ihn geweint? Darum doch sperrst du dich in dein Bureau, niemand soll stören, der Chef ist beschäftigt – nur damit du deine falschen Briefchen nach Rußland schreiben kannst. Aber den Vater muß glücklicherweise niemand lehren, den Sohn zu durch-schauen. Wie du jetzt geglaubt hast, du hättest ihn untergekriegt, so untergekriegt, daß du dich mit deinem Hintern auf ihn setzen kannst und er rührt sich nicht, da hat sich mein Herr Sohn zum Heiraten entschlossen!«

Georg sah zum Schreckbild seines Vaters auf. Der Petersburger Freund, den der Vater plötzlich so gut kannte, ergriff ihn wie noch nie. Verloren im weiten Rußland sah er ihn. An der Türe des leeren, ausgeraubten Geschäftes sah er ihn. Zwischen den Trümmern der Regale, den zerfetzten Waren, den fallenden Gasarmen stand er gerade noch. Warum hatte er so weit wegfahren müssen!

»Aber schau mich an!« rief der Vater, und Georg lief, fast zerstreut, zum Bett, um alles zu fassen, stockte aber in der Mitte des Weges.

»Weil sie die Röcke gehoben hat«, fing der Vater zu flöten an, »weil sie die Röcke gehoben hat, die widerliche Gans«, und er hob, um das darzustellen, sein Hemd so hoch, daß man auf seinem Oberschenkel die Narbe aus seinen Kriegsjahren sah, »weil sie die Röcke so und so und so gehoben hat, hast du dich an sie herangemacht, und damit du an ihr ohne Störung dich befriedigen kannst, hast du unserer Mutter Andenken geschändet, den Freund verraten und deinen Vater ins Bett gesteckt, damit er sich nicht rühren kann. Aber kann er sich rühren oder nicht?« Und er stand vollkommen frei und warf die Beine. Er strahlte vor Einsicht.

Georg stand in einem Winkel, möglichst weit vom Vater. Vor einer langen Weile hatte er sich fest entschlossen, alles vollkommen genau zu beobachten, damit er nicht irgendwie auf Umwegen, von hinten her, von oben herab überrascht werden könne. Jetzt erinnerte er sich wieder an den längst vergessenen Entschluß und vergaß ihn, wie man einen kurzen Faden durch ein Nadelöhr zieht.

»Aber der Freund ist nun doch nicht verraten!« rief der Vater, und sein hin- und herbewegter Zeigefinger bekräftigte es. »Ich war sein Vertreter hier am Ort.«

»Komödiant!« konnte sich Georg zu rufen nicht enthalten, erkannte sofort den Schaden und biß, nur zu spät, – die Augen erstarrt – in seine Zunge, daß er vor Schmerz einknickte.

»Ja, freilich habe ich Komödie gespielt! Komödie! Gutes Wort! Welcher andere Trost blieb dem alten verwitweten Vater? Sag' – und für den Augenblick der Antwort sei du noch mein lebender Sohn –, was blieb mir übrig, in meinem Hinterzimmer, verfolgt vom ungetreuen Personal, alt bis in die Knochen? Und mein Sohn ging im Jubel durch die Welt, schloß Geschäfte ab, die ich vorbereitet hatte, überpurzelte sich vor Vergnügen und ging vor seinem Vater mit dem verschlossenen Gesicht eines Ehrenmannes davon! Glaubst du, ich hätte dich nicht geliebt, ich, von dem du ausgingst?«

»Jetzt wird er sich vorbeugen«, dachte Georg, »wenn er fiele und zerschmetterte!« Dieses Wort durchzischte seinen Kopf.

Der Vater beugte sich vor, fiel aber nicht. Da Georg sich nicht näherte, wie er erwartet hatte, erhob er sich wieder.

»Bleib', wo du bist, ich brauche dich nicht! Du denkst, du hast noch die Kraft, hierher zu kommen, und hältst dich bloß zurück, weil du so willst. Daß du dich nicht irrst! Ich bin noch immer der viel Stärkere. Allein hätte ich vielleicht zurückweichen müssen, aber so hat mir die Mutter ihre Kraft abgegeben, mit deinem Freund habe ich mich herrlich verbunden, deine Kundschaft habe ich hier in der Tasche!«

»Sogar im Hemd hat er Taschen!« sagte sich Georg und glaubte, er könne ihn mit dieser Bemerkung in der ganzen Welt unmöglich machen. Nur einen Augenblick dachte er das, denn immerfort vergaß er alles.

»Häng' dich nur in deine Braut ein und komm' mir entgegen! Ich fege sie dir von der Seite weg, du weißt nicht wie!«

Georg machte Grimassen, als glaube er das nicht. Der Vater nickte bloß, die Wahrheit dessen, was er sagte, beteuernd, in Georgs Ecke hin.

»Wie hast du mich doch heute unterhalten, als du kamst und fragtest, ob du deinem Freund von der Verlobung schreiben sollst. Er weiß doch alles, dummer Junge, er weiß doch alles! Ich schrieb ihm doch, weil du vergessen hast, mir das Schreibzeug wegzunehmen. Darum kommt er schon seit Jahren nicht, er weiß ja alles hundertmal besser als du selbst, deine Briefe zerknüllt er ungelesen in der linken Hand, während er in der Rechten meine Briefe zum Lesen sich vorhält!«

Seinen Arm schwang er vor Begeisterung über dem Kopf. »Er weiß alles tausendmal besser!« rief er.

»Zehntausendmal!« sagte Georg, um den Vater zu verlachen, aber noch in seinem Munde bekam das Wort einen toternsten Klang.

»Seit Jahren passe ich schon auf, daß du mit dieser Frage kämest! Glaubst du, mich kümmert etwas anderes? Glaubst du, ich lese Zeitungen? Da!«, und er warf Georg ein Zeitungsblatt, das irgendwie mit ins Bett getragen worden war, zu. Eine alte Zeitung, mit einem Georg schon ganz unbekannten Namen.

»Wie lange hast du gezögert, ehe du reif geworden bist! Die Mutter mußte sterben, sie konnte den Freudentag nicht erleben, der Freund geht zugrunde in seinem Rußland, schon vor drei Jahren war er gelb zum Wegwerfen, und ich, du siehst ja, wie es mit mir steht. Dafür hast du doch Augen!«

»Du hast mir also aufgelauert!« rief Georg.

Mitleidig sagte der Vater nebenbei: »Das wolltest du wahrscheinlich früher sagen. Jetzt paßt es ja gar nicht mehr.«

Und lauter: »Jetzt weißt du also, was es noch außer dir gab, bisher wußtest du nur von dir! Ein unschuldiges Kind warst du ja eigentlich, aber noch eigentlicher warst du ein teuflischer Mensch! – Und darum wisse: Ich verurteile dich jetzt zum Tode des Ertrinkens!«

Georg fühlte sich aus dem Zimmer gejagt, den Schlag, mit dem der Vater hinter ihm aufs Bett stürzte, trug er noch in den Ohren davon. Auf der Treppe, über deren Stufen er wie über eine schiefe Fläche eilte, überrumpelte er seine Bedienerin, die im Begriffe war heraufzu-

gehen, um die Wohnung nach der Nacht aufzuräumen. »Jesus!« rief
sie und verdeckte mit der Schürze das Gesicht, aber er war schon
davon. Aus dem Tor sprang er, über die Fahrbahn zum Wasser trieb
es ihn. Schon hielt er das Geländer fest, wie ein Hungriger die
Nahrung. Er schwang sich über, als der ausgezeichnete Turner, der er
in seinen Jugendjahren zum Stolz seiner Eltern gewesen war. Noch
hielt er sich mit schwächer werdenden Händen fest, erspähte zwischen den Geländerstangen einen Autoomnibus, der mit Leichtigkeit
seinen Fall übertönen würde, rief leise: »Liebe Eltern, ich habe euch
doch immer geliebt«, und ließ sich hinfallen.
In diesem Augenblick ging über die Brücke ein geradezu unendlicher
Verkehr.

Die städtische Welt

Oskar M., ein älterer Student – wenn man ihn nahe ansah, erschrak
man vor seinen Augen – blieb an einem Winternachmittag mitten im
Schneefall auf einem leeren Platz stehn, in seinen Winterkleidern mit
dem Winterrock darüber, einem Shawl um den Hals und einer
Fellmütze auf dem Kopf. Er zwinkerte mit den Augen vor Nachdenken. So sehr hatte er sich in Gedanken verlassen, daß er einmal die
Mütze abnahm und mit ihrem krausen Fell sich über das Gesicht
strich. Endlich schien er zu einem Schluß gekommen und wendete
sich mit einer Tanzdrehung zum Heimweg.
Als er die Tür des elterlichen Wohnzimmers öffnete, sah er seinen
Vater, einen glattrasierten Mann mit schwerem Fleischgesicht, der
Tür zugekehrt, an einem leeren Tisch sitzen. »Endlich«, sagte dieser,
kaum daß Oskar den Fuß ins Zimmer gesetzt hatte, »bleib, ich bitte
dich, bei der Tür, ich habe nämlich eine solche Wut auf dich, daß ich
meiner nicht sicher bin.«
»Aber Vater«, sagte Oskar und merkte erst beim Reden, wie er
gelaufen war.
»Ruhe«, schrie der Vater und stand auf, wodurch er ein Fenster
verdeckte. »Ruhe befehle ich. Und deine ›Aber‹ laß dir, verstehst

du.« Dabei nahm er den Tisch mit beiden Händen und trug ihn einen Schritt Oskar näher. »Dein Lotterleben ertrage ich einfach nicht länger. Ich bin ein alter Mann. In dir dachte ich einen Trost des Alters zu haben, indessen bist du für mich ärger als alle meine Krankheiten. Pfui über einen solchen Sohn, der durch Faulheit, Verschwendung, Bosheit und (warum soll ich es dir nicht offen sagen) Dummheit seinen alten Vater ins Grab drängt.« Hier verstummte der Vater, bewegte aber sein Gesicht, als rede er noch.

»Lieber Vater«, sagte Oskar und ging vorsichtig dem Tisch zu, »beruhige dich, alles wird gut werden. Ich habe heute einen Einfall gehabt, der mich zu einem tätigen Menschen machen wird, wie du es dir nur wünschen kannst.«

»Wie das?« fragte der Vater und sah in eine Zimmerecke.

»Vertraue mir nur, beim Abendessen werde ich dir alles erklären. In meinem Innern war ich immer ein guter Sohn, nur daß ich es auch außen nicht zeigen konnte, verbitterte mich so, daß ich dich lieber ärgerte, wenn ich dich schon nicht erfreuen konnte. Jetzt aber laß mich noch ein wenig spazierengehn, damit sich meine Gedanken klarer entwickeln.«

Der Vater, der sich zuerst, aufmerksam werdend, auf den Tischrand gesetzt hatte, stand auf. »Ich glaube nicht, daß das, was du jetzt gesagt hast, viel Sinn hat, ich halte es eher für Geschwätz. Aber schließlich bist du mein Sohn. – Komm rechtzeitig, wir werden zu Hause nachtmahlen, und du kannst deine Sache dann vortragen.«

»Dieses kleine Vertrauen genügt mir, ich bin dafür von Herzen dankbar. Aber ist es denn nicht schon an meinen Blicken zu sehen, daß ich mit einer ernsten Sache vollkommen beschäftigt bin.«

»Ich sehe vorläufig nichts«, sagte der Vater. »Aber es kann auch meine Schuld sein, denn ich bin aus der Übung gekommen, dich überhaupt anzusehn.« Dabei machte er, wie es seine Gewohnheit war, durch regelmäßiges Beklopfen der Tischplatte darauf aufmerksam, wie die Zeit verging. »Die Hauptsache aber ist, daß ich gar kein Vertrauen mehr zu dir habe, Oskar. Wenn ich dich einmal anschreie – wie du gekommen bist, habe ich dich doch angeschrien, nicht wahr? – so tue ich das nicht in der Hoffnung, es könnte dich bessern, ich tue es nur in Gedanken an deine arme gute Mutter, die jetzt vielleicht noch kein unmittelbares Leid über dich verspürt, aber schon an der

Anstrengung, ein solches Leid abzuwehren, denn sie glaubt dir dadurch irgendwie zu helfen, langsam zugrunde geht. Aber schließlich sind das ja Sachen, die du sehr gut weißt, und ich hätte schon aus Rücksicht auf mich nicht wieder an sie erinnert, wenn du mich durch deine Versprechungen nicht dazu gereizt hättest.«

Während der letzten Worte trat das Dienstmädchen ein, um nach dem Feuer im Ofen zu sehn. Kaum hatte sie das Zimmer verlassen, als Oskar ausrief: »Aber Vater! Ich hätte das nicht erwartet. Wenn ich nur einen kleinen Einfall gehabt hätte, sagen wir einen Einfall zu meiner Dissertation, die ja schon zehn Jahre in meinem Kasten liegt und Einfälle braucht wie Salz, so ist es möglich, wenn auch nicht wahrscheinlich, daß ich, wie es heute geschehen ist, vom Spaziergang nach Hause gelaufen wäre und gesagt hätte: ›Vater, ich habe glücklicherweise diesen und diesen Einfall.‹ Wenn du daraufhin mit deiner ehrwürdigen Stimme die Vorwürfe von vorhin mir ins Gesicht gesagt hättest, dann wäre mein Einfall einfach weggeblasen gewesen, und ich hätte sofort mit irgendeiner Entschuldigung oder ohne solche abmarschieren müssen. Jetzt dagegen! Alles, was du gegen mich sagst, hilft meinen Ideen, sie hören nicht auf, stark werdend füllen sie mir den Kopf. Ich werde gehn, weil ich nur im Alleinsein Ordnung in sie bringen kann.« Er schluckte an seinem Atem in dem warmen Zimmer.

»Es kann ja auch eine Lumperei sein, die du im Kopf hast«, sagte der Vater mit großen Augen, »dann glaube ich schon, daß sie dich festhält. Wenn sich aber etwas Tüchtiges in dich verirrt hat, entläuft es dir über Nacht. Ich kenne dich.«

Oskar drehte den Kopf, als halte man ihn am Halse. »Laß mich jetzt. Du bohrst überflüssigerweise in mich hinein. Die bloße Möglichkeit, daß du mein Ende richtig voraussagen kannst, sollte dich wahrhaftig nicht dazu verlocken, mich in meiner guten Überlegung zu stören. Vielleicht gibt dir meine Vergangenheit das Recht dazu, aber du solltest es nicht ausnützen.«

»Da siehst du am besten, wie groß deine Unsicherheit sein muß, wenn sie dich dazu zwingt, so gegen mich zu sprechen.«

»Nichts zwingt mich«, sagte Oskar und zuckte im Genick. Er trat auch ganz eng an den Tisch heran, so daß man nicht mehr wußte, wem er gehörte. »Was ich sagte, sagte ich in Ehrfurcht und sogar aus Liebe zu dir, wie du später auch sehen wirst, denn an meinen

Entschlüssen hat die Rücksichtnahme auf dich und Mama den größten Anteil.«

»Da muß ich dir schon jetzt danken«, sagte der Vater, »da es ja sehr unwahrscheinlich ist, daß deine Mutter und ich im rechten Augenblick noch dessen fähig sein werden.«

»Bitte, Vater, laß doch die Zukunft noch schlafen, wie sie es verdient. Wenn man sie nämlich vorzeitig weckt, bekommt man dann eine verschlafene Gegenwart. Daß dir das aber erst dein Sohn sagen muß! Auch wollte ich dich ja noch nicht überzeugen, sondern dir nur die Neuigkeit melden. Und das wenigstens ist mir, wie du selbst zugeben mußt, gelungen.«

»Jetzt, Oskar, wundert mich eigentlich nur noch eins: warum du mit einer solchen Sache wie heute nicht schon öfters zu mir gekommen bist. Sie entspricht so deinem bisherigen Wesen. Nein, tatsächlich, es ist mein Ernst.«

»Ja, hättest du mich dann durchgehaut, statt mir zuzuhören? Ich bin hergelaufen, das weiß Gott, um dir rasch eine Freude zu machen. Verraten kann ich dir aber nichts, solange mein Plan nicht vollständig fertig ist. Warum strafst du mich also für meine gute Absicht und willst von mir Erklärungen haben, die jetzt noch der Ausführung meines Planes schaden könnten?«

»Schweig, ich will gar nichts wissen. Aber ich muß dir sehr rasch antworten, weil du dich zur Tür zurückziehst und offenbar etwas sehr Dringendes vorhast: Meine erste Wut hast du mit deinem Kunststück beruhigt, nur ist mir jetzt noch trauriger zumut als früher und deshalb bitte ich dich – wenn du darauf bestehst, kann ich auch die Hände falten –, sage wenigstens der Mutter nichts von deinen Ideen. Laß es mit mir genug sein.«

»Das ist ja nicht mein Vater, der so mit mir spricht«, rief Oskar, der den Arm schon auf die Türklinke gelegt hatte. »Es ist seit Mittag etwas mit dir vorgegangen oder du bist ein fremder Mensch, dem ich jetzt zum erstenmal im Zimmer meines Vaters begegne. Mein wirklicher Vater« – Oskar schwieg einen Augenblick mit offenem Mund –, »er hätte mich doch umarmen müssen, er hätte die Mutter hergerufen. Was hast du, Vater?«

»Du solltest lieber mit deinem wirklichen Vater nachtmahlen, mein' ich. Es würde vergnügter zugehn.«

»Er wird schon kommen. Schließlich kann er nicht ausbleiben. Und die Mutter muß dabei sein. Und Franz, den ich jetzt hole. Alle.« Darauf drängte Oskar mit der Schulter gegen die leicht aufgehende Tür, als habe er sich vorgenommen, sie einzudrücken.

In Franzens Wohnung angekommen, beugte er sich zur kleinen Hauswirtin, mit den Worten: »Der Herr Ingenieur schläft, ich weiß, das macht nichts«, und ohne sich um die Frau zu kümmern, die aus Unzufriedenheit mit dem Besuch nutzlos im Vorzimmer auf und ab ging, öffnete er die Glastür, die, als sei sie an einer empfindlichen Stelle gefaßt, in seiner Hand erzitterte, und rief, unbekümmert um das Innere des Zimmers, das er noch kaum sah: »Franz, aufstehn. Ich brauch deinen fachmännischen Rat. Aber hier im Zimmer halte ich es nicht aus, wir müssen ein bißchen spazierengehn, du mußt auch bei uns nachtmahlen. Also rasch.«

»Sehr gern«, sagte der Ingenieur von seinem Lederkanapee her, »aber was zuerst? Aufstehn, nachtmahlen, spazierengehn, Rat geben? Einiges werde ich auch überhört haben.«

»Vor allem keine Witze machen, Franz. Das ist das Wichtigste, das habe ich vergessen.«

»Den Gefallen mach' ich dir sofort. Aber das Aufstehn! – Ich würde lieber zweimal für dich nachtmahlen als einmal aufstehn.«

»Also jetzt auf! Keine Widerrede.« Oskar faßte den schwachen Menschen vorn beim Rock und setzte ihn auf.

»Du bist aber rabiat, weißt du. Alle Achtung. Hab' ich dich schon einmal so vom Kanapee gerissen?« Er wischte sich mit beiden kleinen Fingern die geschlossenen Augen aus.

»Aber Franz«, sagte Oskar mit verzogenem Gesicht, »zieh dich schon an. Ich bin doch kein Narr, daß ich dich ohne Grund geweckt hätte.«

»Ebenso habe ich auch nicht ohne Grund geschlafen. Ich habe gestern Nachtdienst gehabt, dann bin ich heute schon um meinen Mittagsschlaf gekommen, auch deinetwegen –«

»Wieso?«

»Ach was, es ärgert mich schon, wie wenig Rücksicht du auf mich nimmst. Es ist nicht das erstemal. Natürlich, du bist ein freier Student und kannst machen, was du willst. Jeder ist nicht so glücklich. Da muß man doch Rücksicht nehmen, zum Kuckuck! Ich bin zwar dein

Freund, aber deshalb hat man mir noch meinen Beruf nicht abgenommen.« Er zeigte das durch Hin- und Herschütteln der flachen Hände.

»Muß ich aber nach deinem jetzigen Mundwerk nicht glauben, daß du mehr als genug ausgeschlafen bist?« sagte Oskar, der sich auf einen Bettpfosten hinaufgezogen hatte, von wo er den Ingenieur ansah, als habe er schon etwas mehr Zeit als früher.

»Also was willst du eigentlich von mir? oder besser gesagt, warum hast du mich geweckt?« fragte der Ingenieur und rieb sich stark den Hals unter seinem Ziegenbart, in dieser näheren Beziehung, die man nach dem Schlaf zu seinem Körper hat.

»Was ich von dir will«, sagte Oskar leise und gab dem Bett einen Stoß mit dem Fußabsatz. »Sehr wenig. Ich habe es dir doch schon aus dem Vorzimmer gesagt: daß du dich anziehst.«

»Wenn du damit, Oskar, andeuten willst, daß mich deine Neuigkeit sehr wenig interessiert, so hast du ganz recht.«

»Das ist ja gut, so wird das Feuer, in das sie dich setzen wird, ganz auf ihre eigene Rechnung gehn, ohne daß sich unsere Freundschaft eingemischt hätte. Die Auskunft wird auch klarer sein. Ich brauche klare Auskunft, das halte dir vor Augen. Wenn du aber vielleicht Kragen und Krawatte suchst, die liegen dort auf dem Sessel.«

»Danke«, sagte der Ingenieur und fing an, Kragen und Krawatte zu befestigen, »auf dich kann man sich halt doch verlassen.«

›Er‹

Aufzeichnungen aus dem Jahre 1920

Er ist bei keinem Anlaß genügend vorbereitet, kann sich deshalb aber nicht einmal Vorwürfe machen, denn wo wäre in diesem Leben, das so quälend in jedem Augenblick Bereitsein verlangt, Zeit sich vorzubereiten, und selbst wenn Zeit wäre, könnte man sich denn vorbereiten, ehe man die Aufgabe kennt, das heißt, kann man überhaupt eine natürliche, eine nicht nur künstlich zusammengestellte Aufgabe bestehen? Deshalb ist er auch schon längst unter den Rädern, merkwürdiger- aber auch tröstlicherweise war er darauf am wenigsten vorbereitet.

Alles, was er tut, kommt ihm zwar außerordentlich neu vor, aber auch entsprechend dieser unmöglichen Fülle des Neuen außerordentlich dilettantisch, kaum einmal erträglich, unfähig historisch zu werden, die Kette der Geschlechter sprengend, die bisher immer wenigstens zu ahnende Musik der Welt zum erstenmal bis in alle Tiefen hinunter abbrechend. Manchmal hat er in seinem Hochmut mehr Angst um die Welt als um sich.

Mit einem Gefängnis hätte er sich abgefunden. Als Gefangener enden – das wäre eines Lebens Ziel. Aber es war ein Gitterkäfig. Gleichgültig, herrisch, wie bei sich zu Hause strömte durch das Gitter aus und ein der Lärm der Welt, der Gefangene war eigentlich frei, er konnte an allem teilnehmen, nichts entging ihm draußen, selbst verlassen hätte er den Käfig können, die Gitterstangen standen ja meterweit auseinander, nicht einmal gefangen war er.

Er hat das Gefühl, daß er sich dadurch, daß er lebt, den Weg verstellt. Aus dieser Behinderung nimmt er dann wieder den Beweis dafür, daß er lebt.

Sein eigener Stirnknochen verlegt ihm den Weg, an seiner eigenen Stirn schlägt er sich die Stirn blutig.

Er fühlt sich auf dieser Erde gefangen, ihm ist eng, die Trauer, die Schwäche, die Krankheiten, die Wahnvorstellungen der Gefangenen brechen bei ihm aus, kein Trost kann ihn trösten, weil es eben nur Trost ist, zarter kopfschmerzender Trost gegenüber der groben Tatsache des Gefangenseins. Fragt man ihn aber, was er eigentlich haben will, kann er nicht antworten, denn er hat – das ist einer seiner stärksten Beweise – keine Vorstellung von Freiheit.

Manche leugnen den Jammer durch Hinweis auf die Sonne, er leugnet die Sonne durch Hinweis auf den Jammer.

Die selbstquälerische, schwerfällige, oft lange stockende, im Grunde doch unaufhörliche Wellenbewegung alles Lebens, des fremden und eigenen, quält ihn, weil sie unaufhörlichen Zwang des Denkens mit sich bringt. Manchmal scheint ihm, daß diese Qual den Ereignissen vorhergeht. Als er hört, daß seinem Freund ein Kind geboren werden soll, erkennt er, daß er dafür schon als früher Denker gelitten hat.

Er sieht zweierlei: das Erste ist die ruhige, mit Leben erfüllte, ohne ein gewisses Behagen unmögliche Betrachtung, Erwägung, Untersuchung, Ergießung. Deren Zahl und Möglichkeit ist endlos, selbst eine Mauerassel braucht eine verhältnismäßig große Ritze, um unterzukommen, für jene Arbeiten aber ist überhaupt kein Platz nötig, selbst dort, wo nicht die geringste Ritze ist, können sie, einander durchdringend, noch zu Tausenden und Abertausenden leben. Das ist das Erste. Das Zweite aber ist der Augenblick, in dem man vorgerufen Rechenschaft geben soll, keinen Laut hervorbringt, zurückgeworfen wird in die Betrachtungen usw., jetzt aber mit der Aussichtslosigkeit vor sich unmöglich mehr darin plätschern kann, sich schwer macht und mit einem Fluch versinkt.

Es handelt sich um folgendes: Ich saß einmal vor vielen Jahren, gewiß traurig genug, auf der Lehne des Laurenziberges. Ich prüfte die Wünsche, die ich für das Leben hatte. Als wichtigster oder als reizvollster ergab sich der Wunsch, eine Ansicht des Lebens zu gewinnen (und – das war allerdings notwendig verbunden – schriftlich die anderen von ihr überzeugen zu können), in der das Leben zwar sein natürliches schweres Fallen und Steigen bewahre, aber gleichzeitig mit nicht minderer Deutlichkeit als ein Nichts, als ein Traum, als ein Schweben erkannt werde. Vielleicht ein schöner Wunsch, wenn ich ihn richtig gewünscht hätte. Etwa als Wunsch, einen Tisch mit peinlich ordentlicher Handwerksmäßigkeit zusammenzuhämmern und dabei gleichzeitig nichts zu tun, und zwar nicht so, daß man sagen könnte: »Ihm ist das Hämmern ein Nichts«, sondern »Ihm ist das Hämmern ein wirkliches Hämmern und gleichzeitig auch ein Nichts«, wodurch ja das Hämmern noch kühner, noch entschlossener, noch wirklicher und, wenn du willst, noch irrsinniger geworden wäre.

Aber er konnte gar nicht so wünschen, denn sein Wunsch war kein Wunsch, er war nur eine Verteidigung, eine Verbürgerlichung des Nichts, ein Hauch von Munterkeit, den er dem Nichts geben wollte, in das er zwar damals kaum die ersten bewußten Schritte tat, das er aber schon als sein Element fühlte. Es war damals eine Art Abschied, den er von der Scheinwelt der Jugend nahm, sie hatte ihn übrigens niemals unmittelbar getäuscht, sondern nur durch die Reden aller Autoritäten ringsherum täuschen lassen. So hatte sich die Notwendigkeit des ›Wunsches‹ ergeben.

Er beweist nur sich selbst, sein einziger Beweis ist er selbst, alle Gegner besiegen ihn sofort, aber nicht dadurch, daß sie ihn widerlegen (er ist unwiderlegbar), sondern dadurch, daß sie sich beweisen.

Menschliche Vereinigungen beruhen darauf, daß einer durch sein starkes Dasein andere an sich unwiderlegbare Einzelne widerlegt zu haben scheint. Das ist für diese Einzelnen süß und trostreich, aber es fehlt an Wahrheit und daher immer an Dauer.

Er war früher Teil einer monumentalen Gruppe. Um irgendeine erhöhte Mitte standen in durchdachter Anordnung Sinnbilder des Soldatenstandes, der Künste, der Wissenschaften, der Handwerke. Einer von diesen Vielen war er. Nun ist die Gruppe längst aufgelöst oder wenigstens er hat sie verlassen und bringt sich allein durchs Leben. Nicht einmal seinen alten Beruf hat er mehr, ja er hat sogar vergessen, was er damals darstellte. Wohl gerade durch dieses Vergessen ergibt sich eine gewisse Traurigkeit, Unsicherheit, Unruhe, ein gewisses die Gegenwart trübendes Verlangen nach den vergangenen Zeiten. Und doch ist dieses Verlangen ein wichtiges Element der Lebenskraft oder vielleicht sie selbst.

Er lebt nicht wegen seines persönlichen Lebens, er denkt nicht wegen seines persönlichen Denkens. Ihm ist, als lebe und denke er unter der Nötigung einer Familie, die zwar selbst überreich an Lebens- und Denkkraft ist, für die er aber noch irgendeinem ihm unbekannten Gesetz eine formelle Notwendigkeit bedeutet. Wegen dieser unbekannten Familie und dieser unbekannten Gesetze kann er nicht entlassen werden.

Die Erbsünde, das alte Unrecht, das der Mensch begangen hat, besteht in dem Vorwurf, den der Mensch macht und von dem er nicht abläßt, daß ihm ein Unrecht geschehen ist, daß an ihm die Erbsünde begangen wurde.

Vor der Auslage von Casinelli drückten sich zwei Kinder herum, ein etwas sechs Jahre alter Junge, ein sieben Jahre altes Mädchen, reich angezogen, sprachen von Gott und von Sünden. Ich blieb hinter ihnen stehen. Das Mädchen, vielleicht katholisch, hielt nur das Belügen Gottes für eine eigentliche Sünde. Kindlich hartnäckig fragte der Junge, vielleicht ein Protestant, was das Belügen der Menschen oder das Stehlen sei. »Auch eine sehr große Sünde«, sagte das Mädchen, »aber nicht die größte, nur die Sünden an Gott sind die größten, für die Sünden an Menschen haben wir die Beichte. Wenn ich beichte, steht gleich wieder der Engel hinter mir, wenn ich nämlich eine Sünde begehe, kommt der Teufel hinter mich, nur sieht man ihn nicht.« Und des halben Ernstes müde, drehte sie sich zum Spaß auf den Hacken um und sagte: »Siehst du, niemand ist hinter mir.« Ebenso drehte sich der Junge um und sah dort mich. »Siehst du«, sagte er ohne Rücksicht darauf, daß ich es hören müßte, oder auch ohne daran zu denken, »hinter mir steht der Teufel.« »Den sehe ich auch«, sagte das Mädchen, »aber den meine ich nicht.«

Er will keinen Trost, aber nicht deshalb, weil er ihn nicht will – wer wollte ihn nicht, sondern, weil Trost suchen heißt: dieser Arbeit sein Leben widmen, am Rande seiner Existenz, fast außerhalb ihrer immer zu leben, kaum mehr zu wissen, für wen man Trost sucht, und daher nicht einmal imstande zu sein, wirksamen Trost zu finden, wirksamen, nicht etwa wahren, den es nicht gibt.

Er wehrt sich gegen die Fixierung durch den Mitmenschen. Der Mensch sieht, selbst wenn er unfehlbar wäre, im anderen nur jenen Teil, für den seine Blickkraft und Blickart reicht. Er hat, wie jeder, aber in äußerster Übertreibung, die Sucht, sich so einzuschränken, wie ihn der Blick des Mitmenschen zu sehen die Kraft hat. Hätte Robinson den höchsten oder richtiger den sichtbarsten Punkt der Insel niemals verlassen, aus Trost oder Demut oder Furcht oder

Unkenntnis oder Sehnsucht, so wäre er bald zugrunde gegangen; da er aber ohne Rücksicht auf die Schiffe und ihre schwachen Fernrohre seine ganze Insel zu erforschen und ihrer sich zu freuen begann, erhielt er sich am Leben und wurde in einer allerdings dem Verstand notwendigen Konsequenz schließlich doch gefunden.

»Du machst aus deiner Not eine Tugend.«
»Erstens tut das jeder, und zweitens tue gerade ich es nicht. Ich lasse meine Not Not bleiben, ich lege die Sümpfe nicht trocken, sondern lebe in ihrem fiebrigen Dunst.«
»Daraus eben machst du deine Tugend.«
»Wie jeder, ich sagte es schon. Im übrigen tue ich es nur deinetwegen. Damit du freundlich zu mir bleibst, nehme ich Schaden an meiner Seele.«

Alles ist ihm erlaubt, nur das Sichvergessen nicht, womit allerdings wieder alles verboten ist, bis auf das eine, für das Ganze augenblicklich Notwendige.

Die Enge des Bewußtseins ist eine soziale Forderung.
Alle Tugenden sind individuell, alle Laster sozial. Was als soziale Tugend gilt, etwa Liebe, Uneigennützigkeit, Gerechtigkeit, Opfermut, sind nur ›erstaunlich‹ abgeschwächte soziale Laster.

Der Unterschied zwischen dem ›Ja‹ und ›Nein‹, das er seinen Zeitgenossen sagt, und jenem, das er eigentlich zu sagen hätte, dürfte dem vom Tod und Leben entsprechen, ist auch nur ebenso ahnungsweise für ihn faßbar.

Die Ursache dessen, daß das Urteil der Nachwelt über den Einzelnen richtiger ist als das der Zeitgenossen, liegt im Toten. Man entfaltet sich in seiner Art erst nach dem Tode, erst wenn man allein ist. Das Totsein ist für den Einzelnen wie der Samstagabend für den Kaminfeger, sie waschen den Ruß vom Leibe. Es wird sichtbar, ob die Zeitgenossen ihn oder er den Zeitgenossen mehr geschadet hat, im letzteren Fall war er ein großer Mann.

Die Kraft zum Verneinen, dieser natürlichsten Äußerung des immerfort sich verändernden, erneuernden, absterbenden auflebenden menschlichen Kämpferorganismus, haben wir immer, den Mut aber nicht, während doch Leben Verneinen ist, also Verneinung Bejahung.

Mit seinen absterbenden Gedanken stirbt er nicht. Das Absterben ist nur eine Erscheinung innerhalb der inneren Welt (die bestehen bleibt, selbst wenn auch sie nur ein Gedanke wäre), eine Naturerscheinung wie jede andere, weder fröhlich noch traurig.

Die Strömung, gegen die er schwimmt, ist so rasend, daß man in einer gewissen Zerstreutheit manchmal verzweifelt ist über die öde Ruhe, inmitten welcher man plätschert, so unendlich weit ist man nämlich in einem Augenblick des Versagens zurückgetrieben worden.

Er hat Durst und ist von der Quelle nur durch ein Gebüsch getrennt. Er ist aber zweigeteilt, ein Teil übersieht das Ganze, sieht, daß er hier steht und die Quelle daneben ist, ein zweiter Teil aber merkt nichts, hat höchstens eine Ahnung dessen, daß der erste Teil alles sieht. Da er aber nichts merkt, kann er nicht trinken.

Er ist weder kühn noch leichtsinnig. Aber auch ängstlich ist er nicht. Ein freies Leben würde ihn nicht ängstigen. Nun hat sich ein solches Leben für ihn nicht ergeben, aber auch das macht ihm keine Sorgen, wie er sich überhaupt um sich selbst keine Sorgen macht. Es gibt aber einen ihm gänzlich unbekannten Jemand, der sich um ihn – nur um ihn – große fortwährende Sorgen macht. Diese ihn betreffenden Sorgen des Jemand, besonders das Fortwährende dieser Sorgen, verursachen ihm manchmal in stiller Stunde quälende Kopfschmerzen.

Am Sicherheben hindert ihn eine gewisse Schwere, ein Gefühl des Gesichertseins für jeden Fall, die Ahnung eines Lagers, das ihm bereitet ist und nur ihm gehört; am Stilleliegen aber hindert ihn eine Unruhe, die ihn vom Lager jagt, es hindert ihn das Gewissen, das endlos schlagende Herz, die Angst vor dem Tod und das Verlangen ihn zu widerlegen, alles das läßt ihn nicht ruhen und er erhebt sich wieder. Dieses Auf und Ab und einige auf diesen Wegen gemachte zufällige, flüchtige, abseitige Beobachtungen sind sein Leben.

Er hat zwei Gegner: Der erste bedrängt ihn von hinten, vom Ursprung her. Der zweite verwehrt ihm den Weg nach vorn. Er kämpft mit beiden. Eigentlich unterstützt ihn der erste im Kampf mit dem Zweiten, denn er will ihn nach vorn drängen und ebenso unterstützt ihn der zweite im Kampf mit dem Ersten; denn er treibt ihn doch zurück. So ist es aber nur theoretisch. Denn es sind ja nicht nur die zwei Gegner da, sondern auch noch er selbst, und wer kennt eigentlich seine Absichten? Immerhin ist es sein Traum, daß er einmal in einem unbewachten Augenblick – dazu gehört allerdings eine Nacht, so finster wie noch keine war – aus der Kampflinie ausspringt und wegen seiner Kampferfahrung zum Richter über seine miteinander kämpfenden Gegner erhoben wird.

Zum Nachdenken für Herrenreiter

Nichts, wenn man es überlegt, kann dazu verlocken, in einem Wettrennen der erste sein zu wollen.

Der Ruhm, als der beste Reiter eines Landes anerkannt zu werden, freut beim Losgehen des Orchesters zu stark, als daß sich am Morgen danach die Reue verhindern ließe.

Der Neid der Gegner, listiger, ziemlich einflußreicher Leute, muß uns in dem engen Spalier schmerzen, das wir nun durchreiten nach jener Ebene, die bald vor uns leer war bis auf einige überrundete Reiter, die klein gegen den Rand des Horizonts anritten.

Viele unserer Freunde eilen, den Gewinn zu beheben, und nur über die Schultern weg schreien sie von den entlegenen Schaltern ihr Hurra zu uns; die besten Freunde aber haben gar nicht auf unser Pferd gesetzt, da sie fürchteten, käme es zum Verluste, müßten sie uns böse sein, nun aber, da unser Pferd das erste war und sie nichts gewonnen haben, drehn sie sich um, wenn wir vorüberkommen und schauen lieber die Tribünen entlang.

Die Konkurrenten rückwärts, fest im Sattel, suchen das Unglück zu überblicken, das sie getroffen hat, und das Unrecht, das ihnen irgendwie zugefügt wird; sie nehmen ein frisches Aussehen an, als müsse ein neues Rennen anfangen und ein ernsthaftes nach diesem Kinderspiel.

Vielen Damen scheint der Sieger lächerlich, weil er sich aufbläht und doch nicht weiß, was anzufangen mit dem ewigen Händeschütteln, Salutieren, Sich-Niederbeugen und In-die-Ferne-Grüßen, während die Besiegten den Mund geschlossen haben und die Hälse ihrer meist wiehernden Pferde leichthin klopfen.

Endlich fängt es gar aus dem trüb gewordenen Himmel zu regnen an.

Das Gassenfenster

Wer verlassen lebt und sich doch hie und da irgendwo anschließen möchte, wer mit Rücksicht auf die Veränderungen der Tageszeit, der Witterung, der Berufsverhältnisse und dergleichen ohne weiteres irgendeinen beliebigen Arm sehen will, an dem er sich halten könnte – der wird es ohne ein Gassenfenster nicht lange treiben. Und steht es mit ihm so, daß er gar nichts sucht und nur als müder Mann, die Augen auf und ab zwischen Publikum und Himmel, an seine Fensterbrüstung tritt, und er will nicht und hat ein wenig den Kopf zurückgeneigt, so reißen ihn doch unten die Pferde mit in ihr Gefolge von Wagen und Lärm und damit endlich der menschlichen Eintracht zu.

Blumfeld, ein älterer Junggeselle

Blumfeld, ein älterer Junggeselle, stieg eines Abends zu seiner Wohnung hinauf, was eine mühselige Arbeit war, denn er wohnte im sechsten Stock. Während des Hinaufsteigens dachte er, wie öfters in der letzten Zeit, daran, daß dieses vollständig einsame Leben recht lästig sei, daß er jetzt diese sechs Stockwerke förmlich im Geheimen hinaufsteigen müsse, um oben in seinen leeren Zimmern anzukommen, dort wieder förmlich im Geheimen den Schlafrock anzuziehn, die Pfeife anzustecken, in der französischen Zeitschrift, die er schon seit Jahren abonniert hatte, ein wenig zu lesen, dazu an einem von ihm selbst bereiteten Kirschenschnaps zu nippen und schließlich nach einer halben Stunde zu Bett zu gehn, nicht ohne vorher das Bettzeug vollständig umordnen zu müssen, das die jeder Belehrung unzugängliche Bedienerin immer nach ihrer Laune hinwarf. Irgendein Begleiter, irgendein Zuschauer für diese Tätigkeiten wäre Blumfeld sehr willkommen gewesen. Er hatte schon überlegt, ob er sich nicht einen kleinen Hund anschaffen solle. Ein solches Tier ist lustig und vor allem dankbar und treu; ein Kollege von Blumfeld hat einen solchen Hund, er schließt sich niemandem an, außer seinem Herrn, und hat er ihn ein paar Augenblicke nicht gesehn, empfängt er ihn gleich mit großem Bellen, womit er offenbar seine Freude darüber ausdrücken will, seinen Herrn, diesen außerordentlichen Wohltäter wieder gefunden zu haben. Allerdings hat ein Hund auch Nachteile. Selbst wenn er noch so reinlich gehalten wird, verunreinigt er das Zimmer. Das ist gar nicht zu vermeiden, man kann ihn nicht jedesmal, ehe man ihn ins Zimmer hineinnimmt, in heißem Wasser baden, auch würde das seine Gesundheit nicht vertragen. Unreinlichkeit in seinem Zimmer aber verträgt wieder Blumfeld nicht, die Reinheit seines Zimmers ist ihm etwas Unentbehrliches, mehrmals in der Woche hat er mit der in diesem Punkte leider nicht sehr peinlichen Bedienerin Streit. Da sie schwerhörig ist, zieht er sie gewöhnlich am Arm zu jenen Stellen des Zimmers, wo er an der Reinlichkeit etwas auszusetzen hat. Durch diese Strenge hat er es erreicht, daß die Ordnung im Zimmer annähernd seinen Wünschen entspricht. Mit der Einführung eines Hundes würde er aber geradezu den bisher so sorgfältig abgewehrten Schmutz freiwillig in sein Zimmer leiten. Flöhe, die ständigen Begleiter der Hunde, würden sich einstellen. Waren aber einmal Flöhe da, dann war auch der Augenblick nicht mehr fern, an dem Blumfeld sein behagliches Zimmer dem Hund überlassen und ein anderes Zimmer suchen würde. Unreinlichkeit war aber nur *ein* Nachteil der Hunde. Hunde werden auch krank und Hundekrankheiten versteht doch eigentlich niemand. Dann hockt dieses Tier in einem Winkel oder hinkt herum, winselt, hüstelt, würgt an irgendeinem Schmerz, man umwickelt es mit einer Decke, pfeift ihm etwas vor, schiebt ihm Milch hin, kurz, pflegt es in der Hoffnung, daß es sich, wie es ja auch möglich ist, um ein vorübergehendes Leiden handelt, indessen aber kann es eine ernsthafte, widerliche und ansteckende Krankheit sein. Und selbst wenn der Hund gesund bleibt, so wird er doch später einmal alt, man hat sich nicht entschließen können, das treue Tier rechtzeitig wegzugeben, und es kommt dann die Zeit, wo einen das eigene Alter aus den tränenden Hundeaugen anschaut. Dann muß man sich aber mit dem halbblinden, lungenschwachen, vor Fett fast unbeweglichen Tier quälen und damit die Freuden, die der Hund früher gemacht hat, teuer bezahlen. So gern Blumfeld einen Hund jetzt hätte, so will er doch lieber noch dreißig Jahre allein die Treppe hinaufsteigen, statt später von einem solchen alten Hund belästigt zu werden, der, noch lauter seufzend als er selbst, sich neben ihm von Stufe zu Stufe hinaufschleppt.

So wird also Blumfeld doch allein bleiben, er hat nicht etwa die Gelüste einer alten Jungfer, die irgendein untergeordnetes lebendiges Wesen in ihrer Nähe haben will, das sie beschützen darf, mit dem sie zärtlich sein kann, welches sie immerfort bedienen will, so daß ihr also zu diesem Zweck eine Katze, ein Kanarienvogel oder selbst Goldfische genügen. Und kann es das nicht sein, so ist sie sogar mit Blumen vor dem Fenster zufrieden. Blumfeld dagegen will nur einen Begleiter haben, ein Tier, um das er sich nicht viel kümmern muß, dem ein gelegentlicher Fußtritt nicht schadet, das im Notfall auch auf der Gasse übernachten kann, das aber, wenn es Blumfeld danach verlangt, gleich mit Bellen, Springen, Händelecken zur Verfügung steht. Etwas derartiges will Blumfeld, da er es aber, wie er einsieht, ohne allzugroße Nachteile nicht haben kann, so verzichtet er darauf, kommt aber seiner gründlichen Natur entsprechend von Zeit zu Zeit, zum Beispiel an diesem Abend, wieder auf die gleichen Gedanken zurück.

Als er oben vor seiner Zimmertür den Schlüssel aus der Tasche holt, fällt ihm ein Geräusch auf, das aus seinem Zimmer kommt. Ein eigentümliches klapperndes Geräusch, sehr lebhaft aber, sehr regelmäßig. Da Blumfeld gerade an Hunde gedacht hat, erinnert es ihn an das Geräusch, das Pfoten hervorbringen, wenn sie abwechselnd auf

den Boden schlagen. Aber Pfoten klappern nicht, es sind nicht Pfoten. Er schließt eilig die Tür auf und dreht das elektrische Licht auf. Auf diesen Anblick war er nicht vorbereitet. Das ist ja Zauberei, zwei kleine, weiße blaugestreifte Zelluloidbälle springen auf dem Parkett nebeneinander auf und ab; schlägt der eine auf den Boden, ist der andere in der Höhe, und unermüdlich führen sie ihr Spiel aus. Einmal im Gymnasium hat Blumfeld bei einem bekannten elektrischen Experiment kleine Kügelchen ähnlich springen sehn, diese aber sind verhältnismäßig große Bälle, springen im freien Zimmer, und es wird kein elektrisches Experiment angestellt. Blumfeld bückt sich zu ihnen hinab, um sie genauer anzusehn. Es sind ohne Zweifel gewöhnliche Bälle, sie enthalten wahrscheinlich in ihrem Innern noch einige kleinere Bälle und diese erzeugen das klappernde Geräusch. Blumfeld greift in die Luft, um festzustellen, ob sie nicht etwa an irgendwelchen Fäden hängen, nein, sie bewegen sich ganz selbständig. Schade, daß Blumfeld nicht ein kleines Kind ist, zwei solche Bälle wären für ihn eine freudige Überraschung gewesen, während jetzt das Ganze einen mehr unangenehmen Eindruck auf ihn macht. Es ist doch nicht ganz wertlos, als ein unbeachteter Junggeselle nur im Geheimen zu leben, jetzt hat irgend jemand, gleichgültig wer, dieses Geheimnis gelüftet und ihm diese zwei komischen Bälle hereingeschickt.
Er will einen fassen, aber sie weichen vor ihm zurück und locken ihn im Zimmer hinter sich her. Es ist doch zu dumm, denkt er, so hinter den Bällen herzulaufen, bleibt stehen und sieht ihnen nach, wie sie, da die Verfolgung aufgegeben scheint, auch auf der gleichen Stelle bleiben. Ich werde sie aber doch zu fangen suchen, denkt er dann wieder und eilt zu ihnen. Sofort flüchten sie sich, aber Blumfeld drängt sie mit auseinandergestellten Beinen in eine Zimmerecke, und vor dem Koffer, der dort steht, gelingt es ihm, einen Ball zu fangen. Es ist ein kühler, kleiner Ball und dreht sich in seiner Hand, offenbar begierig zu entschlüpfen. Und auch der andere Ball, als sehe er die Not seines Kameraden, springt höher als früher, und dehnt die Sprünge, bis er Blumfelds Hand berührt. Er schlägt gegen die Hand, schlägt in immer schnelleren Sprüngen, ändert die Angriffspunkte, springt dann, da er gegen die Hand, die den Ball ganz umschließt, nichts ausrichten kann, noch höher und will wahrscheinlich Blumfelds Gesicht erreichen. Blumfeld könnte auch diesen Ball fangen und

beide irgendwo einsperren, aber es scheint ihm im Augenblick zu entwürdigend, solche Maßnahmen gegen zwei kleine Bälle zu ergreifen. Es ist doch auch ein Spaß, zwei solche Bälle zu besitzen, auch werden sie bald genug müde werden, unter einen Schrank rollen und Ruhe geben. Trotz dieser Überlegung schleudert aber Blumfeld in einer Art Zorn den Ball zu Boden, es ist ein Wunder, daß hiebei die schwache, fast durchsichtige Zelluloidhülle nicht zerbricht. Ohne Übergang nehmen die zwei Bälle ihre frühern niedrigen, gegenseitig abgestimmten Sprünge wieder auf.

Blumfeld entkleidet sich ruhig, ordnet die Kleider im Kasten, er pflegt immer genau nachzusehn, ob die Bedienerin alles in Ordnung zurückgelassen hat. Ein- oder zweimal schaut er über die Schulter weg nach den Bällen, die unverfolgt jetzt sogar ihn zu verfolgen scheinen, sie sind ihm nachgerückt und springen nun knapp hinter ihm. Blumfeld zieht den Schlafrock an und will zu der gegenüberliegenden Wand, um eine der Pfeifen zu holen, die dort in einem Gestell hängen. Unwillkürlich schlägt er, ehe er sich umdreht, mit einem Fuß nach hinten aus, die Bälle aber verstehen es auszuweichen und werden nicht getroffen. Als er nun um die Pfeife geht, schließen sich ihm die Bälle gleich an, er schlurft mit den Pantoffeln, macht unregelmäßige Schritte, aber doch folgt jedem Auftreten fast ohne Pause ein Aufschlag der Bälle, sie halten mit ihm Schritt. Blumfeld dreht sich unerwartet um, um zu sehn, wie die Bälle das zustande bringen. Aber kaum hat er sich umgedreht, beschreiben die Bälle einen Halbkreis und sind schon wieder hinter ihm und das wiederholt sich, sooft er sich umdreht. Wie untergeordnete Begleiter, suchen sie es zu vermeiden, vor Blumfeld sich aufzuhalten. Bis jetzt haben sie es scheinbar nur gewagt, um sich ihm vorzustellen, jetzt aber haben sie bereits ihren Dienst angetreten.

Bisher hat Blumfeld immer in allen Ausnahmefällen, wo seine Kraft nicht hinreiche, um die Lage zu beherrschen, das Aushilfsmittel gewählt, so zu tun, als bemerke er nichts. Es hat oft geholfen und meistens die Lage wenigstens verbessert. Er verhält sich also auch jetzt so, steht vor dem Pfeifengestell, wählt mit aufgestülpten Lippen eine Pfeife, stopft sie besonders gründlich aus dem bereitgestellten Tabaksbeutel und läßt unbekümmert hinter sich die Bälle ihre Sprünge machen. Nur zum Tisch zu gehn zögert er, den Gleichtakt der

Sprünge und seiner eigenen Schritte zu hören, schmerzt ihn fast. So steht er, stopft die Pfeife unnötig lange und prüft die Entfernung, die ihn vom Tische trennt. Endlich aber überwindet er seine Schwäche und legt die Strecke unter solchem Fußstampfen zurück, daß er die Bälle gar nicht hört. Als er sitzt, springen sie allerdings hinter seinem Sessel wieder vernehmlich wie früher.

Über dem Tisch ist in Griffnähe an der Wand ein Brett angebracht, auf dem die Flasche mit dem Kirschenschnaps von kleinen Gläschen umgeben steht. Neben ihr liegt ein Stoß von Heften der französischen Zeitschrift. (Gerade heute ist ein neues Heft gekommen und Blumfeld holt es herunter. Den Schnaps vergißt er ganz, er hat selbst das Gefühl, als ob er heute nur aus Trost an seinen gewöhnlichen Beschäftigungen sich nicht hindern ließe, auch ein wirkliches Bedürfnis zu lesen hat er nicht. Er schlägt das Heft, entgegen seiner sonstigen Gewohnheit, Blatt für Blatt sorgfältig zu wenden, an einer beliebigen Stelle auf und findet dort ein großes Bild. Er zwingt sich es genauer anzusehn. Es stellt die Begegnung zwischen dem Kaiser von Rußland und dem Präsidenten von Frankreich dar. Sie findet auf einem Schiff statt. Ringsherum bis in die Ferne sind noch viele andere Schiffe, der Rauch ihrer Schornsteine verflüchtigt sich im hellen Himmel. Beide, der Kaiser und der Präsident, sind eben in langen Schritten einander entgegengeeilt und fassen einander gerade bei der Hand. Hinter dem Kaiser wie hinter dem Präsidenten stehen je zwei Herren. Gegenüber den freudigen Gesichtern des Kaisers und des Präsidenten sind die Gesichter der Begleiter sehr ernst, die Blicke jeder Begleitgruppe vereinigen sich auf ihren Herrscher. Tiefer unten, der Vorgang spielt sich offenbar auf dem höchsten Deck des Schiffes ab, stehen vom Bildrand abgeschnitten lange Reihen salutierender Matrosen. Blumfeld betrachtet allmählich das Bild mit mehr Teilnahme, hält es dann ein wenig entfernt und sieht es so mit blinzelnden Augen an. Er hat immer viel Sinn für solche großartige Szenen gehabt. Daß die Hauptpersonen so unbefangen, herzlich und leichtsinnig einander die Hände drücken, findet er sehr wahrheitsgetreu. Und ebenso richtig ist es, daß die Begleiter – übrigens natürlich sehr hohe Herren, deren Namen unten verzeichnet sind – in ihrer Haltung den Ernst des historischen Augenblicks wahren.)

Und statt alles, was er benötigt, herunterzuholen, sitzt Blumfeld still und blickt in den noch immer nicht entzündeten Pfeifenkopf. Er ist auf der Lauer, plötzlich, ganz unerwartet weicht sein Erstarren und er dreht sich in einem Ruck mit dem Sessel um. Aber auch die Bälle sind entsprechend wachsam oder folgen gedankenlos dem sie beherrschenden Gesetz, gleichzeitig mit Blumenfelds Umdrehung verändern auch sie ihren Ort und verbergen sich hinter seinem Rücken. Nun sitzt Blumfeld mit dem Rücken zum Tisch, die kalte Pfeife in der Hand. Die Bälle springen jetzt unter dem Tisch und sind, da dort ein Teppich ist, nur wenig zu hören. Das ist ein großer Vorteil; es gibt nur ganz schwache dumpfe Geräusche, man muß sehr aufmerken, um sie mit dem Gehör noch zu erfassen. Blumfeld allerdings ist sehr aufmerksam und hört sie genau. Aber das ist nur jetzt so, in einem Weilchen wird er sie wahrscheinlich gar nicht mehr hören. Daß sie sich auf Teppichen so wenig bemerkbar machen können, scheint Blumfeld eine große Schwäche der Bälle zu sein. Man muß ihnen nur einen oder noch besser zwei Teppiche unterschieben und sie sind fast machtlos. Allerdings nur für eine bestimmte Zeit, und außerdem bedeutet schon ihr Dasein eine gewisse Macht.

Jetzt könnte Blumfeld einen Hund gut gebrauchen, so ein junges, wildes Tier würde mit den Bällen bald fertig werden; er stellt sich vor, wie dieser Hund mit den Pfoten nach ihnen hascht, wie er sie von ihrem Posten vertreibt, wie er sie kreuz und quer durchs Zimmer jagt und sie schließlich zwischen seine Zähne bekommt. Es ist leicht möglich, daß sich Blumfeld in nächster Zeit einen Hund anschafft.

Vorläufig aber müssen die Bälle nur Blumfeld fürchten und er hat jetzt keine Lust sie zu zerstören, vielleicht fehlt es ihm auch nur an Entschlußkraft dazu. Er kommt abends müde aus der Arbeit und nun, wo er Ruhe nötig hat, wird ihm diese Überraschung bereitet. Er fühlt erst jetzt, wie müde er eigentlich ist. Zerstören wird er ja die Bälle gewiß, und zwar in allernächster Zeit, aber vorläufig nicht und wahrscheinlich erst am nächsten Tag. Wenn man das Ganze unvoreingenommen ansieht, führen sich übrigens die Bälle genügend bescheiden auf. Sie könnten beispielsweise von Zeit zu Zeit vorspringen, sich zeigen und wieder an ihren Ort zurückkehren, oder sie könnten höher springen, um an die Tischplatte zu schlagen und sich für die Dämpfung durch den Teppich so entschädigen. Aber das tun sie nicht, sie wollen Blumfeld nicht unnötig reizen, sie beschränken sich offenbar nur auf das unbedingt Notwendige.

Allerdings genügt auch dieses Notwendige, um Blumfeld den Aufenthalt beim Tisch zu verleiden. Er sitzt erst ein paar Minuten dort und denkt schon daran, schlafen zu gehn. Einer der Beweggründe dafür ist auch der, daß er hier nicht rauchen kann, denn er hat die Zündhölzer auf das Nachttischchen gelegt. Er müßte also diese Zündhölzchen holen, wenn er aber einmal beim Nachttisch ist, ist es wohl besser schon dort zu bleiben und sich niederzulegen. Er hat hiebei auch noch einen Hintergedanken, er glaubt nämlich, daß die Bälle, in ihrer blinden Sucht, sich immer hinter ihm zu halten, auf das Bett springen werden und daß er sie dort, wenn er sich dann niederlegt, mit oder ohne Willen zerdrücken wird. Den Einwand, daß etwa auch noch die Reste der Bälle springen könnten, lehnt er ab. Auch das Ungewöhnliche muß Grenzen haben. Ganze Bälle springen auch sonst, wenn auch nicht ununterbrochen, Bruchstücke von Bällen dagegen springen niemals, und werden also auch hier nicht springen.

»Auf!« ruft er durch diese Überlegung fast mutwillig gemacht und stampft wieder mit den Bällen hinter sich zum Bett. Seine Hoffnung scheint sich zu bestätigen, wie er sich absichtlich ganz nahe ans Bett stellt, springt sofort ein Ball auf das Bett hinauf. Dagegen tritt das Unerwartete ein, daß der andere Ball sich unter das Bett begibt. An die Möglichkeit, daß die Bälle auch unter dem Bett springen könnten, hat Blumfeld gar nicht gedacht. Er ist über den einen Ball entrüstet, trotzdem er fühlt, wie ungerecht das ist, denn durch das Springen unter dem Bett erfüllt der Ball seine Aufgabe vielleicht noch besser als der Ball auf dem Bett. Nun kommt alles darauf an, für welchen Ort sich die Bälle entscheiden, denn, daß sie lang getrennt arbeiten könnten, glaubt Blumfeld nicht. Und tatsächlich springt im nächsten Augenblick auch der untere Ball auf das Bett hinauf. Jetzt habe ich sie, denkt Blumfeld, heiß vor Freude, und reißt den Schlafrock vom Leib, um sich ins Bett zu werfen. Aber gerade springt der gleiche Ball wieder unter das Bett. Übermäßig enttäuscht sinkt Blumfeld förmlich zusammen. Der Ball hat sich wahrscheinlich oben nur umgesehn und es hat ihm nicht gefallen. Und nun folgt ihm auch der andere und bleibt natürlich unten, denn unten ist es besser. ›Nun werde ich diese

Trommler die ganze Nacht hier haben‹, denkt Blumfeld, beißt die Lippen zusammen und nickt mit dem Kopf.

Er ist traurig, ohne eigentlich zu wissen, womit ihm die Bälle in der Nacht schaden könnten. Sein Schlaf ist ausgezeichnet, er wird das kleine Geräusch leicht überwinden. Um dessen ganz sicher zu sein, schiebt er ihnen entsprechend der gewonnenen Erfahrung zwei Teppiche unter. Es ist, als hätte er einen kleinen Hund, den er weich betten will. Und als wären auch die Bälle müde und schläfrig, sind auch ihre Sprünge niedriger und langsamer als früher. Wie Blumfeld vor dem Bett kniet und mit der Nachtlampe hinunterleuchtet, glaubt er manchmal, daß die Bälle auf den Teppichen für immer liegenbleiben werden, so schwach fallen sie, so langsam rollen sie ein Stückchen weit. Dann allerdings erheben sie sich wieder pflichtgemäß. Es ist aber leicht möglich, daß Blumfeld, wenn er früh unter das Bett schaut, dort zwei stille harmlose Kinderbälle finden wird.

Aber sie scheinen die Sprünge nicht einmal bis zum Morgen aushalten zu können, denn schon als Blumfeld im Bett liegt, hört er sie gar nicht mehr. Er strengt sich an, etwas zu hören, lauscht aus dem Bett vorgebeugt – kein Laut. So stark können die Teppiche nicht wirken, die einzige Erklärung ist, daß die Bälle nicht mehr springen, entweder können sie sich von den weichen Teppichen nicht genügend abstoßen und haben deshalb das Springen vorläufig aufgegeben, oder aber, was das Wahrscheinlichere ist, sie werden niemals mehr springen. Blumfeld könnte aufstehn und nachschauen, wie es sich eigentlich verhält, aber in seiner Zufriedenheit darüber, daß endlich Ruhe ist, bleibt er lieber liegen, er will an die ruhiggewordenen Bälle nicht einmal mit den Blicken rühren. Sogar auf das Rauchen verzichtet er gern, dreht sich zur Seite und schläft gleich ein.

Doch bleibt er nicht ungestört; wie sonst immer, ist sein Schlaf auch diesmal traumlos, aber sehr unruhig. Unzählige Male in der Nacht wird er durch die Täuschung aufgeschreckt, als ob jemand an die Tür klopfe. Er weiß auch bestimmt, daß niemand klopft; wer wollte in der Nacht klopfen und an seine, eines einsamen Junggesellen Tür. Obwohl er es aber bestimmt weiß, fährt er doch immer wieder auf und blickt einen Augenblick lang gespannt zur Türe, den Mund offen, die Augen aufgerissen und die Haarsträhnen schütteln sich auf seiner feuchten Stirn. Er macht Versuche zu zählen, wie oft er geweckt wird, aber besinnungslos von den ungeheuern Zahlen, die sich ergeben, fällt er wieder in den Schlaf zurück. Er glaubt zu wissen, woher das Klopfen stammt, es wird nicht an der Tür ausgeführt, sondern ganz anderswo, aber er kann sich in der Befangenheit des Schlafes nicht erinnern, worauf sich seine Vermutungen gründen. Er weiß nur, daß viele winzige widerliche Schläge sich sammeln, ehe sie das große starke Klopfen ergeben. Er würde alle Widerlichkeit der kleinen Schläge erdulden wollen, wenn er das Klopfen vermeiden könnte, aber es ist aus irgendeinem Grunde zu spät, er kann hier nicht eingreifen, es ist versäumt, er hat nicht einmal Worte, nur zum stummen Gähnen öffnet sich sein Mund, und wütend darüber schlägt er das Gesicht in die Kissen. So vergeht die Nacht.

Am Morgen weckt ihn das Klopfen der Bedienerin, mit einem Seufzer der Erlösung begrüßt er das sanfte Klopfen, über dessen Unhörbarkeit er sich immer beklagt hat, und will schon »herein« rufen, da hört er noch ein anderes lebhaftes, zwar schwaches, aber förmlich kriegerisches Klopfen. Es sind die Bälle unter dem Bett. Sind sie aufgewacht, haben sie im Gegensatz zu ihm über die Nacht neue Kräfte gesammelt? »Gleich«, ruft Blumfeld der Bedienerin zu, springt aus dem Bett, aber vorsichtigerweise so, daß er die Bälle im Rücken behält, wirft sich, immer den Rücken ihnen zugekehrt, auf den Boden, blickt mit verdrehtem Kopf zu den Bällen und – möchte fast fluchen. Wie Kinder, die in der Nacht die lästigen Decken von sich schieben, haben die Bälle wahrscheinlich durch kleine, während der ganzen Nacht fortgesetzte Zuckungen die Teppiche so weit unter dem Bett hervorgeschoben, daß sie selbst wieder das freie Parkett unter sich haben und Lärm machen können. »Zurück auf die Teppiche«, sagt Blumfeld mit bösem Gesicht, und erst, als die Bälle dank der Teppiche wieder still geworden sind, ruft er die Bedienerin herein. Während diese, ein fettes, stumpfsinniges, immer steif aufrecht gehendes Weib, das Frühstück auf den Tisch stellt und die paar Handreichungen macht, die nötig sind, steht Blumfeld unbeweglich im Schlafrock bei seinem Bett, um die Bälle unten festzuhalten. Er folgt der Bedienerin mit den Blicken, um festzustellen, ob sie etwas merkt. Bei ihrer Schwerhörigkeit ist das sehr unwahrscheinlich und Blumfeld schreibt es seiner durch den schlechten Schlaf erzeugten Überreiztheit zu, wenn er zu sehen glaubt, daß die Bedienerin doch hie und da stockt, sich an irgendeinem Möbel festhält und mit hochgezogenen Brauen horcht. Er wäre glücklich, wenn er die Bedienerin dazu bringen könnte, ihre Arbeit ein wenig zu beschleunigen, aber sie ist fast langsamer als sonst. Umständlich belädt sie sich mit Blumfelds Kleidern und Stiefeln und zieht damit auf den Gang, lange bleibt sie weg, eintönig und ganz vereinzelt klingen die Schläge herüber, mit denen sie draußen die Kleider bearbeitet. Und während dieser ganzen Zeit muß Blumfeld auf dem Bett ausharren; darf sich nicht rühren, wenn er nicht die Bälle hinter sich herziehn will, muß den Kaffee, den er so gern möglichst warm trinkt, auskühlen lassen und kann nichts anderes tun, als den herabgelassenen Fenstervorhang anstarren, hinter dem der Tag trübe herandämmert. Endlich ist die Bedienerin fertig, wünscht einen guten Morgen und will schon gehn. Aber ehe sie sich endgültig entfernt, bleibt sie noch bei der Tür stehn, bewegt ein wenig die Lippen und sieht Blumfeld mit langem Blicke an. Blumfeld will sie schon zur Rede stellen, da geht sie schließlich. Am liebsten möchte Blumfeld die Tür aufreißen und ihr nachschreien, was für ein dummes, altes, stumpfsinniges Weib sie ist. Als er aber darüber nachdenkt, was er gegen sie eigentlich einzuwenden hat, findet er nur den Widersinn, daß sie zweifellos nichts bemerkt hat und sich doch den Anschein geben wollte, als hätte sie etwas bemerkt. Wie verwirrt seine Gedanken sind! Und das nur von einer schlecht durchschlafenen Nacht! Für den schlechten Schlaf findet er eine kleine Erklärung darin, daß er gestern abend von seinen Gewohnheiten abgewichen ist, nicht geraucht und nicht Schnaps getrunken hat. Wenn ich einmal, und das ist das Endergebnis seines Nachdenkens, nicht rauche und nicht Schnaps trinke, schlafe ich schlecht.

Er wird von jetzt ab mehr auf sein Wohlbefinden achten, und beginnt damit, daß er aus seiner Hausapotheke, die über dem Nachttischchen hängt, Watte nimmt und zwei Wattekügelchen sich in die Ohren stopft. Dann steht er auf und macht einen Probeschritt. Die Bälle folgen zwar, aber er hört sie fast nicht, noch ein Nachschub von Watte macht sie ganz unhörbar. Blumfeld führt noch einige Schritte aus, es geht ohne besondere Unannehmlichkeit. Jeder ist für sich, Blumfeld wie die Bälle, sie sind zwar aneinander gebunden, aber sie stören einander nicht. Nur als Blumfeld sich einmal rascher umwendet und ein Ball die Gegenbewegung nicht rasch genug machen kann, stößt Blumfeld mit dem Knie an ihn. Es ist der einzige Zwischenfall, im übrigen trinkt Blumfeld ruhig den Kaffee, er hat Hunger, als hätte er in dieser Nacht nicht geschlafen, sondern einen langen Weg gemacht, wäscht sich mit kaltem, ungemein erfrischendem Wasser und kleidet sich an. Bisher hat er die Vorhänge nicht hochgezogen, sondern ist aus Vorsicht lieber im Halbdunkel geblieben, für die Bälle braucht er keine fremden Augen. Aber als er jetzt zum Weggehn bereit ist, muß er die Bälle für den Fall, daß sie es wagen sollten – er glaubt es nicht – ihm auch auf die Gasse zu folgen, irgendwie versorgen. Er hat dafür einen guten Einfall, er öffnet den großen Kleiderkasten und stellt sich mit dem Rücken gegen ihn. Als hätten die Bälle eine Ahnung dessen, was beabsichtigt wird, hüten sie sich vor dem Inneren des Kastens, jedes Plätzchen, das zwischen Blumfeld und dem Kasten bleibt, nützen sie aus, springen, wenn es nicht anders geht, für einen Augenblick in den Kasten, flüchten sich aber vor dem Dunkel gleich wieder hinaus, über die Kante weiter in den Kasten sind sie gar nicht zu bringen, lieber verletzten sie ihre Pflicht und halten sich fast zur Seite Blumfelds. Aber ihre kleinen Listen sollen ihnen nichts helfen, denn jetzt steigt Blumfeld selbst rücklings in den Kasten und nun müssen sie allerdings folgen. Damit ist aber auch über sie entschieden, denn auf dem Kastenboden liegen verschiedene kleinere Gegenstände, wie Stiefel, Schachteln, kleine Koffer, die alle zwar – jetzt bedauert es Blumfeld – wohl geordnet sind, aber doch die Bälle sehr behindern. Und als nun Blumfeld, der inzwischen die Tür des Kastens fast zugezogen hat, mit einem großen Sprung, wie er ihn schon seit Jahren nicht ausgeführt hat, den Kasten verläßt, die Tür zudrückt und den Schlüssel umdreht, sind die Bälle eingesperrt. ›Das ist also gelungen‹, denkt Blumfeld und wischt sich den Schweiß vom Gesicht. Wie die Bälle in dem Kasten lärmen! Es macht den Eindruck, als wären sie verzweifelt. Blumfeld dagegen ist sehr zufrieden. Er verläßt das Zimmer und schon der öde Korridor wirkt wohltuend auf ihn ein. Er befreit die Ohren von der Watte und die vielen Geräusche des erwachenden Hauses entzücken ihn. Menschen sieht man nur wenig, es ist noch sehr früh.

Unten im Flur vor der niedrigen Tür, durch die man in die Kellerwohnung der Bedienerin kommt, steht ihr kleiner zehnjähriger Junge. Ein Ebenbild seiner Mutter, keine Häßlichkeit der Alten ist in diesem Kindergesicht vergessen worden. Krummbeinig, die Hände in den Hosentaschen steht er dort und faucht, weil er schon jetzt einen Kropf hat und nur schwer Atem holen kann. Während aber Blumfeld sonst, wenn ihm der Junge in den Weg kommt, einen eiligeren Schritt einschlägt, um sich dieses Schauspiel möglichst zu ersparen, möchte er heute bei ihm fast stehnbleiben wollen. Wenn der Junge auch von diesem Weib in die Welt gesetzt ist und alle Zeichen seines Ursprungs trägt, so ist er vorläufig doch ein Kind, in diesem unförmigen Kopf sind doch Kindergedanken, wenn man ihn verständig ansprechen und etwas fragen wird, so wird er wahrscheinlich mit heller Stimme, unschuldig und ehrerbietig antworten, und man wird nach einiger Überwindung auch diese Wangen streicheln können. So denkt Blumfeld, geht aber doch vorüber. Auf der Gasse merkt er, daß das Wetter freundlicher ist, als er in seinem Zimmer gedacht hat. Die Morgennebel teilen sich und Stellen blauen, von kräftigem Wind gefegten Himmels erscheinen. Blumfeld verdankt es den Bällen, daß er viel früher aus seinem Zimmer herausgekommen ist als sonst, sogar die Zeitung hat er ungelesen auf dem Tisch vergessen, jedenfalls hat er dadurch viel Zeit gewonnen und kann jetzt langsam gehn. Es ist merkwürdig, wie wenig Sorge ihm die Bälle machen, seitdem er sie von sich getrennt hat. Solange sie hinter ihm her waren, konnte man sie für etwas zu ihm Gehöriges halten, für etwas, das bei Beurteilung seiner Person irgendwie mit herangezogen werden mußte, jetzt dagegen waren sie nur ein Spielzeug zu Hause im Kasten. Und es fällt hiebei Blumfeld ein, daß er die Bälle vielleicht am besten dadurch unschädlich machen könnte, daß er sie ihrer eigentlichen Bestimmung zuführt. Dort im Flur steht noch der Junge, Blumfeld wird ihm die Bälle schenken, und zwar nicht etwa borgen, sondern ausdrücklich schenken, was gewiß gleichbedeutend ist mit dem Befehl zu ihrer Vernichtung. Und selbst wenn sie heil bleiben sollten, so werden sie doch in den Händen des Jungen noch weniger bedeuten als im Kasten, das ganze Haus wird sehn, wie der Junge mit ihnen spielt, andere Kinder werden sich anschließen, die allgemeine Meinung, daß es sich hier um Spielbälle und nicht etwa um Lebensbegleiter Blumfelds handelt, wird unerschütterlich und unwiderstehlich werden. Blumfeld läuft ins Haus zurück. Gerade ist der Junge die Kellertreppe hinuntergestiegen und will unten die Tür öffnen. Blumfeld muß den Jungen also rufen und seinen Namen aussprechen, der lächerlich ist wie alles, was mit dem Jungen in Verbindung gebracht wird. »Alfred, Alfred«, ruft er. Der Junge zögert lange. »Also komm doch«, ruft Blumfeld, »ich gebe dir etwas.« Die kleinen zwei Mädchen des Hausmeisters sind aus der gegenüberliegenden Tür herausgekommen und stellen sich neugierig rechts und links von Blumfeld auf. Sie fassen viel schneller auf als der Junge und verstehen nicht, warum er nicht gleich kommt. Sie winken ihm, lassen dabei Blumfeld nicht aus den Augen, können aber nicht ergründen, was für ein Geschenk Alfred erwartet. Die Neugierde plagt sie und sie hüpfen von einem Fuß auf den andern. Blumfeld lacht sowohl über sie als über den Jungen. Dieser scheint sich endlich alles zurechtgelegt zu haben und steigt steif und schwerfällig die Treppe hinauf. Nicht einmal im Gang verleugnet er seine Mutter, die übrigens unten in der Kellertür erscheint. Blumfeld schreit überlaut, damit ihn auch die Bedienerin versteht und die Ausführung seines Auftrags, falls es nötig sein sollte, überwacht. »Ich habe oben«, sagt Blumfeld, »in meinem Zimmer zwei schöne Bälle. Willst du sie haben?« Der Junge verzieht bloß den Mund, er weiß nicht, wie er sich verhalten soll, er dreht sich um und sieht fragend zu seiner Mutter hinunter. Die Mädchen aber fangen gleich an, um Blumfeld herumzuspringen und bitten um die Bälle. »Ihr werdet auch mit ihnen spielen dürfen«, sagt Blumfeld zu ihnen, wartet aber auf die Antwort des Jungen. Er könnte die Bälle gleich den Mädchen schenken, aber sie scheinen ihm zu leichtsinnig und er hat jetzt mehr Vertrauen zu dem Jungen. Dieser hat sich inzwischen bei seiner Mutter, ohne daß Worte gewechselt worden wären, Rat geholt und nickt auf eine neuerliche Frage Blumfelds zustimmend. »Dann gib acht«, sagt Blumfeld, der gern übersieht, daß er hier für sein Geschenk keinen Dank bekommen wird, »den Schlüssel zu meinem Zimmer hat deine Mutter, den mußt du dir von ihr ausborgen, hier gebe ich dir den Schlüssel von meinem Kleiderkasten und in diesem Kleiderkasten sind die Bälle. Sperr den Kasten und das Zimmer wieder vorsichtig zu. Mit den Bällen aber kannst du machen was du willst und mußt sie nicht wieder zurückbringen. Hast du mich verstanden?« Der Junge hat aber leider nicht verstanden. Blumfeld hat diesem grenzenlos begriffstützigen Wesen alles besonders klarmachen wollen, hat aber gerade infolge dieser Absicht alles zu oft wiederholt, zu oft abwechselnd von Schlüsseln, Zimmer und Kasten gesprochen, und der Junge starrt ihn infolgedessen nicht wie seinen Wohltäter, sondern wie einen Versucher an. Die Mädchen allerdings haben gleich alles begriffen, drängen sich an Blumfeld und strecken die Hände nach dem Schlüssel aus. »Wartet doch«, sagt Blumfeld und ärgert sich schon über alle. Auch vergeht die Zeit, er kann sich nicht mehr lange aufhalten. Wenn doch die Bedienerin endlich sagen wollte, daß sie ihn verstanden hat und alles richtig für den Jungen besorgen wird. Statt dessen steht sie aber noch immer unten an der Tür, lächelt geziert wie verschämte Schwerhörige und glaubt vielleicht, daß Blumfeld oben über ihren Jungen in plötzliches Entzücken geraten sei und ihm das kleine Einmaleins abhöre. Blumfeld wieder kann aber doch nicht die Kellertreppe hinuntersteigen und der Bedienerin seine Bitte ins Ohr schreien, ihr Junge möge ihn doch um Gottes Barmherzigkeit willen von den Bällen befreien. Er hat sich schon genug bezwungen, wenn er den Schlüssel zu seinem Kleiderkasten für einen ganzen Tag dieser Familie anvertrauen will. Nicht um sich zu schonen, reicht er hier den Schlüssel dem Jungen, statt ihn selbst hinaufzuführen und ihm dort die Bälle zu übergeben. Aber er kann doch nicht oben die Bälle zuerst wegschenken und sie dann, wie es voraussichtlich geschehen müßte, dem Jungen gleich wieder nehmen, indem er sie als Gefolge hinter sich herzieht. »Du verstehst mich also noch immer nicht?« fragt Blumfeld fast wehmütig, nachdem er zu einer neuen Erklärung angesetzt, sie aber unter dem leeren Blick des Jungen gleich wieder abgebrochen hat. Ein solcher leerer Blick macht einen wehrlos. Er könnte einen dazu verführen, mehr zu sagen als man will, nur damit man diese Leere mit Verstand erfülle. »Wir werden ihm die Bälle holen«, rufen da die Mädchen. Sie sind schlau, sie haben erkannt, daß sie die Bälle nur durch irgendeine Vermittlung des Jungen erhalten können, daß sie aber auch noch diese Vermittlung selbst bewerkstelligen müssen. Aus dem Zimmer des Hausmeisters schlägt eine Uhr und mahnt Blumfeld zur Eile. »Dann nehmt also den Schlüssel«, sagt Blumfeld, und der Schlüssel wird ihm mehr aus der Hand gezogen, als daß er ihn hergibt. Die Sicherheit, mit der er den Schlüssel dem Jungen gegeben hätte, wäre unvergleichlich größer gewesen. »Den Schlüssel zum Zimmer holt unten von der

Frau«, sagt Blumfeld noch, »und wenn ihr mit den Bällen zurückkommt, müßt ihr beide Schlüssel der Frau geben.« »Ja, ja«, rufen die
Mädchen und laufen die Treppe hinunter. Sie wissen alles, durchaus
alles, und als sei Blumfeld von der Begriffsstützigkeit des Jungen
angesteckt, versteht er jetzt selbst nicht, wie sie seinen Erklärungen
alles so schnell hatten entnehmen können.

Nun zerren sie schon unten am Rock der Bedienerin, aber Blumfeld
kann, so verlockend es wäre, nicht länger zusehn, wie sie ihre
Aufgabe ausführen werden, und zwar nicht nur weil es schon spät ist,
sondern auch deshalb, weil er nicht zugegen sein will, wenn die Bälle
ins Freie kommen. Er will sogar schon einige Gassen weit entfernt
sein, wenn die Mädchen oben erst die Türe seines Zimmers öffnen. Er
weiß ja gar nicht, wessen er sich von den Bällen noch versehen kann.
Und so tritt er zum zweitenmal an diesem Morgen ins Freie. Er hat
noch gesehn, wie die Bedienerin sich gegen die Mädchen förmlich
wehrt und der Junge die krummen Beine rührt, um der Mutter zu
Hilfe zu kommen. Blumfeld begreift es nicht, warum solche Menschen wie die Bedienerin auf der Welt gedeihen und sich fortpflanzen.

Während des Weges in die Wäschefabrik, in der Blumfeld angestellt
ist, bekommen die Gedanken an die Arbeit allmählich über alles
andere die Oberhand. Es beschleunigt seine Schritte und trotz der
Verzögerung, die der Junge verschuldet hat, ist er der erste in seinem
Bureau. Dieses Bureau ist ein mit Glas verschalter Raum, es enthält
einen Schreibtisch für Blumfeld und zwei Stehpulte für die Blumfeld
untergeordneten Praktikanten. Obwohl diese Stehpulte so klein und
schmal sind, als seien sie für Schulkinder bestimmt, ist es doch in
diesem Bureau sehr eng und die Praktikanten dürfen sich nicht
setzen, weil dann für Blumfelds Sessel kein Platz mehr wäre. So
stehen sie den ganzen Tag an ihre Pulte gedrückt. Das ist für sie gewiß
sehr unbequem, es wird aber dadurch auch Blumfeld erschwert, sie
zu beobachten. Oft drängen sie sich eifrig an das Pult, aber nicht etwa
um zu arbeiten, sondern um miteinander zu flüstern oder sogar
einzunicken. Blumfeld hat viel Ärger mit ihnen, sie unterstützen ihn
bei weitem nicht genügend in der riesenhaften Arbeit, die ihm
auferlegt ist. Diese Arbeit besteht darin, daß er den gesamten Waren-
und Geldverkehr mit den Heimarbeiterinnen besorgt, welche von der

Fabrik für die Herstellung gewisser feinerer Waren beschäftigt werden. Um die Größe dieser Arbeit beurteilen zu können, muß man einen näheren Einblick in die ganzen Verhältnisse haben. Diesen Einblick aber hat, seitdem der unmittelbare Vorgesetzte Blumfelds vor einigen Jahren gestorben ist, niemand mehr, deshalb kann auch Blumfeld niemandem die Berechtigung zu einem Urteil über seine Arbeit zugestehn. Der Fabrikant, Herr Ottomar zum Beispiel, unterschätzt Blumfelds Arbeit offensichtlich, er erkennt natürlich die Verdienste an, die sich Blumfeld in der Fabrik im Laufe der zwanzig Jahre erworben hat, und er erkennt sie an, nicht nur weil er muß, sondern auch, weil er Blumfeld als treuen, vertrauenswürdigen Menschen achtet, – aber seine Arbeit unterschätzt er doch, er glaubt nämlich, sie könne einfacher und deshalb in jeder Hinsicht vorteilhafter eingerichtet werden, als sie Blumfeld betreibt. Man sagt, und es ist wohl nicht unglaubwürdig, daß Ottomar nur deshalb sich so selten in der Abteilung Blumfelds zeige, um sich den Ärger zu ersparen, den ihm der Anblick der Arbeitsmethoden Blumfelds verursacht. So verkannt zu werden, ist für Blumfeld gewiß traurig, aber es gibt keine Abhilfe, denn er kann doch Ottomar nicht zwingen, etwa einen Monat ununterbrochen in Blumfelds Abteilung zu bleiben, die vielfachen Arten der hier zu bewältigenden Arbeiten zu studieren, seine eigenen angeblich besseren Methoden anzuwenden und sich durch den Zusammenbruch der Abteilung, den das notwendig zur Folge hätte, von Blumfelds Recht überzeugen zu lassen. Deshalb also versieht Blumfeld seine Arbeit unbeirrt wie vorher, erschrickt ein wenig, wenn nach langer Zeit einmal Ottomar erscheint, macht dann im Pflichtgefühl des Untergeordneten doch einen schwachen Versuch, Ottomar diese oder jene Einrichtung zu erklären, worauf dieser stumm nickend mit gesenkten Augen weitergeht, und leidet im übrigen weniger unter dieser Verkennung als unter dem Gedanken daran, daß, wenn er einmal von seinem Posten wird abtreten müssen, die sofortige Folge dessen ein großes, von niemandem aufzulösendes Durcheinander sein wird, denn er kennt niemanden in der Fabrik, der ihn ersetzen und seinen Posten in der Weise übernehmen könnte, daß für den Betrieb durch Monate hindurch auch nur die schwersten Stockungen vermieden würden. Wenn der Chef jemanden unterschätzt, so suchen ihn darin natürlich die Angestellten womöglich noch zu übertreffen. Es unterschätzt daher jeder Blumfelds Arbeit, niemand hält es für notwendig, zu seiner Ausbildung eine Zeitlang in Blumfelds Abteilung zu arbeiten, und wenn neue Angestellte aufgenommen werden, wird niemand aus eigenem Antrieb Blumfeld zugeteilt. Infolgedessen fehlt es für die Abteilung Blumfelds an Nachwuchs. Es waren Wochen des härtesten Kampfes, als Blumfeld, der bis dahin in der Abteilung ganz allein, nur von einem Diener unterstützt, alles besorgt hatte, die Beistellung eines Praktikanten forderte. Fast jeden Tag erschien Blumfeld im Bureau Ottomars und erklärte ihm in ruhiger und ausführlicher Weise, warum ein Praktikant in dieser Abteilung notwendig sei. Er sei nicht etwa deshalb notwendig, weil Blumfeld sich schonen wolle, Blumfeld wolle sich nicht schonen, er arbeite seinen überreichlichen Teil und gedenke damit nicht aufzuhören, aber Herr Ottomar möge nur überlegen, wie sich das Geschäft im Laufe der Zeit entwickelt habe, alle Abteilungen seien entsprechend vergrößert worden, nur Blumfelds Abteilung werde immer vergessen. Und wie sei gerade dort die Arbeit angewachsen! Als Blumfeld eintrat, an diese Zeit könne sich Herr Ottomar gewiß nicht mehr erinnern, hatte man dort mit etwa zehn Näherinnen zu tun, heute schwankt ihre Zahl zwischen fünfzig und sechzig. Eine solche Arbeit verlangt Kräfte, Blumfeld könne dafür bürgen, daß er sich vollständig für die Arbeit verbrauche, dafür aber, daß er sie vollständig bewältigen werde, könne er von jetzt ab nicht mehr bürgen. Nun lehnte ja Herr Ottomar niemals Blumfelds Ansuchen geradezu ab, das konnte er einem alten Beamten gegenüber nicht tun, aber die Art, wie er kaum zuhörte, über den bittenden Blumfeld hinweg mit andern Leuten sprach, halbe Zusagen machte, in einigen Tagen alles wieder vergessen hatte, – diese Art war recht beleidigend. Nicht eigentlich für Blumfeld, Blumfeld ist kein Phantast, so schön Ehre und Anerkennung ist, Blumfeld kann sie entbehren, er wird trotz allem auf seiner Stelle ausharren, so lange es irgendwie geht, jedenfalls ist er im Recht, und Recht muß sich schließlich, wenn es auch manchmal lange dauert, Anerkennung verschaffen. So hat ja auch tatsächlich Blumfeld sogar zwei Praktikanten schließlich bekommen, was für Praktikanten allerdings. Man hätte glauben können, Ottomar habe eingesehn, er könne seine Mißachtung der Abteilung noch deutlicher als durch Verweigerung von Praktikanten durch Gewährung dieser Praktikanten zeigen. Es war sogar möglich, daß Ottomar nur deshalb Blumfeld so lange vertröstet hatte, weil er zwei solche Praktikanten gesucht und sie, was begreiflich war, so lange nicht hatte finden können. Und beklagen konnte sich jetzt Blumfeld nicht, die Antwort war ja vorauszusehn, er hatte doch zwei Praktikanten bekommen, während er nur einen verlangt hatte; so geschickt war alles von Ottomar eingeleitet. Natürlich beklagte sich Blumfeld doch, aber nur weil ihn förmlich seine Notlage dazu drängte, nicht weil er jetzt noch Abhilfe erhoffte. Er beklagte sich auch nicht nachdrücklich, sondern nur nebenbei, wenn sich eine passende Gelegenheit ergab. Trotzdem verbreitete sich bald unter den übelwollenden Kollegen das Gerücht, jemand habe Ottomar gefragt, ob es denn möglich sei, daß sich Blumfeld, der doch jetzt eine so außerordentliche Beihilfe bekommen habe, noch immer beklage. Darauf habe Ottomar geantwortet, es sei richtig, Blumfeld beklage sich noch immer, aber mit Recht. Er, Ottomar, habe es endlich eingesehn und er beabsichtige Blumfeld nach und nach für jede Näherin einen Praktikanten, also im Ganzen etwa sechzig zuzuteilen. Sollten aber diese noch nicht genügen, werde er noch mehr hinschicken und er werde damit nicht früher aufhören, bis das Tollhaus vollkommen sei, welches in der Abteilung Blumfelds schon seit Jahren sich entwickle. Nun war allerdings in dieser Bemerkung die Redeweise Ottomars gut nachgeahmt, er selbst aber, daran zweifelte Blumfeld nicht, war weit davon entfernt, sich jemals auch nur in ähnlicher Weise über Blumfeld zu äußern. Das Ganze war eine Erfindung der Faulenzer aus den Bureaus im ersten Stock, Blumfeld ging darüber hinweg, – hätte er nur auch über das Vorhandensein der Praktikanten so ruhig hinweggehn können. Die standen aber da und waren nicht mehr wegzubringen. Blasse, schwache Kinder. Nach ihren Dokumenten sollten sie das schulfreie Alter schon erreicht haben, in Wirklichkeit konnte man es aber nicht glauben. Ja, man hätte sie noch nicht einmal einem Lehrer anvertrauen wollen, so deutlich gehörten sie noch an die Hand der Mutter. Sie konnten sich noch nicht vernünftig bewegen, langes Stehn ermüdete sie besonders in der ersten Zeit ungemein. Ließ man sie unbeobachtet, so knickten sie in ihrer Schwäche gleich ein, standen schief und gebückt in einem Winkel. Blumfeld suchte ihnen begreiflich zu machen, daß sie sich für das ganze Leben zu Krüppeln machen würden, wenn sie immer der Bequemlichkeit so nachgäben. Den Praktikanten eine kleine Bewegung aufzutragen, war gewagt, einmal hatte einer etwas nur ein paar Schritte weit bringen sollen, war übereifrig hingelaufen und hatte sich am Pult das Knie wundgeschlagen. Das Zimmer war voll Näherinnen gewesen, die Pulte voll Ware, aber Blumfeld hatte alles vernachlässigen, den weinenden Praktikanten ins Bureau führen und ihm dort einen kleinen Verband machen müssen. Aber auch dieser Eifer der Praktikanten war nur äußerlich, wie richtige Kinder wollten sie sich manchmal auszeichnen, aber noch viel öfters oder vielmehr fast immer wollten sie die Aufmerksamkeit des Vorgesetzten nur täuschen und ihn betrügen. Zur Zeit der größten Arbeit war Blumfeld einmal schweißtriefend an ihnen vorübergejagt und hatte bemerkt, wie sie zwischen Warenballen versteckt Marken tauschten. Er hätte mit den Fäusten auf ihre Köpfe niederfahren wollen, für ein solches Verhalten wäre es die einzig mögliche Strafe gewesen, aber es waren Kinder, Blumfeld konnte doch nicht Kinder totschlagen. Und so quälte er sich mit ihnen weiter. Ursprünglich hatte er sich vorgestellt, daß die Praktikanten ihn in den unmittelbaren Handreichungen unterstützen würden, welche zur Zeit der Warenverteilung so viel Anstrengung und Wachsamkeit erforderten. Er hatte gedacht, er würde etwa in der Mitte hinter dem Pult stehn, immer die Übersicht über alles behalten und die Eintragungen besorgen, während die Praktikanten nach seinem Befehl hin- und herlaufen und alles verteilen würden. Er hatte sich vorgestellt, daß seine Beaufsichtigung, die, so scharf sie war, für ein solches Gedränge nicht genügen konnte, durch die Aufmerksamkeit der Praktikanten ergänzt werden würde und daß diese Praktikanten allmählich Erfahrungen sammeln, nicht in jeder Einzelheit auf seine Befehle angewiesen bleiben und endlich selbst lernen würden, die Näherinnen, was Warenbedarf und Vertrauenswürdigkeit anlangt, voneinander zu unterscheiden. An diesen Praktikanten gemessen, waren es ganz leere Hoffnungen gewesen, Blumfeld sah bald ein, daß er sie überhaupt mit den Näherinnen nicht reden lassen durfte. Zu manchen Näherinnen waren sie nämlich von allem Anfang gar nicht gegangen, weil sie Abneigung oder Angst vor ihnen gehabt hatten, andern dagegen, für welche sie Vorliebe hatten, waren sie oft bis zur Tür entgegengelaufen. Diesen brachten sie, was sie nur wünschten, drückten es ihnen, auch wenn die Näherinnen zur Empfangnahme berechtigt waren, mit einer Art Heimlichkeit in die Hände, sammelten in einem leeren Regal für diese Bevorzugten verschiedene Abschnitzel, wertlose Reste, aber doch auch noch brauchbare Kleinigkeiten, winkten ihnen damit hinter dem Rücken Blumfelds glückselig schon von weitem zu und bekamen dafür Bonbons in den Mund gesteckt. Blumfeld machte diesem Unwesen allerdings bald ein Ende und trieb sie, wenn die Näherinnen kamen, in den Verschlag. Aber noch lange hielten sie das für eine große Ungerechtigkeit, trotzten, zerbrachen mutwillig die Federn und klopften manchmal, ohne daß sie allerdings den Kopf zu heben wagten, laut an die Glasscheiben, um die Näherinnen auf die schlechte Behandlung aufmerksam zu machen, die sie ihrer Meinung nach von Blumfeld zu erleiden hatten.

Das Unrecht, das sie selbst begehn, das können sie nicht begreifen. So kommen sie zum Beispiel fast immer zu spät ins Bureau. Blumfeld, ihr Vorgesetzter, der es von frühester Jugend an für selbstverständlich gehalten hat, daß man wenigstens eine halbe Stunde vor Bureaubeginn erscheint – nicht Streberei, nicht übertriebenes Pflichtbewußtsein, nur ein gewisses Gefühl für Anstand veranlaßt ihn dazu –, Blumfeld muß auf seine Praktikanten meist länger als eine Stunde warten. Die Frühstücksemmel kauend steht er gewöhnlich hinter dem Pult im Saal und führt die Rechnungsabschlüsse in den kleinen Büchern der Näherinnen durch. Bald vertieft er sich in die Arbeit und denkt an nichts anderes. Da wird er plötzlich so erschreckt, daß ihm noch ein Weilchen danach die Feder in den Händen zittert. Der eine Praktikant ist hereingestürmt, es ist, als wolle er umfallen, mit einer Hand hält er sich irgendwo fest, mit der anderen drückt er die schwer atmende Brust – aber das Ganze bedeutet nichts weiter, als daß er wegen seines Zuspätkommens eine Entschuldigung vorbringt, die so lächerlich ist, daß sie Blumfeld absichtlich überhört, denn täte er es nicht, müßte er den Jungen verdienterweise prügeln. So aber sieht er ihn nur ein Weilchen an, zeigt dann mit ausgestreckter Hand auf den Verschlag und wendet sich wieder seiner Arbeit zu. Nun dürfte man doch erwarten, daß der Praktikant die Güte des Vorgesetzten einsieht und zu seinem Standort eilt. Nein, er eilt nicht, er tänzelt, er geht auf den Fußspitzen, jetzt Fuß vor Fuß. Will er seinen Vorgesetzten verlachen? Auch das nicht. Es ist nur wieder diese Mischung von Furcht und Selbstzufriedenheit, gegen die man wehrlos ist. Wie wäre es denn sonst zu erklären, daß Blumfeld heute, wo er doch selbst ungewöhnlich spät ins Bureau gekommen ist, jetzt nach langem Warten – zum Nachprüfen der Büchlein hat er keine Lust – durch die Staubwolken, die der unvernünftige Diener vor ihm mit dem Besen in die Höhe treibt, auf der Gasse die beiden Praktikanten erblickt, wie sie friedlich daherkommen. Sie halten sich fest umschlungen und scheinen einander wichtige Dinge zu erzählen, die aber gewiß mit dem Geschäft höchstens in einem unerlaubten Zusammenhange stehn. Je näher sie der Glastür kommen, desto mehr verlangsamen sie ihre Schritte. Endlich erfaßt der eine schon die Klinke, drückt sie aber nicht nieder, noch immer erzählen sie einander, hören zu und lachen. »Öffne doch unseren Herren«, schreit Blumfeld mit erhobenen Händen den Diener an. Aber als die Praktikanten eintreten, will Blumfeld nicht mehr zanken, antwortet auf ihren Gruß nicht und geht zu seinem Schreibtisch. Er beginnt zu rechnen, blickt aber manchmal auf, um zu sehn, was die Praktikanten machen. Der eine scheint sehr müde zu sein und reibt die Augen; als er seinen Überrock an den Nagel gehängt hat, benützt er die Gelegenheit und bleibt noch ein wenig an der Wand lehnen, auf der Gasse war er frisch, aber die Nähe der Arbeit macht ihn müde. Der andere Praktikant dagegen hat Lust zur Arbeit, aber nur zu mancher. So ist es seit jeher sein Wunsch, auskehren zu dürfen. Nun ist das aber eine Arbeit, die ihm nicht gebührt, das Auskehren steht nur dem Diener zu; an und für sich hätte ja Blumfeld nichts dagegen, daß der Praktikant auskehrt, mag der Praktikant auskehren, schlechter als der Diener kann man es nicht machen, wenn aber der Praktikant auskehren will, dann soll er eben früher kommen, ehe der Diener zu kehren beginnt, und soll nicht die Zeit dazu verwenden, während er ausschließlich zu Bureauarbeiten verpflichtet ist. Wenn nun aber schon der kleine Junge jeder vernünftigen Überlegung unzugänglich ist, so könnte doch wenigstens der Diener, dieser halbblinde Greis, den der Chef gewiß in keiner andern Abteilung als in der Blumfelds dulden würde und der nur noch von Gottes und des Chefs Gnaden lebt, so könnte doch wenigstens dieser Diener nachgiebig sein und für einen Augenblick den Besen dem Jungen überlassen, der doch ungeschickt ist, gleich die Lust am

Kehren verlieren und dem Diener mit dem Besen nachlaufen wird, um ihn wieder zum Kehren zu bewegen. Nun scheint aber der Diener gerade für das Kehren sich besonders verantwortlich zu fühlen, man sieht, wie er, kaum daß sich ihm der Junge nähert, den Besen mit den zitternden Händen besser zu fassen sucht, lieber steht er still und läßt das Kehren, um nur alle Aufmerksamkeit auf den Besitz des Besens richten zu können. Der Praktikant bittet nun nicht durch Worte, denn er fürchtet doch Blumfeld, welcher scheinbar rechnet, auch wären gewöhnliche Worte nutzlos, denn der Diener ist nur durch stärkstes Schreien zu erreichen. Der Praktikant zupft also zunächst den Diener am Ärmel. Der Diener weiß natürlich, um was es sich handelt, finster sieht er den Praktikanten an, schüttelt den Kopf und zieht den Besen näher, bis an die Brust. Nun faltet der Praktikant die Hände und bittet. Er hat allerdings keine Hoffnung, durch Bitten etwas zu erreichen, das Bitten belustigt ihn nur und deshalb bittet er. Der andere Praktikant begleitet den Vorgang mit leisem Lachen und glaubt offenbar, wenn auch unbegreiflicherweise, daß Blumfeld ihn nicht hört. Auf den Diener macht das Bitten nicht den geringsten Eindruck, er dreht sich um und glaubt jetzt den Besen in Sicherheit wieder gebrauchen zu können. Aber der Praktikant ist ihm auf den Fußspitzen hüpfend und die beiden Hände flehentlich aneinanderreibend gefolgt und bittet nun von dieser Seite. Diese Wendungen des Dieners und das Nachhüpfen des Praktikanten wiederholen sich mehrmals. Schließlich fühlt sich der Diener von allen Seiten abgesperrt und merkt, was er bei einer nur ein wenig geringeren Einfalt gleich am Anfang hätte merken können, daß er früher ermüden wird als der Praktikant. Infolgedessen sucht er fremde Hilfe, droht dem Praktikanten mit dem Finger und zeigt auf Blumfeld, bei dem er, wenn der Praktikant nicht abläßt, Klage führen wird. Der Praktikant erkennt, daß er sich jetzt, wenn er überhaupt den Besen bekommen will, sehr beeilen muß, also greift er frech nach dem Besen. Ein unwillkürlicher Aufschrei des andern Praktikanten deutet die kommende Entscheidung an. Zwar rettet noch der Diener diesmal den Besen, indem er einen Schritt zurück macht und ihn nachzieht. Aber nun gibt der Praktikant nicht mehr nach, mit offenem Mund und blitzenden Augen springt er vor, der Diener will flüchten, aber seine alten Beine schlottern statt zu laufen, der Praktikant reißt an dem

Besen, und wenn er ihn auch nicht erfaßt, so erreicht er doch, daß der Besen fällt und damit ist er für den Diener verloren. Scheinbar allerdings auch für den Praktikanten, denn beim Fallen des Besens erstarren zunächst alle drei, die Praktikanten und der Diener, denn jetzt muß Blumfeld alles offenbar werden. Tatsächlich blickt Blumfeld an seinem Guckfenster auf, als sei er erst jetzt aufmerksam geworden, strenge und prüfend faßt er jeden ins Auge, auch der Besen auf dem Boden entgeht ihm nicht. Sei es, daß das Schweigen zu lange andauert, sei es, daß der schuldige Praktikant die Begierde zu kehren nicht unterdrücken kann, jedenfalls bückt er sich, allerdings sehr vorsichtig, als greife er nach einem Tier und nicht nach dem Besen, nimmt den Besen, streicht mit ihm über den Boden, wirft ihn aber sofort erschrocken weg, als Blumfeld aufspringt und aus dem Verschlage tritt. »Beide an die Arbeit und nicht mehr gemuckst«, schreit Blumfeld und zeigt mit ausgestreckter Hand den beiden Praktikanten den Weg zu ihren Pulten. Sie folgen gleich, aber nicht etwa beschämt mit gesenkten Köpfen, vielmehr drehn sie sich steif an Blumfeld vorüber und sehn ihm starr in die Augen, als wollten sie ihn dadurch abhalten, sie zu schlagen. Und doch könnten sie durch die Erfahrung genügend darüber belehrt sein, daß Blumfeld grundsätzlich niemals schlägt. Aber sie sind überängstlich und suchen immer und ohne jedes Zartgefühl ihre wirklichen oder scheinbaren Rechte zu wahren.

Entlarvung eines Bauernfängers

Endlich gegen 10 Uhr abends kam ich mit einem mir von früher her nur flüchtig bekannten Mann, der sich mir diesmal unversehens wieder angeschlossen und mich zwei Stunden lang in den Gassen herumgezogen hatte, vor dem herrschaftlichen Hause an, in das ich zu einer Gesellschaft geladen war.
»So!« sagte ich und klatschte in die Hände zum Zeichen der unbedingten Notwendigkeit des Abschieds. Weniger bestimmte Versuche hatte ich schon einige gemacht. Ich war schon ganz müde.

»Gehn Sie gleich hinauf?« fragte er. In seinem Munde hörte ich ein Geräusch wie vom Aneinanderschlagen der Zähne.

»Ja.«

Ich war doch eingeladen, ich hatte es ihm gleich gesagt. Aber ich war eingeladen, hinaufzukommen, wo ich schon so gerne gewesen wäre, und nicht hier unten vor dem Tor zu stehn und an den Ohren meines Gegenübers vorüberzuschauen. Und jetzt noch mit ihm stumm zu werden, als seien wir zu einem langen Aufenthalt auf diesem Fleck entschlossen. Dabei nahmen an diesem Schweigen gleich die Häuser rings herum ihren Anteil, und das Dunkel über ihnen bis zu den Sternen. Und die Schritte unsichtbarer Spaziergänger, deren Wege zu erraten man nicht Lust hatte, der Wind, der immer wieder an die gegenüberliegende Straßenseite sich drückte, ein Grammophon, das gegen die geschlossenen Fenster irgendeines Zimmers sang, – sie ließen aus diesem Schweigen sich hören, als sei es ihr Eigentum seit jeher und für immer.

Und mein Begleiter fügte sich in seinem und – nach einem Lächeln – auch in meinem Namen, streckte die Mauer entlang den rechten Arm aufwärts und lehnte sein Gesicht, die Augen schließend, an ihn. Doch dieses Lächeln sah ich nicht mehr ganz zu Ende, denn Scham drehte mich plötzlich herum. Erst an diesem Lächeln also hatte ich erkannt, daß das ein Bauernfänger war, nichts weiter. Und ich war doch schon Monate lang in dieser Stadt, hatte geglaubt, diese Bauernfänger durch und durch zu kennen, wie sie bei Nacht aus Seitenstraßen, die Hände vorgestreckt, wie Gastwirte uns entgegentreten, wie sie sich um die Anschlagsäule, bei der wir stehen, herumdrücken, wie zum Versteckenspielen und hinter der Säulenrundung hervor zumindest mit einem Auge spionieren, wie sie in Straßenkreuzungen, wenn wir ängstlich werden, auf einmal vor uns schweben auf der Kante unseres Trottoirs! Ich verstand sie doch so gut, sie waren ja meine ersten städtischen Bekannten in den kleinen Wirtshäusern gewesen, und ich verdankte ihnen den ersten Anblick einer Unnachgiebigkeit, die ich mir jetzt so wenig von der Erde wegdenken konnte, daß ich sie schon in mir zu fühlen begann. Wie standen sie einem noch gegenüber, selbst wenn man ihnen schon längst entlaufen war, wenn es also längst nichts mehr zu fangen gab! Wie setzten sie sich nicht, wie fielen sie nicht hin, sondern sahen einen mit Blicken an, die noch immer, wenn auch nur aus der Ferne, überzeugten! Und ihre Mittel waren stets die gleichen: Sie stellten sich vor uns hin, so breit sie konnten; suchten uns abzuhalten von dort, wohin wir strebten; bereiteten uns zum Ersatz eine Wohnung in ihrer eigenen Brust, und bäumte sich endlich das gesammelte Gefühl in uns auf, nahmen sie es als Umarmung, in die sie sich warfen, das Gesicht voran.

Und diese alten Späße hatte ich diesmal erst nach so langem Beisammensein erkannt. Ich zerrieb mir die Fingerspitzen aneinander, um die Schande ungeschehen zu machen.

Mein Mann aber lehnte hier noch wie früher, hielt sich noch immer für einen Bauernfänger, und die Zufriedenheit mit seinem Schicksal rötete ihm die freie Wange.

»Erkannt!« sagte ich und klopfte ihm noch leicht auf die Schulter. Dann eilte ich die Treppe hinauf, und die so grundlos treuen Gesichter der Dienerschaft oben im Vorzimmer freuten mich wie eine schöne Überraschung. Ich sah sie alle der Reihe nach an, während man mir den Mantel abnahm und die Stiefel abstaubte. Aufatmend und langgestreckt betrat ich dann den Saal.

Ein Bericht für eine Akademie

Hohe Herren von der Akademie!

Sie erwiesen mir die Ehre, mich aufzufordern, der Akademie einen Bericht über mein äffisches Vorleben einzureichen.

In diesem Sinne kann ich leider der Aufforderung nicht nachkommen. Nahezu fünf Jahre trennen mich vom Affentum, eine Zeit, kurz vielleicht am Kalender gemessen, unendlich lang aber durchzugaloppieren, so wie ich es getan habe, streckenweise begleitet von vortrefflichen Menschen, Ratschlägen, Beifall und Orchestralmusik, aber im Grunde allein, denn alle Begleitung hielt sich, um im Bilde zu bleiben, weit vor der Barriere. Diese Leistung wäre unmöglich gewesen, wenn ich eigensinnig hätte an meinem Ursprung, an den Erinnerungen der Jugend festhalten wollen. Gerade Verzicht auf jeden

Eigensinn war das oberste Gebot, das ich mir auferlegt hatte; ich, freier Affe, fügte mich diesem Joch. Dadurch verschlossen sich mir aber ihrerseits die Erinnerungen immer mehr. War mir zuerst die Rückkehr, wenn die Menschen gewollt hätten, freigestellt durch das ganze Tor, das der Himmel über der Erde bildet, wurde es gleichzeitig mit meiner vorwärts gepeitschten Entwicklung immer niedriger und enger; wohler und eingeschlossener fühlte ich mich in der Menschenwelt; der Sturm, der mir aus meiner Vergangenheit nachblies, sänftigte sich; heute ist es nur ein Luftzug, der mir die Fersen kühlt; und das Loch in der Ferne, durch das er kommt und durch das ich einstmals kam, ist so klein geworden, daß ich, wenn überhaupt die Kräfte und der Wille hinreichen würden, um bis dorthin zurückzulaufen, das Fell vom Leib mir schinden müßte, um durchzukommen. Offen gesprochen, so gerne ich auch Bilder wähle für diese Dinge, offen gesprochen: Ihr Affentum, meine Herren, soferne Sie etwas Derartiges hinter sich haben, kann Ihnen nicht ferner sein als mir das meine. An der Ferse aber kitzelt es jeden, der hier auf Erden geht: den kleinen Schimpansen wie den großen Achilles. In eingeschränktestem Sinn aber kann ich doch vielleicht Ihre Anfrage beantworten und ich tue es sogar mit großer Freude. Das erste, was ich lernte, war: den Handschlag geben; Handschlag bezeugt Offenheit; mag nun heute, wo ich auf dem Höhepunkte meiner Laufbahn stehe, zu jenem ersten Handschlag auch das offene Wort hinzukommen. Es wird für die Akademie nichts wesentlich Neues beibringen und weit hinter dem zurückbleiben, was man von mir verlangt hat und was ich beim besten Willen nicht sagen kann – immerhin, es soll die Richtlinie zeigen, auf welcher ein gewesener Affe in die Menschenwelt eingedrungen ist und sich dort festgesetzt hat. Doch dürfte ich selbst das Geringfügige, was folgt, gewiß nicht sagen, wenn ich meiner nicht völlig sicher wäre und meine Stellung auf allen großen Varietébühnen der zivilisierten Welt sich nicht bis zur Unerschütterlichkeit gefestigt hätte:

Ich stamme von der Goldküste. Darüber, wie ich eingefangen wurde, bin ich auf fremde Berichte angewiesen. Eine Jagdexpedition der Firma Hagenbeck – mit dem Führer habe ich übrigens seither schon manche gute Flasche Rotwein geleert – lag im Ufergebüsch auf dem Anstand, als ich am Abend inmitten eines Rudels zur Tränke lief.

Man schoß; ich war der einzige, der getroffen wurde; ich bekam zwei Schüsse.

Einen in die Wange; der war leicht; hinterließ aber eine große ausrasierte rote Narbe, die mir den widerlichen, ganz und gar unzutreffenden, förmlich von einem Affen erfundenen Namen Rotpeter eingetragen hat, so als unterschiede ich mich von dem unlängst krepierten, hie und da bekannten, dressierten Affentier Peter nur durch den roten Fleck auf der Wange. Dies nebenbei.

Der zweite Schuß traf mich unterhalb der Hüfte. Er war schwer, er hat es verschuldet, daß ich noch heute ein wenig hinke. Letzthin las ich in einem Aufsatz irgendeines der zehntausend Windhunde, die sich in den Zeitungen über mich auslassen: meine Affennatur sei noch nicht ganz unterdrückt; Beweis dessen sei, daß ich, wenn Besucher kommen, mit Vorliebe die Hosen ausziehe, um die Einlaufstelle jenes Schusses zu zeigen. Dem Kerl sollte jedes Fingerchen seiner schreibenden Hand einzeln weggeknallt werden. Ich, ich darf meine Hosen ausziehen, vor wem es mir beliebt; man wird dort nichts finden als einen wohlgepflegten Pelz und die Narbe nach einem – wählen wir hier zu einem bestimmten Zwecke ein bestimmtes Wort, das aber nicht mißverstanden werden wolle –, die Narbe nach einem frevelhaften Schuß. Alles liegt offen zutage; nichts ist zu verbergen; kommt es auf Wahrheit an, wirft jeder Großgesinnte die allerfeinsten Manieren ab. Würde dagegen jener Schreiber die Hosen ausziehen, wenn Besuch kommt, so hätte dies allerdings ein anderes Ansehen, und ich will es als Zeichen der Vernunft gelten lassen, daß er es nicht tut. Aber dann mag er mir auch mit seinem Zartsinn vom Halse bleiben!

Nach jenen Schüssen erwachte ich – und hier beginnt allmählich meine eigene Erinnerung – in einem Käfig im Zwischendeck des Hagenbeckschen Dampfers. Es war kein vierwandiger Gitterkäfig; vielmehr waren nur drei Wände an einer Kiste festgemacht; die Kiste also bildete die vierte Wand. Das Ganze war zu niedrig zum Aufrechtstehen und zu schmal zum Niedersitzen. Ich hockte deshalb mit eingebogenen, ewig zitternden Knien, und zwar, da ich zunächst wahrscheinlich niemanden sehen und immer nur im Dunkel sein wollte, zur Kiste gewendet, während sich mir hinten die Gitterstäbe ins Fleisch einschnitten. Man hält eine solche Verwahrung wilder Tiere in der allerersten Zeit für vorteilhaft, und ich kann heute nach meiner Erfahrung nicht leugnen, daß dies im menschlichen Sinn tatsächlich der Fall ist.

Daran dachte ich aber damals nicht. Ich war zum erstenmal in meinem Leben ohne Ausweg; zumindest geradeaus ging es nicht; geradeaus vor mir war die Kiste, Brett fest an Brett gefügt. Zwar war zwischen den Brettern eine durchlaufende Lücke, die ich, als ich sie zuerst entdeckte, mit dem glückseligen Heulen des Unverstandes begrüßte, aber diese Lücke reichte bei weitem nicht einmal zum Durchstecken des Schwanzes aus und war mit aller Affenkraft nicht zu verbreitern.

Ich soll, wie man mir später sagte, ungewöhnlich wenig Lärm gemacht haben, woraus man schloß, daß ich entweder bald eingehen müsse oder daß ich, falls es mir gelingt, die erste kritische Zeit zu überleben, sehr dressurfähig sein werde. Ich überlebte diese Zeit. Dumpfes Schluchzen, schmerzhaftes Flöhesuchen, müdes Lecken einer Kokosnuß, Beklopfen der Kistenwand mit dem Schädel, Zungen-Blecken, wenn mir jemand nahekam – das waren die ersten Beschäftigungen in dem neuen Leben. In alledem aber doch nur das eine Gefühl: kein Ausweg. Ich kann natürlich das damals affenmäßig Gefühlte heute nur mit Menschenworten nachzeichnen und verzeichne es infolgedessen, aber wenn ich auch die alte Affenwahrheit nicht mehr erreichen kann, wenigstens in der Richtung meiner Schilderung liegt sie, daran ist kein Zweifel.

Ich hatte doch so viele Auswege bisher gehabt und nun keinen mehr. Ich war festgerannt. Hätte man mich angenagelt, meine Freizügigkeit wäre dadurch nicht kleiner geworden. Warum das? Kratz dir das Fleisch zwischen den Fußzehen auf, du wirst den Grund nicht finden. Drück dich hinten gegen die Gitterstange, bis sie dich fast zweiteilt, du wirst den Grund nicht finden. Ich hatte keinen Ausweg, mußte mir ihn aber verschaffen, denn ohne ihn konnte ich nicht leben. Immer an dieser Kistenwand – ich wäre unweigerlich verreckt. Aber Affen gehören bei Hagenbeck an die Kistenwand – nun, so hörte ich auf, Affe zu sein. Ein klarer, schöner Gedankengang, den ich irgendwie mit dem Bauch ausgeheckt haben muß, denn Affen denken mit dem Bauch.

Ich habe Angst, daß man nicht genau versteht, was ich unter Ausweg verstehe. Ich gebrauche das Wort in seinem gewöhnlichsten und vollsten Sinne. Ich sage absichtlich nicht Freiheit. Ich meine nicht dieses große Gefühl der Freiheit nach allen Seiten. Als Affe kannte ich es vielleicht und ich habe Menschen kennengelernt, die sich danach sehnen. Was mich aber anlangt, verlangte ich Freiheit weder damals noch heute. Nebenbei: mit Freiheit betrügt man sich unter Menschen allzuoft. Und so wie die Freiheit zu den erhabensten Gefühlen zählt, so auch die entsprechende Täuschung zu den erhabensten. Oft habe ich in den Varietés vor meinem Auftreten irgendein Künstlerpaar oben an der Decke an Trapezen hantieren sehen. Sie schwangen sich, sie schaukelten, sie sprangen, sie schwebten einander in die Arme, einer trug den anderen an den Haaren mit dem Gebiß. »Auch das ist Menschenfreiheit«, dachte ich, »selbstherrliche Bewegung.« Du Verspottung der heiligen Natur! Kein Bau würde standhalten vor dem Gelächter des Affentums bei diesem Anblick.

Nein, Freiheit wollte ich nicht. Nur einen Ausweg; rechts, links, wohin immer; ich stellte keine anderen Forderungen; sollte der Ausweg auch nur eine Täuschung sein; die Forderung war klein, die Täuschung würde nicht größer sein. Weiterkommen, weiterkommen! Nur nicht mit aufgehobenen Armen stillestehn, angedrückt an eine Kistenwand.

Heute sehe ich klar: ohne größere innere Ruhe hätte ich nie entkommen können. Und tatsächlich verdanke ich vielleicht alles, was ich geworden bin, der Ruhe, die mich nach den ersten Tagen dort im Schiff überkam. Die Ruhe wiederum aber verdankte ich wohl den Leuten vom Schiff.

Es sind gute Menschen, trotz allem. Gerne erinnere ich mich noch heute an den Klang ihrer schweren Schritte, der damals in meinem Halbschlaf widerhallte. Sie hatten die Gewohnheit, alles äußerst langsam in Angriff zu nehmen. Wollte sich einer die Augen reiben, so hob er die Hand wie ein Hängegewicht. Ihre Scherze waren grob, aber herzlich. Ihr Lachen war immer mit einem gefährlich klingenden aber nichts bedeutenden Husten gemischt. Immer hatten sie im Mund etwas zum Ausspeien und wohin sie ausspieen war ihnen gleichgültig. Immer klagten sie, daß meine Flöhe auf sie überspringen; aber doch waren sie mir deshalb niemals ernstlich böse; sie wußten eben, daß in meinem Fell Flöhe gedeihen und daß Flöhe Springer sind; damit fanden sie sich ab. Wenn sie dienstfrei waren, setzten sich manchmal einige im Halbkreis um mich nieder; sprachen kaum, sondern gurrten einander nur zu; rauchten, auf Kisten ausgestreckt, die Pfeife; schlugen sich aufs Knie, sobald ich die geringste Bewegung machte; und hie und da nahm einer einen Stecken und kitzelte mich dort, wo es mir angenehm war. Sollte ich heute eingeladen werden, eine Fahrt auf diesem Schiff mitzumachen, ich würde die Einladung gewiß ablehnen, aber ebenso gewiß ist, daß es nicht nur häßliche Erinnerungen sind, denen ich dort im Zwischendeck nachhängen könnte.

Die Ruhe, die ich mir im Kreise dieser Leute erwarb, hielt mich vor allem von jedem Fluchtversuch ab. Von heute aus gesehen scheint es mir, als hätte ich zumindest geahnt, daß ich einen Ausweg finden müsse, wenn ich leben wolle, daß dieser Ausweg aber nicht durch Flucht zu erreichen sei. Ich weiß nicht mehr, ob Flucht möglich war, aber ich glaube es; einem Affen sollte Flucht immer möglich sein. Mit meinen heutigen Zähnen muß ich schon beim gewöhnlichen Nüsseknacken vorsichtig sein, damals aber hätte es mir wohl im Lauf der Zeit gelingen müssen, das Türschloß durchzubeißen. Ich tat es nicht. Was wäre damit auch gewonnen gewesen? Man hätte mich, kaum war der Kopf hinausgesteckt, wieder eingefangen und in einen noch schlimmeren Käfig gesperrt; oder ich hätte mich unbemerkt zu anderen Tieren, etwa zu den Riesenschlangen mir gegenüber flüchten können und mich in ihren Umarmungen ausgehaucht; oder es wäre mir gar gelungen, mich bis aufs Deck zu stehlen und über Bord zu springen, dann hätte ich ein Weilchen auf dem Weltmeer geschaukelt und wäre ersoffen. Verzweiflungstaten. Ich rechnete nicht so menschlich, aber unter dem Einfluß meiner Umgebung verhielt ich mich so, wie wenn ich gerechnet hätte.

Ich rechnete nicht, wohl aber beobachtete ich in aller Ruhe. Ich sah diese Menschen auf und ab gehen, immer die gleichen Gesichter, die gleichen Bewegungen, oft schien es mir, als wäre es nur einer. Dieser Mensch oder diese Menschen gingen also unbehelligt. Ein hohes Ziel dämmerte mir auf. Niemand versprach mir, daß, wenn ich so wie sie werden würde, das Gitter aufgezogen werde. Solche Versprechungen für scheinbar unmögliche Erfüllungen werden nicht gegeben. Löst man aber die Erfüllungen ein, erscheinen nachträglich auch die Versprechungen genau dort, wo man sie früher vergeblich gesucht hat. Nun war an diesen Menschen an sich nichts, was mich sehr verlockte. Wäre ich ein Anhänger jener erwähnten Freiheit, ich hätte gewiß das Weltmeer dem Ausweg vorgezogen, der sich mir im trüben Blick dieser Menschen zeigte. Jedenfalls aber beobachtete ich sie schon lange vorher, ehe ich an solche Dinge dachte, ja die angehäuften Beobachtungen drängten mich erst in die bestimmte Richtung.

Es war so leicht, die Leute nachzuahmen. Spucken konnte ich schon in den ersten Tagen. Wir spuckten einander dann gegenseitig ins Gesicht; der Unterschied war nur, daß ich mein Gesicht nachher reinleckte, sie ihres nicht. Die Pfeife rauchte ich bald wie ein Alter; drückte ich dann auch noch den Daumen in den Pfeifenkopf, jauchzte das ganze Zwischendeck; nur den Unterschied zwischen der leeren und der gestopften Pfeife verstand ich lange nicht.

Die meiste Mühe machte mir die Schnapsflasche. Der Geruch peinigte mich; ich zwang mich mit allen Kräften; aber es vergingen Wochen, ehe ich mich überwand. Diese inneren Kämpfe nahmen die Leute merkwürdigerweise ernster als irgend etwas sonst an mir. Ich unterscheide die Leute auch in meiner Erinnerung nicht, aber da war einer, der kam immer wieder, allein oder mit Kameraden, bei Tag, bei Nacht, zu den verschiedensten Stunden; stellte sich mit der Flasche vor mich hin und gab mir Unterricht. Er begriff mich nicht, er wollte das Rätsel meines Seins lösen. Er entkorkte langsam die Flasche und blickte mich dann an, um zu prüfen, ob ich verstanden habe; ich gestehe, ich sah ihm immer mit wilder, mit überstürzter Aufmerksamkeit zu; einen solchen Menschenschüler findet kein Menschenlehrer auf dem ganzen Erdenrund; nachdem die Flasche entkorkt war, hob er sie zum Mund; ich mit meinen Blicken ihm nach bis in die Gurgel; er nickt, zufrieden mit mir, und setzt die Flasche an die Lippen; ich, entzückt von allmählicher Erkenntnis, kratze mich quietschend der Länge und Breite nach, wo es sich trifft; er freut sich, setzt die Flasche an und macht einen Schluck; ich, ungeduldig und verzweifelt, ihm nachzueifern, verunreinige mich in meinem Käfig, was wieder ihm große Genugtuung macht; und nun weit die Flasche von sich streckend und im Schwung sie wieder hinaufführend, trinkt er sie, übertrieben lehrhaft zurückgebeugt, mit einem Zuge leer. Ich, ermattet von allzugroßem Verlangen, kann nicht mehr folgen und hänge schwach am Gitter, während er den theoretischen Unterricht damit beendet, daß er sich den Bauch streicht und grinst.

Nun erst beginnt die praktische Übung. Bin ich nicht schon allzu erschöpft durch das Theoretische? Wohl, allzu erschöpft. Das gehört zu meinem Schicksal. Trotzdem greife ich, so gut ich kann, nach der hingereichten Flasche; entkorke sie zitternd; mit dem Gelingen stellen sich allmählich neue Kräfte ein; ich hebe die Flasche, vom Original schon kaum zu unterscheiden; setze sie an und – und werfe sie mit Abscheu, mit Abscheu, trotzdem sie leer ist und nur noch der Geruch sie füllt, werfe sie mit Abscheu auf den Boden. Zur Trauer meines Lehrers, zur größeren Trauer meiner selbst; weder ihn noch mich versöhne ich dadurch, daß ich auch nach dem Wegwerfen der Flasche nicht vergesse, ausgezeichnet meinen Bauch zu streichen und dabei zu grinsen.

Allzuoft nur verlief so der Unterricht. Und zur Ehre meines Lehrers: er war mir nicht böse; wohl hielt er mir manchmal die brennende Pfeife ans Fell, bis es irgendwo, wo ich nur schwer hinreichte, zu glimmen anfing, aber dann löschte er es selbst wieder mit seiner riesigen guten Hand; er war mir nicht böse, er sah ein, daß wir auf der gleichen Seite gegen die Affennatur kämpften und daß ich den schwereren Teil hatte.

Was für ein Sieg dann allerdings für ihn wie für mich, als ich eines Abends vor großem Zuschauerkreis – vielleicht war ein Fest, ein Grammophon spielte, ein Offizier erging sich zwischen den Leuten –, als ich an diesem Abend, gerade unbeachtet, eine vor meinem Käfig versehentlich stehengelassene Schnapsflasche ergriff, unter steigender Aufmerksamkeit der Gesellschaft sie schulgerecht entkorkte, an den Mund setzte und ohne Zögern, ohne Mundverziehen, als Trinker von Fach, mit rund gewälzten Augen, schwappender Kehle, wirklich und wahrhaftig leer trank; nicht mehr als Verzweifelter, sondern als Künstler die Flasche hinwarf; zwar vergaß den Bauch zu streichen; dafür aber, weil ich nicht anders konnte, weil es mich drängte, weil mir die Sinne rauschten, kurz und gut »Hallo!« ausrief, in Menschenlaut ausbrach, mit diesem Ruf in die Menschengemeinschaft sprang und ihr Echo: »Hört nur, er spricht!« wie einen Kuß auf meinem ganzen schweißtriefenden Körper fühlte.

Ich wiederhole: es verlockte mich nicht, die Menschen nachzuahmen; ich ahmte nach, weil ich einen Ausweg suchte, aus keinem anderen Grund. Auch war mit jenem Sieg noch wenig getan. Die Stimme versagte mir sofort wieder; stellte sich erst nach Monaten ein; der Widerwille gegen die Schnapsflasche kam sogar noch verstärkter. Aber meine Richtung allerdings war mir ein für allemal gegeben.

Als ich in Hamburg dem ersten Dresseur übergeben wurde, erkannte ich bald die zwei Möglichkeiten, die mir offenstanden: Zoologischer Garten oder Varieté. Ich zögerte nicht. Ich sagte mir: setze alle Kraft an, um ins Varieté zu kommen; das ist der Ausweg; Zoologischer Garten ist nur ein neuer Gitterkäfig, kommst du in ihn, bist du verloren.

Und ich lernte, meine Herren. Ach, man lernt, wenn man muß; man lernt, wenn man einen Ausweg will; man lernt rücksichtslos. Man beaufsichtigt sich selbst mit der Peitsche; man zerfleischt sich beim geringsten Widerstand. Die Affennatur raste, sich überkugelnd, aus mir hinaus und weg, so daß mein erster Lehrer selbst davon fast äffisch wurde, bald den Unterricht aufgeben und in eine Heilanstalt gebracht werden mußte. Glücklicherweise kam er wieder bald hervor.

Aber ich verbrauchte viele Lehrer, ja sogar einige Lehrer gleichzeitig. Als ich meiner Fähigkeiten schon sicherer geworden war, die Öffentlichkeit meinen Fortschritten folgte, meine Zukunft zu leuchten begann, nahm ich selbst Lehrer auf, ließ sie in fünf aufeinanderfolgenden Zimmern niedersetzen und lernte bei allen zugleich, indem ich ununterbrochen aus einem Zimmer ins andere sprang.

Diese Fortschritte! Dieses Eindringen der Wissensstrahlen von allen Seiten ins erwachende Hirn! Ich leugne nicht: es beglückte mich. Ich gestehe aber auch ein: ich überschätzte es nicht, schon damals nicht, wieviel weniger heute. Durch eine Anstrengung, die sich bisher auf der Erde nicht wiederholt hat, habe ich die Durchschnittsbildung eines Europäers erreicht. Das wäre an sich vielleicht gar nichts, ist aber insofern doch etwas, als es mir aus dem Käfig half und mir diesen besonderen Ausweg, diesen Menschenausweg verschaffte. Es gibt eine ausgezeichnete deutsche Redensart: sich in die Büsche schlagen; das habe ich getan, ich habe mich in die Büsche geschlagen. Ich hatte keinen anderen Weg, immer vorausgesetzt, daß nicht die Freiheit zu wählen war.

Überblicke ich meine Entwicklung und ihr bisheriges Ziel, so klage ich weder, noch bin ich zufrieden. Die Hände in den Hosentaschen, die Weinflasche auf dem Tisch, liege ich halb, halb sitze ich im Schaukelstuhl und schaue aus dem Fenster. Kommt Besuch, empfange ich ihn, wie es sich gebührt. Mein Impresario sitzt im Vorzimmer; läute ich, kommt er und hört, was ich zu sagen habe. Am Abend ist fast immer Vorstellung, und ich habe wohl kaum mehr zu steigernde Erfolge. Komme ich spät nachts von Banketten, aus wissenschaftlichen Gesellschaften, aus gemütlichem Beisammensein nach Hause, erwartet mich eine kleine halbdressierte Schimpansin und ich lasse es mir nach Affenart bei ihr wohlgehen. Bei Tag will ich sie nicht sehen; sie hat nämlich den Irrsinn des verwirrten dressierten Tieres im Blick; das erkenne nur ich, und ich kann es nicht ertragen.

Im Ganzen habe ich jedenfalls erreicht, was ich erreichen wollte. Man sage nicht, es wäre der Mühe nicht wert gewesen. Im übrigen will ich keines Menschen Urteil, ich will nur Kenntnisse verbreiten, ich berichte nur, auch Ihnen, hohe Herren von der Akademie, habe ich nur berichtet.

Wunsch, Indianer zu werden

Wenn man doch ein Indianer wäre, gleich bereit, und auf dem rennenden Pferde, schief in der Luft, immer wieder kurz erzitterte über dem zitternden Boden, bis man die Sporen ließ, denn es gab keine Sporen, bis man die Zügel wegwarf, denn es gab keine Zügel, und kaum das Land vor sich als glatt gemähte Heide sah, schon ohne Pferdehals und Pferdekopf.

Die Bäume

Denn wir sind wie Baumstämme im Schnee. Scheinbar liegen sie glatt auf, und mit kleinem Anstoß sollte man sie wegschieben können. Nein, das kann man nicht, denn sie sind fest mit dem Boden verbunden. Aber sieh, sogar das ist nur scheinbar.

Forschungen eines Hundes

Wie sich mein Leben verändert hat und wie es sich doch nicht verändert hat im Grunde! Wenn ich jetzt zurückdenke und die Zeiten mir zurückrufe, da ich noch inmitten der Hundeschaft lebte, teilnahm an allem, was sie bekümmert, ein Hund unter Hunden, finde ich bei näherem Zusehen doch, daß hier seit jeher etwas nicht stimmte, eine kleine Bruchstelle vorhanden war, ein leichtes Unbehagen inmitten der ehrwürdigsten volklichen Veranstaltungen mich befiel, ja manchmal selbst im vertrauten Kreise, nein, nicht manchmal, sondern sehr oft, der bloße Anblick eines mir lieben Mithundes, der bloße Anblick, irgendwie neu gesehen, mich verlegen, erschrokken, hilflos, ja mich verzweifelt machte. Ich suchte mich gewissermaßen zu begütigen, Freunde, denen ich es eingestand, halfen mir, es kamen wieder ruhigere Zeiten – Zeiten, in denen zwar jene Überraschungen nicht fehlten, aber gleichmütiger aufgenommen, gleichmütiger ins Leben eingefügt wurden, vielleicht traurig und müde machten, aber im übrigen mich bestehen ließen als einen zwar ein wenig kalten, zurückhaltenden, ängstlichen, rechnerischen, aber alles in allem genommen doch regelrechten Hund. Wie hätte ich auch ohne diese Erholungspausen das Alter erreichen können, dessen ich mich jetzt erfreue, wie hätte ich mich durchringen können zu der Ruhe, mit der ich die Schrecken meiner Jugend betrachte und die Schrecken des Alters ertrage, wie hätte ich dazu kommen können, die Folgerungen aus meiner, wie ich zugebe, unglücklichen oder, um es vorsichtiger auszudrücken, nicht sehr glücklichen Anlage zu ziehen und fast völlig ihnen entsprechend zu leben. Zurückgezogen, einsam, nur mit meinen hoffnungslosen, aber mir unentbehrlichen kleinen Untersuchungen beschäftigt, so lebe ich, habe aber dabei von der Ferne den Überblick über mein Volk nicht verloren, oft dringen Nachrichten zu mir und auch ich lasse hie und da von mir hören. Man behandelt mich mit Achtung, versteht meine Lebensweise nicht, aber nimmt sie mir nicht übel, und selbst junge Hunde, die ich hier und da in der Ferne vorüberlaufen sehe, eine neue Generation, an deren Kindheit ich mich kaum dunkel erinnere, versagen mir nicht den ehrerbietigen Gruß.

Man darf eben nicht außer acht lassen, daß ich trotz meinen Sonderbarkeiten, die offen zutage liegen, doch bei weitem nicht völlig aus der Art schlage. Es ist ja, wenn ichs bedenke – und dies zu tun habe ich Zeit und Lust und Fähigkeit –, mit der Hundeschaft überhaupt wunderbar bestellt. Es gibt außer uns Hunden vielerlei Arten von Geschöpfen ringsumher, arme, geringe, stumme, nur auf gewisse Schreie eingeschränkte Wesen, viele unter uns Hunden studieren sie, haben ihnen Namen gegeben, suchen ihnen zu helfen, sie zu erziehen, zu veredeln und dergleichen. Mir sind sie, wenn sie mich nicht etwa zu stören versuchen, gleichgültig, ich verwechsle sie, ich sehe über sie hinweg. Eines aber ist zu auffallend, als daß es mir hätte entgehen können, wie wenig sie nämlich, mit uns Hunden verglichen, zusammenhalten, wie fremd und stumm und mit einer gewissen Feindseligkeit sie aneinander vorübergehen, wie nur das gemeinste Interesse sie ein wenig äußerlich verbinden kann und wie selbst aus diesem Interessse oft noch Haß und Streit entsteht. Wir Hunde dagegen! Man darf doch wohl sagen, daß wir alle förmlich in einem einzigen Haufen leben, alle, so unterschieden wir sonst sind durch die unzähligen und tiefgehenden Unterscheidungen, die sich im Laufe der Zeiten ergeben haben. Alle in einem Haufen! Es drängt uns zueinander und nichts kann uns hindern, diesem Drängen genugzutun, alle unsere Gesetze und Einrichtungen, die wenigen, die ich noch kenne und die zahllosen, die ich vergessen habe, gehen zurück auf die Sehnsucht nach dem größten Glück, dessen wir fähig sind, dem warmen Beisammensein. Nun aber das Gegenspiel hierzu. Kein Geschöpf lebt meines Wissens so weithin zerstreut wie wir Hunde, keines hat so viele, gar nicht übersehbare Unterschiede der Klassen, der Arten, der Beschäftigungen. Wir, die wir zusammenhalten wollen – und immer wieder gelingt es uns trotz allem in überschwenglichen Augenblicken –, gerade wir leben weit voneinander getrennt, in eigentümlichen, oft schon dem Nebenhund unverständlichen Berufen, festhaltend an Vorschriften, die nicht die der Hundeschaft sind; ja, eher gegen sie gerichtet. Was für schwierige Dinge das sind, Dinge, an die man lieber nicht rührt – ich verstehe auch diesen Standpunkt, verstehe ihn besser als den meinen –, und doch Dinge, denen ich ganz und gar verfallen bin. Warum tue ich es nicht wie die anderen, lebe einträchtig mit meinem Volke und nehme das, was die Eintracht stört, stillschweigend hin, vernachlässige es als kleinen Fehler in der großen Rechnung, und bleibe immer zugekehrt dem, was glücklich bindet, nicht dem, was, freilich immer wieder unwiderstehlich, uns aus dem Volkskreis zerrt.

Ich erinnere mich an einen Vorfall aus meiner Jugend, ich war damals in einer jener seligen, unerklärlichen Aufregungen, wie sie wohl jeder als Kind erlebt, ich war noch ein ganz junger Hund, alles gefiel mir, alles hatte Bezug zu mir, ich glaubte, daß große Dinge um mich vorgehen, deren Anführer ich sei, denen ich meine Stimme leihen müsse, Dinge, die elend am Boden liegenbleiben müßten, wenn ich nicht für sie lief, für sie meinen Körper schwenkte, nun, Phantasien der Kinder, die mit den Jahren sich verflüchtigen. Aber damals waren sie stark, ich war ganz in ihrem Bann, und es geschah dann auch freilich etwas Außerordentliches, was den wilden Erwartungen Recht zu geben schien. An sich war es nichts Außerordentliches, später habe ich solche und noch merkwürdigere Dinge oft genug gesehen, aber damals traf es mich mit dem starken, ersten, unverwischbaren, für viele folgende richtunggebenden Eindruck. Ich begegnete nämlich einer kleinen Hundegesellschaft, vielmehr, ich begegnete ihr nicht, sie kam auf mich zu. Ich war damals lange durch die Finsternis gelaufen, in Vorahnung großer Dinge – eine Vorahnung, die freilich leicht täuschte, denn ich hatte sie immer –, war lange durch die Finsternis gelaufen, kreuz und quer, blind und taub für alles, geführt von nichts als dem unbestimmten Verlangen, machte plötzlich halt in dem Gefühl, hier sei ich am rechten Ort, sah auf und es war überheller Tag, nur ein wenig dunstig, alles voll durcheinander wogender, berauschender Gerüche, ich begrüßte den Morgen mit wirren Lauten, da – als hätte ich sie heraufbeschworen – traten aus irgendwelcher Finsternis unter Hervorbringung eines entsetzlichen Lärms, wie ich ihn noch nie gehört hatte, sieben Hunde ans Licht. Hätte ich nicht deutlich gesehen, daß es Hunde waren und daß sie selbst diesen Lärm mitbrachten, obwohl ich nicht erkennen konnte, wie sie ihn erzeugten – ich wäre sofort weggelaufen, so aber blieb ich. Damals wußte ich noch fast nichts von der nur dem Hundegeschlecht verliehenen schöpferischen Musikalität, sie war meiner sich erst langsam entwickelnden Beobachtungskraft bisher natürlicherweise entgangen, hatte mich doch die Musik schon seit meiner Säuglingszeit umgeben als ein mir selbstverständliches, unentbehrliches Lebenselement, welches von meinem sonstigen Leben zu sondern nichts mich zwang, nur in Andeutungen, dem kindlichen Verstand entsprechend, hatte man mich darauf hinzuweisen versucht, um so überraschender, geradezu niederwerfend waren jene sieben großen Musikkünstler für mich. Sie redeten nicht, sie sangen nicht, sie schwiegen im allgemeinen fast mit einer großen Verbissenheit, aber aus dem leeren Raum zauberten sie die Musik empor. Alles war Musik, das Heben und Niedersetzen ihrer Füße, bestimmte Wendungen des Kopfes, ihr Laufen und ihr Ruhen, die Stellungen, die sie zueinander einnahmen, die reigenmäßigen Verbindungen, die sie miteinander eingingen, indem etwa einer die Vorderpfoten auf des anderen Rücken stützte und sie sich dann so ordneten, daß der erste aufrecht die Last aller anderen trug, oder indem sie mit ihren nah am Boden hinschleichenden Körpern verschlungene Figuren bildeten und niemals sich irrten; nicht einmal der letzte, der noch ein wenig unsicher war, nicht immer gleich den Anschluß an die andern fand, gewissermaßen im Anschlagen der Melodie manchmal schwankte, aber doch unsicher war nur im Vergleich mit der großartigen Sicherheit der anderen und selbst bei viel größerer, ja bei vollkommener Unsicherheit nichts hätte verderben können, wo die anderen, große Meister, den Takt unerschütterlich hielten. Aber man sah sie ja kaum, man sah sie ja alle kaum. Sie waren hervorgetreten, man hatte sie innerlich begrüßt als Hunde, sehr beirrt war man zwar von dem Lärm, der sie begleitete, aber es waren doch Hunde, Hunde wie ich und du, man beobachtete sie gewohnheitsmäßig, wie Hunde, denen man auf dem Weg begegnet, man wollte sich ihnen nähern, Grüße tauschen, sie waren auch ganz nah, Hunde, zwar viel älter als ich und nicht von meiner langhaarigen wolligen Art, aber doch auch nicht allzu fremd an Größe und Gestalt, recht vertraut vielmehr, viele von solcher oder ähnlicher Art kannte ich, aber während man noch in solchen Überlegungen befangen war, nahm allmählich die Musik überhand, faßte einen förmlich, zog einen hinweg von diesen wirklichen kleinen Hunden und, ganz wider Willen, sich sträubend mit allen Kräften, heulend, als würde einem Schmerz bereitet, durfte man sich mit nichts anderem beschäftigen als mit der von allen Seiten, von der Höhe, von der Tiefe, von überall her kommenden, den Zuhörer in die Mitte nehmenden, überschüttenden, erdrückenden, über seiner Vernichtung noch in solcher Nähe, daß es schon Ferne war, kaum hörbar noch Fanfaren blasenden Musik. Und wieder wurde man entlassen, weil man schon zu erschöpft, zu vernichtet, zu schwach war, um noch zu hören, man wurde entlassen und sah die sieben kleinen Hunde ihre Prozessionen führen, ihre Sprünge tun, man wollte sie, so ablehnend sie aussahen, anrufen, um Belehrung bitten, sie fragen, was sie denn hier machten – ich war ein Kind und glaubte immer und jeden fragen zu dürfen –, aber kaum setzte ich an, kaum fühlte ich die gute, vertraute, hündische Verbindung mit den sieben, war wieder ihre Musik da, machte mich besinnungslos, drehte mich im Kreise herum, als sei ich selbst einer der Musikanten, während ich doch nur ihr Opfer war, warf mich hierhin und dorthin, so sehr ich auch um Gnade bat, und rettete mich schließlich vor ihrer eigenen Gewalt, indem sie mich in ein Gewirr von Hölzern drückte, das in jener Gegend ringsum sich erhob, ohne daß ich es bisher bemerkt hatte, mich jetzt fest umfing, den Kopf mir niederduckte und mir, mochte dort im Freien die Musik noch donnern, die Möglichkeit gab, ein wenig zu verschnaufen. Wahrhaftig, mehr als über die Kunst der sieben Hunde – sie war mir unbegreiflich, aber auch gänzlich unanknüpfbar außerhalb meiner Fähigkeiten – wunderte ich mich über ihren Mut, sich dem, was sie erzeugten, völlig und offen auszusetzen, und über ihre Kraft, es, ohne daß es ihnen das Rückgrat brach, ruhig zu ertragen. Freilich erkannte ich jetzt aus meinem Schlupfloch bei genauerer Beobachtung, daß es nicht so sehr Ruhe, als äußerste Anspannung war, mit der sie arbeiteten, diese scheinbar so sicher bewegten Beine zitterten bei jedem Schritt in unaufhörlicher ängstlicher Zuckung, starr wie in Verzweiflung sah einer den anderen an, und die immer wieder bewältigte Zunge hing doch gleich wieder schlapp aus den Mäulern. Es konnte nicht Angst wegen des Gelingens sein, was sie so erregte; wer solches wagte, solches zustande brachte, der konnte keine Angst mehr haben. – Wovor denn Angst? Wer zwang sie denn zu tun, was sie hier taten? Und ich konnte mich nicht mehr zurückhalten, besonders da sie mir jetzt so unverständlich hilfsbedürftig erschienen, und so rief ich durch allen Lärm meine Fragen laut und fordernd hinaus. Sie aber – unbegreiflich! unbegreiflich! –, sie antworteten nicht, taten, als wäre ich nicht da. Hunde, die auf Hundeanruf gar nicht antworten, ein Vergehen gegen die guten Sitten, das dem kleinsten wie dem größten Hunde unter keinen Umständen verziehen wird. Waren es etwa doch nicht Hunde? Aber wie sollten es denn nicht Hunde sein, hörte ich doch jetzt bei genauerem Hinhorchen sogar leise Zurufe, mit denen sie einander befeuerten, auf Schwierigkeiten aufmerksam machten, vor Fehlern warnten, sah ich doch den letzten kleinsten Hund, dem die meisten Zurufe galten, öfters nach mir hinschielen, so als hätte er viel Lust, mir zu antworten, bezwänge sich aber, weil es nicht sein dürfe. Aber warum durfte es nicht sein, warum durfte denn das, was unsere Gesetze bedingungslos immer verlangen, diesmal nicht sein? Das empörte sich in mir, fast vergaß ich die Musik. Diese Hunde hier vergingen sich gegen das Gesetz. Mochten es noch so große Zauberer sein, das Gesetz galt auch für sie, das verstand ich Kind schon ganz genau. Und ich merkte von da aus noch mehr. Sie hatten wirklich Grund zu schweigen, vorausgesetzt, daß sie aus Schuldgefühl schwiegen. Denn wie führten sie sich auf, vor lauter Musik hatte ich es bisher nicht bemerkt, sie hatten ja alle Scham von sich geworfen, die elenden taten das gleichzeitig Lächerlichste und Unanständigste, sie gingen aufrecht auf den Hinterbeinen. Pfui Teufel! Sie entblößten sich und trugen ihre Blöße protzig zur Schau: sie taten sich darauf zugute, und wenn sie einmal auf einen Augenblick dem guten Trieb gehorchten und die Vorderbeine senkten, erschraken sie förmlich, als sei es ein Fehler, als sei die Natur ein Fehler, hoben wieder schnell die Beine und ihr Blick schien um Verzeihung dafür zu bitten, daß sie in ihrer Sündhaftigkeit ein wenig hatten innehalten müssen. War die Welt verkehrt? Wo war ich? Was war denn geschehen? Hier durfte ich um meines eigenen Bestandes willen nicht mehr zögern, ich machte mich los aus den umklammernden Hölzern, sprang mit einem Satz hervor und wollte zu den Hunden, ich kleiner Schüler mußte Lehrer sein, mußte ihnen begreiflich machen, was sie taten, mußte sie abhalten vor weiterer Versündigung. »So alte Hunde, so alte Hunde!« wiederholte ich mir immerfort. Aber kaum war ich frei, und nur noch zwei, drei Sprünge trennten mich von den Hunden, war es wieder der Lärm, der seine Macht über mich bekam. Vielleicht hätte ich in meinem Eifer sogar ihm, den ich doch nun schon kannte, widerstanden, wenn nicht durch alle seine Fülle, die schrecklich war, aber vielleicht doch zu bekämpfen, ein klarer, strenger, immer sich gleich bleibender, förmlich aus großer Ferne unverändert ankommender Ton, vielleicht die eigentliche Melodie inmitten des Lärms, geklungen und mich in die Knie gezwungen hätte. Ach, was machten doch diese Hunde für eine betörende Musik. Ich konnte nicht weiter, ich wollte sie nicht mehr belehren, mochten sie weiter die Beine spreizen, Sünden begehen und andere zur Sünde des stillen Zuschauens verlocken, ich war ein so kleiner Hund, wer konnte so Schweres von mir verlangen? Ich machte mich noch kleiner, als ich war, ich winselte, hätten mich danach die Hunde um meine Meinung gefragt, ich hätte ihnen vielleicht recht gegeben. Es dauerte übrigens nicht lange und sie verschwanden mit allem Lärm und allem Licht in der Finsternis, aus der sie gekommen waren.

Wie ich schon sagte: dieser ganze Vorfall enthielt nichts Außergewöhnliches, im Verlauf eines langen Lebens begegnet einem mancherlei, was, aus dem Zusammenhang genommen und mit den Augen eines Kindes angesehen, noch viel erstaunlicher wäre. Überdies kann man es natürlich – wie der treffende Ausdruck lautet – ›verreden‹, so wie alles, dann zeigt sich, daß hier sieben Musiker zusammengekommen waren, um in der Stille des Morgens Musik zu machen, daß ein kleiner Hund sich hinverirrt hatte, ein lästiger Zuhörer, den sie durch besonders schreckliche oder erhabene Musik leider vergeblich zu vertreiben suchten. Er störte sie durch Fragen, hätten sie, die schon durch die bloße Anwesenheit des Fremdlings genug gestört waren, auch noch auf diese Belästigung eingehen und sie durch Antworten vergrößern sollen? Und wenn auch das Gesetz befiehlt, jedem zu antworten, ist denn ein solcher winziger, hergelaufener Hund überhaupt ein nennenswerter Jemand? Und vielleicht verstanden sie ihn gar nicht, er bellte ja doch wohl seine Fragen recht unverständlich. Oder vielleicht verstanden sie ihn wohl und antworteten in Selbstüberwindung, aber er, der Kleine, der Musik-Ungewohnte, konnte die Antwort von der Musik nicht sondern. Und was die Hinterbeine betrifft, vielleicht gingen sie wirklich ausnahmsweise nur auf ihnen, es ist eine Sünde, wohl! Aber sie waren allein, sieben Freunde unter Freunden, im vertraulichen Beisammensein, gewissermaßen in den eigenen vier Wänden, gewissermaßen ganz allein, denn Freunde sind doch keine Öffentlichkeit und wo keine Öffentlichkeit ist, bringt sie auch ein kleiner, neugieriger Straßenhund nicht hervor, in diesem Fall aber: ist es hier nicht so, als wäre nichts geschehen? Ganz so ist es nicht, aber nahezu, und die Eltern sollten ihre Kleinen weniger herumlaufen und dafür besser schweigen und das Alter achten lehren.

Ist man so weit, dann ist der Fall erledigt. Freilich, was für die Großen erledigt ist, ist es für die Kleinen noch nicht. Ich lief umher, erzählte und fragte, klagte an und forschte und wollte jeden hinziehen zu dem Ort, wo alles geschehen war, und wollte jedem zeigen, wo ich gestanden war und wo die sieben gewesen und wo und wie sie getanzt und musiziert hatten und, wäre jemand mit mir gekommen, statt daß mich jeder abgeschüttelt und ausgelacht hätte, ich hätte dann wohl meine Sündlosigkeit geopfert und mich auch auf die Hinterbeine zu stellen versucht, um alles genau zu verdeutlichen. Nun, einem Kinde nimmt man alles übel, verzeiht ihm aber schließlich auch alles. Ich aber habe dieses kindhafte Wesen behalten und bin darüber ein alter Hund geworden. So wie ich damals nicht aufhörte, jenen Vorfall, den ich allerdings heute viel niedriger einschätze, laut zu besprechen, in seine Bestandteile zu zerlegen, an den Anwesenden zu messen ohne Rücksicht auf die Gesellschaft, in der ich mich befand, nur immer mit der Sache beschäftigt, die ich lästig fand genau so wie jeder andere, die ich aber – das war der Unterschied – gerade deshalb restlos durch Untersuchung auflösen wollte, um den Blick endlich wieder freizubekommen für das gewöhnliche, ruhige, glückliche Leben des Tages. Ganz so wie damals habe ich, wenn auch mit weniger kindlichen Mitteln – aber sehr groß ist der Unterschied nicht – in der Folgezeit gearbeitet und halte auch heute nicht weiter.

Mit jenem Konzert aber begann es. Ich klage nicht darüber, es ist mein eingeborenes Wesen, das hier wirkt und das sich gewiß, wenn das Konzert nicht gewesen wäre, eine andere Gelegenheit gesucht hätte, um durchzubrechen. Nur daß es so bald geschah, tat mir früher manchmal leid, es hat mich um einen großen Teil meiner Kindheit gebracht, das glückselige Leben der jungen Hunde, das mancher für sich jahrelang auszudehnen imstande ist, hat für mich nur wenige kurze Monate gedauert. Sei's drum. Es gibt wichtigere Dinge als die Kindheit. Und vielleicht winkt mir im Alter, erarbeitet durch ein hartes Leben, mehr kindliches Glück, als ein wirkliches Kind zu ertragen die Kraft hätte, die ich dann aber haben werde.

Ich begann damals meine Untersuchungen mit den einfachsten Dingen, an Material fehlte es nicht, leider, der Überfluß ist es, der mich in dunklen Stunden verzweifeln läßt. Ich begann zu untersuchen, wovon sich die Hundeschaft nährt. Das ist nun, wenn man will, natürlich keine einfache Frage, sie beschäftigt uns seit Urzeiten, sie ist der Hauptgegenstand unseres Nachdenkens, zahllos sind die Beobachtungen und Versuche und Ansichten auf diesem Gebiete, es ist eine Wissenschaft geworden, die in ihren ungeheuren Ausmaßen nicht nur über die Fassungskraft des einzelnen, sondern über jene aller Gelehrten insgesamt geht und ausschließlich von niemandem anderen als von der gesamten Hundeschaft und selbst von dieser nur seufzend und nicht ganz vollständig getragen werden kann, immer wieder abbröckelt in altem, längst besessenem Gut und mühselig ergänzt werden muß, von den Schwierigkeiten und kaum zu erfüllenden Voraussetzungen meiner Forschung ganz zu schweigen. Das alles wende man mir nicht ein, das alles weiß ich, wie nur irgendein Durchschnittshund, es fällt mir nicht ein, mich in die wahre Wissenschaft zu mengen, ich habe alle Ehrfurcht vor ihr, die ihr gebührt, aber sie zu vermehren fehlt es mir an Wissen und Fleiß und Ruhe und – nicht zuletzt, besonders seit einigen Jahren – auch an Appetit. Ich schlinge das Essen hinunter, aber der geringsten vorgängigen geordneten landwirtschaftlichen Betrachtung ist es mir nicht wert. Mir genügt in dieser Hinsicht der Extrakt aller Wissenschaft, die kleine Regel, mit welcher die Mütter die Kleinen von ihren Brüsten ins Leben entlassen: »Mache alles naß, soviel du kannst.« Und ist hier nicht wirklich fast alles enthalten? Was hat die Forschung, von unseren Urvätern angefangen, entscheidend Wesentliches denn hinzuzufügen? Einzelheiten, Einzelheiten und wie unsicher ist alles. Diese Regel aber wird bestehen, solange wir Hunde sind. Sie betrifft unsere Hauptnahrung. Gewiß, wir haben noch andere Hilfsmittel, aber im Notfall und wenn die Jahre nicht zu schlimm sind, könnten wir von dieser Hauptnahrung leben, diese Hauptnahrung finden wir auf der Erde, die Erde aber braucht unser Wasser, nährt sich von ihm, und nur für diesen Preis gibt sie uns unsere Nahrung, deren Hervorkommen man allerdings, dies ist auch nicht zu vergessen, durch bestimmte Sprüche, Gesänge, Bewegungen beschleunigen kann. Das ist aber meiner Meinung nach alles; von dieser Seite her ist über diese

Sache grundsätzlich nicht mehr zu sagen. Hierin bin ich auch einig mit der ganzen Mehrzahl der Hundeschaft und von allen in dieser Hinsicht ketzerischen Ansichten wende ich mich streng ab. Wahrhaftig, es geht mir nicht um Besonderheiten, um Rechthaberei, ich bin glücklich, wenn ich mit den Volksgenossen übereinstimmen kann, und in diesem Falle geschieht es. Meine eigenen Unternehmungen gehen aber in anderer Richtung. Der Augenschein lehrt mich, daß die Erde, wenn sie nach den Regeln der Wissenschaft besprengt und bearbeitet wird, die Nahrung hergibt, und zwar in solcher Qualität, in solcher Menge, auf solche Art, an solchen Orten, zu solchen Stunden, wie es die gleichfalls von der Wissenschaft ganz oder teilweise festgestellten Gesetze verlangen. Das nehme ich hin, meine Frage aber ist: »Woher nimmt die Erde diese Nahrung?« Eine Frage, die man im allgemeinen nicht zu verstehen vorgibt und auf die man mir bestenfalls antwortet: »Hast du nicht genug zu essen, werden wir dir von dem unseren geben.« Man beachte diese Antwort. Ich weiß: Es gehört nicht zu den Vorzügen der Hundeschaft, daß wir Speisen, die wir einmal erlangt haben, zur Verteilung bringen. Das Leben ist schwer, die Erde spröde, die Wissenschaft reich an Erkenntnissen, aber arm genug an praktischen Erfolgen; wer Speise hat, behält sie; das ist nicht Eigennutz, sondern das Gegenteil, ist Hundegesetz, ist einstimmiger Volksbeschluß, hervorgegangen aus Überwindung der Eigensucht, denn die Besitzenden sind ja immer in der Minderzahl. Und darum ist jene Antwort: »Hast du nicht genug zu essen, werden wir dir von unserem geben« eine ständige Redensart, ein Scherzwort, eine Neckerei. Ich habe das nicht vergessen. Aber eine um so größere Bedeutung hatte es für mich, daß man mir gegenüber, damals als ich mich mit meinen Fragen in der Welt umhertrieb, den Spott beiseite ließ; man gab mir zwar noch immer nichts zu essen – woher hätte man es gleich nehmen sollen –, und wenn man es gerade zufällig hatte, vergaß man natürlich in der Raserei des Hungers jede andere Rücksicht, aber das Angebot meinte man ernst, und hie und da bekam ich dann wirklich eine Kleinigkeit, wenn ich schnell genug dabei war, sie an mich zu reißen. Wie kam es, daß man sich zu mir so besonders verhielt, mich schonte, mich bevorzugte? Weil ich ein magerer, schwacher Hund war, schlecht genährt und zu wenig um Nahrung besorgt? Aber es laufen viele schlecht genährte Hunde herum und man nimmt ihnen selbst die elendeste Nahrung vor dem Mund weg, wenn man es kann, oft nicht aus Gier, sondern meist aus Grundsatz. Nein, man bevorzugte mich, ich konnte es nicht so sehr mit Einzelheiten belegen, als daß ich vielmehr den bestimmten Eindruck dessen hatte. Waren es also meine Fragen, über die man sich freute, die man für besonders klug ansah? Nein, man freute sich nicht und hielt sie alle für dumm. Und doch konnten es nur die Fragen sein, die mir die Aufmerksamkeit erwarben. Es war, als wolle man lieber das Ungeheuerliche tun, mir den Mund mit Essen zustopfen – man tat es nicht, aber man wollte es –, als meine Frage dulden. Aber dann hätte man mich doch besser verjagen können und meine Fragen sich verbitten. Nein, das wollte man nicht, man wollte zwar meine Fragen nicht hören, aber gerade wegen dieser meiner Fragen wollte man mich nicht verjagen. Es war, so sehr ich ausgelacht, als dummes, kleines Tier behandelt, hin- und hergeschoben wurde, eigentlich die Zeit meines größten Ansehens, niemals hat sich später etwas derartiges wiederholt, überall hatte ich Zutritt, nichts wurde mir verwehrt, unter dem Vorwand rauher Behandlung wurde mir eigentlich geschmeichelt. Und alles also doch nur wegen meiner Fragen, wegen meiner Unschuld, wegen meiner Forschungsbegierde. Wollte man mich damit einlullen, ohne Gewalt, fast liebend mich von einem falschen Wege abbringen, von einem Wege, dessen Falschheit doch nicht so über allem Zweifel stand, daß sie erlaubt hätte, Gewalt anzuwenden? – Auch hielt eine gewisse Achtung und Furcht von Gewaltanwendung ab. Ich ahnte schon damals etwas derartiges, heute weiß ich genau, viel genauer als die, welche es damals taten, es ist wahr, man hat mich ablocken wollen von meinem Wege. Es gelang nicht, man erreichte das Gegenteil, meine Aufmerksamkeit verschärfte sich. Es stellte sich mir sogar heraus, daß ich es war, der die andern verlocken wollte, und daß mir tatsächlich die Verlockung bis zu einem gewissen Grade gelang. Erst mit Hilfe der Hundeschaft begann ich meine eigenen Fragen zu verstehen. Wenn ich zum Beispiel fragte: Woher nimmt die Erde diese Nahrung, – kümmerte mich denn dabei, wie es den Anschein haben konnte, die Erde, kümmerten mich etwa der Erde Sorgen? Nicht im geringsten, das lag mir, wie ich bald erkannte, völlig fern, mich kümmerten nur die Hunde, gar nichts sonst. Denn was gibt es außer den Hunden? Wen kann man sonst anrufen in der weiten, leeren Welt? Alles Wissen, die Gesamtheit aller Fragen und aller Antworten ist in den Hunden enthalten. Wenn man nur dieses Wissen wirksam, wenn man es nur in den hellen Tag bringen könnte, wenn sie nur nicht so unendlich viel mehr wüßten, als sie zugestehen, als sie sich selbst zugestehen. Noch der redseligste Hund ist verschlossener, als es die Orte zu sein pflegen, wo die besten Speisen sind. Man umschleicht den Mithund, man schäumt vor Begierde, man prügelt sich selbst mit dem eigenen Schwanz, man fragt, man bittet, man heult, man beißt und erreicht – und erreicht das, was man auch ohne jede Anstrengung erreichen würde: liebevolles Anhören, freundliche Berührungen, ehrenvolle Beschnupperungen, innige Umarmungen, mein und dein Heulen mischt sich in eines, alles ist darauf gerichtet, ein Entzücken, Vergessen und Finden, aber das eine, was man vor allem erreichen wollte: Eingeständnis des Wissens, das bleibt versagt. Auf diese Bitte, ob stumm, ob laut, antworten bestenfalls, wenn man die Verlockung schon aufs äußerste getrieben hat, nur stumpfe Mienen, schiefe Blicke, verhängte, trübe Augen. Es ist nicht viel anders, als es damals war, da ich als Kind die Musikerhunde anrief und sie schwiegen.

Nun könnte man sagen: »Du beschwerst dich über deine Mithunde, über ihre Schweigsamkeit hinsichtlich der entscheidenden Dinge, du behauptest, sie wüßten mehr, als sie eingestehen, mehr, als sie im Leben gelten lassen wollen, und dieses Verschweigen, dessen Grund und Geheimnis sie natürlich auch noch mitverschweigen, vergifte das Leben, mache es dir unerträglich, du müßtest es ändern oder es verlassen, mag sein, aber du bist doch selbst ein Hund, hast auch das Hundewissen, nun sprich es aus, nicht nur in Form der Frage, sondern als Antwort. Wenn du es aussprichst, wer wird dir widerstehen? Der große Chor der Hundeschaft wird einfallen, als hätte er darauf gewartet. Dann hast du Wahrheit, Klarheit, Eingeständnis, soviel du nur willst. Das Dach dieses niedrigen Lebens, dem du so Schlimmes nachsagst, wird sich öffnen und wir werden alle, Hund bei Hund, aufsteigen in die hohe Freiheit. Und sollte das Letzte nicht gelingen, sollte es schlimmer werden als bisher, sollte die ganze Wahrheit unerträglicher sein als die halbe, sollte sich bestätigen, daß die Schweigenden als Erhalter des Lebens im Rechte sind, sollte aus der leisen Hoffnung, die wir jetzt noch haben, völlige Hoffnungs-

losigkeit werden, des Versuches ist das Wort doch wert, da du so, wie du leben darfst, nicht leben willst. Nun also, warum machst du den anderen ihre Schweigsamkeit zum Vorwurf und schweigst selbst?« Leichte Antwort: Weil ich ein Hund bin. Im Wesentlichen genau so wie die anderen fest verschlossen, Widerstand leistend den eigenen Fragen, hart aus Angst. Frage ich denn, genau genommen, zumindest seit ich erwachsen bin, die Hundeschaft deshalb, damit sie mir antwortet? Habe ich so törichte Hoffnungen? Sehe ich die Fundamente unseres Lebens, ahne ihre Tiefe, sehe die Arbeiter beim Bau, bei ihrem finstern Werk, und erwarte noch immer, daß auf meine Fragen hin alles dies beendigt, zerstört, verlassen wird? Nein, das erwarte ich wahrhaftig nicht mehr. Ich verstehe sie, ich bin Blut von ihrem Blut, von ihrem armen, immer wieder jungen, immer wieder verlangenden Blut. Aber nicht nur das Blut haben wir gemeinsam, sondern auch das Wissen und nicht nur das Wissen, sondern auch den Schlüssel zu ihm. Ich besitze es nicht ohne die anderen, ich kann es nicht haben ohne ihre Hilfe. – Eisernen Knochen, enthaltend das edelste Mark, kann man nur beikommen durch ein gemeinsames Beißen aller Zähne aller Hunde. Das ist natürlich nur ein Bild und übertrieben; wären alle Zähne bereit, sie müßten nicht mehr beißen, der Knochen würde sich öffnen und das Mark läge frei dem Zugriff des schwächsten Hündchens. Bleibe ich innerhalb dieses Bildes, dann zielen meine Absicht, meine Fragen, meine Forschungen allerdings auf etwas Ungeheuerliches. Ich will diese Versammlung aller Hunde erzwingen, will unter dem Druck ihres Bereitseins den Knochen sich öffnen lassen, will sie dann zu ihrem Leben, das ihnen lieb ist, entlassen und dann allein, weit und breit allein, das Mark einschlürfen. Das klingt ungeheuerlich, ist fast so, als wollte ich mich nicht vom Mark eines Knochens nur, sondern vom Mark der Hundeschaft selbst nähren. Doch es ist nur ein Bild. Das Mark, von dem hier die Rede ist, ist keine Speise, ist das Gegenteil, ist Gift.
Mit meinen Fragen hetze ich nur noch mich selbst, will mich anfeuern durch das Schweigen, das allein ringsum mir noch antwortet. Wie lange wirst du es ertragen, daß die Hundeschaft, wie du dir durch deine Forschungen immer mehr zu Bewußtsein bringst, schweigt und immer schweigen wird? Wie lange wirst du es ertragen, so lautet über allen Einzelfragen meine eigentliche Lebensfrage: Sie ist nur an mich

gestellt und belästigt keinen andern. Leider kann ich sie leichter beantworten als die Einzelfragen: Ich werde es voraussichtlich aushalten bis zu meinem natürlichen Ende, den unruhigen Fragen widersteht immer mehr die Ruhe des Alters. Ich werde wahrscheinlich schweigend, vom Schweigen umgeben, nahezu friedlich, sterben und ich sehe dem gefaßt entgegen. Ein bewundernswürdig starkes Herz, eine vorzeitig nicht abzunützende Lunge sind uns Hunden wie aus Bosheit mitgegeben, wir widerstehen allen Fragen, selbst den eigenen, Bollwerk des Schweigens, das wir sind.

Immer mehr in letzter Zeit überdenke ich mein Leben, suche den entscheidenden, alles verschuldenden Fehler, den ich vielleicht begangen habe, und kann ihn nicht finden. Und ich muß ihn doch begangen haben, denn hätte ich ihn nicht begangen und hätte trotzdem durch die redliche Arbeit eines langen Lebens das, was ich wollte, nicht erreicht, so wäre bewiesen, daß das, was ich wollte, unmöglich war, und völlige Hoffnungslosigkeit würde daraus folgen. Sieh das Werk deines Lebens! Zuerst die Untersuchungen hinsichtlich der Frage: Woher nimmt die Erde die Nahrung für uns? Ein junger Hund, im Grunde natürlich gierig lebenslustig, verzichtete ich auf alle Genüsse, wich allen Vergnügungen im Bogen aus, vergrub vor Verlockungen den Kopf zwischen den Beinen und machte mich an die Arbeit. Es war keine Gelehrtenarbeit, weder was die Gelehrsamkeit noch was die Methode noch was die Absicht betrifft. Das waren wohl Fehler, aber entscheidend können sie nicht gewesen sein. Ich habe wenig gelernt, denn ich kam frühzeitig von der Mutter fort, gewöhnte mich bald an Selbständigkeit, führte ein freies Leben, und allzu frühe Selbständigkeit ist dem systematischen Lernen feindlich. Aber ich habe viel gesehen, gehört und mit vielen Hunden der verschiedensten Arten und Berufe gesprochen und alles, wie ich glaube, nicht schlecht aufgefaßt und die Einzelbeobachtungen nicht schlecht verbunden, das hat ein wenig die Gelehrsamkeit ersetzt, außerdem aber ist Selbständigkeit, mag sie für das Lernen ein Nachteil sein, für eigene Forschung ein gewisser Vorzug. Sie war in meinem Falle um so nötiger, als ich nicht die eigentliche Methode der Wissenschaft befolgen konnte, nämlich die Arbeiten der Vorgänger zu benützen und mit den zeitgenössischen Forschern mich zu verbinden. Ich war völlig auf mich allein angewiesen, begann mit dem allerersten Anfang und mit dem für die Jugend beglückenden, für das Alter dann aber äußerst niederdrückenden Bewußtsein, daß der zufällige Schlußpunkt, den ich setzen werde, auch der endgültige sein müsse. War ich wirklich so allein mit meinen Forschungen, jetzt und seit jeher? Ja und nein. Es ist unmöglich, daß nicht immer und auch heute einzelne Hunde hier und dort in meiner Lage waren und sind. So schlimm kann es mit mir nicht stehen. Ich bin kein Haarbreit außerhalb des Hundewesens. Jeder Hund hat wie ich den Drang zu fragen, und ich habe wie jeder Hund den Drang zu schweigen. Jeder hat den Drang zu fragen. Hätte ich denn sonst durch meine Fragen auch nur die leichtesten Erschütterungen erreichen können, die zu sehen mir oft mit Entzücken, übertriebenem Entzücken allerdings, vergönnt war, und hätte ich denn, wenn es sich mit mir nicht so verhielte, nicht viel mehr erreichen müssen. Und daß ich den Drang zu schweigen habe, bedarf leider keines besonderen Beweises. Ich bin also grundsätzlich nicht anders als jeder andere Hund, darum wird mich trotz allen Meinungsverschiedenheiten und Abneigungen im Grunde jeder anerkennen und ich werde es mit jedem Hund nicht anders tun. Nur die Mischung der Elemente ist verschieden, ein persönlich sehr großer, volklich bedeutungsloser Unterschied. Und nun sollte die Mischung dieser immer vorhandenen Elemente innerhalb der Vergangenheit und Gegenwart niemals ähnlich der meinen ausgefallen sein und, wenn man meine Mischung unglücklich nennen will, nicht auch noch viel unglücklicher? Das wäre gegen alle übrige Erfahrung. In den wunderbarsten Berufen sind wir Hunde beschäftigt. Berufe, an die man gar nicht glauben würde, wenn man nicht die vertrauenswürdigsten Nachrichten darüber hätte. Ich denke hier am liebsten an das Beispiel der Lufthunde. Als ich zum erstenmal von einem hörte, lachte ich, ließ es mir auf keine Weise einreden. Wie? Es sollte einen Hund von allerkleinster Art geben, nicht viel größer als mein Kopf, auch im hohen Alter nicht größer, und dieser Hund, natürlich schwächlich, dem Anschein nach ein künstliches, unreifes, übersorgfältig frisiertes Gebilde, unfähig, einen ehrlichen Sprung zu tun, dieser Hund sollte, wie man erzählte, meistens hoch in der Luft sich fortbewegen, dabei aber keine sichtbare Arbeit machen, sondern ruhen. Nein, solche Dinge mir einreden wollen, das hieß doch die Unbefangenheit eines jungen Hundes gar zu sehr ausnützen, glaubte ich. Aber kurz darauf hörte ich von anderer Seite von einem anderen Lufthund erzählen. Hatte man sich vereinigt, mich zum besten zu halten? Dann aber sah ich die Musikerhunde, und von der Zeit an hielt ich alles für möglich, kein Vorurteil beschränkte meine Fassungskraft, den unsinnigsten Gerüchten ging ich nach, verfolgte sie, soweit ich konnte, das Unsinnigste erschien mir in diesem unsinnigen Leben wahrscheinlicher als das Sinnvolle und für meine Forschung besonders ergiebig. So auch die Lufthunde. Ich erfuhr vielerlei über sie, es gelang mir zwar bis heute nicht, einen zu sehen, aber von ihrem Dasein bin ich schon längst fest überzeugt und in meinem Weltbild haben sie ihren wichtigen Platz. Wie meistens so auch hier ist es natürlich nicht die Kunst, die mich vor allem nachdenklich macht. Es ist wunderbar, wer kann das leugnen, daß diese Hunde in der Luft zu schweben imstande sind, im Staunen darüber bin ich mit der Hundeschaft einig. Aber viel wunderbarer ist für mein Gefühl die Unsinnigkeit, die schweigende Unsinnigkeit dieser Existenzen. Im allgemeinen wird sie gar nicht begründet, sie schweben in der Luft, und dabei bleibt es, das Leben geht weiter seinen Gang, hie und da spricht man von Kunst und Künstlern, das ist alles. Aber warum, grundgütige Hundeschaft, warum nur schweben die Hunde? Welchen Sinn hat ihr Beruf? Warum ist kein Wort der Erklärung von ihnen zu bekommen? Warum schweben sie dort oben, lassen die Beine, den Stolz des Hundes, verkümmern, sind getrennt von der nährenden Erde, säen nicht und ernten doch, werden angeblich sogar auf Kosten der Hundeschaft besonders gut genährt. Ich kann mir schmeicheln, daß ich durch meine Fragen in diese Dinge doch ein wenig Bewegung gebracht habe. Man beginnt zu begründen, eine Art Begründung zusammenzuhaspeln, man beginnt, und wird allerdings auch über diesen Beginn nicht hinausgehen. Aber etwas ist es doch. Und es zeigt sich dabei zwar nicht die Wahrheit – niemals wird man soweit kommen –, aber doch etwas von der tiefen Verwirrung der Lüge. Alle unsinnigen Erscheinungen unseres Lebens und die unsinnigsten ganz besonders lassen sich nämlich begründen. Nicht vollständig natürlich – das ist der teuflische Witz –, aber um sich gegen peinliche Fragen zu schützen, reicht es hin. Die Lufthunde wieder als Beispiel genommen: sie sind nicht hochmütig, wie man zunächst glauben könnte, sie sind vielmehr der Mithunde besonders bedürftig, versucht man sich in ihre Lage zu versetzen, versteht man es. Sie müssen ja, wenn sie es schon nicht offen tun können – das wäre Verletzung der Schweigepflicht –, so doch auf irgendeine andere Art für ihre Lebensweise Verzeihung zu erlangen suchen oder wenigstens von ihr ablenken, sie vergessen machen – sie tun das, wie man mir erzählt, durch eine fast unerträgliche Geschwätzigkeit. Immerfort haben sie zu erzählen, teils von ihren philosophischen Überlegungen, mit denen sie sich, da sie auf körperliche Anstrengung völlig verzichtet haben, fortwährend beschäftigen können, teils von den Beobachtungen, die sie von ihrem erhöhten Standort aus machen. Und obwohl sie sich, was bei einem solchen Lotterleben selbstverständlich ist, durch Geisteskraft nicht sehr auszeichnen, und ihre Philosophie so wertlos ist wie ihre Beobachtungen, und die Wissenschaft kaum etwas davon verwenden kann und überhaupt auf so jämmerliche Hilfsquellen nicht angewiesen ist, trotzdem wird man, wenn man fragt, was die Lufthunde überhaupt wollen, immer wieder zur Antwort bekommen, daß sie zur Wissenschaft viel beitragen. »Das ist richtig«, sagt man darauf, »aber ihre Beiträge sind wertlos und lästig.« Die weitere Antwort ist Achselzucken, Ablenkung, Ärger oder Lachen, und in einem Weilchen, wenn man wieder fragt, erfährt man doch wiederum, daß sie zur Wissenschaft beitragen, und schließlich, wenn man nächstens gefragt wird und sich nicht sehr beherrscht, antwortet man das Gleiche. Und vielleicht ist es auch gut, nicht allzu hartnäckig zu sein und sich zu fügen, die schon bestehenden Lufthunde nicht in ihrer Lebensberechtigung anzuerkennen, was unmöglich ist, aber doch zu dulden. Aber mehr darf man nicht verlangen, das ginge zu weit, und man verlangt es doch. Man verlangt die Duldung immer neuer Lufthunde, die heraufkommen. Man weiß gar nicht genau, woher sie kommen. Vermehren sie sich durch Fortpflanzung? Haben sie denn noch die Kraft dazu, sie sind ja nicht viel mehr als ein schönes Fell, was soll sich hier fortpflanzen? Auch wenn das Unwahrscheinliche möglich wäre, wann sollte es geschehen? Immer sieht man sie doch allein, selbstgenügsam oben in der Luft, und wenn sie einmal zu laufen sich herablassen, geschieht es nur ein kleines Weilchen lang, ein paar gezierte Schritte und immer wieder nur streng allein und in angeblichen Gedanken, von denen sie sich, selbst wenn sie sich anstrengen, nicht losreißen können, wenigstens behaupten sie das. Wenn sie sich aber nicht fortpflanzen, wäre es denkbar, daß sich Hunde finden, welche freiwillig das ebenerdige Leben aufgeben, freiwillig Lufthunde werden und um den Preis der Bequemlichkeit und einer gewissen Kunstfertigkeit dieses öde Leben dort auf den Kissen wählen? Das ist nicht denkbar, weder Fortpflanzung, noch freiwilliger Anschluß ist denkbar. Die Wirklichkeit aber zeigt, daß es doch immer wieder neue Lufthunde gibt; daraus ist zu schließen, daß, mögen auch die Hindernisse unserem Verstande unüberwindbar scheinen, eine einmal vorhandene Hundeart, sei sie auch noch so sonderbar, nicht ausstirbt, zumindest nicht leicht, zumindest nicht ohne daß in jeder Art etwas wäre, das sich erfolgreich wehrt.

Muß ich das, wenn es für eine so abseitige, sinnlose, äußerlich allersonderbarste, lebensunfähige Art wie die der Lufthunde gilt, nicht auch für meine Arbeit annehmen? Dabei bin ich äußerlich gar nicht sonderbar, gewöhnlicher Mittelstand, der wenigstens hier in der Gegend sehr häufig ist, durch nichts besonders hervorragend, durch nichts besonders verächtlich, in meiner Jugend und noch teilweise im Mannesalter, solange ich mich nicht vernachlässigte und viel Bewegung hatte, war ich sogar ein recht hübscher Hund. Besonders meine Vorderansicht wurde gelobt, die schlanken Beine, die schöne Kopfhaltung, aber auch mein grau-weiß-gelbes, nur in den Haarspitzen sich ringelndes Fell war sehr gefällig, das alles ist nicht sonderbar, sonderbar ist nur mein Wesen, aber auch dieses ist, wie ich niemals außer acht lassen darf, im allgemeinen Hundewesen wohl begründet. Wenn nun sogar der Lufthund nicht allein bleibt, hier und dort in der großen Hundewelt immer wieder sich einer findet und sie sogar aus dem Nichts immer wieder neuen Nachwuchs holen, dann kann auch ich in der Zuversicht leben, daß ich nicht verloren bin. Freilich ein besonderes Schicksal müssen meine Artgenossen haben, und ihr Dasein wird mir niemals sichtbar helfen, schon deshalb nicht, weil ich sie kaum je erkennen werde. Wir sind die, welche das Schweigen drückt, welche es förmlich aus Lufthunger durchbrechen wollen, den anderen scheint im Schweigen wohl zu sein, zwar hat es nur diesen Anschein, so wie bei den Musikhunden, die scheinbar ruhig musizierten, in Wirklichkeit aber sehr aufgeregt waren, aber dieser Anschein ist stark, man versucht ihm beizukommen, er spottet jeden Angriffs. Wie helfen sich nun meine Artgenossen? Wie sehen ihre

Versuche, dennoch zu leben, aus? Das mag verschieden sein. Ich habe es mit meinen Fragen versucht, solange ich jung war. Ich könnte mich also vielleicht an die halten, welche viel fragen, und da hätte ich dann meine Artgenossen. Ich habe auch das eine Zeitlang mit Selbstüberwindung versucht, mit Selbstüberwindung, denn mich kümmern ja vor allem die, welche antworten sollen; die, welche mir immerfort mit Fragen, die ich meist nicht beantworten kann, dazwischenfahren, sind mir widerwärtig. Und dann, wer fragt denn nicht gern, solange er jung ist, wie soll ich aus den vielen Fragen die richtigen herausfinden? Eine Frage klingt wie die andere, auf die Absicht kommt es an, die aber ist verborgen, oft auch dem Frager. Und überhaupt, das Fragen ist ja eine Eigentümlichkeit der Hundeschaft, alle fragen durcheinander, es ist, als sollte damit die Spur der richtigen Fragen verwischt werden. Nein, unter den Fragern der Jungen finde ich meine Artgenossen nicht, und unter den Schweigern, den Alten, zu denen ich jetzt gehöre, ebensowenig. Aber was wollen denn die Fragen, ich bin ja mit ihnen gescheitert, wahrscheinlich sind meine Genossen viel klüger als ich und wenden ganz andere vortreffliche Mittel an, um dieses Leben zu ertragen, Mittel freilich, die, wie ich aus eigenem hinzufüge, vielleicht ihnen zur Not helfen, beruhigen, einschläfern, artverwandelnd wirken, aber in der Allgemeinheit ebenso ohnmächtig sind, wie die meinen, denn, soviel ich auch ausschaue, einen Erfolg sehe ich nicht. Ich fürchte, an allem anderen werde ich meine Artgenossen eher erkennen als am Erfolg. Wo sind denn aber meine Artgenossen? Ja, das ist die Klage, das ist sie eben. Wo sind sie? Überall und nirgends. Vielleicht ist es mein Nachbar, drei Sprünge weit von mir, wir rufen einander oft zu, er kommt auch zu mir herüber, ich zu ihm nicht. Ist er mein Artgenosse? Ich weiß nicht, ich erkenne zwar nichts dergleichen an ihm, aber möglich ist es. Möglich ist es, aber doch ist nichts unwahrscheinlicher. Wenn er fern ist, kann ich zum Spiel mit Zuhilfenahme aller Phantasie manches mich verdächtig Anheimelnde an ihm herausfinden, steht er dann aber vor mir, sind alle meine Erfindungen zum Lachen. Ein alter Hund, noch etwas kleiner als ich, der ich kaum Mittelgröße habe, braun, kurzhaarig, mit müde hängendem Kopf, mit schlürfenden Schritten, das linke Hinterbein schleppt er überdies infolge einer Krankheit ein wenig nach. So nah wie mit ihm verkehre ich schon seit langem mit niemandem, ich bin froh, daß ich ihn doch noch leidlich ertrage, und wenn er fortgeht, schreie ich ihm die freundlichsten Dinge nach, freilich nicht aus Liebe, sondern zornig auf mich, weil ich ihn, wenn ich ihm nachgehe, doch wieder nur ganz abscheulich finde, wie er sich wegschleicht mit dem nachschleppenden Fuß und dem viel zu niedrigen Hinterteil. Manchmal ist mir, als wollte ich mich selbst verspotten, wenn ich ihn in Gedanken meinen Genossen nenne. Auch in unseren Gesprächen verrät er nichts von irgendeiner Genossenschaft, zwar ist er klug und, für unsere Verhältnisse hier, gebildet genug und ich könnte viel von ihm lernen, aber suche ich Klugheit und Bildung? Wir unterhalten uns gewöhnlich über örtliche Fragen und ich staune dabei, durch meine Einsamkeit in dieser Hinsicht hellsichtiger gemacht, wieviel Geist selbst für einen gewöhnlichen Hund, selbst bei durchschnittlich nicht allzu ungünstigen Verhältnissen nötig ist, um sein Leben zu fristen und sich vor den größten üblichen Gefahren zu schützen. Die Wissenschaft gibt zwar die Regeln; sie aber auch nur von Ferne und in den gröbsten Hauptzügen zu verstehen ist gar nicht leicht, und wenn man sie verstanden hat, kommt erst das eigentlich Schwere, sie nämlich auf die örtlichen Verhältnisse anzuwenden – hier kann kaum jemand helfen, fast jede Stunde gibt neue Aufgaben und jedes neue Fleckchen Erde seine besonderen; daß er für die Dauer irgendwo eingerichtet ist und daß sein Leben nun gewissermaßen von selbst verläuft, kann niemand von sich behaupten, nicht einmal ich, dessen Bedürfnisse sich förmlich von Tag zu Tag verringern. Und alle diese unendliche Mühe – zu welchem Zweck? Doch nur um sich immer weiter zu vergraben im Schweigen und um niemals und von niemand mehr herausgeholt werden zu können.

Man rühmt oft den allgemeinen Fortschritt der Hundeschaft durch die Zeiten und meint damit wohl hauptsächlich den Fortschritt der Wissenschaft. Gewiß, die Wissenschaft schreitet fort, das ist unaufhaltsam, sie schreitet sogar mit Beschleunigung fort, immer schneller, aber was ist daran zu rühmen? Es ist so, als wenn man jemanden deshalb rühmen wollte, weil er mit zunehmenden Jahren älter wird und infolgedessen immer schneller der Tod sich nähert. Das ist ein natürlicher und überdies ein häßlicher Vorgang, an dem ich nichts zu rühmen finde. Ich sehe nur Verfall, wobei ich aber nicht meine, daß frühere Generationen im Wesen besser waren, sie waren nur jünger, das war ihr großer Vorzug, ihr Gedächtnis war noch nicht so überlastet wie das heutige, es war noch leichter, sie zum Sprechen zu bringen, und wenn es auch niemandem gelungen ist, die Möglichkeit war größer, diese größere Möglichkeit ist ja das, was uns beim Anhören jener alten, doch eigentlich einfältigen Geschichten so erregt. Hie und da hören wir ein andeutendes Wort und möchten fast aufspringen, fühlten wir nicht die Last der Jahrhunderte auf uns. Nein, was ich auch gegen meine Zeit einzuwenden habe, die früheren Generationen waren nicht besser als die neueren, ja in gewissem Sinn waren sie viel schlechter und schwächer. Die Wunder gingen freilich auch damals nicht frei über die Gassen zum beliebigen Einfangen, aber die Hunde waren, ich kann es nicht anders ausdrücken, noch nicht so hündisch wie heute, das Gefüge der Hundeschaft war noch locker, das wahre Wort hätte damals noch eingreifen, den Bau bestimmen, umstimmen, nach jedem Wunsche ändern, in sein Gegenteil verkehren können und jenes Wort war da, war zumindest nahe, schwebte auf der Zungenspitze, jeder konnte es erfahren; wo ist es heute hingekommen, heute könnte man schon ins Gekröse greifen und würde es nicht finden. Unsere Generation ist vielleicht verloren, aber sie ist unschuldiger als die damalige. Das Zögern meiner Generation kann ich verstehen, es ist ja auch gar kein Zögern mehr, es ist das Vergessen eines vor tausend Nächten geträumten und tausendmal vergessenen Traumes, wer will uns gerade des tausendsten Vergessens zürnen? Aber auch das Zögern unserer Urväter glaube ich zu verstehen, wir hätten wahrscheinlich nicht anders gehandelt, fast möchte ich sagen: Wohl uns, daß nicht wir es waren, die die Schuld auf uns laden mußten, daß wir vielmehr in einer schon von anderen verfinsterten Welt in fast schuldlosem Schweigen dem Tode zueilen dürfen. Als unsere Urväter abirrten, dachten sie wohl kaum an ein endloses Irren, sie sahen ja förmlich noch den Kreuzweg, es war leicht, wann immer zurückzukehren, und wenn sie zurückzukehren zögerten, so nur deshalb, weil sie noch eine kurze Zeit sich des Hundelebens freuen wollten, es war noch gar kein eigentümliches Hundeleben und schon schien es ihnen berauschend schön, wie mußte es erst später werden, wenigstens noch ein kleines Weilchen später, und so irrten sie weiter. Sie wußten nicht, was wir bei Betrachtung des Geschichtsverlaufes ahnen können, daß die Seele sich früher wandelt als das Leben und daß sie, als sie das Hundeleben zu freuen begann, schon eine recht althündische Seele haben mußten und gar nicht mehr so nahe dem Ausgangspunkt waren, wie ihnen schien oder wie ihr in allen Hundefreuden schwelgendes Auge sie glauben machen wollte. – Wer kann heute noch von Jugend sprechen. Sie waren die eigentlichen jungen Hunde, aber ihr einziger Ehrgeiz war leider darauf gerichtet, alte Hunde zu werden, etwas, was ihnen freilich nicht mißlingen konnte, wie alle folgenden Generationen beweisen und unsere, die letzte, am besten.

Über alle diese Dinge rede ich natürlich mit meinem Nachbarn nicht, aber ich muß oft an sie denken, wenn ich ihm gegenübersitze, diesem typischen alten Hund, oder die Schnauze in sein Fell vergrabe, das schon einen Anhauch jenes Geruches hat, den abgezogene Felle haben. Über jene Dinge mit ihm zu reden wäre sinnlos, auch mit jedem anderen. Ich weiß, wie das Gespräch verlaufen würde. Er hätte einige kleine Einwände hie und da, schließlich würde er zustimmen – Zustimmung ist die beste Waffe – und die Sache wäre begraben, warum sie aber überhaupt erst aus ihrem Grab bemühen? Und trotz allem, es gibt doch vielleicht eine über bloße Worte hinausgehende tiefere Übereinstimmung mit meinem Nachbarn. Ich kann nicht aufhören, das zu behaupten, obwohl ich keine Beweise dafür habe und vielleicht daher nur einer einfachen Täuschung unterliege, weil er eben seit langem der einzige ist, mit dem ich verkehre, und ich mich also an ihn halten muß. »Bist du doch vielleicht mein Genosse auf deine Art? Und schämst dich, weil dir alles mißlungen ist? Sieh, mir ist es ebenso gegangen. Wenn ich allein bin, heule ich darüber, komm, zu zweit ist es süßer«, so denke ich manchmal und sehe ihn dabei fest an. Er senkt dann den Blick nicht, aber auch zu entnehmen ist ihm nichts, stumpf sieht er mich an und wundert sich, warum ich schweige und unsere Unterhaltung unterbrochen habe. Aber vielleicht ist gerade dieser Blick seine Art zu fragen, und ich enttäusche ihn, so wie er mich enttäuscht. In meiner Jugend hätte ich ihn, wenn mir damals nicht andere Fragen wichtiger gewesen wären und ich nicht allein mir reichlich genügt hätte, vielleicht laut gefragt, hätte eine matte Zustimmung bekommen und also weniger als heute, da er schweigt. Aber schweigen nicht alle ebenso? Was hindert mich zu glauben, daß alle meine Genossen sind, daß ich nicht nur hie und da einen Mitforscher hatte, der mit seinen winzigen Ergebnissen versunken und vergessen ist und zu dem ich auf keine Weise mehr gelangen kann durch das Dunkel der Zeiten oder das Gedränge der Gegenwart, daß ich vielmehr in allem seit jeher Genossen habe, die sich alle bemühen nach ihrer Art, alle erfolglos nach ihrer Art, alle schweigend oder listig plappernd nach ihrer Art, wie es die hoffnungslose Forschung mit sich bringt. Dann hätte ich mich aber auch gar nicht absondern müssen, hätte ruhig unter den anderen bleiben können, hätte nicht wie ein unartiges Kind durch die Reihen der Erwachsenen mich hinausdrängen müssen, die ja ebenso hinauswollen wie ich, und an denen mich nur ihr Verstand beirrt, der ihnen sagt, daß niemand hinauskommt und daß alles Drängen töricht ist.

Solche Gedanken sind allerdings deutlich die Wirkung meines Nachbarn, er verwirrt mich, er macht mich melancholisch; und ist für sich fröhlich genug, wenigstens höre ich ihn, wenn er in seinem Bereich ist, schreien und singen, daß es mir lästig ist. Es wäre gut, auch auf diesen letzten Verkehr zu verzichten, nicht vagen Träumereien nachzugehen, wie sie jeder Hundeverkehr, so abgehärtet man zu sein glaubt, unvermeidlich erzeugt, und die kleine Zeit, die mir bleibt, ausschließlich für meine Forschungen zu verwenden. Ich werde, wenn er nächstens kommt, mich verkriechen und schlafend stellen, und das so lange wiederholen, bis er ausbleibt.

Auch ist in meine Forschungen Unordnung gekommen, ich lasse nach, ich ermüde, ich trotte nur noch mechanisch, wo ich begeistert lief. Ich denke zurück an die Zeit, als ich die Frage: »Woher nimmt die Erde unsere Nahrung?« zu untersuchen begann. Freilich lebte ich damals mitten im Volk, drängte mich dorthin, wo es am dichtesten war, wollte alle zu Zeugen meiner Arbeiten machen, diese Zeugenschaft war mir sogar wichtiger als meine Arbeit; da ich ja noch irgendeine allgemeine Wirkung erwartete, erhielt ich natürlich eine große Anfeuerung, die nun für mich Einsamen vorbei ist. Damals aber war ich so stark, daß ich etwas tat, was unerhört ist, allen unsern Grundsätzen widerspricht und an das sich gewiß jeder Augenzeuge von damals als an etwas Unheimliches erinnert. Ich fand in der Wissenschaft, die sonst zu grenzenloser Spezialisierung strebt, in einer Hinsicht eine merkwürdige Vereinfachung. Sie lehrt, daß in der

Hauptsache die Erde unsere Nahrung hervorbringt, und gibt dann, nachdem sie diese Voraussetzung gemacht hat, die Methoden an, mit welchen sich die verschiedenen Speisen in bester Art und größter Fülle erreichen lassen. Nun ist es freilich richtig, daß die Erde die Nahrung hervorbringt, daran kann kein Zweifel sein, aber so einfach, wie es gewöhnlich dargestellt wird, jede weitere Untersuchung ausschließend, ist es nicht. Man nehme doch nur die primitivsten Vorfälle her, die sich täglich wiederholen. Wenn wir gänzlich untätig wären, wie ich es nun schon fast bin, nach flüchtiger Bodenbearbeitung uns zusammenrollten und warteten, was kommt, so würden wir allerdings, vorausgesetzt, daß sich überhaupt etwas ergeben würde, die Nahrung auf der Erde finden. Aber das ist doch nicht der Regelfall. Wer sich nur ein wenig Unbefangenheit gegenüber der Wissenschaft bewahrt hat – und deren sind freilich wenige, denn die Kreise, welche die Wissenschaft zieht, werden immer größer –, wird, auch wenn er gar nicht auf besondere Beobachtungen ausgeht, leicht erkennen, daß der Hauptteil der Nahrung, die dann auf der Erde liegt, von oben herabkommt, wir fangen ja je nach unserer Geschicklichkeit und Gier das meiste sogar ab, ehe es die Erde berührt. Damit sage ich noch nichts gegen die Wissenschaft, die Erde bringt ja auch diese Nahrung natürlich hervor. Ob sie die eine aus sich herauszieht oder die andere aus der Höhe herabruft, ist ja vielleicht kein wesentlicher Unterschied, und die Wissenschaft, welche festgestellt hat, daß in beiden Fällen Bodenbearbeitung nötig ist, muß sich vielleicht mit jenen Unterscheidungen nicht beschäftigen, heißt es doch: »Hast du den Fraß im Maul, so hast du für diesmal alle Fragen gelöst.« Nur scheint es mir, daß die Wissenschaft sich in verhüllter Form doch wenigstens teilweise mit diesen Dingen beschäftigt, da sie ja doch zwei Hauptmethoden der Nahrungsbeschaffung kennt, nämlich die eigentliche Bodenbearbeitung und dann die Ergänzungs-Verfeinerungs-Arbeit in Form von Spruch, Tanz und Gesang. Ich finde darin eine zwar nicht vollständige, aber doch genug deutliche, meiner Unterscheidung entsprechende Zweiteilung. Die Bodenbearbeitung dient meiner Meinung nach zur Erzielung von beiderlei Nahrung und bleibt immer unentbehrlich, Spruch, Tanz und Gesang aber betreffen weniger die Bodennahrung im engeren Sinn, sondern dienen hauptsächlich dazu, die Nahrung von oben herabzuziehen. In dieser Auffassung bestärkt

mich die Tradition. Hier scheint das Volk die Wissenschaft richtigzu-
stellen, ohne es zu wissen und ohne daß die Wissenschaft sich zu
wehren wagt. Wenn, wie die Wissenschaft will, jene Zeremonien nur
dem Boden dienen sollten, etwa um ihm die Kraft zu geben, die
Nahrung von oben zu holen, so müßten sie sich doch folgerichtig
völlig am Boden vollziehen, dem Boden müßte alles zugeflüstert,
vorgesprungen, vorgetanzt werden. Die Wissenschaft verlangt wohl
auch meines Wissens nichts anderes. Und nun das Merkwürdige, das
Volk richtet sich mit allen seinen Zeremonien in die Höhe. Es ist dies
keine Verletzung der Wissenschaft, sie verbietet es nicht, läßt dem
Landwirt darin die Freiheit, sie denkt bei ihren Lehren nur an den
Boden, und führt der Landwirt ihre auf den Boden sich beziehenden
Lehren aus, ist sie zufrieden, aber ihr Gedankengang sollte meiner
Meinung nach eigentlich mehr verlangen. Und ich, der ich niemals
tiefer in die Wissenschaft eingeweiht worden bin, kann mir gar nicht
vorstellen, wie die Gelehrten es dulden können, daß unser Volk,
leidenschaftlich wie es nun einmal ist, die Zaubersprüche aufwärts
ruft, unsere alten Volksgesänge in die Lüfte klagt und Sprungtänze
aufführt, als ob es sich, den Boden vergessend, für immer empor-
schwingen wollte. Von der Betonung dieser Widersprüche ging ich
aus, ich beschränkte mich, wann immer nach den Lehren der Wissenschaft die Erntezeit sich näherte, völlig auf den Boden, ich scharrte
ihn im Tanz, ich verdrehte den Kopf, um nur dem Boden möglichst
nahe zu sein. Ich machte mir später eine Grube für die Schnauze und
sang so und deklamierte, daß nur der Boden es hörte und niemand
sonst neben oder über mir.
Die Forschungsergebnisse waren gering. Manchmal bekam ich das
Essen nicht und schon wollte ich jubeln über meine Entdeckung, aber
dann kam das Essen doch wieder, so als wäre man zuerst beirrt
gewesen durch meine sonderbare Aufführung, erkenne aber jetzt den
Vorteil, den sie bringt, und verzichte gern auf meine Schreie und
Sprünge. Oft kam das Essen sogar reichlicher als früher, aber dann
blieb es doch auch wieder gänzlich aus. Ich machte mit einem Fleiß,
der an jungen Hunden bisher unbekannt gewesen war, genau Aufstel-
lungen aller meiner Versuche, glaubte schon hie und da eine Spur zu
finden, die mich weiter führen könnte, aber dann verlief sie sich doch
wieder ins Unbestimmte. Es kam mir hierbei unstrittig auch meine

ungenügende wissenschaftliche Vorbereitung in die Quere. Wo hatte ich die Bürgschaft, daß zum Beispiel das Ausbleiben des Essens nicht durch mein Experiment, sondern durch unwissenschaftliche Bodenbearbeitung bewirkt war, und traf das zu, dann waren alle meine Schlußfolgerungen haltlos. Unter gewissen Bedingungen hätte ich ein fast ganz präzises Experiment erreichen können, wenn es mir nämlich gelungen wäre, ganz ohne Bodenbearbeitung – einmal nur durch aufwärts gerichtete Zeremonie das Herabkommen des Essens und dann durch ausschließliche Boden-Zeremonie das Ausbleiben des Essens zu erreichen. Ich versuchte auch derartiges, aber ohne festen Glauben und nicht mit vollkommenen Versuchsbedingungen, denn, meiner unerschütterlichen Meinung nach, ist wenigstens eine gewisse Bodenbearbeitung immer nötig und, selbst wenn die Ketzer, die es nicht glauben, recht hätten, ließe es sich doch nicht beweisen, da die Bodenbesprengung unter einem Drang geschieht und sich in gewissen Grenzen gar nicht vermeiden läßt. Ein anderes, allerdings etwas abseitiges Experiment glückte mir besser und machte einiges Aufsehen. Anschließend an das übliche Abfangen der Nahrung aus der Luft beschloß ich, die Nahrung zwar niederfallen zu lassen, sie aber auch nicht abzufangen. Zu diesem Zwecke machte ich immer, wenn die Nahrung kam, einen kleinen Luftsprung, der aber immer so berechnet war, daß er nicht ausreichte; meistens fiel sie dann doch stumpf-gleichgültig zu Boden und ich warf mich wütend auf sie, in der Wut nicht nur des Hungers, sondern auch der Enttäuschung. Aber in vereinzelten Fällen geschah doch etwas anderes, etwas eigentlich Wunderbares, die Speise fiel nicht, sondern folgte mir in der Luft, die Nahrung verfolgte den Hungrigen. Es geschah nicht lange, eine kurze Strecke nur, dann fiel sie doch oder verschwand gänzlich oder – der häufigste Fall – meine Gier beendete vorzeitig das Experiment und ich fraß die Sache auf. Immerhin, ich war damals glücklich, durch meine Umgebung ging ein Raunen, man war unruhig und aufmerksam geworden, ich fand meine Bekannten zugänglicher meinen Fragen, in ihren Augen sah ich irgendein Hilfe suchendes Leuchten, mochte es auch nur der Widerschein meiner eigenen Blicke sein, ich wollte nichts anderes, ich war zufrieden. Bis ich dann freilich erfuhr – und die anderen erfuhren es mit mir –, daß dieses Experiment in der Wissenschaft längst beschrieben ist, viel großartiger schon gelungen als mir, zwar schon lange nicht gemacht werden konnte wegen der Schwierigkeit der Selbstbeherrschung, die es verlangt, aber wegen seiner angeblichen wissenschaftlichen Bedeutungslosigkeit auch nicht wiederholt werden muß. Es beweise nur, was man schon wußte, daß der Boden die Nahrung nicht nur gerade abwärts von oben holt, sondern auch schräg, ja sogar in Spiralen. Da stand ich nun, aber entmutigt war ich nicht, dazu war ich noch zu jung, im Gegenteil, ich wurde dadurch aufgemuntert zu der vielleicht größten Leistung meines Lebens. Ich glaubte der wissenschaftlichen Entwertung meines Experimentes nicht, aber hier hilft kein Glauben, sondern nur der Beweis, und den wollte ich antreten und wollte damit auch dieses ursprünglich etwas abseitige Experiment ins volle Licht, in den Mittelpunkt der Forschung stellen. Ich wollte beweisen, daß, wenn ich vor der Nahrung zurückwich, nicht der Boden sie schräg zu sich herabzog, sondern ich es war, der sie hinter mir her lockte. Dieses Experiment konnte ich allerdings nicht weiter ausbauen, den Fraß vor sich zu sehen und dabei wissenschaftlich zu experimentieren, das hielt man für die Dauer nicht aus. Aber ich wollte etwas anderes tun, ich wollte, solange ichs aushielt, völlig fasten, allerdings dabei auch jeden Anblick der Nahrung, jede Verlockung vermeiden. Wenn ich mich so zurückzog, mit geschlossenen Augen liegenblieb, Tag und Nacht, weder um das Aufheben noch um das Abfangen der Nahrung mich kümmerte und, wie ich nicht zu behaupten wagte, aber leise hoffte, ohne alle sonstigen Maßnahmen, nur auf die unvermeidliche unrationelle Bodenbesprengung und stilles Aufsagen der Sprüche und Lieder hin (den Tanz wollte ich unterlassen, um mich nicht zu schwächen) die Nahrung von oben selbst herabkäme und, ohne sich um den Boden zu kümmern, an mein Gebiß klopfen würde, um eingelassen zu werden – wenn dies geschah, dann war die Wissenschaft zwar nicht widerlegt, denn sie hat genug Elastizität für Ausnahmen und Einzelfälle, aber was würde das Volk sagen, das glücklicherweise nicht so viel Elastizität hat? Denn es würde das ja auch kein Ausnahmefall von der Art sein, wie sie die Geschichte überliefert, daß etwa einer wegen körperlicher Krankheit oder wegen Trübsinns sich weigert, die Nahrung vorzubereiten, zu suchen, aufzunehmen und dann die Hundeschaft in Beschwörungsformeln sich vereinigt und dadurch ein Abirren der Nahrung von ihrem gewöhnlichen Weg geradewegs in das Maul des Kranken erreicht. Ich dagegen war in voller Kraft und Gesundheit, mein Appetit so prächtig, daß er mich tagelang hinderte, an etwas anderes zu denken als an ihn, ich unterzog mich, mochte man es glauben oder nicht, dem Fasten freiwillig, war selbst imstande, für das Herabkommen der Nahrung zu sorgen und wollte es auch tun, brauchte aber auch keine Hilfe der Hundeschaft und verbat sie mir sogar auf das entschiedenste.

Ich suchte mir einen geeigneten Ort in einem entlegenen Gebüsch, wo ich keine Eßgespräche, kein Schmatzen und Knochenknacken hören würde, fraß mich noch einmal völlig satt und legte mich dann hin. Ich wollte womöglich die ganze Zeit mit geschlossenen Augen verbringen; solange kein Essen kommen sollte, würde es für mich ununterbrochen Nacht sein, mochte es Tage und Wochen dauern. Dabei durfte ich allerdings, das war eine große Erschwerung, wenig oder am besten gar nicht schlafen, denn ich mußte ja nicht nur die Nahrung herabbeschwören, sondern auch auf der Hut sein, daß ich die Ankunft der Nahrung nicht etwa verschlafe, andererseits wiederum war Schlaf sehr willkommen, denn schlafend würde ich viel länger hungern können als im Wachen. Aus diesen Gründen beschloß ich, die Zeit vorsichtig einzuteilen und viel zu schlafen, aber immer nur ganz kurze Zeit. Ich erreichte dies dadurch, daß ich den Kopf im Schlaf immer auf einen schwachen Ast stützte, der bald einknickte und mich dadurch weckte. So lag ich, schlief oder wachte, träumte oder sang still für mich hin. Die erste Zeit verging ereignislos, noch war es vielleicht dort, woher die Nahrung kommt, irgendwie unbemerkt geblieben, daß ich mich hier gegen den üblichen Verlauf der Dinge stemmte, und so blieb alles still. Ein wenig störte mich in meiner Anstrengung die Befürchtung, daß die Hunde mich vermissen, bald auffinden und etwas gegen mich unternehmen würden. Eine zweite Befürchtung war, daß auf die bloße Besprengung hin der Boden, obwohl es ein nach der Wissenschaft unfruchtbarer Boden war, die sogenannte Zufallsnahrung hergeben und ihr Geruch mich verführen würde. Aber vorläufig geschah nichts dergleichen, und ich konnte weiterhungern. Abgesehen von diesen Befürchtungen war ich zunächst ruhig, wie ich es an mir noch nie bemerkt hatte. Obwohl ich hier eigentlich an der Aufhebung der Wissenschaft arbeitete, erfüllte mich Behagen und fast die sprichwörtliche Ruhe des wissenschaftlichen Arbeiters. In meinen Träumereien erlangte ich von der Wissenschaft Verzeihung, es fand sich in ihr auch ein Raum für meine Forschungen, trostreich klang es mir in den Ohren, daß ich, mögen auch meine Forschungen noch so erfolgreich werden, und besonders dann, keineswegs für das Hundeleben verloren sei, die Wissenschaft sei mir freundlich geneigt, sie selbst werde die Deutung meiner Ergebnisse vornehmen und dieses Versprechen bedeute schon die Erfüllung selbst, ich würde, während ich mich bisher im Innersten ausgestoßen fühlte und die Mauern meines Volkes berannte wie ein Wilder, in großen Ehren aufgenommen werden, die ersehnte Wärme versammelter Hundeleiber werde mich umströmen, hochgezwungen würde ich auf den Schultern meines Volkes schwanken. Merkwürdige Wirkung des ersten Hungers. Meine Leistung erschien mir so groß, daß ich aus Rührung und aus Mitleid mit mir selbst dort in dem stillen Gebüsch zu weinen anfing, was allerdings nicht ganz verständlich war, denn wenn ich den verdienten Lohn erwartete, warum weinte ich dann? Wohl nur aus Behaglichkeit. Immer nur, wenn mir behaglich war, selten genug, habe ich geweint. Danach ging es freilich bald vorüber. Die schönen Bilder verflüchtigten sich allmählich mit dem Ernsterwerden des Hungers, es dauerte nicht lange und ich war, nach schneller Verabschiedung aller Phantasien und aller Rührung, völlig allein mit dem in den Eingeweiden brennenden Hunger. »Das ist der Hunger«, sagte ich mir damals unzähligemal, so als wollte ich mich glauben machen, Hunger und ich seien noch immer zweierlei und ich könnte ihn abschütteln wie einen lästigen Liebhaber, aber in Wirklichkeit waren wir höchst schmerzlich Eines, und wenn ich mir erklärte: »Das ist der Hunger«, so war es eigentlich der Hunger, der sprach und sich damit über mich lustig machte. Eine böse, böse Zeit! Mich schauert, wenn ich an sie denke, freilich nicht nur wegen des Leides, das ich damals durchlebt habe, sondern vor allem deshalb, weil ich damals nicht fertig geworden bin, weil ich dieses Leiden noch einmal werde durchkosten müssen, wenn ich etwas erreichen will, denn das Hungern halte ich noch heute für das letzte und stärkste Mittel meiner Forschung. Durch das Hungern geht der Weg, das Höchste ist nur der höchsten Leistung erreichbar, wenn es erreichbar ist, und diese höchste Leistung ist bei uns freiwilliges Hungern. Wenn ich also jene Zeiten durchdenke – und für mein Leben gern wühle ich in ihnen –, durchdenke ich auch die Zeiten, die mir drohen. Es scheint, daß man fast ein Leben verstreichen lassen muß, ehe man sich von einem solchen Versuch erholt, meine ganzen Mannesjahre trennen mich von jenem Hungern, aber erholt bin ich noch nicht. Ich werde, wenn ich nächstens das Hungern beginne, vielleicht mehr Entschlossenheit haben als früher, infolge meiner größeren Erfahrung und besseren Einsicht in die Notwendigkeit des Versuches, aber meine Kräfte sind geringer, noch von damals her, zumindest werde ich schon ermatten in der bloßen Erwartung der bekannten Schrekken. Mein schwächerer Appetit wird mir nicht helfen, er entwertet nur ein wenig den Versuch und wird mich wahrscheinlich noch zwingen, länger zu hungern, als es damals nötig gewesen wäre. Über diese und andere Voraussetzungen glaube ich mir klar zu sein, an Vorversuchen hat es ja nicht gefehlt in dieser langen Zwischenzeit, oft genug habe ich das Hungern förmlich angebissen, war aber noch nicht stark zum Äußersten, und die unbefangene Angriffslust der Jugend ist natürlich für immer dahin. Sie schwand schon damals inmitten des Hungerns. Mancherlei Überlegungen quälten mich. Drohend erschienen mir unsere Urväter. Ich halte sie zwar, wenn ich es auch öffentlich nicht zu sagen wage, für schuld an allem, sie haben das Hundeleben verschuldet, und ich konnte also ihren Drohungen leicht mit Gegendrohungen antworten, aber vor ihrem Wissen beuge ich mich, es kam aus Quellen, die wir nicht mehr kennen, deshalb würde ich auch, so sehr es mich gegen sie anzukämpfen drängt, niemals ihre Gesetze geradezu überschreiten, nur durch die Gesetzeslücken, für die ich eine besondere Witterung habe, schwärme ich aus. Hinsichtlich des Hungerns berufe ich mich auf das berühmte Gespräch, im Laufe dessen einer unserer Weisen die Absicht aussprach, das Hungern zu verbieten, worauf ein Zweiter davon abriet mit der Frage: »Wer wird denn jemals hungern?« und der Erste sich überzeugen ließ und das Verbot zurückhielt. Nun entsteht aber wieder die Frage: »Ist nun das Hungern nicht eigentlich doch verboten?« Die große Mehrzahl der Kommentatoren verneint sie, sieht das Hungern für freigegeben an, hält es mit dem zweiten Weisen und befürchtet deshalb auch von einer irrtümlichen Kommentierung keine schlimmen Folgen. Dessen hatte ich mich wohl vergewissert, ehe ich mit dem Hungern begann. Nun aber, als ich mich im Hunger krümmte,

schon in einiger Geistesverwirrung immerfort bei meinen Hinterbeinen Rettung suchte und sie verzweifelt leckte, kaute, aussaugte, bis
zum After hinauf, erschien mir die allgemeine Deutung jenes Gespräches ganz und gar falsch, ich verfluchte die kommentatorische Wissenschaft, ich verfluchte mich, der ich mich von ihr hatte irreführen
lassen, das Gespräch enthielt ja, wie ein Kind erkennen mußte,
freilich mehr als nur ein einziges Verbot des Hungerns, der erste
Weise wollte das Hungern verbieten, was ein Weiser will, ist schon
geschehen, das Hungern war also verboten, der zweite Weise stimmte
ihm nicht nur zu, sondern hielt das Hungern sogar für unmöglich,
wälzte also auf das erste Verbot noch ein zweites, das Verbot der
Hundenatur selbst, der Erste erkannte dies an und hielt das ausdrück-
liche Verbot zurück, das heißt, er gebot den Hunden nach Darlegung
alles dessen, Einsicht zu üben und sich selbst das Hungern zu
verbieten. Also ein dreifaches Verbot statt des üblichen einen, und ich
hatte es verletzt. Nun hätte ich ja wenigstens jetzt verspätet gehorchen und zu hungern aufhören können, aber mitten durch den
Schmerz ging auch eine Verlockung weiter zu hungern, und ich folgte
ihr lüstern, wie einem unbekannten Hund. Ich konnte nicht aufhören, vielleicht war ich auch schon zu schwach, um aufzustehen und in
bewohnte Gegenden mich zu retten. Ich wälzte mich hin und her auf
der Waldstreu, schlafen konnte ich nicht mehr, ich hörte überall
Lärm, die während meines bisherigen Lebens schlafende Welt schien
durch mein Hungern erwacht zu sein, ich bekam die Vorstellung, daß
ich nie mehr werde fressen können, denn dadurch müßte ich die
freigelassen lärmende Welt wieder zum Schweigen bringen, und das
würde ich nicht imstande sein, den größten Lärm allerdings hörte ich
in meinem Bauche, ich legte oft das Ohr an ihn und muß entsetzte
Augen gemacht haben, denn ich konnte kaum glauben, was ich hörte.
Und da es nun zu arg wurde, schien der Taumel auch meine Natur zu
ergreifen, sie machte sinnlose Rettungsversuche, ich begann Speisen
zu riechen, auserlesene Speisen, die ich längst nicht mehr gegessen
hatte, Freuden meiner Kindheit; ja, ich roch den Duft der Brüste
meiner Mutter; ich vergaß meinen Entschluß, Gerüchen Widerstand
leisten zu wollen, oder richtiger, ich vergaß ihn nicht; mit dem
Entschluß, so als sei es ein Entschluß, der dazu gehöre, schleppte ich
mich nach allen Seiten, immer nur ein paar Schritte und schnupperte,

so als möchte ich die Speise nur, um mich vor ihr zu hüten. Daß ich nichts fand, enttäuschte mich nicht, die Speisen waren da, nur waren sie immer ein paar Schritte zu weit, die Beine knickten mir vorher ein. Gleichzeitig allerdings wußte ich, daß gar nichts da war, daß ich die kleinen Bewegungen nur machte aus Angst vor dem endgültigen Zusammenbrechen auf einem Platz, den ich nicht mehr verlassen würde. Die letzten Hoffnungen schwanden, die letzten Verlockungen, elend würde ich hier zugrunde gehen, was wollten meine Forschungen, kindliche Versuche aus kindlich glücklicher Zeit, hier und jetzt war Ernst, hier hätte die Forschung ihren Wert beweisen können, aber wo war sie? Hier war nur ein hilflos ins Leere schnappender Hund, der zwar noch krampfhaft eilig, ohne es zu wissen, immerfort den Boden besprengte, aber in seinem Gedächtnis aus dem ganzen Wust der Zaubersprüche nicht das Geringste mehr auftreiben konnte, nicht einmal das Verschen, mit dem sich die Neugeborenen unter ihre Mutter ducken. Es war mir, als sei ich hier nicht durch einen kurzen Lauf von den Brüdern getrennt, sondern unendlich weit fort von allen, und als stürbe ich eigentlich gar nicht durch Hunger, sondern infolge meiner Verlassenheit. Es war doch ersichtlich, daß sich niemand um mich kümmerte, niemand unter der Erde, niemand auf ihr, niemand in der Höhe, ich ging an ihrer Gleichgültigkeit zugrunde, ihre Gleichgültigkeit sagte: er stirbt, und so würde es geschehen. Und stimmte ich nicht bei? Sagte ich nicht das Gleiche? Hatte ich nicht diese Verlassenheit gewollt? Wohl, ihr Hunde, aber nicht um hier so zu enden, sondern um zur Wahrheit hinüber zu kommen, aus dieser Welt der Lüge, wo sich niemand findet, von dem man Wahrheit erfahren kann, auch von mir nicht, eingeborenem Bürger der Lüge. Vielleicht war die Wahrheit nicht allzuweit, und ich also nicht so verlassen, wie ich dachte, nicht von den anderen verlassen, nur von mir, der ich versagte und starb.
Doch man stirbt nicht so eilig, wie ein nervöser Hund glaubt. Ich fiel nur in Ohnmacht, und als ich aufwachte und die Augen erhob, stand ein fremder Hund vor mir. Ich fühlte keinen Hunger, ich war sehr kräftig, in den Gelenken federte es meiner Meinung nach, wenn ich auch keinen Versuch machte, es durch Aufstehen zu erproben. Ich sah an und für sich nicht mehr als sonst, ein schöner, aber nicht allzu ungewöhnlicher Hund stand vor mir, das sah ich, nichts anderes, und

doch glaubte ich, mehr an ihm zu sehen als sonst. Unter mir lag Blut, im ersten Augenblick dachte ich, es sei Speise, ich merkte aber gleich, daß es Blut war, das ich ausgebrochen hatte. Ich wandte mich davon ab und dem fremden Hunde zu. Er war mager, hochbeinig, braun, hie und da weiß gefleckt und hatte einen schönen, starken, forschenden Blick. »Was machst du hier?« sagte er. »Du mußt von hier fortgehen.« »Ich kann jetzt nicht fortgehen«, sagte ich, ohne weitere Erklärung, denn wie hätte ich ihm alles erklären sollen, auch schien er in Eile zu sein. »Bitte, geh fort«, sagte er, und hob unruhig ein Bein nach dem anderen. »Laß mich«, sagte ich, »geh und kümmere dich nicht um mich, die anderen kümmern sich auch nicht um mich.« »Ich bitte dich um deinetwillen«, sagte er. »Bitte mich aus welchem Grunde du willst«, sagte ich. »Ich kann nicht gehen, selbst wenn ich wollte.« »Daran fehlt es nicht«, sagte er lächelnd. »Du kannst gehen. Eben weil du schwach zu sein scheinst, bitte ich dich, daß du jetzt langsam fortgehst, zögerst du, wirst du später laufen müssen.« »Laß das meine Sorge sein«, sagte ich. »Es ist auch meine«, sagte er, traurig wegen meiner Hartnäckigkeit, und wollte nun offenbar mich aber vorläufig schon hier lassen, aber die Gelegenheit benützen und sich liebend an mich heranmachen. Zu anderer Zeit hätte ich es gerne geduldet von dem Schönen, damals aber, ich begriff es nicht, faßte mich ein Entsetzen davor. »Weg!« schrie ich, um so lauter, als ich mich anders nicht verteidigen konnte. »Ich lasse dich ja«, sagte er langsam zurücktretend. »Du bist wunderbar. Gefalle ich dir denn nicht?« »Du wirst mir gefallen, wenn du fortgehst und mich in Ruhe läßt«, sagte ich, aber ich war meiner nicht mehr so sicher, wie ich ihn glauben machen wollte. Irgend etwas sah oder hörte ich an ihm mit meinen durch das Hungern geschärften Sinnen, es war erst in den Anfängen, es wuchs, es näherte sich und ich wußte schon, dieser Hund hat allerdings die Macht dich fortzutreiben, wenn du dir jetzt auch noch nicht vorstellen kannst, wie du dich jemals wirst erheben können. Und ich sah ihn, der auf meine grobe Antwort nur sanft den Kopf geschüttelt hatte, mit immer größerer Begierde an. »Wer bist du?« fragte ich. »Ich bin ein Jäger«, sagte er. »Und warum willst du mich nicht hier lassen?« fragte ich. »Du störst mich«, sagte er, »ich kann nicht jagen, wenn du hier bist.« »Versuche es«, sagte ich, »vielleicht wirst du noch jagen können.« »Nein«, sagte er, »es tut mir

leid, aber du mußt fort.«»Laß heute das Jagen!« bat ich.»Nein«,
sagte er,»ich muß jagen.«»Ich muß fortgehen, du mußt jagen«, sagte
ich,»lauter Müssen. Verstehst du es, warum wir müssen?«»Nein«,
sagte er,»es ist daran aber auch nichts zu verstehen, es sind selbstverständliche, natürliche Dinge.«»Doch nicht«, sagte ich,»es tut dir ja
leid, daß du mich verjagen mußt, und dennoch tust du es.«»So ist
es«, sagte er.»So ist es«, wiederholte ich ärgerlich,»das ist keine
Antwort. Welcher Verzicht fiele dir leichter, der Verzicht auf die Jagd
oder darauf, mich wegzutreiben?«»Der Verzicht auf die Jagd«, sagte
er ohne Zögern.»Nun also«, sagte ich,»hier ist doch ein Widerspruch.«»Was für ein Widerspruch denn?« sagte er,»du lieber kleiner
Hund, verstehst du denn wirklich nicht, daß ich muß? Verstehst du
denn das Selbstverständliche nicht?« Ich antwortete nichts mehr,
denn ich merkte – und neues Leben durchfuhr mich dabei, Leben wie
es der Schrecken gibt –, ich merkte an unfaßbaren Einzelheiten, die
vielleicht niemand außer mir hätte merken können, daß der Hund aus
der Tiefe der Brust zu einem Gesange anhob.»Du wirst singen«,
sagte ich.»Ja«, sagte er ernst,»ich werde singen, bald, aber noch
nicht.«»Du beginnst schon«, sagte ich.»Nein«, sagte er,»noch
nicht. Aber mach dich bereit.«»Ich höre es schon, obwohl du es
leugnest«, sagte ich zitternd. Er schwieg. Und ich glaubte damals,
etwas zu erkennen, was kein Hund je vor mir erfahren hat, wenigstens findet sich in der Überlieferung nicht die leiseste Andeutung
dessen, und ich versenkte eilig in unendlicher Angst und Scham das
Gesicht in der Blutlache vor mir. Ich glaubte nämlich zu erkennen,
daß der Hund schon sang, ohne es noch zu wissen, ja mehr noch, daß
die Melodie, von ihm getrennt, nach eigenem Gesetz durch die Lüfte
schwebte und über ihn hinweg, als gehöre er nicht dazu, nur nach
mir, nach mir hin zielte. – Heute leugne ich natürlich alle derartigen
Erkenntnisse und schreibe sie meiner damaligen Überreiztheit zu,
aber wenn es auch ein Irrtum war, so hat er doch eine gewisse
Großartigkeit, ist die einzige, wenn auch nur scheinbare Wirklichkeit, die ich aus der Hungerzeit in diese Welt herübergerettet habe,
und sie zeigt zumindest, wie weit bei völligem Außer-sich-Sein wir
gelangen können. Und ich war wirklich völlig außer mir. Unter
gewöhnlichen Umständen wäre ich schwer krank gewesen, unfähig,
mich zu rühren, aber der Melodie, die nun bald der Hund als die

seine zu übernehmen schien, konnte ich nicht widerstehen. Immer stärker wurde sie: ihr Wachsen hatte vielleicht keine Grenzen und schon jetzt sprengte sie mir fast das Gehör. Das Schlimmste aber war, daß sie nur meinetwegen vorhanden zu sein schien, diese Stimme, vor deren Erhabenheit der Wald verstummte, nur meinetwegen; wer war ich, der ich noch immer hier zu bleiben wagte und mich vor ihr breitmachte in meinem Schmutz und Blut? Schlotternd erhob ich mich, sah an mir hinab; so etwas wird doch nicht laufen, dachte ich noch, aber schon flog ich, von der Melodie gejagt, in den herrlichsten Sprüngen dahin. Meinen Freunden erzählte ich nichts, gleich bei meiner Ankunft hätte ich wahrscheinlich alles erzählt, aber da war ich zu schwach, später schien es mir wieder nicht mitteilbar. Andeutungen, die zu unterdrücken ich mich nicht bezwingen konnte, verloren sich spurlos in den Gesprächen. Körperlich erholte ich mich übrigens in wenigen Stunden, geistig trage ich noch heute die Folgen.

Meine Forschungen aber erweiterte ich auf die Musik der Hunde. Die Wissenschaft war gewiß auch hier nicht untätig, die Wissenschaft von der Musik ist, wenn ich gut berichtet bin, vielleicht noch umfangreicher als jene von der Nahrung, und jedenfalls fester begründet. Es ist das dadurch zu erklären, daß auf diesem Gebiet leidenschaftsloser gearbeitet werden kann als auf jenem und daß es sich hier mehr um bloße Beobachtungen und Systematisierungen handelt, dort dagegen vor allem um praktische Folgerungen. Damit hängt zusammen, daß der Respekt vor der Musikwissenschaft größer ist als vor der Nahrungswissenschaft, die erstere aber niemals so tief ins Volk eindringen konnte wie die zweite. Auch ich stand der Musikwissenschaft, ehe ich die Stimme im Wald gehört hatte, fremder gegenüber als irgendeiner anderen. Zwar hatte mich schon das Erlebnis mit den Musikhunden auf sie hingewiesen, aber ich war damals noch zu jung. Auch ist es nicht leicht, an diese Wissenschaft auch nur heranzukommen, sie gilt als besonders schwierig und schließt sich vornehm gegen die Menge ab. Auch war zwar die Musik bei jenen Hunden das zunächst Auffallendste gewesen, aber wichtiger als die Musik schien mir ihr verschwiegenes Hundewesen, für ihre schreckliche Musik fand ich vielleicht überhaupt keine Ähnlichkeit anderswo, ich konnte sie eher vernachlässigen, aber ihr Wesen begegnete mir von damals an in allen Hunden überall. In das Wesen der Hunde einzudringen, schienen mir aber Forschungen über die Nahrung am geeignetsten und ohne Umweg zum Ziele führend. Vielleicht hatte ich darin Unrecht. Ein Grenzgebiet der beiden Wissenschaften lenkte allerdings schon damals meinen Verdacht auf sich. Es ist die Lehre von dem die Nahrung herabrufenden Gesang. Wieder ist es hier für mich sehr störend, daß ich auch in die Musikwissenschaft niemals ernstlich eingedrungen bin und mich in dieser Hinsicht bei weitem nicht einmal zu den von der Wissenschaft immer besonders verachteten Halbgebildeten rechnen kann. Dies muß mir immer gegenwärtig bleiben. Vor einem Gelehrten würde ich, ich habe leider dafür Beweise, auch in der leichtesten wissenschaftlichen Prüfung sehr schlecht bestehen. Das hat natürlich, von den schon erwähnten Lebensumständen abgesehen, seinen Grund zunächst in meiner wissenschaftlichen Unfähigkeit, geringer Denkkraft, schlechtem Gedächtnis und vor allem in dem Außerstandesein, das wissenschaftliche Ziel mir immer vor Augen zu halten. Das alles gestehe ich mir offen ein, sogar mit einer gewissen Freude. Denn der tiefere Grund meiner wissenschaftlichen Unfähigkeit scheint mir ein Instinkt und wahrlich kein schlechter Instinkt zu sein. Wenn ich bramarbasieren wollte, könnte ich sagen, daß gerade dieser Instinkt meine wissenschaftlichen Fähigkeiten zerstört hat, denn es wäre doch eine zumindest sehr merkwürdige Erscheinung, daß ich, der ich in den gewöhnlichen täglichen Lebensdingen, die gewiß nicht die einfachsten sind, einen erträglichen Verstand zeige, und vor allem, wenn auch nicht die Wissenschaft, so doch die Gelehrten sehr gut verstehe, was an meinen Resultaten nachprüfbar ist, von vornherein unfähig gewesen sein sollte, die Pfote auch nur zur ersten Stufe der Wissenschaft zu erheben. Es war der Instinkt, der mich vielleicht gerade um der Wissenschaft willen, aber einer anderen Wissenschaft als sie heute geübt wird, einer allerletzten Wissenschaft, die Freiheit höher schätzen ließ als alles andere. Die Freiheit! Freilich, die Freiheit, wie sie heute möglich ist, ist ein kümmerliches Gewächs. Aber immerhin Freiheit, immerhin ein Besitz. –

In unserer Synagoge...

In unserer Synagoge lebt ein Tier in der Größe etwa eines Marders. Es ist oft sehr gut zu sehn, bis auf eine Entfernung von etwa zwei Metern duldet es das Herankommen der Menschen. Seine Farbe ist ein helles Blaugrün. Sein Fell hat noch niemand berührt, es läßt sich also darüber nichts sagen, fast möchte man behaupten, daß auch die wirkliche Farbe des Felles unbekannt ist, vielleicht stammt die sichtbare Farbe nur vom Staub und Mörtel, die sich im Fell verfangen haben, die Farbe ähnelt ja auch dem Verputz des Synagogeninnern, nur ist sie ein wenig heller. Es ist, von seiner Furchtsamkeit abgesehn, ein ungemein ruhiges seßhaftes Tier; würde es nicht so oft aufgescheucht werden, es würde wohl den Ort kaum wechseln, sein Lieblingsaufenthalt ist das Gitter der Frauenabteilung, mit sichtbarem Behagen krallt es sich in die Maschen des Gitters, streckt sich und blickt hinab in den Betraum, diese kühne Stellung scheint es zu freuen, aber der Tempeldiener hat den Auftrag, das Tier niemals am Gitter zu dulden, es würde sich an diesen Platz gewöhnen, und das kann man wegen der Frauen, die das Tier fürchten, nicht zulassen. Warum sie es fürchten, ist unklar. Es sieht allerdings beim ersten Anblick erschreckend aus, besonders der lange Hals, das dreikantige Gesicht, die fast waagrecht vorstehenden Oberzähne, über der Oberlippe eine Reihe langer, die Zähne überragender, offenbar ganz harter, heller Borstenhaare, das alles kann erschrecken; aber bald muß man erkennen, wie ungefährlich dieser ganze scheinbare Schrekken ist. Vor allem hält es sich ja von den Menschen fern, es ist scheuer als ein Waldtier und scheint mit nichts als dem Gebäude verbunden und sein persönliches Unglück besteht wohl darin, daß dieses Gebäude eine Synagoge ist, also ein zeitweilig sehr belebter Ort. Könnte man sich mit dem Tier verständigen, könnte man es allerdings damit trösten, daß die Gemeinde unseres Bergstädtchens von Jahr zu Jahr kleiner wird und es ihr schon Mühe macht, die Kosten für die Erhaltung der Synagoge aufzubringen. Es ist nicht ausgeschlossen, daß in einiger Zeit aus der Synagoge ein Getreidespeicher wird oder dergleichen und daß das Tier die Ruhe bekommt, die ihm jetzt schmerzlich fehlt.

Es sind allerdings nur die Frauen, die das Tier fürchten, den Männern ist es längst gleichgültig geworden, eine Generation hat es der anderen gezeigt, immer wieder hat man es gesehn, schließlich hat man keinen Blick mehr daran gewendet und selbst die Kinder, die es zum erstenmal sehn, staunen nicht mehr. Es ist das Haustier der Synagoge geworden, warum sollte nicht die Synagoge ein besonderes, nirgends sonst vorkommendes Haustier haben? Wären nicht die Frauen, man würde kaum mehr von der Existenz des Tieres wissen. Aber selbst die Frauen haben keine wirkliche Furcht vor dem Tier, es wäre auch zu sonderbar, ein solches Tier tagaus, tagein zu fürchten, jahre- und jahrzehntelang. Sie verteidigen sich zwar damit, daß ihnen das Tier meist viel näher ist als den Männern, und das ist richtig. Hinunter zu den Männern wagt sich das Tier nicht, niemals hat man es noch auf dem Fußboden gesehn. Läßt man es nicht zum Gitter der Frauenabteilung, so hält es sich wenigstens in gleicher Höhe auf der gegenüberliegenden Wand auf. Dort ist ein ganz schmaler Mauervorsprung, kaum zwei Finger breit, er umläuft drei Seiten der Synagoge, auf diesem Vorsprung huscht das Tier manchmal hin und her, meistens aber hockt es ruhig auf einer bestimmten Stelle gegenüber den Frauen. Es ist fast unbegreiflich, wie es diesen schmalen Weg so leicht benützen kann, und die Art, wie es dort oben, am Ende angekommen, wieder wendet, ist sehenswert, es ist doch schon ein sehr altes Tier, aber es zögert nicht, den gewagtesten Luftsprung zu machen, der auch niemals mißlingt, in der Luft hat es sich umgedreht und schon läuft es wieder seinen Weg zurück. Allerdings wenn man das einigemal gesehen hat, ist man gesättigt und hat keinen Anlaß, immerfort hinzustarren. Es ist ja auch weder Furcht noch Neugier, welche die Frauen in Bewegung hält, würden sie sich mehr mit dem Beten beschäftigen, könnten sie das Tier völlig vergessen, die frommen Frauen täten das auch, wenn es die andern, welche die große Mehrzahl sind, zuließen, diese aber wollen immer gern auf sich aufmerksam machen und das Tier ist ihnen dafür ein willkommener Vorwand. Wenn sie es könnten und wenn sie es wagten, hätten sie das Tier noch näher an sich gelockt, um noch mehr erschrecken zu dürfen. Aber in Wirklichkeit drängt sich ja das Tier gar nicht zu ihnen, es kümmert sich, wenn es nicht angegriffen wird, um sie ebensowenig wie um die Männer, am liebsten würde es wahrscheinlich in der Verborgenheit bleiben, in der es in den Zeiten außerhalb des Gottesdienstes lebt, offenbar in irgendeinem Mauerloch, das wir noch nicht entdeckt haben. Erst wenn man zu beten anfängt, erscheint es, erschreckt durch den Lärm. Will es sehen, was geschehen ist, will es wachsam bleiben, will es frei sein, fähig zur Flucht? Vor Angst läuft es hervor, aus Angst macht es seine Kapriolen und wagt sich nicht zurückzuziehen, bis der Gottesdienst zu Ende ist. Die Höhe bevorzugt es natürlich deshalb, weil es dort am sichersten ist, und die besten Laufmöglichkeiten hat es auf dem Gitter und dem Mauervorsprung, aber es ist keineswegs immer dort, manchmal steigt es auch tiefer zu den Männern hinab, der Vorhang der Bundeslade wird von einer glänzenden Messingstange getragen, die scheint das Tier zu locken, oft genug schleicht es hin, dort aber ist es immer ruhig, nicht einmal wenn es dort knapp bei der Bundeslade ist, kann man sagen, daß es stört, mit seinen blanken, immer offenen, vielleicht lidlosen Augen scheint es die Gemeinde anzusehen, sieht aber gewiß niemanden an, sondern blickt nur den Gefahren entgegen, von denen es sich bedroht fühlt.

In dieser Hinsicht schien es, wenigstens bis vor kurzem, nicht viel verständiger als unsere Frauen. Was für Gefahren hat es denn zu fürchten? Wer beabsichtigt ihm etwas zu tun? Lebt es denn nicht seit vielen Jahren völlig sich selbst überlassen? Die Männer kümmern sich nicht um seine Anwesenheit, und die Mehrzahl der Frauen wäre wahrscheinlich unglücklich, wenn es verschwände. Und da es das einzige Tier im Haus ist, hat es also überhaupt keinen Feind. Das hätte es nachgerade im Laufe der Jahre schon durchschauen können. Und der Gottesdienst mit seinem Lärm mag ja für das Tier sehr erschreckend sein, aber er wiederholt sich doch in bescheidenem Ausmaß jeden Tag und gesteigert an den Festtagen, immer regelmäßig und ohne Unterbrechung; auch das ängstlichste Tier hätte sich schon daran gewöhnen können, besonders, wenn es sieht, daß es nicht etwa der Lärm von Verfolgern ist, sondern ein Lärm, den es gar nicht begreift. Und doch diese Angst. Ist es die Erinnerung an längst vergangene oder die Vorahnung künftiger Zeiten? Weiß dieses alte Tier vielleicht mehr als die drei Generationen, die jeweils in der Synagoge versammelt sind?

Vor vielen Jahren, so erzählt man, soll man wirklich versucht haben, das Tier zu vertreiben. Es ist ja möglich, daß es wahr ist, wahrscheinlicher aber ist es, daß es sich nur um erfundene Geschichten handelt. Nachweisbar allerdings ist, daß man damals vom religionsgesetzlichen Standpunkt aus die Frage untersucht hat, ob man ein solches Tier im Gotteshause dulden darf. Man holte die Gutachten verschiedener berühmter Rabbiner ein, die Ansichten waren geteilt, die Mehrheit war für die Vertreibung und Neueinweihung des Gotteshauses. Aber es war leicht, von der Ferne zu dekretieren, in Wirklichkeit war es ja unmöglich, das Tier zu fangen, und deshalb auch unmöglich, es zu vertreiben. Denn nur, wenn man es gefangen und weit fortgeschafft hätte, hätte man die annähernde Sicherheit haben können, es los zu sein.

Vor vielen Jahren, so erzählt man, soll man wirklich noch versucht haben, das Tier zu vertreiben. Der Tempeldiener will sich erinnern, daß sein Großvater, der auch Tempeldiener gewesen ist, mit Vorliebe davon erzählte. Dieser Großvater habe als kleiner Junge öfters von der Unmöglichkeit gehört, das Tier loszuwerden, da habe ihn, der ein ausgezeichneter Kletterer war, der Ehrgeiz nicht ruhen lassen, an einem hellen Vormittag, an dem die ganze Synagoge mit allen Winkeln und Verstecken im Sonnenlicht offen dalag, habe er sich hineingeschlichen, ausgerüstet mit einem Strick, einer Steinschleuder und einem Krummstock.

Eine Kreuzung

Ich habe ein eigentümliches Tier, halb Kätzchen, halb Lamm. Es ist ein Erbstück aus meines Vaters Besitz. Entwickelt hat es sich aber doch erst in meiner Zeit, früher war es viel mehr Lamm als Kätzchen. Jetzt aber hat es von beiden wohl gleich viel. Von der Katze Kopf und Krallen, vom Lamm Größe und Gestalt; von beiden die Augen, die flackernd und wild sind, das Fellhaar, das weich ist und knapp anliegt, die Bewegungen, die sowohl Hüpfen als Schleichen sind. Im Sonnenschein auf dem Fensterbrett macht es sich rund und schnurrt, auf der Wiese läuft es wie toll und ist kaum einzufangen. Vor Katzen flieht es, Lämmer will es anfallen. In der Mondnacht ist die Dachtraufe sein liebster Weg. Miauen kann es nicht und vor Ratten hat es Abscheu. Neben dem Hühnerstall kann es stundenlang auf der Lauer liegen, doch hat es noch niemals eine Mordgelegenheit ausgenutzt. Ich nähre es mit süßer Milch, sie bekommt ihm bestens. In langen Zügen saugte es sie über seine Raubtierzähne hinweg in sich ein. Natürlich ist es ein großes Schauspiel für Kinder. Sonntag Vormittag ist Besuchstunde. Ich habe das Tierchen auf dem Schoß und die Kinder der ganzen Nachbarschaft stehen um mich herum.

Da werden die wunderbarsten Fragen gestellt, die kein Mensch beantworten kann: Warum es nur ein solches Tier gibt, warum gerade ich es habe, ob es vor ihm schon ein solches Tier gegeben hat und wie es nach seinem Tode sein wird, ob es sich einsam fühlt, warum es keine Jungen hat, wie es heißt und so weiter.

Ich gebe mir keine Mühe zu antworten, sondern begnüge mich ohne weitere Erklärungen damit, das zu zeigen, was ich habe. Manchmal bringen die Kinder Katzen mit, einmal haben sie sogar zwei Lämmer gebracht. Es kam aber entgegen ihren Erwartungen zu keinen Erkennungsszenen. Die Tiere sahen einander ruhig aus Tieraugen an und nahmen offenbar ihr Dasein als göttliche Tatsache gegenseitig hin.

In meinem Schoß kennt das Tier weder Angst noch Verfolgungslust. An mich angeschmiegt, fühlt es sich am wohlsten. Es hält zur Familie, die es aufgezogen hat. Es ist das wohl nicht irgendeine außergewöhnliche Treue, sondern der richtige Instinkt eines Tieres, das auf der Erde zwar unzählige Verschwägerte, aber vielleicht keinen einzigen Blutsverwandten hat und dem deshalb der Schutz, den es bei uns gefunden hat, heilig ist.

Manchmal muß ich lachen, wenn es mich umschnuppert, zwischen den Beinen sich durchwindet und gar nicht von mir zu trennen ist. Nicht genug damit, daß es Lamm und Katze ist, will es fast auch noch ein Hund sein. – Einmal als ich, wie es ja jedem geschehen kann, in meinen Geschäften und allem, was damit zusammenhängt, keinen Ausweg mehr finden konnte, alles verfallen lassen wollte und in solcher Verfassung zu Hause im Schaukelstuhl lag, das Tier auf dem Schoß, da tropften, als ich zufällig einmal hinuntersah, von seinen riesenhaften Barthaaren Tränen. – Waren es meine, waren es seine? – Hatte diese Katze mit Lammesseele auch Menschenehrgeiz? – Ich habe nicht viel von meinem Vater geerbt, dieses Erbstück aber kann sich sehen lassen.

Es hat beiderlei Unruhe in sich, die von der Katze und die vom Lamm, so verschiedenartig sie sind. Darum ist ihm seine Haut zu eng. – Manchmal springt es auf den Sessel neben mir, stemmt sich mit den Vorderbeinen an meine Schulter und hält seine Schnauze an mein Ohr. Es ist, als sagte es mir etwas, und tatsächlich beugt es sich dann vor und blickt mir ins Gesicht, um den Eindruck zu beobachten, den die Mitteilung auf mich gemacht hat. Und um gefällig zu sein, tue ich, als hätte ich etwas verstanden, und nicke. – Dann springt es hinunter auf den Boden und tänzelt umher.

Vielleicht wäre für dieses Tier das Messer des Fleischers eine Erlösung, die muß ich ihm aber als einem Erbstück versagen. Es muß deshalb warten, bis ihm der Atem von selbst ausgeht, wenn es mich manchmal auch wie aus verständigen Menschenaugen ansieht, die zu verständigem Tun auffordern.

Schakale und Araber

Wir lagerten in der Oase. Die Gefährten schliefen. Ein Araber, hoch und weiß, kam an mir vorüber; er hatte die Kamele versorgt und ging zum Schlafplatz.

Ich warf mich rücklings ins Gras; ich wollte schlafen; ich konnte nicht; das Klagegeheul eines Schakals in der Ferne; ich saß wieder aufrecht. Und was so weit gewesen war, war plötzlich nah. Ein Gewimmel von Schakalen um mich her; in mattem Gold erglänzende, verlöschende Augen; schlanke Leiber, wie unter einer Peitsche gesetzmäßig und flink bewegt.

Einer kam von rückwärts, drängte sich, unter meinem Arm durch, eng an mich, als brauche er meine Wärme, trat dann vor mich und sprach, fast Aug in Aug mit mir:

»Ich bin der älteste Schakal, weit und breit. Ich bin glücklich, dich noch hier begrüßen zu können. Ich hatte schon die Hoffnung fast aufgegeben, denn wir warten unendlich lange auf dich; meine Mutter hat gewartet und ihre Mutter und weiter alle ihre Mütter bis hinauf zur Mutter aller Schakale. Glaube es!«

»Das wundert mich«, sagte ich und vergaß, den Holzstoß anzuzünden, der bereit lag, um mit seinem Rauch die Schakale abzuhalten, »das wundert mich sehr zu hören. Nur zufällig komme ich aus dem hohen Norden und bin auf einer kurzen Reise begriffen. Was wollt ihr denn, Schakale?«

Und wie ermutigt durch diesen vielleicht allzu freundlichen Zuspruch zogen sie ihren Kreis enger um mich; alle atmeten kurz und fauchend.

»Wir wissen«, begann der Älteste, »daß du vom Norden kommst, darauf eben baut sich unsere Hoffnung. Dort ist der Verstand, der hier unter den Arabern nicht zu finden ist. Aus diesem kalten Hochmut, weißt du, ist kein Funken Verstand zu schlagen. Sie töten Tiere, um sie zu fressen, und Aas mißachten sie.«

»Rede nicht so laut«, sagte ich, »es schlafen Araber in der Nähe.«

»Du bist wirklich ein Fremder«, sagte der Schakal, »sonst wüßtest du, daß noch niemals in der Weltgeschichte ein Schakal einen Araber gefürchtet hat. Fürchten sollten wir sie? Ist es nicht Unglück genug, daß wir unter solches Volk verstoßen sind?«

»Mag sein, mag sein«, sagte ich, »ich maße mir kein Urteil an in Dingen, die mir so fern liegen; es scheint ein sehr alter Streit; liegt also wohl im Blut; wird also vielleicht erst mit dem Blute enden.«

»Du bist sehr klug«, sagte der alte Schakal; und alle atmeten noch schneller; mit gehetzten Lungen, trotzdem sie doch stillstanden; ein bitterer, zeitweilig nur mit zusammengeklemmten Zähnen erträglicher Geruch entströmte den offenen Mäulern, »du bist sehr klug; das, was du sagst, entspricht unserer alten Lehre. Wir nehmen ihnen also ihr Blut und der Streit ist zu Ende.«

»Oh!« sagte ich wilder, als ich wollte, »sie werden sich wehren; sie werden mit ihren Flinten euch rudelweise niederschießen.«

»Du mißverstehst uns«, sagte er, »nach Menschenart, die sich also auch im hohen Norden nicht verliert. Wir werden sie doch nicht töten. So viel Wasser hätte der Nil nicht, um uns rein zu waschen. Wir laufen doch schon vor dem bloßen Anblick ihres lebenden Leibes weg, in reinere Luft, in die Wüste, die deshalb unsere Heimat ist.«

Und alle Schakale ringsum, zu denen inzwischen noch viele von

fernher gekommen waren, senkten die Köpfe zwischen die Vorderbeine und putzten sie mit den Pfoten; es war, als wollten sie einen
Widerwillen verbergen, der so schrecklich war, daß ich am liebsten
mit einem hohen Sprung aus ihrem Kreis entflohen wäre.

»Was beabsichtigt Ihr also zu tun«, fragte ich und wollte aufstehn;
aber ich konnte nicht; zwei junge Tiere hatten sich mir hinten im
Rock und Hemd festgebissen; ich mußte sitzen bleiben. »Sie halten
deine Schleppe«, sagte der alte Schakal erklärend und ernsthaft, »eine
Ehrbezeugung.« »Sie sollen mich loslassen!« rief ich, bald zum Alten,
bald zu den Jungen gewendet. »Sie werden es natürlich«, sagte der
Alte, »wenn du es verlangst. Es dauert aber ein Weilchen, denn sie
haben nach der Sitte tief sich eingebissen und müssen erst langsam die
Gebisse voneinander lösen. Inzwischen höre unsere Bitte.« »Euer
Verhalten hat mich dafür nicht sehr empfänglich gemacht«, sagte ich.
»Laß uns unser Ungeschick nicht entgelten«, sagte er und nahm jetzt
zum erstenmal den Klageton seiner natürlichen Stimme zu Hilfe,
»wir sind arme Tiere, wir haben nur das Gebiß; für alles, was wir tun
wollen, das Gute und das Schlechte, bleibt uns einzig das Gebiß.«
»Was willst du also?« fragte ich, nur wenig besänftigt.

»Herr«, rief er, und alle Schakale heulten auf; in fernster Ferne schien
es mir eine Melodie zu sein. »Herr, du sollst den Streit beenden, der
die Welt entzweit. So wie du bist, haben unsere Alten den beschrieben, der es tun wird. Frieden müssen wir haben von den Arabern;
atembare Luft; gereinigt von ihnen den Ausblick rund am Horizont;
kein Klagegeschrei eines Hammels, den der Araber absticht; ruhig
soll alles Getier krepieren; ungestört soll es von uns leergetrunken
und bis auf die Knochen gereinigt werden. Reinheit, nichts als
Reinheit wollen wir«, – und nun weinten, schluchzten alle – »wie
erträgst nur du es in dieser Welt, du edles Herz und süßes Eingewei-
de? Schmutz ist ihr Weiß; Schmutz ist ihr Schwarz; ein Grauen ist ihr
Bart; speien muß man beim Anblick ihrer Augenwinkel; und heben
sie den Arm, tut sich in der Achselhöhle die Hölle auf. Darum, o
Herr, darum, o teuerer Herr, mit Hilfe deiner alles vermögenden
Hände, mit Hilfe deiner alles vermögenden Hände schneide ihnen
mit dieser Schere die Hälse durch!« Und einem Ruck seines Kopfes
folgend kam ein Schakal herbei, der an einem Eckzahn eine kleine,
mit altem Rost bedeckte Nähschere trug.

»Also endlich die Schere und damit Schluß!« rief der Araberführer unserer Karawane, der sich gegen den Wind an uns herangeschlichen hatte und nun seine riesige Peitsche schwang.

Alles verlief sich eiligst, aber in einiger Entfernung blieben sie doch, eng zusammengekauert, die vielen Tiere so eng und starr, daß es aussah wie eine schmale Hürde, von Irrlichtern umflogen.

»So hast du, Herr, auch dieses Schauspiel gesehen und gehört«, sagte der Araber und lachte so fröhlich, als es die Zurückhaltung seines Stammes erlaubte. »Du weißt also, was die Tiere wollen?« fragte ich.

»Natürlich, Herr«, sagte er, »das ist doch allbekannt; solange es Araber gibt, wandert diese Schere durch die Wüste und wird mit uns wandern bis ans Ende der Tage. Jedem Europäer wird sie angeboten zu dem großen Werk; jeder Europäer ist gerade derjenige, welcher ihnen berufen scheint. Eine unsinnige Hoffnung haben diese Tiere; Narren, wahre Narren sind sie. Wir lieben sie deshalb; es sind unsere Hunde; schöner als die eurigen. Sieh nur, ein Kamel ist in der Nacht verendet, ich habe es herschaffen lassen.«

Vier Träger kamen und warfen den schweren Kadaver vor uns hin. Kaum lag er da, erhoben die Schakale ihre Stimmen. Wie von Stricken unwiderstehlich jeder einzelne gezogen, kamen sie, stockend, mit dem Leib den Boden streifend, heran. Sie hatten die Araber vergessen, den Haß vergessen, die alles auslöschende Gegenwart des stark ausdunstenden Leichnams bezauberte sie. Schon hing einer am Hals und fand mit dem ersten Biß die Schlagader. Wie eine kleine rasende Pumpe, die ebenso unbedingt wie aussichtslos einen übermächtigen Brand löschen will, zerrte und zuckte jede Muskel seines Körpers an ihrem Platz. Und schon lagen in gleicher Arbeit alle auf dem Leichnam hoch zu Berg.

Da strich der Führer kräftig mit der scharfen Peitsche kreuz und quer über sie. Sie hoben die Köpfe; halb in Rausch und Ohnmacht; sahen die Araber vor sich stehen; bekamen jetzt die Peitsche mit den Schnauzen zu fühlen; zogen sich im Sprung zurück und liefen eine Strecke rückwärts. Aber das Blut des Kamels lag schon in Lachen da, rauchte empor, der Körper war an mehreren Stellen weit aufgerissen. Sie konnten nicht widerstehen; wieder waren sie da; wieder hob der Führer die Peitsche; ich faßte seinen Arm.

»Du hast recht, Herr«, sagte er, »wir lassen sie bei ihrem Beruf; auch

ist es Zeit aufzubrechen. Gesehen hast du sie. Wunderbare Tiere,
nicht wahr? Und wie sie uns hassen!«

Der Geier

Es war ein Geier, der hackte in meine Füße. Stiefel und Strümpfe
hatte er schon aufgerissen, nun hackte er schon in die Füße selbst.
Immer schlug er zu, flog dann unruhig mehrmals um mich und setzte
dann die Arbeit fort. Es kam ein Herr vorüber, sah ein Weilchen zu
und fragte dann, warum ich den Geier dulde.»Ich bin ja wehrlos«,
sagte ich,»er kam und fing zu hacken an, da wollte ich ihn natürlich
wegtreiben, versuchte ihn sogar zu würgen, aber ein solches Tier hat
große Kräfte, auch wollte er mir schon ins Gesicht springen, da
opferte ich lieber die Füße. Nun sind sie schon fast zerrissen.«»Daß
Sie sich so quälen lassen«, sagte der Herr,»ein Schuß und der Geier
ist erledigt.«»Ist das so?« fragte ich,»und wollen Sie das besorgen?«
»Gern«, sagte der Herr,»ich muß nur nach Hause gehn und mein
Gewehr holen. Können Sie noch eine halbe Stunde warten?«»Das
weiß ich nicht«, sagte ich und stand eine Weile starr vor Schmerz,
dann sagte ich:»Bitte, versuchen Sie es für jeden Fall.«»Gut«, sagte
der Herr,»ich werde mich beeilen.« Der Geier hatte während des
Gespräches ruhig zugehört und die Blicke zwischen mir und dem
Herrn wandern lassen. Jetzt sah ich, daß er alles verstanden hatte, er
flog auf, weit beugte er sich zurück, um genug Schwung zu bekommen und stieß dann wie ein Speerwerfer den Schnabel durch meinen
Mund tief in mich. Zurückfallend fühlte ich befreit, wie er in meinem
alle Tiefen füllenden, alle Ufer überfließenden Blut unrettbar ertrank.

Der Dorfschullehrer

Diejenigen, ich gehöre zu ihnen, die schon einen kleinen gewöhnlichen Maulwurf widerlich finden, wären wahrscheinlich vom Widerwillen getötet worden, wenn sie den Riesenmaulwurf gesehen hätten, der vor einigen Jahren in der Nähe eines kleinen Dorfes beobachtet worden ist, das dadurch eine gewisse vorübergehende Berühmtheit erlangt hat. Jetzt ist es allerdings schon längst wieder in Vergessenheit geraten und teilt damit nur die Ruhmlosigkeit der ganzen Erscheinung, die vollständig unerklärt geblieben ist, die man aber zu erklären sich auch nicht sehr bemüht hat und die infolge einer unbegreiflichen Nachlässigkeit jener Kreise, die sich darum hätten kümmern sollen und die sich tatsächlich angestrengt um viel geringfügigere Dinge kümmern, ohne genauere Untersuchung vergessen worden ist. Darin, daß das Dorf weit von der Eisenbahn abliegt, kann jedenfalls keine Entschuldigung dafür gefunden werden. Viele Leute kamen aus Neugierde von weither, sogar aus dem Ausland, nur diejenigen, die mehr als Neugierde hätten zeigen sollen, die kamen nicht. Ja, hätten nicht einzelne ganz einfache Leute, Leute, deren gewöhnliche Tagesarbeit ihnen kaum ein ruhiges Aufatmen gestattete, hätten nicht diese Leute uneigennützig sich der Sache angenommen, das Gerücht von der Erscheinung wäre wahrscheinlich kaum über den nächsten Umkreis hinausgekommen. Es muß zugegeben werden, daß selbst das Gerücht, das sich doch sonst kaum aufhalten läßt, in diesem Falle geradezu schwerfällig war, hätte man es nicht förmlich gestoßen, hätte sich nicht verbreitet. Aber auch das war gewiß kein Grund, sich mit der Sache nicht zu beschäftigen, im Gegenteil, auch diese Erscheinung hätte noch untersucht werden müssen. Statt dessen überließ man die einzige schriftliche Behandlung des Falles dem alten Dorflehrer, der zwar ein ausgezeichneter Mann in seinem Berufe war, aber dessen Fähigkeiten ebensowenig wie seine Vorbildung es ihm ermöglichten, eine gründliche und weiterhin verwertbare Beschreibung, geschweige denn eine Erklärung zu liefern. Die kleine Schrift wurde gedruckt und an die damaligen Besucher des Dorfes viel verkauft, sie fand auch einige Anerkennung, aber der Lehrer war klug genug einzusehen, daß seine vereinzelten, von niemandem unterstützten

Bemühungen im Grunde wertlos waren. Wenn er dennoch in ihnen nicht nachließ und die Sache, trotzdem sie ihrer Natur nach von Jahr zu Jahr verzweifelter wurde, zu seiner Lebensaufgabe machte, so beweist dies einerseits, wie groß die Wirkung war, welche die Erscheinung ausüben konnte, und andererseits, welche Ausdauer und Überzeugungstreue sich in einem alten, unbeachteten Dorflehrer vorfinden kann. Daß er aber unter der abweisenden Haltung der maßgebenden Persönlichkeiten schwer gelitten hat, beweist ein kleiner Nachtrag, den er seiner Schrift folgen ließ, allerdings erst nach einigen Jahren, also zu einer Zeit, als sich kaum jemand mehr erinnern konnte, um was es sich hier gehandelt hatte. In diesem Nachtrag führt er, vielleicht nicht durch Geschicklichkeit, aber durch Ehrlichkeit überzeugend, Klage über die Verständnislosigkeit, die ihm bei Leuten begegnet ist, wo man sie am wenigsten hätte erwarten sollen. Von diesen Leuten sagt er treffend: »Nicht ich, aber sie reden wie alte Dorflehrer.« Und er führt unter anderem den Ausspruch eines Gelehrten an, zu dem er eigens in seiner Sache gefahren ist. Der Name des Gelehrten ist nicht genannt, aber aus verschiedenen Nebenumständen läßt sich erraten, wer es gewesen ist. Nachdem der Lehrer große Schwierigkeiten überwunden hatte, um bei dem Gelehrten, bei dem er sich wochenlang vorher angemeldet hatte, überhaupt Einlaß zu erlangen, merkte er schon bei der Begrüßung, daß der Gelehrte in einem unüberwindbaren Vorurteil in betreff seiner Sache befangen war. In welcher Zerstreutheit er dem langen Bericht des Lehrers zuhörte, den dieser an der Hand seiner Schrift erstattete, zeigte sich in der Bemerkung, die er nach einiger scheinbarer Überlegung machte: »Die Erde ist doch in Ihrer Gegend besonders schwarz und schwer. Nun, sie gibt deshalb auch den Maulwürfen besonders fette Nahrung und sie werden ungewöhnlich groß.« »Aber so groß doch nicht«, rief der Lehrer und maß, in seiner Wut ein wenig übertreibend, zwei Meter an der Wand ab. »O doch«, antwortete der Gelehrte, dem das Ganze offenbar sehr spaßhaft vorkam. Mit diesem Bescheide fuhr der Lehrer nach Hause zurück. Er erzählt, wie ihn am Abend im Schneefall auf der Landstraße seine Frau und seine sechs Kinder erwartet hätten und wie er ihnen das endgültige Mißlingen seiner Hoffnungen bekennen mußte.

Als ich von dem Verhalten des Gelehrten gegenüber dem Lehrer las, kannte ich noch gar nicht die Hauptschrift des Lehrers. Aber ich entschloß mich sofort, alles, was ich über den Fall in Erfahrung bringen konnte, selbst zu sammeln und zusammenzustellen. Da ich dem Gelehrten nicht die Faust vor das Gesicht halten konnte, sollte wenigstens meine Schrift den Lehrer verteidigen oder, besser ausgedrückt, nicht so sehr den Lehrer als die gute Absicht eines ehrlichen, aber einflußlosen Mannes. Ich gestehe, ich bereute später diesen Entschluß, denn ich fühlte bald, daß seine Ausführung mich in eine sonderbare Lage bringen mußte. Einerseits war auch mein Einfluß bei weitem nicht hinreichend, um den Gelehrten oder gar die öffentliche Meinung zugunsten des Lehrers umzustimmen, andererseits aber mußte der Lehrer merken, daß mir an seiner Hauptabsicht, dem Nachweis der Erscheinung des großen Maulwurfes, weniger lag als an der Verteidigung seiner Ehrenhaftigkeit, die ihm wiederum selbstverständlich und keiner Verteidigung bedürftig schien. Es mußte also dahin kommen, daß ich, der ich mich dem Lehrer verbinden wollte, bei ihm kein Verständnis fand, und wahrscheinlich, statt zu helfen, für mich einen neuen Helfer brauchen würde, dessen Auftreten wohl sehr unwahrscheinlich war. Außerdem bürdete ich mir mit meinem Entschluß eine große Arbeit auf. Wollte ich überzeugen, so durfte ich mich nicht auf den Lehrer berufen, der ja nicht hatte überzeugen können. Die Kenntnis seiner Schrift hätte mich nur beirrt und ich vermied es daher, sie vor Beendigung meiner eigenen Arbeit zu lesen. Ja, ich trat nicht einmal mit dem Lehrer in Verbindung. Allerdings erfuhr er durch Mittelspersonen von meinen Untersuchungen, aber er wußte nicht, ob ich in seinem Sinne arbeitete oder gegen ihn. Ja, er vermutete wahrscheinlich sogar das letztere, wenn er es später auch leugnete, denn ich habe Beweise darüber, daß er mir verschiedene Hindernisse in den Weg gelegt hat. Das konnte er sehr leicht, denn ich war ja gezwungen, alle Untersuchungen, die er schon durchgeführt hatte, nochmals vorzunehmen und er konnte mir daher immer zuvorkommen. Das war aber der einzige Vorwurf, der meiner Methode mit Recht gemacht werden konnte, übrigens ein unausweichlicher Vorwurf, der aber durch die Vorsicht, ja Selbstverleugnung meiner Schlußfolgerungen sehr entkräftet wurde. Sonst aber war meine Schrift von jeder Einflußnahme des Lehrers frei, vielleicht hatte ich in diesem Punkte sogar allzu große Peinlichkeit bewiesen, es

war durchaus so, als hätte bisher niemand den Fall untersucht, als
wäre ich der erste, der die Augen- und Ohrenzeugen verhörte, der
erste, der die Angaben aneinanderreihte, der erste, der Schlüsse zog.
Als ich später die Schrift des Lehrers las – sie hatte einen sehr
umständlichen Titel: »Ein Maulwurf, so groß, wie ihn noch niemand
gesehen hat« –, fand ich tatsächlich, daß wir in wesentlichen Punkten
nicht übereinstimmten, wenn wir auch beide die Hauptsache, nämlich die Existenz des Maulwurfs, bewiesen zu haben glaubten. Immerhin verhinderten jene einzelnen Meinungsverschiedenheiten die
Entstehung eines freundschaftlichen Verhältnisses zum Lehrer, das
ich eigentlich trotz allem erwartet hatte. Es entwickelte sich fast eine
gewisse Feindseligkeit von seiner Seite. Er blieb zwar immer bescheiden und demütig mir gegenüber, aber desto deutlicher konnte man
seine wirkliche Stimmung merken. Er war nämlich der Meinung, daß
ich ihm und der Sache durchaus geschadet habe, und daß mein
Glaube, ich hätte ihm genützt oder nützen können, im besten Fall
Einfältigkeit, wahrscheinlich aber Anmaßung oder Hinterlist sei. Vor
allem wies er öfters darauf hin, daß alle seine bisherigen Gegner ihre
Gegnerschaft überhaupt nicht oder bloß unter vier Augen oder
wenigstens nur mündlich gezeigt hätten, während ich es für nötig
gehalten hätte, alle meine Aussetzungen sofort drucken zu lassen.
Außerdem hätten die wenigen Gegner, welche sich wirklich mit der
Sache, wenn auch nur oberflächlich, beschäftigt hätten, doch wenigstens seine, des Lehrers Meinung, also die hier maßgebende Meinung
angehört, ehe sie sich selbst geäußert hätten, ich aber hätte aus
unsystematisch gesammelten und zum Teil mißverstandenen Angaben Ergebnisse hervorgebracht, die, selbst wenn sie in der Hauptsache richtig waren, doch unglaubwürdig wirken mußten, und zwar
sowohl auf die Menge als auch auf die Gebildeten. Der schwächste
Schein der Unglaubwürdigkeit wäre aber das Schlimmste, was hier
geschehen konnte.
Auf diese, wenn auch verhüllt vorgebrachten, Vorwürfe hätte ich ihm
leicht antworten können – so stellte zum Beispiel gerade seine Schrift
wohl den Höhepunkt der Unglaubwürdigkeit dar –, weniger leicht
aber war es, gegen seinen sonstigen Verdacht anzukämpfen, und dies
war der Grund, warum ich mich überhaupt im ganzen ihm gegenüber
sehr zurückhielt. Er glaubte nämlich im geheimen, daß ich ihn um

den Ruhm hatte bringen wollen, der erste öffentliche Fürsprecher des Maulwurfes zu sein. Nun war ja für seine Person gar kein Ruhm vorhanden, sondern nur eine Lächerlichkeit, die sich aber auch auf einen immer kleineren Kreis einschränkte und um die ich mich gewiß nicht bewerben wollte. Außerdem aber hatte ich in der Einleitung zu meiner Schrift ausdrücklich erklärt, daß der Lehrer für alle Zeiten als Entdecker des Maulwurfes zu gelten habe – der Entdecker aber war er nicht einmal – und daß nur die Anteilnahme am Schicksal des Lehrers mich zur Abfassung der Schrift gedrängt habe. »Der Zweck dieser Schrift ist es« – so schloß ich allzu pathetisch, aber es entsprach meiner damaligen Erregung –, »der Schrift des Lehrers zur verdienten Verbreitung zu helfen. Gelingt dies, dann soll mein Name, der vorübergehend und nur äußerlich in diese Angelegenheit verwickelt wird, sofort aus ihr gelöscht werden.« Ich wehrte also geradezu jede größere Beteiligung an der Sache ab; es war fast, als hätte ich irgendwie den unglaublichen Vorwurf des Lehrers vorausgeahnt. Trotzdem fand er gerade in dieser Stelle die Handhabe gegen mich, und ich leugne nicht, daß eine scheinbare Spur von Berechtigung in dem, was er sagte oder vielmehr andeutete, enthalten war, wie mir überhaupt einigemal auffiel, daß er in mancher Hinsicht mir gegenüber fast mehr Scharfsinn zeigte als in seiner Schrift. Er behauptete nämlich, meine Einleitung sei doppelzüngig. Wenn mir wirklich nur daran lag, seine Schrift zu verbreiten, warum befaßte ich mich nicht ausschließlich mit ihm und seiner Schrift, warum zeigte ich nicht ihre Vorzüge, ihre Unwiderlegbarkeit, warum beschränkte ich mich nicht darauf, die Bedeutung der Entdeckung hervorzuheben und begreiflich zu machen, warum drängte ich mich vielmehr unter vollständiger Vernachlässigung der Schrift in die Entdeckung selbst. War sie etwa nicht schon getan? Blieb etwa in dieser Hinsicht noch etwas zu tun übrig? Wenn ich aber wirklich glaubte, die Entdeckung noch einmal machen zu müssen, warum sagte ich mich dann in der Einleitung von der Entdeckung so feierlich los? Das hätte heuchlerische Bescheidenheit sein können, aber es war etwas Ärgeres. Ich entwertete die Entdeckung, ich machte auf sie aufmerksam nur zu dem Zweck, um sie zu entwerten, ich hatte sie erforscht und legte sie beiseite. Es war vielleicht rings um diese Sache ein wenig stiller geworden, ich machte nun wieder Lärm, machte aber gleichzeitig die Lage des Lehrers schwieriger, als sie jemals gewesen war. Was bedeutete denn für den Lehrer die Verteidigung seiner Ehrenhaftigkeit! An der Sache, nur an der Sache lag ihm. Diese aber verriet ich, weil ich sie nicht verstand, weil ich sie nicht richtig einschätzte, weil ich keinen Sinn für sie hatte. Sie ging himmelhoch über meinen Verstand hinaus. Er saß vor mir und sah mich mit seinem alten, faltigen Gesicht ruhig an, und doch war nur dieses seine Meinung. Allerdings war es nicht richtig, daß ihm nur an der Sache lag, er war sogar recht ehrgeizig und wollte auch Geldgewinn, was mit Rücksicht auf seine zahlreiche Familie sehr begreiflich war. Trotzdem schien ihm mein Interesse an der Sache vergleichsweise so gering, daß er glaubte, sich für vollständig uneigennützig hinstellen zu dürfen, ohne eine allzu große Unwahrheit zu sagen. Und es genügte tatsächlich nicht einmal für meine innere Befriedigung, wenn ich mir sagte, daß die Vorwürfe des Mannes im Grunde nur darauf zurückgehn, daß er gewissermaßen seinen Maulwurf mit beiden Händen festhält und jeden, der ihm nur mit dem Finger nahe kommen will, einen Verräter nennt. Es war nicht so, sein Verhalten war nicht durch Geiz, wenigstens nicht durch Geiz allein zu erklären, eher durch die Gereiztheit, welche seine großen Anstrengungen und deren vollständige Erfolglosigkeit in ihm hervorgerufen hatten. Aber auch die Gereiztheit erklärte nicht alles. Vielleicht war mein Interesse an der Sache wirklich zu gering. An Fremden war für den Lehrer Interesselosigkeit schon etwas Gewöhnliches, er litt darunter im allgemeinen, aber nicht mehr im einzelnen. Hier aber hatte sich endlich einer gefunden, der sich der Sache in außerordentlicher Weise annahm, und selbst dieser begriff die Sache nicht. Einmal in diese Richtung gedrängt, wollte ich gar nicht leugnen. Ich bin kein Zoologe, vielleicht hätte ich mich für diesen Fall, wenn ich ihn selbst entdeckt hätte, bis auf den Herzensgrund ereifert, aber ich hatte ihn doch nicht entdeckt. Ein so großer Maulwurf ist gewiß eine Merkwürdigkeit, aber die dauernde Aufmerksamkeit der ganzen Welt darf man nicht dafür verlangen, besonders wenn die Existenz des Maulwurfs nicht vollständig einwandfrei festgestellt ist und man ihn jedenfalls nicht vorführen kann. Und ich gestand auch ein, daß ich mich wahrscheinlich für den Maulwurf, selbst wenn ich der Entdekker gewesen wäre, niemals so eingesetzt hätte, wie ich es für den Lehrer gern und freiwillig tat.

Nun hätte sich wahrscheinlich die Nichtübereinstimmung zwischen mir und dem Lehrer bald aufgelöst, wenn meine Schrift Erfolg gehabt hätte. Aber gerade dieser Erfolg blieb aus. Vielleicht war sie nicht gut, nicht überzeugend genug geschrieben, ich bin Kaufmann, die Abfassung einer solchen Schrift geht vielleicht über den mir gesetzten Kreis noch weiter hinaus, als dies beim Lehrer der Fall war, trotzdem ich allerdings in allen hierfür nötigen Kenntnissen den Lehrer bei weitem übertraf. Auch ließ sich der Mißerfolg noch anders deuten, der Zeitpunkt des Erscheinens war vielleicht ungünstig. Die Entdekkung des Maulwurfes, die nicht hatte durchdringen können, lag einerseits noch nicht so weit zurück, als daß man sie vollständig vergessen hätte und durch meine Schrift also etwa überrascht worden wäre, andererseits aber war genug Zeit vergangen, um das geringe Interesse, das ursprünglich vorhanden gewesen war, gänzlich zu erschöpfen. Jene, die sich überhaupt über meine Schrift Gedanken machten, sagten sich mit einer Art Trostlosigkeit, die schon vor Jahren diese Diskussion beherrscht hatte, daß nun wohl wieder die nutzlosen Anstrengungen für diese öde Sache beginnen sollen, und manche verwechselten sogar meine Schrift mit der des Lehrers. In einer führenden landwirtschaftlichen Zeitschrift fand sich folgende Bemerkung, glücklicherweise nur zum Schluß und klein gedruckt: »Die Schrift über den Riesenmaulwurf ist uns wieder zugeschickt worden. Wir erinnern uns, schon einmal vor Jahren über sie herzlich gelacht zu haben. Sie ist seitdem nicht klüger geworden und wir nicht dümmer. Bloß lachen können wir nicht zum zweitenmal. Dagegen fragen wir unsere Lehrervereinigungen, ob ein Dorfschullehrer nicht nützlichere Arbeit finden kann, als Riesenmaulwürfen nachzujagen.« Eine unverzeihliche Verwechslung! Man hatte weder die erste, noch die zweite Schrift gelesen, und die zwei armseligen in der Eile aufgeschnappten Worte Riesenmaulwurf und Dorfschullehrer genügten schon den Herren, um sich als Vertreter anerkannter Interessen in Szene zu setzen. Dagegen hätte gewiß Verschiedenes mit Erfolg unternommen werden können, aber die mangelnde Verständigung mit dem Lehrer hielt mich davon ab. Ich versuchte vielmehr, die Zeitschrift vor ihm geheimzuhalten, so lange es nur möglich war. Aber er entdeckte sie sehr bald, ich erkannte es schon aus einer Bemerkung in einem Brief, in dem er mir seinen Besuch für die

Weihnachtsfeiertage in Aussicht stellte. Er schrieb dort: »Die Welt ist schlecht und man macht es ihr leicht«, womit er ausdrücken wollte, daß ich zu der schlechten Welt gehöre, mich aber mit der mir innewohnenden Schlechtigkeit nicht begnüge, sondern es der Welt auch noch leicht mache, das heißt, tätig bin, um die allgemeine Schlechtigkeit hervorzulocken und ihr zum Sieg zu verhelfen. Nun, ich hatte schon die nötigen Entschlüsse gefaßt, konnte ihn ruhig erwarten und ruhig zusehn, wie er ankam, sogar weniger höflich grüßte als sonst, sich stumm mir gegenübersetzte, sorgfältig aus der Brusttasche seines eigentümlich wattierten Rockes die Zeitschrift hervorzog und sie aufgeschlagen vor mich hinschob. »Ich kenne es«, sagte ich und schob die Zeitschrift ungelesen wieder zurück. »Sie kennen es«, sagte er seufzend, er hatte die alte Lehrergewohnheit, fremde Antworten zu wiederholen. »Ich werde das natürlich nicht ohne Abwehr hinnehmen«, fuhr er fort, tippte aufgeregt mit dem Finger auf die Zeitschrift und sah mich dabei scharf an, als wäre ich der entgegengesetzten Meinung; eine Ahnung dessen, was ich sagen wollte, hatte er wohl; ich habe auch sonst nicht so sehr aus seinen Worten, als aus sonstigen Zeichen zu bemerken geglaubt, daß er oft eine sehr richtige Empfindung für meine Absichten hatte, ihr aber nicht nachgab und sich ablenken ließ. Das, was ich ihm damals sagte, kann ich fast wortgetreu wiedergeben, da ich es kurz nach der Unterredung notiert habe. »Tut, was Ihr wollt«, sagte ich, »unsere Wege scheiden sich von heute ab. Ich glaube, daß es Euch weder unerwartet, noch ungelegen kommt. Die Notiz hier in der Zeitschrift ist nicht die Ursache meines Entschlusses, sie hat ihn bloß endgültig befestigt; die eigentliche Ursache liegt darin, daß ich ursprünglich glaubte, Euch durch mein Auftreten nützen zu können, während ich jetzt sehen muß, daß ich Euch in jeder Richtung geschadet habe. Warum es sich so gewendet hat, weiß ich nicht, die Gründe für Erfolg und Mißerfolg sind immer vieldeutig, sucht nicht nur jene Deutungen hervor, die gegen mich sprechen. Denkt an Euch, auch Ihr hattet die besten Absichten und doch Mißerfolg, wenn man das Ganze ins Auge faßt. Ich meine es nicht im Scherz, es geht ja gegen mich selbst, wenn ich sage, daß auch die Verbindung mit mir leider zu Euren Mißerfolgen zählt. Daß ich mich jetzt von der Sache zurückziehe, ist weder Feigheit noch Verrat. Es geschieht sogar nicht ohne Selbstüberwin-

dung; wie sehr ich Eure Person achte, geht schon aus meiner Schrift
hervor, Ihr seid mir in gewisser Hinsicht ein Lehrer geworden, und
sogar der Maulwurf wurde mir fast lieb. Trotzdem trete ich beiseite,
Ihr seid der Entdecker, und wie ich es auch anstellen wollte, ich
hindere immer, daß der mögliche Ruhm Euch trifft, während ich den
Mißerfolg anziehe und auf Euch weiterleite. Wenigstens ist dies Eure
Meinung. Genug davon. Die einzige Buße, die ich auf mich nehmen
kann, ist, daß ich Euch um Verzeihung bitte und wenn Ihr es
verlangt, das Geständnis, das ich Euch hier gemacht habe, auch
öffentlich, zum Beispiel in dieser Zeitschrift, wiederhole.«
Das waren damals meine Worte, sie waren nicht ganz aufrichtig, aber
das Aufrichtige war ihnen leicht zu entnehmen. Meine Erklärung
wirkte auf ihn so, wie ich es ungefähr erwartet hatte. Die meisten
alten Leute haben Jüngern gegenüber etwas Täuschendes, etwas
Lügnerisches in ihrem Wesen, man lebt ruhig neben ihnen fort, glaubt
das Verhältnis gesichert, kennt die vorherrschenden Meinungen, bekommt fortwährend Bestätigungen des Friedens, hält alles für selbstverständlich und plötzlich, wenn sich etwas Entscheidendes ereignet
und die so lange vorbereitete Ruhe wirken sollte, erheben sich diese
alten Leute wie Fremde, haben tiefere, stärkere Meinungen, entfalten
förmlich jetzt erst ihre Fahne und man liest darauf mit Schrecken den
neuen Spruch. Dieser Schrecken stammt vor allem daher, weil das,
was die Alten jetzt sagen, wirklich viel berechtigter, sinnvoller, und
als ob es eine Steigerung des Selbstverständlichen gäbe, noch selbstverständlicher ist. Das unübertrefflich Lügnerische daran aber ist,
daß sie das, was sie jetzt sagen, im Grunde immer gesagt haben und
daß es eben doch im allgemeinen nie vorauszusehen war. Ich mußt
mich tief in diesen Dorfschullehrer eingebohrt haben, daß er mich
jetzt nicht ganz überraschte. »Kind«, sagte er, legte seine Hand auf
die meine und rieb sie freundschaftlich, »wie kamt Ihr denn überhaupt auf den Gedanken, Euch auf diese Sache einzulassen? – Gleich
als ich zum erstenmal davon hörte, sprach ich mit meiner Frau
darüber.« Er rückte vom Tische ab, breitete die Arme aus und blickte
zu Boden, als stehe dort unten winzig seine Frau und er spreche mit
ihr. »›So viele Jahre‹, sagte ich zu ihr, ›kämpfen wir allein, jetzt aber
scheint in der Stadt ein hoher Gönner für uns einzutreten, ein
städtischer Kaufmann, namens Soundso. Jetzt sollten wir uns doch

sehr freuen, nicht? Ein Kaufmann in der Stadt bedeutet nicht wenig; wenn ein lumpiger Bauer uns glaubt und es ausspricht, so kann uns das nichts helfen, denn was ein Bauer macht, ist immer unanständig, ob er nun sagt: Der alte Dorfschullehrer hat recht, oder ob er etwa unpassenderweise ausspuckt, beides ist in der Wirkung einander gleich. Und stehen statt des einen Bauern zehntausend Bauern auf, so ist die Wirkung womöglich noch schlechter. Ein Kaufmann in der Stadt ist dagegen etwas anderes, ein solcher Mann hat Verbindungen, selbst das, was er nur nebenbei sagt, spricht sich in weitern Kreisen herum, neue Gönner nehmen sich der Sache an, einer sagt zum Beispiel: Auch von Dorfschullehrern kann man lernen, und am nächsten Tag flüstern es sich schon eine Menge von Leuten zu, von denen man es, nach ihrem Äußern zu schließen, niemals annehmen würde. Jetzt finden sich Geldmittel für die Sache, einer sammelt und die anderen zahlen ihm das Geld in die Hand, man meint, der Dorfschullehrer müsse aus dem Dorf hervorgeholt werden, man kommt, kümmert sich nicht um sein Aussehn, nimmt ihn in die Mitte und, da sich die Frau und die Kinder an ihn hängen, nimmt man auch sie mit. Hast du schon Leute aus der Stadt beobachtet? Das zwitschert unaufhörlich. Ist eine Reihe von ihnen beisammen, so geht das Zwitschern von rechts nach links und wieder zurück und auf und ab. Und so heben sie uns zwitschernd in den Wagen, man hat kaum Zeit, allen zuzunicken. Der Herr auf dem Kutschbock rückt seinen Zwikker zurecht, schwingt die Peitsche und wir fahren. Alle winken zum Abschied dem Dorfe zu, so als ob wir noch dort wären und nicht mitten unter ihnen säßen. Aus der Stadt kommen einige Wagen mit besonders Ungeduldigen uns entgegen. Wie wir uns nähern, stehen sie von ihren Sitzen auf und strecken sich, um uns zu sehen. Der, welcher Geld gesammelt hat, ordnet alles und ermahnt zur Ruhe. Es ist schon eine große Wagenreihe, wie wir in der Stadt einfahren. Wir haben geglaubt, daß die Begrüßung schon vorüber ist, aber nun vor dem Gasthof beginnt sie erst. In der Stadt sammeln sich eben auf einen Aufruf gleich sehr viele Leute an. Worum sich der eine kümmert, kümmert sich gleich auch der andere. Sie nehmen einander mit ihrem Atem die Meinungen weg und eignen sich sie an. Nicht alle diese Leute können mit dem Wagen fahren, sie warten vor dem Gasthof, andere könnten zwar fahren, aber sie tun es aus Selbstbe-

wußtsein nicht. Auch diese warten. Es ist unbegreiflich, wie der, welcher Geld gesammelt hat, den Überblick über alles behält.‹«
Ich hatte ihm ruhig zugehört; ja, ich war während der Rede immer ruhiger geworden. Auf dem Tisch hatte ich alle Exemplare meiner Schrift, so viele ich ihrer noch besaß, aufgehäuft. Es fehlten nur sehr wenige, denn ich hatte in der letzten Zeit durch ein Rundschreiben alle ausgeschickten Exemplare zurückgefordert und hatte auch die meisten erhalten. Von vielen Seiten war mir übrigens sehr höflich geschrieben worden, daß man sich gar nicht erinnere, eine solche Schrift erhalten zu haben und daß man sie, wenn sie doch etwa gekommen sein sollte, bedauerlicherweise verloren haben müsse. Auch so war es richtig, ich wollte im Grunde nichts anderes. Nur einer bat mich, die Schrift als Kuriosum behalten zu dürfen, und verpflichtete sich, sie im Sinne meines Rundschreibens während der nächsten zwanzig Jahre niemandem zu zeigen. Dieses Rundschreiben hatte der Dorfschullehrer noch gar nicht gesehen. Ich freute mich, daß seine Worte es mir so leicht machten, es ihm zu zeigen. Ich konnte dies aber auch sonst ohne Sorge tun, weil ich bei der Abfassung sehr vorsichtig vorgegangen war und das Interesse des Dorfschullehrers und seiner Sache niemals außer acht gelassen hatte. Die Hauptsätze des Schreibens lauteten nämlich: »Ich bitte nicht deshalb um Rückgabe der Schrift, weil ich etwa von den in der Schrift vertretenen Meinungen abgekommen bin oder sie vielleicht in einzelnen Teilen als irrig oder auch nur als unbeweisbar ansehen würde. Meine Bitte hat lediglich persönliche, allerdings sehr zwingende Gründe; auf meine Stellung zur Sache läßt sie jedoch nicht die allergeringsten Rückschlüsse zu. Ich bitte dies besonders zu beachten, und wenn es beliebt, auch zu verbreiten.«
Vorläufig hielt ich dieses Rundschreiben noch mit den Händen verdeckt und sagte: »Wollt Ihr mir Vorwürfe machen, weil es nicht so gekommen ist? Warum wollt Ihr das tun? Verbittern wir uns doch nicht das Auseinandergehen. Und versucht endlich einzusehen, daß Ihr zwar eine Entdeckung gemacht habt, daß aber diese Entdeckung nicht etwa alles andere überragt und daß infolgedessen auch das Unrecht, das Euch geschieht, nicht ein alles andere überragendes Unrecht ist. Ich kenne nicht die Satzungen der gelehrten Gesellschaften, aber ich glaube nicht, daß Euch selbst im günstigsten Falle ein

Empfang bereitet worden wäre, der nur annähernd an jenen herange-
reicht hätte, wie Ihr ihn vielleicht Eurer armen Frau beschrieben
habt. Wenn ich selbst etwas von der Wirkung der Schrift erhoffte, so
glaubte ich, daß vielleicht ein Professor auf unseren Fall aufmerksam
gemacht werden könnte, daß er irgendeinen jungen Studenten beauf-
tragen würde, der Sache nachzugehen, daß dieser Student zu Euch
fahren und dort Eure und meine Untersuchungen nochmals in seiner
Weise überprüfen würde, und daß er schließlich, wenn ihm das
Ergebnis erwähnenswert schiene – hier ist festzuhalten, daß alle
jungen Studenten voll Zweifel sind –, daß er dann eine eigene Schrift
herausgeben würde, in welcher das, was Ihr geschrieben habt, wissenschaftlich begründet wäre. Jedoch selbst dann, wenn sich diese
Hoffnung erfüllt hätte, wäre noch nicht viel erreicht gewesen. Die
Schrift des Studenten, die einen so sonderbaren Fall verteidigt hätte,
wäre vielleicht lächerlich gemacht worden. Ihr seht hier an dem
Beispiel der landwirtschaftlichen Zeitschrift, wie leicht das geschehen
kann, und wissenschaftliche Zeitschriften sind in dieser Hinsicht
noch rücksichtsloser. Es ist auch verständlich, die Professoren tragen
viel Verantwortung vor sich, vor der Wissenschaft, vor der Nachwelt,
sie können sich nicht jeder neuen Entdeckung gleich an die Brust
werfen. Wir andern sind ihnen gegenüber darin im Vorteil. Aber ich
sehe von dem ab und will jetzt annehmen, daß die Schrift des
Studenten sich durchgesetzt hätte. Was wäre dann geschehen? Euer
Name wäre wohl einigemal in Ehren genannt worden, es hätte
wahrscheinlich auch Eurem Stand genützt, man hätte gesagt: ›Unsere
Dorfschullehrer haben offene Augen‹, und die Zeitschrift hier hätte,
wenn Zeitschriften Gedächtnis und Gewissen hätten, Euch öffentlich
abbitten müssen, es hätte sich dann auch ein wohlwollender Professor
gefunden, um ein Stipendium für Euch zu erwirken, es ist auch
wirklich möglich, daß man versucht hätte, Euch in die Stadt zu
ziehen, Euch eine Stelle an einer städtischen Volksschule zu verschaffen und Euch so Gelegenheit zu geben, die wissenschaftlichen Hilfsmittel, welche die Stadt bietet, für Eure weitere Ausbildung zu
verwerten. Wenn ich aber offen sein soll, so muß ich sagen, ich
glaube, man hätte es nur versucht. Man hätte Euch hierher berufen,
Ihr wäret auch gekommen, und zwar als gewöhnlicher Bittsteller, wie
es Hunderte gibt, ohne allen festlichen Empfang, man hätte mit Euch

gesprochen, hätte Euer ehrliches Streben anerkannt, hätte aber doch auch gleichzeitig gesehen, daß Ihr ein alter Mann seid, daß in diesem Alter der Beginn eines wissenschaftlichen Studiums aussichtslos ist und daß Ihr vor allem mehr zufällig als planmäßig zu Eurer Entdeckung gelangt seid und über diesen Einzelfall hinaus nicht einmal weiter zu arbeiten beabsichtigt. Man hätte Euch also aus diesen Gründen wohl im Dorf gelassen. Eure Entdeckung allerdings wäre weitergeführt worden, denn so klein ist sie nicht, daß sie, einmal zur Anerkennung gekommen, jemals vergessen werden könnte. Aber Ihr hättet nicht mehr viel von ihr erfahren, und was Ihr erfahren hättet, hättet Ihr kaum verstanden. Jede Entdeckung wird gleich in die Gesamtheit der Wissenschaften geleitet und hört damit gewissermaßen auf, Entdeckung zu sein, sie geht im Ganzen auf und verschwindet, man muß schon einen wissenschaftlich geschulten Blick haben, um sie dann noch zu erkennen. Sie wird gleich an Leitsätze geknüpft, von deren Dasein wir gar nicht gehört haben, und im wissenschaftlichen Streit wird sie an diesen Leitsätzen bis in die Wolken hinaufgerissen. Wie wollen wir das begreifen? Wenn wir einer gelehrten Diskussion zuhören, glauben wir zum Beispiel, es handle sich um die Entdeckung, aber unterdessen handelt es sich um ganz andere Dinge, und ein nächstes Mal glauben wir, es handle sich um anderes, nicht um die Entdeckung, nun handelt es sich aber gerade um sie. Versteht Ihr das? Ihr wäret im Dorf geblieben, hättet mit dem erhaltenen Geld Euere Familie ein wenig besser ernähren und kleiden dürfen, aber Eure Entdeckung wäre Euch entzogen gewesen, ohne daß Ihr Euch mit irgendwelcher Berechtigung dagegen hättet wehren können, denn erst in der Stadt kam sie zu ihrer wirklichen Geltung. Und man wäre vielleicht gegen Euch gar nicht undankbar gewesen, man hätte etwa über der Stelle, wo die Entdeckung gemacht worden ist, ein kleines Museum bauen lassen, es wäre eine Sehenswürdigkeit des Dorfes geworden, Ihr wäret der Schlüsselbewahrer gewesen und, um es auch an äußern Ehrenzeichen nicht fehlen zu lassen, hätte man Euch eine kleine, an der Brust zu tragende Medaille verliehn, wie sie die Diener der wissenschaftlichen Institute zu tragen pflegen. Das alles wäre möglich gewesen; war es aber das, was Ihr wolltet?«

Ohne sich mit einer Antwort aufzuhalten, wandte er ganz richtig ein: »Und das suchtet Ihr also für mich zu erreichen?«

»Vielleicht«, sagte ich, »ich habe damals nicht so sehr aus Überlegungen gehandelt, als daß ich Euch jetzt bestimmt antworten könnte. Ich wollte Euch helfen, es ist aber mißlungen und ist sogar das Mißlungenste, was ich jemals getan habe. Darum will ich jetzt davon zurücktreten und es ungeschehen machen, soweit meine Kräfte reichen.«

»Nun gut«, sagte der Dorfschullehrer, nahm seine Pfeife heraus und begann, sie mit dem Tabak zu stopfen, den er lose in allen Taschen mit sich trug. »Ihr habt Euch freiwillig der undankbaren Sache angenommen und tretet jetzt auch freiwillig zurück. Es ist alles ganz richtig!«

»Ich bin nicht starrköpfig«, sagte ich. »Findet Ihr an meinem Vorschlag vielleicht etwas auszusetzen?« »Nein, gar nichts«, sagte der Dorfschullehrer, und seine Pfeife dampfte schon. Ich vertrug den Geruch seines Tabaks nicht und stand deshalb auf und ging im Zimmer herum. Ich war es schon von früheren Besprechungen her gewöhnt, daß der Dorfschullehrer mir gegenüber sehr schweigsam war und sich doch, wenn er einmal gekommen war, aus meinem Zimmer nicht fortrühren wollte. Es hatte mich schon manchmal sehr befremdet; er will noch etwas von mir, hatte ich dann immer gedacht und ihm Geld angeboten, das er auch regelmäßig annahm. Aber weggegangen war er immer erst dann, wenn es ihm beliebte. Gewöhnlich war dann die Pfeife ausgeraucht, er schwenkte sich um den Sessel herum, den er ordentlich und respektvoll an den Tisch rückte, griff nach seinem Knotenstock in der Ecke, drückte mir eifrig die Hand und ging. Heute aber war mir sein schweigsames Dasitzen geradezu lästig. Wenn man einmal jemandem den endgültigen Abschied anbietet, wie ich es getan hatte, und dies vom andern als ganz richtig bezeichnet wird, dann führt man doch das wenige noch gemeinsam zu Erledigende möglichst schnell zu Ende und bürdet dem anderen nicht zwecklos seine stumme Gegenwart auf. Wenn man den kleinen zähen Alten von rückwärts ansah, wie er an meinem Tische saß, konnte man glauben, es werde überhaupt nicht möglich sein, ihn aus dem Zimmer hinauszubefördern. ––

Der Nachbar

Mein Geschäft ruht ganz auf meinen Schultern. Zwei Fräulein mit Schreibmaschinen und Geschäftsbüchern im Vorzimmer, mein Zimmer mit Schreibtisch, Kasse, Beratungstisch, Klubsessel und Telephon, das ist mein ganzer Arbeitsapparat. So einfach zu überblicken, so leicht zu führen. Ich bin ganz jung und die Geschäfte rollen vor mir her. Ich klage nicht, ich klage nicht.

Seit Neujahr hat ein junger Mann die kleine, leerstehende Nebenwohnung, die ich ungeschickterweise so lange zu mieten gezögert habe, frischweg gemietet. Auch ein Zimmer mit Vorzimmer, außerdem aber noch eine Küche. – Zimmer und Vorzimmer hätte ich wohl brauchen können – meine zwei Fräulein fühlten sich schon manchmal überlastet –, aber wozu hätte mir die Küche gedient? Dieses kleinliche Bedenken war daran schuld, daß ich mir die Wohnung habe nehmen lassen. Nun sitzt dort dieser junge Mann. Harras heißt er. Was er dort eigentlich macht, weiß ich nicht. Auf der Tür steht: ›Harras, Bureau‹. Ich habe Erkundigungen eingezogen, man hat mir mitgeteilt, es sei ein Geschäft ähnlich dem meinigen. Vor Kreditgewährung könne man nicht geradezu warnen, denn es handle sich doch um einen jungen, aufstrebenden Mann, dessen Sache vielleicht Zukunft habe, doch könne man zum Kredit nicht geradezu raten, denn gegenwärtig sei allem Anschein nach kein Vermögen vorhanden. Die übliche Auskunft, die man gibt, wenn man nichts weiß.

Manchmal treffe ich Harras auf der Treppe, er muß es immer außerordentlich eilig haben, er huscht förmlich an mir vorüber. Genau gesehen habe ich ihn noch gar nicht, den Büroschlüssel hat er schon vorbereitet in der Hand. Im Augenblick hat er die Tür geöffnet. Wie der Schwanz einer Ratte ist er hineingeglitten und ich stehe wieder vor der Tafel ›Harras, Bureau‹, die ich schon viel öfter gelesen habe, als sie es verdient.

Die elend dünnen Wände, die den ehrlich tätigen Mann verraten, den Unehrlichen aber decken. Mein Telephon ist an der Zimmerwand angebracht, die mich von meinem Nachbar trennt. Doch hebe ich das bloß als besonders ironische Tatsache hervor. Selbst wenn es an der entgegengesetzten Wand hinge, würde man in der Nebenwohnung

alles hören. Ich habe mir abgewöhnt, den Namen der Kunden beim
Telephon zu nennen. Aber es gehört natürlich nicht viel Schlauheit
dazu, aus charakteristischen, aber unvermeidlichen Wendungen des
Gesprächs die Namen zu erraten. – Manchmal umtanze ich, die
Hörmuschel am Ohr, von Unruhe gestachelt, auf den Fußspitzen den
Apparat und kann es doch nicht verhüten, daß Geheimnisse preisgegeben werden.
Natürlich werden dadurch meine geschäftlichen Entscheidungen unsicher, meine Stimme zittrig. Was macht Harras, während ich tele-
phoniere? Wollte ich sehr übertreiben – aber das muß man oft, um
sich Klarheit zu verschaffen –, so könnte ich sagen: Harras braucht
kein Telephon, er benutzt meines, er hat sein Kanapee an die Wand
gerückt und horcht, ich dagegen muß, wenn geläutet wird, zum
Telephon laufen, die Wünsche des Kunden entgegennehmen, schwer-
wiegende Entschlüsse fassen, großangelegte Überredungen ausführen
– vor allem aber während des Ganzen unwillkürlich durch die
Zimmerwand Harras Bericht erstatten.
Vielleicht wartet er gar nicht das Ende des Gespräches ab, sondern
erhebt sich nach der Gesprächsstelle, die ihn über den Fall genügend
aufgeklärt hat, huscht nach seiner Gewohnheit durch die Stadt und,
ehe ich die Hörmuschel aufgehängt habe, ist er vielleicht schon daran,
mir entgegenzuarbeiten.

Kinder auf der Landstraße

Ich hörte die Wagen an dem Gartengitter vorüberfahren, manchmal
sah ich sie auch durch die schwach bewegten Lücken im Laub. Wie
krachte in dem heißen Sommer das Holz in ihren Speichen und
Deichseln! Arbeiter kamen von den Feldern und lachten, daß es eine
Schande war.
Ich saß auf unserer kleinen Schaukel, ich ruhte mich gerade aus
zwischen den Bäumen im Garten meiner Eltern.
Vor dem Gitter hörte es nicht auf. Kinder im Laufschritt waren im
Augenblick vorüber; Getreidewagen mit Männern und Frauen auf
den Garben und rings herum verdunkelten die Blumenbeete; gegen

Abend sah ich einen Herrn mit einem Stock langsam spazieren gehn und paar Mädchen, die Arm in Arm ihm entgegenkamen, traten grüßend ins seitliche Gras.

Dann flogen Vögel wie sprühend auf, ich folgte ihnen mit den Blicken, sah, wie sie in einem Atemzug stiegen, bis ich nicht mehr glaubte, daß sie stiegen, sondern daß ich falle, und fest mich an den Seilen haltend aus Schwäche ein wenig zu schaukeln anfing. Bald schaukelte ich stärker, als die Luft schon kühler wehte und statt der fliegenden Vögel zitternde Sterne erschienen.

Bei Kerzenlicht bekam ich mein Nachtmahl. Oft hatte ich beide Arme auf der Holzplatte und, schon müde, biß ich in mein Butterbrot. Die stark durchbrochenen Vorhänge bauschten sich im warmen Wind, und manchmal hielt sie einer, der draußen vorüberging, mit seinen Händen fest, wenn er mich besser sehen und mit mir reden wollte. Meistens verlöschte die Kerze bald und in dem dunklen Kerzenrauch trieben sich noch eine Zeitlang die versammelten Mükken herum. Fragte mich einer vom Fenster aus, so sah ich ihn an, als schaue ich ins Gebirge oder in die bloße Luft, und auch ihm war an einer Antwort nicht viel gelegen.

Sprang dann einer über die Fensterbrüstung und meldete, die anderen seien schon vor dem Haus, so stand ich freilich seufzend auf.

»Nein, warum seufzt du so? Was ist denn geschehen? Ist es ein besonderes, nie gut zu machendes Unglück? Werden wir uns nie davon erholen können? Ist wirklich alles verloren?«

Nichts war verloren. Wir liefen vor das Haus. »Gott sei Dank, da seid ihr endlich!« – »Du kommst halt immer zu spät!« – »Wieso denn ich?« – »Gerade du, bleib zu Hause, wenn du nicht mitwillst.« – »Keine Gnaden!« – »Was? Keine Gnaden? Wie redest du?«

Wir durchstießen den Abend mit dem Kopf. Es gab keine Tages- und keine Nachtzeit. Bald rieben sich unsere Westenknöpfe aneinander wie Zähne, bald liefen wir in gleichbleibender Entfernung, Feuer im Mund, wie Tiere in den Tropen. Wie Kürassiere in alten Kriegen, stampfend und hoch in der Luft, trieben wir einander die kurze Gasse hinunter und mit diesem Anlauf in den Beinen die Landstraße weiter hinauf. Einzelne traten in den Straßengraben, kaum verschwanden sie vor der dunklen Böschung, standen sie schon wie fremde Leute oben auf dem Feldweg und schauten herab.

»Kommt doch herunter!« – »Kommt zuerst herauf!« – »Damit ihr uns herunterwerfet, fällt uns nicht ein, so gescheit sind wir noch.« – »So feig seid ihr, wollt ihr sagen. Kommt nur, kommt!« – »Wirklich? Ihr? Gerade ihr werdet uns hinunterwerfen? Wie müßtet ihr aussehen?«

Wir machten den Angriff, wurden vor die Brust gestoßen und legten uns in das Gras des Straßengrabens, fallend und freiwillig. Alles war gleichmäßig erwärmt, wir spürten nicht Wärme, nicht Kälte im Gras, nur müde wurde man.

Wenn man sich auf die rechte Seite drehte, die Hand unters Ohr gab, da wollte man gerne einschlafen. Zwar wollte man sich noch einmal aufraffen mit erhobenem Kinn, dafür aber in einen tieferen Graben fallen. Dann wollte man, den Arm quer vorgehalten, die Beine schiefgeweht, sich gegen die Luft werfen und wieder bestimmt in einen noch tieferen Graben fallen. Und damit wollte man gar nicht aufhören. Wie man sich im letzten Graben richtig zum Schlafen aufs äußerste strecken würde, besonders in den Knien, daran dachte man noch kaum und lag, zum Weinen aufgelegt, wie krank auf dem Rücken. Man zwinkerte, wenn einmal ein Junge, die Ellbogen bei den Hüften, mit dunklen Sohlen über uns von der Böschung auf die Straße sprang.

Den Mond sah man schon in einiger Höhe, ein Postwagen fuhr in seinem Licht vorbei. Ein schwacher Wind erhob sich allgemein, auch im Graben fühlte man ihn, und in der Nähe fing der Wald zu rauschen an. Da lag einem nicht mehr soviel daran, allein zu sein.

»Wo seid ihr?« – »Kommt her!« – »Alle zusammen!« – »Was versteckst du dich, laß den Unsinn!« – »Wißt ihr nicht, daß die Post schon vorüber ist?« – »Aber nein! Schon vorüber?« – »Natürlich, während du geschlafen hast, ist sie vorübergefahren.« – »Ich habe geschlafen? Nein so etwas!« – »Schweig nur, man sieht es dir doch an.« – »Aber ich bitte dich.« – »Kommt!«

Wir liefen enger beisammen, manche reichten einander die Hände, den Kopf konnte man nicht genug hoch haben, weil es abwärts ging. Einer schrie einen indianischen Kriegsruf heraus, wir bekamen in die Beine einen Galopp wie niemals, bei den Sprüngen hob uns in den Hüften der Wind. Nichts hätte uns aufhalten können; wir waren so im Laufe, daß wir selbst beim Überholen die Arme verschränken und ruhig uns umsehen konnten.

Auf der Wildbachbrücke blieben wir stehn; die weiter gelaufen waren, kehrten zurück. Das Wasser unten schlug an Steine und Wurzeln, als wäre es nicht schon spät abend. Es gab keinen Grund dafür, warum nicht einer auf das Geländer der Brücke sprang. Hinter Gebüschen in der Ferne fuhr ein Eisenbahnzug heraus, alle Coupées waren beleuchtet, die Glasfenster sicher herabgelassen. Einer von uns begann einen Gassenhauer zu singen, aber wir alle wollten singen. Wir sangen viel rascher als der Zug fuhr, wir schaukelten die Arme, weil die Stimme nicht genügte, wir kamen mit unseren Stimmen in ein Gedränge, in dem uns wohl war. Wenn man seine Stimme unter andere mischt, ist man wie mit einem Angelhaken gefangen.

So sangen wir, den Wald im Rücken, den fernen Reisenden in die Ohren. Die Erwachsenen wachten noch im Dorfe, die Mütter richteten die Betten für die Nacht.

Es war schon Zeit. Ich küßte den, der bei mir stand, reichte den drei Nächsten nur so die Hände, begann den Weg zurückzulaufen, keiner rief mich. Bei der ersten Kreuzung, wo sie mich nicht mehr sehen konnten, bog ich ein und lief auf Feldwegen wieder in den Wald. Ich strebte zu der Stadt im Süden hin, von der es in unserem Dorfe hieß:

»Dort sind Leute! Denkt euch, die schlafen nicht!«

»Und warum denn nicht?«

»Weil sie nicht müde werden.«

»Und warum denn nicht?«

»Weil sie Narren sind.«

»Werden denn Narren nicht müde?«

»Wie könnten Narren müde werden!«

Eine kaiserliche Botschaft

Der Kaiser – so heißt es – hat dir, dem Einzelnen, dem jämmerlichen Untertanen, dem winzig vor der kaiserlichen Sonne in die fernste Ferne geflüchteten Schatten, gerade dir hat der Kaiser von seinem

Sterbebett aus eine Botschaft gesendet. Den Boten hat er beim Bett niederknien lassen und ihm die Botschaft ins Ohr geflüstert; so sehr war ihm an ihr gelegen, daß er sich sie noch ins Ohr wiedersagen ließ. Durch Kopfnicken hat er die Richtigkeit des Gesagten bestätigt. Und vor der ganzen Zuschauerschaft seines Todes – alle hindernden Wände werden niedergebrochen und auf den weit und hoch sich schwingenden Freitreppen stehen im Ring die Großen des Reichs –, vor allen diesen hat er den Boten abgefertigt. Der Bote hat sich gleich auf den Weg gemacht; ein kräftiger, ein unermüdlicher Mann; einmal diesen, einmal den andern Arm vorstreckend schafft er sich Bahn durch die Menge; findet er Widerstand, zeigt er auf die Brust, wo das Zeichen der Sonne ist; er kommt auch leicht vorwärts, wie kein anderer. Aber die Menge ist so groß; ihre Wohnstätten nehmen kein Ende. Öffnete sich freies Feld, wie würde er fliegen und bald wohl hörtest du das herrliche Schlagen seiner Fäuste an deiner Tür. Aber statt dessen, wie nutzlos müht er sich ab; immer noch zwängt er sich durch die Gemächer des innersten Palastes; niemals wird er sie überwinden; und gelänge ihm dies, nichts wäre gewonnen; die Treppen hinab müßte er sich kämpfen; und gelänge ihm dies, nichts wäre gewonnen; die Höfe wären zu durchmessen; und nach den Höfen der zweite umschließende Palast; und wieder Treppen und Höfe; und wieder ein Palast; und so weiter durch Jahrtausende; und stürzte er endlich aus dem äußersten Tor – aber niemals, niemals kann es geschehen –, liegt erst die Residenzstadt vor ihm, die Mitte der Welt, hochgeschüttet voll ihres Bodensatzes. Niemand dringt hier durch und gar mit der Botschaft eines Toten. – Du aber sitzt an deinem Fenster und erträumst sie dir, wenn der Abend kommt.

Die Sorge des Hausvaters

Die einen sagen, das Wort Odradek stamme aus dem Slawischen und sie suchen auf Grund dessen die Bildung des Wortes nachzuweisen. Andere wieder meinen, es stamme aus dem Deutschen, vom Slawischen sei es nur beeinflußt. Die Unsicherheit beider Deutungen aber läßt wohl mit Recht darauf schließen, daß keine zutrifft, zumal man auch mit keiner von ihnen einen Sinn des Wortes finden kann. Natürlich würde sich niemand mit solchen Studien beschäftigen, wenn es nicht wirklich ein Wesen gäbe, das Odradek heißt. Es sieht zunächst aus wie eine flache sternartige Zwirnspule, und tatsächlich scheint es auch mit Zwirn bezogen; allerdings dürften es nur abgerissene, alte, aneinander geknotete, aber auch ineinander verfitzte Zwirnstücke von verschiedenster Art und Farbe sein. Es ist aber nicht nur eine Spule, sondern aus der Mitte des Sternes kommt ein kleines Querstäbchen hervor und an dieses Stäbchen fügt sich dann im rechten Winkel noch eines. Mit Hilfe dieses letzteren Stäbchens auf der einen Seite, und einer der Ausstrahlungen des Sternes auf der anderen Seite, kann das Ganze wie auf zwei Beinen aufrecht stehen.

Man wäre versucht zu glauben, diese Gebilde hätte früher irgendeine zweckmäßige Form gehabt und jetzt sei es nur zerbrochen. Dies scheint aber nicht der Fall zu sein; wenigstens findet sich kein Anzeichen dafür; nirgends sind Ansätze oder Bruchstellen zu sehen, die auf etwas Derartiges hinweisen würden; das Ganze erscheint zwar sinnlos, aber in seiner Art abgeschlossen. Näheres läßt sich übrigens nicht darüber sagen, da Odradek außerordentlich beweglich und nicht zu fangen ist.

Er hält sich abwechselnd auf dem Dachboden, im Treppenhaus, auf den Gängen, im Flur auf. Manchmal ist er monatelang nicht zu sehen; da ist er wohl in andere Häuser übersiedelt; doch kehrt er dann unweigerlich wieder in unser Haus zurück. Manchmal, wenn man aus der Tür tritt und er lehnt gerade unten am Treppengeländer, hat man Lust, ihn anzusprechen. Natürlich stellt man an ihn keine schwierigen Fragen, sondern behandelt ihn – schon seine Winzigkeit verführt dazu – wie ein Kind. »Wie heißt du denn?« fragt man ihn. »Odradek«, sagt er. »Und wo wohnst du?« »Unbestimmter Wohnsitz«, sagt er und lacht; es ist aber nur ein Lachen, wie man es ohne Lungen hervorbringen kann. Es klingt etwa so, wie das Rascheln in gefallenen Blättern. Damit ist die Unterhaltung meist zu Ende. Übrigens sind selbst diese Antworten nicht immer zu erhalten; oft ist er lange stumm, wie das Holz, das er zu sein scheint.

Vergeblich frage ich mich, was mit ihm geschehen wird. Kann er denn sterben? Alles, was stirbt, hat vorher eine Art Ziel, eine Art Tätigkeit gehabt und daran hat es sich zerrieben; das trifft bei Odradek nicht zu. Sollte er also einstmals etwa noch vor den Füßen meiner Kinder und Kindeskinder mit nachschleifendem Zwirnsfaden die Treppe hinunterkollern? Er schadet ja offenbar niemandem; aber die Vorstellung, daß er mich auch noch überleben sollte, ist mir eine fast schmerzliche.

Der Kreisel

Ein Philosoph trieb sich immer dort herum, wo Kinder spielten. Und sah er einen Jungen, der einen Kreisel hatte, so lauerte er schon. Kaum war der Kreisel in Drehung, verfolgte ihn der Philosoph, um ihn zu fangen. Daß die Kinder lärmten und ihn von ihrem Spielzeug abzuhalten suchten, kümmerte ihn nicht, hatte er den Kreisel, solange er sich noch drehte, gefangen, war er glücklich, aber nur einen Augenblick, dann warf er ihn zu Boden und ging fort. Er glaubte nämlich, die Erkenntnis jeder Kleinigkeit, also zum Beispiel auch eines sich drehenden Kreisels, genüge zur Erkenntnis des Allgemeinen. Darum beschäftigte er sich nicht mit den großen Problemen, das schien ihm unökonomisch. War die kleinste Kleinigkeit wirklich erkannt, dann war alles erkannt, deshalb beschäftigte er sich nur mit dem sich drehenden Kreisel. Und immer wenn die Vorbereitungen zum Drehen des Kreisels gemacht wurden, hatte er Hoffnung, nun werde es gelingen, und drehte sich der Kreisel, wurde ihm im atemlosen Laufen nach ihm die Hoffnung zur Gewißheit, hielt er aber dann das dumme Holzstück in der Hand, wurde ihm übel und das Geschrei der Kinder, das er bisher nicht gehört hatte und das ihm jetzt plötzlich in die Ohren fuhr, jagte ihn fort, er taumelte wie ein Kreisel unter einer ungeschickten Peitsche.

Elf Söhne

Ich habe elf Söhne.

Der erste ist äußerlich sehr unansehnlich, aber ernsthaft und klug; trotzdem schätze ich ihn, wiewohl ich ihn als Kind wie alle andern liebe, nicht sehr hoch ein. Sein Denken scheint mir zu einfach. Er sieht nicht rechts noch links und nicht in die Weite; in seinem kleinen Gedankenkreis läuft er immerfort rundum oder dreht sich vielmehr.

Der zweite ist schön, schlank, wohlgebaut; es entzückt, ihn in Fechterstellung zu sehen. Auch er ist klug, aber überdies welterfahren; er hat viel gesehen, und deshalb scheint selbst die heimische Natur vertrauter mit ihm zu sprechen als mit den Daheimgebliebenen. Doch ist gewiß dieser Vorzug nicht nur und nicht einmal wesentlich dem Reisen zu verdanken, er gehört vielmehr zu dem Unnachahmlichen dieses Kindes, das zum Beispiel von jedem anerkannt wird, der etwa seinen vielfach sich überschlagenden und doch geradezu wild beherrschten Kunstsprung ins Wasser ihm nachmachen will. Bis zum Ende des Sprungbrettes reicht der Mut und die Lust, dort aber statt zu springen, setzt sich plötzlich der Nachahmer und hebt entschuldigend die Arme. – Und trotz dem allen (ich sollte doch eigentlich glückselig sein über ein solches Kind) ist mein Verhältnis zu ihm nicht ungetrübt. Sein linkes Auge ist ein wenig kleiner als das rechte und zwinkert viel; ein kleiner Fehler nur, gewiß, der sein Gesicht sogar noch verwegener macht als es sonst gewesen wäre, und niemand wird gegenüber der unnahbaren Abgeschlossenheit seines Wesens dieses kleinere zwinkernde Auge tadelnd bemerken. Ich, der Vater, tue es. Es ist natürlich nicht dieser körperliche Fehler, der mir weh tut, sondern eine ihm irgendwie entsprechende kleine Unregelmäßigkeit seines Geistes, irgendein in seinem Blut irrendes Gift, irgendeine Unfähigkeit, die mir allein sichtbare Anlage seines Lebens rund zu vollenden. Gerade dies macht ihn allerdings andererseits wieder zu meinem wahren Sohn, denn dieser sein Fehler ist gleichzeitig der Fehler unserer ganzen Familie und an diesem Sohn nur überdeutlich.

Der dritte Sohn ist gleichfalls schön, aber es ist nicht die Schönheit, die mir gefällt. Es ist die Schönheit des Sängers: der geschwungene

Mund; das träumerische Auge; der Kopf, der eine Draperie hinter sich benötigt, um zu wirken; die unmäßig sich wölbende Brust; die leicht auffahrenden und viel zu leicht sinkenden Hände; die Beine, die sich zieren, weil sie nicht tragen können. Und überdies: der Ton seiner Stimme ist nicht voll; trügt einen Augenblick; läßt den Kenner aufhorchen; veratmet aber kurz darauf. – Trotzdem im allgemeinen alles verlockt, diesen Sohn zur Schau zu stellen, halte ich ihn doch am liebsten im Verborgenen; er selbst drängt sich nicht auf, aber nicht etwa deshalb, weil er seine Mängel kennt, sondern aus Unschuld. Auch fühlt er sich fremd in unserer Zeit; als gehöre er zwar zu meiner Familie, aber überdies noch zu einer andern, ihm für immer verlorenen, ist er oft unlustig und nichts kann ihn aufheitern.

Mein vierter Sohn ist vielleicht der umgänglichste von allen. Ein wahres Kind seiner Zeit, ist er jedermann verständlich, er steht auf dem allen gemeinsamen Boden und jeder ist versucht, ihm zuzunikken. Vielleicht durch diese allgemeine Anerkennung gewinnt sein Wesen etwas Leichtes, seine Bewegungen etwas Freies, seine Urteile etwas Unbekümmertes. Manche seiner Aussprüche möchte man oft wiederholen, allerdings nur manche, denn in seiner Gesamtheit krankt er doch wieder an allzu großer Leichtigkeit. Er ist wie einer, der bewundernswert abspringt, schwalbengleich die Luft teilt, dann aber doch trostlos im öden Staube endet, ein Nichts. Solche Gedanken vergällen mir den Anblick dieses Kindes.

Der fünfte Sohn ist lieb und gut; versprach viel weniger, als er hielt; war so unbedeutend, daß man sich förmlich in seiner Gegenwart allein fühlte; hat es aber doch zu einigem Ansehen gebracht. Fragte man mich, wie das geschehen ist, so könnte ich kaum antworten. Unschuld dringt vielleicht doch noch am leichtesten durch das Toben der Elemente in dieser Welt, und unschuldig ist er. Vielleicht allzu unschuldig. Freundlich zu jedermann. Vielleicht allzu freundlich. Ich gestehe: mir wird nicht wohl, wenn man ihn mir gegenüber lobt. Es heißt doch, sich das Loben etwas zu leicht zu machen, wenn man einen so offensichtlich Lobenswürdigen lobt, wie es mein Sohn ist.

Mein sechster Sohn scheint, wenigstens auf den ersten Blick, der tiefsinnigste von allen. Ein Kopfhänger und doch ein Schwätzer. Deshalb kommt man ihm nicht leicht bei. Ist er am Unterliegen, so verfällt er in unbesiegbare Traurigkeit; erlangt er das Übergewicht, so wahrt er es durch Schwätzen. Doch spreche ich ihm eine gewisse selbstvergessene Leidenschaft nicht ab; bei hellem Tag kämpft er sich oft durch das Denken wie im Traum. Ohne krank zu sein – vielmehr hat er eine sehr gute Gesundheit – taumelt er manchmal, besonders in der Dämmerung, braucht aber keine Hilfe, fällt nicht. Vielleicht hat an dieser Erscheinung seine körperliche Entwicklung schuld, er ist viel zu groß für sein Alter. Das macht ihn unschön im Ganzen, trotz auffallend schöner Einzelheiten, zum Beispiel der Hände und Füße. Unschön ist übrigens auch seine Stirn; sowohl in der Haut als in der Knochenbildung irgendwie verschrumpft.

Der siebente Sohn gehört mir vielleicht mehr als alle andern. Die Welt versteht ihn nicht zu würdigen; seine besondere Art von Witz versteht sie nicht. Ich überschätze ihn nicht; ich weiß, er ist geringfügig genug; hätte die Welt keinen andern Fehler als den, daß sie ihn nicht zu würdigen weiß, sie wäre noch immer makellos. Aber innerhalb der Familie wollte ich diesen Sohn nicht missen. Sowohl Unruhe bringt er, als auch Ehrfurcht vor der Überlieferung, und beides fügt er, wenigstens für mein Gefühl, zu einem unanfechtbaren Ganzen. Mit diesem Ganzen weiß er allerdings selbst am wenigsten etwas anzufangen; das Rad der Zukunft wird er nicht ins Rollen bringen; aber diese seine Anlage ist so aufmunternd, so hoffnungsreich; ich wollte, er hätte Kinder und diese wieder Kinder. Leider scheint sich dieser Wunsch nicht erfüllen zu wollen. In einer mir zwar begreiflichen, aber ebenso unerwünschten Selbstzufriedenheit, die allerdings in großartigem Gegensatz zum Urteil seiner Umgebung steht, treibt er sich allein umher, kümmert sich nicht um Mädchen und wird trotzdem niemals seine gute Laune verlieren.

Mein achter Sohn ist mein Schmerzenskind, und ich weiß eigentlich keinen Grund dafür. Er sieht mich fremd an, und ich fühle mich doch väterlich eng mit ihm verbunden. Die Zeit hat vieles gut gemacht; früher aber befiel mich manchmal ein Zittern, wenn ich nur an ihn dachte. Er geht seinen eigenen Weg; hat alle Verbindungen mit mir abgebrochen; und wird gewiß mit seinem harten Schädel, seinem kleinen athletischen Körper – nur die Beine hatte er als Junge recht schwach, aber das mag sich inzwischen schon ausgeglichen haben – überall durchkommen, wo es ihm beliebt. Öfters hatte ich Lust, ihn zurückzurufen, ihn zu fragen, wie es eigentlich um ihn steht, warum er sich vom Vater so abschließt und was er im Grunde beabsichtigt, aber nun ist er so weit und so viel Zeit ist schon vergangen, nun mag es so bleiben wie es ist. Ich höre, daß er als der einzige meiner Söhne einen Vollbart trägt; schön ist das bei einem so kleinen Mann natürlich nicht.

Mein neunter Sohn ist sehr elegant und hat den für Frauen bestimmten süßen Blick. So süß, daß er bei Gelegenheit sogar mich verführen kann, der ich doch weiß, daß förmlich ein nasser Schwamm genügt, um allein diesen überirdischen Glanz wegzuwischen. Das Besondere an diesem Jungen aber ist, daß er gar nicht auf Verführung ausgeht; ihm würde es genügen, sein Leben lang auf dem Kanapee zu liegen und seinen Blick an die Zimmerdecke zu verschwenden oder noch viel lieber ihn unter den Augenlidern ruhen zu lassen. Ist er in dieser von ihm bevorzugten Lage, dann spricht er gern und nicht übel; gedrängt und anschaulich; aber doch nur in engen Grenzen; geht er über sie hinaus, was sich bei ihrer Enge nicht vermeiden läßt, wird sein Reden ganz leer. Man würde ihm abwinken, wenn man Hoffnung hätte, daß dieser mit Schlaf gefüllte Blick es bemerken könnte.

Mein zehnter Sohn gilt als unaufrichtiger Charakter. Ich will diesen Fehler nicht ganz in Abrede stellen, nicht ganz bestätigen. Sicher ist, daß, wer ihn in der weit über sein Alter hinausgehenden Feierlichkeit herankommen sieht, im immer festgeschlossenen Gehrock, im alten, aber übersorgfältig geputzten schwarzen Hut, mit dem unbewegten Gesicht, dem etwas vorragenden Kinn, den schwer über die Augen sich wölbenden Lidern, den manchmal an den Mund geführten zwei Fingern – wer ihn so sieht, denkt: das ist ein grenzenloser Heuchler. Aber, nun höre man ihn reden! Verständig; mit Bedacht; kurz angebunden; mit boshafter Lebendigkeit Fragen durchkreuzend; in erstaunlicher, selbstverständlicher und froher Übereinstimmung mit dem Weltganzen; eine Übereinstimmung, die notwendigerweise den Hals strafft und den Kopf erheben läßt. Viele, die sich sehr klug dünken und die sich, aus diesem Grunde wie sie meinten, von seinem Äußern abgestoßen fühlten, hat er durch sein Wort stark angezogen. Nun gibt es aber wieder Leute, die sein Äußeres gleichgültig läßt, denen aber sein Wort heuchlerisch erscheint. Ich, als Vater, will hier nicht entscheiden, doch muß ich eingestehen, daß die letzteren Beurteiler jedenfalls beachtenswerter sind als die ersteren.

Mein elfter Sohn ist zart, wohl der schwächste unter meinen Söhnen; aber täuschend in seiner Schwäche; er kann nämlich zu Zeiten kräftig und bestimmt sein, doch ist allerdings selbst dann die Schwäche irgendwie grundlegend. Es ist aber keine beschämende Schwäche, sondern etwas, das nur auf diesem unsern Erdboden als Schwäche erscheint. Ist nicht zum Beispiel auch Flugbereitschaft Schwäche, da sie doch Schwanken und Unbestimmtheit und Flattern ist? Etwas Derartiges zeigt mein Sohn. Den Vater freuen natürlich solche Eigenschaften nicht; sie gehen ja offenbar auf Zerstörung der Familie aus. Manchmal blickt er mich an, als wollte er mir sagen: »Ich werde dich mitnehmen, Vater.« Dann denke ich: »Du wärst der Letzte, dem ich mich vertraue.« Und sein Blick scheint wieder zu sagen: »Mag ich also wenigstens der Letzte sein.«
Das sind die elf Söhne.

Auf der Galerie

Wenn irgendeine hinfällige, lungensüchtige Kunstreiterin in der Manege auf schwankendem Pferd vor einem unermüdlichen Publikum vom peitschenschwingenden erbarmungslosen Chef monatelang ohne Unterbrechung im Kreise rundum getrieben würde, auf dem Pferde schwirrend, Küsse werfend, in der Taille sich wiegend, und wenn dieses Spiel unter dem nichtaussetzenden Brausen des Orchesters und der Ventilatoren in die immerfort weiter sich öffnende graue Zukunft sich fortsetzte, begleitet vom vergehenden und neu anschwellenden Beifallsklatschen der Hände, die eigentlich Dampfhämmer sind – vielleicht eilte dann ein junger Galeriebesucher die lange Treppe durch alle Ränge hinab, stürzte in die Manege, rief das: Halt! durch die Fanfaren des immer sich anpassenden Orchesters.
Da es aber nicht so ist; eine schöne Dame, weiß und rot, hereinfliegt, zwischen den Vorhängen, welche die stolzen Livrierten vor ihr öffnen; der Direktor, hingebungsvoll ihre Augen suchend, in Tierhaltung ihr entgegenatmet; vorsorglich sie auf den Apfelschimmel hebt, als wäre sie seine über alles geliebte Enkelin, die sich auf gefährliche

Fahrt begibt; sich nicht entschließen kann, das Peitschenzeichen zu geben; schließlich in Selbstüberwindung es knallend gibt; neben dem Pferde mit offenem Munde einherläuft; die Sprünge der Reiterin scharfen Blickes verfolgt; ihre Kunstfertigkeit kaum begreifen kann; mit englischen Ausrufen zu warnen versucht; die reifenhaltenden Reitknechte wütend zu peinlichster Achtsamkeit ermahnt; vor dem großen Salto mortale das Orchester mit aufgehobenen Händen beschwört, es möge schweigen; schließlich die Kleine vom zitternden Pferde hebt, auf beide Backen küßt und keine Huldigung des Publikums für genügend erachtet; während sie selbst, von ihm gestützt, hoch auf den Fußspitzen, vom Staub umweht, mit ausgebreiteten Armen, zurückgelehntem Köpfchen ihr Glück mit dem ganzen Zirkus teilen will – da dies so ist, legt der Galeriebesucher das Gesicht auf die Brüstung und, im Schlußmarsch wie in einem schweren Traum versinkend, weint er, ohne es zu wissen.

Erstes Leid

Ein Trapezkünstler – bekanntlich ist diese hoch in den Kuppeln der großen Varietébühnen ausgeübte Kunst eine der schwierigsten unter allen, Menschen erreichbaren – hatte, zuerst nur aus dem Streben nach Vervollkommnung, später auch aus tyrannisch gewordener Gewohnheit sein Leben derart eingerichtet, daß er, so lange er im gleichen Unternehmen arbeitete, Tag und Nacht auf dem Trapeze blieb. Allen seinen, übrigens sehr geringen Bedürfnissen wurde durch einander ablösende Diener entsprochen, welche unten wachten und alles, was oben benötigt wurde, in eigens konstruierten Gefäßen hinauf- und hinabzogen. Besondere Schwierigkeiten für die Umwelt ergaben sich aus dieser Lebensweise nicht; nur während der sonstigen Programmnummern war es ein wenig störend, daß er, wie sich nicht verbergen ließ, oben geblieben war und daß, trotzdem er sich in solchen Zeiten meist ruhig verhielt, hie und da ein Blick aus dem Publikum zu ihm abirrte. Doch verziehen ihm dies die Direktionen, weil er ein außerordentlicher, unersetzlicher Künstler war. Auch sah man natürlich ein, daß er nicht aus Mutwillen so lebte, und eigentlich nur so sich in dauernder Übung erhalten, nur so seine Kunst in ihrer Vollkommenheit bewahren konnte.

Doch war es oben auch sonst gesund, und wenn in der wärmeren Jahreszeit in der ganzen Runde der Wölbung die Seitenfenster aufgeklappt wurden und mit der frischen Luft die Sonne mächtig in den dämmernden Raum eindrang, dann war es dort sogar schön. Freilich, sein menschlicher Verkehr war eingeschränkt, nur manchmal kletterte auf der Strickleiter ein Turnerkollege zu ihm hinauf, dann saßen sie beide auf dem Trapez, lehnten rechts und links an den Haltestricken und plauderten, oder es verbesserten Bauarbeiter das Dach und wechselten einige Worte mit ihm durch ein offenes Fenster, oder es überprüfte der Feuerwehrmann die Notbeleuchtung auf der obersten Galerie und rief ihm etwas Respektvolles, aber wenig Verständliches zu. Sonst blieb es um ihn still; nachdenklich sah nur manchmal irgendein Angestellter, der sich etwa am Nachmittag in das leere Theater verirrte, in die dem Blick sich fast entziehende Höhe empor, wo der Trapezkünstler, ohne wissen zu können, daß jemand ihn beobachtete, seine Künste trieb oder ruhte.

So hätte der Trapezkünstler ungestört leben können, wären nicht die unvermeidlichen Reisen von Ort zu Ort gewesen, die ihm äußerst lästig waren. Zwar sorgte der Impresario dafür, daß der Trapezkünstler von jeder unnötigen Verlängerung seiner Leiden verschont blieb: für die Fahrten in den Städten benützte man Rennautomobile, mit denen man, womöglich in der Nacht oder in den frühesten Morgenstunden, durch die menschenleeren Straßen mit letzter Geschwindigkeit jagte, aber freilich zu langsam für des Trapezkünstlers Sehnsucht; im Eisenbahnzug war ein ganzes Kupee bestellt, in welchem der Trapezkünstler, zwar in kläglichem, aber doch irgendeinem Ersatz seiner sonstigen Lebensweise die Fahrt oben im Gepäcknetz zubrachte; im nächsten Gastspielort war im Theater lange vor der Ankunft des Trapezkünstlers das Trapez schon an seiner Stelle, auch waren alle zum Theaterraum führenden Türen weit geöffnet, alle Gänge freigehalten – aber es waren doch immer die schönsten Augenblicke im Leben des Impresario, wenn der Trapezkünstler dann den Fuß auf die Strickleiter setzte und im Nu, endlich, wieder oben an seinem Trapeze hing.

So viele Reisen nun auch schon dem Impresario geglückt waren, jede neue war ihm doch wieder peinlich, denn die Reisen waren, von allem anderen abgesehen, für die Nerven des Trapezkünstlers jedenfalls zerstörend.

So fuhren sie wieder einmal miteinander, der Trapezkünstler lag im Gepäcknetz und träumte, der Impresario lehnte in der Fensterecke gegenüber und las ein Buch, da redete ihn der Trapezkünstler leise an. Der Impresario war gleich zu seinen Diensten. Der Trapezkünstler sagte, die Lippen beißend, er müsse jetzt für sein Turnen, statt des bisherigen einen, immer zwei Trapeze haben, zwei Trapeze einander gegenüber. Der Impresario war damit sofort einverstanden. Der Trapezkünstler aber, so als wolle er es zeigen, daß hier die Zustimmung des Impresario ebenso bedeutungslos sei, wie es etwa sein Widerspruch wäre, sagte, daß er nun niemals mehr und unter keinen Umständen nur auf einem Trapez turnen werde. Unter der Vorstellung, daß es vielleicht doch einmal geschehen könnte, schien er zu schaudern. Der Impresario erklärte, zögernd und beobachtend, nochmals sein volles Einverständnis, zwei Trapeze seien besser als eines, auch sonst sei diese neue Einrichtung vorteilhaft, sie mache die Produktion abwechslungsreicher. Da fing der Trapezkünstler plötzlich zu weinen an. Tief erschrocken sprang der Impresario auf und fragte, was denn geschehen sei, und da er keine Antwort bekam, stieg er auf die Bank, streichelte ihn und drückte sein Gesicht an das eigene, so daß er auch von des Trapezkünstlers Tränen überflossen wurde. Aber erst nach vielen Fragen und Schmeichelworten sagte der Trapezkünstler schluchzend: »Nur diese eine Stange in den Händen – wie kann ich denn leben!« Nun war es dem Impresario schon leichter, den Trapezkünstler zu trösten; er versprach, gleich aus der nächsten Station an den nächsten Gastspielort wegen des zweiten Trapezes zu telegraphieren; machte sich Vorwürfe, daß er den Trapezkünstler so lange Zeit nur auf einem Trapez hatte arbeiten lassen, und dankte ihm und lobte ihn sehr, daß er endlich auf den Fehler aufmerksam gemacht hatte. So gelang es dem Impresario, den Trapezkünstler langsam zu beruhigen, und er konnte wieder zurück in seine Ecke gehen. Er selbst aber war nicht beruhigt, mit schwerer Sorge betrachtete er heimlich über das Buch hinweg den Trapezkünstler. Wenn ihn einmal solche Gedanken zu quälen begannen, konnten sie je gänzlich aufhören? Mußten sie sich nicht immerfort steigern? Waren sie nicht existenzbedrohend? Und wirklich glaubte der Impresario zu sehn, wie jetzt im scheinbar ruhigen Schlaf, in welchen das Weinen geendet hatte, die ersten Falten auf des Trapezkünstlers glatter Kinderstirn sich einzuzeichnen begannen.

Ein Hungerkünstler

In den letzten Jahrzehnten ist das Interesse an Hungerkünstlern sehr zurückgegangen. Wähend es sich früher gut lohnte, große derartige Vorführungen in eigener Regie zu veranstalten, ist dies heute völlig unmöglich. Es waren andere Zeiten. Damals beschäftigte sich die ganze Stadt mit dem Hungerkünstler; von Hungertag zu Hungertag stieg die Teilnahme; jeder wollte den Hungerkünstler zumindest einmal täglich sehn; an den spätern Tagen gab es Abonnenten, welche tagelang vor dem kleinen Gitterkäfig saßen; auch in der Nacht fanden Besichtigungen statt, zur Erhöhung der Wirkung bei Fackelschein; an schönen Tagen wurde der Käfig ins Freie getragen, und nun waren es besonders die Kinder, denen der Hungerkünstler gezeigt wurde; während er für die Erwachsenen oft nur ein Spaß war, an dem sie der Mode halber teilnahmen, sahen die Kinder staunend, mit offenem Mund, der Sicherheit halber einander bei der Hand haltend, zu, wie er bleich, im schwarzen Trikot, mit mächtig vortretenden Rippen, sogar einen Sessel verschmähend, auf hingestreutem Stroh saß, einmal höflich nickend, angestrengt lächelnd Fragen beantwortete, auch durch das Gitter den Arm streckte, um seine Magerkeit befühlen zu lassen, dann aber wieder ganz in sich selbst versank, um niemanden sich kümmerte, nicht einmal um den für ihn so wichtigen Schlag der Uhr, die das einzige Möbelstück des Käfigs war, sondern nur vor sich hinsah mit fast geschlossenen Augen und hie und da aus einem winzigen Gläschen Wasser nippte, um sich die Lippen zu feuchten. Außer den wechselnden Zuschauern waren auch ständige, vom Publikum gewählte Wächter da, merkwürdigerweise gewöhnlich Fleischhauer, welche, immer drei gleichzeitig, die Aufgabe hatten, Tag und

Nacht den Hungerkünstler zu beobachten, damit er nicht etwa auf irgendeine heimliche Weise doch Nahrung zu sich nehme. Es war das aber lediglich eine Formalität, eingeführt zur Beruhigung der Massen, denn die Eingeweihten wußten wohl, daß der Hungerkünstler während der Hungerzeit niemals, unter keinen Umständen, selbst unter Zwang nicht, auch das Geringste nur gegessen hätte; die Ehre seiner Kunst verbot dies. Freilich, nicht jeder Wächter konnte das begreifen, es fanden sich manchmal nächtliche Wachgruppen, welche die Bewachung sehr lax durchführten, absichtlich in eine ferne Ecke sich zusammensetzten und dort sich ins Kartenspiel vertieften, in der offenbaren Absicht, dem Hungerkünstler eine kleine Erfrischung zu gönnen, die er ihrer Meinung nach aus irgendwelchen geheimen Vorräten hervorholen konnte. Nichts war dem Hungerkünstler quälender als solche Wächter; sie machten ihn trübselig; sie machten ihm das Hungern entsetzlich schwer; manchmal überwand er seine Schwäche und sang während dieser Wachzeit, solange er es nur aushielt, um den Leuten zu zeigen, wie ungerecht sie ihn verdächtigten. Doch half das wenig; sie wunderten sich dann nur über seine Geschicklichkeit, selbst während des Singens zu essen. Viel lieber waren ihm die Wächter, welche sich eng zum Gitter setzten, mit der trüben Nachtbeleuchtung des Saales sich nicht begnügten, sondern ihn mit den elektrischen Taschenlampen bestrahlten, die ihnen der Impresario zur Verfügung stellte. Das grelle Licht störte ihn gar nicht, schlafen konnte er ja überhaupt nicht, und ein wenig hindämmern konnte er immer, bei jeder Beleuchtung und zu jeder Stunde, auch im übervollen, lärmenden Saal. Er war sehr gerne bereit, mit solchen Wächtern die Nacht gänzlich ohne Schlaf zu verbringen; er war bereit, mit ihnen zu scherzen, ihnen Geschichten aus seinem Wanderleben zu erzählen, dann wieder ihre Erzählungen anzuhören, alles nur, um sie wachzuhalten, um ihnen immer wieder zeigen zu können, daß er nichts Eßbares im Käfig hatte und daß er hungerte, wie keiner von ihnen es könnte. Am glücklichsten aber war er, wenn dann der Morgen kam und ihnen auf seine Rechnung ein überreiches Frühstück gebracht wurde, auf das sie sich warfen mit dem Appetit gesunder Männer nach einer mühevoll durchwachten Nacht. Es gab zwar sogar Leute, die in diesem Frühstück eine ungebührliche Beeinflussung der Wächter sehen wollten, aber das ging doch zu weit, und wenn man sie fragte, ob etwa sie nur um der Sache willen ohne Frühstück die Nachtwache übernehmen wollten, verzogen sie sich, aber bei ihren Verdächtigungen blieben sie dennoch. Dieses allerdings gehörte schon zu den vom Hungern überhaupt nicht zu trennenden Verdächtigungen. Niemand war ja imstande, alle die Tage und Nächte beim Hungerkünstler ununterbrochen als Wächter zu verbringen, niemand also konnte aus eigener Anschauung wissen, ob wirklich ununterbrochen, fehlerlos gehungert worden war; nur der Hungerkünstler selbst konnte das wissen, nur er also gleichzeitig der von seinem Hungern vollkommen befriedigte Zuschauer sein. Er aber war wieder aus einem andern Grunde niemals befriedigt; vielleicht war er gar nicht vom Hungern so sehr abgemagert, daß manche zu ihrem Bedauern den Vorführungen fernbleiben mußten, weil sie seinen Anblick nicht ertrugen, sondern er war nur so abgemagert aus Unzufriedenheit mit sich selbst. Er allein nämlich wußte, auch kein Eingeweihter sonst wußte das, wie leicht das Hungern war. Es war die leichteste Sache von der Welt. Er verschwieg es auch nicht, aber man glaubte ihm nicht, hielt ihn günstigstenfalls für bescheiden, meist aber für reklamesüchtig oder gar für einen Schwindler, dem das Hungern allerdings leicht war, weil er es sich leicht zu machen verstand, und der auch noch die Stirn hatte, es halb zu gestehn. Das alles mußte er hinnehmen, hatte sich auch im Laufe der Jahre daran gewöhnt, aber innerlich nagte diese Unbefriedigtheit immer an ihm, und noch niemals, nach keiner Hungerperiode – dieses Zeugnis mußte man ihm ausstellen – hatte er freiwillig den Käfig verlassen. Als Höchstzeit für das Hungern hatte der Impresario vierzig Tage festgesetzt, darüber hinaus ließ er niemals hungern, auch in den Weltstädten nicht, und zwar aus gutem Grund. Vierzig Tage etwa konnte man erfahrungsgemäß durch allmählich sich steigernde Reklame das Interesse einer Stadt immer mehr aufstacheln, dann aber versagte das Publikum, eine wesentliche Abnahme des Zuspruchs war festzustellen; es bestanden natürlich in dieser Hinsicht kleine Unterschiede zwischen den Städten und Ländern, als Regel aber galt, daß vierzig Tage die Höchstzeit war. Dann also am vierzigsten Tage wurde die Tür des mit Blumen umkränzten Käfigs geöffnet, eine begeisterte Zuschauerschaft erfüllte das Amphitheater, eine Militärkapelle spielte, zwei Ärzte betraten den Käfig, um die nötigen

Messungen am Hungerkünstler vorzunehmen, durch ein Megaphon wurden die Resultate dem Saale verkündet, und schließlich kamen zwei junge Damen, glücklich darüber, daß gerade sie ausgelost worden waren, und wollten den Hungerkünstler aus dem Käfig ein paar Stufen hinabführen, wo auf einem kleinen Tischchen eine sorgfältig ausgewählte Krankenmahlzeit serviert war. Und in diesem Augenblick wehrte sich der Hungerkünstler immer. Zwar legte er noch freiwillig seine Knochenarme in die hilfsbereit ausgestreckten Hände der zu ihm hinabgebeugten Damen, aber aufstehen wollte er nicht. Warum gerade jetzt nach vierzig Tagen aufhören? Er hätte es noch lange, unbeschränkt lange ausgehalten; warum gerade jetzt aufhören, wo er im besten, ja noch nicht einmal im besten Hungern war? Warum wollte man ihn des Ruhmes berauben, weiter zu hungern, nicht nur der größte Hungerkünstler aller Zeiten zu werden, der er ja wahrscheinlich schon war, aber auch noch sich selbst zu übertreffen bis ins Unbegreifliche, denn für seine Fähigkeit zu hungern fühlte er keine Grenzen. Warum hatte diese Menge, die ihn so sehr zu bewundern vorgab, so wenig Geduld mit ihm; wenn er es aushielt, noch weiter zu hungern, warum wollte sie es nicht aushalten? Auch war er müde, saß gut im Stroh und sollte sich nun hoch und lang aufrichten und zu dem Essen gehn, das ihm schon allein in der Vorstellung Übelkeiten verursachte, deren Äußerung er nur mit Rücksicht auf die Damen mühselig unterdrückte. Und er blickte empor in die Augen der scheinbar so freundlichen, in Wirklichkeit so grausamen Damen und schüttelte den auf dem schwachen Halse überschweren Kopf. Aber dann geschah, was immer geschah. Der Impresario kam, hob stumm – die Musik machte das Reden unmöglich – die Arme über dem Hungerkünstler, so, als lade er den Himmel ein, sich sein Werk hier auf dem Stroh einmal anzusehn, diesen bedauernswerten Märtyrer, welcher der Hungerkünstler allerdings war, nur in ganz anderem Sinn; faßte den Hungerkünstler um die dünne Taille, wobei er durch übertriebene Vorsicht glaubhaft machen wollte, mit einem wie gebrechlichen Ding er es hier zu tun habe; und übergab ihn – nicht ohne ihn im geheimen ein wenig zu schütteln, so daß der Hungerkünstler mit den Beinen und dem Oberkörper unbeherrscht hin und her schwankte – den inzwischen totenbleich gewordenen Damen. Nun duldete der Hungerkünstler alles; der Kopf lag auf der Brust, es war, als sei er hingerollt und halte sich dort unerklärlich; der Leib war ausgehöhlt; die Beine drückten sich im Selbsterhaltungstrieb fest in den Knien aneinander, scharrten aber doch den Boden, so, als sei es nicht der wirkliche, den wirklichen suchten sie erst; und die ganze, allerdings sehr kleine Last des Körpers lag auf einer der Damen, welche hilfesuchend, mit fliegendem Atem – so hatte sie sich dieses Ehrenamt nicht vorgestellt – zuerst den Hals möglichst streckte, um wenigstens das Gesicht vor der Berührung mit dem Hungerkünstler zu bewahren, dann aber, da ihr dies nicht gelang und ihre glücklichere Gefährtin ihr nicht zu Hilfe kam, sondern sich damit begnügte, zitternd die Hand des Hungerkünstlers, dieses kleine Knochenbündel, vor sich herzutragen, unter dem entzückten Gelächter des Saales in Weinen ausbrach und von einem längst bereitgestellten Diener abgelöst werden mußte. Dann kam das Essen, von dem der Impresario dem Hungerkünstler während eines ohnmachtähnlichen Halbschlafes ein wenig einflößte, unter lustigem Plaudern, das die Aufmerksamkeit vom Zustand des Hungerkünstlers ablenken sollte; dann wurde noch ein Trinkspruch auf das Publikum ausgebracht, welcher dem Impresario angeblich vom Hungerkünstler zugeflüstert worden war; das Orchester bekräftigte alles durch einen großen Tusch, man ging auseinander, und niemand hatte das Recht, mit dem Gesehenen unzufrieden zu sein, niemand, nur der Hungerkünstler, immer nur er.

So lebte er mit regelmäßigen kleinen Ruhepausen viele Jahre, in scheinbarem Glanz, von der Welt geehrt, bei alledem aber meist in trüber Laune, die immer noch trüber wurde dadurch, daß niemand sie ernst zu nehmen verstand. Womit sollte man ihn auch trösten? Was blieb ihm zu wünschen übrig? Und wenn sich einmal ein Gutmütiger fand, der ihn bedauerte und ihm erklären wollte, daß seine Traurigkeit wahrscheinlich von dem Hungern käme, konnte es, besonders bei vorgeschrittener Hungerzeit, geschehn, daß der Hungerkünstler mit einem Wutausbruch antwortete und zum Schrecken aller wie ein Tier an dem Gitter zu rütteln begann. Doch hatte für solche Zustände der Impresario ein Strafmittel, das er gern anwandte. Er entschuldigte den Hungerkünstler vor versammeltem Publikum, gab zu, daß nur die durch das Hungern hervorgerufene, für satte Menschen nicht ohne weiteres begreifliche Reizbarkeit das Benehmen des Hungerkünstlers verzeihlich machen könne; kam dann im Zusammenhang damit auch auf die ebenso zu erklärende Behauptung des Hungerkünstlers zu sprechen, er könnte noch viel länger hungern, als er hungere; lobte das hohe Streben, den guten Willen, die große Selbstverleugnung, die gewiß auch in dieser Behauptung enthalten seien; suchte dann aber die Behauptung einfach genug durch Vorzeigen von Photographien, die gleichzeitig verkauft wurden, zu widerlegen, denn auf den Bildern sah man den Hungerkünstler an einem vierzigsten Hungertag, im Bett, fast verlöscht vor Entkräftung. Diese dem Hungerkünstler zwar wohlbekannte, immer aber von neuem ihn entnervende Verdrehung der Wahrheit war ihm zu viel. Was die Folge der vorzeitigen Beendigung des Hungerns war, stellte man hier als die Ursache dar! Gegen diesen Unverstand, gegen diese Welt des Unverstandes zu kämpfen, war unmöglich. Noch hatte er immer wieder in gutem Glauben begierig am Gitter dem Impresario zugehört, beim Erscheinen der Photographien aber ließ er das Gitter jedesmal los, sank mit Seufzen ins Stroh zurück, und das beruhigte Publikum konnte wieder herankommen und ihn besichtigen.

Wenn die Zeugen solcher Szenen ein paar Jahre später daran zurückdachten, wurden sie sich oft selbst unverständlich. Denn inzwischen war jener erwähnte Umschwung eingetreten; fast plötzlich war das geschehen; es mochte tiefere Gründe haben, aber wem lag daran, sie aufzufinden; jedenfalls sah sich eines Tages der verwöhnte Hungerkünstler von der vergnügungssüchtigen Menge verlassen, die lieber zu anderen Schaustellungen strömte. Noch einmal jagte der Impresario mit ihm durch halb Europa, um zu sehn, ob sich nicht noch hie und da das alte Interesse wiederfände; alles vergeblich; wie in einem geheimen Einverständnis hatte sich überall geradezu eine Abneigung gegen das Schauhungern ausgebildet. Natürlich hatte das in Wirklichkeit nicht plötzlich so kommen können, und man erinnerte sich jetzt nachträglich an manche zu ihrer Zeit im Rausch der Erfolge nicht genügend beachtete, nicht genügend unterdrückte Vorboten, aber jetzt etwas dagegen zu unternehmen, war zu spät. Zwar war es sicher, daß einmal auch für das Hungern wieder die Zeit kommen werde, aber für die Lebenden war das kein Trost. Was sollte nun der Hungerkünstler tun? Der, welchen Tausende umjubelt hatten, konnte sich nicht in Schaubuden auf kleinen Jahrmärkten zeigen, und um

253

einen andern Beruf zu ergreifen, war der Hungerkünstler nicht nur zu alt, sondern vor allem dem Hungern allzu fanatisch ergeben. So verabschiedete er denn den Impresario, den Genossen einer Laufbahn ohnegleichen, und ließ sich von einem großen Zirkus engagieren; um seine Empfindlichkeit zu schonen, sah er die Vertragsbedingungen gar nicht an.

Ein großer Zirkus mit seiner Unzahl von einander immer wieder ausgleichenden und ergänzenden Menschen und Tieren und Apparaten kann jeden und zu jeder Zeit gebrauchen, auch einen Hungerkünstler, bei entsprechend bescheidenen Ansprüchen natürlich, und außerdem war es ja in diesem besonderen Fall nicht nur der Hungerkünstler selbst, der engagiert wurde, sondern auch sein alter berühmter Name, ja man konnte bei der Eigenart dieser im zunehmenden Alter nicht abnehmenden Kunst nicht einmal sagen, daß ein ausgedienter, nicht mehr auf der Höhe seines Könnens stehender Künstler sich in einen ruhigen Zirkusposten flüchten wolle, im Gegenteil, der Hungerkünstler versicherte, daß er, was durchaus glaubwürdig war, ebensogut hungere wie früher, ja er behauptete sogar, er werde, wenn man ihm seinen Willen lasse, und dies versprach man ihm ohne weiteres, eigentlich erst jetzt die Welt in berechtigtes Erstaunen setzen, eine Behauptung allerdings, die mit Rücksicht auf die Zeitstimmung, welche der Hungerkünstler im Eifer leicht vergaß, bei den Fachleuten nur ein Lächeln hervorrief.

Im Grunde aber verlor auch der Hungerkünstler den Blick für die wirklichen Verhältnisse nicht und nahm es als selbstverständlich hin, daß man ihn mit seinem Käfig nicht etwa als Glanznummer mitten in die Manege stellte, sondern draußen an einem im übrigen recht gut zugänglichen Ort in der Nähe der Stallungen unterbrachte. Große, bunt gemalte Aufschriften umrahmten den Käfig und verkündeten, was dort zu sehen war. Wenn das Publikum in den Pausen der Vorstellung zu den Ställen drängte, um die Tiere zu besichtigen, war es fast unvermeidlich, daß es beim Hungerkünstler vorüberkam und ein wenig dort haltmachte, man wäre vielleicht länger bei ihm geblieben, wenn nicht in dem schmalen Gang die Nachdrängenden, welche diesen Aufenthalt auf dem Weg zu den ersehnten Ställen nicht verstanden, eine längere ruhige Betrachtung unmöglich gemacht hätten. Dieses war auch der Grund, warum der Hungerkünstler vor diesen

Besuchszeiten, die er als seinen Lebenszweck natürlich herbeiwünschte, doch auch wieder zitterte. In der ersten Zeit hatte er die Vorstellungspausen kaum erwarten können; entzückt hatte er der sich heranwälzenden Menge entgegengesehn, bis er sich nur zu bald – auch die hartnäckigste, fast bewußte Selbsttäuschung hielt den Erfahrungen nicht stand – davon überzeugte, daß es zumeist der Absicht nach, immer wieder, ausnahmslos, lauter Stallbesucher waren. Und dieser Anblick von der Ferne blieb noch immer der schönste. Denn wenn sie bis zu ihm herangekommen waren, umtobte ihn sofort Geschrei und Schimpfen der ununterbrochen neu sich bildenden Parteien, jener, welche – sie wurde dem Hungerkünstler bald die peinlichere – ihn bequem ansehen wollte, nicht etwa aus Verständnis, sondern aus Laune und Trotz, und jener zweiten, die zunächst nur nach den Ställen verlangte. War der große Haufe vorüber, dann kamen die Nachzügler, und diese allerdings, denen es nicht mehr verwehrt war, stehenzubleiben, solange sie nur Lust hatten, eilten mit langen Schritten, fast ohne Seitenblick, vorüber, um rechtzeitig zu den Tieren zu kommen. Und es war kein allzu häufiger Glücksfall, daß ein Familienvater mit seinen Kindern kam, mit dem Finger auf den Hungerkünstler zeigte, ausführlich erklärte, um was es sich hier handelte, von früheren Jahren erzählte, wo er bei ähnlichen, aber unvergleichlich großartigeren Vorführungen gewesen war, und dann die Kinder, wegen ihrer ungenügenden Vorbereitung von Schule und Leben her, zwar immer noch verständnislos blieben – was war ihnen Hungern? –, aber doch in dem Glanz ihrer forschenden Augen etwas von neuen, kommenden, gnädigeren Zeiten verrieten. Vielleicht, so sagte sich der Hungerkünstler dann manchmal, würde alles doch ein wenig besser werden, wenn sein Standort nicht gar so nahe bei den Ställen wäre. Den Leuten wurde dadurch die Wahl zu leicht gemacht, nicht zu reden davon, daß ihn die Ausdünstungen der Ställe, die Unruhe der Tiere in der Nacht, das Vorübertragen der rohen Fleischstücke für die Raubtiere, die Schreie bei der Fütterung sehr verletzten und dauernd bedrückten. Aber bei der Direktion vorstellig zu werden, wagte er nicht; immerhin verdankte er ja den Tieren die Menge der Besucher, unter denen sich hie und da auch ein für ihn Bestimmter finden konnte, und wer wußte, wohin man ihn verstecken würde, wenn er an seine Existenz erinnern wollte und damit auch daran, daß er, genau genommen, nur ein Hindernis auf dem Weg zu den Ställen war.

Ein kleines Hindernis allerdings, ein immer kleiner werdendes Hindernis. Man gewöhnte sich an die Sonderbarkeit, in den heutigen Zeiten Aufmerksamkeit für einen Hungerkünstler beanspruchen zu wollen, und mit dieser Gewöhnung war das Urteil über ihn gesprochen. Er mochte so gut hungern, als er nur konnte, und er tat es, aber nichts konnte ihn mehr retten, man ging an ihm vorüber. Versuche, jemandem die Hungerkunst zu erklären! Wer es nicht fühlt, dem kann man es nicht begreiflich machen. Die schönen Aufschriften wurden schmutzig und unleserlich, man riß sie herunter, niemandem fiel es ein, sie zu ersetzen; das Täfelchen mit der Ziffer der abgeleisteten Hungertage, das in der ersten Zeit sorgfältig täglich erneuert worden war, blieb schon längst immer das gleiche, denn nach den ersten Wochen war das Personal selbst dieser kleinen Arbeit überdrüssig geworden; und so hungerte zwar der Hungerkünstler weiter, wie er es früher einmal erträumt hatte, und es gelang ihm ohne Mühe ganz so, wie er es damals vorausgesagt hatte, aber niemand zählte die Tage, niemand, nicht einmal der Hungerkünstler selbst wußte, wie groß die Leistung schon war, und sein Herz wurde schwer. Und wenn einmal in der Zeit ein Müßiggänger stehenblieb, sich über die alte Ziffer lustig machte und von Schwindel sprach, so war das in diesem Sinn die dümmste Lüge, welche Gleichgültigkeit und eingeborene Bösartigkeit erfinden konnte, denn nicht der Hungerkünstler betrog, er arbeitete ehrlich, aber die Welt betrog ihn um seinen Lohn.

Doch vergingen wieder viele Tage, und auch das nahm ein Ende. Einmal fiel einem Aufseher der Käfig auf, und er fragte die Diener, warum man hier diesen gut brauchbaren Käfig mit dem verfaulten Stroh drinnen unbenützt stehen lasse; niemand wußte es, bis sich einer mit Hilfe der Ziffertafel an den Hungerkünstler erinnerte. Man rührte mit Stangen das Stroh auf und fand den Hungerkünstler darin. »Du hungerst noch immer?« fragte der Aufseher, »wann wirst du denn endlich aufhören?« »Verzeiht mir alle«, flüsterte der Hungerkünstler; nur der Aufseher, der das Ohr ans Gitter hielt, verstand ihn. »Gewiß«, sagte der Aufseher und legte den Finger an die Stirn, um damit den Zustand des Hungerkünstlers dem Personal anzudeuten, »wir verzeihen dir.« »Immerfort wollte ich, daß ihr mein Hun-

gern bewundert«, sagte der Hungerkünstler. »Wir bewundern es
auch«, sagte der Aufseher entgegenkommend. »Ihr sollt es aber nicht
bewundern«, sagte der Hungerkünstler. »Nun, dann bewundern wir
es also nicht«, sagte der Aufseher, »warum sollen wir es denn nicht
bewundern?« »Weil ich hungern muß, ich kann nicht anders«, sagte
der Hungerkünstler. »Da sieh mal einer«, sagte der Aufseher, »warum kannst du denn nicht anders?« »Weil ich«, sagte der Hungerkünstler, hob das Köpfchen ein wenig und sprach mit wie zum Kuß
gespitzten Lippen gerade in das Ohr des Aufsehers hinein, damit
nichts verloren ginge, »weil ich nicht die Speise finden konnte, die
mir schmeckt. Hätte ich sie gefunden, glaube mir, ich hätte kein Aufsehen gemacht und mich vollgegessen wie du und alle.« Das waren
die letzten Worte, aber noch in seinen gebrochenen Augen war die feste,
wenn auch nicht mehr stolze Überzeugung, daß er weiterhungre.
»Nun macht aber Ordnung!« sagte der Aufseher, und man begrub
den Hungerkünstler samt dem Stroh. In den Käfig aber gab man
einen jungen Panther. Es war eine selbst dem stumpfsten Sinn fühlba-
re Erholung, in dem so lange öden Käfig dieses wilde Tier sich
herumwerfen zu sehn. Ihm fehlte nichts. Die Nahrung, die ihm
schmeckte, brachten ihm ohne langes Nachdenken die Wächter; nicht
einmal die Freiheit schien er zu vermissen; dieser edle, mit allem
Nötigen bis knapp zum Zerreißen ausgestattete Körper schien auch
die Freiheit mit sich herumzutragen; irgendwo im Gebiß schien sie zu
stecken; und die Freude am Leben kam mit derart starker Glut aus
seinem Rachen, daß es für die Zuschauer nicht leicht war, ihr
standzuhalten. Aber sie überwanden sich, umdrängten den Käfig und
wollten sich gar nicht fortrühren.

Der Kübelreiter

Verbraucht alle Kohle; leer der Kübel; sinnlos die Schaufel; Kälte
atmend der Ofen; das Zimmer vollgeblasen von Frost; vor dem
Fenster Bäume starr im Reif; der Himmel, ein silberner Schild gegen
den, der von ihm Hilfe will. Ich muß Kohle haben; ich darf doch

nicht erfrieren; hinter mir der erbarmungslose Ofen, vor mir der Himmel ebenso, infolgedessen muß ich scharf zwischendurch reiten und in der Mitte beim Kohlenhändler Hilfe suchen. Gegen meine gewöhnlichen Bitten aber ist er schon abgestumpft; ich muß ihm ganz genau nachweisen, daß ich kein einziges Kohlenstäubchen mehr habe und daß er daher für mich geradezu die Sonne am Firmament bedeutet. Ich muß kommen wie der Bettler, der röchelnd vor Hunger an der Türschwelle verenden will und dem deshalb die Herrschaftsköchin den Bodensatz des letzten Kaffees einzuflößen sich entscheidet; ebenso muß mir der Händler, wütend, aber unter dem Strahl des Gebotes »Du sollst nicht töten!« eine Schaufel voll in den Kübel schleudern.

Meine Auffahrt schon muß es entscheiden; ich reite deshalb auf dem Kübel hin. Als Kübelreiter, die Hand oben am Griff, dem einfachsten Zaumzeug, drehe ich mich beschwerlich die Treppe hinab; unten aber steigt mein Kübel auf, prächtig, prächtig; Kamele, niedrig am Boden hingelagert, steigen, sich schüttelnd unter dem Stock des Führers, nicht schöner auf. Durch die festgefrorene Gasse geht es in ebenmäßigem Trab; oft werde ich bis zur Höhe der ersten Stockwerke gehoben; niemals sinke ich bis zur Haustüre hinab. Und außergewöhnlich hoch schwebe ich vor dem Kellergewölbe des Händlers, in dem er tief unten an seinem Tischchen kauert und schreibt; um die übergroße Hitze abzulassen, hat er die Tür geöffnet.

»Kohlenhändler!« rufe ich mit vor Kälte hohlgebrannter Stimme, in Rauchwolken des Atems gehüllt, »bitte, Kohlenhändler, gib mir ein wenig Kohle. Mein Kübel ist schon so leer, daß ich auf ihm reiten kann. Sei so gut. Sobald ich kann, bezahle ich's.«

Der Händler legt die Hand ans Ohr. »Hör ich recht?« fragte er über die Schulter weg seine Frau, die auf der Ofenbank strickt, »hör ich recht? Eine Kundschaft.«

»Ich höre gar nichts«, sagte die Frau, ruhig aus- und einatmend über den Stricknadeln, wohlig im Rücken gewärmt.

»O ja«, rufe ich, »ich bin es; eine alte Kundschaft, treu ergeben; nur augenblicklich mittellos.«

»Frau«, sagte der Händler, »es ist, es ist jemand; so sehr kann ich mich doch nicht täuschen; eine alte, eine sehr alte Kundschaft muß es sein, die mir so zum Herzen zu sprechen weiß.«

»Was hast du, Mann?« sagte die Frau und drückt, einen Augenblick
ausruhend, die Handarbeit an die Brust, »niemand ist es, die Gasse ist
leer, alle unsere Kundschaft ist versorgt; wir können für Tage das
Geschäft sperren und ausruhn.«

»Aber ich sitze doch hier auf dem Kübel«, rufe ich und gefühllose
Tränen der Kälte verschleiern mir die Augen, »bitte seht doch herauf;
Ihr werdet mich gleich entdecken, um eine Schaufel voll bitte ich; und
gebt Ihr zwei, macht Ihr mich überglücklich. Es ist doch schon alle
übrige Kundschaft versorgt. Ach, hörte ich es doch schon in dem
Kübel klappern!«

»Ich komme«, sagt der Händler und kurzbeinig will er die Kellertreppe emporsteigen, aber die Frau ist schon bei ihm, hält ihn beim Arm
fest und sagt: »Du bleibst. Läßt du von deinem Eigensinn nicht ab, so
gehe ich hinauf. Erinnere dich an deinen schweren Husten heute
nacht. Aber für ein Geschäft und sei es auch nur ein eingebildetes,
vergißt du Frau und Kind und opferst deine Lungen. Ich gehe.«

»Dann nenn ihm aber alle Sorten, die wir auf Lager haben; die Preise
rufe ich dir nach.« »Gut«, sagt die Frau und steigt zur Gasse auf.
Natürlich sieht sie mich gleich. »Frau Kohlenhändlerin«, rufe ich,
»ergebenen Gruß; nur eine Schaufel Kohle; gleich hier in den Kübel;
ich führe sie selbst nach Hause; eine Schaufel von der schlechtesten.
Ich bezahle sie natürlich voll, aber nicht gleich, nicht gleich.« Was für
ein Glockenklang sind die zwei Worte ›nicht gleich‹ und wie sinnver-
wirrend mischen sie sich mit dem Abendläuten, das eben vom nahen
Kirchturm zu hören ist!

»Was will er also haben?« ruft der Händler. »Nichts«, ruft die Frau
zurück, »es ist ja nichts; ich sehe nichts, ich höre nichts; nur sechs
Uhr läutet es, und wir schließen. Ungeheuer ist die Kälte; morgen
werden wir wahrscheinlich noch viel Arbeit haben.«

Sie sieht nichts und hört nichts; aber dennoch löst sie das Schürzen-
band und versucht mich mit der Schürze fortzuwehen. Leider gelingt
es. Alle Vorzüge eines guten Reittieres hat mein Kübel; Widerstands-
kraft hat er nicht; zu leicht ist er; eine Frauenschürze jagt ihm die
Beine vom Boden.

»Du Böse«, rufe ich noch zurück, während sie, zum Geschäft sich
wendend, halb verächtlich, halb befriedigt mit der Hand in die Luft
schlägt, »du Böse! Um eine Schaufel von der schlechtesten habe ich

gebeten und du hast sie mir nicht gegeben.« Und damit steige ich in die Regionen der Eisgebirge und verliere mich auf Nimmerwiedersehen.

Der Jäger Gracchus

Zwei Knaben saßen auf der Quaimauer und spielten Würfel. Ein Mann las eine Zeitung auf den Stufen eines Denkmals im Schatten des säbelschwingenden Helden. Ein Mädchen am Brunnen füllte Wasser in ihre Bütte. Ein Obstverkäufer lag neben seiner Ware und blickte auf den See hinaus. In der Tiefe einer Kneipe sah man durch die leeren Tür- und Fensterlöcher zwei Männer beim Wein. Der Wirt saß vorn an einem Tisch und schlummerte. Eine Barke schwebte leise, als werde sie über dem Wasser getragen, in den kleinen Hafen. Ein Mann in blauem Kittel stieg ans Land und zog die Seile durch die Ringe. Zwei andere Männer in dunklen Röcken mit Silberknöpfen trugen hinter dem Bootsmann eine Bahre, auf der unter einem großen blumengemusterten, gefransten Seidentuch offenbar ein Mensch lag.

Auf dem Quai kümmerte sich niemand um die Ankömmlinge, selbst als sie die Bahre niederstellten, um auf den Bootsführer zu warten, der noch an den Seilen arbeitete, trat niemand heran, niemand richtete eine Frage an sie, niemand sah sie genauer an.

Der Führer wurde noch ein wenig aufgehalten durch eine Frau, die, ein Kind an der Brust, mit aufgelösten Haaren sich jetzt auf Deck zeigte. Dann kam er, wies auf ein gelbliches, zweistöckiges Haus, das sich links nahe beim Wasser geradlinig erhob, die Träger nahmen die Last auf und trugen sie durch das niedrige, aber von schlanken Säulen gebildete Tor. Ein kleiner Junge öffnete ein Fenster, bemerkte noch gerade, wie der Trupp im Haus verschwand, und schloß wieder eilig das Fenster. Auch das Tor wurde nun geschlossen, es war aus schwarzem Eichenholz sorgfältig gefügt. Ein Taubenschwarm, der bisher den Glockenturm umflogen hatte, ließ sich jetzt vor dem Hause nieder. Als werde im Hause ihre Nahrung aufbewahrt, sammelten sich die Tauben vor dem Tor. Eine flog bis zum ersten Stock auf und pickte an die Fensterscheibe. Es waren hellfarbige wohlgepflegte, lebhafte Tiere. In großem Schwung warf ihnen die Frau aus der Barke Körner hin, die sammelten sie auf und flogen dann zu der Frau hinüber.

Ein Mann im Zylinderhut mit Trauerband kam eines der schmalen, stark abfallenden Gäßchen, die zum Hafen führten, herab. Er blickte aufmerksam umher, alles bekümmerte ihn, der Anblick von Unrat in einem Winkel ließ ihn das Gesicht verzerren. Auf den Stufen des Denkmals lagen Obstschalen, er schob sie im Vorbeigehen mit seinem Stock hinunter. An der Stubentür klopfte er an, gleichzeitig nahm er den Zylinderhut in seine schwarzbehandschuhte Rechte. Gleich wurde geöffnet, wohl fünfzig kleine Knaben bildeten ein Spalier im langen Flurgang und verbeugten sich.

Der Bootsführer kam die Treppe herab, begrüßte den Herrn, führte ihn hinauf, im ersten Stockwerk umging er mit ihm den von leicht gebauten zierlichen Loggien umgebenen Hof und beide traten, während die Knaben in respektvoller Entfernung nachdrängten, in einen kühlen, großen Raum an der Hinterseite des Hauses, dem gegenüber kein Haus mehr, sondern nur eine kahle, grauschwarze Felsenwand zu sehen war. Die Träger waren damit beschäftigt, zu Häupten der Bahre einige lange Kerzen aufzustellen und anzuzünden, aber Licht entstand dadurch nicht, es wurden förmlich nur die früher ruhenden Schatten aufgescheucht und flackerten über die Wände. Von der Bahre war das Tuch zurückgeschlagen. Es lag dort ein Mann mit wild durcheinandergewachsenem Haar und Bart, gebräunter Haut, etwa einem Jäger gleichend. Er lag bewegungslos, scheinbar atemlos mit geschlossenen Augen da, trotzdem deutete nur die Umgebung an, daß es vielleicht ein Toter war.

Der Herr trat zur Bahre, legte eine Hand dem Daliegenden auf die Stirn, kniete dann nieder und betete. Der Bootsführer winkte den Trägern, das Zimmer zu verlassen, sie gingen hinaus, vertrieben die Knaben, die sich draußen angesammelt hatten, und schlossen die Tür. Dem Herrn schien aber auch diese Stille noch nicht zu genügen, er sah den Bootsführer an, dieser verstand und ging durch eine Seitentür ins Nebenzimmer. Sofort schlug der Mann auf der Bahre die Augen auf, wandte schmerzlich lächelnd das Gesicht dem Herrn zu und sagte: »Wer bist du?« – Der Herr erhob sich ohne weiteres Staunen

aus seiner knienden Stellung und antwortete: »Der Bürgermeister
von Riva.«

Der Mann auf der Bahre nickte, zeigte mit schwach ausgestrecktem
Arm auf einen Sessel und sagte, nachdem der Bürgermeister seiner
Einladung gefolgt war: »Ich wußte es ja, Herr Bürgermeister, aber im
ersten Augenblick habe ich immer alles vergessen, alles geht mir in
der Runde und es ist besser, ich frage, auch wenn ich alles weiß. Auch
Sie wissen wahrscheinlich, daß ich der Jäger Gracchus bin.«

»Gewiß«, sagte der Bürgermeister. »Sie wurden mir heute in der
Nacht angekündigt. Wir schliefen längst. Da rief gegen Mitternacht
meine Frau: ›Salvatore‹ – so heiße ich –, ›sieh die Taube am Fenster!‹
Es war wirklich eine Taube, aber groß wie ein Hahn. Sie flog zu
meinem Ohr und sagte: ›Morgen kommt der tote Jäger Gracchus,
empfange ihn im Namen der Stadt.‹«

Der Jäger nickte und zog die Zungenspitze zwischen den Lippen
durch: »Ja, die Tauben fliegen vor mir her. Glauben Sie aber, Herr
Bürgermeister, daß ich in Riva bleiben soll?«

»Das kann ich noch nicht sagen«, antwortete der Bürgermeister.
»Sind Sie tot?«

»Ja«, sagte der Jäger, »wie Sie sehen. Vor vielen Jahren, es müssen
aber ungemein viel Jahre sein, stürzte ich im Schwarzwald – das ist in
Deutschland – von einem Felsen, als ich eine Gemse verfolgte.
Seitdem bin ich tot.«

»Aber Sie leben doch auch«, sagte der Bürgermeister.

»Gewissermaßen«, sagte der Jäger, »gewissermaßen lebe ich auch.
Mein Todeskahn verfehlte die Fahrt, eine falsche Drehung des Steu-
ers, ein Augenblick der Unaufmerksamkeit des Führers, eine Ablenkung durch meine wunderschöne Heimat, ich weiß nicht, was es war,
nur das weiß ich, daß ich auf der Erde blieb und daß mein Kahn seither die irdischen Gewässer befährt. So reise ich, der nur in seinen Bergen leben wollte, nach meinem Tode durch alle Länder der Erde.«

»Und Sie haben keinen Teil am Jenseits?« fragte der Bürgermeister
mit gerunzelter Stirne.

»Ich bin«, antwortete der Jäger, »immer auf der großen Treppe,
die hinaufführt. Auf dieser unendlich weiten Freitreppe treibe ich
mich herum, bald oben, bald unten, bald rechts, bald links, immer
in Bewegung. Aus dem Jäger ist ein Schmetterling geworden. La-

chen Sie nicht.«»Ich lache nicht«, verwahrte sich der Bürgermeister.
»Sehr einsichtig«, sagte der Jäger. »Immer bin ich in Bewegung.
Nehme ich aber den größten Aufschwung und leuchtet mir schon
oben das Tor, erwache ich auf meinem alten, in irgendeinem irdischen
Gewässer öde steckenden Kahn. Der Grundfehler meines einstmali-
gen Sterbens umgrinst mich in meiner Kajüte. Julia, die Frau des
Bootsführers, klopft und bringt mir zu meiner Bahre das Morgenge-
tränk des Landes, dessen Küste wir gerade befahren. Ich liege auf
einer Holzpritsche, habe – es ist kein Vergnügen, mich zu betrachten
– ein schmutziges Totenhemd an, Haar und Bart, grau und schwarz,
geht unentwirrbar durcheinander, meine Beine sind mit einem großen, seidenen, blumengemusterten, langgefransten Frauentuch bedeckt. Zu meinen Häupten steht eine Kirchenkerze und leuchtet mir.
An der Wand mir gegenüber ist ein kleines Bild, ein Buschmann
offenbar, der mit einem Speer nach mir zielt und hinter einem
großartig bemalten Schild sich möglichst deckt. Man begegnet auf
Schiffen manchen dummen Darstellungen, diese ist aber eine der
dümmsten. Sonst ist mein Holzkäfig ganz leer. Durch eine Luke der
Seitenwand kommt die warme Luft der südlichen Nacht und ich höre
das Wasser an die alte Barke schlagen.
Hier liege ich seit damals, als ich, noch lebendiger Jäger Gracchus, zu
Hause im Schwarzwald eine Gemse verfolgte und abstürzte. Alles
ging der Ordnung nach. Ich verfolgte, stürzte ab, verblutete in einer
Schlucht, war tot und diese Barke sollte mich ins Jenseits tragen. Ich
erinnere mich noch, wie fröhlich ich mich hier auf der Pritsche
ausstreckte zum erstenmal. Niemals haben die Berge solchen Gesang
von mir gehört wie diese vier damals noch dämmerigen Wände.
Ich hatte gern gelebt und war gern gestorben, glücklich warf ich, ehe
ich den Bord betrat, das Lumpenpack der Büchse, der Tasche, des
Jagdgewehrs vor mir hinunter, das ich immer stolz getragen hatte,
und in das Totenhemd schlüpfte ich wie ein Mädchen ins Hochzeits-
kleid. Hier lag ich und wartete. Dann geschah das Unglück.«
»Ein schlimmes Schicksal«, sagte der Bürgermeister mit abwehrend
erhobener Hand. »Und Sie tragen gar keine Schuld daran?«
»Keine«, sagte der Jäger, »ich war Jäger, ist das etwa eine Schuld?
Aufgestellt war ich als Jäger im Schwarzwald, wo es damals noch
Wölfe gab. Ich lauerte auf, schoß, traf, zog das Fell ab, ist das eine

Schuld? Meine Arbeit wurde gesegnet. ›Der große Jäger vom Schwarzwald‹ hieß ich. Ist das eine Schuld?«
»Ich bin nicht berufen, das zu entscheiden«, sagte der Bürgermeister, »doch scheint auch mir keine Schuld darin zu liegen. Aber wer trägt denn Schuld?«
»Der Bootsmann«, sagte der Jäger. »Niemand wird lesen, was ich hier schreibe, niemand wird kommen, mir zu helfen; wäre als Aufgabe gesetzt mir zu helfen, so blieben alle Türen aller Häuser geschlossen, alle Fenster geschlossen, alle liegen in den Betten, die Decken über den Kopf geschlagen, eine nächtliche Herberge die ganze Erde. Das hat guten Sinn, denn niemand weiß von mir, und wüßte er von mir, so wüßte er meinen Aufenthalt nicht, und wüßte er meinen Aufenthalt, so wüßte er mich dort nicht festzuhalten, so wüßte er nicht, wie mir zu helfen. Der Gedanke, mir helfen zu wollen, ist eine Krankheit und muß im Bett geheilt werden.
Das weiß ich und schreie also nicht, um Hilfe herbeizuholen, selbst wenn ich in Augenblicken – unbeherrscht wie ich bin, zum Beispiel gerade jetzt – sehr stark daran denke. Aber es genügt wohl zum Austreiben solcher Gedanken, wenn ich umherblicke und mir vergegenwärtige, wo ich bin und – das darf ich wohl behaupten – seit Jahrhunderten wohne.«
»Außerordentlich«, sagte der Bürgermeister, »außerordentlich. – Und nun gedenken Sie bei uns in Riva zu bleiben?«
»Ich gedenke nicht«, sagte der Jäger lächelnd und legte, um den Spott gutzumachen, die Hand auf das Knie des Bürgermeisters. »Ich bin hier, mehr weiß ich nicht, mehr kann ich nicht tun. Mein Kahn ist ohne Steuer, er fährt mit dem Wind, der in den untersten Regionen des Todes bläst.«

Unglücklichsein

Als es schon unerträglich geworden war – einmal gegen Abend im November – und ich über den schmalen Teppich meines Zimmers wie in einer Rennbahn einherlief, durch den Anblick der beleuchteten Gasse erschreckt, wieder wendete, und in der Tiefe des Zimmers, im

Grund des Spiegels doch wieder ein neues Ziel bekam, und aufschrie, um nur den Schrei zu hören, dem nichts antwortet und dem auch nichts die Kraft des Schreiens nimmt, der also aufsteigt, ohne Gegengewicht, und nicht aufhören kann, selbst wenn er verstummt, da öffnete sich aus der Wand heraus die Tür, so eilig, weil doch Eile nötig war und selbst die Wagenpferde unten auf dem Pflaster wie wildgewordene Pferde in der Schlacht, die Gurgeln preisgegeben, sich erhoben.

Als kleines Gespenst fuhr ein Kind aus dem ganz dunklen Korridor, in dem die Lampe noch nicht brannte, und blieb auf den Fußspitzen stehn, auf einem unmerklich schaukelnden Fußbodenbalken. Von der Dämmerung des Zimmers gleich geblendet, wollte es mit dem Gesicht rasch in seine Hände, beruhigte sich aber unversehens mit dem Blick zum Fenster, vor dessen Kreuz der hochgetriebene Dunst der Straßenbeleuchtung endlich unter dem Dunkel liegen blieb. Mit dem rechten Ellbogen hielt es sich vor der offenen Tür aufrecht an der Zimmerwand und ließ den Luftzug von draußen um die Gelenke der Füße streichen, auch den Hals, auch die Schläfen entlang.

Ich sah ein wenig hin, dann sagte ich »Guten Tag« und nahm meinen Rock vom Ofenschirm, weil ich nicht so halb nackt dastehen wollte. Ein Weilchen lang hielt ich den Mund offen, damit mich die Aufregung durch den Mund verlasse. Ich hatte schlechten Speichel in mir, im Gesicht zitterten mir die Augenwimpern, kurz, es fehlte mir nichts, als gerade dieser allerdings erwartete Besuch.

Das Kind stand noch an der Wand auf dem gleichen Platz, es hatte die rechte Hand an die Mauer gepreßt und konnte, ganz rotwangig, dessen nicht satt werden, daß die weißgetünchte Wand grobkörnig war und die Fingerspitzen rieb. Ich sagte: »Wollen Sie tatsächlich zu mir? Ist es kein Irrtum? Nichts leichter als ein Irrtum in diesem großen Hause. Ich heiße Soundso, wohne im dritten Stock. Bin ich also der, den Sie besuchen wollen?«

»Ruhe, Ruhe!« sagte das Kind über die Schulter weg, »alles ist schon richtig.«

»Dann kommen Sie weiter ins Zimmer herein, ich möchte die Tür schließen.«

»Die Tür habe ich jetzt gerade geschlossen. Machen Sie sich keine Mühe. Beruhigen Sie sich überhaupt.«

»Reden Sie nicht von Mühe. Aber auf diesem Gange wohnt eine
Menge Leute, alle sind natürlich meine Bekannten; die meisten
kommen jetzt aus den Geschäften; wenn sie in einem Zimmer reden
hören, glauben sie einfach das Recht zu haben, aufzumachen und
nachzuschaun, was los ist. Es ist einmal schon so. Diese Leute haben
die tägliche Arbeit hinter sich; wem würden sie sich in der provisori-
schen Abendfreiheit unterwerfen! Übrigens wissen Sie es ja auch.
Lassen Sie mich die Türe schließen.«
»Ja was ist denn? Was haben Sie? Meinetwegen kann das ganze Haus
hereinkommen. Und dann noch einmal: Ich habe die Türe schon
geschlossen, glauben Sie denn, nur Sie können die Türe schließen?
Ich habe sogar mit dem Schlüssel zugesperrt.«
»Dann ist gut. Mehr will ich ja nicht. Mit dem Schlüssel hätten Sie gar
nicht zusperren müssen. Und jetzt machen Sie es sich nur behaglich,
wenn Sie schon einmal da sind. Sie sind mein Gast. Vertrauen Sie mir
völlig. Machen Sie sich nur breit ohne Angst. Ich werde Sie weder
zum Hierbleiben zwingen, noch zum Weggehn. Muß ich das erst
sagen? Kennen Sie mich so schlecht?«
»Nein. Sie hätten das wirklich nicht sagen müssen. Noch mehr, Sie
hätten es gar nicht sagen sollen. Ich bin ein Kind; warum so viel
Umstände mit mir machen?«
»So schlimm ist es nicht. Natürlich, ein Kind. Aber gar so klein sind
Sie nicht. Sie sind schon ganz erwachsen. Wenn Sie ein Mädchen
wären, dürften Sie sich nicht so einfach mit mir in einem Zimmer
einsperren.«
»Darüber müssen wir uns keine Sorge machen. Ich wollte nur sagen:
Daß ich Sie so gut kenne, schützt mich wenig, es enthebt Sie nur der
Anstrengung, mir etwas vorzulügen. Trotzdem aber machen Sie mir
Komplimente. Lassen Sie das, ich fordere Sie auf, lassen Sie das.
Dazu kommt, daß ich Sie nicht überall und immerfort kenne, gar bei
dieser Finsternis. Es wäre viel besser, wenn Sie Licht machen ließen.
Nein, lieber nicht. Immerhin werde ich mir merken, daß Sie mir
schon gedroht haben.«
»Wie? Ich hätte Ihnen gedroht? Aber ich bitte Sie. Ich bin ja so froh,
daß Sie endlich hier sind. Ich sage ›endlich‹, weil es schon so spät ist.
Es ist mir unbegreiflich, warum Sie so spät gekommen sind. Da ist es
möglich, daß ich in der Freude so durcheinander gesprochen habe

und daß Sie es gerade so verstanden haben. Daß ich so gesprochen habe, gebe ich zehnmal zu, ja ich habe Ihnen mit allem gedroht, was Sie wollen. – Nur keinen Streit, um's Himmels willen! – Aber wie konnten Sie es glauben? Wie konnten Sie mich so kränken? Warum wollen Sie mir mit aller Gewalt dieses kleine Weilchen Ihres Hierseins verderben? Ein fremder Mensch wäre entgegenkommender als Sie.«

»Das glaube ich; das war keine Weisheit. So nah, als Ihnen ein fremder Mensch entgegenkommen kann, bin ich Ihnen schon von Natur aus. Das wissen Sie auch, wozu also die Wehmut? Sagen Sie, daß Sie Komödie spielen wollen, und ich gehe augenblicklich.«

»So? Auch das wagen Sie mir zu sagen? Sie sind ein wenig zu kühn. Am Ende sind Sie doch in meinem Zimmer. Sie reiben Ihre Finger wie verrückt an meiner Wand. Mein Zimmer, meine Wand! Und außerdem ist das, was Sie sagen, lächerlich, nicht nur frech. Sie sagen, Ihre Natur zwinge Sie, mit mir in dieser Weise zu reden. Wirklich? Ihre Natur zwingt Sie? Das ist nett von Ihrer Natur. Ihre Natur ist meine, und wenn ich mich von Natur aus freundlich zu Ihnen verhalte, so dürfen auch Sie nicht anders.«

»Ist das freundlich?«

»Ich rede von früher.«

»Wissen Sie, wie ich später sein werde?«

»Nichts weiß ich.«

Und ich ging zum Nachttisch hin, auf dem ich die Kerze anzündete. Ich hatte in jener Zeit weder Gas noch elektrisches Licht in meinem Zimmer. Ich saß dann noch eine Weile beim Tisch, bis ich auch dessen müde wurde, den Überzieher anzog, den Hut vom Kanapee nahm und die Kerze ausblies. Beim Hinausgehen verfing ich mich in ein Sesselbein.

Auf der Treppe traf ich einen Mieter aus dem gleichen Stockwerk.

»Sie gehen schon wieder weg, Sie Lump?« fragte er, auf seinen über zwei Stufen ausgebreiteten Beinen ausruhend.

»Was soll ich machen?« sagte ich, »jetzt habe ich ein Gespenst im Zimmer gehabt.«

»Sie sagen das mit der gleichen Unzufriedenheit, wie wenn Sie ein Haar in der Suppe gefunden hätten.«

»Sie spaßen. Aber merken Sie sich, ein Gespenst ist ein Gespenst.«

»Sehr wahr. Aber wie, wenn man überhaupt nicht an Gespenster glaubt?«

»Ja, meinen Sie denn, ich glaube an Gespenster? Was hilft mir aber dieses Nichtglauben?«

»Sehr einfach. Sie müssen eben keine Angst mehr haben, wenn ein Gespenst wirklich zu Ihnen kommt.«

»Ja, aber das ist doch die nebensächliche Angst. Die eigentliche Angst ist die Angst vor der Ursache der Erscheinung. Und diese Angst bleibt. Die habe ich geradezu großartig in mir.« Ich fing vor Nervosität an, alle meine Taschen zu durchsuchen.

»Da Sie aber vor der Erscheinung selbst keine Angst hatten, hätten Sie sie doch ruhig nach ihrer Ursache fragen können!«

»Sie haben offenbar noch nie mit Gespenstern gesprochen. Aus denen kann man ja niemals eine klare Auskunft bekommen. Das ist ein Hin und Her. Diese Gespenster scheinen über ihre Existenz mehr im Zweifel zu sein als wir, was übrigens bei ihrer Hinfälligkeit kein Wunder ist.«

»Ich habe aber gehört, daß man sie auffüttern kann.«

»Da sind Sie gut berichtet. Das kann man. Aber wer wird das machen?«

»Warum nicht? Wenn es ein weibliches Gespenst ist zum Beispiel«, sagte er und schwang sich auf die obere Stufe.

»Ach so«, sagte ich, »aber selbst dann steht es nicht dafür.«

Ich besann mich. Mein Bekannter war schon so hoch, daß er sich, um mich zu sehen, unter einer Wölbung des Treppenhauses vorbeugen mußte. »Aber trotzdem«, rief ich, »wenn Sie mir dort oben mein Gespenst wegnehmen, dann ist es zwischen uns aus, für immer.«

»Aber das war ja nur Spaß«, sagte er und zog den Kopf zurück.

»Dann ist es gut«, sagte ich und hätte jetzt eigentlich ruhig spazieren gehen können. Aber weil ich mich gar so verlassen fühlte, ging ich lieber hinauf und legte mich schlafen.

Die Verwandlung

I

Als Gregor Samsa eines Morgens aus unruhigen Träumen erwachte, fand er sich in seinem Bett zu einem ungeheueren Ungeziefer verwandelt. Er lag auf seinem panzerartig harten Rücken und sah, wenn er den Kopf ein wenig hob, seinen gewölbten, braunen, von bogenförmigen Versteifungen geteilten Bauch, auf dessen Höhe sich die Bettdecke, zum gänzlichen Niedergleiten bereit, kaum noch erhalten konnte. Seine vielen, im Vergleich zu seinem sonstigen Umfang kläglich dünnen Beine flimmerten ihm hilflos vor den Augen. ›Was ist mit mir geschehen?‹ dachte er. Es war kein Traum. Sein Zimmer, ein richtiges, nur etwas zu kleines Menschenzimmer, lag ruhig zwischen den vier wohlbekannten Wänden. Über dem Tisch, auf dem eine auseinandergepackte Musterkollektion von Tuchwaren ausgebreitet war – Samsa war Reisender –, hing das Bild, das er vor kurzem aus einer illustrierten Zeitschrift ausgeschnitten und in einem hübschen, vergoldeten Rahmen untergebracht hatte. Es stellte eine Dame dar, die, mit einem Pelzhut und einer Pelzboa versehen, aufrecht dasaß und einen schweren Pelzmuff, in dem ihr ganzer Unterarm verschwunden war, dem Beschauer entgegenhob.

Gregors Blick richtete sich dann zum Fenster, und das trübe Wetter – man hörte Regentropfen auf das Fensterblech aufschlagen – machte ihn ganz melancholisch. ›Wie wäre es, wenn ich noch ein wenig weiterschliefe und alle Narrheiten vergäße‹, dachte er, aber das war gänzlich undurchführbar, denn er war gewöhnt, auf der rechten Seite zu schlafen, konnte sich aber in seinem gegenwärtigen Zustand nicht in diese Lage bringen. Mit welcher Kraft er sich auch auf die rechte Seite warf, immer wieder schaukelte er in die Rückenlage zurück. Er versuchte es wohl hundertmal, schloß die Augen, um die zappelnden Beine nicht sehen zu müssen, und ließ erst ab, als er in der Seite einen noch nie gefühlten, leichten, dumpfen Schmerz zu fühlen begann. ›Ach Gott‹, dachte er, ›was für einen anstrengenden Beruf habe ich gewählt! Tagaus, tagein auf der Reise. Die geschäftlichen Aufregungen sind viel größer als im eigentlichen Geschäft zu Hause, und außerdem ist mir noch diese Plage des Reisens auferlegt, die Sorgen um die Zuganschlüsse, das unregelmäßige, schlechte Essen, ein immer wechselnder, nie andauernder, nie herzlich werdender menschlicher Verkehr. Der Teufel soll das alles holen!‹ Er fühlte ein leichtes Jucken oben auf dem Bauch; schob sich auf dem Rücken langsam näher zum Bettpfosten, um den Kopf besser heben zu können; fand die juckende Stelle, die mit lauter kleinen weißen Pünktchen besetzt war, die er nicht zu beurteilen verstand; und wollte mit einem Bein die Stelle betasten, zog es aber gleich zurück, denn bei der Berührung umwehten ihn Kälteschauer.

Er glitt wieder in seine frühere Lage zurück. ›Dies frühzeitige Aufstehen‹, dachte er, ›macht einen ganz blödsinnig. Der Mensch muß seinen Schlaf haben. Andere Reisende leben wie Haremsfrauen. Wenn ich zum Beispiel im Laufe des Vormittags ins Gasthaus zurückgehe, um die erlangten Aufträge zu überschreiben, sitzen diese Herren erst beim Frühstück. Das sollte ich bei meinem Chef versuchen; ich würde auf der Stelle hinausfliegen. Wer weiß übrigens, ob das nicht sehr gut für mich wäre. Wenn ich mich nicht wegen meiner Eltern zurückhielte, ich hätte längst gekündigt, ich wäre vor den Chef hingetreten und hätte ihm meine Meinung von Grund des Herzens aus gesagt. Vom Pult hätte er fallen müssen! Es ist auch eine sonderbare Art, sich auf das Pult zu setzen und von der Höhe herab mit dem Angestellten zu reden, der überdies wegen der Schwerhörigkeit des Chefs ganz nahe herantreten muß. Nun, die Hoffnung ist noch nicht gänzlich aufgegeben; habe ich einmal das Geld beisammen, um die Schuld der Eltern an ihn abzuzahlen – es dürfte noch fünf bis sechs Jahre dauern –, mache ich die Sache unbedingt. Dann wird der große Schnitt gemacht. Vorläufig allerdings muß ich aufstehen, denn mein Zug fährt um fünf.‹

Und er sah zur Weckuhr hinüber, die auf dem Kasten tickte. ›Himmlischer Vater!‹ dachte er. Es war halb sieben Uhr, und die Zeiger gingen ruhig vorwärts, es war sogar halb vorüber, es näherte sich schon drei Viertel. Sollte der Wecker nicht geläutet haben? Man sah vom Bett aus, daß er auf vier Uhr richtig eingestellt war; gewiß hatte er auch geläutet. Ja, aber war es möglich, dieses möbelerschütternde Läuten ruhig zu verschlafen? Nun, ruhig hatte er ja nicht geschlafen, aber wahrscheinlich desto fester. Was aber sollte er jetzt tun? Der nächste Zug ging um sieben Uhr; um den einzuholen, hätte er sich unsinnig beeilen müssen, und die Kollektion war noch nicht eingepackt, und er selbst fühlte sich durchaus nicht besonders frisch und beweglich. Und selbst wenn er den Zug einholte, ein Donnerwetter des Chefs war nicht zu vermeiden, denn der Geschäftsdiener hatte beim Fünfuhrzug gewartet und die Meldung von seiner Versäumnis längst erstattet. Er war eine Kreatur des Chefs, ohne Rückgrat und Verstand. Wie nun, wenn er sich krank meldete? Das wäre aber äußerst peinlich und verdächtig, denn Gregor war während seines fünfjährigen Dienstes noch nicht einmal krank gewesen. Gewiß würde der Chef mit dem Krankenkassenarzt kommen, würde den Eltern wegen des faulen Sohnes Vorwürfe machen und alle Einwände durch den Hinweis auf den Krankenkassenarzt abschneiden, für den es ja überhaupt nur ganz gesunde, aber arbeitsscheue Menschen gibt. Und hätte er übrigens in diesem Falle so ganz unrecht? Gregor fühlte sich tatsächlich, abgesehen von einer nach dem langen Schlaf wirklich überflüssigen Schläfrigkeit, ganz wohl und hatte sogar einen besonders kräftigen Hunger.

Als er dies alles in größter Eile überlegte, ohne sich entschließen zu können, das Bett zu verlassen – gerade schlug der Wecker drei Viertel sieben –, klopfte es vorsichtig an die Tür am Kopfende seines Bettes. »Gregor«, rief es – es war die Mutter –, »es ist drei Viertel sieben. Wolltest du nicht wegfahren?« Die sanfte Stimme! Gregor erschrak, als er seine antwortende Stimme hörte, die wohl unverkennbar seine frühere war, in die sich aber, wie von unten her, ein nicht zu unterdrückendes, schmerzliches Piepsen mischte, das die Worte förmlich nur im ersten Augenblick in ihrer Deutlichkeit beließ, um sie im Nachklang derart zu zerstören, daß man nicht wußte, ob man recht gehört hatte. Gregor hatte ausführlich antworten und alles erklären wollen, beschränkte sich aber bei diesen Umständen darauf, zu sagen: »Ja, ja, danke Mutter, ich stehe schon auf.« Infolge der Holztür war die Veränderung in Gregors Stimme draußen wohl nicht zu merken, denn die Mutter beruhigte sich mit dieser Erklärung und schlürfte davon. Aber durch das kleine Gespräch waren die anderen Familienmitglieder darauf aufmerksam geworden, daß Gregor wider Erwarten noch zu Hause war, und schon klopfte an der einen Seitentür der Vater, schwach, aber mit der Faust. »Gregor, Gregor«,

rief er, »was ist denn?« Und nach einer kleinen Weile mahnte er
nochmals mit tieferer Stimme: »Gregor! Gregor!« An der anderen
Seitentür aber klagte leise die Schwester: »Gregor? Ist dir nicht wohl?
Brauchst du etwas?« Nach beiden Seiten hin antwortete Gregor: »Bin
schon fertig«, bemühte sich, durch die sorgfältigste Aussprache und
durch Einschaltung von langen Pausen zwischen den einzelnen Worten seiner Stimme alles Auffallende zu nehmen. Der Vater kehrte auch
zu seinem Frühstück zurück, die Schwester aber flüsterte: »Gregor,
mach auf, ich beschwöre dich.« Gregor aber dachte gar nicht daran
aufzumachen, sondern lobte die vom Reisen her übernommene Vorsicht, auch zu Hause alle Türen während der Nacht zu versperren.

Zunächst wollte er ruhig und ungestört aufstehen, sich anziehen und
vor allem frühstücken, und dann erst das Weitere überlegen, denn,
das merkte er wohl, im Bett würde er mit dem Nachdenken zu
keinem vernünftigen Ende kommen. Er erinnerte sich, schon öfters
im Bett irgendeinen vielleicht durch ungeschicktes Liegen erzeugten,
leichten Schmerz empfunden zu haben, der sich dann beim Aufstehen
als reine Einbildung herausstellte, und er war gespannt, wie sich seine
heutigen Vorstellungen allmählich auflösen würden. Daß die Veränderung der Stimme nichts anderes war als der Vorbote einer tüchtigen
Verkühlung, einer Berufskrankheit der Reisenden, daran zweifelte er
nicht im geringsten.

Die Decke abzuwerfen war ganz einfach; er brauchte sich nur ein
wenig aufzublasen und sie fiel von selbst. Aber weiterhin wurde es
schwierig, besonders weil er so ungemein breit war. Er hätte Arme
und Hände gebraucht, um sich aufzurichten; statt dessen aber hatte er
nur die vielen Beinchen, die ununterbrochen in der verschiedensten
Bewegung waren und die er überdies nicht beherrschen konnte.
Wollte er eines einmal einknicken, so war es das erste, daß er sich
streckte; und gelang es ihm endlich, mit diesem Bein das auszuführen, was er wollte, so arbeiteten inzwischen alle anderen, wie freigelassen, in höchster, schmerzlicher Aufregung. »Nur sich nicht im
Bett unnütz aufhalten«, sagte sich Gregor.

Zuerst wollte er mit dem unteren Teil seines Körpers aus dem Bett
hinauskommen, aber dieser untere Teil, den er übrigens noch nicht
gesehen hatte und von dem er sich auch keine rechte Vorstellung
machen konnte, erwies sich als zu schwer beweglich; es ging so

langsam; und als er schließlich, fast wild geworden, mit gesammelter Kraft, ohne Rücksicht sich vorwärtsstieß, hatte er die Richtung falsch gewählt, schlug an den unteren Bettpfosten heftig an, und der brennende Schmerz, den er empfand, belehrte ihn, daß gerade der untere Teil seines Körpers augenblicklich vielleicht der empfindlichste war.

Er versuchte es daher, zuerst den Oberkörper aus dem Bett zu bekommen, und drehte vorsichtig den Kopf dem Bettrand zu. Dies gelang auch leicht, und trotz ihrer Breite und Schwere folgte schließlich die Körpermasse langsam der Wendung des Kopfes. Aber als er den Kopf endlich außerhalb des Bettes in der freien Luft hielt, bekam er Angst, weiter auf diese Weise vorzurücken, denn wenn er sich schließlich so fallen ließ, mußte geradezu ein Wunder geschehen, wenn der Kopf nicht verletzt werden sollte. Und die Besinnung durfte er gerade jetzt um keinen Preis verlieren; lieber wollte er im Bett bleiben.

Aber als er wieder nach gleicher Mühe aufseufzend so dalag wie früher, und wieder seine Beinchen womöglich noch ärger gegeneinander kämpfen sah und keine Möglichkeit fand, in diese Willkür Ruhe und Ordnung zu bringen, sagte er sich wieder, daß er unmöglich im Bett bleiben könne und daß es das Vernünftigste sei, alles zu opfern, wenn auch nur die kleinste Hoffnung bestünde, sich dadurch vom Bett zu befreien. Gleichzeitig aber vergaß er nicht, sich zwischendurch daran zu erinnern, daß viel besser als verzweifelte Entschlüsse ruhige und ruhigste Überlegung sei. In solchen Augenblicken richtete er die Augen möglichst scharf auf das Fenster, aber leider war aus dem Anblick des Morgennebels, der sogar die andere Seite der engen Straße verhüllte, wenig Zuversicht und Munterkeit zu holen. ›Schon sieben Uhr‹, sagte er sich beim neuerlichen Schlagen des Weckers, ›schon sieben Uhr und noch immer ein solcher Nebel.‹ Und ein Weilchen lang lag er ruhig mit schwachem Atem, als erwarte er vielleicht von der völligen Stille die Wiederkehr der wirklichen und selbstverständlichen Verhältnisse.

Dann aber sagte er sich: ›Ehe es ein Viertel acht schlägt, muß ich unbedingt das Bett vollständig verlassen haben. Im übrigen wird auch bis dahin jemand aus dem Geschäft kommen, um nach mir zu fragen, denn das Geschäft wird vor sieben Uhr geöffnet.‹ Und er machte sich nun daran, den Körper in seiner ganzen Länge vollständig gleichmäßig aus dem Bett hinauszuschaukeln. Wenn er sich auf diese Weise aus dem Bett fallen ließ, blieb der Kopf, den er beim Fall scharf heben wollte, voraussichtlich unverletzt. Der Rücken schien hart zu sein; dem würde wohl bei dem Fall auf den Teppich nichts geschehen. Das größte Bedenken machte ihm die Rücksicht auf den lauten Krach, den es geben müßte und der wahrscheinlich hinter allen Türen wenn nicht Schrecken, so doch Besorgnisse erregen würde. Das mußte aber gewagt werden.

Als Gregor schon zur Hälfte aus dem Bette ragte – die neue Methode war mehr ein Spiel als eine Anstrengung, er brauchte immer nur ruckweise zu schaukeln –, fiel ihm ein, wie einfach alles wäre, wenn man ihm zu Hilfe käme. Zwei starke Leute – er dachte an seinen Vater und das Dienstmädchen – hätten vollständig genügt; sie hätten ihre Arme nur unter seinen gewölbten Rücken schieben, ihn so aus dem Bett schälen, sich mit der Last niederbeugen und dann bloß vorsichtig dulden müssen, daß er den Überschwung auf dem Fußboden vollzog, wo dann die Beinchen hoffentlich einen Sinn bekommen würden. Nun, ganz abgesehen davon, daß die Türen versperrt waren, hätte er wirklich um Hilfe rufen sollen? Trotz aller Not konnte er bei diesem Gedanken ein Lächeln nicht unterdrücken.

Schon war er so weit, daß er bei stärkerem Schaukeln kaum das Gleichgewicht noch erhielt, und sehr bald mußte er sich nun endgültig entscheiden, denn es war in fünf Minuten ein Viertel acht – als es an der Wohnungstür läutete. ›Das ist jemand aus dem Geschäft‹, sagte er sich und erstarrte fast, während seine Beinchen nur desto eiliger tanzten. Einen Augenblick blieb alles still. ›Sie öffnen nicht‹, sagte sich Gregor, befangen in irgendeiner unsinnigen Hoffnung. Aber dann ging natürlich wie immer das Dienstmädchen festen Schrittes zur Tür und öffnete. Gregor brauchte nur das erste Grußwort des Besuchers zu hören und wußte schon, wer es war – der Prokurist selbst. Warum war nur Gregor dazu verurteilt, bei einer Firma zu dienen, wo man bei der kleinsten Versäumnis gleich den größten Verdacht faßte? Waren denn alle Angestellten samt und sonders Lumpen, gab es denn unter ihnen keinen treuen, ergebenen Menschen, der, wenn er auch nur ein paar Morgenstunden für das Geschäft nicht ausgenützt hatte, vor Gewissensbissen närrisch wurde und geradezu nicht imstande war, das Bett zu verlassen? Genügte es wirklich nicht, einen Lehrjungen nachfragen zu lassen – wenn überhaupt diese Fragerei nötig war –, mußte da der Prokurist selbst kommen, und mußte dadurch der ganzen unschuldigen Familie gezeigt werden, daß die Untersuchung dieser verdächtigen Angelegenheit nur dem Verstand des Prokuristen anvertraut werden konnte? Und mehr infolge der Erregung, in welche Gregor durch diese Überlegungen versetzt wurde, als infolge eines richtigen Entschlusses, schwang er sich mit aller Macht aus dem Bett. Es gab einen lauten Schlag, aber ein eigentlicher Krach war es nicht. Ein wenig wurde der Fall durch den Teppich abgeschwächt, auch war der Rücken elastischer, als Gregor gedacht hatte, daher kam der nicht gar so auffallende dumpfe Klang. Nur den Kopf hatte er nicht vorsichtig genug gehalten und ihn angeschlagen; er drehte ihn und rieb ihn an dem Teppich vor Ärger und Schmerz.

»Da drin ist etwas gefallen«, sagte der Prokurist im Nebenzimmer links. Gregor suchte sich vorzustellen, ob nicht auch einmal dem Prokuristen etwas Ähnliches passieren könnte, wie heute ihm; die Möglichkeit dessen mußte man doch eigentlich zugeben. Aber wie zur rohen Antwort auf diese Frage macht jetzt der Prokurist im Nebenzimmer ein paar bestimmte Schritte und ließ seine Lackstiefel knarren. Aus dem Nebenzimmer rechts flüsterte die Schwester, um Gregor zu verständigen: »Gregor, der Prokurist ist da.« »Ich weiß«, sagte Gregor vor sich hin; aber so laut, daß es die Schwester hätte hören können, wagte er die Stimme nicht zu erheben.

»Gregor«, sagte nun der Vater aus dem Nebenzimmer links, »der Herr Prokurist ist gekommen und erkundigt sich, warum du nicht mit dem Frühzug weggefahren bist. Wir wissen nicht, was wir ihm sagen sollen. Übrigens will er auch mit dir persönlich sprechen. Also bitte mach die Tür auf. Er wird die Unordnung im Zimmer zu entschuldigen schon die Güte haben.« »Guten Morgen, Herr Samsa«, rief der Prokurist freundlich dazwischen. »Ihm ist nicht wohl«, sagte die Mutter zum Prokuristen, während der Vater noch an der Tür redete, »ihm ist nicht wohl, glauben Sie mir, Herr Prokurist. Wie würde denn Gregor sonst einen Zug versäumen! Der Junge hat ja nichts im Kopf als das Geschäft. Ich ärgere mich schon fast, daß er abends niemals ausgeht; jetzt war er doch acht Tage in der Stadt, aber jeden Abend war er zu Hause. Da sitzt er bei uns am Tisch und liest still die Zeitung oder studiert Fahrpläne. Es ist schon eine Zerstreuung für ihn, wenn er sich mit Laubsägearbeiten beschäftigt. Da hat er zum Beispiel im Laufe von zwei, drei Abenden einen kleinen Rahmen geschnitzt; Sie werden staunen, wie hübsch er ist; er hängt drin im Zimmer; Sie werden ihn gleich sehen, bis Gregor aufmacht. Ich bin übrigens glücklich, daß Sie da sind, Herr Prokurist; wir allein hätten Gregor nicht dazu gebracht, die Tür zu öffnen; er ist so hartnäckig; und bestimmt ist ihm nicht wohl, trotzdem er es am Morgen geleugnet hat.« »Ich komme gleich«, sagte Gregor langsam und bedächtig und rührte sich nicht, um kein Wort der Gespräche zu verlieren. »Anders, gnädige Frau, kann ich es mir auch nicht erklären«, sagte der Prokurist, »hoffentlich ist es nichts Ernstes. Wenn ich auch andererseits sagen muß, daß wir Geschäftsleute – wie man will, leider oder glücklicherweise – ein leichtes Unwohlsein sehr oft aus geschäftlichen Rücksichten einfach überwinden müssen.« »Also kann der Herr Prokurist schon zu dir hinein?« fragte der ungeduldige Vater und klopfte wiederum an die Tür. »Nein«, sagte Gregor. Im Nebenzimmer links trat eine peinliche Stille ein, im Nebenzimmer rechts begann die Schwester zu schluchzen.

Warum ging denn die Schwester nicht zu den anderen? Sie war wohl erst jetzt aus dem Bett aufgestanden und hatte noch gar nicht angefangen sich anzuziehen. Und warum weinte sie denn? Weil er nicht aufstand und den Prokuristen nicht hereinließ, weil er in Gefahr war, den Posten zu verlieren, und weil dann der Chef die Eltern mit den alten Forderungen wieder verfolgen würde? Das waren doch vorläufig wohl unnötige Sorgen. Noch war Gregor hier und dachte nicht im geringsten daran, seine Familie zu verlassen. Augenblicklich lag er wohl da auf dem Teppich, und niemand, der seinen Zustand gekannt hätte, hätte im Ernst von ihm verlangt, daß er den Prokuristen hereinlasse. Aber wegen dieser kleinen Unhöflichkeit, für die sich ja später leicht eine passende Ausrede finden würde, konnte Gregor doch nicht gut sofort weggeschickt werden. Und Gregor schien es, daß es viel vernünftiger wäre, ihn jetzt in Ruhe zu lassen, statt ihn mit Weinen und Zureden zu stören. Aber es war eben die Ungewißheit, welche die anderen bedrängte und ihr Benehmen entschuldigte.

»Herr Samsa«, rief nun der Prokurist mit erhobener Stimme, »was ist

denn los? Sie verbarrikadieren sich da in Ihrem Zimmer, antworten bloß mit Ja und Nein, machen Ihren Eltern schwere, unnötige Sorgen und versäumen – dies nur nebenbei erwähnt – Ihre geschäftlichen Pflichten in einer eigentlich unerhörten Weise. Ich spreche hier im Namen Ihrer Eltern und Ihres Chefs und bitte Sie ganz ernsthaft um eine augenblickliche, deutliche Erklärung. Ich staune, ich staune. Ich glaubte Sie als einen ruhigen, vernünftigen Menschen zu kennen, und nun scheinen Sie plötzlich anfangen zu wollen, mit sonderbaren Launen zu paradieren. Der Chef deutete mir zwar heute früh eine mögliche Erklärung für Ihre Versäumnis an – sie betraf das Ihnen seit kurzem anvertraute Inkasso –, aber ich legte wahrhaftig fast mein Ehrenwort dafür ein, daß diese Erklärung nicht zutreffen könne. Nun aber sehe ich hier Ihren unbegreiflichen Starrsinn und verliere ganz und gar jede Lust, mich auch nur im geringsten für Sie einzusetzen. Und Ihre Stellung ist durchaus nicht die festeste. Ich hatte ursprünglich die Absicht, Ihnen das alles unter vier Augen zu sagen, aber da Sie mich hier nutzlos meine Zeit versäumen lassen, weiß ich nicht, warum es nicht auch Ihre Herren Eltern erfahren sollen. Ihre Leistungen in der letzten Zeit waren also sehr unbefriedigend; es ist zwar nicht die Jahreszeit, um besondere Geschäfte zu machen, das erkennen wir an; aber eine Jahreszeit, um keine Geschäfte zu machen, gibt es überhaupt nicht, Herr Samsa, darf es nicht geben.«
»Aber Herr Prokurist«, rief Gregor außer sich und vergaß in der Aufregung alles andere, »ich mache ja sofort, augenblicklich auf. Ein leichtes Unwohlsein, ein Schwindelanfall, haben mich verhindert aufzustehen. Ich liege noch jetzt im Bett. Jetzt bin ich aber schon wieder ganz frisch. Eben steige ich aus dem Bett. Nur einen kleinen Augenblick Geduld! Es geht noch nicht so gut, wie ich dachte. Es ist mir aber schon wohl. Wie das nur einen Menschen so überfallen kann! Noch gestern abend war mir ganz gut, meine Eltern wissen es ja, oder besser, schon gestern abend hatte ich eine kleine Vorahnung. Man hätte es mir ansehen müssen. Warum habe ich es nur im Geschäft nicht gemeldet! Aber man denkt eben immer, daß man die Krankheit ohne Zuhausebleiben überstehen wird. Herr Prokurist! Schonen Sie meine Eltern! Für alle die Vorwürfe, die Sie mir jetzt machen, ist ja kein Grund; man hat mir ja davon auch kein Wort gesagt. Sie haben vielleicht die letzten Aufträge, die ich geschickt

habe, nicht gelesen. Übrigens, noch mit dem Achtuhrzug fahre ich
auf die Reise, die paar Stunden Ruhe haben mich gekräftigt. Halten
Sie sich nur nicht auf, Herr Prokurist; ich bin gleich selbst im
Geschäft, und haben Sie die Güte, das zu sagen und mich dem Herrn
Chef zu empfehlen!«

Und während Gregor dies alles hastig ausstieß und kaum wußte, was
er sprach, hatte er sich leicht, wohl infolge der im Bett bereits
erlangten Übung, dem Kasten genähert und versuchte nun, an ihm
sich aufzurichten. Er wollte tatsächlich die Tür aufmachen, tatsächlich sich sehen lassen und mit dem Prokuristen sprechen; er war
begierig zu erfahren, was die anderen, die jetzt so nach ihm verlangten, bei seinem Anblick sagen würden. Würden sie erschrecken, dann
hatte Gregor keine Verantwortung mehr und konnte ruhig sein.
Würden sie aber alles ruhig hinnehmen, dann hatte auch er keinen
Grund sich aufzuregen, und konnte, wenn er sich beeilte, um acht
Uhr tatsächlich auf dem Bahnhof sein. Zuerst glitt er nun einige Male
von dem glatten Kasten ab, aber endlich gab er sich einen letzten
Schwung und stand aufrecht da; auf die Schmerzen im Unterleib
achtete er gar nicht mehr, so sehr sie auch brannten. Nun ließ er sich
gegen die Rückenlehne eines nahen Stuhles fallen, an deren Rändern
er sich mit seinen Beinchen festhielt. Damit hatte er aber auch die
Herrschaft über sich erlangt und verstummte, denn nun konnte er
den Prokuristen anhören.

»Haben Sie auch nur ein Wort verstanden?« fragte der Prokurist die
Eltern, »er macht sich doch wohl nicht einen Narren aus uns?« »Um
Gottes willen«, rief die Mutter schon unter Weinen, »er ist vielleicht
schwerkrank, und wir quälen ihn. Grete! Grete!« schrie sie dann.
»Mutter?« rief die Schwester von der anderen Seite. Sie verständigten
sich durch Gregors Zimmer. »Du mußt augenblicklich zum Arzt.
Gregor ist krank. Rasch um den Arzt. Hast du Gregor jetzt reden
hören?« »Das war eine Tierstimme«, sagte der Prokurist, auffallend
leise gegenüber dem Schreien der Mutter. »Anna! Anna!« rief der
Vater durch das Vorzimmer in die Küche und klatschte in die Hände,
»sofort einen Schlosser holen!« Und schon liefen die zwei Mädchen
mit rauschenden Röcken durch das Vorzimmer – wie hatte sich die
Schwester denn so schnell angezogen? – und rissen die Wohnungstüre
auf. Man hörte gar nicht die Türe zuschlagen; sie hatten sie wohl

offen gelassen, wie es in Wohnungen zu sein pflegt, in denen ein großes Unglück geschehen ist.

Gregor war aber viel ruhiger geworden. Man verstand zwar also seine Worte nicht mehr, trotzdem sie ihm genug klar, klarer als früher, vorgekommen waren, vielleicht infolge der Gewöhnung des Ohres. Aber immerhin glaubte man nun schon daran, daß es mit ihm nicht ganz in Ordnung war, und war bereit, ihm zu helfen. Die Zuversicht und Sicherheit, mit welchen die ersten Anordnungen getroffen worden waren, taten ihm wohl. Er fühlte sich wieder einbezogen in den menschlichen Kreis und erhoffte von beiden, vom Arzt und vom Schlosser, ohne sie eigentlich genau zu scheiden, großartige und überraschende Leistungen. Um für die sich nähernden entscheidenden Besprechungen eine möglichst klare Stimme zu bekommen, hustete er ein wenig ab, allerdings bemüht, dies ganz gedämpft zu tun, da möglicherweise auch schon dieses Geräusch anders als menschlicher Husten klang, was er selbst zu entscheiden sich nicht mehr getraute. Im Nebenzimmer war es inzwischen ganz still geworden. Vielleicht saßen die Eltern mit dem Prokuristen beim Tisch und tuschelten, vielleicht lehnten alle an der Türe und horchten.

Gregor schob sich langsam mit dem Sessel zur Tür hin, ließ ihn dort los, warf sich gegen die Tür, hielt sich an ihr aufrecht – die Ballen seiner Beinchen hatten ein wenig Klebstoff – und ruhte sich dort einen Augenblick lang von der Anstrengung aus. Dann aber machte er sich daran, mit dem Mund den Schlüssel im Schloß umzudrehen. Es schien leider, daß er keine eigentlichen Zähne hatte – womit sollte er gleich den Schlüssel fassen? –, aber dafür waren die Kiefer freilich sehr stark; mit ihrer Hilfe brachte er auch wirklich den Schlüssel in Bewegung und achtete nicht darauf, daß er sich zweifellos irgendeinen Schaden zufügte, denn eine braune Flüssigkeit kam ihm aus dem Mund, floß über den Schlüssel und tropfte auf den Boden. »Hören Sie nur«, sagte der Prokurist im Nebenzimmer, »er dreht den Schlüssel um.« Das war für Gregor eine große Aufmunterung; aber alle hätten ihm zurufen sollen, auch der Vater und die Mutter: ›Frisch, Gregor‹, hätten sie rufen sollen, ›immer nur heran, fest an das Schloß heran!‹ Und in der Vorstellung, daß alle seine Bemühungen mit Spannung verfolgten, verbiß er sich mit allem, was er an Kraft aufbringen konnte, besinnungslos in den Schlüssel. Je nach dem

Fortschreiten der Drehung des Schlüssels umtanzte er das Schloß; hielt sich jetzt nur noch mit dem Munde aufrecht, und je nach Bedarf hing er sich an den Schlüssel oder drückte ihn dann wieder nieder mit der ganzen Last seines Körpers. Der hellere Klang des endlich zurückschnappenden Schlosses erweckte Gregor förmlich. Aufatmend sagte er sich: ›Ich habe also den Schlosser nicht gebraucht‹, und legte den Kopf auf die Klinke, um die Türe gänzlich zu öffnen.

Da er die Türe auf diese Weise öffnen mußte, war sie eigentlich schon recht weit geöffnet, und er selbst noch nicht zu sehen. Er mußte sich erst langsam um den einen Türflügel herumdrehen, und zwar sehr vorsichtig, wenn er nicht gerade vor dem Eintritt ins Zimmer plump auf den Rücken fallen wollte. Er war noch mit jener schwierigen Bewegung beschäftigt und hatte nicht Zeit, auf anderes zu achten, da hörte er schon den Prokuristen ein lautes »Oh!« ausstoßen – es klang, wie wenn der Wind saust – und nun sah er ihn auch, wie er, der der Nächste an der Türe war, die Hand gegen den offenen Mund drückte und langsam zurückwich, als vertreibe ihn eine unsichtbare, gleichmäßig fortwirkende Kraft. Die Mutter – sie stand hier trotz der Anwesenheit des Prokuristen mit von der Nacht her noch aufgelösten, hoch sich sträubenden Haaren – sah zuerst mit gefalteten Händen den Vater an, ging dann zwei Schritte zu Gregor hin und fiel inmitten ihrer rings um sie herum sich ausbreitenden Röcke nieder, das Gesicht ganz unauffindbar zu ihrer Brust gesenkt. Der Vater ballte mit feindseligem Ausdruck die Faust, als wolle er Gregor in sein Zimmer zurückstoßen, sah sich dann unsicher im Wohnzimmer um, beschattete dann mit den Händen die Augen und weinte, daß sich seine mächtige Brust schüttelte.

Gregor trat nun gar nicht in das Zimmer, sondern lehnte sich von innen an den festgeriegelten Türflügel, so daß sein Leib nur zur Hälfte und darüber der seitlich geneigte Kopf zu sehen war, mit dem er zu den anderen hinüberlugte. Es war inzwischen viel heller geworden; klar stand auf der anderen Straßenseite ein Ausschnitt des gegenüberliegenden, endlosen, grauschwarzen Hauses – es war ein Krankenhaus – mit seinen hart die Front durchbrechenden regelmäßigen Fenstern; der Regen fiel noch nieder, aber nur mit großen, einzeln sichtbaren und förmlich auch einzelnweise auf die Erde hinuntergeworfenen Tropfen. Das Frühstücksgeschirr stand in über-

reicher Zahl auf dem Tisch, denn für den Vater war das Frühstück
die wichtigste Mahlzeit des Tages, die er bei der Lektüre verschiedener Zeitungen stundenlang hinzog. Gerade an der gegenüberliegenden Wand hing eine Photographie Gregors aus seiner Militärzeit, die
ihn als Leutnant darstellte, wie er, die Hand am Degen, sorglos
lächelnd, Respekt für seine Haltung und Uniform verlangte. Die Tür
zum Vorzimmer war geöffnet, und man sah, da auch die Wohnungstür offen war, auf den Vorplatz der Wohnung hinaus und auf den
Beginn der abwärts führenden Treppe.

»Nun«, sagte Gregor und war sich dessen wohl bewußt, daß er der
einzige war, der die Ruhe bewahrt hatte, »ich werde mich gleich
anziehen, die Kollektion zusammenpacken und wegfahren. Wollt ihr,
wollt ihr mich wegfahren lassen? Nun, Herr Prokurist, Sie sehen, ich
bin nicht starrköpfig und ich arbeite gern; das Reisen ist beschwerlich, aber ich könnte ohne das Reisen nicht leben. Wohin gehen Sie
denn, Herr Prokurist? Ins Geschäft? Ja? Werden Sie alles wahrheitsgetreu berichten? Man kann im Augenblick unfähig sein zu arbeiten,
aber dann ist gerade der richtige Zeitpunkt, sich an die früheren
Leistungen zu erinnern und zu bedenken, daß man später, nach
Beseitigung des Hindernisses, gewiß desto fleißiger und gesammelter
arbeiten wird. Ich bin ja dem Herrn Chef so sehr verpflichtet, das
wissen Sie doch recht gut. Andererseits habe ich die Sorge um meine
Eltern und die Schwester. Ich bin in der Klemme, ich werde mich
aber auch wieder herausarbeiten. Machen Sie es mir aber nicht
schwieriger, als es schon ist. Halten Sie im Geschäft meine Partei!
Man liebt den Reisenden nicht, ich weiß. Man denkt, er verdient ein
Heidengeld und führt dabei ein schönes Leben. Man hat eben keine
besondere Veranlassung, dieses Vorurteil besser zu durchdenken. Sie
aber, Herr Prokurist, Sie haben einen besseren Überblick über die
Verhältnisse als das sonstige Personal, ja sogar, ganz im Vertrauen
gesagt, einen besseren Überblick als der Herr Chef selbst, der in
seiner Eigenschaft als Unternehmer sich in seinem Urteil leicht
zuungunsten eines Angestellten beirren läßt. Sie wissen auch sehr
wohl, daß der Reisende, der fast das ganze Jahr außerhalb des
Geschäftes ist, so leicht ein Opfer von Klatschereien, Zufälligkeiten
und grundlosen Beschwerden werden kann, gegen die sich zu wehren
ihm ganz unmöglich ist, da er von ihnen meistens gar nichts erfährt

und nur dann, wenn er erschöpft eine Reise beendet hat, zu Hause die schlimmen, auf ihre Ursachen hin nicht mehr zu durchschauenden Folgen am eigenen Leibe zu spüren bekommt. Herr Prokurist, gehen Sie nicht weg, ohne mir ein Wort gesagt zu haben, das mir zeigt, daß Sie mir wenigstens zu einem kleinen Teil recht geben!« Aber der Prokurist hatte sich schon bei den ersten Worten Gregors abgewendet, und nur über die zuckende Schulter hinweg sah er mit aufgeworfenen Lippen nach Gregor zurück. Und während Gregors Rede stand er keinen Augenblick still, sondern verzog sich, ohne Gregor aus den Augen zu lassen, gegen die Tür, aber ganz allmählich, als bestehe ein geheimes Verbot, das Zimmer zu verlassen. Schon war er im Vorzimmer, und nach der plötzlichen Bewegung, mit der er zum letztenmal den Fuß aus dem Wohnzimmer zog, hätte man glauben können, er habe sich soeben die Sohle verbrannt. Im Vorzimmer aber streckte er die rechte Hand weit von sich zur Treppe hin, als warte dort auf ihn eine geradezu überirdische Erlösung.

Gregor sah ein, daß er den Prokuristen in dieser Stimmung auf keinen Fall weggehen lassen dürfe, wenn dadurch seine Stellung im Geschäft nicht aufs äußerste gefährdet werden sollte. Die Eltern verstanden das alles nicht so gut; sie hatten sich in den langen Jahren die Überzeugung gebildet, daß Gregor in diesem Geschäft für sein Leben versorgt war, und hatten außerdem jetzt mit den augenblicklichen Sorgen so viel zu tun, daß ihnen jede Voraussicht abhanden gekommen war. Aber Gregor hatte diese Voraussicht. Der Prokurist mußte gehalten, beruhigt, überzeugt und schließlich gewonnen werden; die Zukunft Gregors und seiner Familie hing doch davon ab! Wäre doch die Schwester hier gewesen! Sie war klug; sie hatte schon geweint, als Gregor noch ruhig auf dem Rücken lag. Und gewiß hätte der Prokurist, dieser Damenfreund, sich von ihr lenken lassen; sie hätte die Wohnungstür zugemacht und ihm im Vorzimmer den Schrecken ausgeredet. Aber die Schwester war eben nicht da, Gregor selbst mußte handeln. Und ohne daran zu denken, daß er seine gegenwärtigen Fähigkeiten, sich zu bewegen, noch gar nicht kannte, ohne auch daran zu denken, daß seine Rede möglicher- ja wahrscheinlicherweise wieder nicht verstanden worden war, verließ er den Türflügel; schob sich durch die Öffnung; wollte zum Prokuristen hingehen, der sich schon am Geländer des Vorplatzes lächerlicherweise mit beiden Händen festhielt; fiel aber sofort, nach einem Halt suchend, mit einem kleinen Schrei auf seine vielen Beinchen nieder. Kaum war das geschehen, fühlte er zum erstenmal an diesem Morgen ein körperliches Wohlbehagen; die Beinchen hatten festen Boden unter sich; sie gehorchten vollkommen, wie er zu seiner Freude merkte; strebten sogar danach, ihn fortzutragen, wohin er wollte; und schon glaubte er, die endgültige Besserung alles Leidens stehe unmittelbar bevor. Aber im gleichen Augenblick, als er da schaukelnd vor verhaltener Bewegung, gar nicht weit von seiner Mutter entfernt, ihr gerade gegenüber auf dem Boden lag, sprang diese, die doch so ganz in sich versunken schien, mit einem Male in die Höhe, die Arme weit ausgestreckt, die Finger gespreizt, rief:»Hilfe, um Gottes willen, Hilfe!«, hielt den Kopf geneigt, als wolle sie Gregor besser sehen, lief aber, im Widerspruch dazu, sinnlos zurück; hatte vergessen, daß hinter ihr der gedeckte Tisch stand; setzte sich, als sie bei ihm angekommen war, wie in Zerstreutheit, eilig auf ihn; und schien gar nicht zu merken, daß neben ihr aus der umgeworfenen großen Kanne der Kaffee in vollem Strome auf den Teppich sich ergoß.

»Mutter, Mutter«, sagte Gregor leise und sah zu ihr hinauf. Der Prokurist war ihm für einen Augenblick ganz aus dem Sinn gekommen; dagegen konnte er sich nicht versagen, im Anblick des fließenden Kaffees mehrmals mit den Kiefern ins Leere zu schnappen. Darüber schrie die Mutter neuerdings auf, flüchtete vom Tisch und fiel dem ihr entgegeneilenden Vater in die Arme. Aber Gregor hatte jetzt keine Zeit für seine Eltern; der Prokurist war schon auf der Treppe; das Kinn auf dem Geländer, sah er noch zum letzten Male zurück. Gregor nahm einen Anlauf, um ihn möglichst sicher einzuholen; der Prokurist mußte etwas ahnen, denn er machte einen Sprung über mehrere Stufen und verschwand;»Hu!« aber schrie er noch, es klang durchs ganze Treppenhaus. Leider schien nun auch diese Flucht des Prokuristen den Vater, der bisher verhältnismäßig gefaßt gewesen war, völlig zu verwirren, denn statt selbst dem Prokuristen nachzulaufen oder wenigstens Gregor in der Verfolgung nicht zu hindern, packte er mit der Rechten den Stock des Prokuristen, den dieser mit Hut und Überzieher auf einem Sessel zurückgelassen hatte, holte mit der Linken eine große Zeitung vom Tisch und machte sich unter Füßestampfen daran, Gregor durch Schwenken des

Stockes und· der Zeitung in sein Zimmer zurückzutreiben. Kein Bitten Gregors half, kein Bitten wurde auch verstanden, er mochte den Kopf noch so demütig drehen, der Vater stampfte nur stärker mit den Füßen. Drüben hatte die Mutter trotz des kühlen Wetters ein Fenster aufgerissen, und hinausgelehnt drückte sie ihr Gesicht weit außerhalb des Fensters in ihre Hände. Zwischen Gasse und Treppenhaus entstand eine starke Zugluft, die Fenstervorhänge flogen auf, die Zeitungen auf dem Tische rauschten, einzelne Blätter wehten über den Boden hin. Unerbittlich drängte der Vater und stieß Zischlaute aus, wie ein Wilder. Nun hatte aber Gregor noch gar keine Übung im Rückwärtsgehen, es ging wirklich sehr langsam. Wenn sich Gregor nur hätte umdrehen dürfen, er wäre gleich in seinem Zimmer gewesen, aber er fürchtete sich, den Vater durch die zeitraubende Umdrehung ungeduldig zu machen, und jeden Augenblick drohte ihm doch von dem Stock in des Vaters Hand der tödliche Schlag auf den Rücken oder auf den Kopf. Endlich aber blieb Gregor doch nichts anderes übrig, denn er merkte mit Entsetzen, daß er im Rückwärtsgehen nicht einmal die Richtung einzuhalten verstand; und so begann er, unter unaufhörlichen ängstlichen Seitenblicken nach dem Vater, sich nach Möglichkeit rasch, in Wirklichkeit aber doch nur sehr langsam umzudrehen. Vielleicht merkte der Vater seinen guten Willen, denn er störte ihn hierbei nicht, sondern dirigierte sogar hie und da die Drehbewegung von der Ferne mit der Spitze seines Stockes. Wenn nur nicht dieses unerträgliche Zischen des Vaters gewesen wäre! Gregor verlor darüber ganz den Kopf. Er war schon fast ganz umgedreht, als er sich, immer auf dieses Zischen horchend, sogar irrte und sich wieder ein Stück zurückdrehte. Als er aber endlich glücklich mit dem Kopf vor der Türöffnung war, zeigte es sich, daß sein Körper zu breit war, um ohne weiteres durchzukommen. Dem Vater fiel es natürlich in seiner gegenwärtigen Verfassung auch nicht entfernt ein, etwa den anderen Türflügel zu öffnen, um für Gregor einen genügenden Durchgang zu schaffen. Seine fixe Idee war bloß, daß Gregor so rasch als möglich in sein Zimmer müsse. Niemals hätte er auch die umständlichen Vorbereitungen gestattet, die Gregor brauchte, um sich aufzurichten und vielleicht auf diese Weise durch die Tür zu kommen. Vielmehr trieb er, als gäbe es kein Hindernis, Gregor jetzt unter besonderem Lärm vorwärts; es klang schon hinter

Gregor gar nicht mehr wie die Stimme bloß eines einzigen Vaters; nun gab es wirklich keinen Spaß mehr, und Gregor drängte sich – geschehe was wolle – in die Tür. Die eine Seite seines Körpers hob sich, er lag schief in der Türöffnung, seine eine Flanke war ganz wundgerieben, an der weißen Tür blieben häßliche Flecken, bald steckte er fest und hätte sich allein nicht mehr rühren können, die Beinchen auf der einen Seite hingen zitternd oben in der Luft, die auf der anderen waren schmerzhaft zu Boden gedrückt – da gab ihm der Vater von hinten einen jetzt wahrhaftig erlösenden starken Stoß, und er flog, heftig blutend, weit in sein Zimmer hinein. Die Tür wurde noch mit dem Stock zugeschlagen, dann war es endlich still.

II

Erst in der Abenddämmerung erwachte Gregor aus seinem schweren ohnmachtsähnlichen Schlaf. Er wäre gewiß nicht viel später auch ohne Störung erwacht, denn er fühlte sich genügend ausgeruht und ausgeschlafen, doch schien es ihm, als hätte ihn ein flüchtiger Schritt und ein vorsichtiges Schließen der zum Vorzimmer führenden Tür geweckt. Der Schein der elektrischen Straßenlampen lag bleich hier und da auf der Zimmerdecke und auf den höheren Teilen der Möbel, aber unten bei Gregor war es finster. Langsam schob er sich, noch ungeschickt mit seinen Fühlern tastend, die er erst jetzt schätzen lernte, zur Türe hin, um nachzusehen, was dort geschehen war. Seine linke Seite schien eine einzige lange, unangenehm spannende Narbe, und er mußte auf seinen zwei Beinreihen regelrecht hinken. Ein Beinchen war übrigens im Laufe der vormittägigen Vorfälle schwer verletzt worden – es war fast ein Wunder, daß nur eines verletzt worden war – und schleppte leblos nach.

Erst bei der Tür merkte er, was ihn dorthin eigentlich gelockt hatte; es war der Geruch von etwas Eßbarem gewesen. Denn dort stand ein Napf mit süßer Milch gefüllt, in der kleine Schnitten von Weißbrot schwammen. Fast hätte er vor Freude gelacht, denn er hatte noch größeren Hunger als am Morgen, und gleich tauchte er seinen Kopf fast bis über die Augen in die Milch hinein. Aber bald zog er ihn enttäuscht wieder zurück; nicht nur, daß ihm das Essen wegen seiner heiklen linken Seite Schwierigkeiten machte – und er konnte nur essen, wenn der ganze Körper schnaufend mitarbeitete –, so schmeckte ihm überdies die Milch, die sonst sein Lieblingsgetränk war, und die ihm gewiß die Schwester deshalb hereingestellt hatte, gar nicht, ja er wandte sich fast mit Widerwillen von dem Napf ab und kroch in die Zimmermitte zurück.

Im Wohnzimmer war, wie Gregor durch die Türspalte sah, das Gas angezündet, aber während sonst zu dieser Tageszeit der Vater seine nachmittags erscheinende Zeitung der Mutter und manchmal auch der Schwester mit erhobener Stimme vorzulesen pflegte, hörte man jetzt keinen Laut. Nun, vielleicht war dieses Vorlesen, von dem ihm die Schwester immer erzählte und schrieb, in der letzten Zeit überhaupt aus der Übung gekommen. Aber auch ringsherum war es so still, trotzdem doch gewiß die Wohnung nicht leer war. ›Was für ein stilles Leben die Familie doch führte‹, sagte sich Gregor und fühlte, während er starr vor sich ins Dunkle sah, einen großen Stolz darüber, daß er seinen Eltern und seiner Schwester ein solches Leben in einer so schönen Wohnung hatte verschaffen können. Wie aber, wenn jetzt alle Ruhe, aller Wohlstand, alle Zufriedenheit ein Ende mit Schrecken nehmen sollten? Um sich nicht in solche Gedanken zu verlieren, setzte sich Gregor lieber in Bewegung und kroch im Zimmer auf und ab.

Einmal während des langen Abends wurde die eine Seitentür und einmal die andere bis zu einer kleinen Spalte geöffnet und rasch wieder geschlossen; jemand hatte wohl das Bedürfnis hereinzukommen, aber auch wieder zu viele Bedenken. Gregor machte nun unmittelbar bei der Wohnzimmertür halt, entschlossen, den zögernden Besucher doch irgendwie hereinzubringen oder doch wenigstens zu erfahren, wer es sei; aber nun wurde die Tür nicht mehr geöffnet und Gregor wartete vergebens. Früh, als die Türen versperrt waren, hatten alle zu ihm hereinkommen wollen, jetzt, da er die eine Tür geöffnet hatte und die anderen offenbar während des Tages geöffnet worden waren, kam keiner mehr, und die Schlüssel steckten nun auch von außen.

Spät erst in der Nacht wurde das Licht im Wohnzimmer ausgelöscht, und nun war leicht festzustellen, daß die Eltern und die Schwester so lange wachgeblieben waren, denn wie man genau hören konnte, entfernten sich jetzt alle drei auf den Fußspitzen. Nun kam gewiß bis zum Morgen niemand mehr zu Gregor herein; er hatte also eine lange Zeit, um ungestört zu überlegen, wie er sein Leben jetzt neu ordnen sollte. Aber das hohe freie Zimmer, in dem er gezwungen war, flach auf dem Boden zu liegen, ängstigte ihn, ohne daß er die Ursache herausfinden konnte, denn es war ja sein seit fünf Jahren von ihm bewohntes Zimmer – und mit einer halb unbewußten Wendung und nicht ohne eine leichte Scham eilte er unter das Kanapee, wo er sich, trotzdem sein Rücken ein wenig gedrückt wurde und trotzdem er den Kopf nicht mehr erheben konnte, gleich sehr behaglich fühlte und nur bedauerte, daß sein Körper zu breit war, um vollständig unter dem Kanapee untergebracht zu werden.

Dort blieb er die ganze Nacht, die er zum Teil im Halbschlaf, aus dem ihn der Hunger immer wieder aufschreckte, verbrachte, zum Teil aber in Sorgen und undeutlichen Hoffnungen, die aber alle zu dem Schlusse führten, daß er sich vorläufig ruhig verhalten und durch Geduld und größte Rücksichtnahme der Familie die Unannehmlichkeiten erträglich machen müsse, die er ihr in seinem gegenwärtigen Zustand nun einmal zu verursachen gezwungen war.

Schon am frühen Morgen, es war fast noch Nacht, hatte Gregor Gelegenheit, die Kraft seiner eben gefaßten Entschlüsse zu prüfen, denn vom Vorzimmer her öffnete die Schwester, fast völlig angezogen, die Tür und sah mit Spannung herein. Sie fand ihn nicht gleich, aber als sie ihn unter dem Kanapee bemerkte – Gott, er mußte doch irgendwo sein, er hatte doch nicht wegfliegen können –, erschrak sie so sehr, daß sie, ohne sich beherrschen zu können, die Tür von außen wieder zuschlug. Aber als bereue sie ihr Benehmen, öffnete sie die Tür sofort wieder und trat, als sei sie bei einem Schwerkranken oder gar bei einem Fremden, auf den Fußspitzen herein. Gregor hatte den Kopf bis knapp zum Rande des Kanapees vorgeschoben und beobachtete sie. Ob sie wohl bemerken würde, daß er die Milch stehengelassen hatte, und zwar keineswegs aus Mangel an Hunger, und ob sie eine andere Speise hereinbringen würde, die ihm besser entsprach? Täte sie es nicht von selbst, er wollte lieber verhungern, als sie darauf aufmerksam machen, trotzdem es ihn eigentlich ungeheuer drängte, unterm Kanapee vorzuschießen, sich der Schwester zu Füßen zu werfen und sie um irgend etwas Gutes zum Essen zu bitten. Aber die

Schwester bemerkte sofort mit Verwunderung den noch vollen Napf, aus dem nur ein wenig Milch ringsherum verschüttet war, sie hob ihn gleich auf, zwar nicht mit den bloßen Händen, sondern mit einem Fetzen, und trug ihn hinaus. Gregor war äußerst neugierig, was sie zum Ersatze bringen würde, und er machte sich die verschiedensten Gedanken darüber. Niemals aber hätte er erraten können, was die Schwester in ihrer Güte wirklich tat. Sie brachte ihm, um seinen Geschmack zu prüfen, eine ganze Auswahl, alles auf einer alten Zeitung ausgebreitet. Da war altes halbverfaultes Gemüse; Knochen vom Nachtmahl her, die von festgewordener weißer Soße umgeben waren; ein paar Rosinen und Mandeln; ein Käse, den Gregor vor zwei Tagen für ungenießbar erklärt hatte; ein trockenes Brot, ein mit Butter beschmiertes Brot und ein mit Butter beschmiertes und gesalzenes Brot. Außerdem stellte sie zu dem allen noch den wahrscheinlich ein für allemal für Gregor bestimmten Napf, in den sie Wasser gegossen hatte. Und aus Zartgefühl, da sie wußte, daß Gregor vor ihr nicht essen würde, entfernte sie sich eiligst und drehte sogar den Schlüssel um, damit nur Gregor merken könne, daß er es sich so behaglich machen dürfe, wie er wolle. Gregors Beinchen schwirrten, als es jetzt zum Essen ging. Seine Wunden mußten übrigens auch schon vollständig geheilt sein, er fühlte keine Behinderung mehr, er staunte darüber und dachte daran, wie er vor mehr als einem Monat sich mit dem Messer ganz wenig in den Finger geschnitten, und wie ihm diese Wunde noch vorgestern genug weh getan hatte. ›Sollte ich jetzt weniger Feingefühl haben?‹ dachte er und saugte schon gierig an dem Käse, zu dem es ihn vor allen anderen Speisen sofort und nachdrücklich gezogen hatte. Rasch hintereinander und mit vor Befriedigung tränenden Augen verzehrte er den Käse, das Gemüse und die Soße; die frischen Speisen dagegen schmeckten ihm nicht, er konnte nicht einmal ihren Geruch vertragen und schleppte sogar die Sachen, die er essen wollte, ein Stückchen weiter weg. Er war schon längst mit allem fertig und lag nur noch faul auf der gleichen Stelle, als die Schwester zum Zeichen, daß er sich zurückziehen solle, langsam den Schlüssel umdrehte. Das schreckte ihn sofort auf, trotzdem er schon fast schlummerte, und er eilte wieder unter das Kanapee. Aber es kostete ihn große Selbstüberwindung, auch nur die kurze Zeit, während welcher die Schwester im Zimmer war, unter dem Kanapee zu bleiben, denn von dem reichlichen Essen hatte sich sein Leib ein wenig gerundet und er konnte dort in der Enge kaum atmen. Unter kleinen Erstickungsanfällen sah er mit etwas hervorgequollenen Augen zu, wie die nichtsahnende Schwester mit einem Besen nicht nur die Überbleibsel zusammenkehrte, sondern selbst die von Gregor gar nicht berührten Speisen, als seien also auch diese nicht mehr zu gebrauchen, und wie sie alles hastig in einen Kübel schüttete, den sie mit einem Holzdeckel schloß, worauf sie alles hinaustrug. Kaum hatte sie sich umgedreht, zog sich schon Gregor unter dem Kanapee hervor und streckte und blähte sich.

Auf diese Weise bekam nun Gregor täglich sein Essen, einmal am Morgen, wenn die Eltern und das Dienstmädchen noch schliefen, das zweitemal nach dem allgemeinen Mittagessen, denn dann schliefen die Eltern gleichfalls noch ein Weilchen, und das Dienstmädchen wurde von der Schwester mit irgendeiner Besorgung weggeschickt. Gewiß wollten auch sie nicht, daß Gregor verhungere, aber vielleicht hätten sie es nicht ertragen können, von seinem Essen mehr als durch Hörensagen zu erfahren, vielleicht wollte die Schwester ihnen auch eine möglicherweise nur kleine Trauer ersparen, denn tatsächlich litten sie ja gerade genug.

Mit welchen Ausreden man an jenem ersten Vormittag den Arzt und den Schlosser wieder aus der Wohnung geschafft hatte, konnte Gregor gar nicht erfahren, denn da er nicht verstanden wurde, dachte niemand daran, auch die Schwester nicht, daß er die anderen verstehen könne, und so mußte er sich, wenn die Schwester in seinem Zimmer war, damit begnügen, nur hier und da ihre Seufzer und Anrufe der Heiligen zu hören. Erst später, als sie sich ein wenig an alles gewöhnt hatte – von vollständiger Gewöhnung konnte natürlich niemals die Rede sein –, erhaschte Gregor manchmal eine Bemerkung, die freundlich gemeint war oder so gedeutet werden konnte. »Heute hat es ihm aber geschmeckt«, sagte sie, wenn Gregor unter dem Essen tüchtig aufgeräumt hatte, während sie im gegenteiligen Fall, der sich allmählich immer häufiger wiederholte, fast traurig zu sagen pflegte: »Nun ist wieder alles stehen geblieben.«

Während aber Gregor unmittelbar keine Neuigkeit erfahren konnte, erhorchte er manches aus den Nebenzimmern, und wo er nur einmal Stimmen hörte, lief er gleich zu der betreffenden Tür und drückte sich mit ganzem Leib an sie. Besonders in der ersten Zeit gab es kein Gespräch, das nicht irgendwie, wenn auch nur im geheimen, von ihm handelte. Zwei Tage lang waren bei allen Mahlzeiten Beratungen darüber zu hören, wie man sich jetzt verhalten solle; aber auch zwischen den Mahlzeiten sprach man über das gleiche Thema, denn immer waren zumindest zwei Familienmitglieder zu Hause, da wohl niemand allein zu Hause bleiben wollte und man die Wohnung doch auf keinen Fall gänzlich verlassen konnte. Auch hatte das Dienstmädchen gleich am ersten Tag – es war nicht ganz klar, was und wieviel sie von dem Vorgefallenen wußte – kniefällig die Mutter gebeten, sie sofort zu entlassen, und als sie sich eine Viertelstunde danach verabschiedete, dankte sie für die Entlassung unter Tränen, wie für die größte Wohltat, die man ihr erwiesen hatte, und gab, ohne daß man es von ihr verlangte, einen fürchterlichen Schwur ab, niemandem auch nur das Geringste zu verraten.

Nun mußte die Schwester im Verein mit der Mutter auch kochen; allerdings machte das nicht viel Mühe, denn man aß fast nichts. Immer wieder hörte Gregor, wie der eine den anderen vergebens zum Essen aufforderte und keine andere Antwort bekam, als: »Danke, ich habe genug« oder etwas Ähnliches. Getrunken wurde vielleicht auch nichts. Öfters fragte die Schwester den Vater, ob er Bier haben wolle, und herzlich erbot sie sich, es selbst zu holen, und als der Vater schwieg, sagte sie, um ihm jedes Bedenken zu nehmen, sie könne auch die Hausmeisterin darum schicken, aber dann sagte der Vater schließlich ein großes »Nein«, und es wurde nicht mehr davon gesprochen.

Schon im Laufe des ersten Tages legte der Vater die ganzen Vermögensverhältnisse und Aussichten sowohl der Mutter, als auch der Schwester dar. Hie und da stand er vom Tische auf und holte aus seiner kleinen Wertheimkassa, die er aus dem vor fünf Jahren erfolgten Zusammenbruch seines Geschäftes gerettet hatte, irgendeinen Beleg oder irgendein Vormerkbuch. Man hörte, wie er das komplizierte Schloß aufsperrte und nach Entnahme des Gesuchten wieder verschloß. Diese Erklärungen des Vaters waren zum Teil das erste Erfreuliche, was Gregor seit seiner Gefangenschaft zu hören bekam. Er war der Meinung gewesen, daß dem Vater von jenem Geschäft her nicht das Geringste übriggeblieben war, zumindest hatte ihm der

Vater nichts Gegenteiliges gesagt, und Gregor allerdings hatte ihn auch nicht darum gefragt. Gregors Sorge war damals nur gewesen, alles daranzusetzen, um die Familie das geschäftliche Unglück, das alle in eine vollständige Hoffnungslosigkeit gebracht hatte, möglichst rasch vergessen zu lassen. Und so hatte er damals mit ganz besonderem Feuer zu arbeiten angefangen und war fast über Nacht aus einem kleinen Kommis ein Reisender geworden, der natürlich ganz andere Möglichkeiten des Geldverdienens hatte, und dessen Arbeitserfolge sich sofort in Form der Provision zu Bargeld verwandelten, das der erstaunten und beglückten Familie zu Hause auf den Tisch gelegt werden konnte. Es waren schöne Zeiten gewesen, und niemals nachher hatten sie sich, wenigstens in diesem Glanze, wiederholt, trotzdem Gregor später so viel Geld verdiente, daß er den Aufwand der ganzen Familie zu tragen imstande war und auch trug. Man hatte sich eben daran gewöhnt, sowohl die Familie als auch Gregor, man nahm das Geld dankbar an, er lieferte es gern ab, aber eine besondere Wärme wollte sich nicht mehr ergeben. Nur die Schwester war Gregor doch noch nahe geblieben, und es war sein geheimer Plan, sie, die zum Unterschied von Gregor Musik sehr liebte und rührend Violine zu spielen verstand, nächstes Jahr, ohne Rücksicht auf die großen Kosten, die das verursachen mußte, und die man schon auf andere Weise hereinbringen würde, auf das Konservatorium zu schikken. Öfters während der kurzen Aufenthalte Gregors in der Stadt wurde in den Gesprächen mit der Schwester das Konservatorium erwähnt, aber immer nur als schöner Traum, an dessen Verwirklichung nicht zu denken war, und die Eltern hörten nicht einmal diese unschuldigen Erwähnungen gern; aber Gregor dachte sehr bestimmt daran und beabsichtigte, es am Weihnachtsabend feierlich zu erklären.

Solche in seinem gegenwärtigen Zustand ganz nutzlose Gedanken gingen ihm durch den Kopf, während er dort aufrecht an der Türe klebte und horchte. Manchmal konnte er vor allgemeiner Müdigkeit gar nicht mehr zuhören und ließ den Kopf nachlässig gegen die Tür schlagen, hielt ihn aber sofort wieder fest, denn selbst das kleine Geräusch, das er damit verursacht hatte, war nebenan gehört worden und hatte alle verstummen lassen. »Was er nur wieder treibt«, sagte der Vater nach einer Weile, offenbar zur Türe hingewendet, und dann erst wurde das unterbrochene Gespräch allmählich wieder aufgenommen.

Gregor erfuhr nun zur Genüge – denn der Vater pflegte sich in seinen Erklärungen öfters zu wiederholen, teils, weil er selbst sich mit diesen Dingen schon lange nicht beschäftigt hatte, teils auch, weil die Mutter nicht alles gleich beim erstenmal verstand –, daß trotz allen Unglücks ein allerdings ganz kleines Vermögen aus der alten Zeit noch vorhanden war, das die nicht angerührten Zinsen in der Zwischenzeit ein wenig hatten anwachsen lassen. Außerdem aber war das Geld, das Gregor allmonatlich nach Hause gebracht hatte – er selbst hatte nur ein paar Gulden für sich behalten –, nicht vollständig aufgebraucht worden und hatte sich zu einem kleinen Kapital angesammelt. Gregor, hinter seiner Türe, nickte eifrig, erfreut über diese unerwartete Vorsicht und Sparsamkeit. Eigentlich hätte er ja mit diesen überschüssigen Geldern die Schuld des Vaters gegenüber dem Chef weiter abgetragen haben können, und jener Tag, an dem er diesen Posten hätte loswerden können, wäre weit näher gewesen, aber jetzt war es zweifellos besser so, wie es der Vater eingerichtet hatte.

Nun genügte dieses Geld aber ganz und gar nicht, um die Familie etwa von den Zinsen leben zu lassen; es genügte vielleicht, um die Familie ein, höchstens zwei Jahre zu erhalten, mehr war es nicht. Es war also bloß eine Summe, die man eigentlich nicht angreifen durfte, und die für den Notfall zurückgelegt werden mußte; das Geld zum Leben aber mußte man verdienen. Nun war aber der Vater ein zwar gesunder, aber alter Mann, der schon fünf Jahre nichts gearbeitet hatte und sich jedenfalls nicht viel zutrauen durfte; er hatte in diesen fünf Jahren, welche die ersten Ferien seines mühevollen und doch erfolglosen Lebens waren, viel Fett angesetzt und war dadurch recht schwerfällig geworden. Und die alte Mutter sollte nun vielleicht Geld verdienen, die an Asthma litt, der eine Wanderung durch die Wohnung schon Anstrengung verursachte, und die jeden zweiten Tag in Atembeschwerden auf dem Sofa beim offenen Fenster verbrachte? Und die Schwester sollte Geld verdienen, die noch ein Kind war mit ihren siebzehn Jahren, und der ihre bisherige Lebensweise so sehr zu gönnen war, die daraus bestanden hatte, sich nett zu kleiden, lange zu schlafen, in der Wirtschaft mitzuhelfen, an ein paar bescheidenen Vergnügungen sich zu beteiligen und vor allem Violine zu spielen?

Wenn die Rede auf diese Notwendigkeit des Geldverdienens kam, ließ zuerst immer Gregor die Türe los und warf sich auf das neben der Tür befindliche kühle Ledersofa, denn ihm war ganz heiß vor Beschämung und Trauer.

Oft lag er dort die ganzen langen Nächte über, schlief keinen Augenblick und scharrte nur stundenlang auf dem Leder. Oder er scheute nicht die Mühe, einen Sessel zum Fenster zu schieben, dann die Fensterbrüstung hinaufzukriechen und, in den Sessel gestemmt, sich ans Fenster zu lehnen, offenbar nur in irgendeiner Erinnerung an das Befreiende, das früher für ihn darin gelegen war, aus dem Fenster zu schauen. Denn tatsächlich sah er von Tag zu Tag die auch nur ein wenig entfernten Dinge immer undeutlicher; das gegenüberliegende Krankenhaus, dessen nur allzu häufigen Anblick er früher verflucht hatte, bekam er überhaupt nicht mehr zu Gesicht, und wenn er nicht genau gewußt hätte, daß er in der stillen, aber völlig städtischen Charlottenstraße wohnte, hätte er glauben können, von seinem Fenster aus in eine Einöde zu schauen, in welcher der graue Himmel und die graue Erde ununterscheidbar sich vereinigten. Nur zweimal hatte die aufmerksame Schwester sehen müssen, daß der Sessel beim Fenster stand, als sie schon jedesmal, nachdem sie das Zimmer aufgeräumt hatte, den Sessel wieder genau zum Fenster hinschob, ja sogar von nun ab den inneren Fensterflügel offen ließ.

Hätte Gregor nur mit der Schwester sprechen und ihr für alles danken können, was sie für ihn machen mußte, er hätte ihre Dienste leichter ertragen; so aber litt er darunter. Die Schwester suchte freilich die Peinlichkeit des Ganzen möglichst zu verwischen, und je längere Zeit verging, desto besser gelang es ihr natürlich auch, aber auch Gregor durchschaute mit der Zeit alles viel genauer. Schon ihr Eintritt war für ihn schrecklich. Kaum war sie eingetreten, lief sie, ohne sich Zeit zu nehmen, die Türe zu schließen, so sehr sie sonst darauf achtete, jedem den Anblick von Gregors Zimmer zu ersparen, geradewegs zum Fenster und riß es, als ersticke sie fast, mit hastigen Händen auf, blieb auch, selbst wenn es noch so kalt war, ein Weilchen beim Fenster und atmete tief. Mit diesem Laufen und Lärmen erschreckte sie Gregor täglich zweimal; die ganze Zeit über zitterte er unter dem Kanapee und wußte doch sehr gut, daß sie ihn gewiß gerne damit verschont hätte, wenn es ihr nur möglich gewesen wäre, sich in einem

Zimmer, in dem sich Gregor befand, bei geschlossenem Fenster aufzuhalten. Einmal, es war wohl schon ein Monat seit Gregors Verwandlung vergangen, und es war doch schon für die Schwester kein besonderer Grund mehr, über Gregors Aussehen in Erstaunen zu geraten, kam sie ein wenig früher als sonst und traf Gregor noch an, wie er, unbeweglich und so recht zum Erschrecken aufgestellt, aus dem Fenster schaute. Es wäre für Gregor nicht unerwartet gewesen, wenn sie nicht eingetreten wäre, da er sie durch seine Stellung verhinderte, sofort das Fenster zu öffnen, aber sie trat nicht nur nicht ein, sie fuhr sogar zurück und schloß die Tür; ein Fremder hätte geradezu denken können, Gregor habe ihr aufgelauert und habe sie beißen wollen. Gregor versteckte sich natürlich sofort unter dem Kanapee, aber er mußte bis zum Mittag warten, ehe die Schwester wiederkam, und sie schien viel unruhiger als sonst. Er erkannte daraus, daß ihr sein Anblick noch immer unerträglich war und ihr auch weiterhin unerträglich bleiben müsse, und daß sie sich wohl sehr überwinden mußte, vor dem Anblick auch nur der kleinen Partie seines Körpers nicht davonzulaufen, mit der er unter dem Kanapee hervorragte. Um ihr auch diesen Anblick zu ersparen, trug er eines Tages auf seinem Rücken – er brauchte zu dieser Arbeit vier Stunden – das Leintuch auf das Kanapee und ordnete es in einer solchen Weise an, daß er nun gänzlich verdeckt war, und daß die Schwester, selbst wenn sie sich bückte, ihn nicht sehen konnte. Wäre dieses Leintuch ihrer Meinung nach nicht nötig gewesen, dann hätte sie es ja entfernen können, denn daß es nicht zum Vergnügen Gregors gehören konnte, sich so ganz und gar abzusperren, war doch klar genug, aber sie ließ das Leintuch, so wie es war, und Gregor glaubte sogar einen dankbaren Blick erhascht zu haben, als er einmal mit dem Kopf vorsichtig das Leintuch ein wenig lüftete, um nachzusehen, wie die Schwester die neue Einrichtung aufnahm.

In den ersten vierzehn Tagen konnten es die Eltern nicht über sich bringen, zu ihm hereinzukommen, und er hörte oft, wie sie die jetzige Arbeit der Schwester völlig anerkannten, während sie sich bisher häufig über die Schwester geärgert hatten, weil sie ihnen als ein etwas nutzloses Mädchen erschienen war. Nun aber warteten oft beide, der Vater und die Mutter, vor Gregors Zimmer, während die

Schwester dort aufräumte, und kaum war sie herausgekommen, mußte sie ganz genau erzählen, wie es in dem Zimmer aussah, was Gregor gegessen hatte, wie er sich diesmal benommen hatte, und ob vielleicht eine kleine Besserung zu bemerken war. Die Mutter übrigens wollte verhältnismäßig bald Gregor besuchen, aber der Vater und die Schwester hielten sie zuerst mit Vernunftgründen zurück, denen Gregor sehr aufmerksam zuhörte, und die er vollständig billigte. Später aber mußte man sie mit Gewalt zurückhalten, und wenn sie dann rief: »Laßt mich doch zu Gregor, er ist ja mein unglücklicher Sohn! Begreift ihr es denn nicht, daß ich zu ihm muß?«, dann dachte Gregor, daß es vielleicht doch gut wäre, wenn die Mutter hereinkäme, nicht jeden Tag natürlich, aber vielleicht einmal in der Woche; sie verstand doch alles viel besser als die Schwester, die trotz all ihrem Mute doch nur ein Kind war und im letzten Grunde vielleicht nur aus kindlichem Leichtsinn eine so schwere Aufgabe übernommen hatte.

Der Wunsch Gregors, die Mutter zu sehen, ging bald in Erfüllung. Während des Tages wollte Gregor schon aus Rücksicht auf seine Eltern sich nicht beim Fenster zeigen, kriechen konnte er aber auf den paar Quadratmetern des Fußbodens auch nicht viel, das ruhige Liegen ertrug er schon während der Nacht schwer, das Essen machte ihm bald nicht mehr das geringste Vergnügen, und so nahm er zur Zerstreuung die Gewohnheit an, kreuz und quer über Wände und Plafond zu kriechen. Besonders oben auf der Decke hing er gern; es war ganz anders, als das Liegen auf dem Fußboden; man atmete freier; ein leichtes Schwingen ging durch den Körper; und in der fast glücklichen Zerstreutheit, in der sich Gregor dort oben befand, konnte es geschehen, daß er zu seiner eigenen Überraschung sich losließ und auf den Boden klatschte. Aber nun hatte er natürlich seinen Körper ganz anders in der Gewalt als früher und beschädigte sich selbst bei einem so großen Falle nicht. Die Schwester nun bemerkte sofort die neue Unterhaltung, die Gregor für sich gefunden hatte – er hinterließ ja auch beim Kriechen hie und da Spuren seines Klebstoffes –, und da setzte sie es sich in den Kopf, Gregor das Kriechen in größtem Ausmaße zu ermöglichen und die Möbel, die es verhinderten, also vor allem den Kasten und den Schreibtisch, wegzuschaffen. Nun war sie aber nicht imstande, dies allein zu tun; den

Vater wagte sie nicht um Hilfe zu bitten; das Dienstmädchen hätte ihr ganz gewiß nicht geholfen, denn dieses etwa sechzehnjährige Mädchen harrte zwar tapfer seit Entlassung der früheren Köchin aus, hatte aber um die Vergünstigung gebeten, die Küche unaufhörlich versperrt halten zu dürfen und nur auf besonderen Anruf öffnen zu müssen; so blieb der Schwester also nichts übrig, als einmal in Abwesenheit des Vaters die Mutter zu holen. Mit Ausrufen erregter Freude kam die Mutter auch heran, verstummte aber an der Tür vor Gregors Zimmer. Zuerst sah natürlich die Schwester nach, ob alles im Zimmer in Ordnung war; dann erst ließ sie die Mutter eintreten. Gregor hatte in größter Eile das Leintuch noch tiefer und mehr in Falten gezogen, das Ganze sah wirklich nur wie ein zufällig über das Kanapee geworfenes Leintuch aus. Gregor unterließ auch diesmal, unter dem Leintuch zu spionieren; er verzichtete darauf, die Mutter schon diesmal zu sehen, und war nur froh, daß sie nun doch gekommen war. »Komm nur, man sieht ihn nicht«, sagte die Schwester, und offenbar führte sie die Mutter an der Hand. Gregor hörte nun, wie die zwei schwachen Frauen den immerhin schweren alten Kasten von seinem Platz rückten, und wie die Schwester immerfort den größten Teil der Arbeit für sich beanspruchte, ohne auf die Warnungen der Mutter zu hören, welche fürchtete, daß sie sich überanstrengen werde. Es dauerte sehr lange. Wohl nach schon viertelstündiger Arbeit sagte die Mutter, man solle den Kasten doch lieber hier lassen, denn erstens sei er zu schwer, sie würden vor Ankunft des Vaters nicht fertig werden und mit dem Kasten in der Mitte des Zimmers Gregor jeden Weg verrammeln, zweitens aber sei es doch gar nicht sicher, daß Gregor mit der Entfernung der Möbel ein Gefallen geschehe. Ihr scheine das Gegenteil der Fall zu sein; ihr bedrücke der Anblick der leeren Wand geradezu das Herz; und warum solle nicht auch Gregor diese Empfindung haben, da er doch an die Zimmermöbel längst gewöhnt sei und sich deshalb im leeren Zimmer verlassen fühlen werde. »Und ist es dann nicht so«, schloß die Mutter ganz leise, wie sie überhaupt fast flüsterte, als wolle sie vermeiden, daß Gregor, dessen genauen Aufenthalt sie ja nicht kannte, auch nur den Klang der Stimme höre, denn daß er die Worte nicht verstand, davon war sie überzeugt, »und ist es nicht so, als ob wir durch die Entfernung der Möbel zeigten, daß wir jede Hoffnung auf Besserung aufgeben und ihn rücksichtslos sich selbst überlassen? Ich glaube, es wäre das beste, wir suchen das Zimmer genau in dem Zustand zu erhalten, in dem es früher war, damit Gregor, wenn er wieder zu uns zurückkommt, alles unverändert findet und um so leichter die Zwischenzeit vergessen kann.«

Beim Anhören dieser Worte der Mutter erkannte Gregor, daß der Mangel jeder unmittelbaren menschlichen Ansprache, verbunden mit dem einförmigen Leben inmitten der Familie, im Laufe dieser zwei Monate seinen Verstand hatte verwirren müssen, denn anders konnte er es sich nicht erklären, daß er ernsthaft darnach hatte verlangen können, daß sein Zimmer ausgeleert würde. Hatte er wirklich Lust, das warme, mit ererbten Möbeln gemütlich ausgestattete Zimmer in eine Höhle verwandeln zu lassen, in der er dann freilich nach allen Richtungen ungestört würde kriechen können, jedoch auch unter gleichzeitigem schnellen, gänzlichen Vergessen seiner menschlichen Vergangenheit? War er doch jetzt schon nahe daran, zu vergessen, und nur die seit langem nicht gehörte Stimme der Mutter hatte ihn aufgerüttelt. Nichts sollte entfernt werden; alles mußte bleiben; die guten Einwirkungen der Möbel auf seinen Zustand konnte er nicht entbehren; und wenn die Möbel ihn hinderten, das sinnlose Herumkriechen zu betreiben, so war es kein Schaden, sondern ein großer Vorteil.

Aber die Schwester war leider anderer Meinung; sie hatte sich, allerdings nicht ganz unberechtigt, angewöhnt, bei Besprechung der Angelegenheiten Gregors als besonders Sachverständige gegenüber den Eltern aufzutreten, und so war auch jetzt der Rat der Mutter für die Schwester Grund genug, auf der Entfernung nicht nur des Kastens und des Schreibtisches, an die sie zuerst allein gedacht hatte, sondern auf der Entfernung sämtlicher Möbel, mit Ausnahme des unentbehrlichen Kanapees, zu bestehen. Es war natürlich nicht nur kindlicher Trotz und das in der letzten Zeit so unerwartet und schwer erworbene Selbstvertrauen, das sie zu dieser Forderung bestimmte; sie hatte doch auch tatsächlich beobachtet, daß Gregor viel Raum zum Kriechen brauchte, dagegen die Möbel, soweit man sehen konnte, nicht im geringsten benützte. Vielleicht aber spielte auch der schwärmerische Sinn der Mädchen ihres Alters mit, der bei jeder Gelegenheit seine Befriedigung sucht, und durch den Grete jetzt sich dazu verlocken ließ, die Lage Gregors noch schreckenerregender machen zu wollen, um dann noch mehr als bis jetzt für ihn leisten zu können. Denn in einen Raum, in dem Gregor ganz allein die leeren Wände beherrschte, würde wohl kein Mensch außer Grete jemals einzutreten sich getrauen.

Und so ließ sie sich von ihrem Entschlusse durch die Mutter nicht abbringen, die auch in diesem Zimmer vor lauter Unruhe unsicher schien, bald verstummte und der Schwester nach Kräften beim Hinausschaffen des Kastens half. Nun, den Kasten konnte Gregor im Notfall noch entbehren, aber schon der Schreibtisch mußte bleiben. Und kaum hatten die Frauen mit dem Kasten, an den sie sich ächzend drückten, das Zimmer verlassen, als Gregor den Kopf unter dem Kanapee hervorstieß, um zu sehen, wie er vorsichtig und möglichst rücksichtsvoll eingreifen könnte. Aber zum Unglück war es gerade die Mutter, welche zuerst zurückkehrte, während Grete im Nebenzimmer den Kasten umfangen hielt und ihn allein hin und her schwang, ohne ihn natürlich von der Stelle zu bringen. Die Mutter aber war Gregors Anblick nicht gewöhnt, er hätte sie krank machen können, und so eilte Gregor erschrocken im Rückwärtslauf bis an das andere Ende des Kanapees, konnte es aber nicht mehr verhindern, daß das Leintuch vorne ein wenig sich bewegte. Das genügte, um die Mutter aufmerksam zu machen. Sie stockte, stand einen Augenblick still und ging dann zu Grete zurück.

Trotzdem sich Gregor immer wieder sagte, daß ja nichts Außergewöhnliches geschehe, sondern nur ein paar Möbel umgestellt würden, wirkte doch, wie er sich bald eingestehen mußte, dieses Hin- und Hergehen der Frauen, ihre kleinen Zurufe, das Kratzen der Möbel auf dem Boden, wie ein großer, von allen Seiten genährter Trubel auf ihn, und er mußte sich, so fest er Kopf und Beine an sich zog und den Leib bis an den Boden drückte, unweigerlich sagen, daß er das Ganze nicht lange aushalten werde. Sie räumten ihm sein Zimmer aus, nahmen ihm alles, was ihm lieb war; den Kasten, in dem die Laubsäge und andere Werkzeuge lagen, hatten sie schon hinausgetragen; lockerten jetzt den schon im Boden fest eingegrabenen Schreibtisch, an dem er als Handelsakademiker, als Bürgerschüler, ja sogar schon als Volksschüler seine Aufgaben geschrieben hatte, – da hatte er wirklich keine Zeit mehr, die guten Absichten zu prüfen, welche die zwei Frauen hatten, deren Existenz er übrigens fast vergessen hatte, denn vor Erschöpfung arbeiteten sie schon stumm, und man hörte nur das schwere Tappen ihrer Füße.

Und so brach er denn hervor – die Frauen stützten sich gerade im Nebenzimmer an den Schreibtisch, um ein wenig zu verschnaufen –, wechselte viermal die Richtung des Laufes, er wußte wirklich nicht, was er zuerst retten sollte, da sah er an der im übrigen schon leeren Wand auffallend das Bild der in lauter Pelzwerk gekleideten Dame hängen, kroch eilends hinauf und preßte sich an das Glas, das ihn festhielt und seinem heißen Bauch wohltat. Dieses Bild wenigstens, das Gregor jetzt ganz verdeckte, würde nun gewiß niemand wegnehmen. Er verdrehte den Kopf nach der Tür des Wohnzimmers, um die Frauen bei ihrer Rückkehr zu beobachten.

Sie hatten sich nicht viel Ruhe gegönnt und kamen schon wieder; Grete hatte den Arm um die Mutter gelegt und trug sie fast.»Also was nehmen wir jetzt?« sagte Grete und sah sich um. Da kreuzten sich ihre Blicke mit denen Gregors an der Wand. Wohl nur infolge der Gegenwart der Mutter behielt sie ihre Fassung, beugte ihr Gesicht zur Mutter, um diese vom Herumschauen abzuhalten, und sagte, allerdings zitternd und unüberlegt:»Komm, wollen wir nicht lieber auf einen Augenblick noch ins Wohnzimmer zurückgehen?« Die Absicht Gretes war für Gregor klar, sie wollte die Mutter in Sicherheit bringen und dann ihn von der Wand hinunterjagen. Nun, sie konnte es ja immerhin versuchen! Er saß auf seinem Bild und gab es nicht her. Lieber würde er Grete ins Gesicht springen.

Aber Gretes Worte hatten die Mutter erst recht beunruhigt, sie trat zur Seite, erblickte den riesigen braunen Fleck auf der geblümten Tapete, rief, ehe ihr eigentlich zum Bewußtsein kam, daß das Gregor war, was sie sah, mit schreiender, rauher Stimme:»Ach Gott, ach Gott!« und fiel mit ausgebreiteten Armen, als gebe sie alles auf, über das Kanapee hin und rührte sich nicht. »Du, Gregor!« rief die Schwester mit erhobener Faust und eindringlichen Blicken. Es waren seit der Verwandlung die ersten Worte, die sie unmittelbar an ihn gerichtet hatte. Sie lief ins Nebenzimmer, um irgendeine Essenz zu holen, mit der sie die Mutter aus ihrer Ohnmacht wecken könnte; Gregor wollte auch helfen – zur Rettung des Bildes war noch Zeit –, er klebte aber fest an dem Glas und mußte sich mit Gewalt losreißen;

er lief dann auch ins Nebenzimmer, als könne er der Schwester irgendeinen Rat geben, wie in früherer Zeit; mußte dann aber untätig hinter ihr stehen; während sie in verschiedenen Fläschchen kramte, erschreckte sie noch, als sie sich umdrehte; eine Flasche fiel auf den Boden und zerbrach; ein Splitter verletzte Gregor im Gesicht, irgendeine ätzende Medizin umfloß ihn; Grete nahm nun, ohne sich länger aufzuhalten, soviel Fläschchen, als sie nur halten konnte, und rannte mit ihnen zur Mutter hinein; die Tür schlug sie mit dem Fuße zu. Gregor war nun von der Mutter abgeschlossen, die durch seine Schuld vielleicht dem Tode nahe war; die Tür durfte er nicht öffnen, wollte er die Schwester, die bei der Mutter bleiben mußte, nicht verjagen; er hatte jetzt nichts zu tun, als zu warten; und von Selbstvorwürfen und Besorgnis bedrängt, begann er zu kriechen, überkroch alles, Wände, Möbel und Zimmerdecke und fiel endlich in seiner Verzweiflung, als sich das ganze Zimmer schon um ihn zu drehen anfing, mitten auf den großen Tisch.

Es verging eine kleine Weile, Gregor lag matt da, ringsherum war es still, vielleicht war das ein gutes Zeichen. Da läutete es. Das Mädchen war natürlich in ihrer Küche eingesperrt und Grete mußte dafür öffnen gehen. Der Vater war gekommen. »Was ist geschehen?« waren seine ersten Worte; Gretes Aussehen hatte ihm wohl alles verraten. Grete antwortete mit dumpfer Stimme, offenbar drückte sie ihr Gesicht an des Vaters Brust: »Die Mutter war ohnmächtig, aber es geht ihr schon besser. Gregor ist ausgebrochen.« »Ich habe es ja erwartet«, sagte der Vater, »ich habe es euch ja immer gesagt, aber ihr Frauen wollt nicht hören.« Gregor war es klar, daß der Vater Gretes allzu kurze Mitteilung schlecht gedeutet hatte und annahm, daß Gregor sich irgendeine Gewalttat habe zuschulden kommen lassen. Deshalb mußte Gregor den Vater jetzt zu besänftigen suchen, denn ihn aufzuklären hatte er weder Zeit noch Möglichkeit. Und so flüchtete er sich zur Tür seines Zimmers und drückte sich an sie, damit der Vater beim Eintritt vom Vorzimmer her gleich sehen könne, daß Gregor die beste Absicht habe, sofort in sein Zimmer zurückzukehren, und daß es nicht nötig sei, ihn zurückzutreiben, sondern daß man nur die Tür zu öffnen brauche, und gleich werde er verschwinden.

Aber der Vater war nicht in der Stimmung, solche Feinheiten zu bemerken: »Ah!« rief er gleich beim Eintritt in einem Tone, als sei er gleichzeitig wütend und froh. Gregor zog den Kopf von der Tür zurück und hob ihn gegen den Vater. So hatte er sich den Vater wirklich nicht vorgestellt, wie er jetzt dastand; allerdings hatte er in der letzten Zeit über dem neuartigen Herumkriechen versäumt, sich so wie früher um die Vorgänge in der übrigen Wohnung zu kümmern, und hätte eigentlich darauf gefaßt sein müssen, veränderte Verhältnisse anzutreffen. Trotzdem, trotzdem, war das noch der Vater? Der gleiche Mann, der müde im Bett vergraben lag, wenn früher Gregor zu einer Geschäftsreise ausgerückt war; der ihn an Abenden der Heimkehr im Schlafrock im Lehnstuhl empfangen hatte; gar nicht recht imstande war, aufzustehen, sondern zum Zeichen der Freude nur die Arme gehoben hatte, und der bei den seltenen gemeinsamen Spaziergängen an ein paar Sonntagen im Jahr und an den höchsten Feiertagen zwischen Gregor und der Mutter, die schon an und für sich langsam gingen, immer noch ein wenig langsamer, in seinen alten Mantel eingepackt, mit stets vorsichtig aufgesetztem Krückstock sich vorwärts arbeitete und, wenn er etwas sagen wollte, fast immer stillstand und seine Begleitung um sich versammelte? Nun aber war er recht gut aufgerichtet; in eine straffe blaue Uniform mit Goldknöpfen gekleidet, wie sie Diener der Bankinstitute tragen; über dem hohen steifen Kragen des Rockes entwickelte sich sein starkes Doppelkinn; unter den buschigen Augenbrauen drang der Blick der schwarzen Augen frisch und aufmerksam hervor; das sonst zerzauste weiße Haar war zu einer peinlich genauen, leuchtenden Scheitelfrisur niedergekämmt. Er warf seine Mütze, auf der ein Goldmonogramm, wahrscheinlich das einer Bank, angebracht war, über das ganze Zimmer im Bogen auf das Kanapee hin und ging, die Enden seines langen Uniformrockes zurückgeschlagen, die Hände in den Hosentaschen, mit verbissenem Gesicht auf Gregor zu. Er wußte wohl selbst nicht, was er vorhatte; immerhin hob er die Füße ungewöhnlich hoch, und Gregor staunte über die Riesengröße seiner Stiefelsohlen. Doch hielt er sich dabei nicht auf, er wußte ja noch vom ersten Tage seines neuen Lebens her, daß der Vater ihm gegenüber nur die größte Strenge für angebracht ansah. Und so lief er vor dem Vater her, stockte, wenn der Vater stehenblieb, und eilte schon wieder vorwärts, wenn sich der Vater nur rührte. So machten sie mehrmals die Runde um das Zimmer, ohne daß sich etwas Entscheidendes ereignete, ja ohne daß das Ganze infolge seines langsamen Tempos den Anschein einer Verfolgung gehabt hätte. Deshalb blieb auch Gregor vorläufig auf dem Fußboden, zumal er fürchtete, der Vater könnte eine Flucht auf die Wände oder den Plafond für besondere Bosheit halten. Allerdings mußte sich Gregor sagen, daß er sogar dieses Laufen nicht lange aushalten würde; denn während der Vater einen Schritt machte, mußte er eine Unzahl von Bewegungen ausführen. Atemnot begann sich schon bemerkbar zu machen, wie er ja auch in seiner früheren Zeit keine ganz vertrauenswürdige Lunge besessen hatte. Als er nun so dahintorkelte, um alle Kräfte für den Lauf zu sammeln, kaum die Augen offenhielt; in seiner Stumpfheit an eine andere Rettung als durch Laufen gar nicht dachte; und fast schon vergessen hatte, daß ihm die Wände freistanden, die hier allerdings mit sorgfältig geschnitzten Möbeln voll Zacken und Spitzen verstellt waren – da flog knapp neben ihm, leicht geschleudert, irgend etwas nieder und rollte vor ihm her. Es war ein Apfel; gleich flog ihm ein zweiter nach; Gregor blieb vor Schrecken stehen; ein Weiterlaufen war nutzlos, denn der Vater hatte sich entschlossen, ihn zu bombardieren. Aus der Obstschale auf der Kredenz hatte er sich die Taschen gefüllt und warf nun, ohne vorläufig scharf zu zielen, Apfel für Apfel. Diese kleinen roten Äpfel rollten wie elektrisiert auf dem Boden herum und stießen aneinander. Ein schwach geworfener Apfel streifte Gregors Rücken, glitt aber unschädlich ab. Ein ihm sofort nachfliegender drang dagegen förmlich in Gregors Rücken ein; Gregor wollte sich weiterschleppen, als könne der überraschende unglaubliche Schmerz mit dem Ortswechsel vergehen; doch fühlte er sich wie festgenagelt und streckte sich in vollständiger Verwirrung aller Sinne. Nur mit dem letzten Blick sah er noch, wie die Tür seines Zimmers aufgerissen wurde, und vor der schreienden Schwester die Mutter hervoreilte, im Hemd, denn die Schwester hatte sie entkleidet, um ihr in der Ohnmacht Atemfreiheit zu verschaffen, wie dann die Mutter auf den Vater zulief und ihr auf dem Weg die aufgebundenen Röcke einer nach dem anderen zu Boden glitten, und wie sie stolpernd über die Röcke auf den Vater eindrang und ihn umarmend, in gänzlicher Vereinigung mit ihm – nun versagte aber Gregors Sehkraft schon – die Hände an des Vaters Hinterkopf um Schonung von Gregors Leben bat.

III

Die schwere Verwundung Gregors, an der er über einen Monat litt –
der Apfel blieb, da ihn niemand zu entfernen wagte, als sichtbares
Andenken im Fleische sitzen –, schien selbst den Vater daran erinnert
zu haben, daß Gregor trotz seiner gegenwärtigen traurigen und
ekelhaften Gestalt ein Familienmitglied war, das man nicht wie einen
Feind behandeln durfte, sondern demgegenüber es das Gebot der
Familienpflicht war, den Widerwillen hinunterzuschlucken und zu
dulden, nichts als zu dulden.

Und wenn nun auch Gregor durch seine Wunde an Beweglichkeit
wahrscheinlich für immer verloren hatte und vorläufig zur Durch-
querung seines Zimmers wie ein alter Invalide lange, lange Minuten
brauchte – an das Kriechen in der Höhe war nicht zu denken –, so
bekam er für diese Verschlimmerung seines Zustandes einen seiner
Meinung nach vollständig genügenden Ersatz dadurch, daß immer
gegen Abend die Wohnzimmertür, die er schon ein bis zwei Stunden
vorher scharf zu beobachten pflegte, geöffnet wurde, so daß er, im
Dunkel seines Zimmers liegend, vom Wohnzimmer aus unsichtbar,
die ganze Familie beim beleuchteten Tische sehen und ihre Reden,
gewissermaßen mit allgemeiner Erlaubnis, also ganz anders als früher, anhören durfte.

Freilich waren es nicht mehr die lebhaften Unterhaltungen der früheren Zeiten, an die Gregor in den kleinen Hotelzimmern stets mit
einigem Verlangen gedacht hatte, wenn er sich müde in das feuchte
Bettzeug hatte werfen müssen. Es ging jetzt meist nur sehr still zu.
Der Vater schlief bald nach dem Nachtessen in seinem Sessel ein; die
Mutter und Schwester ermahnten einander zur Stille; die Mutter
nähte, weit unter das Licht vorgebeugt, feine Wäsche für ein Moden-
geschäft; die Schwester, die eine Stellung als Verkäuferin angenommen hatte, lernte am Abend Stenographie und Französisch, um
vielleicht später einmal einen besseren Posten zu erreichen. Manchmal wachte der Vater auf, und als wisse er gar nicht, daß er geschlafen
habe, sagte er zur Mutter: »Wie lange du heute schon wieder nähst!«
und schlief sofort wieder ein, während Mutter und Schwester einander müde zulächelten.

Mit einer Art Eigensinn weigerte sich der Vater, auch zu Hause seine

Dieneruniform abzulegen; und während der Schlafrock nutzlos am Kleiderhaken hing, schlummerte der Vater vollständig angezogen auf seinem Platz, als sei er immer zu seinem Dienste bereit und warte auch hier auf die Stimme des Vorgesetzten. Infolgedessen verlor die gleich anfangs nicht neue Uniform trotz aller Sorgfalt von Mutter und Schwester an Reinlichkeit, und Gregor sah oft ganze Abende lang auf dieses über und über fleckige, mit seinen stets geputzten Goldknöpfen leuchtende Kleid, in dem der alte Mann höchst unbequem und doch ruhig schlief.

Sobald die Uhr zehn schlug, suchte die Mutter durch leise Zusprache den Vater zu wecken und dann zu überreden, ins Bett zu gehen, denn hier war es doch kein richtiger Schlaf, und diesen hatte der Vater, der um sechs Uhr seinen Dienst antreten mußte, äußerst nötig. Aber in dem Eigensinn, der ihn, seitdem er Diener war, ergriffen hatte, bestand immer darauf, noch länger bei Tisch zu bleiben, trotzdem er regelmäßig einschlief, und war dann überdies nur mit der größten Mühe zu bewegen, den Sessel mit dem Bett zu vertauschen. Da mochten Mutter und Schwester mit kleinen Ermahnungen noch so sehr auf ihn eindringen, viertelstundenlang schüttelte er langsam den Kopf, hielt die Augen geschlossen und stand nicht auf. Die Mutter zupfte ihn am Ärmel, sagte ihm Schmeichelworte ins Ohr, die Schwester verließ ihre Aufgabe, um der Mutter zu helfen, aber beim Vater verfing das nicht. Er versank nur noch tiefer in seinen Sessel. Erst als ihn die Frauen unter den Achseln faßten, schlug er die Augen auf, sah abwechselnd die Mutter und die Schwester an und pflegte zu sagen: »Das ist ein Leben. Das ist die Ruhe meiner alten Tage.« Und auf die beiden Frauen gestützt, erhob er sich, umständlich, als sei er für sich selbst die größte Last, ließ sich von den Frauen bis zur Türe führen, winkte ihnen dort ab und ging nun selbständig weiter, während die Mutter ihr Nähzeug, die Schwester ihre Feder eiligst hinwarfen, um hinter dem Vater zu laufen und ihm weiter behilflich zu sein.

Wer hatte in dieser abgearbeiteten und übermüdeten Familie Zeit, sich um Gregor mehr zu kümmern, als unbedingt nötig war? Der Haushalt wurde immer mehr eingeschränkt; das Dienstmädchen wurde nun doch entlassen; eine riesige knochige Bedienerin mit weißem, den Kopf umflatterndem Haar kam des Morgens und des

Abends, um die schwerste Arbeit zu leisten; alles andere besorgte die Mutter neben ihrer vielen Näharbeit. Es geschah sogar, daß verschiedene Familienschmuckstücke, welche früher die Mutter und die Schwester überglücklich bei Unterhaltungen und Feierlichkeiten getragen hatten, verkauft wurden, wie Gregor am Abend aus der allgemeinen Besprechung der erzielten Preise erfuhr. Die größte Klage war aber stets, daß man diese für die gegenwärtigen Verhältnisse allzu große Wohnung nicht verlassen konnte, da es nicht auszudenken war, wie man Gregor übersiedeln sollte. Aber Gregor sah wohl ein, daß es nicht nur die Rücksicht auf ihn war, welche eine Übersiedlung verhinderte, denn ihn hätte man doch in einer passenden Kiste mit ein paar Luftlöchern leicht transportieren können; was die Familie hauptsächlich vom Wohnungswechsel abhielt, war vielmehr die völlige Hoffnungslosigkeit und der Gedanke daran, daß sie mit einem Unglück geschlagen war, wie niemand sonst im ganzen Verwandten- und Bekanntenkreis. Was die Welt von armen Leuten verlangt, erfüllten sie bis zum äußersten, der Vater holte den kleinen Bankbeamten das Frühstück, die Mutter opferte sich für die Wäsche fremder Leute, die Schwester lief nach dem Befehl der Kunden hinter dem Pulte hin und her, aber weiter reichten die Kräfte der Familie schon nicht. Und die Wunde im Rücken fing Gregor wie neu zu schmerzen an, wenn Mutter und Schwester, nachdem sie den Vater zu Bett gebracht hatten, nun zurückkehrten, die Arbeit liegenließen, nahe zusammenrückten, schon Wange an Wange saßen; wenn jetzt die Mutter, auf Gregors Zimmer zeigend, sagte: »Mach' dort die Tür zu, Grete«, und wenn nun Gregor wieder im Dunkel war, während nebenan die Frauen ihre Tränen vermischten oder gar tränenlos den Tisch anstarrten.

Die Nächte und Tage verbrachte Gregor fast ganz ohne Schlaf. Manchmal dachte er daran, beim nächsten Öffnen der Tür die Angelegenheiten der Familie ganz so wie früher wieder in die Hand zu nehmen; in seinen Gedanken erschienen wieder nach langer Zeit der Chef und der Prokurist, die Kommis und die Lehrjungen, der so begriffsstützige Hausknecht, zwei, drei Freunde aus anderen Geschäften, ein Stubenmädchen aus einem Hotel in der Provinz, eine liebe, flüchtige Erinnerung, eine Kassiererin aus einem Hutgeschäft, um die er sich ernsthaft, aber zu langsam beworben hatte – sie alle erschienen untermischt mit Fremden oder schon Vergessenen, aber statt ihm und seiner Familie zu helfen, waren sie sämtlich unzugänglich, und er war froh, wenn sie verschwanden. Dann aber war er wieder gar nicht in der Laune, sich um seine Familie zu sorgen, bloß Wut über die schlechte Wartung erfüllte ihn, und trotzdem er sich nichts vorstellen konnte, worauf er Appetit gehabt hätte, machte er doch Pläne, wie er in die Speisekammer gelangen könnte, um dort zu nehmen, was ihm, auch wenn er keinen Hunger hatte, immerhin gebührte. Ohne jetzt mehr nachzudenken, womit man Gregor einen besonderen Gefallen machen könnte, schob die Schwester eiligst, ehe sie morgens und mittags ins Geschäft lief, mit dem Fuß irgendeine beliebige Speise in Gregors Zimmer hinein, um sie am Abend, gleichgültig dagegen, ob die Speise vielleicht nur verkostet oder – der häufigste Fall – gänzlich unberührt war, mit einem Schwenken des Besens hinauszukehren. Das Aufräumen des Zimmers, das sie nun immer abends besorgte, konnte gar nicht mehr schneller getan sein. Schmutzstreifen zogen sich die Wände entlang, hie und da lagen Knäuel von Staub und Unrat. In der ersten Zeit stellte sich Gregor bei der Ankunft der Schwester in derartige besonders bezeichnende Winkel, um ihr durch diese Stellung gewissermaßen einen Vorwurf zu machen. Aber er hätte wohl wochenlang dort bleiben können, ohne daß sich die Schwester gebessert hätte; sie sah ja den Schmutz genau so wie er, aber sie hatte sich eben entschlossen, ihn zu lassen. Dabei wachte sie mit einer an ihr ganz neuen Empfindlichkeit, die überhaupt die ganze Familie ergriffen hatte, darüber, daß das Aufräumen von Gregors Zimmer ihr vorbehalten blieb. Einmal hatte die Mutter Gregors Zimmer einer großen Reinigung unterzogen, die ihr nur nach Verbrauch einiger Kübel Wasser gelungen war – die viele Feuchtigkeit kränkte allerdings Gregor auch und er lag breit, verbittert und unbeweglich auf dem Kanapee –, aber die Strafe blieb für die Mutter nicht aus. Denn kaum hatte am Abend die Schwester die Veränderung in Gregors Zimmer bemerkt, als sie, aufs höchste beleidigt, ins Wohnzimmer lief und, trotz der beschwörend erhobenen Hände der Mutter, in einen Weinkrampf ausbrach, dem die Eltern – der Vater war natürlich aus seinem Sessel aufgeschreckt worden – zuerst erstaunt und hilflos zusahen; bis auch sie sich zu rühren anfingen; der Vater rechts der Mutter Vorwürfe machte, daß sie Gregors Zimmer nicht der Schwester zur Reinigung überließ; links dagegen die Schwester anschrie, sie werde niemals mehr Gregors Zimmer reinigen dürfen; während die Mutter den Vater, der sich vor Erregung nicht mehr kannte, ins Schlafzimmer zu schleppen suchte; die Schwester, von Schluchzen geschüttelt, mit ihren kleinen Fäusten den Tisch bearbeitete; und Gregor laut vor Wut darüber zischte, daß es keinem einfiel, die Tür zu schließen und ihm diesen Anblick und Lärm zu ersparen.

Aber selbst wenn die Schwester, erschöpft von ihrer Berufsarbeit, dessen überdrüssig geworden war, für Gregor, wie früher, zu sorgen, so hätte noch keineswegs die Mutter für sie eintreten müssen und Gregor hätte doch nicht vernachlässigt werden brauchen. Denn nun war die Bedienerin da. Diese alte Witwe, die in ihrem langen Leben mit Hilfe ihres starken Knochenbaues das Ärgste überstanden haben mochte, hatte keinen eigentlichen Abscheu vor Gregor. Ohne irgendwie neugierig zu sein, hatte sie zufällig einmal die Tür von Gregors Zimmer aufgemacht und war im Anblick Gregors, der, gänzlich überrascht, trotzdem ihn niemand jagte, hin und her zu laufen begann, die Hände im Schoß gefaltet staunend stehengeblieben. Seitdem versäumte sie nicht, stets flüchtig morgens und abends die Tür ein wenig zu öffnen und zu Gregor hineinzuschauen. Anfangs rief sie ihn auch zu sich herbei, mit Worten, die sie wahrscheinlich für freundlich hielt, wie »Komm mal herüber, alter Mistkäfer!« oder »Seht mal den alten Mistkäfer!« Auf solche Ansprachen antwortete Gregor mit nichts, sondern blieb unbeweglich auf seinem Platz, als sei die Tür gar nicht geöffnet worden. Hätte man doch dieser Bedienerin, statt sie nach ihrer Laune ihn nutzlos stören zu lassen, lieber den Befehl gegeben, sein Zimmer täglich zu reinigen! Einmal am frühen Morgen – ein heftiger Regen, vielleicht schon ein Zeichen des kommenden Frühjahrs, schlug an die Scheiben – war Gregor, als die Bedienerin mit ihren Redensarten wieder begann, derartig verbittert, daß er, wie zum Angriff, allerdings langsam und hinfällig, sich gegen sie wendete. Die Bedienerin aber, statt sich zu fürchten, hob bloß einen in der Nähe der Tür befindlichen Stuhl hoch empor, und wie sie mit groß geöffnetem Munde dastand, war ihre Absicht klar, den Mund erst zu schließen, wenn der Sessel in ihrer Hand auf Gregors Rücken niederschlagen würde. »Also weiter geht es nicht?«

fragte sie, als Gregor sich wieder umdrehte, und stellte den Sessel ruhig in die Ecke zurück.

Gregor aß nun fast gar nichts mehr. Nur wenn er zufällig an der vorbereiteten Speise vorüberkam, nahm er zum Spiel einen Bissen in den Mund, hielt ihn dort stundenlang und spie ihn dann meist wieder aus. Zuerst dachte er, es sei die Trauer über den Zustand seines Zimmers, die ihn vom Essen abhalte, aber gerade mit den Veränderungen des Zimmers söhnte er sich sehr bald aus. Man hatte sich angewöhnt, Dinge, die man anderswo nicht unterbringen konnte, in dieses Zimmer hineinzustellen, und solcher Dinge gab es nun viele, da man ein Zimmer der Wohnung an drei Zimmerherren vermietet hatte. Diese ernsten Herren – alle drei hatten Vollbärte, wie Gregor einmal durch eine Türspalte feststellte – waren peinlich auf Ordnung, nicht nur in ihrem Zimmer, sondern, da sie sich nun einmal hier eingemietet hatten, in der ganzen Wirtschaft, also insbesondere in der Küche, bedacht. Unnützen oder gar schmutzigen Kram ertrugen sie nicht. Überdies hatten sie zum größten Teil ihre eigenen Einrichtungsstücke mitgebracht. Aus diesem Grunde waren viele Dinge überflüssig geworden, die zwar nicht verkäuflich waren, die man aber auch nicht wegwerfen wollte. Alle diese wanderten in Gregors Zimmer. Ebenso auch die Aschenkiste und die Abfallkiste aus der Küche. Was nur im Augenblick unbrauchbar war, schleuderte die Bedienerin, die es immer sehr eilig hatte, einfach in Gregors Zimmer; Gregor sah glücklicherweise meist nur den betreffenden Gegenstand und die Hand, die ihn hielt. Die Bedienerin hatte vielleicht die Absicht, bei Zeit und Gelegenheit die Dinge wieder zu holen oder alle insgesamt mit einemmal hinauszuwerfen, tatsächlich aber blieben sie dort liegen, wohin sie durch den ersten Wurf gekommen waren, wenn nicht Gregor sich durch das Rumpelzeug wand und es in Bewegung brachte, zuerst gezwungen, weil kein sonstiger Platz zum Kriechen frei war, später aber mit wachsendem Vergnügen, obwohl er nach solchen Wanderungen, zum Sterben müde und traurig, wieder stundenlang sich nicht rührte.

Da die Zimmerherren manchmal auch ihr Abendessen zu Hause im gemeinsamen Wohnzimmer einnahmen, blieb die Wohnzimmertür an manchen Abenden geschlossen, aber Gregor verzichtete ganz leicht auf das Öffnen der Tür, hatte er doch schon manche Abende, an denen sie geöffnet war, nicht ausgenützt, sondern war, ohne daß es die Familie merkte, im dunkelsten Winkel seines Zimmers gelegen. Einmal aber hatte die Bedienerin die Tür zum Wohnzimmer ein wenig offen gelassen; und sie blieb so offen, auch als die Zimmerherren am Abend eintraten und Licht gemacht wurde. Sie setzten sich oben an den Tisch, wo in früheren Zeiten der Vater, die Mutter und Gregor gegessen hatten, entfalteten die Servietten und nahmen Messer und Gabel in die Hand. Sofort erschien in der Tür die Mutter mit einer Schüssel Fleisch und knapp hinter ihr die Schwester mit einer Schüssel hochgeschichteter Kartoffeln. Das Essen dampfte mit starkem Rauch. Die Zimmerherren beugten sich über die vor sie hingestellten Schüsseln, als wollten sie sie vor dem Essen prüfen, und tatsächlich zerschnitt der, welcher in der Mitte saß und den anderen zwei als Autorität zu gelten schien, ein Stück Fleisch noch auf der Schüssel, offenbar um festzustellen, ob es mürbe genug sei und ob es nicht etwa in die Küche zurückgeschickt werden solle. Er war befriedigt, und Mutter und Schwester, die gespannt zugesehen hatten, begannen aufatmend zu lächeln.

Die Familie selbst aß in der Küche. Trotzdem kam der Vater, ehe er in die Küche ging, in dieses Zimmer herein und machte mit einer einzigen Verbeugung, die Kappe in der Hand, einen Rundgang um den Tisch. Die Zimmerherren erhoben sich sämtlich und murmelten etwas in ihre Bärte. Als sie dann allein waren, aßen sie fast unter vollkommenem Stillschweigen. Sonderbar schien es Gregor, daß man aus allen mannigfachen Geräuschen des Essens immer wieder ihre kauenden Zähne heraushörte, als ob damit Gregor gezeigt werden sollte, daß man Zähne brauche, um zu essen, und daß man auch mit den schönsten zahnlosen Kiefern nichts ausrichten könne. ›Ich habe ja Appetit‹, sagte sich Gregor sorgenvoll, ›aber nicht auf diese Dinge. Wie sich diese Zimmerherren nähren, und ich komme um!‹

Gerade an diesem Abend – Gregor erinnerte sich nicht, während der ganzen Zeit die Violine gehört zu haben – ertönte sie von der Küche her. Die Zimmerherren hatten schon ihr Nachtmahl beendet, der mittlere hatte eine Zeitung hervorgezogen, den zwei anderen je ein Blatt gegeben, und nun lasen sie zurückgelehnt und rauchten. Als die Violine zu spielen begann, wurden sie aufmerksam, erhoben sich und gingen auf den Fußspitzen zur Vorzimmertür, in der sie aneinandergedrängt stehenblieben. Man mußte sie von der Küche aus gehört haben, denn der Vater rief: »Ist den Herren das Spiel vielleicht unangenehm? Es kann sofort eingestellt werden.«»Im Gegenteil«, sagte der mittlere der Herren, »möchte das Fräulein nicht zu uns hereinkommen und hier im Zimmer spielen, wo es doch viel bequemer und gemütlicher ist?« »O bitte«, rief der Vater, als sei er der Violinspieler. Die Herren traten ins Zimmer zurück und warteten. Bald kam der Vater mit dem Notenpult, die Mutter mit den Noten und die Schwester mit der Violine. Die Schwester bereitete alles ruhig zum Spiele vor; die Eltern, die niemals früher Zimmer vermietet hatten und deshalb die Höflichkeit gegen die Zimmerherren übertrieben, wagten gar nicht, sich auf ihre eigenen Sessel zu setzen; der Vater lehnte an der Tür, die rechte Hand zwischen zwei Knöpfe des geschlossenen Livreerockes gesteckt; die Mutter aber erhielt von einem Herrn einen Sessel angeboten und saß, da sie den Sessel dort ließ, wohin ihn der Herr zufällig gestellt hatte, abseits in einem Winkel.

Die Schwester begann zu spielen; Vater und Mutter verfolgten, jeder von seiner Seite, aufmerksam die Bewegungen ihrer Hände. Gregor hatte, von dem Spiele angezogen, sich ein wenig weiter vorgewagt und war schon mit dem Kopf im Wohnzimmer. Er wunderte sich kaum darüber, daß er in letzter Zeit so wenig Rücksicht auf die andern nahm; früher war diese Rücksichtnahme sein Stolz gewesen. Und dabei hätte er gerade jetzt mehr Grund gehabt, sich zu verstecken, denn infolge des Staubes, der in seinem Zimmer überall lag und bei der kleinsten Bewegung umherflog, war auch er ganz staubbedeckt; Fäden, Haare, Speiseüberreste schleppte er auf seinem Rücken und an den Seiten mit sich herum; seine Gleichgültigkeit gegen alles war viel zu groß, als daß er sich, wie früher mehrmals während des Tages, auf den Rücken gelegt und am Teppich gescheuert hätte. Und trotz dieses Zustandes hatte er keine Scheu, ein Stück auf dem makellosen Fußboden des Wohnzimmers vorzurücken.

Allerdings achtete auch niemand auf ihn. Die Familie war gänzlich vom Violinspiel in Anspruch genommen; die Zimmerherren dagegen, die zunächst, die Hände in den Hosentaschen, viel zu nahe hinter dem Notenpult der Schwester sich aufgestellt hatten, so daß sie alle in die Noten hätten sehen können, was sicher die Schwester stören mußte, zogen sich bald unter halblauten Gesprächen mit gesenkten Köpfen zum Fenster zurück, wo sie, vom Vater besorgt beobachtet, auch blieben. Es hatte nun wirklich den überdeutlichen Anschein, als wären sie in ihrer Annahme, ein schönes oder unterhaltendes Violinspiel zu hören, enttäuscht, hätten die ganze Vorführung satt und ließen sich nur aus Höflichkeit noch in ihrer Ruhe stören. Besonders die Art, wie sie alle aus Nase und Mund den Rauch ihrer Zigarren in die Höhe bliesen, ließ auf große Nervosität schließen. Und doch spielte die Schwester so schön. Ihr Gesicht war zur Seite geneigt, prüfend und traurig folgten ihre Blicke den Notenzeilen. Gregor kroch noch ein Stück vorwärts und hielt den Kopf eng an den Boden, um möglicherweise ihren Blicken begegnen zu können. War er ein Tier, da ihn Musik so ergriff? Ihm war, als zeige sich ihm der Weg zu der ersehnten unbekannten Nahrung. Er war entschlossen, bis zur Schwester vorzudringen, sie am Rock zu zupfen und ihr dadurch anzudeuten, sie möge doch mit ihrer Violine in sein Zimmer kommen, denn niemand lohnte hier das Spiel so, wie er es lohnen wollte. Er wollte sie nicht mehr aus seinem Zimmer lassen, wenigstens nicht, solange er lebte; seine Schreckgestalt sollte ihm zum erstenmal nützlich werden; an allen Türen seines Zimmers wollte er gleichzeitig sein und den Angreifern entgegenfauchen; die Schwester aber sollte nicht gezwungen, sondern freiwillig bei ihm bleiben; sie sollte neben ihm auf dem Kanapee sitzen, das Ohr zu ihm herunterneigen, und er wollte ihr dann anvertrauen, daß er die feste Absicht gehabt habe, sie auf das Konservatorium zu schicken, und daß er dies, wenn nicht das Unglück dazwischen gekommen wäre, vergangene Weihnachten – Weihnachten war doch wohl schon vorüber? – allen gesagt hätte, ohne sich um irgendwelche Widerreden zu kümmern. Nach dieser Erklärung würde die Schwester in Tränen der Rührung ausbrechen, und Gregor würde sich bis zu ihrer Achsel erheben und ihren Hals küssen, den sie, seitdem sie ins Geschäft ging, frei ohne Band oder Kragen trug.

»Herr Samsa!« rief der mittlere Herr dem Vater zu und zeigte, ohne ein weiteres Wort zu verlieren, mit dem Zeigefinger auf den langsam sich vorwärtsbewegenden Gregor. Die Violine verstummte, der mittlere Zimmerherr lächelte erst einmal kopfschüttelnd seinen Freunden zu und sah dann wieder auf Gregor hin. Der Vater schien es für nötiger zu halten, statt Gregor zu vertreiben, vorerst die Zimmerherren zu beruhigen, trotzdem diese gar nicht aufgeregt waren und Gregor sie mehr als das Violinspiel zu unterhalten schien. Er eilte zu ihnen und suchte sie mit ausgebreiteten Armen in ihr Zimmer zu drängen und gleichzeitig mit seinem Körper ihnen den Ausblick auf Gregor zu nehmen. Sie wurden nun tatsächlich ein wenig böse, man wußte nicht mehr, ob über das Benehmen des Vaters oder über die ihnen jetzt aufgehende Erkenntnis, ohne es zu wissen, einen solchen Zimmernachbar wie Gregor besessen zu haben. Sie verlangten vom Vater Erklärungen, hoben ihrerseits die Arme, zupften unruhig an ihren Bärten und wichen nur langsam gegen ihr Zimmer zurück. Inzwischen hatte die Schwester die Verlorenheit, in die sie nach dem plötzlich abgebrochenen Spiel verfallen war, überwunden, hatte sich, nachdem sie eine Zeitlang in den lässig hängenden Händen Violine und Bogen gehalten und weiter, als spiele sie noch, in die Noten gesehen hatte, mit einem Male aufgerafft, hatte das Instrument auf den Schoß der Mutter gelegt, die in Atembeschwerden mit heftig arbeitenden Lungen noch auf ihrem Sessel saß, und war in das Nebenzimmer gelaufen, dem sich die Zimmerherren unter dem Drängen des Vaters schon schneller näherten. Man sah, wie unter den geübten Händen der Schwester die Decken und Polster in den Betten in die Höhe flogen und sich ordneten. Noch ehe die Herren das Zimmer erreicht hatten, war sie mit dem Aufbetten fertig und schlüpfte heraus. Der Vater schien wieder von seinem Eigensinn derart ergriffen, daß er jeden Respekt vergaß, den er seinen Mietern immerhin schuldete. Er drängte nur und drängte, bis schon in der Tür des Zimmers der mittlere der Herren donnernd mit dem Fuß aufstampfte und dadurch den Vater zum Stehen brachte. »Ich erkläre hiermit«, sagte er, hob die Hand und suchte mit den Blicken auch die Mutter und die Schwester, »daß ich mit Rücksicht auf die in dieser Wohnung und Familie herrschenden widerlichen Verhältnisse« – hierbei spie er kurz entschlossen auf den Boden – »mein Zimmer augenblicklich kündige. Ich werde natürlich auch für die Tage, die ich hier gewohnt habe, nicht das geringste bezahlen, dagegen werde ich es mir noch überlegen, ob ich nicht mit irgendwelchen – glauben Sie mir – sehr leicht zu begründenden Forderungen gegen Sie auftreten werde.« Er schwieg und sah gerade vor sich hin, als erwarte er etwas.

Tatsächlich fielen sofort seine zwei Freunde mit den Worten ein: »Auch wir kündigen augenblicklich.« Darauf faßte er die Türklinke und schloß mit einem Krach die Tür.

Der Vater wankte mit tastenden Händen zu seinem Sessel und ließ sich in ihn fallen; es sah aus, als strecke er sich zu seinem gewöhnlichen Abendschläfchen, aber das starke Nicken seines wie haltlosen Kopfes zeigte, daß er ganz und gar nicht schlief. Gregor war die ganze Zeit still auf dem Platz gelegen, auf dem ihn die Zimmerherren ertappt hatten. Die Enttäuschung über das Mißlingen seines Planes, vielleicht aber auch die durch das viele Hungern verursachte Schwäche machten es ihm unmöglich, sich zu bewegen. Er fürchtete mit einer gewissen Bestimmtheit schon für den nächsten Augenblick einen allgemeinen über ihn sich entladenden Zusammensturz und wartete. Nicht einmal die Violine schreckte ihn auf, die, unter den zitternden Fingern der Mutter hervor, ihr vom Schoße fiel und einen hallenden Ton von sich gab.

»Liebe Eltern«, sagte die Schwester und schlug zur Einleitung mit der Hand auf den Tisch, »so geht es nicht weiter. Wenn ihr das vielleicht nicht einseht, ich sehe es ein. Ich will vor diesem Untier nicht den Namen meines Bruders aussprechen, und sage daher bloß: wir müssen versuchen, es loszuwerden. Wir haben das Menschenmögliche versucht, es zu pflegen und zu dulden, ich glaube, es kann uns niemand den geringsten Vorwurf machen.«

»Sie hat tausendmal recht«, sagte der Vater für sich. Die Mutter, die noch immer nicht genug Atem finden konnte, fing in die vorgehaltene Hand mit einem irrsinnigen Ausdruck der Augen dumpf zu husten an.

Die Schwester eilte zur Mutter und hielt ihr die Stirn. Der Vater schien durch die Worte der Schwester auf bestimmtere Gedanken gebracht zu sein, hatte sich aufrecht gesetzt, spielte mit seiner Dienermütze zwischen den Tellern, die noch vom Nachtmahl der Zimmerherren her auf dem Tische lagen, und sah bisweilen auf den stillen Gregor hin.

»Wir müssen es loszuwerden versuchen«, sagte die Schwester nun ausschließlich zum Vater, denn die Mutter hörte in ihrem Husten nichts, »es bringt euch noch beide um, ich sehe es kommen. Wenn man schon so schwer arbeiten muß, wie wir alle, kann man nicht noch zu Hause diese ewige Quälerei ertragen. Ich kann es auch nicht mehr.« Und sie brach so heftig in Weinen aus, daß ihre Tränen auf das Gesicht der Mutter niederflossen, von dem sie sie mit mechanischen Handbewegungen wischte.

»Kind«, sagte der Vater mitleidig und mit auffallendem Verständnis, »was sollen wir aber tun?«

Die Schwester zuckte nur die Achseln zum Zeichen der Ratlosigkeit, die sie nun während des Weinens im Gegensatz zu ihrer früheren Sicherheit ergriffen hatte.

»Wenn er uns verstünde«, sagte der Vater halb fragend; die Schwester schüttelte aus dem Weinen heraus heftig die Hand zum Zeichen, daß daran nicht zu denken sei.

»Wenn er uns verstünde«, wiederholte der Vater und nahm durch Schließen der Augen die Überzeugung der Schwester von der Unmöglichkeit dessen in sich auf, »dann wäre vielleicht ein Übereinkommen mit ihm möglich. Aber so –«

»Weg muß er«, rief die Schwester, »das ist das einzige Mittel, Vater. Du mußt bloß den Gedanken loszuwerden suchen, daß es Gregor ist. Daß wir es solange geglaubt haben, ist ja unser eigentliches Unglück. Aber wie kann es denn Gregor sein? Wenn es Gregor wäre, er hätte längst eingesehen, daß ein Zusammenleben von Menschen mit einem solchen Tier nicht möglich ist, und wäre freiwillig fortgegangen. Wir hätten dann keinen Bruder, aber könnten weiter leben und sein Andenken in Ehren halten. So aber verfolgt uns dieses Tier, vertreibt die Zimmerherren, will offenbar die ganze Wohnung einnehmen und uns auf der Gasse übernachten lassen. Sieh nur, Vater«, schrie sie plötzlich auf, »er fängt schon wieder an!« Und in einem für Gregor gänzlich unverständlichen Schrecken verließ die Schwester sogar die Mutter, stieß sich förmlich von ihrem Sessel ab, als wollte sie lieber die Mutter opfern, als in Gregors Nähe bleiben, und eilte hinter den Vater, der, lediglich durch ihr Benehmen erregt, auch aufstand und die Arme wie zum Schutze der Schwester vor ihr halb erhob.

Aber Gregor fiel es doch gar nicht ein, irgend jemandem und gar seiner Schwester Angst machen zu wollen. Er hatte bloß angefangen, sich umzudrehen, um in sein Zimmer zurückzuwandern, und das nahm sich allerdings auffallend aus, da er infolge seines leidenden Zustandes bei den schwierigen Umdrehungen mit seinem Kopfe nachhelfen mußte, den er hierbei viele Male hob und gegen den Boden schlug. Er hielt inne und sah sich um. Seine gute Absicht schien erkannt worden zu sein; es war nur ein augenblicklicher Schrecken gewesen. Nun sahen ihn alle schweigend und traurig an. Die Mutter lag, die Beine ausgestreckt und aneinandergedrückt, in ihrem Sessel, die Augen fielen ihr vor Ermattung fast zu; der Vater und die Schwester saßen nebeneinander, die Schwester hatte ihre Hand um des Vaters Hals gelegt.

›Nun darf ich mich schon vielleicht umdrehen‹, dachte Gregor und begann seine Arbeit wieder. Er konnte das Schnaufen der Anstrengung nicht unterdrücken und mußte auch hie und da ausruhen. Im übrigen drängte ihn auch niemand, es war alles ihm selbst überlassen. Als er die Umdrehung vollendet hatte, fing er sofort an, geradeaus zurückzuwandern. Er staunte über die große Entfernung, die ihn von seinem Zimmer trennte, und begriff gar nicht, wie er bei seiner Schwäche vor kurzer Zeit den gleichen Weg, fast ohne es zu merken, zurückgelegt hatte. Immerfort nur auf rasches Kriechen bedacht, achtete er kaum darauf, daß kein Wort, kein Ausruf seiner Familie ihn störte. Erst als er schon in der Tür war, wendete er den Kopf, nicht vollständig, denn er fühlte den Hals steif werden, immerhin sah er noch, daß sich hinter ihm nichts verändert hatte, nur die Schwester war aufgestanden. Sein letzter Blick streifte die Mutter, die nun völlig eingeschlafen war.

Kaum war er innerhalb seines Zimmers, wurde die Tür eiligst zugedrückt, festgeriegelt und versperrt. Über den plötzlichen Lärm hinter sich erschrak Gregor so, daß ihm die Beinchen einknickten. Es war die Schwester, die sich so beeilt hatte. Aufrecht war sie schon da gestanden und hatte gewartet, leichtfüßig war sie dann vorwärtsgesprungen, Gregor hatte sie gar nicht kommen hören, und ein »Endlich!« rief sie den Eltern zu, während sie den Schlüssel im Schloß umdrehte.

»Und jetzt?« fragte sich Gregor und sah sich im Dunkeln um. Er machte bald die Entdeckung, daß er sich nun überhaupt nicht mehr rühren konnte. Er wunderte sich darüber nicht, eher kam es ihm unnatürlich vor, daß er sich bis jetzt tatsächlich mit diesen dünnen Beinchen hatte fortbewegen können. Im übrigen fühlte er sich verhältnismäßig behaglich. Er hatte zwar Schmerzen im ganzen Leib, aber ihm war, als würden sie allmählich schwächer und schwächer und würden schließlich ganz vergehen. Den verfaulten Apfel in seinem Rücken und die entzündete Umgebung, die ganz von weichem Staub bedeckt waren, spürte er schon kaum. An seine Familie dachte er mit Rührung und Liebe zurück. Seine Meinung darüber, daß er verschwinden müsse, war womöglich noch entschiedener als die seiner Schwester. In diesem Zustand leeren und friedlichen Nachdenkens blieb er, bis die Turmuhr die dritte Morgenstunde schlug. Den Anfang des allgemeinen Hellerwerdens draußen vor dem Fenster erlebte er noch. Dann sank sein Kopf ohne seinen Willen gänzlich nieder, und aus seinen Nüstern strömte sein letzter Atem schwach hervor.

Als am frühen Morgen die Bedienerin kam – vor lauter Kraft und Eile schlug sie, wie oft man sie auch schon gebeten hatte, das zu vermeiden, alle Türen derartig zu, daß in der ganzen Wohnung von ihrem Kommen an kein ruhiger Schlaf mehr möglich war –, fand sie bei ihrem gewöhnlichen kurzen Besuch an Gregor zuerst nichts Besonderes. Sie dachte, er liege absichtlich so unbeweglich da und spiele den Beleidigten; sie traute ihm allen möglichen Verstand zu. Weil sie zufällig den langen Besen in der Hand hielt, suchte sie mit ihm Gregor von der Tür aus zu kitzeln. Als sich auch da kein Erfolg zeigte, wurde sie ärgerlich und stieß ein wenig in Gregor hinein, und erst als sie ihn ohne jeden Widerstand von seinem Platze geschoben hatte, wurde sie aufmerksam. Als sie bald den wahren Sachverhalt erkannte, machte sie große Augen, pfiff vor sich hin, hielt sich aber nicht lange auf, sondern riß die Tür des Schlafzimmers auf und rief mit lauter Stimme in das Dunkel hinein: »Sehen Sie nur mal an, es ist krepiert; da liegt es, ganz und gar krepiert!«

Das Ehepaar Samsa saß im Ehebett aufrecht da und hatte zu tun, den Schrecken über die Bedienerin zu verwinden, ehe es dazu kam, ihre Meldung aufzufassen. Dann aber stiegen Herr und Frau Samsa, jeder auf seiner Seite, eiligst aus dem Bett, Herr Samsa warf die Decke über seine Schultern, Frau Samsa kam nur im Nachthemd hervor; so traten sie in Gregors Zimmer. Inzwischen hatte sich auch die Tür des Wohnzimmers geöffnet, in dem Grete seit dem Einzug der Zimmerherren schlief; sie war völlig angezogen, als hätte sie gar nicht geschlafen, auch ihr bleiches Gesicht schien das zu beweisen. »Tot?«

sagte Frau Samsa und sah fragend zur Bedienerin auf, trotzdem sie doch alles selbst prüfen und sogar ohne Prüfung erkennen konnte. »Das will ich meinen«, sagte die Bedienerin und stieß zum Beweis Gregors Leiche mit dem Besen noch ein großes Stück seitwärts. Frau Samsa machte eine Bewegung, als wolle sie den Besen zurückhalten, tat es aber nicht. »Nun«, sagte Herr Samsa, »jetzt können wir Gott danken.« Er bekreuzte sich, und die drei Frauen folgten seinem Beispiel. Grete, die kein Auge von der Leiche wendete, sagte: »Seht nur, wie mager er war. Er hat ja auch schon so lange Zeit nichts gegessen. So wie die Speisen hereinkamen, sind sie wieder hinausgekommen.« Tatsächlich war Gregors Körper vollständig flach und trocken, man erkannte das eigentlich erst jetzt, da er nicht mehr von den Beinchen gehoben war und auch sonst nichts den Blick ablenkte.

»Komm, Grete, auf ein Weilchen zu uns herein«, sagte Frau Samsa mit einem wehmütigen Lächeln, und Grete ging, nicht ohne nach der Leiche zurückzusehen, hinter den Eltern in das Schlafzimmer. Die Bedienerin schloß die Tür und öffnete gänzlich das Fenster. Trotz des frühen Morgens war der frischen Luft schon etwas Lauigkeit beigemischt. Es war eben schon Ende März.

Aus ihrem Zimmer traten die drei Zimmerherren und sahen sich erstaunt nach ihrem Frühstück um; man hatte sie vergessen. »Wo ist das Frühstück?« fragte der mittlere der Herren mürrisch die Bedienerin. Diese aber legte den Finger an den Mund und winkte dann hastig und schweigend den Herren zu, sie möchten in Gregors Zimmer kommen. Sie kamen auch und standen dann, die Hände in den Taschen ihrer etwas abgenützten Röckchen, in dem nun schon ganz hellen Zimmer um Gregors Leiche herum.

Da öffnete sich die Tür des Schlafzimmers, und Herr Samsa erschien in seiner Livree, an einem Arm seine Frau, am anderen seine Tochter. Alle waren ein wenig verweint; Grete drückte bisweilen ihr Gesicht an den Arm des Vaters.

»Verlassen Sie sofort meine Wohnung!« sagte Herr Samsa und zeigte auf die Tür, ohne die Frauen von sich zu lassen. »Wie meinen Sie das?« sagte der mittlere der Herren etwas bestürzt und lächelte süßlich. Die zwei anderen hielten die Hände auf dem Rücken und rieben sie ununterbrochen aneinander, wie in freudiger Erwartung eines großen Streites, der aber für sie günstig ausfallen mußte. »Ich meine es genau so, wie ich es sage«, antwortete Herr Samsa und ging in einer Linie mit seinen zwei Begleiterinnen auf den Zimmerherrn zu. Dieser stand zuerst still da und sah zu Boden, als ob sich die Dinge in seinem Kopf zu einer neuen Ordnung zusammenstellten. »Dann gehen wir also«, sagte er dann und sah zu Herrn Samsa auf, als verlange er in einer plötzlich ihn überkommenden Demut sogar für diesen Entschluß eine neue Genehmigung. Herr Samsa nickte ihm bloß mehrmals kurz mit großen Augen zu. Daraufhin ging der Herr tatsächlich sofort mit langen Schritten ins Vorzimmer; seine beiden Freunde hatten schon ein Weilchen lang mit ganz ruhigen Händen aufgehorcht und hüpften ihm jetzt geradezu nach, wie in Angst, Herr Samsa könnte vor ihnen ins Vorzimmer eintreten und die Verbindung mit ihrem Führer stören. Im Vorzimmer nahmen alle drei die Hüte vom Kleiderrechen, zogen ihre Stöcke aus dem Stockbehälter, verbeugten sich stumm und verließen die Wohnung. In einem, wie sich zeigte, gänzlich unbegründeten Mißtrauen trat Herr Samsa mit den zwei Frauen auf den Vorplatz hinaus; an das Geländer gelehnt, sahen sie zu, wie die drei Herren zwar langsam, aber ständig die lange Treppe hinunterstiegen, in jedem Stockwerk in einer bestimmten Biegung des Treppenhauses verschwanden und nach ein paar Augenblicken wieder hervorkamen; je tiefer sie gelangten, desto mehr verlor sich das Interesse der Familie Samsa für sie, und als ihnen entgegen und dann hoch über sie hinweg ein Fleischergeselle mit der Trage auf dem Kopf in stolzer Haltung heraufstieg, verließ bald Herr Samsa mit den Frauen das Geländer, und alle kehrten, wie erleichtert, in ihre Wohnung zurück.

Sie beschlossen, den heutigen Tag zum Ausruhen und Spazierengehen zu verwenden; sie hatten diese Arbeitsunterbrechung nicht nur verdient, sie brauchten sie sogar unbedingt. Und so setzten sie sich zum Tisch und schrieben drei Entschuldigungsbriefe, Herr Samsa an seine Direktion, Frau Samsa an ihren Auftraggeber und Grete an ihren Prinzipal. Während des Schreibens kam die Bedienerin herein, um zu sagen, daß sie fortgehe, denn ihre Morgenarbeit war beendet. Die drei Schreibenden nickten zuerst bloß, ohne aufzuschauen, erst als die Bedienerin sich immer noch nicht entfernen wollte, sah man ärgerlich auf. »Nun?« fragte Herr Samsa. Die Bedienerin stand lächelnd in der Tür, als habe sie der Familie ein großes Glück zu melden, werde es aber nur dann tun, wenn sie gründlich ausgefragt werde. Die fast aufrechte kleine Straußfeder auf ihrem Hut, über die sich Herr Samsa schon während ihrer ganzen Dienstzeit ärgerte, schwankte leicht nach allen Richtungen. »Also was wollen Sie eigentlich?« fragte Frau Samsa, vor welcher die Bedienerin noch am meisten Respekt hatte. »Ja«, antwortete die Bedienerin und konnte vor freundlichem Lachen nicht gleich weiterreden, »also darüber, wie das Zeug von nebenan weggeschafft werden soll, müssen Sie sich keine Sorgen machen. Es ist schon in Ordnung.« Frau Samsa und Grete beugten sich zu ihren Briefen nieder, als wollten sie weiterschreiben; Herr Samsa, welcher merkte, daß die Bedienerin nun alles ausführlich zu beschreiben anfangen wollte, wehrte dies mit ausgestreckter Hand entschieden ab. Da sie aber nicht erzählen durfte, erinnerte sie sich an die große Eile, die sie hatte, rief offenbar beleidigt: »Adjes allseits«, drehte sich wild um und verließ unter fürchterlichem Türezuschlagen die Wohnung.

»Abends wird sie entlassen«, sagte Herr Samsa, bekam aber weder von seiner Frau noch von seiner Tochter eine Antwort, denn die Bedienerin schien ihre kaum gewonnene Ruhe wieder gestört zu haben. Sie erhoben sich, gingen zum Fenster und blieben dort, sich umschlungen haltend. Herr Samsa drehte sich in seinem Sessel nach ihnen um und beobachtete sie still ein Weilchen. Dann rief er: »Also kommt doch her. Laßt schon endlich die alten Sachen. Und nehmt auch ein wenig Rücksicht auf mich.« Gleich folgten ihm die Frauen, eilten zu ihm, liebkosten ihn und beendeten rasch ihre Briefe.

Dann verließen alle drei gemeinschaftlich die Wohnung, was sie schon seit Monaten nicht getan hatten, und fuhren mit der Elektrischen ins Freie vor die Stadt. Der Wagen, in dem sie allein saßen, war ganz von warmer Sonne durchschienen. Sie besprachen, bequem auf ihren Sitzen zurückgelehnt, die Aussichten für die Zukunft, und es fand sich, daß diese bei näherer Betrachtung durchaus nicht schlecht waren, denn aller drei Anstellungen waren, worüber sie einander eigentlich noch gar nicht ausgefragt hatten, überaus günstig und besonders für später vielversprechend. Die größte augenblickliche Besserung der Lage mußte sich natürlich leicht durch einen Wohnungswechsel ergeben; sie wollten nun eine kleinere und billigere, aber besser gelegene und überhaupt praktischere Wohnung nehmen, als es die jetzige, noch von Gregor ausgesuchte war. Während sie sich so unterhielten, fiel es Herrn und Frau Samsa im Anblick ihrer immer lebhafter werdenden Tochter fast gleichzeitig ein, wie sie in der letzten Zeit trotz aller Plage, die ihre Wangen bleich gemacht hatte, zu einem schönen und üppigen Mädchen aufgeblüht war. Stiller werdend und fast unbewußt durch Blicke sich verständigend, dachten sie daran, daß es nun Zeit sein werde, auch einen braven Mann für sie zu suchen. Und es war ihnen wie eine Bestätigung ihrer neuen Träume und guten Absichten, als am Ziele ihrer Fahrt die Tochter als erste sich erhob und ihren jungen Körper dehnte.

Großer Lärm

Ich sitze in meinem Zimmer im Hauptquartier des Lärms der ganzen Wohnung. Alle Türen höre ich schlagen, durch ihren Lärm bleiben mir nur die Schritte der zwischen ihnen Laufenden erspart, noch das Zuklappen der Herdtüre in der Küche höre ich. Der Vater durchbricht die Türen meines Zimmers und zieht im nachschleppenden Schlafrock durch, aus dem Ofen im Nebenzimmer wird die Asche gekratzt, Valli fragt, durch das Vorzimmer Wort für Wort rufend, ob des Vaters Hut schon geputzt ist, ein Zischen, das mir befreundet sein will, erhebt noch das Geschrei einer antwortenden Stimme. Die Wohnungstüre wird aufgeklinkt und lärmt, wie aus katarrhalischem Hals, öffnet sich dann weiterhin mit dem Singen einer Frauenstimme und schließt sich endlich mit einem dumpfen, männlichen Ruck, der sich am rücksichtslosesten anhört. Der Vater ist weg, jetzt beginnt der zartere, zerstreutere, hoffnungslosere Lärm, von den Stimmen der zwei Kanarienvögel angeführt. Schon früher dachte ich daran, bei den Kanarienvögeln fällt es mir von neuem ein, ob ich nicht die Türe bis zu einer kleinen Spalte öffnen, schlangengleich ins Nebenzimmer kriechen und so auf dem Boden meine Schwestern und ihr Fräulein um Ruhe bitten sollte.

Brief an den Vater

Liebster Vater,
Du hast mich letzthin einmal gefragt, warum ich behaupte, ich hätte Furcht vor Dir. Ich wußte Dir, wie gewöhnlich, nichts zu antworten, zum Teil eben aus der Furcht, die ich vor Dir habe, zum Teil deshalb, weil zur Begründung dieser Furcht zu viele Einzelheiten gehören, als daß ich sie im Reden halbwegs zusammenhalten könnte. Und wenn ich hier versuche, Dir schriftlich zu antworten, so wird es doch nur sehr unvollständig sein, weil auch im Schreiben die Furcht und ihre Folgen mich Dir gegenüber behindern und weil die Größe des Stoffs über mein Gedächtnis und meinen Verstand weit hinausgeht.

Dir hat sich die Sache immer sehr einfach dargestellt, wenigstens soweit Du vor mir und, ohne Auswahl, vor vielen andern davon gesprochen hast. Es schien Dir etwa so zu sein: Du hast Dein ganzes Leben lang schwer gearbeitet, alles für Deine Kinder, vor allem für mich geopfert, ich habe infolgedessen »in Saus und Braus« gelebt, habe vollständige Freiheit gehabt zu lernen was ich wollte, habe keinen Anlaß zu Nahrungssorgen, also zu Sorgen überhaupt gehabt; Du hast dafür keine Dankbarkeit verlangt, Du kennst »die Dankbarkeit der Kinder«, aber doch wenigstens irgendein Entgegenkommen, Zeichen eines Mitgefühls; statt dessen habe ich mich seit jeher vor Dir verkrochen, in mein Zimmer, zu Büchern, zu verrückten Freunden, zu überspannten Ideen; offen gesprochen habe ich mit Dir niemals, in den Tempel bin ich nicht zu Dir gekommen, in Franzensbad habe ich Dich nie besucht, auch sonst nie Familiensinn gehabt, um das Geschäft und Deine sonstigen Angelegenheiten habe ich mich nicht gekümmert, die Fabrik habe ich Dir aufgehalst und Dich dann verlassen, Ottla habe ich in ihrem Eigensinn unterstützt und während ich für Dich keinen Finger rühre (nicht einmal eine Theaterkarte bringe ich Dir), tue ich für Freunde alles. Faßt Du Dein Urteil über mich zusammen, so ergibt sich, daß Du mir zwar etwas geradezu Unanständiges oder Böses nicht vorwirfst (mit Ausnahme vielleicht meiner letzten Heiratsabsicht), aber Kälte, Fremdheit, Undankbarkeit. Und zwar wirfst Du es mir so vor, als wäre es meine Schuld, als hätte ich etwa mit einer Steuerdrehung das Ganze anders einrichten können, während Du nicht die geringste Schuld daran hast, es wäre denn die, daß Du zu gut zu mir gewesen bist. Diese Deine übliche Darstellung halte ich nur so weit für richtig, daß auch ich glaube, Du seist gänzlich schuldlos an unserer Entfremdung. Aber ebenso gänzlich schuldlos bin auch ich. Könnte ich Dich dazu bringen, daß Du das anerkennst, dann wäre – nicht etwa ein neues Leben möglich, dazu sind wir beide viel zu alt, aber doch eine Art Friede, kein Aufhören, aber doch ein Mildern Deiner unaufhörlichen Vorwürfe.

Irgendeine Ahnung dessen, was ich sagen will, hast Du merkwürdigerweise. So hast Du mir zum Beispiel vor kurzem gesagt: »Ich habe Dich immer gern gehabt, wenn ich auch äußerlich nicht so zu Dir war wie andere Väter zu sein pflegen, eben deshalb weil ich mich nicht verstellen kann wie andere.« Nun habe ich, Vater, im ganzen niemals an Deiner Güte mir gegenüber gezweifelt, aber diese Bemerkung halte ich für unrichtig. Du kannst Dich nicht verstellen, das ist richtig, aber nur aus diesem Grunde behaupten wollen, daß die andern Väter sich verstellen, ist entweder bloße, nicht weiter diskutierbare Rechthaberei oder aber – und das ist es meiner Meinung nach wirklich – der verhüllte Ausdruck dafür, daß zwischen uns etwas nicht in Ordnung ist und daß Du es mitverursacht hast, aber ohne Schuld. Meinst Du das wirklich, dann sind wir einig.

Ich sage ja natürlich nicht, daß ich das, was ich bin, nur durch Deine Einwirkung geworden bin. Das wäre sehr übertrieben (und ich neige sogar zu dieser Übertreibung). Es ist sehr leicht möglich, daß ich, selbst wenn ich ganz frei von Deinem Einfluß aufgewachsen wäre, doch kein Mensch nach Deinem Herzen hätte werden können. Ich wäre wahrscheinlich doch ein schwächlicher, ängstlicher, zögernder, unruhiger Mensch geworden, weder Robert Kafka noch Karl Hermann, aber doch ganz anders, als ich wirklich bin, und wir hätten uns ausgezeichnet miteinander vertragen können. Ich wäre glücklich gewesen, Dich als Freund, als Chef, als Onkel, als Großvater, ja selbst (wenn auch schon zögernder) als Schwiegervater zu haben. Nur eben als Vater warst Du zu stark für mich, besonders da meine Brüder klein starben, die Schwestern erst lange nachher kamen, ich also den ersten Stoß ganz allein aushalten mußte, dazu war ich viel zu schwach.

Vergleich uns beide: ich, um es sehr abgekürzt auszudrücken, ein Löwy mit einem gewissen Kafkaschen Fond, der aber eben nicht durch den Kafkaschen Lebens-, Geschäfts-, Eroberungswillen in Bewegung gesetzt wird, sondern durch einen Löwyschen Stachel, der geheimer, scheuer, in anderer Richtung wirkt und oft überhaupt aussetzt. Du dagegen ein wirklicher Kafka an Stärke, Gesundheit, Appetit, Stimmkraft, Redebegabung, Selbstzufriedenheit, Weltüberlegenheit, Ausdauer, Geistesgegenwart, Menschenkenntnis, einer gewissen Großzügigkeit, natürlich auch mit allen zu diesen Vorzügen gehörigen Fehlern und Schwächen, in welche Dich Dein Temperament und manchmal Dein Jähzorn hineinhetzen. Nicht ganzer Kafka bist Du vielleicht in Deiner allgemeinen Weltansicht, soweit ich Dich mit Onkel Philipp, Ludwig, Heinrich vergleichen kann. Das ist merkwürdig, ich sehe hier auch nicht ganz klar. Sie waren doch alle fröhlicher, frischer, ungezwungener, leichtlebiger, weniger streng als Du. (Darin habe ich übrigens viel von Dir geerbt und das Erbe viel zu gut verwaltet, ohne allerdings die nötigen Gegengewichte in meinem Wesen zu haben, wie Du sie hast.) Doch hast auch andererseits Du in dieser Hinsicht verschiedene Zeiten durchgemacht, warst vielleicht fröhlicher, ehe Dich Deine Kinder, besonders ich, enttäuschten und zu Hause bedrückten (kamen Fremde, warst Du ja anders) und bist auch jetzt vielleicht wieder fröhlicher geworden, da Dir die Enkel und der Schwiegersohn wieder etwas von jener Wärme geben, die Dir die Kinder, bis auf Valli vielleicht, nicht geben konnten. Jedenfalls waren wir so verschieden und in dieser Verschiedenheit einander so gefährlich, daß, wenn man es hätte etwa im voraus ausrechnen wollen, wie ich, das langsam sich entwickelnde Kind, und Du, der fertige Mann, sich zueinander verhalten werden, man hätte annehmen können, daß Du mich einfach niederstampfen wirst, daß nichts von mir übrigbleibt. Das ist nun nicht geschehen, das Lebendige läßt sich nicht ausrechnen, aber vielleicht ist Ärgeres geschehen. Wobei ich Dich aber immerfort bitte, nicht zu vergessen, daß ich niemals im entferntesten an eine Schuld Deinerseits glaube. Du wirktest so auf mich, wie Du wirken mußtest, nur sollst Du aufhören, es für eine besondere Bosheit meinerseits zu halten, daß ich dieser Wirkung erlegen bin.

Ich war ein ängstliches Kind; trotzdem war ich gewiß auch störrisch, wie Kinder sind; gewiß verwöhnte mich die Mutter auch, aber ich kann nicht glauben, daß ich besonders schwer lenkbar war, ich kann nicht glauben, daß ein freundliches Wort, ein stilles Bei-der-Hand-Nehmen, ein guter Blick mir nicht alles hätten abfordern können, was man wollte. Nun bist Du ja im Grunde ein gütiger und weicher Mensch (das Folgende wird dem nicht widersprechen, ich rede ja nur von der Erscheinung, in der Du auf das Kind wirktest), aber nicht jedes Kind hat die Ausdauer und Unerschrockenheit, so lange zu suchen, bis es zu der Güte kommt. Du kannst ein Kind nur so behandeln, wie Du eben selbst geschaffen bist, mit Kraft, Lärm und Jähzorn, und in diesem Falle schien Dir das auch noch überdies deshalb sehr gut geeignet, weil Du einen kräftigen mutigen Jungen in mir aufziehen wolltest.

Deine Erziehungsmittel in den allerersten Jahren kann ich heute natürlich nicht unmittelbar beschreiben, aber ich kann sie mir etwa vorstellen durch Rückschluß aus den späteren Jahren und aus Deiner Behandlung des Felix. Hiebei kommt verschärfend in Betracht, daß Du damals jünger, daher frischer, wilder, ursprünglicher, noch unbekümmerter warst als heute und daß Du außerdem ganz an das Geschäft gebunden warst, kaum einmal des Tages Dich mir zeigen konntest und deshalb einen um so tieferen Eindruck auf mich machtest, der sich kaum je zur Gewöhnung verflachte.

Direkt erinnere ich mich nur an einen Vorfall aus den ersten Jahren. Du erinnerst Dich vielleicht auch daran. Ich winselte einmal in der Nacht immerfort um Wasser, gewiß nicht aus Durst, sondern wahrscheinlich teils um zu ärgern, teils um mich zu unterhalten. Nachdem einige starke Drohungen nicht geholfen hatten, nahmst Du mich aus dem Bett, trugst mich auf die Pawlatsche und ließest mich dort allein vor der geschlossenen Tür ein Weilchen im Hemd stehn. Ich will nicht sagen, daß das unrichtig war, vielleicht war damals die Nachtruhe auf andere Weise wirklich nicht zu verschaffen, ich will aber damit Deine Erziehungsmittel und ihre Wirkung auf mich charakterisieren. Ich war damals nachher wohl schon folgsam, aber ich hatte einen inneren Schaden davon. Das für mich Selbstverständliche des sinnlosen Ums-Wasser-Bittens und das außerordentlich Schreckliche des Hinausgetragenwerdens konnte ich meiner Natur nach niemals in die richtige Verbindung bringen. Noch nach Jahren litt ich unter der quälenden Vorstellung, daß der riesige Mann, mein Vater, die letzte Instanz, fast ohne Grund kommen und mich in der Nacht aus dem Bett auf die Pawlatsche tragen konnte und daß ich also ein solches Nichts für ihn war.

Das war damals ein kleiner Anfang nur, aber dieses mich oft beherrschende Gefühl der Nichtigkeit (ein in anderer Hinsicht allerdings auch edles und fruchtbares Gefühl) stammt vielfach von Deinem Einfluß. Ich hätte ein wenig Aufmunterung, ein wenig Freundlichkeit, ein wenig Offenhalten meines Wegs gebraucht, statt dessen verstelltest Du mir ihn, in der guten Absicht freilich, daß ich einen anderen Weg gehen sollte. Aber dazu taugte ich nicht. Du muntertest mich zum Beispiel auf, wenn ich gut salutierte und marschierte, aber ich war kein künftiger Soldat, oder Du muntertest mich auf, wenn ich kräftig essen oder sogar Bier dazu trinken konnte, oder wenn ich unverstandene Lieder nachsingen oder Deine Lieblingsredensarten Dir nachplappern konnte, aber nichts davon gehörte zu meiner Zukunft. Und es ist bezeichnend, daß Du selbst heute mich nur dann eigentlich in etwas aufmunterst, wenn Du selbst in Mitleidenschaft gezogen bist, wenn es sich um Dein Selbstgefühl handelt, das ich verletze (zum Beispiel durch meine Heiratsabsicht) oder das in mir verletzt wird (wenn zum Beispiel Pepa mich beschimpft). Dann werde ich aufgemuntert, an meinen Wert erinnert, auf die Partien hingewiesen, die ich zu machen berechtigt wäre und Pepa wird vollständig verurteilt. Aber abgesehen davon, daß ich für Aufmunterung in meinem jetzigen Alter schon fast unzugänglich bin, was würde sie mir auch helfen, wenn sie nur dann eintritt, wo es nicht in erster Reihe um mich geht.

Damals und damals überall hätte ich die Aufmunterung gebraucht. Ich war ja schon niedergedrückt durch Deine bloße Körperlichkeit. Ich erinnere mich zum Beispiel daran, wie wir uns öfters zusammen in einer Kabine auszogen. Ich mager, schwach, schmal, Du stark, groß, breit. Schon in der Kabine kam ich mir jämmerlich vor, und zwar nicht nur vor Dir, sondern vor der ganzen Welt, denn Du warst für mich das Maß aller Dinge. Traten wir dann aber aus der Kabine vor die Leute hinaus, ich an Deiner Hand, ein kleines Gerippe, unsicher, bloßfüßig auf den Planken, in Angst vor dem Wasser, unfähig Deine Schwimmbewegungen nachzumachen, die Du mir in guter Absicht, aber tatsächlich zu meiner tiefen Beschämung immerfort vormachtest, dann war ich sehr verzweifelt und alle meine schlimmen Erfahrungen auf allen Gebieten stimmten in solchen Augenblicken großartig zusammen. Am wohlsten war mir noch, wenn Du Dich manchmal zuerst auszogst und ich allein in der Kabine bleiben und die Schande des öffentlichen Auftretens so lange hinauszögern konnte, bis Du endlich nachschauen kamst und mich aus der Kabine triebst. Dankbar war ich Dir dafür, daß Du meine Not nicht zu bemerken schienest, auch war ich stolz auf den Körper meines Vaters. Übrigens besteht zwischen uns dieser Unterschied heute noch ähnlich.

Dem entsprach weiter Deine geistige Oberherrschaft. Du hattest Dich allein durch eigene Kraft so hoch hinaufgearbeitet, infolgedessen hattest Du unbeschränktes Vertrauen zu Deiner Meinung. Das war für mich als Kind nicht einmal so blendend wie später für den heranwachsenden jungen Menschen. In Deinem Lehnstuhl regiertest Du die Welt. Deine Meinung war richtig, jede andere war verrückt, überspannt, meschugge, nicht normal. Dabei war Dein Selbstvertrauen so groß, daß Du gar nicht konsequent sein mußtest und doch nicht aufhörtest recht zu haben. Es konnte auch vorkommen, daß Du in einer Sache gar keine Meinung hattest und infolgedessen alle Meinungen, die hinsichtlich der Sache überhaupt möglich waren, ohne Ausnahme falsch sein mußten. Du konntest zum Beispiel auf die Tschechen schimpfen, dann auf die Deutschen, dann auf die Juden, und zwar nicht nur in Auswahl, sondern in jeder Hinsicht, und schließlich blieb niemand mehr übrig außer Dir. Du bekamst für mich das Rätselhafte, das alle Tyrannen haben, deren Recht auf ihrer Person, nicht auf dem Denken begründet ist. Wenigstens schien es mir so.

Nun behieltest Du ja mir gegenüber tatsächlich erstaunlich oft recht, im Gespräch war das selbstverständlich, denn zum Gespräch kam es kaum, aber auch in Wirklichkeit. Doch war auch das nichts besonders Unbegreifliches: Ich stand ja in allem meinem Denken unter Deinem schweren Druck, auch in dem Denken, das nicht mit dem Deinen übereinstimmte und besonders in diesem. Alle diese von Dir scheinbar unabhängigen Gedanken waren von Anfang an belastet mit Deinem absprechenden Urteil; bis zur vollständigen und dauernden

Ausführung des Gedankens das zu ertragen, war fast unmöglich. Ich rede hier nicht von irgendwelchen hohen Gedanken, sondern von jedem kleinen Unternehmen der Kinderzeit. Man mußte nur über irgendeine Sache glücklich sein, von ihr erfüllt sein, nach Hause kommen und es aussprechen und die Antwort war ein ironisches Seufzen, ein Kopfschütteln, ein Fingerklopfen auf den Tisch: »Hab auch schon etwas Schöneres gesehn« oder »Mir gesagt Deine Sorgen« oder »Ich hab keinen so geruhten Kopf« oder »Kauf Dir was dafür!« oder »Auch ein Ereignis!« Natürlich konnte man nicht für jede Kinderkleinigkeit Begeisterung von Dir verlangen, wenn Du in Sorge und Plage lebtest. Darum handelte es sich auch nicht. Es handelte sich vielmehr darum, daß Du solche Enttäuschungen dem Kinde immer und grundsätzlich bereiten mußtest kraft Deines gegensätzlichen Wesens, weiter daß dieser Gegensatz durch Anhäufung des Materials sich unaufhörlich verstärkte, so daß er sich schließlich auch gewohnheitsmäßig geltend machte, wenn Du einmal der gleichen Meinung warst wie ich und daß endlich diese Enttäuschungen des Kindes nicht Enttäuschungen des gewöhnlichen Lebens waren, sondern, da es ja um Deine für alles maßgebende Person ging, im Kern trafen. Der Mut, die Entschlossenheit, die Zuversicht, die Freude an dem und jenem hielten nicht bis zum Ende aus, wenn Du dagegen warst oder schon wenn Deine Gegnerschaft bloß angenommen werden konnte; und angenommen konnte sie wohl bei fast allem werden, was sich tat.

Das bezog sich auf Gedanken so gut wie auf Menschen. Es genügte, daß ich an einem Menschen ein wenig Interesse hatte – es geschah ja infolge meines Wesens nicht sehr oft –, daß Du schon ohne jede Rücksicht auf mein Gefühl und ohne Achtung vor meinem Urteil mit Beschimpfung, Verleumdung, Entwürdigung dreinfuhrst. Unschuldige, kindliche Menschen wie zum Beispiel der jiddische Schauspieler Löwy mußten das büßen. Ohne ihn zu kennen, verglichst Du ihn in einer schrecklichen Weise, die ich schon vergessen habe, mit Ungeziefer, und wie so oft für Leute, die mir lieb waren, hattest Du automatisch das Sprichwort von den Hunden und Flöhen bei der Hand. An den Schauspieler erinnere ich mich hier besonders, weil ich Deine Aussprüche über ihn damals mir mit der Bemerkung notierte: »So spricht mein Vater über meinen Freund (den er gar nicht kennt)

nur deshalb, weil er mein Freund ist. Das werde ich ihm immer
entgegenhalten können, wenn er mir Mangel an kindlicher Liebe und
Dankbarkeit vorwerfen wird.« Unverständlich war mir immer Deine
vollständige Empfindungslosigkeit dafür, was für Leid und Schande
Du mit Deinen Worten und Urteilen mir zufügen konntest, es war,
als hättest Du keine Ahnung von Deiner Macht. Auch ich habe Dich
sicher oft mit Worten gekränkt, aber dann wußte ich es immer, es
schmerzte mich, aber ich konnte mich nicht beherrschen, das Wort
nicht zurückhalten, ich bereute es schon, während ich es sagte. Du
aber schlugst mit Deinen Worten ohneweiters los, niemand tat Dir
leid, nicht währenddessen, nicht nachher, man war gegen Dich
vollständig wehrlos.

Aber so war Deine ganze Erziehung. Du hast, glaube ich, ein
Erziehungstalent; einem Menschen Deiner Art hättest Du durch
Erziehung gewiß nützen können; er hätte die Vernünftigkeit dessen,
was Du ihm sagtest, eingesehn, sich um nichts Weiteres gekümmert
und die Sachen ruhig so ausgeführt. Für mich als Kind war aber alles,
was Du mir zuriefst, geradezu Himmelsgebot, ich vergaß es nie, es
blieb mir das wichtigste Mittel zur Beurteilung der Welt, vor allem
zur Beurteilung Deiner selbst, und da versagtest Du vollständig. Da
ich als Kind hauptsächlich beim Essen mit Dir beisammen war, war
Dein Unterricht zum großen Teil Unterricht im richtigen Benehmen
bei Tisch. Was auf den Tisch kam, mußte aufgegessen, über die Güte
des Essens durfte nicht gesprochen werden – Du aber fandest das
Essen oft ungenießbar; nanntest es »das Fressen«; das »Vieh« (die
Köchin) hatte es verdorben. Weil Du entsprechend Deinem kräftigen
Hunger und Deiner besonderen Vorliebe alles schnell, heiß und in
großen Bissen gegessen hast, mußte sich das Kind beeilen, düstere
Stille war bei Tisch, unterbrochen von Ermahnungen: »zuerst iß,
dann sprich« oder »schneller, schneller, schneller« oder »siehst Du,
ich habe schon längst aufgegessen«. Knochen durfte man nicht zerbeißen, Du ja. Essig durfte man nicht schlürfen, Du ja. Die Hauptsache war, daß man das Brot gerade schnitt; daß Du das aber mit einem
von Sauce triefenden Messer tatest, war gleichgültig. Man mußte
achtgeben, daß keine Speisereste auf den Boden fielen, unter Dir lag
schließlich am meisten. Bei Tisch durfte man sich nur mit Essen
beschäftigen, Du aber putztest und schnittest Dir die Nägel, spitztest

Bleistifte, reinigtest mit dem Zahnstocher die Ohren. Bitte, Vater, verstehe mich recht, das wären an sich vollständig unbedeutende Einzelheiten gewesen, niederdrückend wurden sie für mich erst dadurch, daß Du, der für mich so ungeheuer maßgebende Mensch, Dich selbst an die Gebote nicht hieltest, die Du mir auferlegtest. Dadurch wurde die Welt für mich in drei Teile geteilt, in einen, wo ich, der Sklave, lebte, unter Gesetzen, die nur für mich erfunden waren und denen ich überdies, ich wußte nicht warum, niemals völlig entsprechen konnte, dann in eine zweite Welt, die unendlich von meiner entfernt war, in der Du lebtest, beschäftigt mit der Regierung, mit dem Ausgeben der Befehle und mit dem Ärger wegen deren Nichtbefolgung, und schließlich in eine dritte Welt, wo die übrigen Leute glücklich und frei von Befehlen und Gehorchen lebten. Ich war immerfort in Schande, entweder befolgte ich Deine Befehle, das war Schande, denn sie galten ja nur für mich; oder ich war trotzig, das war auch Schande, denn wie durfte ich Dir gegenüber trotzig sein, oder ich konnte nicht folgen, weil ich zum Beispiel nicht Deine Kraft, nicht Deinen Appetit, nicht Deine Geschicklichkeit hatte, trotzdem Du es als etwas Selbstverständliches von mir verlangtest; das war allerdings die größte Schande. In dieser Weise bewegten sich nicht die Überlegungen, aber das Gefühl des Kindes.

Meine damalige Lage wird vielleicht deutlicher, wenn ich sie mit der von Felix vergleiche. Auch ihn behandelst Du ja ähnlich, ja wendest sogar ein besonders fürchterliches Erziehungsmittel gegen ihn an, indem Du, wenn er beim Essen etwas Deiner Meinung nach Unreines macht, Dich nicht damit begnügst, wie damals zu mir zu sagen: »Du bist ein großes Schwein«, sondern noch hinzufügst: »ein echter Hermann« oder »genau, wie Dein Vater«. Nun schadet das aber vielleicht – mehr als »vielleicht« kann man nicht sagen – dem Felix wirklich nicht wesentlich, denn für ihn bist Du eben nur ein allerdings besonders bedeutender Großvater, aber doch nicht alles, wie Du es für mich gewesen bist, außerdem ist Felix ein ruhiger, schon jetzt gewissermaßen männlicher Charakter, der sich durch eine Donnerstimme vielleicht verblüffen, aber nicht für die Dauer bestimmen läßt, vor allem aber ist er doch nur verhältnismäßig selten mit Dir beisammen, steht ja auch unter anderen Einflüssen, Du bist ihm mehr etwas liebes Kurioses, aus dem er auswählen kann, was er sich

nehmen will. Mir warst Du nichts Kurioses, ich konnte nicht auswählen, ich mußte alles nehmen.

Und zwar ohne etwas dagegen vorbringen zu können, denn es ist Dir
von vornherein nicht möglich, ruhig über eine Sache zu sprechen, mit
der Du nicht einverstanden bist oder die bloß nicht von Dir ausgeht;
Dein herrisches Temperament läßt das nicht zu. In den letzten Jahren
erklärst Du das durch Deine Herznervosität, ich wüßte nicht, daß Du
jemals wesentlich anders gewesen bist, höchstens ist Dir die Herznervosität ein Mittel zur strengeren Ausübung der Herrschaft, da der
Gedanke daran die letzte Widerrede im anderen ersticken muß. Das
ist natürlich kein Vorwurf, nur Feststellung einer Tatsache. Etwa bei
Ottla: »Man kann ja mit ihr gar nicht sprechen, sie springt einem
gleich ins Gesicht«, pflegst Du zu sagen, aber in Wirklichkeit springt
sie ursprünglich gar nicht; Du verwechselst die Sache mit der Person;
die Sache springt Dir ins Gesicht, und Du entscheidest sie sofort ohne
Anhören der Person; was nachher noch vorgebracht wird, kann Dich
nur weiter reizen, niemals überzeugen. Dann hört man von Dir nur
noch: »Mach, was Du willst; von mir aus bist Du frei; Du bist
großjährig; ich habe Dir keine Ratschläge zu geben«, und alles das
mit dem fürchterlichen heiseren Unterton des Zornes und der vollständigen Verurteilung, vor dem ich heute nur deshalb weniger zittere
als in der Kinderzeit, weil das ausschließliche Schuldgefühl des
Kindes zum Teil ersetzt ist durch den Einblick in unser beider
Hilflosigkeit.

Die Unmöglichkeit des ruhigen Verkehrs hatte noch eine weitere
eigentlich sehr natürliche Folge: ich verlernte das Reden. Ich wäre ja
wohl auch sonst kein großer Redner geworden, aber die gewöhnlich
fließende menschliche Sprache hätte ich doch beherrscht. Du hast mir
aber schon früh das Wort verboten, Deine Drohung: »kein Wort der
Widerrede!« und die dazu erhobene Hand begleiten mich schon seit
jeher. Ich bekam vor Dir – Du bist, sobald es um Deine Dinge geht,
ein ausgezeichneter Redner – eine stockende, stotternde Art des
Sprechens, auch das war Dir noch zu viel, schließlich schwieg ich,
zuerst vielleicht aus Trotz, dann, weil ich vor Dir weder denken noch
reden konnte. Und weil Du mein eigentlicher Erzieher warst, wirkte
das überall in meinem Leben nach. Es ist überhaupt ein merkwürdiger Irrtum, wenn Du glaubst, ich hätte mich Dir nie gefügt. »Immer

alles contra« ist wirklich nicht mein Lebensgrundsatz Dir gegenüber gewesen, wie Du glaubst und mir vorwirfst. Im Gegenteil: hätte ich Dir weniger gefolgt, Du wärest sicher viel zufriedener mit mir. Vielmehr haben alle Deine Erziehungsmaßnahmen genau getroffen: keinem Griff bin ich ausgewichen; so wie ich bin, bin ich (von den Grundlagen und der Einwirkung des Lebens natürlich abgesehen) das Ergebnis Deiner Erziehung und meiner Folgsamkeit. Daß dieses Ergebnis Dir trotzdem peinlich ist, ja daß Du Dich unbewußt weigerst, es als Dein Erziehungsergebnis anzuerkennen, liegt eben daran, daß Deine Hand und mein Material einander so fremd gewesen sind. Du sagtest: »Kein Wort der Widerrede!« und wolltest damit die Dir unangenehmen Gegenkräfte in mir zum Schweigen bringen, diese Einwirkung war aber für mich zu stark, ich war zu folgsam, ich verstummte gänzlich, verkroch mich vor Dir und wagte mich erst zu regen, wenn ich so weit von Dir entfernt war, daß Deine Macht, wenigstens direkt, nicht mehr hinreichte. Du aber standst davor, und alles schien Dir wieder »contra« zu sein, während es nur selbstverständliche Folge Deiner Stärke und meiner Schwäche war.

Deine äußerst wirkungsvollen, wenigstens mir gegenüber niemals versagenden rednerischen Mittel bei der Erziehung waren: Schimpfen, Drohen, Ironie, böses Lachen und – merkwürdigerweise – Selbstbeklagung.

Daß du mich direkt und mit ausdrücklichen Schimpfwörtern beschimpft hättest, kann ich mich nicht erinnern. Es war auch nicht nötig, Du hattest so viele andere Mittel, auch flogen im Gespräch zu Hause und besonders im Geschäft die Schimpfwörter rings um mich in solchen Mengen auf andere nieder, daß ich als kleiner Junge manchmal davon fast betäubt war und keinen Grund hatte, sie nicht auch auf mich zu beziehen, denn die Leute, die Du beschimpftest, waren gewiß nicht schlechter als ich, und Du warst gewiß mit ihnen nicht unzufriedener als mit mir. Und auch hier war wieder Deine rätselhafte Unschuld und Unangreifbarkeit, Du schimpftest, ohne Dir irgendwelche Bedenken deshalb zu machen, ja Du verurteiltest das Schimpfen bei anderen und verbotest es.

Das Schimpfen verstärktest Du mit Drohen, und das galt nun auch schon mir. Schrecklich war mir zum Beispiel dieses: »ich zerreiße Dich wie einen Fisch«, trotzdem ich ja wußte, daß dem nichts

Schlimmeres nachfolgte (als kleines Kind wußte ich das allerdings nicht), aber es entsprach fast meinen Vorstellungen von Deiner Macht, daß Du auch das imstande gewesen wärest. Schrecklich war es auch, wenn Du schreiend um den Tisch herumliefst, um einen zu fassen, offenbar gar nicht fassen wolltest, aber doch so tatest und die Mutter einen schließlich scheinbar rettete. Wieder hatte man einmal, so schien es dem Kind, das Leben durch Deine Gnade behalten und trug es als Dein unverdientes Geschenk weiter. Hierher gehören auch die Drohungen wegen der Folgen des Ungehorsams. Wenn ich etwas zu tun anfing, was Dir nicht gefiel, und Du drohtest mir mit dem Mißerfolg, so war die Ehrfurcht vor Deiner Meinung so groß, daß damit der Mißerfolg, wenn auch vielleicht erst für eine spätere Zeit, unaufhaltsam war. Ich verlor das Vertrauen zu eigenem Tun. Ich war unbeständig, zweifelhaft. Je älter ich wurde, desto größer war das Material, das Du mir zum Beweis meiner Wertlosigkeit entgegenhalten konntest; allmählich bekamst Du in gewisser Hinsicht wirklich recht. Wieder hüte ich mich zu behaupten, daß ich nur durch Dich so wurde; Du verstärktest nur, was war, aber Du verstärktest es sehr, weil Du eben mir gegenüber sehr mächtig warst und alle Macht dazu verwendetest.

Ein besonderes Vertrauen hattest Du zur Erziehung durch Ironie, sie entsprach auch am besten Deiner Überlegenheit über mich. Eine Ermahnung hatte bei Dir gewöhnlich diese Form: »Kannst Du das nicht so und so machen? Das ist Dir wohl schon zu viel? Dazu hast Du natürlich keine Zeit« und ähnlich. Dabei jede solche Frage begleitet von bösem Lachen und bösem Gesicht. Man wurde gewissermaßen schon bestraft, ehe man noch wußte, daß man etwas Schlechtes getan hatte. Aufreizend waren auch jene Zurechtweisungen, wo man als dritte Person behandelt, also nicht einmal des bösen Ansprechens gewürdigt wurde; wo Du also etwa formell zur Mutter sprachst, aber eigentlich zu mir, der dabei saß, zum Beispiel: »Das kann man vom Herrn Sohn natürlich nicht haben« und dergleichen. (Das bekam dann sein Gegenspiel darin, daß ich zum Beispiel nicht wagte und später aus Gewohnheit gar nicht mehr daran dachte, Dich direkt zu fragen, wenn die Mutter dabei war. Es war dem Kind viel ungefährlicher, die neben Dir sitzende Mutter nach Dir auszufragen, man fragte dann die Mutter: »Wie geht es dem Vater?« und sicherte sich so vor Überraschungen.) Es gab natürlich auch Fälle, wo man mit der ärgsten Ironie sehr einverstanden war, nämlich wenn sie einen anderen betraf, zum Beispiel die Elli, mit der ich jahrelang böse war. Es war für mich ein Fest der Bosheit und Schadenfreude, wenn es von ihr fast bei jedem Essen etwa hieß: »Zehn Meter weit vom Tisch muß sie sitzen, die breite Mad« und wenn Du dann böse auf Deinem Sessel, ohne die leiseste Spur von Freundlichkeit oder Laune, sondern als erbitterter Feind übertrieben ihr nachzumachen suchtest, wie äußerst widerlich für Deinen Geschmack sie dasaß. Wie oft hat sich das und ähnliches wiederholen müssen, wie wenig hast Du im Tatsächlichen dadurch erreicht. Ich glaube, es lag daran, daß der Aufwand von Zorn und Bösesein zur Sache selbst in keinem richtigen Verhältnis zu sein schien, man hatte nicht das Gefühl, daß der Zorn durch diese Kleinigkeit des Weit-vom-Tische-Sitzens erzeugt sei, sondern daß er in seiner ganzen Größe von vornherein vorhanden war und nur zufällig gerade diese Sache als Anlaß zum Losbrechen genommen habe. Da man überzeugt war, daß sich ein Anlaß jedenfalls finden würde, nahm man sich nicht besonders zusammen, auch stumpfte man unter der fortwährenden Drohung ab; daß man nicht geprügelt wurde, dessen war man ja allmählich fast sicher. Man wurde ein mürrisches, unaufmerksames, ungehorsames Kind, immer auf eine Flucht, meist eine innere, bedacht. So littest Du, so litten wir. Du hattest von Deinem Standpunkt ganz recht, wenn Du mit zusammengebissenen Zähnen und dem gurgelnden Lachen, welches dem Kind zum erstenmal höllische Vorstellungen vermittelt hatte, bitter zu sagen pflegtest (wie erst letzthin wegen eines Konstantinopler Briefes): »Das ist eine Gesellschaft!«

Ganz unverträglich mit dieser Stellung zu Deinen Kindern schien es zu sein, wenn Du, was ja sehr oft geschah, öffentlich Dich beklagtest. Ich gestehe, daß ich als Kind (später wohl) dafür gar kein Gefühl hatte und nicht verstand, wie Du überhaupt erwarten konntest, Mitgefühl zu finden. Du warst so riesenhaft in jeder Hinsicht; was konnte Dir an unserem Mitleid liegen oder gar an unserer Hilfe? Die mußtest Du doch eigentlich verachten, wie uns selbst so oft. Ich glaubte daher den Klagen nicht und suchte irgendeine geheime Absicht hinter ihnen. Erst später begriff ich, daß Du wirklich durch die Kinder sehr littest, damals aber, wo die Klagen noch unter anderen

Umständen einen kindlichen, offenen, bedenkenlosen, zu jeder Hilfe bereiten Sinn hätten antreffen können, mußten sie mir wieder nur überdeutliche Erziehungs- und Demütigungsmittel sein, als solche an sich nicht sehr stark, aber mit der schädlichen Nebenwirkung, daß das Kind sich gewöhnte, gerade Dinge nicht sehr ernst zu nehmen, die es ernst hätte nehmen sollen.

Es gab glücklicherweise davon allerdings auch Ausnahmen, meistens wenn Du schweigend littest und Liebe und Güte mit ihrer Kraft alles Entgegenstehende überwand und unmittelbar ergriff. Selten war das allerdings, aber es war wunderbar. Etwa wenn ich Dich früher in heißen Sommern mittags nach dem Essen im Geschäft müde ein wenig schlafen sah, den Ellbogen auf dem Pult, oder wenn Du sonntags abgehetzt zu uns in die Sommerfrische kamst; oder wenn Du bei einer schweren Krankheit der Mutter zitternd vom Weinen Dich am Bücherkasten festhieltest; oder wenn Du während meiner letzten Krankheit leise zu mir in Ottlas Zimmer kamst, auf der Schwelle bliebst, nur den Hals strecktest, um mich im Bett zu sehn, und aus Rücksicht nur mit der Hand grüßtest. Zu solchen Zeiten legte man sich hin und weinte vor Glück und weint jetzt wieder, während man es schreibt.

Du hast auch eine besonders schöne, sehr selten zu sehende Art eines stillen, zufriedenen, gutheißenden Lächelns, das den, dem es gilt, ganz glücklich machen kann. Ich kann mich nicht erinnern, daß es in meiner Kindheit ausdrücklich mir zuteil geworden wäre, aber es dürfte wohl geschehen sein, denn warum solltest Du es mir damals verweigert haben, da ich Dir noch unschuldig schien und Deine große Hoffnung war. Übrigens haben auch solche freundliche Eindrücke auf die Dauer nichts anderes erzielt, als mein Schuldbewußtsein vergrößert und die Welt mir noch unverständlicher gemacht.

Lieber hielt ich mich ans Tatsächliche und Fortwährende. Um mich Dir gegenüber nur ein wenig zu behaupten, zum Teil auch aus einer Art Rache, fing ich bald an, kleine Lächerlichkeiten, die ich an Dir bemerkte, zu beobachten, zu sammeln, zu übertreiben. Wie Du zum Beispiel leicht Dich von meist nur scheinbar höherstehenden Personen blenden ließest und davon immerfort erzählen konntest, etwa von irgendeinem kaiserlichen Rat oder dergleichen (andererseits tat mir etwas Derartiges auch weh, daß Du, mein Vater, solche nichtige Bestätigungen Deines Wertes zu brauchen glaubtest und mit ihnen großtatest). Oder ich beobachtete Deine Vorliebe für unanständige, möglichst laut herausgebrachte Redensarten, über die Du lachtest, als hättest Du etwas besonders Vortreffliches gesagt, während es eben nur eine platte, kleine Unanständigkeit war (gleichzeitig war es allerdings auch wieder eine mich beschämende Äußerung Deiner Lebenskraft). Solcher verschiedener Beobachtungen gab es natürlich eine Menge; ich war glücklich über sie, es gab für mich Anlaß zu Getuschel und Spaß, Du bemerktest es manchmal, ärgertest Dich darüber, hieltest es für Bosheit, Respektlosigkeit, aber glaube mir, es war nichts anderes für mich als ein übrigens untaugliches Mittel zur Selbsterhaltung, es waren Scherze, wie man sie über Götter und Könige verbreitet, Scherze, die mit dem tiefsten Respekt nicht nur sich verbinden lassen, sondern sogar zu ihm gehören.

Auch Du hast übrigens, entsprechend Deiner ähnlichen Lage mir gegenüber, eine Art Gegenwehr versucht. Du pflegtest darauf hinzuweisen, wie übertrieben gut es mir ging und wie gut ich eigentlich behandelt worden bin. Das ist richtig, ich glaube aber nicht, daß es mir unter den einmal vorhandenen Umständen im wesentlichen genützt hat.

Es ist wahr, daß die Mutter grenzenlos gut zu mir war, aber alles das stand für mich in Beziehung zu Dir, also in keiner guten Beziehung. Die Mutter hatte unbewußt die Rolle eines Treibers in der Jagd. Wenn schon Deine Erziehung in irgendeinem unwahrscheinlichen Fall mich durch Erzeugung von Trotz, Abneigung oder gar Haß auf eigene Füße hätte stellen können, so glich das die Mutter durch Gutsein, durch vernünftige Rede (sie war im Wirrwarr der Kindheit das Urbild der Vernunft), durch Fürbitte wieder aus, und ich war wieder in Deinen Kreis zurückgetrieben, aus dem ich sonst vielleicht, Dir und mir zum Vorteil, ausgebrochen wäre. Oder es war so, daß es zu keiner eigentlichen Versöhnung kam, daß die Mutter mich vor Dir bloß im Geheimen schützte, mir im Geheimen etwas gab, etwas erlaubte, dann war ich wieder vor Dir das lichtscheue Wesen, der Betrüger, der Schuldbewußte, der wegen seiner Nichtigkeit selbst zu dem, was er für sein Recht hielt, nur auf Schleichwegen kommen konnte. Natürlich gewöhnte ich mich dann, auf diesen Wegen auch das zu suchen, worauf ich, selbst meiner Meinung nach, kein Recht hatte. Das war wieder Vergrößerung des Schuldbewußtseins.

Es ist auch wahr, daß Du mich kaum einmal wirklich geschlagen hast. Aber das Schreien, das Rotwerden Deines Gesichts, das eilige Losmachen der Hosenträger, ihr Bereitliegen auf der Stuhllehne, war für mich fast ärger. Es ist, wie wenn einer gehängt werden soll. Wird er wirklich gehenkt, dann ist er tot und es ist alles vorüber. Wenn er aber alle Vorbereitungen zum Gehenktwerden miterleben muß und erst wenn ihm die Schlinge vor dem Gesicht hängt, von seiner Begnadigung erfährt, so kann er sein Leben lang daran zu leiden haben. Überdies sammelte sich aus diesen vielen Malen, wo ich Deiner deutlich gezeigten Meinung nach Prügel verdient hätte, ihnen aber aus Deiner Gnade noch knapp entgangen war, wieder nur ein großes Schuldbewußtsein an. Von allen Seiten her kam ich in Deine Schuld.

Seit jeher machtest Du mir zum Vorwurf (und zwar mir allein oder vor anderen, für das Demütigende des letzteren hattest Du kein Gefühl, die Angelegenheiten Deiner Kinder waren immer öffentliche), daß ich dank Deiner Arbeit ohne alle Entbehrungen in Ruhe, Wärme, Fülle lebte. Ich denke da an Bemerkungen, die in meinem Gehirn förmlich Furchen gezogen haben müssen, wie: »Schon mit sieben Jahren mußte ich mit dem Karren durch die Dörfer fahren.« »Wir mußten alle in einer Stube schlafen.« »Wir waren glücklich, wenn wir Erdäpfel hatten.« »Jahrelang hatte ich wegen ungenügender Winterkleidung offene Wunden an den Beinen.« »Als kleiner Junge mußte ich schon nach Pisek ins Geschäft.« »Von zu Hause bekam ich gar nichts, nicht einmal beim Militär, ich schickte noch Geld nach Hause.« »Aber trotzdem, trotzdem – der Vater war mir immer der Vater. Wer weiß das heute! Was wissen die Kinder! Das hat niemand gelitten! Versteht das heute ein Kind?« Solche Erzählungen hätten unter anderen Verhältnissen ein ausgezeichnetes Erziehungsmittel sein können, sie hätten zum Überstehen der gleichen Plagen und Entbehrungen, die der Vater durchgemacht hatte, aufmuntern und kräftigen können. Aber das wolltest Du doch gar nicht, die Lage war ja eben durch das Ergebnis Deiner Mühe eine andere geworden, Gelegenheit, sich in der Weise auszuzeichnen, wie Du es getan hattest, gab es nicht. Eine solche Gelegenheit hätte man erst durch

Gewalt und Umsturz schaffen müssen, man hätte von zu Hause ausbrechen müssen (vorausgesetzt, daß man die Entschlußfähigkeit und Kraft dazu gehabt hätte und die Mutter nicht ihrerseits mit anderen Mitteln dagegen gearbeitet hätte). Aber das alles wolltest Du doch gar nicht, das bezeichnetest Du als Undankbarkeit, Überspanntheit, Ungehorsam, Verrat, Verrücktheit. Während Du also von einer Seite durch Beispiel, Erzählung und Beschämung dazu locktest, verbotest Du es auf der anderen Seite allerstrengstens. Sonst hättest Du zum Beispiel, von den Nebenumständen abgesehen, von Ottlas Zürauer Abenteuer eigentlich entzückt sein müssen. Sie wollte auf das Land, von dem Du gekommen warst, sie wollte Arbeit und Entbehrungen haben, wie Du sie gehabt hattest, sie wollte nicht Deine Arbeitserfolge genießen, wie auch Du von Deinem Vater unabhängig gewesen bist. Waren das so schreckliche Absichten? So fern Deinem Beispiel und Deiner Lehre? Gut, die Absichten Ottlas mißlangen schließlich im Ergebnis, wurden vielleicht etwas lächerlich, mit zuviel Lärm ausgeführt, sie nahm nicht genug Rücksicht auf ihre Eltern. War das aber ausschließlich ihre Schuld, nicht auch die Schuld der Verhältnisse und vor allem dessen, daß Du ihr so entfremdet warst? War sie Dir etwa (wie Du Dir später selbst einreden wolltest) im Geschäft weniger entfremdet, als nachher in Zürau? Und hättest Du nicht ganz gewiß die Macht gehabt (vorausgesetzt, daß Du Dich dazu hättest überwinden können), durch Aufmunterung, Rat und Aufsicht, vielleicht sogar nur durch Duldung aus diesem Abenteuer etwas sehr Gutes zu machen?

Anschließend an solche Erfahrungen pflegtest Du in bitterem Scherz zu sagen, daß es uns zu gut ging. Aber dieser Scherz ist in gewissem Sinn keiner. Das, was Du Dir erkämpfen mußtest, bekamen wir aus Deiner Hand, aber den Kampf um das äußere Leben, der Dir sofort zugänglich war und der natürlich auch uns nicht erspart bleibt, den müssen wir uns erst spät, mit Kinderkraft im Mannesalter erkämpfen. Ich sage nicht, daß unsere Lage deshalb unbedingt ungünstiger ist als es Deine war, sie ist jener vielmehr wahrscheinlich gleichwertig – (wobei allerdings die Grundanlagen nicht verglichen sind), nur darin sind wir im Nachteil, daß wir mit unserer Not uns nicht rühmen und niemanden mit ihr demütigen können, wie Du es mit Deiner Not getan hast. Ich leugne auch nicht, daß es möglich gewesen wäre, daß ich die Früchte Deiner großen und erfolgreichen Arbeit wirklich richtig hätte genießen, verwerten und mit ihnen zu Deiner Freude hätte weiterarbeiten können, dem aber stand eben unsere Entfremdung entgegen. Ich konnte, was Du gabst, genießen, aber nur in Beschämung, Müdigkeit, Schwäche, Schuldbewußtsein. Deshalb konnte ich Dir für alles nur bettlerhaft dankbar sein, durch die Tat nicht. Das nächste äußere Ergebnis dieser ganzen Erziehung war, daß ich alles floh, was nur von der Ferne an Dich erinnerte. Zuerst das Geschäft. An und für sich besonders in der Kinderzeit, solange es ein Gassengeschäft war, hätte es mich sehr freuen müssen, es war so lebendig, abends beleuchtet, man sah, man hörte viel, konnte hie und da helfen, sich auszeichnen, vor allem aber Dich bewundern in Deinen großartigen kaufmännischen Talenten, wie Du verkauftest, Leute behandeltest, Späße machtest, unermüdlich warst, in Zweifelsfällen sofort die Entscheidung wußtest und so weiter; noch wie Du einpacktest oder eine Kiste aufmachtest, war ein sehenswertes Schauspiel und das Ganze alles in allem gewiß nicht die schlechteste Kinderschule. Aber da Du allmählich von allen Seiten mich erschrecktest und Geschäft und Du sich mir decktem, war mir auch das Geschäft nicht mehr behaglich. Dinge, die mir dort zuerst selbstverständlich gewesen waren, quälten, beschämten mich, besonders Deine Behandlung des Personals. Ich weiß nicht, vielleicht ist sie in den meisten Geschäften so gewesen (in der Assecurazioni Generali, zum Beispiel, war sie zu meiner Zeit wirklich ähnlich, ich erklärte dort dem Direktor, nicht ganz wahrheitsgemäß, aber auch nicht ganz erlogen, meine Kündigung damit, daß ich das Schimpfen, das übrigens mich direkt gar nicht betroffen hatte, nicht ertragen könne; ich war darin zu schmerzhaft empfindlich schon von Hause her), aber die anderen Geschäfte kümmerten mich in der Kinderzeit nicht. Dich aber hörte und sah ich im Geschäft schreien, schimpfen und wüten, wie es meiner damaligen Meinung nach in der ganzen Welt nicht wieder vorkam. Und nicht nur schimpfen, auch sonstige Tyrannei. Wie Du zum Beispiel Waren, die Du mit anderen nicht verwechselt haben wolltest, mit einem Ruck vom Pult hinunterwarfst – nur die Besinnungslosigkeit Deines Zorns entschuldigte Dich ein wenig – und der Kommis sie aufheben mußte. Oder Deine ständige Redensart hinsichtlich eines lungenkranken Kommis: »Er soll krepieren, der kranke Hund.« Du nanntest die Angestellten »bezahlte Feinde«, das waren sie auch, aber noch ehe sie es geworden waren, schienst Du mir ihr »zahlender Feind« zu sein. Dort bekam ich auch die große Lehre, daß Du ungerecht sein konntest; an mir selbst hätte ich es nicht so bald bemerkt, da hatte sich ja zuviel Schuldgefühl angesammelt, das Dir recht gab; aber dort waren nach meiner, später natürlich ein wenig, aber nicht allzusehr korrigierten Kindermeinung fremde Leute, die doch für uns arbeiteten und dafür in fortwährender Angst vor Dir leben mußten. Natürlich übertrieb ich da, und zwar deshalb, weil ich ohne weiteres annahm, Du wirktest auf die Leute ebenso schrecklich wie auf mich. Wenn das so gewesen wäre, hätten sie wirklich nicht leben können; da sie aber erwachsene Leute mit meist ausgezeichneten Nerven waren, schüttelten sie das Schimpfen ohne Mühe von sich ab und es schadete Dir schließlich viel mehr als ihnen. Mir aber machte es das Geschäft unleidlich, es erinnerte mich allzusehr an mein Verhältnis zu Dir: Du warst, ganz abgesehen vom Unternehmerinteresse und abgesehen von Deiner Herrschsucht schon als Geschäftsmann allen, die jemals bei Dir gelernt haben, so sehr überlegen, daß Dich keine ihrer Leistungen befriedigen konnte, ähnlich ewig unbefriedigt mußtest Du auch von mir sein. Deshalb gehörte ich notwendig zur Partei des Personals, übrigens auch deshalb, weil ich schon aus Ängstlichkeit nicht begriff, wie man einen Fremden so beschimpfen konnte, und darum aus Ängstlichkeit das meiner Meinung nach fürchterlich aufgebrachte Personal irgendwie mit Dir, mit unserer Familie schon um meiner eigenen Sicherheit willen aussöhnen wollte. Dazu genügte nicht mehr gewöhnliches, anständiges Benehmen gegenüber dem Personal, nicht einmal mehr bescheidenes Benehmen, vielmehr mußte ich demütig sein, nicht nur zuerst grüßen, sondern womöglich auch noch den Gegengruß abwehren. Und hätte ich, die unbedeutende Person, ihnen unten die Füße geleckt, es wäre noch immer kein Ausgleich dafür gewesen, wie Du, der Herr, oben auf sie loshacktest. Dieses Verhältnis, in das ich hier zu Mitmenschen trat, wirkte über das Geschäft hinaus und in die Zukunft weiter (etwas Ähnliches, aber nicht so gefährlich und tiefgreifend wie bei mir, ist zum Beispiel auch Ottlas Vorliebe für den Verkehr mit armen Leuten, das Dich so ärgernde Zusammensitzen mit den Dienstmädchen und dergleichen). Schließlich fürchtete ich mich fast vor dem Geschäft, und jedenfalls war es schon längst nicht mehr meine Sache, ehe ich noch ins Gymnasium kam und dadurch noch weiter davon fortgeführt wurde. Auch schien es mir für meine Fähigkeiten ganz unerschwinglich, da es, wie Du sagtest, selbst die Deinigen verbrauchte. Du suchtest dann (für mich ist das heute rührend und beschämend) aus meiner Dich doch sehr schmerzenden Abneigung gegen das Geschäft, gegen Dein Werk, doch noch ein wenig Süßigkeit für Dich zu ziehen, indem Du behauptetest, mir fehle der Geschäftssinn, ich habe höhere Ideen im Kopf und dergleichen. Die Mutter freute sich natürlich über diese Erklärung, die Du Dir abzwangst, und auch ich in meiner Eitelkeit und Not ließ mich davon beeinflussen. Wären es aber wirklich nur oder hauptsächlich die »höheren Ideen« gewesen, die mich vom Geschäft (das ich jetzt, aber erst jetzt, ehrlich und tatsächlich hasse) abbrachten, sie hätten sich anders äußern müssen, als daß sie mich ruhig und ängstlich durchs Gymnasium und durch das Jusstudium schwimmen ließen, bis ich beim Beamtenschreibtisch endgültig landete.

Wollte ich vor Dir fliehn, mußte ich auch vor der Familie fliehn, selbst vor der Mutter. Man konnte bei ihr zwar immer Schutz finden, doch nur in Beziehung zu Dir. Zu sehr liebte sie Dich und war Dir zu sehr treu ergeben, als daß sie in dem Kampf des Kindes eine selbständige geistige Macht für die Dauer hätte sein können. Ein richtiger Instinkt des Kindes übrigens, denn die Mutter wurde Dir mit den Jahren immer noch enger verbunden; während sie immer, was sie selbst betraf, ihre Selbständigkeit in kleinsten Grenzen schön und zart und ohne Dich jemals wesentlich zu kränken, bewahrte, nahm sie doch mit den Jahren immer vollständiger, mehr im Gefühl als im Verstand, Deine Urteile und Verurteilungen hinsichtlich der Kinder blindlings über, besonders in dem allerdings schweren Fall der Ottla. Freilich muß man immer im Gedächtnis behalten, wie quälend und bis zum letzten aufreibend die Stellung der Mutter in der Familie war. Sie hat sich im Geschäft, im Haushalt geplagt, alle Krankheiten der Familie doppelt mitgelitten, aber die Krönung alles dessen war das, was sie in ihrer Zwischenstellung zwischen uns und Dir gelitten hat. Du bist immer liebend und rücksichtsvoll zu ihr gewesen, aber in dieser Hinsicht hast Du sie ganz genau so wenig geschont, wie wir sie geschont haben. Rücksichtslos haben wir auf sie eingehämmert, Du von Deiner Seite, wir von unserer. Es war eine Ablenkung, man dachte an nichts Böses, man dachte nur an den Kampf, den Du mit uns, den wir mit Dir führten, und auf der Mutter tobten wir uns aus. Es war auch kein guter Beitrag zur Kindererziehung, wie Du sie – ohne jede Schuld Deinerseits natürlich – unseretwegen quältest. Es rechtfertigte sogar scheinbar unser sonst nicht zu rechtfertigendes Benehmen ihr gegenüber. Was hat sie von uns Deinetwegen und von Dir unseretwegen gelitten, ganz ungerechnet jene Fälle, wo Du recht hattest, weil sie uns verzog, wenn auch selbst dieses ›Verziehn‹ manchmal nur eine stille, unbewußte Gegendemonstration gegen Dein System gewesen sein mag. Natürlich hätte die Mutter das alles nicht ertragen können, wenn sie nicht aus der Liebe zu uns allen und aus dem Glück dieser Liebe die Kraft zum Ertragen genommen hätte.

Die Schwestern gingen nur zum Teil mit mir. Am glücklichsten in ihrer Stellung zu Dir war Valli. Am nächsten der Mutter stehend, fügte sie sich Dir auch ähnlich, ohne viel Mühe und Schaden. Du nahmst sie aber auch, eben in Erinnerung an die Mutter, freundlicher hin, trotzdem wenig Kafka'sches Material in ihr war. Aber vielleicht war Dir gerade das recht; wo nichts Kafka'sches war, konntest selbst Du nichts Derartiges verlangen; Du hattest auch nicht, wie bei uns andern, das Gefühl, daß hier etwas verlorenging, das mit Gewalt gerettet werden müßte. Übrigens magst Du das Kafka'sche, soweit es sich in Frauen geäußert hat, niemals besonders geliebt haben. Das Verhältnis Vallis zu Dir wäre sogar vielleicht noch freundlicher geworden, wenn wir anderen es nicht ein wenig gestört hätten.

Die Elli ist das einzige Beispiel für das fast vollständige Gelingen eines Durchbruches aus Deinem Kreis. Von ihr hätte ich es in ihrer Kindheit am wenigsten erwartet. Sie war doch ein so schwerfälliges, müdes, furchtsames, verdrossenes, schuldbewußtes, überdemütiges, boshaftes, faules, genäschiges, geiziges Kind, ich konnte sie kaum ansehn, gar nicht ansprechen, so sehr erinnerte sie mich an mich selbst, so sehr ähnlich stand sie unter dem gleichen Bann der Erziehung. Besonders ihr Geiz war mir abscheulich, da ich ihn womöglich noch stärker hatte. Geiz ist ja eines der verläßlichsten Anzeichen tiefen Unglücklichseins; ich war so unsicher aller Dinge, daß ich tatsächlich nur das besaß, was ich schon in den Händen oder im Mund hielt oder was wenigstens auf dem Wege dorthin war, und gerade das nahm sie, die in ähnlicher Lage war, mir am liebsten fort. Aber das alles änderte sich, als sie in jungen Jahren – das ist das Wichtigste – von zu Hause wegging, heiratete, Kinder bekam, sie wurde fröhlich, unbekümmert, mutig, freigebig, uneigennützig, hoffnungsvoll. Fast unglaublich ist es, wie Du eigentlich diese Veränderung gar nicht bemerkt und jedenfalls nicht nach Verdienst bewertet hast, so geblendet bist Du von dem Groll, den Du gegen Elli seit jeher hattest und im Grunde unverändert hast, nur daß dieser Groll jetzt viel weniger aktuell geworden ist, da Elli nicht mehr bei uns wohnt und außerdem Deine Liebe zu Felix und die Zuneigung zu Karl ihn unwichtiger gemacht haben. Nur Gerti muß ihn manchmal noch entgelten.

Von Ottla wage ich kaum zu schreiben; ich weiß, ich setze damit die ganze erhoffte Wirkung des Briefes aufs Spiel. Unter gewöhnlichen Umständen, also wenn sie nicht etwa in besondere Not oder Gefahr käme, hast Du für sie nur Haß; Du hast mir ja selbst zugestanden, daß sie Deiner Meinung nach mit Absicht Dir immerfort Leid und Ärger macht, und während Du ihretwegen leidest, ist sie befriedigt und freut sich. Also eine Art Teufel. Was für eine ungeheure Entfremdung, noch größer als zwischen Dir und mir, muß zwischen Dir und ihr eingetreten sein, damit eine so ungeheure Verkennung möglich wird. Sie ist so weit von Dir, daß Du sie kaum mehr siehst, sondern ein Gespenst an die Stelle setzt, wo Du sie vermutest. Ich gebe zu, daß Du es mit ihr besonders schwer hattest. Ich durchschaue ja den sehr komplizierten Fall nicht ganz, aber jedenfalls war hier etwas wie eine Art Löwy, ausgestattet mit den besten Kafka'schen Waffen. Zwischen uns war es kein eigentlicher Kampf; ich war bald erledigt; was übrigblieb war Flucht, Verbitterung, Trauer, innerer Kampf. Ihr zwei waret aber immer in Kampfstellung, immer frisch, immer bei · Kräften. Ein ebenso großartiger wie trostloser Anblick. Zu allererst seid ihr Euch ja gewiß sehr nahe gewesen, denn noch heute ist von uns vier Ottla vielleicht die reinste Darstellung der Ehe zwischen Dir und der Mutter und der Kräfte, die sich da verbanden. Ich weiß nicht, was Euch um das Glück der Eintracht zwischen Vater und Kind gebracht hat, es liegt mir nur nahe zu glauben, daß die Entwicklung ähnlich war wie bei mir. Auf Deiner Seite die Tyrannei Deines Wesens, auf ihrer Seite Löwyscher Trotz, Empfindlichkeit, Gerechtigkeitsgefühl, Unruhe, und alles das gestützt durch das Bewußtsein Kafka'scher Kraft. Wohl habe auch ich sie beeinflußt, aber kaum aus eigenem Antrieb, sondern durch die bloße Tatsache meines Daseins. Übrigens kam sie doch als letzte in schon fertige Machtverhältnisse hinein und konnte sich aus dem vielen bereitliegenden Material ihr Urteil selbst bilden. Ich kann mir sogar denken, daß sie in ihrem Wesen eine Zeitlang geschwankt hat, ob sie sich Dir an die Brust werfen soll oder den Gegnern, offenbar hast Du damals etwas versäumt und sie zurückgestoßen, Ihr wäret aber, wenn es eben möglich gewesen wäre, ein prachtvolles Paar an Eintracht geworden. Ich hätte dadurch zwar einen Verbündeten verloren, aber der Anblick von Euch beiden hätte mich reich entschädigt, auch wärest ja Du durch das unabsehbare Glück, wenigstens in einem Kind volle Befriedigung zu finden, sehr zu meinen Gunsten verwandelt worden. Das alles ist heute allerdings nur ein Traum. Ottla hat keine Verbindung mit dem Vater, muß ihren Weg allein suchen, wie ich, und um das Mehr an Zuversicht, Selbstvertrauen, Gesundheit, Bedenkenlosigkeit, das sie im Vergleich mit mir hat, ist sie in Deinen Augen böser und verräterischer als ich. Ich verstehe das; von Dir aus gesehen kann sie nicht anders sein. Ja sie selbst ist imstande, mit Deinen Augen sich anzusehn, Dein Leid mitzufühlen und darüber – nicht verzweifelt zu sein, Verzweiflung ist meine Sache – aber sehr traurig zu sein. Du siehst uns zwar, in scheinbarem Widerspruch hiezu, oft beisammen, wir flüstern, lachen, hie und da hörst Du Dich erwähnen. Du hast den Eindruck von frechen Verschwörern. Merkwürdige Verschwörer. Du bist allerdings ein Hauptthema unserer Gespräche wie unseres Denkens seit jeher, aber wahrhaftig nicht, um etwas gegen Dich auszudenken, sitzen wir beisammen, sondern um mit aller Anstrengung, mit Spaß, mit Ernst, mit Liebe, Trotz, Zorn, Widerwille, Ergebung, Schuldbewußtsein, mit allen Kräften des Kopfes und Herzens diesen schrecklichen Prozeß, der zwischen uns und Dir schwebt, in allen Einzelheiten, von allen Seiten, bei allen Anlässen, von fern und nah gemeinsam durchzusprechen, diesen Prozeß, in dem Du immerfort Richter zu sein behauptest, während Du, wenigstens zum größten Teil (hier lasse ich die Tür allen Irrtümern offen, die mir natürlich begegnen können) ebenso schwache und verblendete Partei bist wie wir.

Ein im Zusammenhang des Ganzen lehrreiches Beispiel Deiner erzieherischen Wirkung war Irma. Einerseits war sie doch eine Fremde, kam schon erwachsen in Dein Geschäft, hatte mit Dir hauptsächlich als ihrem Chef zu tun, war also nur zum Teil und in einem schon widerstandsfähigen Alter Deinem Einfluß ausgesetzt; andererseits aber war sie doch auch eine Blutsverwandte, verehrte in Dir den Bruder ihres Vaters, und Du hattest über sie viel mehr als die bloße Macht eines Chefs. Und trotzdem ist sie, die in ihrem schwachen Körper so tüchtig, klug, fleißig, bescheiden, vertrauenswürdig, uneigennützig, treu war, die Dich als Onkel liebte und als Chef bewunderte, die in anderen Posten vorher und nachher sich bewährte, Dir keine sehr gute Beamtin gewesen. Sie war eben, natürlich auch von uns hingedrängt, Dir gegenüber nahe der Kinderstellung, und so groß war noch ihr gegenüber die umbiegende Macht Deines Wesens, daß sich bei ihr (allerdings nur Dir gegenüber und, hoffentlich, ohne das tiefere Leid des Kindes) Vergeßlichkeit, Nachlässigkeit, Galgenhumor, vielleicht sogar ein wenig Trotz, soweit sie dessen überhaupt fähig war, entwickelten, wobei ich gar nicht in Rechnung stelle, daß sie kränklich gewesen ist, auch sonst nicht sehr glücklich war und eine trostlose Häuslichkeit auf ihr lastete. Das für mich Beziehungsreiche Deines Verhältnisses zu ihr hast Du in einem für uns klassisch gewordenen, fast gotteslästerlichen, aber gerade für die Unschuld in Deiner Menschenbehandlung sehr beweisenden Satz zusammengefaßt: »Die Gottselige hat mir viel Schweinerei hinterlassen.«

Ich könnte noch weitere Kreise Deines Einflusses und des Kampfes gegen ihn beschreiben, doch käme ich hier schon ins Unsichere und müßte konstruieren, außerdem wirst Du ja, je weiter Du von Geschäft und Familie Dich entfernst, seit jeher desto freundlicher, nachgiebiger, höflicher, rücksichtsvoller, teilnehmender (ich meine: auch äußerlich) ebenso wie ja zum Beispiel auch ein Selbstherrscher, wenn er einmal außerhalb der Grenzen seines Landes ist, keinen Grund hat, noch immer tyrannisch zu sein, und sich gutmütig auch mit den niedrigsten Leuten einlassen kann. Tatsächlich standest Du zum Beispiel auf den Gruppenbildern aus Franzensbad immer so groß und fröhlich zwischen den kleinen mürrischen Leuten, wie ein

König auf Reisen. Davon hätten allerdings auch die Kinder ihren Vorteil haben können, nur hätten sie schon, was unmöglich war, in der Kinderzeit fähig sein müssen, das zu erkennen, und ich zum Beispiel hätte nicht immerfort gewissermaßen im innersten, strengsten, zuschnürenden Ring Deines Einflusses wohnen dürfen, wie ich es ja wirklich getan habe.

Ich verlor dadurch nicht nur den Familiensinn, wie Du sagst, im Gegenteil, eher hatte ich noch Sinn für die Familie, allerdings hauptsächlich negativ für die (natürlich nie zu beendigende) innere Ablösung von Dir. Die Beziehungen zu den Menschen außerhalb der Familie litten aber durch Deinen Einfluß womöglich noch mehr. Du bist durchaus im Irrtum, wenn Du glaubst, für die anderen Menschen tue ich aus Liebe und Treue alles, für Dich und die Familie aus Kälte und Verrat nichts. Ich wiederhole zum zehntenmal: ich wäre wahrscheinlich auch sonst ein menschenscheuer, ängstlicher Mensch geworden, aber von da ist noch ein langer, dunkler Weg dorthin, wohin ich wirklich gekommen bin. (Bisher habe ich in diesem Brief verhältnismäßig weniges absichtlich verschwiegen, jetzt und später werde ich aber einiges verschweigen müssen, was – vor Dir und mir – einzugestehen, mir noch zu schwer ist. Ich sage das deshalb, damit Du, wenn das Gesamtbild hie und da etwas undeutlich werden sollte, nicht glaubst, daß Mangel an Beweisen daran schuld ist, es sind vielmehr Beweise da, die das Bild unerträglich kraß machen könnten. Es ist nicht leicht, darin eine Mitte zu finden.) Hier genügt es übrigens, an Früheres zu erinnern: Ich hatte vor Dir das Selbstvertrauen verloren, dafür ein grenzenloses Schuldbewußtsein eingetauscht. (In Erinnerung an diese Grenzenlosigkeit schrieb ich von jemandem einmal richtig: »Er fürchtet, die Scham werde ihn noch überleben.«) Ich konnte mich nicht plötzlich verwandeln, wenn ich mit anderen Menschen zusammenkam, ich kam vielmehr ihnen gegenüber noch in tieferes Schuldbewußtsein, denn ich mußte ja, wie ich schon sagte, das an ihnen gutmachen, was Du unter meiner Mitverantwortung im Geschäft an ihnen verschuldet hattest. Außerdem hattest Du ja gegen jeden, mit dem ich verkehrte, offen oder im Geheimen etwas einzuwenden, auch das mußte ich ihm abbitten. Das Mißtrauen, das Du mir in Geschäft und Familie gegen die meisten Menschen beizubringen suchtest (nenne mir einen in der Kinderzeit irgendwie für mich bedeutenden Menschen, den Du nicht wenigstens einmal bis in den Grund hinunterkritisiert hättest) und das Dich merkwürdigerweise gar nicht besonders beschwerte (Du warst eben stark genug es zu ertragen, außerdem war es in Wirklichkeit vielleicht nur ein Emblem des Herrschers) – dieses Mißtrauen, das sich mir Kleinem für die eigenen Augen nirgends bestätigte, da ich überall nur unerreichbar ausgezeichnete Menschen sah, wurde in mir zu Mißtrauen zu mir selbst und zur fortwährenden Angst vor allem andern. Dort konnte ich mich also im allgemeinen vor Dir gewiß nicht retten.

Daß Du Dich darüber täuschtest, lag vielleicht daran, daß Du ja von meinem Menschenverkehr eigentlich gar nichts erfuhrst, und mißtrauisch und eifersüchtig (leugne ich denn, daß Du mich lieb hast?) annahmst, daß ich mich für den Entgang an Familienleben anderswo entschädigen müsse, da es doch unmöglich wäre, daß ich draußen ebenso lebe. Übrigens hatte ich in dieser Hinsicht gerade in meiner Kinderzeit noch einen gewissen Trost eben im Mißtrauen zu meinem Urteil; ich sagte mir:»Du übertreibst doch, fühlst, wie das die Jugend immer tut, Kleinigkeiten zu sehr als große Ausnahmen.« Diesen Trost habe ich aber später bei steigender Weltübersicht fast verloren.

Ebensowenig Rettung vor Dir fand ich im Judentum. Hier wäre ja an sich Rettung denkbar gewesen, aber noch mehr, es wäre denkbar gewesen, daß wir uns beide im Judentum gefunden hätten oder daß wir gar von dort einig ausgegangen wären. Aber was war das für Judentum, das ich von Dir bekam! Ich habe im Laufe der Jahre etwa auf dreierlei Art mich dazu gestellt.

Als Kind machte ich mir, in Übereinstimmung mit Dir, Vorwürfe deshalb, weil ich nicht genügend in den Tempel ging, nicht fastete und so weiter. Ich glaubte nicht mir, sondern Dir ein Unrecht damit zu tun und Schuldbewußtsein, das ja immer bereit war, durchlief mich.

Später, als junger Mensch, verstand ich nicht, wie Du mit dem Nichts von Judentum, über das Du verfügtest, mir Vorwürfe deshalb machen konntest, daß ich (schon aus Pietät, wie Du Dich ausdrücktest) nicht ein ähnliches Nichts auszuführen mich anstrenge. Es war ja wirklich, soweit ich sehen konnte, ein Nichts, ein Spaß, nicht einmal ein Spaß. Du gingst an vier Tagen im Jahr in den Tempel, warst dort den

Gleichgültigen zumindest näher als jenen, die es ernst nahmen, erledigtest geduldig die Gebete als Formalität, setztest mich manchmal dadurch in Erstaunen, daß Du mir im Gebetbuch die Stelle zeigen konntest, die gerade rezitiert wurde, im übrigen durfte ich, wenn ich nur (das war die Hauptsache) im Tempel war, mich herumdrücken, wo ich wollte. Ich durchgähnte und durchduselte also dort die vielen Stunden (so gelangweilt habe ich mich später, glaube ich, nur noch in der Tanzstunde) und suchte mich möglichst an den paar kleinen Abwechslungen zu freuen, die es dort gab, etwa wenn die Bundeslade aufgemacht wurde, was mich immer an die Schießbuden erinnerte, wo auch, wenn man in ein Schwarzes traf, eine Kastentür sich aufmachte, nur daß dort aber immer etwas Interessantes herauskam und hier nur immer wieder die alten Puppen ohne Köpfe. Übrigens habe ich dort auch viel Furcht gehabt, nicht nur, wie selbstverständlich, vor den vielen Leuten, mit denen man in nähere Berührung kam, sondern auch deshalb, weil Du einmal nebenbei erwähntest, daß auch ich zur Thora aufgerufen werden könne. Davor zitterte ich jahrelang. Sonst aber wurde ich in meiner Langeweile nicht wesentlich gestört, höchstens durch die Barmizwe, die aber nur lächerliches Auswendiglernen verlangte, also nur zu einer lächerlichen Prüfungsleistung führte, und dann, was Dich betrifft, durch kleine, wenig bedeutende Vorfälle, etwa wenn Du zur Thora gerufen wurdest und dieses für mein Gefühl ausschließlich gesellschaftliche Ereignis gut überstandest oder wenn Du bei der Seelengedächtnisfeier im Tempel bliebst und ich weggeschickt wurde, was mir durch lange Zeit, offenbar wegen des Weggeschicktwerdens und mangels jeder tieferen Teilnahme, das kaum bewußt werdende Gefühl hervorrief, daß es sich hier um etwas Unanständiges handle. – So war es im Tempel, zu Hause war es womöglich noch ärmlicher und beschränkte sich auf den ersten Sederabend, der immer mehr zu einer Komödie mit Lachkrämpfen wurde, allerdings unter dem Einfluß der größer werdenden Kinder. (Warum mußtest Du Dich diesem Einfluß fügen? Weil Du ihn hervorgerufen hast.) Das war also das Glaubensmaterial, das mir überliefert wurde, dazu kam höchstens noch die ausgestreckte Hand, die auf »die Söhne des Millionärs Fuchs« hinwies, die an hohen Feiertagen mit ihrem Vater im Tempel waren. Wie man mit diesem Material etwas Besseres tun könnte, als es möglichst schnell loszuwerden, verstand ich nicht; gerade dieses Loswerden schien mir die pietätvollste Handlung zu sein.

Noch später sah ich es aber doch wieder anders an und begriff, warum Du glauben durftest, daß ich Dich auch in dieser Hinsicht böswillig verrate. Du hattest aus der kleinen ghettoartigen Dorfgemeinde wirklich noch etwas Judentum mitgebracht, es war nicht viel und verlor sich noch ein wenig in der Stadt und beim Militär, immerhin reichten noch die Eindrücke und Erinnerungen der Jugend knapp zu einer Art jüdischen Lebens aus, besonders da Du ja nicht viel derartige Hilfe brauchtest, sondern von einem sehr kräftigen Stamm warst und für Deine Person von religiösen Bedenken, wenn sie nicht mit gesellschaftlichen Bedenken sich sehr mischten, kaum erschüttert werden konntest. Im Grund bestand der Dein Leben führende Glaube darin, daß Du an die unbedingte Richtigkeit der Meinungen einer bestimmten jüdischen Gesellschaftsklasse glaubtest und eigentlich also, da diese Meinungen zu Deinem Wesen gehörten, Dir selbst glaubtest. Auch darin lag noch genug Judentum, aber zum Weiter-überliefert-werden war es gegenüber dem Kind zu wenig, es vertropfte zur Gänze, während Du es weitergabst. Zum Teil waren es unüberlieferbare Jugendeindrücke, zum Teil Dein gefürchtetes Wesen. Es war auch unmöglich, einem vor lauter Ängstlichkeit überscharf beobachtenden Kind begreiflich zu machen, daß die paar Nichtigkeiten, die Du im Namen des Judentums mit einer ihrer Nichtigkeit entsprechenden Gleichgültigkeit ausführtest, einen höheren Sinn haben konnten. Für Dich hatten sie Sinn als kleine Andenken aus früheren Zeiten, und deshalb wolltest Du sie mir vermitteln, konntest dies aber, da sie ja auch für Dich keinen Selbstwert mehr hatten, nur durch Überredung oder Drohung tun; das konnte einerseits nicht gelingen und mußte andererseits Dich, da Du Deine schwache Position hier gar nicht erkanntest, sehr zornig gegen mich wegen meiner scheinbaren Verstocktheit machen.

Das Ganze ist ja keine vereinzelte Erscheinung, ähnlich verhielt es sich bei einem großen Teil dieser jüdischen Übergangsgeneration, welche vom verhältnismäßig noch frommen Land in die Städte auswanderte; das ergab sich von selbst, nur fügte es eben unserem Verhältnis, das ja an Schärfen keinen Mangel hatte, noch eine genug schmerzliche hinzu. Dagegen sollst Du zwar auch in diesem Punkt,

ebenso wie ich, an Deine Schuldlosigkeit glauben, diese Schuldlosigkeit aber durch Dein Wesen und durch die Zeitverhältnisse erklären,
nicht aber bloß durch die äußeren Umstände, also nicht etwa sagen,
Du hättest zu viel andere Arbeit und Sorgen gehabt, als daß Du Dich
auch noch mit solchen Dingen hättest abgeben können. Auf diese
Weise pflegst Du aus Deiner zweifellosen Schuldlosigkeit einen unge-
rechten Vorwurf gegen andere zu drehen. Das ist dann überall und
auch hier sehr leicht zu widerlegen. Es hätte sich doch nicht etwa um
irgendeinen Unterricht gehandelt, den Du Deinen Kindern hättest
geben sollen, sondern um ein beispielhaftes Leben; wäre Dein Judentum stärker gewesen, wäre auch Dein Beispiel zwingender gewesen,
das ist ja selbstverständlich und wieder gar kein Vorwurf, sondern nur
eine Abwehr Deiner Vorwürfe. Du hast letzthin Franklins Jugenderinnerungen gelesen. Ich habe sie Dir wirklich absichtlich zum Lesen
gegeben, aber nicht, wie Du ironisch bemerktest, wegen einer kleinen
Stelle über Vegetarianismus, sondern wegen des Verhältnisses zwischen dem Verfasser und seinem Vater, wie es dort beschrieben ist,
und des Verhältnisses zwischen dem Verfasser und seinem Sohn, wie
es sich von selbst in diesen für den Sohn geschriebenen Erinnerungen
ausdrückt. Ich will hier nicht Einzelheiten hervorheben.
Eine gewisse nachträgliche Bestätigung dieser Auffassung von Deinem Judentum bekam ich auch durch Dein Verhalten in den letzten
Jahren, als es Dir schien, daß ich mich mit jüdischen Dingen mehr
beschäftige. Da Du von vornherein gegen jede meiner Beschäftigungen und besonders gegen die Art meiner Interessennahme eine Abneigung hast, so hattest Du sie auch hier. Aber darüber hinaus hätte man
doch erwarten können, daß Du hier eine kleine Ausnahme machst. Es
war doch Judentum von Deinem Judentum, das sich hier regte, und
damit also auch die Möglichkeit der Anknüpfung neuer Beziehungen
zwischen uns. Ich leugne nicht, daß mir diese Dinge, wenn Du für sie
Interesse gezeigt hättest, gerade dadurch hätten verdächtig werden
können. Es fällt mir ja nicht ein, behaupten zu wollen, daß ich in
dieser Hinsicht irgendwie besser bin als Du. Aber zu der Probe
darauf kam es gar nicht. Durch meine Vermittlung wurde Dir das
Judentum abscheulich, jüdische Schriften unlesbar, sie ›ekelten Dich
an‹. – Das konnte bedeuten, daß Du darauf bestandest, nur gerade
das Judentum, wie Du es mir in meiner Kinderzeit gezeigt hattest, sei

das einzig Richtige, darüber hinaus gebe es nichts. Aber daß Du darauf bestehen solltest, war doch kaum denkbar. Dann aber konnte der ›Ekel‹ (abgesehen davon, daß er sich zunächst nicht gegen das Judentum, sondern gegen meine Person richtete) nur bedeuten, daß Du unbewußt die Schwäche Deines Judentums und meiner jüdischen Erziehung anerkanntest, auf keine Weise daran erinnert werden wolltest und auf alle Erinnerungen mit offenem Hasse antwortest. Übrigens war Deine negative Hochschätzung meines neuen Judentums sehr übertrieben; erstens trug es ja Deinen Fluch in sich und zweitens war für seine Entwicklung das grundsätzliche Verhältnis zu den Mitmenschen entscheidend, in meinem Fall also tödlich.

Richtiger trafst Du mit Deiner Abneigung mein Schreiben und was, Dir unbekannt, damit zusammenhing. Hier war ich tatsächlich ein Stück selbständig von Dir weggekommen, wenn es auch ein wenig an den Wurm erinnerte, der, hinten von einem Fuß niedergetreten, sich mit dem Vorderteil losreißt und zur Seite schleppt. Einigermaßen in Sicherheit war ich, es gab ein Aufatmen; die Abneigung, die Du natürlich auch gleich gegen mein Schreiben hattest, war mir hier ausnahmsweise willkommen. Meine Eitelkeit, mein Ehrgeiz litten zwar unter Deiner für uns berühmt gewordenen Begrüßung meiner Bücher:»Legs auf den Nachttisch!« (meistens spieltest Du ja Karten, wenn ein Buch kam), aber im Grunde war mir dabei doch wohl, nicht nur aus aufbegehrender Bosheit, nicht nur aus Freude über eine neue Bestätigung meiner Auffassung unseres Verhältnisses, sondern ganz ursprünglich, weil jene Formel mir klang wie etwa:»Jetzt bist Du frei!« Natürlich war es eine Täuschung, ich war nicht oder allergünstigsten Falles noch nicht frei. Mein Schreiben handelte von Dir, ich klagte dort ja nur, was ich an Deiner Brust nicht klagen konnte. Es war ein absichtlich in die Länge gezogener Abschied von Dir, nur daß er zwar von Dir erzwungen war, aber in der von mir bestimmten Richtung verlief. Aber wie wenig war das alles! Es ist ja überhaupt nur deshalb der Rede wert, weil es sich in meinem Leben ereignet hat, anderswo wäre es gar nicht zu merken, und dann noch deshalb, weil es mir in der Kindheit als Ahnung, später als Hoffnung, noch später oft als Verzweiflung mein Leben beherrschte und mir – wenn man will, doch wieder in Deiner Gestalt – meine paar kleinen Entscheidungen diktierte.

Zum Beispiel die Berufswahl. Gewiß, Du gabst mir hier völlige Freiheit in Deiner großzügigen und in diesem Sinn sogar geduldigen Art. Allerdings folgtest Du hiebei auch der für Dich maßgebenden allgemeinen Söhnebehandlung des jüdischen Mittelstandes oder zumindest den Werturteilen dieses Standes. Schließlich wirkte hiebei auch eines Deiner Mißverständnisse hinsichtlich meiner Person mit. Du hältst mich nämlich seit jeher aus Vaterstolz, aus Unkenntnis meines eigentlichen Daseins, aus Rückschlüssen aus meiner Schwächlichkeit für besonders fleißig. Als Kind habe ich Deiner Meinung nach immerfort gelernt und später immerfort geschrieben. Das stimmt nun nicht im entferntesten. Eher kann man mit viel weniger Übertreibung sagen, daß ich wenig gelernt und nichts erlernt habe; daß etwas in den vielen Jahren bei einem mittleren Gedächtnis, bei nicht allerschlechtester Auffassungskraft hängengeblieben ist, ist ja nicht sehr merkwürdig, aber jedenfalls ist das Gesamtergebnis an Wissen, und besonders an Fundierung des Wissens, äußerst kläglich im Vergleich zu dem Aufwand an Zeit und Geld inmitten eines äußerlich sorglosen, ruhigen Lebens, besonders auch im Vergleich zu fast allen Leuten, die ich kenne. Es ist kläglich, aber für mich verständlich. Ich hatte, seitdem ich denken kann, solche tiefste Sorgen der geistigen Existenzbehauptung, daß mir alles andere gleichgültig war. Jüdische Gymnasiasten bei uns sind leicht merkwürdig, man findet da das Unwahrscheinlichste, aber meine kalte, kaum verhüllte, unzerstörbare, kindlich hilflose, bis ins Lächerliche gehende, tierisch selbstzufriedene Gleichgültigkeit eines für sich genug, aber kalt phantastischen Kindes habe ich sonst nirgends wieder gefunden, allerdings war sie hier auch der einzige Schutz gegen die Nervenzerstörung durch Angst und Schuldbewußtsein. Mich beschäftigte nur die Sorge um mich, diese aber in verschiedenster Weise. Etwa als Sorge um meine Gesundheit; es fing leicht an, hier und dort ergab sich eine kleine Befürchtung wegen der Verdauung, des Haarausfalls, einer Rückgratverkrümmung und so weiter, das steigerte sich in unzählbaren Abstufungen, schließlich endete es mit einer wirklichen Krankheit. Aber da ich keines Dinges sicher war, von jedem Augenblick eine neue Bestätigung meines Daseins brauchte, nichts in meinem eigentlichen, unzweifelhaften, alleinigen, nur durch mich eindeutig bestimmten Besitz war, in Wahrheit ein enterbter

Sohn, wurde mir natürlich auch das Nächste, der eigene Körper unsicher; ich wuchs lang in die Höhe, wußte damit aber nichts anzufangen, die Last war zu schwer, der Rücken wurde krumm; ich wagte mich kaum zu bewegen oder gar zu turnen, ich blieb schwach; staunte alles, worüber ich noch verfügte, als Wunder an, etwa meine gute Verdauung; das genügte, um sie zu verlieren, und damit war der Weg zu aller Hypochondrie frei, bis dann unter der übermenschlichen Anstrengung des Heiraten-Wollens (darüber spreche ich noch) das Blut aus der Lunge kam, woran ja die Wohnung im Schönbornpalais – die ich aber nur deshalb brauchte, weil ich sie für mein Schreiben zu brauchen glaubte, so daß auch das auf dieses Blatt gehört – genug Anteil haben kann. Also das alles stammte nicht von übergroßer Arbeit, wie Du Dir es immer vorstellst. Es gab Jahre, in denen ich bei voller Gesundheit mehr Zeit auf dem Kanapee verfaulenzt habe, als Du in Deinem ganzen Leben, alle Krankheiten eingerechnet. Wenn ich höchstbeschäftigt von Dir fortlief, war es meist, um mich in meinem Zimmer hinzulegen. Meine Gesamtarbeitsleistung sowohl im Büro (wo allerdings Faulheit nicht sehr auffällt und überdies durch meine Ängstlichkeit in Grenzen gehalten war) als auch zu Hause ist winzig; hättest Du darüber einen Überblick, würde es Dich entsetzen. Wahrscheinlich bin ich in meiner Anlage gar nicht faul, aber es gab für mich nichts zu tun. Dort, wo ich lebte, war ich verworfen, abgeurteilt, niedergekämpft, und anderswohin mich zu flüchten strengte mich zwar äußerst an, aber das war keine Arbeit, denn es handelte sich um Unmögliches, das für meine Kräfte bis auf kleine Ausnahmen unerreichbar war.

In diesem Zustand bekam ich also die Freiheit der Berufswahl. War ich aber überhaupt noch fähig, eine solche Freiheit eigentlich zu gebrauchen? Traute ich mir es denn noch zu, einen wirklichen Beruf erreichen zu können? Meine Selbstbewertung war von Dir viel abhängiger als von irgend etwas sonst, etwa von einem äußeren Erfolg. Der war die Stärkung eines Augenblicks, sonst nichts, aber auf der anderen Seite zog Dein Gewicht immer viel stärker hinunter. Niemals würde ich durch die erste Volksschulklasse kommen, dachte ich, aber es gelang, ich bekam sogar eine Prämie; aber die Aufnahmeprüfung ins Gymnasium würde ich gewiß nicht bestehn; aber es gelang; aber nun falle ich in der ersten Gymnasialklasse bestimmt durch, nein, ich fiel nicht durch und es gelang immer weiter und weiter. Daraus ergab sich aber keine Zuversicht, im Gegenteil, immer war ich überzeugt – und in Deiner abweisenden Miene hatte ich förmlich den Beweis dafür – daß, je mehr mir gelingt, desto schlimmer es schließlich wird ausgehn müssen. Oft sah ich im Geist die schreckliche Versammlung der Professoren (das Gymnasium ist nur das einheitlichste Beispiel, überall um mich war es aber ähnlich), wie sie, wenn ich die Prima überstanden hatte, also in der Sekunda, wenn ich diese überstanden hatte, also in der Tertia und so weiter zusammenkommen würden, um diesen einzigartigen, himmelschreienden Fall zu untersuchen, wie es mir, dem Unfähigsten und jedenfalls Unwissendsten gelungen war, mich bis hinauf in diese Klasse zu schleichen, die mich, da nun die allgemeine Aufmerksamkeit auf mich gelenkt war, natürlich sofort ausspeien würde, zum Jubel aller von diesem Alpdruck befreiten Gerechten. – Mit solchen Vorstellungen zu leben ist für ein Kind nicht leicht. Was kümmerte mich unter diesen Umständen der Unterricht. Wer war imstande, aus mir einen Funken von Anteilnahme herauszuschlagen? Mich interessierte der Unterricht – und nicht nur der Unterricht, sondern alles ringsherum in diesem entscheidenden Alter – etwa so wie einen Bankdefraudanten, der noch in Stellung ist und vor der Entdeckung zittert, das kleine laufende Bankgeschäft interessiert, das er noch immer als Beamter zu erledigen hat. So klein, so fern war alles neben der Hauptsache. Es ging dann weiter bis zur Matura, durch die ich wirklich schon zum Teil nur durch Schwindel kam, und dann stockte es, jetzt war ich frei. Hatte ich schon trotz dem Zwang des Gymnasiums mich nur um mich gekümmert, wie erst jetzt, da ich frei war. Also eigentliche Freiheit der Berufswahl gab es für mich nicht, ich wußte: alles wird mir gegenüber der Hauptsache genauso gleichgültig sein, wie alle Lehrgegenstände im Gymnasium, es handelt sich also darum, einen Beruf zu finden, der mir, ohne meine Eitelkeit allzusehr zu verletzen, diese Gleichgültigkeit am ehesten erlaubt. Also war Jus das Selbstverständliche. Kleine gegenteilige Versuche der Eitelkeit, der unsinnigen Hoffnung, wie vierzehntägiges Chemiestudium, halbjähriges Deutschstudium, verstärkten nur jene Grundüberzeugung. Ich studierte also Jus. Das bedeutete, daß ich mich in den paar Monaten vor den Prüfungen unter reichlicher Mitnahme der Nerven geistig förmlich von Holzmehl nährte, das mir überdies schon von Tausenden Mäulern vorgekaut war. Aber in gewissem Sinn schmeckte mir das gerade, wie in gewissem Sinn früher auch das Gymnasium und später der Beamtenberuf, denn das alles entsprach vollkommen meiner Lage. Jedenfalls zeigte ich hier erstaunliche Voraussicht, schon als kleines Kind hatte ich hinsichtlich der Studien und des Berufes genug klare Vorahnungen. Von hier aus erwartete ich keine Rettung, hier hatte ich schon längst verzichtet.

Gar keine Voraussicht zeigte ich aber hinsichtlich der Bedeutung und Möglichkeit einer Ehe für mich; dieser bisher größte Schrecken meines Lebens ist fast vollständig unerwartet über mich gekommen. Das Kind hatte sich so langsam entwickelt, diese Dinge lagen ihm äußerlich gar zu abseits; hie und da ergab sich die Notwendigkeit, daran zu denken; daß sich hier aber eine dauernde, entscheidende und sogar die erbittertste Prüfung vorbereite, war nicht zu erkennen. In Wirklichkeit aber wurden die Heiratsversuche der großartigste und hoffnungsreichste Rettungsversuch, entsprechend großartig war dann allerdings auch das Mißlingen.

Ich fürchte, weil mir in dieser Gegend alles mißlingt, daß es mir auch nicht gelingen wird, Dir diese Heiratsversuche verständlich zu machen. Und doch hängt das Gelingen des ganzen Briefes davon ab, denn in diesen Versuchen war einerseits alles versammelt, was ich an positiven Kräften zur Verfügung hatte, andererseits sammelten sich hier auch geradezu mit Wut alle negativen Kräfte, die ich als Mitergebnis Deiner Erziehung beschrieben habe, also die Schwäche, der Mangel an Selbstvertrauen, das Schuldbewußtsein, und zogen förmlich einen Kordon zwischen mir und der Heirat. Die Erklärung wird mir auch deshalb schwer werden, weil ich hier alles in so vielen Tagen und Nächten immer wieder durchdacht und durchgraben habe, daß selbst mich jetzt der Anblick schon verwirrt. Erleichtert wird mir die Erklärung nur durch Dein meiner Meinung nach vollständiges Mißverstehn der Sache; ein so vollständiges Mißverstehn ein wenig zu verbessern, scheint nicht übermäßig schwer.

Zunächst stellst Du das Mißlingen der Heiraten in die Reihe meiner sonstigen Mißerfolge; dagegen hätte ich an sich nichts, vorausgesetzt, daß Du meine bisherige Erklärung des Mißerfolgs annimmst. Es steht tatsächlich in dieser Reihe, nur die Bedeutung der Sache unterschätzt

Du und unterschätzt sie derartig, daß wir, wenn wir miteinander davon reden, eigentlich von ganz Verschiedenem sprechen. Ich wage zu sagen, daß Dir in Deinem ganzen Leben nichts geschehen ist, was für Dich eine solche Bedeutung gehabt hätte, wie für mich die Heiratsversuche. Damit meine ich nicht, daß Du an sich nichts so Bedeutendes erlebt hättest, im Gegenteil, Dein Leben war viel reicher und sorgenvoller und gedrängter als meines, aber eben deshalb ist Dir nichts Derartiges geschehen. Es ist so, wie wenn einer fünf niedrige Treppenstufen hinaufzusteigen hat und ein zweiter nur eine Treppenstufe, die aber, wenigstens für ihn, so hoch ist, wie jene fünf zusammen; der erste wird nicht nur die fünf bewältigen, sondern noch Hunderte und Tausende weitere, er wird ein großes und sehr anstrengendes Leben geführt haben, aber keine der Stufen, die er erstiegen hat, wird für ihn eine solche Bedeutung gehabt haben, wie für den zweiten jene eine, erste, hohe, für alle seine Kräfte unmöglich zu ersteigende Stufe, zu der er nicht hinauf- und über die er natürlich auch nicht hinauskommt.

Heiraten, eine Familie gründen, alle Kinder, welche kommen, hinnehmen, in dieser unsicheren Welt erhalten und gar noch ein wenig führen, ist meiner Überzeugung nach das Äußerste, das einem Menschen überhaupt gelingen kann. Daß es scheinbar so vielen leicht gelingt, ist kein Gegenbeweis, denn erstens gelingt es tatsächlich nicht vielen, und zweitens ›tun‹ es diese Nichtvielen meistens nicht, sondern es ›geschieht‹ bloß mit ihnen; das ist zwar nicht jenes Äußerste, aber doch noch sehr große und sehr ehrenvoll (besonders da sich ›tun‹ und ›geschehn‹ nicht rein voneinander scheiden lassen). Und schließlich handelt es sich auch gar nicht um dieses Äußerste, sondern nur um irgendeine ferne, aber anständige Annäherung; es ist doch nicht notwendig, mitten in die Sonne hineinzufliegen, aber doch bis zu einem reinen Plätzchen auf der Erde hinzukriechen, wo manchmal die Sonne hinscheint und man sich ein wenig wärmen kann.

Wie war ich nun auf dieses vorbereitet? Möglichst schlecht. Das geht schon aus dem Bisherigen hervor. Soweit es aber dafür eine direkte Vorbereitung des Einzelnen und eine direkte Schaffung der allgemeinen Grundbedingungen gibt, hast Du äußerlich nicht viel eingegriffen. Es ist auch nicht anders möglich, hier entscheiden die allgemeinen geschlechtlichen Standes-, Volks- und Zeitsitten. Immerhin hast

Du auch da eingegriffen, nicht viel, denn die Voraussetzung solchen Eingreifens kann nur starkes gegenseitiges Vertrauen sein, und daran fehlte es uns beiden schon längst zur entscheidenden Zeit, und nicht sehr glücklich, weil ja unsere Bedürfnisse ganz verschieden waren; was mich packt, muß Dich noch kaum berühren und umgekehrt, was bei Dir Unschuld ist, kann bei mir Schuld sein und umgekehrt, was bei Dir folgenlos bleibt, kann mein Sargdeckel sein.

Ich erinnere mich, ich ging einmal abends mit Dir und der Mutter spazieren, es war auf dem Josephsplatz in der Nähe der heutigen Länderbank, und fing dumm großtuerisch, überlegen, stolz, kühl (das war unwahr), kalt (das war echt) und stotternd, wie ich eben meistens mit Dir sprach, von den interessanten Sachen zu reden an, machte Euch Vorwürfe, daß ich unbelehrt gelassen worden bin, daß sich erst die Mitschüler meiner hatten annehmen müssen, daß ich in der Nähe großer Gefahren gewesen bin (hier log ich meiner Art nach unverschämt, um mich mutig zu zeigen, denn infolge meiner Ängstlichkeit hatte ich keine genauere Vorstellung von den ›großen Gefahren‹), deutete aber zum Schluß an, daß ich jetzt schon glücklicherweise alles wisse, keinen Rat mehr brauche und alles in Ordnung sei. Hauptsächlich hatte ich davon jedenfalls zu reden angefangen, weil es mir Lust machte, davon wenigstens zu reden, dann auch aus Neugierde und schließlich auch, um mich irgendwie für irgend etwas an Euch zu rächen. Du nahmst es entsprechend Deinem Wesen sehr einfach, Du sagtest nur etwa, Du könntest mir einen Rat geben, wie ich ohne Gefahr diese Dinge werde betreiben können. Vielleicht hatte ich gerade eine solche Antwort hervorlocken wollen, die entsprach ja der Lüsternheit des mit Fleisch und allen guten Dingen überfütterten, körperlich untätigen, mit sich ewig beschäftigten Kindes, aber doch war meine äußerliche Scham dadurch so verletzt oder ich glaubte, sie müsse so verletzt sein, daß ich gegen meinen Willen nicht mehr mit Dir darüber sprechen konnte und hochmütig frech das Gespräch abbrach.

Es ist nicht leicht, Deine damalige Antwort zu beurteilen, einerseits hat sie doch etwas niederwerfend Offenes, gewissermaßen Urzeitliches, andererseits ist sie allerdings, was die Lehre selbst betrifft, sehr neuzeitlich bedenkenlos. Ich weiß nicht, wie alt ich damals war, viel älter als sechzehn Jahre gewiß nicht. Für einen solchen Jungen war es

aber doch eine sehr merkwürdige Antwort, und der Abstand zwischen uns beiden zeigt sich auch darin, daß das eigentlich die erste direkte, lebenumfassende Lehre war, die ich von Dir bekam. Ihr eigentlicher Sinn aber, der sich schon damals in mich einsenkte, mir aber erst viel später halb zu Bewußtsein kam, war folgender: Das, wozu Du mir rietest, war doch das Deiner Meinung nach und gar erst meiner damaligen Meinung nach Schmutzigste, was es gab. Daß du dafür sorgen wolltest, daß ich körperlich von dem Schmutz nichts nach Hause bringe, war nebensächlich, dadurch schütztest Du ja nur Dich, Dein Haus. Die Hauptsache war vielmehr, daß Du außerhalb Deines Rates bliebst, ein Ehemann, ein reiner Mann, erhaben über diese Dinge; das verschärfte sich damals für mich wahrscheinlich noch dadurch, daß mir auch die Ehe schamlos vorkam und es mir daher unmöglich war, das, was ich Allgemeines über die Ehe gehört hatte, auf meine Eltern anzuwenden. Dadurch wurdest Du noch reiner, kamst noch höher. Der Gedanke, daß Du etwa vor der Ehe auch Dir einen ähnlichen Rat hättest geben können, war mir völlig undenkbar. So war also fast kein Restchen irdischen Schmutzes an Dir. Und eben Du stießest mich, so als wäre ich dazu bestimmt, mit ein paar offenen Worten in diesen Schmutz hinunter. Bestand die Welt also nur aus mir und Dir, eine Vorstellung, die mir sehr nahelag, dann endete also mit Dir diese Reinheit der Welt, und mit mir begann kraft Deines Rates der Schmutz. An sich war es ja unverständlich, daß Du mich so verurteiltest, nur alte Schuld und tiefste Verachtung Deinerseits konnten mir das erklären. Und damit war ich also wieder in meinem innersten Wesen angefaßt, und zwar sehr hart.
Hier wird vielleicht auch unser beider Schuldlosigkeit am deutlichsten. A gibt dem B einen offenen, seiner Lebensauffassung entsprechenden, nicht sehr schönen, aber doch auch heute in der Stadt durchaus üblichen, Gesundheitsschädigungen vielleicht verhindernden Rat. Dieser Rat ist für B moralisch nicht sehr stärkend, aber warum sollte er sich aus dem Schaden nicht im Laufe der Jahre herausarbeiten können, übrigens muß er ja dem Rat gar nicht folgen, und jedenfalls liegt in dem Rat allein kein Anlaß dafür, daß über B etwa seine ganze Zukunftswelt zusammenbricht. Und doch geschieht etwas in dieser Art, aber eben nur deshalb, weil A Du bist und B ich bin.

Diese beiderseitige Schuldlosigkeit kann ich auch deshalb besonders gut überblicken, weil sich ein ähnlicher Zusammenstoß zwischen uns unter ganz anderen Verhältnissen etwa zwanzig Jahre später wieder ereignet hat, als Tatsache grauenhaft, an und für sich allerdings viel unschädlicher, denn wo war da etwas an mir Sechsunddreißigjährigem, dem noch geschadet werden konnte. Ich meine damit eine kleine Aussprache an einem der paar aufgeregten Tage nach Mitteilung meiner letzten Heiratsabsicht. Du sagtest zu mir etwa: »Sie hat wahrscheinlich irgendeine ausgesuchte Bluse angezogen, wie das die Prager Jüdinnen verstehn, und daraufhin hast Du Dich natürlich entschlossen, sie zu heiraten. Und zwar möglichst rasch, in einer Woche, morgen, heute. Ich begreife Dich nicht, Du bist doch ein erwachsener Mensch, bist in der Stadt, und weißt Dir keinen andern Rat als gleich eine Beliebige zu heiraten. Gibt es da keine anderen Möglichkeiten? Wenn Du Dich davor fürchtest, werde ich selbst mit Dir hingehn.« Du sprachst ausführlicher und deutlicher, aber ich kann mich an die Einzelheiten nicht mehr erinnern, vielleicht wurde mir auch ein wenig nebelhaft vor den Augen, fast interessierte mich mehr die Mutter, wie sie, zwar vollständig mit Dir einverstanden, immerhin etwas vom Tisch nahm und damit aus dem Zimmer ging. Tiefer gedemütigt hast Du mich mit Worten wohl kaum und deutlicher mir Deine Verachtung nie gezeigt. Als Du vor zwanzig Jahren ähnlich zu mir gesprochen hattest, hätte man darin mit Deinen Augen sogar etwas Respekt für den frühreifen Stadtjungen sehen können, der Deiner Meinung nach schon so ohne Umwege ins Leben eingeführt werden konnte. Heute könnte diese Rücksicht die Verachtung nur noch steigern, denn der Junge, der damals einen Anlauf nahm, ist in ihm steckengeblieben und scheint Dir heute um keine Erfahrung reicher, sondern nur um zwanzig Jahre jämmerlicher. Meine Entscheidung für ein Mädchen bedeutete Dir gar nichts. Du hattest meine Entscheidungskraft (unbewußt) immer niedergehalten und glaubtest jetzt (unbewußt) zu wissen, was sie wert war. Von meinen Rettungsversuchen in anderen Richtungen wußtest Du nichts, daher konntest Du auch von den Gedankengängen, die mich zu diesem Heiratsversuch geführt hatten, nichts wissen, mußtest sie zu erraten suchen und rietst entsprechend dem Gesamturteil, das Du über mich hattest, auf das Abscheulichste, Plumpste, Lächerlichste. Und zögertest keinen Augenblick, mir das auf ebensolche Weise zu sagen. Die Schande, die Du damit mir antatest, war Dir nichts im Vergleich zu der Schande, die ich Deiner Meinung nach Deinem Namen durch die Heirat machen würde.

Nun kannst Du ja hinsichtlich meiner Heiratsversuche manches mir antworten und hast es auch getan: Du könntest nicht viel Respekt vor meiner Entscheidung haben, wenn ich die Verlobung mit F. zweimal aufgelöst und zweimal wieder aufgenommen habe, wenn ich Dich und die Mutter nutzlos zu der Verlobung nach Berlin geschleppt habe und dergleichen. Das alles ist wahr, aber wie kam es dazu?

Der Grundgedanke beider Heiratsversuche war ganz korrekt: einen Hausstand gründen, selbständig werden. Ein Gedanke, der Dir ja sympathisch ist, nur daß es dann in Wirklichkeit so ausfällt wie das Kinderspiel, wo einer die Hand des anderen hält und sogar preßt und dabei ruft: »Ach geh doch, geh doch, warum gehst du nicht?« Was sich allerdings in unserem Fall dadurch kompliziert hat, daß Du das ›geh doch!‹ seit jeher ehrlich gemeint hast, da Du ebenso seit jeher, ohne es zu wissen, nur kraft Deines Wesens mich gehalten oder richtiger niedergehalten hast.

Beide Mädchen waren zwar durch den Zufall, aber außerordentlich gut gewählt. Wieder ein Zeichen Deines vollständigen Mißverstehens, daß Du glauben kannst, ich, der Ängstliche, Zögernde, Verdächtigende entschließe mich mit einem Ruck für eine Heirat, etwa aus Entzücken über eine Bluse. Beide Ehen wären vielmehr Vernunftehen geworden, soweit damit gesagt ist, daß Tag und Nacht, das erste Mal Jahre, das zweite Mal Monate, alle meine Denkkraft an den Plan gewendet worden ist.

Keines der Mädchen hat mich enttäuscht, nur ich sie beide. Mein Urteil über sie ist heute genau das gleiche wie damals, als ich sie heiraten wollte.

Es ist auch nicht so, daß ich beim zweiten Heiratsversuch die Erfahrungen des ersten Versuches mißachtet hätte, also leichtsinnig gewesen wäre. Die Fälle waren eben ganz verschieden, gerade die früheren Erfahrungen konnten mir im zweiten Fall, der überhaupt viel aussichtsreicher war, Hoffnung geben. Von Einzelheiten will ich hier nicht reden.

Warum also habe ich nicht geheiratet? Es gab einzelne Hindernisse wie überall, aber im Nehmen solcher Hindernisse besteht ja das Leben. Das wesentliche, vom einzelnen Fall leider unabhängige Hindernis war aber, daß ich offenbar geistig unfähig bin zu heiraten. Das äußert sich darin, daß ich von dem Augenblick an, in dem ich mich entschließe zu heiraten, nicht mehr schlafen kann, der Kopf glüht bei Tag und Nacht, es ist kein Leben mehr, ich schwanke verzweifelt herum. Es sind das nicht eigentlich Sorgen, die das verursachen, zwar laufen auch entsprechend meiner Schwerblütigkeit und Pedanterie unzählige Sorgen mit, aber sie sind nicht das Entscheidende, sie vollenden zwar wie Würmer die Arbeit am Leichnam, aber entscheidend getroffen bin ich von anderem. Es ist der allgemeine Druck der Angst, der Schwäche, der Selbstmißachtung.

Ich will es näher zu erklären versuchen: Hier beim Heiratsversuch trifft in meinen Beziehungen zu Dir zweierlei scheinbar Entgegengesetztes so stark wie nirgends sonst zusammen. Die Heirat ist gewiß die Bürgschaft für die schärfste Selbstbefreiung und Unabhängigkeit. Ich hätte eine Familie, das Höchste, was man meiner Meinung nach erreichen kann, also auch das Höchste, das Du erreicht hast, ich wäre Dir ebenbürtig, alle alte und ewig neue Schande und Tyrannei wäre bloß noch Geschichte. Das wäre allerdings märchenhaft, aber darin liegt eben schon das Fragwürdige. Es ist zu viel, so viel kann nicht erreicht werden. Es ist so, wie wenn einer gefangen wäre und er hätte nicht nur die Absicht zu fliehen, was vielleicht erreichbar wäre, sondern auch noch und zwar gleichzeitig die Absicht, das Gefängnis in ein Lustschloß für sich umzubauen. Wenn er aber flieht, kann er nicht umbauen, und wenn er umbaut, kann er nicht fliehen. Wenn ich in dem besonderen Unglücksverhältnis, in welchem ich zu Dir stehe, selbständig werden will, muß ich etwas tun, was möglichst gar keine Beziehung zu Dir hat; das Heiraten ist zwar das Größte und gibt die ehrenvollste Selbständigkeit, aber es ist auch gleichzeitig in engster Beziehung zu Dir. Hier hinauskommen zu wollen, hat deshalb etwas von Wahnsinn, und jeder Versuch wird fast damit gestraft.

Gerade diese enge Beziehung lockt mich ja teilweise auch zum Heiraten. Ich denke mir diese Ebenbürtigkeit, die dann zwischen uns entstehen würde und die Du verstehen könntest wie keine andere, eben deshalb so schön, weil ich dann ein freier, dankbarer, schuldloser, aufrechter Sohn sein, Du ein unbedrückter, untyrannischer, mitfühlender, zufriedener Vater sein könntest. Aber zu dem Zweck müßte eben alles Geschehene ungeschehen gemacht, das heißt wir selbst ausgestrichen werden.

So wie wir aber sind, ist mir das Heiraten dadurch verschlossen, daß es gerade Dein eigenstes Gebiet ist. Manchmal stelle ich mir die Erdkarte ausgespannt und Dich quer über sie hin ausgestreckt vor. Und es ist mir dann, als kämen für mein Leben nur die Gegenden in Betracht, die Du entweder nicht bedeckst oder die nicht in Deiner Reichweite liegen. Und das sind entsprechend der Vorstellung, die ich von Deiner Größe habe, nicht viele und nicht sehr trostreiche Gegenden und besonders die Ehe ist nicht darunter.

Schon dieser Vergleich beweist, daß ich keineswegs sagen will, Du hättest mich durch Dein Beispiel aus der Ehe, so etwa wie aus dem Geschäft, verjagt. Im Gegenteil, trotz aller fernen Ähnlichkeit. Ich hatte in Euerer Ehe eine in vielem mustergültige Ehe vor mir, mustergültig in Treue, gegenseitiger Hilfe, Kinderzahl, und selbst als dann die Kinder groß wurden und immer mehr den Frieden störten, blieb die Ehe als solche davon unberührt. Gerade an diesem Beispiel bildete sich vielleicht auch mein hoher Begriff von der Ehe; daß das Verlangen nach der Ehe ohnmächtig war, hatte eben andere Gründe. Sie lagen in Deinem Verhältnis zu den Kindern, von dem ja der ganze Brief handelt.

Es gibt eine Meinung, nach der die Angst vor der Ehe manchmal davon herrührt, daß man fürchtet, die Kinder würden einem später das heimzahlen, was man selbst an den eigenen Eltern gesündigt hat. Das hat, glaube ich, in meinem Fall keine sehr große Bedeutung, denn mein Schuldbewußtsein stammt ja eigentlich von Dir und ist auch zu sehr von seiner Einzigartigkeit durchdrungen, ja dieses Gefühl der Einzigartigkeit gehört zu seinem quälenden Wesen, eine Wiederholung ist unausdenkbar. Immerhin muß ich sagen, daß mir ein solcher stummer, dumpfer, trockener, verfallener Sohn unerträglich wäre, ich würde wohl, wenn keine andere Möglichkeit wäre, vor ihm fliehen, auswandern, wie Du es erst wegen meiner Heirat machen wolltest. Also mitbeeinflußt mag ich bei meiner Heiratsunfähigkeit auch davon sein.

Viel wichtiger aber ist dabei die Angst um mich. Das ist so zu verstehen: Ich habe schon angedeutet, daß ich im Schreiben und in dem, was damit zusammenhängt, kleine Selbständigkeitsversuche, Fluchtversuche mit allerkleinstem Erfolg gemacht, sie werden kaum weiterführen, vieles bestätigt mir das. Trotzdem ist es meine Pflicht oder vielmehr es besteht mein Leben darin, über ihnen zu wachen, keine Gefahr, die ich abwehren kann, ja keine Möglichkeit einer solchen Gefahr an sie herankommen zu lassen. Die Ehe ist die Möglichkeit einer solchen Gefahr, allerdings auch die Möglichkeit der größten Förderung, mir aber genügt, daß es die Möglichkeit einer Gefahr ist. Was würde ich dann anfangen, wenn es doch eine Gefahr wäre! Wie könnte ich in der Ehe weiterleben in dem vielleicht unbeweisbaren, aber jedenfalls unwiderleglichen Gefühl dieser Gefahr! Demgegenüber kann ich zwar schwanken, aber der schließliche Ausgang ist gewiß, ich muß verzichten. Der Vergleich von dem Sperling in der Hand und der Taube auf dem Dach paßt hier nur sehr entfernt. In der Hand habe ich nichts, auf dem Dach ist alles und doch muß ich – so entscheiden es die Kampfverhältnisse und die Lebensnot – das Nichts wählen. Ähnlich habe ich ja auch bei der Berufswahl wählen müssen.

Das wichtigste Ehehindernis aber ist die schon unausrottbare Überzeugung, daß zur Familienerhaltung und gar zu ihrer Führung alles das notwendig gehört, was ich an Dir erkannt habe, und zwar alles zusammen, Gutes und Schlechtes, so wie es organisch in Dir vereinigt ist, also Stärke und Verhöhnung des anderen, Gesundheit und eine gewisse Maßlosigkeit, Redebegabung und Unzulänglichkeit, Selbstvertrauen und Unzufriedenheit mit jedem anderen, Weltüberlegenheit und Tyrannei, Menschenkenntnis und Mißtrauen gegenüber den meisten, dann auch Vorzüge ohne jeden Nachteil wie Fleiß, Ausdauer, Geistesgegenwart, Unerschrockenheit. Von alledem hatte ich vergleichsweise fast nichts oder nur sehr wenig und damit wollte ich zu heiraten wagen, während ich doch sah, daß selbst Du in der Ehe schwer zu kämpfen hattest und gegenüber den Kindern sogar versagtest? Diese Frage stellte ich mir natürlich nicht ausdrücklich und beantworte sie nicht ausdrücklich, sonst hätte sich ja das gewöhnliche Denken der Sache bemächtigt und mir andere Männer gezeigt, welche anders sind als Du (um in der Nähe einen von Dir sehr verschiedenen zu nennen: Onkel Richard) und doch geheiratet haben und wenigstens darunter nicht zusammengebrochen sind, was schon sehr viel ist und mir reichlich genügt hätte. Aber diese Frage stellte ich eben nicht, sondern erlebte sie von Kindheit an. Ich prüfte mich ja nicht erst gegenüber der Ehe, sondern gegenüber jeder Kleinigkeit; gegenüber jeder Kleinigkeit überzeugtest Du mich durch Dein Beispiel und durch Deine Erziehung, so wie ich es zu beschreiben versucht habe, von meiner Unfähigkeit, und was bei jeder Kleinigkeit stimmte und Dir recht gab, mußte natürlich ungeheuerlich stimmen vor dem Größten, also vor der Ehe. Bis zu den Heiratsversuchen bin ich aufgewachsen etwa wie ein Geschäftsmann, der zwar mit Sorgen und schlimmen Ahnungen, aber ohne genaue Buchführung in den Tag hineinlebt. Er hat ein paar kleine Gewinne, die er infolge ihrer Seltenheit in seiner Vorstellung immerfort hätschelt und übertreibt, und sonst nur tägliche Verluste. Alles wird eingetragen, aber niemals bilanziert. Jetzt kommt der Zwang zur Bilanz, das heißt der Heiratsversuch. Und es ist bei den großen Summen, mit denen hier zu rechnen ist, so, als ob niemals auch nur der kleinste Gewinn gewesen wäre, alles eine einzige große Schuld. Und jetzt heirate, ohne wahnsinnig zu werden!

So endet mein bisheriges Leben mit Dir, und welche Aussichten trägt es in sich für die Zukunft.

Du könntest, wenn Du meine Begründung der Furcht, die ich vor Dir habe, überblickst, antworten: »Du behauptest, ich mache es mir leicht, wenn ich mein Verhältnis zu Dir einfach durch Dein Verschulden erkläre, ich aber glaube, daß Du trotz äußerlicher Anstrengung es Dir zumindest nicht schwerer, aber viel einträglicher machst. Zuerst lehnst auch Du jede Schuld und Verantwortung von Dir ab, darin ist also unser Verfahren das gleiche. Während ich aber dann so offen, wie ich es auch meine, die alleinige Schuld Dir zuschreibe, willst Du gleichzeitig ›übergescheit‹ und ›überzärtlich‹ sein und auch mich von jeder Schuld freisprechen. Natürlich gelingt Dir das letztere nur scheinbar (mehr willst Du ja auch nicht), und es ergibt sich zwischen den Zeilen trotz aller ›Redensarten‹ von Wesen und Natur und Gegensatz und Hilflosigkeit, daß eigentlich ich der Angreifer gewesen bin, während alles, was Du getrieben hast, nur Selbstwehr war. Jetzt hättest Du also schon durch Deine Unaufrichtigkeit genug erreicht, denn Du hast dreierlei bewiesen, erstens daß Du unschuldig bist, zweitens daß ich schuldig bin und drittens daß Du aus lauter

Großartigkeit bereit bist, nicht nur mir zu verzeihn, sondern, was mehr und weniger ist, auch noch zu beweisen und es selbst glauben zu wollen, daß ich, allerdings entgegen der Wahrheit, auch unschuldig bin. Das könnte Dir jetzt schon genügen, aber es genügt Dir noch nicht. Du hast es Dir nämlich in den Kopf gesetzt, ganz und gar von mir leben zu wollen. Ich gebe zu, daß wir miteinander kämpfen, aber es gibt zweierlei Kampf. Den ritterlichen Kampf, wo sich die Kräfte selbständiger Gegner messen, jeder bleibt für sich, verliert für sich, siegt für sich. Und den Kampf des Ungeziefers, welches nicht nur sticht, sondern gleich auch zu seiner Lebenserhaltung das Blut saugt. Das ist ja der eigentliche Berufssoldat und das bist Du. Lebensuntüchtig bist Du; um es Dir aber darin bequem, sorgenlos und ohne Selbstvorwürfe einrichten zu können, beweist Du, daß ich alle Deine Lebenstüchtigkeit Dir genommen und in meine Taschen gesteckt habe. Was kümmert es Dich jetzt, wenn Du lebensuntüchtig bist, ich habe ja die Verantwortung, Du aber streckst Dich ruhig aus und läßt Dich, körperlich und geistig, von mir durchs Leben schleifen. Ein Beispiel: Als Du letzthin heiraten wolltest, wolltest Du, das gibst Du ja in diesem Brief zu, gleichzeitig nicht heiraten, wolltest aber, um Dich nicht anstrengen zu müssen, daß ich Dir zum Nichtheiraten verhelfe, indem ich wegen der ›Schande‹, die die Verbindung meinem Namen machen würde, Dir diese Heirat verbiete. Das fiel mir nun aber gar nicht ein. Erstens wollte ich Dir hier wie auch sonst nie ›in Deinem Glück hinderlich sein‹, und zweitens will ich niemals einen derartigen Vorwurf von meinem Kind zu hören bekommen. Hat mir aber die Selbstüberwindung, mit der ich Dir die Heirat freistellte, etwas geholfen? Nicht das Geringste. Meine Abneigung gegen die Heirat hätte sie nicht verhindert, im Gegenteil, es wäre an sich noch ein Anreiz mehr für Dich gewesen, das Mädchen zu heiraten, denn der ›Fluchtversuch‹, wie Du Dich ausdrückst, wäre ja dadurch vollkommen geworden. Und meine Erlaubnis zur Heirat hat Deine Vorwürfe nicht verhindert, denn Du beweist ja, daß ich auf jeden Fall an Deinem Nichtheiraten schuld bin. Im Grunde aber hast Du hier und in allem anderen für mich nichts anderes bewiesen, als daß alle meine Vorwürfe berechtigt waren und daß unter ihnen noch ein besonders berechtigter Vorwurf gefehlt hat, nämlich der Vorwurf der Unaufrichtigkeit, der Liebedienerei, des Schmarotzertums. Wenn ich nicht sehr irre, schmarotzest Du an mir auch noch mit diesem Brief als solchem.«

Darauf antwortete ich, daß zunächst dieser ganze Einwurf, der sich zum Teil auch gegen Dich kehren läßt, nicht von Dir stammt, sondern eben von mir. So groß ist ja nicht einmal Dein Mißtrauen gegen andere, wie mein Selbstmißtrauen, zu dem Du mich erzogen hast. Eine gewisse Berechtigung des Einwurfes, der ja auch noch an sich zur Charakterisierung unseres Verhältnisses Neues beiträgt, leugne ich nicht. So können natürlich die Dinge in Wirklichkeit nicht aneinanderpassen, wie die Beweise in meinem Brief, das Leben ist mehr als ein Geduldspiel; aber mit der Korrektur, die sich durch diesen Einwurf ergibt, einer Korrektur, die ich im einzelnen weder ausführen kann noch will, ist meiner Meinung nach doch etwas der Wahrheit so sehr Angenähertes erreicht, daß es uns beide ein wenig beruhigen und Leben und Sterben leichter machen kann.

Franz

Das nächste Dorf

Mein Großvater pflegte zu sagen: »Das Leben ist erstaunlich kurz. Jetzt in der Erinnerung drängt es sich mir so zusammen, daß ich zum Beispiel kaum begreife, wie ein junger Mensch sich entschließen kann, ins nächste Dorf zu reiten, ohne zu fürchten, daß – von unglücklichen Zufällen ganz abgesehen – schon die Zeit des gewöhnlichen, glücklich ablaufenden Lebens für einen solchen Ritt bei weitem nicht hinreicht.«

Ein Traum

Josef K. träumte:
Es war ein schöner Tag und K. wollte spazieren gehen. Kaum aber hatte er zwei Schritte gemacht, war er schon auf dem Friedhof. Es waren dort sehr künstliche, unpraktisch gewundene Wege, aber er

glitt über einen solchen Weg wie auf einem reißenden Wasser in unerschütterlich schwebender Haltung. Schon von der Ferne faßte er einen frisch aufgeworfenen Grabhügel ins Auge, bei dem er haltmachen wollte. Dieser Grabhügel übte fast eine Verlockung auf ihn aus und er glaubte, gar nicht eilig genug hinkommen zu können. Manchmal aber sah er den Grabhügel kaum, er wurde ihm verdeckt durch Fahnen, deren Tücher sich wanden und mit großer Kraft aneinanderschlugen; man sah die Fahnenträger nicht, aber es war, als herrsche dort viel Jubel.

Während er den Blick noch in die Ferne gerichtet hatte, sah er plötzlich den gleichen Grabhügel neben sich am Weg, ja fast schon hinter sich. Er sprang eilig ins Gras. Da der Weg unter seinem abspringenden Fuß weiter raste, schwankte er und fiel gerade vor dem Grabhügel ins Knie. Zwei Männer standen hinter dem Grab und hielten zwischen sich einen Grabstein in der Luft; kaum war K. erschienen, stießen sie den Stein in die Erde und er stand wie festgemauert. Sofort trat aus einem Gebüsch ein dritter Mann hervor, den K. gleich als einen Künstler erkannte. Er war nur mit Hosen und einem schlecht zugeknöpften Hemd bekleidet; auf dem Kopf hatte er eine Samtkappe; in der Hand hielt er einen gewöhnlichen Bleistift, mit dem er schon beim Näherkommen Figuren in der Luft beschrieb.

Mit diesem Bleistift setzte er nun oben auf dem Stein an; der Stein war sehr hoch, er mußte sich gar nicht bücken, wohl aber mußte er sich vorbeugen, denn der Grabhügel, auf den er nicht treten wollte, trennte ihn von dem Stein. Er stand also auf den Fußspitzen und stützte sich mit der linken Hand auf die Fläche des Steines. Durch eine besonders geschickte Hantierung gelang es ihm, mit dem gewöhnlichen Bleistift Goldbuchstaben zu erzielen; er schrieb: »Hier ruht –« Jeder Buchstabe erschien rein und schön, tief geritzt und in vollkommenem Gold. Als er die zwei Worte geschrieben hatte, sah er nach K. zurück; K., der sehr begierig auf das Fortschreiten der Inschrift war, kümmerte sich kaum um den Mann, sondern blickte nur auf den Stein. Tatsächlich setzte der Mann zum Weiterschreiben an, aber er konnte nicht, es bestand irgendein Hindernis, er ließ den Bleistift sinken und drehte sich wieder nach K. um. Nun sah auch K. den Künstler an und merkte, daß dieser in großer Verlegenheit war, aber die Ursache dessen nicht sagen konnte. Alle seine frühere

Lebhaftigkeit war verschwunden. Auch K. geriet dadurch in Verlegenheit; sie wechselten hilflose Blicke; es lag ein häßliches Mißverständnis vor, das keiner auflösen konnte. Zur Unzeit begann nun auch eine kleine Glocke von der Grabkapelle zu läuten, aber der Künstler fuchtelte mit der erhobenen Hand und sie hörte auf. Nach einem Weilchen begann sie wieder; diesmal ganz leise und, ohne besondere Aufforderung, gleich abbrechend; es war, als wolle sie nur ihren Klang prüfen. K. war untröstlich über die Lage des Künstlers, er begann zu weinen und schluchzte lange in die vorgehaltenen Hände. Der Künstler wartete, bis K. sich beruhigt hatte, und entschloß sich dann, da er keinen andern Ausweg fand, dennoch zum Weiterschreiben. Der erste kleine Strich, den er machte, war für K. eine Erlösung, der Künstler brachte ihn aber offenbar nur mit dem äußersten Widerstreben zustande; die Schrift war auch nicht mehr so schön, vor allem schien es an Gold zu fehlen, blaß und unsicher zog sich der Strich hin, nur sehr groß wurde der Buchstabe. Es war ein J, fast war es schon beendet, da stampfte der Künstler wütend mit einem Fuß in den Grabhügel hinein, daß die Erde ringsum in die Höhe flog. Endlich verstand ihn K.; ihn abzubitten war keine Zeit mehr; mit allen Fingern grub er in die Erde, die fast keinen Widerstand leistete; alles schien vorbereitet; nur zum Schein war eine dünne Erdkruste aufgerichtet; gleich hinter ihr öffnete sich mit abschüssigen Wänden ein großes Loch, in das K., von einer sanften Strömung auf den Rücken gedreht, versank. Während er aber unten, den Kopf im Genick noch aufgerichtet, schon von der undurchdringlichen Tiefe aufgenommen wurde, jagte oben sein Name mit mächtigen Zieraten über den Stein.

Entzückt von diesem Anblick erwachte er.

Der Fahrgast

Ich stehe auf der Plattform des elektrischen Wagens und bin vollständig unsicher in Rücksicht meiner Stellung in dieser Welt, in dieser Stadt, in meiner Familie. Auch nicht beiläufig könnte ich angeben, welche Ansprüche ich in irgendeiner Richtung mit Recht vorbringen könnte. Ich kann es gar nicht verteidigen, daß ich auf dieser Plattform stehe, mich an dieser Schlinge halte, von diesem Wagen mich tragen lasse, daß Leute dem Wagen ausweichen oder still gehn oder vor den Schaufenstern ruhn. – Niemand verlangt es ja von mir, aber das ist gleichgültig.

Der Wagen nähert sich einer Haltestelle, ein Mädchen stellt sich nahe den Stufen, zum Aussteigen bereit. Sie erscheint mir so deutlich, als ob ich sie betastet hätte. Sie ist schwarz gekleidet, die Rockfalten bewegen sich fast nicht, die Bluse ist knapp und hat einen Kragen aus weißer kleinmaschiger Spitze, die linke Hand hält sie flach an die Wand, der Schirm in ihrer Rechten steht auf der zweitobersten Stufe. Ihr Gesicht ist braun, die Nase, an den Seiten schwach gepreßt, schließt rund und breit ab. Sie hat viel braunes Haar und verwehte Härchen an der rechten Schläfe. Ihr kleines Ohr liegt eng an, doch sehe ich, da ich nahe stehe, den ganzen Rücken der rechten Ohrmuschel und den Schatten an der Wurzel.

Ich fragte mich damals: Wieso kommt es, daß sie nicht über sich verwundert ist, daß sie den Mund geschlossen hält und nichts dergleichen sagt?

Kleider

Oft wenn ich Kleider mit vielfachen Falten, Rüschen und Behängen sehe, die über schönen Körper schön sich legen, dann denke ich, daß sie nicht lange so erhalten bleiben, sondern Falten bekommen, nicht mehr geradezuglätten, Staub bekommen, der, dick in der Verzierung, nicht mehr zu entfernen ist, und daß niemand so traurig und lächerlich sich wird machen wollen, täglich das gleiche kostbare Kleid früh anzulegen und abends auszuziehen.

Doch sehe ich Mädchen, die wohl schön sind und vielfache reizende Muskeln und Knöchelchen und gespannte Haut und Massen dünner Haare zeigen, und doch tagtäglich in diesem einen natürlichen Maskenanzug erscheinen, immer das gleiche Gesicht in die gleichen Handflächen legen und von ihrem Spiegel widerscheinen lassen.

Nur manchmal am Abend, wenn sie spät von einem Feste kommen,
scheint es ihnen im Spiegel abgenützt, gedunsen, verstaubt, von allen
schon gesehn und kaum mehr tragbar.

Die Abweisung

Wenn ich einem schönen Mädchen begegne und sie bitte: »Sei so gut,
komm mit mir« und sie stumm vorübergeht, so meint sie damit:
»Du bist kein Herzog mit fliegendem Namen, kein breiter Amerika-
ner mit indianischem Wuchs, mit waagrecht ruhenden Augen, mit
einer von der Luft der Rasenplätze und der sie durchströmenden
Flüsse massierten Haut, du hast keine Reisen gemacht zu den großen
Seen und auf ihnen, die ich weiß nicht wo zu finden sind. Also ich
bitte, warum soll ich, ein schönes Mädchen, mit dir gehn?«
»Du vergißt, dich trägt kein Automobil in langen Stößen schaukelnd
durch die Gasse; ich sehe nicht die in ihre Kleider gepreßten Herren
deines Gefolges, die Segensprüche für dich murmelnd in genauem
Halbkreis hinter dir gehn; deine Brüste sind im Mieder gut geordnet, aber deine Schenkel und Hüften entschädigen sich für jene
Enthaltsamkeit; du trägst ein Taffetkleid mit plissierten Falten, wie es
im vorigen Herbste uns durchaus allen Freude machte, und doch
lächelst du – diese Lebensgefahr auf dem Leibe – bisweilen.«
»Ja, wir haben beide recht und, um uns dessen nicht unwiderleglich
bewußt zu werden, wollen wir, nicht wahr, lieber jeder allein nach
Hause gehn.«

[Ernst Liman – Fragment]

Ernst Liman kam auf einer Geschäftsreise am Morgen eines regneri-
schen Herbsttages in Konstantinopel an und fuhr nach seiner Gewohnheit – er machte diese Reise schon zum zehnten Male –, ohne

sich um irgend etwas sonst zu kümmern, durch die im übrigen leeren Gassen zu dem Hotel, in dem er zu seiner Zufriedenheit stets zu wohnen pflegte. Es war fast kühl, der Sprühregen flog in den Wagen herein, und ärgerlich über das schlechte Wetter, das ihn während der ganzen diesjährigen Geschäftsreise verfolgte, zog er das Wagenfenster in die Höhe und lehnte sich in eine Ecke, um die etwa einviertelstündige Wagenfahrt, die ihm bevorstand, zu verschlafen. Da ihn aber die Fahrt gerade durch das Geschäftsviertel führte, kam er zu keiner Ruhe, und die Ausrufe der Straßenverkäufer, das Rollen der Lastfuhren, wie auch anderer, ohne nähere Untersuchung sinnloser Lärm, zum Beispiel das Händeklatschen einer Volksmenge, störte seinen sonst festen Schlaf.

Am Ziel seiner Fahrt erwartete ihn eine unangenehme Überraschung. Bei dem letzten großen Brand in Stambul, von dem Liman auf der Reise wohl gelesen hatte, war das Hotel Kingston, in dem er zu wohnen pflegte, fast vollständig niedergebrannt, der Kutscher aber, der dies natürlich gewußt hatte, hatte mit vollständiger Gleichgültigkeit gegen seinen Passagier dessen Auftrag dennoch ausgeführt und ihn stillschweigend zu der Brandstätte des Hotels gebracht. Nun stieg er ruhig vom Bock und hätte auch noch die Koffer Limans abgeladen, wenn ihn dieser nicht bei der Schulter gepackt und geschüttelt hätte, worauf dann der Kutscher allerdings von den Koffern abließ, aber so langsam und verschlafen, als hätte nicht Liman ihn davon abgebracht, sondern sein eigener geänderter Entschluß. Das Erdgeschoß des Hotels war noch zum Teil erhalten und durch Lattenverschläge oben auf allen Seiten leidlich bewohnbar gemacht worden. Eine türkische und eine französische Aufschrift zeigte an, daß das Hotel in kurzer Zeit schöner und moderner als früher wieder aufgebaut werden sollte. Doch war das einzige Anzeichen dessen die Arbeit dreier Taglöhner, welche mit Schaufeln und Hacken abseits Schutt aufhäuften und einen kleinen Handkarren damit beluden.

Wie sich zeigte, wohnte in diesen Trümmern ein Teil des durch den Brand arbeitslos gewordenen Hotelpersonals. Ein Herr in schwarzem Gehrock und hochroter Krawatte kam auch sofort, als Limans Wagen angehalten hatte, herausgelaufen, erzählte dem verdrießlich zuhörenden Liman die Geschichte des Brandes, wickelte dabei die Enden seines langen dünnen Bartes um seine Finger und ließ davon nur ab, um Liman zu zeigen, wo der Brand entstanden war, wie er sich verbreitet hatte und wie endlich alles zusammengebrochen war. Liman, der während dieser ganzen Geschichte kaum die Blicke vom Boden abgewendet und die Klinke der Wagentür nicht losgelassen hatte, wollte gerade dem Kutscher den Namen eines anderen Hotels zurufen, in das er ihn fahren sollte, als der Mann im Gehrock ihn mit erhobenen Armen bat, in kein anderes Hotel zu gehn, sondern diesem Hotel, in dem er doch immer zufrieden gewesen war, treu zu bleiben. Trotzdem dies gewiß nur eine leere Redensart war und niemand sich an Liman erinnern konnte, wie auch Liman kaum einen der männlichen und weiblichen Angestellten, die er in der Tür und in den Fenstern erblickte, wiedererkannte, so fragte er doch als ein Mensch, dem seine Gewohnheiten lieb sind, auf welche Weise er denn augenblicklich dem abgebrannten Hotel treu bleiben solle. Nun erfuhr er – und mußte unwillkürlich über die Zumutung lächeln –, daß für frühere Gäste dieses Hotels, aber nur für solche, schöne Zimmer in Privatwohnungen vorbereitet seien, Liman müsse nur befehlen und er werde sofort hingeführt werden, es sei ganz in der Nähe, er werde keinen Zeitverlust haben und der Preis sei aus Gefälligkeit und da es sich ja doch um einen Ersatz handle, ganz besonders niedrig, wenn auch das Essen nach Wiener Rezepten womöglich noch besser und die Bedienung noch sorgfältiger sei als in dem früheren, in mancher Beziehung doch unzureichenden Hotel Kingston.

»Danke«, sagte Liman und stieg dabei in den Wagen. »Ich bleibe in Konstantinopel nur fünf Tage, für diese Zeit werde ich mich doch nicht in einer Privatwohnung einrichten, nein, ich fahre in ein Hotel. Nächstes Jahr aber, wenn ich wiederkomme und Ihr Hotel wieder aufgebaut ist, werde ich gewiß nur bei Ihnen absteigen. Erlauben Sie!« Und Liman wollte die Wagentüre zuziehn, deren Klinke nun der Vertreter des Hotels ergriffen hatte. »Herr!« sagte dieser bittend und sah zu Liman auf.

»Loslassen!« rief Liman, rüttelte an der Tür und gab dem Kutscher den Befehl: »Ins Hotel Royal.« Aber sei es, daß der Kutscher ihn nicht verstand, sei es, daß er auf das Schließen der Tür wartete, jedenfalls saß er auf seinem Bock wie eine Statue. Der Vertreter des Hotels aber ließ die Tür durchaus nicht los, ja er winkte sogar einem

Kollegen eifrig zu, sich doch zu rühren und ihm zu Hilfe zu kommen. Besonders von irgendeinem Mädchen erhoffte er viel und rief immer wieder: »Fini! also Fini! Wo ist denn Fini?« Die Leute an den Fenstern und in der Türe hatten sich in das Innere des Hauses gewendet, sie riefen durcheinander, man sah sie an den Fenstern vorüberlaufen, alle suchten Fini.

Liman hätte wohl den Mann, der ihn am Wegfahren hinderte und dem offenbar nur der Hunger den Mut zu einem solchen Benehmen gab, mit einem Stoß von der Tür entfernen können – das sah der Mann auch ein und wagte deshalb gar nicht, Liman anzusehn –, aber Liman hatte auf seinen Reisen schon zu viele schlechte Erfahrungen gemacht, um nicht zu wissen, wie wichtig es ist, in der Fremde, und sei man noch so sehr im Recht, jedes Aufsehen zu vermeiden, er stieg deshalb ruhig nochmals aus dem Wagen, ließ vorläufig den Mann, der krampfhaft die Tür hielt, unbeachtet, ging zum Kutscher, wiederholte ihm seinen Auftrag, gab ihm noch ausdrücklich den Befehl, rasch von hier wegzufahren, trat dann zu dem Mann an der Wagentüre, faßte seine Hand scheinbar mit gewöhnlichem Griff, drückte sie aber im geheimen so stark im Gelenk, daß der Mann mit dem Schrei »Fini«, der gleichzeitig Befehl und Ausbruch seines Schmerzes war, fast aufsprang und die Finger von der Klinke löste.

»Sie kommt schon! Sie kommt schon!« rief es da von allen Fenstern, und ein lachendes Mädchen, die Hände noch an der knapp fertig gewordenen Frisur, lief mit halb geneigtem Kopf aus dem Hause auf den Wagen zu. »Rasch! In den Wagen! Es gießt ja«, rief sie, indem sie Liman an den Schultern faßte und ihr Gesicht ganz nahe an seines hielt. »Ich bin Fini«, sagte sie dann leise und ließ die Hände streichelnd seine Schultern entlangfahren.

›Man meint es ja nicht gerade schlecht mit mir‹, sagte sich Liman und sah lächelnd das Mädchen an, ›schade, daß ich kein Junge mehr bin und mich auf unsichere Abenteuer nicht einlasse.‹ »Es muß ein Irrtum sein, Fräulein«, sagte er und wandte sich seinem Wagen zu, »ich habe Sie weder rufen lassen noch beabsichtige ich, mit Ihnen wegzufahren.« Vom Wagen aus fügte er noch hinzu: »Bemühen Sie sich nicht weiter.«

Aber Fini hatte schon einen Fuß auf das Trittbrett gesetzt und sagte, die Arme über ihrer Brust gekreuzt: »Warum wollen Sie sich denn

von mir nicht eine Wohnung empfehlen lassen?« Müde der Belästi-
gungen, die er hier schon ausgestanden hatte, sagte Liman, sich zu ihr
herausbeugend: »Halten Sie mich bitte nicht länger mit unnützen
Fragen auf! Ich fahre ins Hotel und damit genug. Geben Sie Ihren
Fuß vom Trittbrett herunter, sonst kommen Sie in Gefahr. Vorwärts,
Kutscher!« – »Halt!« rief aber das Mädchen und wollte sich nun
ernstlich in den Wagen schwingen. Liman stand kopfschüttelnd auf
und verstellte mit seiner gedrungenen Gestalt die ganze Tür. Das
Mädchen suchte ihn fortzustoßen und gebrauchte hierzu auch den
Kopf und die Knie, der Wagen fing auf seinen elenden Federn zu
schaukeln an, Liman hatte keinen rechten Halt. »Warum wollen Sie
mich denn nicht mitnehmen? Warum wollen Sie mich denn nicht
mitnehmen?« wiederholte das Mädchen immerfort.

Gewiß wäre es Liman gelungen, das allerdings kräftige Mädchen
wegzudrängen, ohne ihr besondere Gewalt anzutun, wenn nicht der
Mann im Gehrock, der sich bisher, als sei er von Fini abgelöst, ruhig
verhalten hatte, nun, als er Fini wanken sah, mit einem Sprung
hinzugeeilt wäre, Fini hinten gehalten und gegenüber Limans immerhin schonender Abwehr mit dem Einsetzen aller Kraft das Mädchen
in den Wagen zu heben versucht hätte. Im Gefühl dieses Rückhaltes
drang sie auch tatsächlich in den Wagen, zog die Tür zu, die überdies
von außen auch zugestoßen wurde, sagte wie für sich »Nun also« und
ordnete zuerst flüchtig ihre Bluse und dann gründlicher die Frisur.
»Das ist unerhört«, sagte Liman, der auf seinen Sitz zurückgefallen
war, zu dem ihm gegenübersitzenden Mädchen.

Das Schweigen der Sirenen

Beweis dessen, daß auch unzulängliche, ja kindische Mittel zur
Rettung dienen können:
Um sich vor den Sirenen zu bewahren, stopfte sich Odysseus Wachs
in die Ohren und ließ sich am Mast festschmieden. Ähnliches hätten
natürlich seit jeher alle Reisenden tun können, außer denen, welche
die Sirenen schon aus der Ferne verlockten, aber es war in der gan-

zen Welt bekannt, daß dies unmöglich helfen konnte. Der Sang der Sirenen durchdrang alles, und die Leidenschaft der Verführten hätte mehr als Ketten und Mast gesprengt. Daran aber dachte Odysseus nicht, obwohl er davon vielleicht gehört hatte. Er vertraute vollständig der Handvoll Wachs und dem Gebinde Ketten und in unschuldiger Freude über seine Mittelchen fuhr er den Sirenen entgegen.

Nun haben aber die Sirenen eine noch schrecklichere Waffe als den Gesang, nämlich ihr Schweigen. Es ist zwar nicht geschehen, aber vielleicht denkbar, daß sich jemand vor ihrem Gesang gerettet hätte, vor ihrem Schweigen gewiß nicht. Dem Gefühl, aus eigener Kraft sie besiegt zu haben, der daraus folgenden alles fortreißenden Überhebung kann nichts Irdisches widerstehen.

Und tatsächlich sangen, als Odysseus kam, die gewaltigen Sängerinnen nicht, sei es, daß sie glaubten, diesem Gegner könne nur noch das Schweigen beikommen, sei es, daß der Anblick der Glückseligkeit im Gesicht des Odysseus, der an nichts anderes als an Wachs und Ketten dachte, sie allen Gesang vergessen ließ.

Odysseus aber, um es so auszudrücken, hörte ihr Schweigen nicht, er glaubte, sie sängen, und nur er sei behütet, es zu hören. Flüchtig sah er zuerst die Wendungen ihrer Hälse, das tiefe Atmen, die tränenvollen Augen, den halb geöffneten Mund, glaubte aber, dies gehöre zu den Arien, die ungehört um ihn verklangen. Bald aber glitt alles an seinen in die Ferne gerichteten Blicken ab, die Sirenen verschwanden förmlich vor seiner Entschlossenheit, und gerade als er ihnen am nächsten war, wußte er nichts mehr von ihnen.

Sie aber – schöner als jemals – streckten und drehten sich, ließen das schaurige Haar offen im Winde wehen und spannten die Krallen frei auf den Felsen. Sie sollten nicht mehr verführen, nur noch den Abglanz vom großen Augenpaar des Odysseus wollten sie so lange als möglich erhaschen.

Hätten die Sirenen Bewußtsein, sie wären damals vernichtet worden. So aber blieben sie, nur Odysseus ist ihnen entgangen.

Es wird übrigens noch ein Anhang hierzu überliefert. Odysseus, sagt man, war so listenreich, war ein solcher Fuchs, daß selbst die Schicksalsgöttin nicht in sein Innerstes dringen konnte. Vielleicht hat er, obwohl das mit Menschenverstand nicht mehr zu begreifen ist, wirklich gemerkt, daß die Sirenen schwiegen, und hat ihnen und den Göttern den obigen Scheinvorgang nur gewissermaßen als Schild entgegengehalten.

Vor dem Gesetz

Vor dem Gesetz steht ein Türhüter. Zu diesem Türhüter kommt ein Mann vom Lande und bittet um Eintritt in das Gesetz. Aber der Türhüter sagt, daß er ihm jetzt den Eintritt nicht gewähren könne. Der Mann überlegt und fragt dann, ob er also später werde eintreten dürfen. »Es ist möglich«, sagt der Türhüter, »jetzt aber nicht.« Da das Tor zum Gesetz offensteht wie immer und der Türhüter beiseite tritt, bückt sich der Mann, um durch das Tor in das Innere zu sehn. Als der Türhüter das merkt, lacht er und sagt: »Wenn es dich so lockt, versuche es doch, trotz meines Verbotes hineinzugehn. Merke aber: Ich bin mächtig. Und ich bin nur der unterste Türhüter. Von Saal zu Saal stehn aber Türhüter, einer mächtiger als der andere. Schon den Anblick des dritten kann nicht einmal ich ertragen.« Solche Schwierigkeiten hat der Mann vom Lande nicht erwartet; das Gesetz soll doch jedem und immer zugänglich sein, denkt er, aber als er jetzt den Türhüter in seinem Pelzmantel genauer ansieht, seine große Spitznase, den langen, dünnen, schwarzen tatarischen Bart, entschließt er sich, doch lieber zu warten, bis er die Erlaubnis zum Eintritt bekommt. Der Türhüter gibt ihm einen Schemel und läßt ihn seitwärts von der Tür sich niedersetzen. Dort sitzt er Tage und Jahre. Er macht viele Versuche, eingelassen zu werden, und ermüdet den Türhüter durch seine Bitten. Der Türhüter stellt öfters kleine Verhöre mit ihm an, fragt ihn über seine Heimat aus und nach vielem andern, es sind aber teilnahmslose Fragen, wie sie große Herren stellen, und zum Schlusse sagt er ihm immer wieder, daß er ihn noch nicht einlassen könne. Der Mann, der sich für seine Reise mit vielem ausgerüstet hat, verwendet alles, und sei es noch so wertvoll, um den Türhüter zu bestechen. Dieser nimmt zwar alles an, aber sagt dabei: »Ich nehme es nur an, damit du nicht glaubst, etwas versäumt zu haben.« Während der vielen Jahre beobachtet der Mann den Türhüter fast ununterbrochen. Er vergißt die andern Türhüter, und dieser erste scheint ihm das einzige Hindernis für den Eintritt in das Gesetz. Er verflucht den unglücklichen Zufall, in den ersten Jahren rücksichtslos und laut, später, als er alt wird, brummt er nur noch vor sich hin. Er wird kindisch, und, da er in dem jahrelangen Studium des Türhüters auch die Flöhe in seinem Pelzkragen erkannt hat, bittet er auch die Flöhe, ihm zu helfen und den Türhüter umzustimmen. Schließlich wird sein Augenlicht schwach, und er weiß nicht, ob es um ihn wirklich dunkler wird, oder ob ihn nur seine Augen täuschen. Wohl aber erkennt er jetzt im Dunkel einen Glanz, der unverlöschlich aus der Türe des Gesetzes bricht. Nun lebt er nicht mehr lange. Vor seinem Tode sammeln sich in seinem Kopfe alle Erfahrungen der ganzen Zeit zu einer Frage, die er bisher an den Türhüter noch nicht gestellt hat. Er winkt ihm zu, da er seinen erstarrenden Körper nicht mehr aufrichten kann. Der Türhüter muß sich tief zu ihm hinunterneigen, denn der Größenunterschied hat sich sehr zu ungunsten des Mannes verändert. »Was willst du denn jetzt noch wissen?« fragt der Türhüter, »du bist unersättlich.« »Alle streben doch nach dem Gesetz«, sagt der Mann, »wieso kommt es, daß in den vielen Jahren niemand außer mir Einlaß verlangt hat?« Der Türhüter erkennt, daß der Mann schon an seinem Ende ist, und um sein vergehendes Gehör noch zu erreichen, brüllt er ihn an: »Hier konnte niemand sonst Einlaß erhalten, denn dieser Eingang war nur für dich bestimmt. Ich gehe jetzt und schließe ihn.«

Prometheus

Von Prometheus berichten vier Sagen: Nach der ersten wurde er, weil er die Götter an die Menschen verraten hatte, am Kaukasus festgeschmiedet, und die Götter schickten Adler, die von seiner immer wachsenden Leber fraßen.

Nach der zweiten drückte sich Prometheus im Schmerz vor den zuhackenden Schnäbeln immer tiefer in den Felsen, bis er mit ihm eins wurde.

Nach der dritten wurde in den Jahrtausenden sein Verrat vergessen, die Götter vergaßen, die Adler, er selbst.

Nach der vierten wurde man des grundlos Gewordenen müde. Die Götter wurden müde, die Adler wurden müde, die Wunde schloß sich müde.

Blieb das unerklärliche Felsgebirge. – Die Sage versucht das Unerklärliche zu erklären. Da sie aus einem Wahrheitsgrund kommt, muß sie wieder im Unerklärlichen enden.

Das Stadtwappen

Anfangs war beim babylonischen Turmbau alles in leidlicher Ordnung; ja, die Ordnung war vielleicht zu groß, man dachte zu sehr an Wegweiser, Dolmetscher, Arbeiterunterkünfte und Verbindungswege, so als habe man Jahrhunderte freier Arbeitsmöglichkeit vor sich. Die damals herrschende Meinung ging sogar dahin, man könne gar nicht langsam genug bauen; man mußte diese Meinung gar nicht sehr übertreiben und konnte überhaupt davor zurückschrecken, die Fundamente zu legen. Man argumentierte nämlich so: Das Wesentliche des ganzen Unternehmens ist der Gedanke, einen bis in den Himmel reichenden Turm zu bauen. Neben diesem Gedanken ist alles andere nebensächlich. Der Gedanke, einmal in seiner Größe gefaßt, kann nicht mehr verschwinden; solange es Menschen gibt, wird auch der starke Wunsch da sein, den Turm zu Ende zu bauen. In dieser Hinsicht aber muß man wegen der Zukunft keine Sorgen haben, im Gegenteil, das Wissen der Menschheit steigert sich, die Baukunst hat Fortschritte gemacht und wird weitere Fortschritte machen, eine Arbeit, zu der wir ein Jahr brauchen, wird in hundert Jahren vielleicht in einem halben Jahr geleistet werden und überdies besser, haltbarer. Warum also schon heute sich an die Grenze der Kräfte abmühen? Das hätte nur dann Sinn, wenn man hoffen könnte, den Turm in der Zeit einer Generation aufzubauen. Das aber war auf keine Weise zu erwarten. Eher ließ sich denken, daß die nächste

Generation mit ihrem vervollkommneten Wissen die Arbeit der vorigen Generation schlecht finden und das Gebaute niederreißen werde, um von neuem anzufangen. Solche Gedanken lähmten die Kräfte, und mehr als um den Turmbau kümmerte man sich um den Bau der Arbeiterstadt. Jede Landsmannschaft wollte das schönste Quartier haben, dadurch ergaben sich Streitigkeiten, die sich bis zu blutigen Kämpfen steigerten. Diese Kämpfe hörten nicht mehr auf; den Führern waren sie ein neues Argument dafür, daß der Turm auch mangels der nötigen Konzentration sehr langsam oder lieber erst nach allgemeinem Friedensschluß gebaut werden sollte. Doch verbrachte man die Zeit nicht nur mit Kämpfen, in den Pausen verschönerte man die Stadt, wodurch man allerdings neuen Neid und neue Kämpfe hervorrief. So verging die Zeit der ersten Generation, aber keine der folgenden war anders, nur die Kunstfertigkeit steigerte sich immerfort und damit die Kampfsucht. Dazu kam, daß schon die zweite oder dritte Generation die Sinnlosigkeit des Himmelsturmbaues erkannte, doch war man schon viel zu sehr miteinander verbunden, um die Stadt zu verlassen.

Alles was in dieser Stadt an Sagen und Liedern entstanden ist, ist erfüllt von der Sehnsucht nach einem prophezeiten Tag, an welchem die Stadt von einer Riesenfaust in fünf kurz aufeinanderfolgenden Schlägen zerschmettert werden wird. Deshalb hat auch die Stadt die Faust im Wappen.

Beschreibung eines Kampfes

Und die Menschen gehn in Kleidern
schwankend auf dem Kies spazieren
unter diesem großen Himmel,
der von Hügeln in der Ferne
sich zu fernen Hügeln breitet.

I

Gegen zwölf Uhr standen schon einige Leute auf, verbeugten sich,
richten einander die Hände, sagten, es wäre sehr schön gewesen und
gingen dann durch den großen Türrahmen ins Vorzimmer, sich
anzukleiden. Die Hausfrau stand mitten in dem Zimmer und machte
bewegliche Verbeugungen, während ihr Kleid gezierte Falten warf.

Ich saß an einem kleinen Tischchen – es hatte drei gespannte dünne
Beine – nippte gerade an dem dritten Gläschen Benediktiner und
übersah im Trinken zugleich meinen kleinen Vorrat von Backwerk,
das ich selbst ausgesucht und aufgeschichtet hatte, denn es hatte einen
feinen Geschmack.

Da kam mein neuer Bekannter zu mir und ein wenig zerstreut über
meine Beschäftigung lächelnd sagte er mit zitternder Stimme: »Verzeihen Sie, daß ich zu Ihnen komme. Aber ich saß bis jetzt mit
meinem Mädchen allein in einem Nebenzimmer. Von halb elf an, das
ist noch gar nicht lange her. Verzeihen Sie, daß ich es Ihnen sage. Wir
kennen ja einander nicht. Nicht wahr, auf der Treppe trafen wir
einander und erzählten einander ein paar höfliche Worte und jetzt
rede ich zu Ihnen schon von meinem Mädchen, aber Sie müssen mir –
ich bitte – verzeihen, das Glück hält es nicht in mir aus, ich konnte
mir nicht helfen. Und da ich sonst keine Bekannten hier habe, denen
ich vertraue –.«

So redete er. Ich aber sah ihn traurig an, – denn das Stück Frucht-
kuchen, das ich im Munde hatte, schmeckte nicht gut – und sagte in
sein hübsch gerötetes Gesicht: »Ich bin froh darüber, daß ich Ihnen
vertrauenswürdig scheine, aber traurig darüber, daß Sie es mir erzähl-

ten. Und Sie selbst, – wären Sie nicht so verwirrt – würden es fühlen, wie unpassend es ist, einem, der allein sitzt und Schnaps trinkt, von einem liebenden Mädchen zu erzählen.«

Als ich das gesagt hatte, setzte er sich mit einem Ruck nieder, legte sich zurück und ließ seine Arme hängen. Dann drückte er sie mit gespitztem Ellbogen zurück und begann mit ziemlich lauter Stimme vor sich hinzusprechen: »Wir sind dort ganz allein im Zimmer – gesessen – mit der Annerl und ich habe sie geküßt – geküßt – habe ich – sie – auf – ihren Mund, ihr Ohr, ihre Schultern.«

Einige Herren, die in der Nähe standen und ein lebhaftes Gespräch vermuteten, kamen gähnend zu uns. Daher stand ich auf und sagte laut: »Gut, wenn Sie wollen, so gehe ich, aber es ist töricht, jetzt auf den Laurenziberg zu gehn, denn das Wetter ist noch kühl und da ein wenig Schnee gefallen ist, sind die Wege wie Schlittschuhbahnen. Aber wenn Sie wollen, gehe ich mit.«

Zuerst sah er mich staunend an und öffnete seinen Mund mit den breiten und roten nassen Lippen. Dann aber, als er die Herren sah, die schon ganz in der Nähe waren, lachte er, stand auf und sagte: »O doch, die Kühle wird gut tun, unsere Kleider sind voll Hitze und Rauch, ich bin vielleicht auch ein wenig betrunken, ohne viel getrunken zu haben, ja, wir werden uns verabschieden und dann werden wir gehn.«

Also gingen wir zur Hausfrau und als er ihr die Hand küßte, sagte sie: »Wirklich, ich bin froh, daß Ihr Gesicht heute so glücklich ist, sonst ist es immer so ernst und gelangweilt.« Die Güte dieser Worte rührte ihn, und er küßte noch einmal ihre Hand; da lächelte sie.

Im Vorzimmer stand ein Stubenmädchen, wir sahen sie jetzt zum erstenmal. Sie half uns in die Überröcke und nahm dann eine kleine Handlampe, um uns über die Treppe zu leuchten. Ja, das Mädchen war schön. Ihr Hals war nackt und nur unter dem Kinn von einem schwarzen Samtband umbunden und ihr lose bekleideter Körper war schön gebeugt, als sie vor uns die Treppe hinunterstieg, die Lampe niederhaltend. Ihre Wangen waren gerötet, denn sie hatte Wein getrunken und ihre Lippen waren halbgeöffnet.

Unten an der Treppe stellte sie die Lampe auf eine Stufe nieder, ging ein wenig taumelnd einen Schritt auf meinen Bekannten zu und umarmte ihn und küßte ihn und blieb in der Umarmung. Erst als ich ihr ein Geldstück in die Hand legte, löste sie schläfrig ihre Arme von ihm, öffnete langsam das kleine Haustor und ließ uns in die Nacht.

Über der leeren, gleichmäßig erhellten Straße stand ein großer Mond in einem leicht bewölkten und dadurch weiter ausgebreiteten Himmel. Auf dem Boden lag ein zarter Schnee. Die Füße glitten aus beim Gehn, daher mußte man kleine Schritte tun.

Kaum waren wir ins Freie getreten, als ich offenbar in große Munterkeit geriet. Ich hob die Beine übermütig und ließ die Gelenke lustig knacken, ich rief über die Gasse einen Namen hin, als sei mir ein Freund um die Ecke entwischt, ich warf den Hut im Sprunge hoch und fing ihn prahlerisch auf.

Mein Bekannter aber ging unbekümmert neben mir her. Er hielt den Kopf geneigt. Er redete auch nicht.

Das wunderte mich, denn ich hatte erwartet, seine Freude würde ihn toll machen, wenn die Gesellschaft nicht mehr um ihn wäre. Ich wurde stiller. Gerade hatte ich ihm einen aufmunternden Schlag über den Rücken gegeben, als mich Scham ergriff, so daß ich meine Hand ungeschickt zurückzog. Da sie mir unnötig war, steckte ich sie in die Tasche meines Rockes.

Wir gingen also schweigend. Ich achtete darauf, wie unsere Schritte klangen und konnte nicht begreifen, daß es mir unmöglich war, in gleichem Schritt mit meinem Bekannten zu bleiben. Es erregte mich ein wenig. Der Mond war klar, man konnte deutlich sehn. Hie und da lehnte jemand in einem Fenster und betrachtete uns.

Als wir in die Ferdinandstraße kamen, bemerkte ich, daß mein Bekannter eine Melodie zu summen begann; es war ganz leise, aber ich hörte es. Ich fand, daß es für mich beleidigend sei. Warum sprach er nicht mit mir? Wenn er mich aber nicht nötig hatte, warum hatte er mich nicht in meiner Ruhe gelassen. Ich erinnerte mich ärgerlich an das gute süße Zeug, das ich seinetwegen auf meinem Tischchen liegen gelassen hatte. Ich erinnerte mich auch an den Benediktiner und wurde ein wenig lustiger, fast hochmütig kann man sagen. Ich stemmte die Hände in die Hüften und bildete mir ein, ich ginge selbständig spazieren. Ich war in Gesellschaft gewesen, hatte einen undankbaren jungen Menschen vor Beschämung gerettet und ging jetzt im Mondlicht spazieren. Den Tag über im Amt, abends in

Gesellschaft, in der Nacht auf den Gassen und nichts übers Maß. Eine in ihrer Natürlichkeit grenzenlose Lebensweise!

Doch, mein Bekannter ging noch hinter mir, ja er beschleunigte sogar seinen Gang, als er merkte, daß er zurückgeblieben war und tat, als wäre das etwas Natürliches. Ich aber überlegte, ob es nicht vielleicht passend wäre, in eine Seitengasse einzubiegen, da ich doch zu einem gemeinsamen Spaziergang nicht verpflichtet war. Ich konnte allein nach Hause gehn und keiner durfte mich hindern. In meinem Zimmer würde ich die Stehlampe anzünden, welche in dem eisernen Gestelle auf dem Tische ist, ich würde mich in meinen Armstuhl setzen, der auf dem zerrissenen morgenländischen Teppich steht. – Als ich soweit war, überfiel mich die Schwäche, die immer über mich kommt, sobald ich daran denken muß, wieder in meine Wohnung zu gehn und wieder Stunden allein zwischen den bemalten Wänden zu verbringen und auf dem Fußboden, welcher in dem an der Rückwand aufgehängten Goldrahmenspiegel schräg abfallend erscheint. Meine Beine wurden müde, und schon war ich entschlossen, auf jeden Fall nach Hause zu gehn und mich in mein Bett zu legen, als mir der Zweifel kam, ob ich jetzt beim Weggehn meinen Bekannten grüßen solle oder nicht. Aber ich war zu furchtsam, um ohne Gruß wegzugehn und zu schwach, um laut rufend zu grüßen, daher blieb ich wieder stehn, stützte mich an eine mondbeschienene Häusermauer und wartete.

Mein Bekannter kam in fröhlichem Schritt und wohl auch ein wenig besorgt. Er machte große Anstalten, zwinkerte jetzt mit seinen Augenlidern, streckte die Arme waagrecht in die Luft, reckte heftig seinen Kopf, auf dem ein harter schwarzer Hut war, zu mir empor und schien mit alledem zeigen zu wollen, er verstehe den Scherz sehr gut zu würdigen, den ich zu seiner Belustigung hier vorführte. Ich war hilflos und sagte leise: »Heute ist ein lustiger Abend.« Dabei gab ich ein mißlungenes Lachen von mir. Er antwortete: »Ja, und haben Sie gesehn, wie auch das Stubenmädchen mich küßte?« Ich konnte nicht reden, denn mein Hals war voll Tränen, daher versuchte ich, wie ein Posthorn zu blasen, um nicht stumm zu bleiben. Er hielt sich zuerst die Ohren zu, dann schüttelte er freundlich dankend meine rechte Hand. Die muß sich kalt angefühlt haben, denn er ließ sie gleich los und sagte: »Ihre Hand ist sehr kalt, die Lippen des Stubenmädchens waren wärmer, o ja.« Ich nickte verständig. Während ich aber den lieben Gott bat, mir Standhaftigkeit zu geben, sagte ich: »Ja, Sie haben recht, wir werden nach Hause gehn, es ist spät und morgen früh habe ich Amt; bedenken Sie, man kann ja dort schlafen, aber es ist nicht das rechte. Sie haben recht, wir werden nach Hause gehn.« Dabei reichte ich ihm die Hand, als sei die Sache endgiltig erledigt. Er aber ging lächelnd auf meine Redeweise ein: »Ja, Sie haben recht, eine solche Nacht will nicht im Bette verschlafen sein. Bedenken Sie doch, wieviele glückliche Gedanken man mit der Bettdecke erstickt, wenn man allein in seinem Bette schläft und wieviel unglückliche Träume man mit ihr wärmt.« Und aus Freude über diesen Einfall, faßte er vorn an der Brust – höher reichte er nicht – kräftig meinen Rock, und schüttelte mich mit Laune; dann kniff er seine Augen zusammen und sagte vertraulich: »Wissen Sie, wie Sie sind, komisch sind Sie.« Dabei begann er weiterzugehn und ich folgte ihm, ohne es zu merken, denn mich beschäftigte sein Ausspruch.

Zuerst freute es mich, denn es schien zu zeigen, daß er etwas in mir vermutete, was zwar nicht in mir war, aber mich bei ihm in Beachtung brachte dadurch, daß er es vermutete. Ein solches Verhältnis macht mich glücklich. Ich war zufrieden, nicht nach Hause gegangen zu sein und mein Bekannter wurde für mich sehr wertvoll als einer, der mir vor den Menschen Wert gibt, ohne daß ich ihn erst erwerben muß! Ich sah meinen Bekannten mit liebevollen Augen an. In Gedanken schützte ich ihn gegen Gefahren, besonders gegen Nebenbuhler und eifersüchtige Männer. Sein Leben wurde mir teuerer als meines. Ich fand sein Gesicht schön, ich war stolz auf sein Glück bei den Frauenzimmern und ich nahm an den Küssen teil, die er an diesem Abend von den zwei Mädchen bekommen hatte. Oh, dieser Abend war lustig! Morgen wird mein Bekannter mit Fräulein Anna reden; gewöhnliche Dinge zuerst, wie es natürlich ist, aber dann wird er plötzlich sagen: »Gestern in der Nacht war ich mit einem Menschen beisammen, wie du ihn, liebes Annerl, sicher noch nie gesehen hast. Er sieht aus – wie soll ich es beschreiben – wie eine Stange in baumelnder Bewegung, auf die ein gelbhäutiger und schwarzbehaarter Schädel ein wenig ungeschickt aufgespießt ist. Sein Körper ist mit vielen, ziemlich kleinen, grellen, gelblichen Stoffstücken behängt, die ihn gestern vollständig bedeckten, denn in der Windstille dieser Nacht lagen sie glatt an. Er ging schüchtern neben mir. Du, mein liebes Annerl, die du so gut küssen kannst, ich weiß, du hättest ein wenig gelacht und ein wenig dich gefürchtet, ich aber, dessen Seele ganz zerflogen ist vor Liebe zu dir, freute mich seiner Gegenwart. Er ist vielleicht unglücklich und darum schweigt er still und doch ist man neben ihm in einer glücklichen Unruhe, die nicht aufhört. Ich war ja gestern gebeugt von eigenem Glück, aber fast vergaß ich an dich. Es war mir, als höbe sich mit den Atemzügen seiner platten Brust die harte Wölbung des gestirnten Himmels. Der Horizont brach auf und unter entzündeten Wolken wurden Landschaften sichtbar endlos, so wie sie uns glücklich machen. – Mein Himmel, wie liebe ich dich, Annerl, und dein Kuß ist mir lieber als eine Landschaft. Reden wir nicht mehr von ihm und haben wir einander lieb.«

Als wir dann mit langsamen Schritten den Quai betraten, beneidete ich zwar meinen Bekannten um die Küsse, aber ich empfand auch mit Fröhlichkeit die innere Beschämung, die er mir gegenüber, so wie ich ihm erschien, wohl fühlen mußte.

So dachte ich. Aber meine Gedanken verwirrten sich damals, denn die Moldau und die Stadtviertel am andern Ufer lagen in einem Dunkel. Nur einige Lichter brannten und spielten mit den schauenden Augen.

Wir standen am Geländer. Ich zog meine Handschuhe an, denn vom Wasser wehte es kalt; dann seufzte ich ohne Grund auf, wie man es vor einem Fluß in der Nacht wohl tun mag, und wollte weitergehn. Aber mein Bekannter schaute ins Wasser und rührte sich gar nicht. Dann trat er noch näher an das Geländer, stützte die Arme mit den Ellenbogen auf das Eisen nieder und legte die Stirne in seine Hände. Das schien mir töricht. Ich fror und stülpte meinen Rockkragen in die Höhe. Mein Bekannter streckte sich und legte den Oberkörper, der jetzt auf seinen gespannten Armen ruhte, über das Geländer. Beschämt beeilte ich mich zu reden, um mein Gähnen zu unterdrücken: »Nicht wahr, es ist doch merkwürdig, daß gerade die Nacht nur imstande ist, uns ganz in Erinnerungen zu tauchen. Jetzt zum Beispiel erinnere ich mich an dieses. Einmal saß ich auf einer Bank am Ufer eines Flusses am Abend in verrenkter Haltung. Ich sah, den Kopf auf den Arm gelegt, der auf der hölzernen Lehne der Bank auflag, die wolkenhaften Berge des andern Ufers und hörte eine zarte Geige, die jemand im Strandhotel spielte. Auf beiden Ufern fuhren hin und wieder schiebende Züge mit erglänzendem Rauch.« – So redete ich und suchte krampfhaft hinter den Worten Liebesgeschichten mit merkwürdigen Lagen zu erfinden; auch ein wenig Roheit und feste Notzucht brauchte nicht zu fehlen.

Aber ich brachte kaum die ersten Worte vor, als mein Bekannter gleichgültig und bloß überrascht darüber, mich noch hier zu sehn – so schien es mir – sich zu mir wandte und sagte: »Sehen Sie, so kommt es immer. Als ich heute die Treppe hinunterstieg, um noch einen Abendspaziergang zu machen, ehe ich in die Gesellschaft gehen mußte, wunderte ich mich, wie meine rötlichen Hände in den weißen Manschetten hin- und herschlenkerten und wie sie es mit ungewohnter Munterkeit taten. Da erwartete ich Abenteuer. So kommt es immer«, dieses sagte er schon im Gehn, nur beiläufig, als eine kleine Beobachtung.

Mich aber rührte es sehr und es wurde mir schmerzlich, daß ihm vielleicht meine lange Gestalt unangenehm sein könnte, neben der er vielleicht zu klein erschien. Und dieser Umstand quälte mich, trotzdem es doch Nacht war und wir fast niemandem begegneten, doch so sehr, daß ich meinen Rücken so gebückt machte, daß meine Hände im Gehn meine Knie berührten. Damit aber mein Bekannter meine Absicht nicht merke, veränderte ich meine Haltung nur ganz allmählich mit großer Vorsicht und suchte seine Aufmerksamkeit von mir abzulenken durch Bemerkungen über die Bäume der Schützeninsel und über die Spiegelung der Brückenlampen im Flusse. Aber mit plötzlicher Wendung drehte er sein Gesicht mir zu und sagte nachsichtig: »Warum gehen Sie denn so? Sie sind ja jetzt ganz gebückt und fast so klein wie ich!«

Da er das gütig gesagt hatte, antwortete ich: »Das mag sein. Aber mir ist diese Haltung angenehm. Ich bin ziemlich schwächlich, wissen Sie, und es kommt mir zu schwer an, meinen Körper aufrecht zu erhalten. Das ist keine Kleinigkeit, ich bin sehr lang –«

Er sagte ein wenig mißtrauisch: »Das ist doch bloß eine Laune. Sie gingen doch früher ganz aufrecht, glaube ich und auch in der Gesellschaft hielten Sie sich doch leidlich. Sie tanzten sogar oder nicht? Nein? Aber aufrecht gingen Sie doch und das werden Sie jetzt auch noch können.«

Ich antwortete beharrlich und mit der Hand abwehrend: »Ja, ja ich ging aufrecht. Aber Sie unterschätzen mich. Ich weiß, was gutes Benehmen ist und darum gehe ich gebückt.«

Aber ihm schien es nicht einfach, sondern verwirrt von seinem Glück verstand er den Zusammenhang meiner Worte nicht und sagte nur: »Nun, wie Sie wollen«, und schaute zur Uhr des Mühlenturmes auf, die schon fast ein Uhr zeigte.

Ich aber sagte zu mir: »Wie herzlos ist dieser Mensch! Wie bezeichnend und deutlich ist seine Gleichgültigkeit gegen meine demütigen Worte! Er ist eben glücklich und das ist die Art der Glücklichen, alles natürlich zu finden, was um sie geschieht. Ihr Glück stellt einen glanzvollen Zusammenhang her. Und wenn ich jetzt ins Wasser gesprungen wäre oder wenn mich jetzt vor ihm Krämpfe zerreißen hier auf dem Pflaster unter diesem Bogen immer würde ich mich friedlich seinem Glück einfügen. Ja, wenn er in die Laune käme – ein Glücklicher ist so gefährlich, das ist unzweifelhaft – würde er mich auch totschlagen wie ein Straßenmörder. Das ist sicher und da ich feige bin, würde ich vor Schrecken nicht einmal zu schreien wagen. – Um Gotteswillen!« – Ich sah mich in Angst um. Vor einem entfernten Kaffeehaus mit rechteckigen schwarzen Scheiben ließ sich ein Schutzmann über das Pflaster gleiten. Sein Säbel behinderte ihn ein wenig, er nahm ihn in die Hand, und nun ging es viel hübscher. Und als ich ihn bei der mäßigen Entfernung auch noch schwach juchzen hörte, da war ich überzeugt, daß er mich nicht retten würde, wenn mich mein Bekannter totschlagen wollte.

Aber jetzt wußte ich auch, was ich tun mußte, denn gerade vor schrecklichen Ereignissen überkommt mich große Entschlossenheit. Ich mußte weglaufen. Es war ganz leicht. Jetzt beim Einbug zur Karlsbrücke nach links konnte ich nach rechts in die Karlsgasse springen. Sie war winklig, es gab dort dunkle Haustore und Weinstuben, die noch offen waren; ich mußte nicht verzweifeln.

Als wir unter dem Bogen am Ende des Quais hervortraten, rannte ich mit erhobenen Armen in die Gasse; doch als ich gerade zu einer kleinen Türe der Kirche kam, fiel ich, denn dort war eine Stufe, die ich nicht gesehen hatte. Es krachte. Die nächste Laterne war entfernt, ich lag im Dunkel. Aus einer Weinstube gegenüber kam ein dickes Weib mit einem rauchigen Lämpchen heraus, um nachzusehn, was auf der Gasse geschehen war. Das Klavierspiel hörte auf und ein

Mann öffnete die jetzt halboffene Tür völlig. Er spie großartig auf eine Stufe und während er das Frauenzimmer zwischen den Brüsten kitzelte, sagte er, das was geschehen sei, sei jedenfalls ohne Bedeutung. Sie drehten sich darauf um und die Türe wurde wieder zugemacht.

Als ich aufzustehn versuchte, fiel ich wieder. »Es ist Glatteis«, sagte ich und verspürte einen Schmerz im Knie. Aber doch freute es mich, daß die Leute aus der Weinstube mich nicht sehen konnten und es schien mir daher das bequemste, hier bis zur Dämmerung liegen zu bleiben.

Mein Bekannter war wohl allein bis zur Brücke gegangen, ohne meinen Abschied bemerkt zu haben, denn er kam erst nach einer Weile zu mir. Ich sah nicht, daß er erstaunt war, als er sich mitleidig zu mir bückte und mich mit weicher Hand streichelte. Er fuhr an meinen Wangenknochen auf und nieder und legte dann zwei dicke Finger an meine niedrige Stirn: »Sie haben sich weh getan, nicht? Es ist Glatteis und man muß vorsichtig sein – der Kopf schmerzt Sie? Nein? Ach das Knie, so.« Er sprach in einem singenden Ton, als ob er eine Geschichte erzähle und eine sehr angenehme Geschichte überdies von einem sehr entfernten Schmerz in einem Knie. Er bewegte auch seine Arme, aber er dachte nicht daran, mich aufzuheben. Ich stützte den Kopf auf meine rechte Hand – der Ellbogen lag auf einem Pflasterstein – und sagte schnell, damit ich es nicht vergäße: »Ich weiß nicht eigentlich, warum ich nach rechts lief. Doch ich sah unter den Lauben dieser Kirche, – ich weiß nicht, wie sie heißt, oh, bitte, verzeihen Sie – eine Katze laufen. Eine kleine Katze und sie hatte ein helles Fell. Daher bemerkte ich sie. – Oh nein, das war es nicht, entschuldigen Sie, aber es ist genügende Mühe, sich den Tag über zu beherrschen. Man schläft eben, um sich zu dieser Mühe zu kräftigen, schläft man aber nicht, dann geschehn nicht selten zwecklose Dinge mit uns, aber es wäre unhöflich von unsern Begleitern, sich darüber laut zu wundern.«

Mein Bekannter hatte die Hände in den Taschen und sah über die leere Brücke hin, dann zur Kreuzherrenkirche und dann auf zum Himmel, der klar war. Da er mir nicht zugehört hatte, sagte er dann ängstlich: »Ja, warum reden Sie denn nicht, mein Lieber; ist Ihnen schlecht – ja warum stehn Sie denn eigentlich nicht auf – es ist doch kalt hier, Sie werden sich verkühlen und dann wollten wir doch auf den Laurenziberg.«

»Natürlich«, sagte ich, »verzeihen Sie«, und ich stand allein auf, aber mit starkem Schmerz. Ich schwankte und mußte das Standbild Karl des Vierten fest ansehn, um meines Standpunktes sicher zu sein. Aber das Mondlicht war ungeschickt und brachte auch Karl den Vierten in Bewegung. Ich staunte darüber und meine Füße wurden viel kräftiger aus Angst, Karl der Vierte möchte umstürzen, wenn ich nicht in beruhigender Haltung wäre. Später schien mir meine Anstrengung nutzlos, denn Karl der Vierte fiel doch herunter, gerade als es mir einfiel, daß ich geliebt würde von einem Mädchen in einem schönen weißen Kleid.

Unnützes tue ich und versäume viel. Wie glücklich war dieser Einfall, das Mädchen betreffend! – Und lieb war es da vom Mond, daß er auch mich beschien und ich wollte aus Bescheidenheit mich unter die Wölbung des Brückenturmes stellen, als ich einsah, daß es doch bloß natürlich sei, daß der Mond alles bescheine. Daher breitete ich mit Freude meine Arme aus, um den Mond ganz zu genießen. – Da fiel mir der Vers ein:

Ich sprang durch die Gassen
wie ein betrunkener Läufer
stampfend durch Luft,

und es wurde mir leicht, als ich Schwimmbewegungen mit den lässigen Armen machend ohne Schmerz und Mühe vorwärtskam. Mein Kopf lag gut in kühler Luft und die Liebe des weißgekleideten Mädchens brachte mich in trauriges Entzücken, denn es schien mir, als schwimme ich von der Verliebten und auch von den wolkenhaften Bergen ihrer Gegend weg. – Und ich erinnerte mich, daß ich einmal einen glücklichen Bekannten, der jetzt noch vielleicht neben mir ging, gehaßt hatte und es freute mich, daß mein Gedächtnis so gut war, daß es selbst so nebensächliche Dinge bewahrte. Denn das Gedächtnis hat viel zu tragen. So kannte ich mit einem Male alle die vielen Sterne bei Namen, trotzdem ich es niemals gelernt hatte. Ja, es waren merkwürdige Namen, schwer zu behalten, aber ich wußte sie alle und sehr genau. Ich gab meinen Zeigefinger in die Höhe und nannte die Namen der einzelnen laut. – Ich kam aber nicht weit mit dem Nennen der Sterne, denn ich mußte weiterschwimmen, wollte ich nicht zu sehr untertauchen. Aber damit man mir später nicht sagen könnte, über dem Pflaster könnte jeder schwimmen und es sei nicht des Erzählens wert, erhob ich mich durch ein Tempo über das Geländer und umkreiste schwimmend jede Heiligenstatue, der ich begegnete. – Bei der fünften, als ich mich gerade mit überlegenen Schlägen über dem Pflaster hielt, faßte mein Bekannter meine Hand. Da stand ich wieder auf dem Pflaster und fühlte einen Schmerz im Knie. Ich hatte die Namen der Sterne vergessen und von dem lieben Mädchen wußte ich nur, daß sie ein weißes Kleid getragen hatte, aber ich konnte mich gar nicht mehr erinnern, welche Gründe ich gehabt hatte, an die Liebe des Mädchens zu glauben. Es erhob sich in mir ein großer und so begründeter Zorn gegen mein Gedächtnis und Angst, ich könnte das Mädchen verlieren. Und so wiederholte ich angestrengt und unaufhörlich »weißes Kleid, weißes Kleid«, um wenigstens durch dieses eine Zeichen mir das Mädchen zu erhalten. Aber das hat nichts geholfen. Mein Bekannter drängte sich mit seinen Reden immer näher zu mir, und in dem Augenblick, als ich anfing, seine Worte zu verstehn, hüpfte ein weißer Schimmer zierlich am Brückengeländer entlang, strich durch den Brückenturm und sprang in die dunkle Gasse.

»Immer liebte ich«, sagte mein Bekannter auf die Statue der heiligen Ludmila zeigend, »die Hände dieses Engels, links. Ihre Zartheit ist ohne Grenzen und die Finger, die sich aufspannen, zittern. Aber von heute abend an sind mir diese Hände gleichgültig, das kann ich sagen, denn ich küßte Hände.« – Da umarmte er mich, küßte meine Kleider und stieß mit seinem Kopf gegen meinen Leib.

Ich sagte: »Ja, ja. Ich glaube das. Ich zweifle nicht«, und dabei zwickte ich ihn mit meinen Fingern soweit er sie freiließ in seine Waden. Aber er spürte es nicht. Da sagte ich zu mir: »Warum gehst du mit diesem Menschen? Du liebst ihn nicht und du hassest ihn auch nicht, denn sein Glück besteht nur in einem Mädchen und es ist nicht einmal sicher, daß sie ein weißes Kleid trägt. Also ist dir dieser Mensch gleichgültig – wiederhole es – gleichgültig. Er ist aber auch ungefährlich, wie es sich erwiesen hat. Also geh mit ihm zwar weiter auf den Laurenziberg, denn du bist schon auf dem Wege in schöner Nacht, aber laß ihn reden und vergnüge dich auf deine Weise, dadurch – sage es leise – schützt du dich auch am besten.«

II

Belustigungen oder Beweis dessen,
daß es unmöglich ist zu leben.

1 · RITT

Schon sprang ich mit ungewohnter Geschicklichkeit meinem Bekannten auf die Schultern und brachte ihn dadurch, daß ich meine Fäuste in seinen Rücken stieß in einen leichten Trab. Als er aber noch ein wenig widerwillig stampfte und manchmal sogar stehen blieb, hackte ich mehrmals mit meinen Stiefeln in seinen Bauch, um ihn munterer zu machen. Es gelang und wir kamen mit guter Schnelligkeit immer weiter in das Innere einer großen, aber noch unfertigen Gegend, in der es Abend war.

Die Landstraße, auf der ich ritt, war steinig und stieg bedeutend, aber gerade das gefiel mir und ich ließ sie noch steiniger und steiler werden. Sobald mein Bekannter stolperte, riß ich ihn an seinen Haaren in die Höhe und sobald er seufzte, boxte ich ihn in den Kopf. Dabei fühlte ich, wie gesund mir dieser Abendritt in dieser guten Laune war und, um ihn noch wilder zu machen, ließ ich einen starken Gegenwind in langen Stößen in uns blasen. Jetzt übertrieb ich auch noch auf den breiten Schultern meines Bekannten die springende Bewegung des Reitens und, während ich mich mit beiden Händen fest an seinem Halse hielt, beugte ich weit meinen Kopf zurück und betrachtete die mannigfaltigen Wolken, die schwächer als ich schwerfällig mit dem Winde flogen. Ich lachte und zitterte vor Mut. Mein Rock breitete sich aus und gab mir Kraft. Dabei preßte ich meine Hände kräftig ineinander und tat, als wüßte ich nicht, daß ich dadurch meinen Bekannten würgte.

Zum Himmel aber, der mir allmählich durch die gekrümmten Äste der Bäume, die ich am Rande der Straße wachsen ließ, verdeckt wurde, rief ich in der erhitzten Bewegung des Reitens: »Ich habe doch anderes zu tun, als immer verliebtes Gerede zu hören. Warum ist er zu mir gekommen, dieser geschwätzige Verliebte? Sie alle sind glücklich und werden es besonders, wenn es ein anderer weiß. Sie glauben einen glücklichen Abend zu haben und schon deshalb freuen sie sich des künftigen Lebens.«

Da fiel mein Bekannter, und als ich ihn untersuchte, fand ich, daß er am Knie schwer verwundet war. Da er mir nicht mehr nützlich sein konnte, ließ ich ihn auf den Steinen und pfiff nur einige Geier aus der Höhe herab, die sich gehorsam und mit ernstem Schnabel auf ihn setzten, um ihn zu bewachen.

2 · SPAZIERGANG

Unbekümmert ging ich weiter. Weil ich aber als Fußgänger die Anstrengung der bergigen Straße fürchtete, ließ ich den Weg immer flacher werden und sich in der Entfernung endlich zu einem Tale senken.

Die Steine verschwanden nach meinem Willen und der Wind wurde still und verlor sich im Abend. Ich ging in gutem Marsch und da ich bergab ging, hatte ich den Kopf erhoben und den Körper gesteift und die Arme hinter dem Kopf verschränkt. Da ich Fichtenwälder liebe, ging ich durch Fichtenwälder und, da ich gerne stumm in den ausgesternten Himmel schaue, so gingen mir auf dem großausgebreiteten Himmel die Sterne langsam und ruhig auf, wie es auch sonst ihre Art ist. Nur wenige gestreckte Wolken sah ich, die ein Wind, der nur in ihrer Höhe wehte, durch die Luft zog.

Ziemlich weit meiner Straße gegenüber, wahrscheinlich durch einen Fluß von mir getrennt, ließ ich einen hohen Berg aufstehn, dessen Höhe mit Buschwerk bewachsen an den Himmel grenzte. Noch die kleinen Verzweigungen und Bewegungen der höchsten Äste konnte ich deutlich sehn. Dieser Anblick, wie gewöhnlich er auch sein mag, freute mich so, daß ich als ein kleiner Vogel auf den Ruten dieser entfernten struppigen Sträucher schaukelnd daran vergaß, den Mond aufgehn zu lassen, der schon hinter dem Berge lag, wahrscheinlich zürnend wegen der Verzögerung.

Jetzt aber breitete sich der kühle Schein, der dem Mondaufgang vorhergeht, auf dem Berge aus und plötzlich hob der Mond selbst sich hinter einem der unruhigen Sträucher. Ich jedoch hatte indessen in einer andern Richtung geschaut und als ich jetzt vor mich hin blickte und ihn mit einem Male sah, wie er schon fast mit seiner ganzen Rundung leuchtete, blieb ich mit trüben Augen stehn, denn meine abschüssige Straße schien gerade in diesen erschreckenden Mond zu führen. Aber nach einem Weilchen gewöhnte ich mich an ihn und betrachtete mit Besonnenheit, wie schwer ihm der Aufstieg wurde, bis ich endlich, nachdem ich und er einander ein großes Stück entgegengegangen waren, eine angenehme Schläfrigkeit verspürte, die, wie ich glaubte, wegen der Anstrengungen des Tages über mich kam, an die ich mich freilich nicht mehr erinnern konnte. Ich ging eine kleine Zeit mit geschlossenen Augen, indem ich mich nur dadurch wachend erhielt, daß ich laut und regelmäßig die Hände zusammenschlug.

Dann aber, als der Weg mir unter den Füßen zu entgleiten drohte und alles müde wie ich zu entschwinden begann, beeilte ich mich den Abhang an der rechten Seite der Straße mit aufgeregter Bewegung zu erklettern, um noch rechtzeitig in den hohen verwirrten Fichtenwald zu kommen, in dem ich die Nacht verschlafen wollte. Die Eile war nötig. Die Sterne dunkelten schon und der Mond versank schwächlich im Himmel, wie in einem bewegten Gewässer. Der Berg war schon ein Stück der Nacht, die Landstraße endete beängstigend dort, wo ich zum Abhang mich gewendet hatte und aus dem Innern des Waldes hörte ich das näherkommende Krachen fallender Stämme. Nun hätte ich mich gleich auf das Moos zum Schlaf werfen können, aber da ich die Ameisen fürchte, kroch ich mit um den Stamm gewundenen Beinen auf einen Baum, der auch schon baumelte ohne Wind, legte mich auf einen Ast, den Kopf an den Stamm gelegt und schlief hastig ein, indes ein Eichhörnchen meiner Laune mit steilem Schwanz auf dem bebenden Ende des Astes saß und sich wiegte.

Ich schlief traumlos und versunken. Mich weckte weder der Untergang des Mondes noch der Aufgang der Sonne. Und selbst wenn ich schon am Erwachen war, beruhigte ich mich wieder, indem ich sagte: »Du hast dich am gestrigen Tage sehr bemüht, darum schone deinen Schlaf«, und schlief wieder ein.

Aber trotzdem ich nicht träumte, so war mein Schlaf doch nicht ohne eine fortwährende leise Störung. Die ganze Nacht durch hörte ich jemanden neben mir reden. Ich hörte kaum die Worte selbst, außer einzelne wie »Bank am Flußufer« »wolkenhafte Berge« »Züge mit erglänzendem Rauch«, sondern nur die Art ihrer Betonung und ich erinnerte mich, daß ich mir im Schlafe noch die Hände rieb, vor Freude darüber, daß ich die einzelnen Worte nicht erkennen mußte, da ich eben schlafend war.

Vor Mitternacht war die Stimme sehr lustig, beleidigend. Ich erschauerte, denn ich glaubte, es säge jemand meinen Baum, der schon früher getaumelt hatte, unten durch. – Nach Mitternacht zog sich die Stimme ernster werdend zurück und machte Pausen zwischen ihren Sätzen, so daß es schien als antworte sie auf Fragen, die ich nicht stellte. Da fühlte ich mich behaglicher und ich wagte es mich zu strecken. – Gegen Morgen wurde die Stimme immer freundlicher. Das Schlaflager des Sprechers schien gar nicht sicherer als meines zu sein, denn ich merkte jetzt, daß er von den benachbarten Ästen her redete. Da wurde ich kühn und legte mich mit dem Rücken gegen ihn. Das machte ihn offenbar traurig, denn er hörte zu reden auf und schwieg so lange, daß er mich am Vormittag, da ich dieses Geräusches schon ganz entwöhnt war, durch einen leichten Seufzer weckte.

Ich sah in einen bewölkten Himmel, der nicht nur über meinem Kopfe war, sondern mich sogar umgab. Die Wolken waren so schwer, daß sie sich niedrig über dem Moos hinschoben, gegen die Bäume stießen, an den Ästen sich zerrissen. Manche fielen für eine Zeit auf die Erde nieder oder ließen sich von den Bäumen einkeilen, bis ein stärkerer Wind kam und sie weitertrieb. Die meisten trugen Tannenzapfen, abgebrochene Äste, Schornsteine, verendetes Wild, Fahnentücher, Wetterhähne und andere meist unkenntliche Dinge, die sie irgendwo in der Ferne schwebend mitgenommen hatten.

Ich hockte klein auf meinem Ast und mußte darauf bedacht sein, Wolken, die mir drohten, wegzuschieben oder ihnen auszuweichen, wenn sie breit waren. Das war aber eine schwere Arbeit für mich, der ich noch halb im Schlafe war, auch noch von Seufzern beunruhigt war, die ich noch oft zu hören glaubte. Doch sah ich mit Staunen, daß je sicherer ich meines Lebens wurde, desto höher und weiter sich auch der Himmel spannte, bis endlich nach meinem letzten Gähnen die Gegend des Abends zu erkennen war, die jetzt unter Regenwolken lag.

Diese so rasch entstandene Weite meiner Aussicht erschreckte mich. Ich dachte nach, warum ich hergekommen war in dieses Land, dessen

Wege ich nicht kannte. Es schien mir, als hätte ich im Traume mich her verirrt und begriffe das Schreckliche meiner Lage erst im Erwachen. Da hörte ich zum Glück einen Vogel im Walde und es kam beruhigend über mich, daß ich doch meines Vergnügens halber hergegangen wäre.

»Dein Leben war einförmig«, so redete ich laut, um mich davon zu überzeugen, »es war wirklich nötig, daß du anderswohin geführt wurdest. Du kannst zufrieden sein, es ist lustig hier. Die Sonne scheint.«

Da schien die Sonne und die Regenwolken wurden weiß und leicht und klein im blauen Himmel. Sie glänzten und bäumten sich. Ich sah einen Fluß im Tale.

»Ja, es war einförmig, du verdienst diese Belustigung«, sagte ich weiter, wie gezwungen, »aber war es nicht auch gefährdet.« Da hörte ich jemanden entsetzlich nahe seufzen.

Ich wollte rasch herunterklettern, aber da der Ast so zitterte wie meine Hand, so fiel ich erstarrt von der Höhe. Ich schlug kaum auf und hatte auch keine Schmerzen, aber ich fühlte mich so schwach und unglücklich, daß ich das Gesicht in den Waldboden legte, da ich die Anstrengung, die Dinge der Erde um mich zu sehn, nicht ertragen konnte. Ich war überzeugt, daß jede Bewegung und jeder Gedanke erzwungen seien, daß man sich daher vor ihnen hüten solle. Dagegen sei es das natürlichste, hier im Grase zu liegen, die Arme am Körper und das Gesicht verborgen. Und ich redete mir zu, mich eigentlich zu freuen, daß ich in dieser selbstverständlichen Lage mich schon befinde, denn sonst würde ich vieler mühseliger Krämpfe, wie Schritte oder Worte bedürfen, um in sie zu kommen.

Aber ich lag nicht lange, als ich jemanden weinen hörte. Es war nahe bei mir und es ärgerte mich daher. Es ärgerte mich so, daß ich nachzudenken begann, wer der Weinende sein könnte. Doch kaum hatte ich nachzudenken begonnen, als ich in wütender Angst mich so gewalttätig zu wälzen begann, daß ich völlig mit Fichtennadeln bedeckt den Abhang hinunterrollte in den Staub der Straße hinein. Und trotzdem ich mit meinen verstaubten Augen alles nur sah, als ob es Einbildung wäre, rannte ich doch gleich die Straße weiter, um endlich allen geisterhaften Menschen zu entgehn.

Ich keuchte im Laufen und verlor in der Verwirrung die Herrschaft über mich. Ich sah, wie sich meine Beine mit ihren breit hervortretenden Kniescheiben hoben, aber ich konnte nicht mehr einhalten, denn meine Arme schwenkten hin und her, wie bei einem sehr fröhlichen Ausgang, auch mein Kopf wankte. Trotzdem mühte ich mich kühl und verzweifelt, Rettung zu finden. Da erinnerte ich mich an den Fluß, der in der Nähe sein mußte und gleich sah ich auch zu meiner Freude einen schmalen Weg, der sich zur Seite bog und der mich auch nach einigen Sprüngen zwischen Wiesen zum Ufer brachte. Der Fluß war breit und seine kleinen lauten Wellen waren beschienen. Auch am andern Ufer waren Wiesen, die dann in Gesträuch übergingen, hinter dem man in großer Fernsicht helle Obstalleen sah, die zu grünen Hügeln führten.

Erfreut über diesen Anblick legte ich mich nieder und dachte, während ich mir die Ohren gegen gefürchtetes Weinen zuhielt, hier könnte ich zufrieden werden. Denn hier ist es einsam und schön. Es braucht nicht viel Mut, hier zu leben. Man wird sich hier quälen müssen wie anderswo auch, aber man wird sich dabei nicht schön bewegen müssen. Das wird nicht nötig sein. Denn es sind nur Berge da und ein großer Fluß und ich bin noch klug genug, sie für leblos zu halten. Ja, wenn ich am Abend allein auf den steigenden Wiesenwegen stolpern werde, so werde ich nicht verlassener sein als der Berg, nur daß ich es fühlen werde. Aber ich glaube, auch das wird noch vergehn.

So spielte ich mit meinem künftigen Leben und versuchte hartnäckig zu vergessen. Ich sah dabei blinzelnd in jenen Himmel, der in einer ungewöhnlich glücklichen Färbung war. Ich hatte ihn schon lange nicht so gesehn, ich wurde gerührt und an einzelne Tage erinnert, an denen ich auch geglaubt hatte, ihn so zu sehn. Ich gab die Hände von meinen Ohren, breitete meine Arme aus und ließ sie in die Gräser fallen.

Ich hörte jemand weit und schwach schluchzen. Es wurde windig und große Mengen trockener Blätter, die ich früher nicht gesehen hatte, flogen rauschend auf. Von den Obstbäumen schlugen unreife Früchte irrsinnig auf den Boden. Hinter einem Berg kamen häßliche Wolken herauf. Die Flußwellen knarrten und wichen vor dem Wind zurück.

Ich stand rasch auf. Mich schmerzte mein Herz, denn jetzt schien es unmöglich aus meinen Leiden hinauszukommen. Schon wollte ich umkehren, um diese Gegend zu verlassen und in meine frühere Lebensart zurückzukehren, als ich diesen Einfall bekam: »Wie merkwürdig ist es, daß noch in unserer Zeit vornehme Personen in dieser schwierigen Weise über einen Fluß befördert werden. Es gibt keine andere Erklärung, dafür, als daß es ein alter Brauch ist.« Ich schüttelte den Kopf, denn ich war verwundert.

3 · DER DICKE

a · Ansprache an die Landschaft

Aus den Gebüschen des andern Ufers traten gewaltig vier nackte Männer, die auf ihren Schultern eine hölzerne Tragbahre hielten. Auf dieser Tragbahre saß in orientalischer Haltung ein ungeheuerlich dicker Mann. Trotzdem er durch Gebüsche auf ungebahntem Weg getragen wurde, schob er die dornigen Zweige doch nicht auseinander, sondern durchstieß sie ruhig mit seinem unbeweglichen Körper. Seine faltigen Fettmassen waren so sorgfältig ausgebreitet, daß sie zwar die ganze Tragbahre bedeckten und noch an den Seiten gleich dem Saume eines gelblichen Teppichs hinunterhingen, und ihn dennoch nicht störten. Sein haarloser Schädel war klein und glänzte gelb. Sein Gesicht trug den einfältigen Ausdruck eines Menschen, der nachdenkt und sich nicht bemüht, es zu verbergen. Bisweilen schloß er seine Augen; öffnete er sie wieder, verzerrte sich sein Kinn.

»Die Landschaft stört mich in meinem Denken«, sagte er leise, »sie läßt meine Überlegungen schwanken, wie Kettenbrücken bei zorniger Strömung. Sie ist schön und will deshalb betrachtet sein.«

»Ich schließe meine Augen und sage: Du grüner Berg am Flusse, der du gegen das Wasser rollendes Gestein hast, du bist schön.«

»Aber er ist nicht zufrieden, er will, daß ich die Augen zu ihm öffne.«

»Wenn ich aber mit geschlossenem Auge sage: Berg, ich liebe dich nicht, denn du erinnerst mich an die Wolken, an die Abendröte und an den steigenden Himmel und das sind Dinge, die mich fast weinen machen, denn man kann sie niemals erreichen, wenn man sich auf einer kleinen Sänfte tragen läßt. Während du mir aber dieses zeigst, hinterlistiger Berg, verdeckst du mir die Fernsicht, die mich erheitert, denn sie zeigt Erreichbares in schönem Überblick. Darum liebe ich dich nicht, Berg am Wasser, nein, ich liebe dich nicht.«

»Aber diese Rede wäre ihm so gleichgültig, wie meine frühere, wenn ich nicht mit geöffneten Augen redete. Sonst ist er nicht zufrieden.«

»Und müssen wir nicht ihn uns freundlich erhalten, damit wir überhaupt ihn nur aufrecht erhalten, ihn, der eine so launische Vorliebe für den Brei unserer Gehirne hat. Er würde seinen gezackten Schatten auf mich niederschlagen, er würde stumm schrecklich kahle Wände mir vorschieben und meine Träger würden über die kleinen Steinchen am Wege stolpern.«

»Aber nicht nur der Berg ist so eitel, so zudringlich und so rachsüchtig dann, alles andere ist es auch. So muß ich mit kreisrunden Augen – oh sie schmerzen – immer wiederholen:
Ja, Berg du bist schön und die Wälder auf deinem westlichen Abhang freuen mich. – Auch mit dir, Blume, bin ich zufrieden und dein Rosa macht meine Seele fröhlich. – Du Gras auf den Wiesen bist schon hoch und stark und kühlst. – Und du fremdartiges Buschwerk stichst so unerwartet, so daß unsere Gedanken in Sprünge kommen. An dir aber Fluß habe ich so großes Gefallen, daß ich mich durch dein biegsames Wasser werde tragen lassen.«

Nachdem er diese Lobpreisung zehnmal laut ausgerufen hatte unter einigem demütigen Rücken seines Körpers, ließ er seinen Kopf sinken und sagte mit geschlossenen Augen:

»Jetzt aber – ich bitte euch – Berg, Blume, Gras, Buschwerk und Fluß, gebt mir ein wenig Raum, damit ich atmen kann.«

Da entstand ein eilfertiges Verschieben in den umliegenden Bergen, die sich hinter hängende Nebel stießen. Die Alleen standen zwar fest und hüteten ziemlich die Straßenbreite, aber frühzeitig verschwammen sie: Am Himmel lag vor der Sonne eine feuchte Wolke mit leise durchleuchtetem Rand, in deren Beschattung das Land sich tiefer senkte, während alle Dinge ihre schöne Begrenzung verloren.

Die Tritte der Träger wurden bis zu meinem Ufer hörbar und doch konnte ich in dem dunklen Viereck ihrer Gesichter nichts genauer unterscheiden. Ich sah nur, wie sie ihre Köpfe zur Seite neigten und wie sie ihren Rücken krümmten, denn die Last war ungewöhnlich. Ich hatte Sorge ihretwegen, denn ich bemerkte, daß sie müde waren. Daher sah ich mit Spannung zu, als sie in das Ufergras traten, dann in noch ebenmäßigem Tritt durch den nassen Sand gingen, bis sie endlich in das schlammige Schilf sanken, wo die beiden rückwärtigen Träger sich noch tiefer bückten, um die Sänfte in ihrer waagrechten Lage zu erhalten. Ich preßte die Hände ineinander. Jetzt mußten sie bei jedem Schritt ihre Füße hochheben, so daß ihr Körper in der kühlen Luft dieses veränderlichen Nachmittags vor Schweiß glänzte.

Der Dicke saß ruhig, die Hände auf seinen Schenkeln; die langen Spitzen des Schilfrohres streiften ihn, wenn sie hinter den vordern Trägern aufschnellten.

Die Bewegungen der Träger wurden unregelmäßiger, je näher sie zum Wasser kamen. Bisweilen schwankte die Sänfte, als sei sie schon auf den Wellen. Kleine Pfützen im Schilf mußten übersprungen oder umgangen werden, denn vielleicht waren sie tief.

Einmal erhoben sich Wildenten schreiend und stiegen steil in die Regenwolke. Da sah ich in einer kurzen Bewegung das Gesicht des Dicken; es war ganz unruhig. Ich stand auf und eilte in eckigen Sprüngen über den steinigen Abhang, der mich vom Wasser trennte. Ich achtete nicht darauf, daß es gefährlich war, sondern ich dachte nur daran, dem Dicken zu helfen, wenn seine Diener ihn nicht mehr tragen könnten. Ich lief so unbesonnen, daß ich mich unten beim Wasser nicht einhalten konnte, sondern ein Stück in das aufspritzende Wasser laufen mußte und erst stehenblieb, bis das Wasser mir bis an die Knie reichte.

Drüben aber hatten die Diener unter Verrenkungen die Sänfte ins Wasser gebracht und während sie mit der einen Hand sich über dem unruhigen Wasser hielten, stemmten sie mit vier behaarten Armen die Sänfte in die Höhe, so daß man die ungewöhnlich erhobenen Muskeln sah.

Das Wasser schlug zuerst ans Kinn, stieg dann zum Mund, der Kopf der Träger beugte sich zurück und die Traghölzer fielen auf die Schultern. Das Wasser umspielte schon den Nasenrücken und noch immer gaben sie die Mühe nicht auf, trotzdem sie kaum in der Mitte des Flusses waren. Da schlug eine niedrige Welle auf die Köpfe der vordern nieder und die vier Männer ertranken schweigend, indem sie mit ihren wilden Händen die Sänfte mit sich hinunterzogen. Wasser schoß im Sturze nach.

Da brach aus den Rändern der großen Wolke der flache Schein der abendlichen Sonne und verklärte die Hügel und Berge an der Grenze des Gesichtskreises, während der Fluß und die Gegend unter der Wolke in undeutlichem Lichte war.

Der Dicke drehte sich langsam in der Richtung des strömenden Wassers und wurde flußabwärts getragen, wie ein Götterbild aus hellem Holz, das überflüssig geworden war und das man daher in den Fluß geworfen hatte. Er fuhr auf der Spiegelung der Regenwolke hin. Längliche Wolken zogen ihn und kleine gebückte schoben, so daß es bedeutenden Aufruhr gab, den man noch am Anschlagen des Wassers an meinen Knien und an den Ufersteinen merken konnte.

Ich kroch rasch die Böschung wieder hinauf, um auf dem Weg den Dicken begleiten zu können, denn wahrhaftig ich liebte ihn. Und vielleicht konnte ich etwas erfahren über die Gefährlichkeit dieses scheinbar sichern Landes. So ging ich auf einem Sandstreifen, an dessen Schmalheit man sich erst gewöhnen mußte, die Hände in den Taschen und das Gesicht im rechten Winkel zum Fluß gewendet, so daß das Kinn fast auf der Schulter lag.

Auf den Ufersteinen saßen zarte Schwalben.

Der Dicke sagte: »Lieber Herr am Ufer, versuchen Sie es nicht, mich zu retten. Das ist die Rache des Wassers und des Windes; nun bin ich verloren. Ja, Rache ist es, denn wie oft haben wir diese Dinge angegriffen, ich und mein Freund der Beter, beim Singen unserer Klinge, unter dem Aufglanz der Cymbeln, der weiten Pracht der Posaunen und dem springenden Leuchten der Pauken.«

Eine kleine Möwe mit gestreckten Flügeln flog durch seinen Bauch, ohne daß ihre Schnelligkeit vermindert wurde.

Der Dicke erzählte weiter:

b · Begonnenes Gespräch mit dem Beter

»Es gab eine Zeit, in der ich Tag um Tag in eine Kirche ging, denn ein Mädchen in das ich mich verliebt hatte betete dort kniend eine halbe Stunde am Abend, unterdessen ich sie in Ruhe betrachten konnte.

Als einmal das Mädchen nicht gekommen war und ich unwillig auf die Betenden blickte, fiel mir ein junger Mensch auf, der sich mit seiner ganzen magern Gestalt auf den Boden geworfen hatte. Von Zeit zu Zeit packte er mit der ganzen Kraft seines Körpers seinen Schädel und schmetterte ihn seufzend in seine Handflächen, die auf den Steinen auflagen.

In der Kirche waren nur einige alte Weiber, die oft ihr eingewickeltes Köpfchen mit seitlicher Neigung drehten, um nach dem Betenden hinzusehn. Diese Aufmerksamkeit schien ihn glücklich zu machen, denn vor jedem seiner frommen Ausbrüche ließ er seine Augen umgehn, ob die zuschauenden Leute zahlreich wären.

Ich fand das ungebührlich und beschloß, ihn anzureden, wenn er aus der Kirche ginge und ihn auszufragen, warum er in dieser Weise bete. Ja, ich war ärgerlich, weil mein Mädchen nicht gekommen war.

Aber erst nach einer Stunde stand er auf, schlug ein ganz sorgfältiges Kreuz und ging stoßweise zum Becken. Ich stellte mich auf dem Wege zwischen Becken und Türe auf und wußte, daß ich ihn nicht ohne Erklärung durchlassen würde. Ich verzerrte meinen Mund, wie ich es immer als Vorbereitung tue, wenn ich mit Bestimmtheit reden will. Ich trat mit dem rechten Beine vor und stützte mich darauf, während ich das linke nachlässig auf der Fußspitze hielt; auch das gibt mir Festigkeit.

Nun ist es möglich, daß dieser Mensch schon auf mich schielte, als er das Weihwasser in sein Gesicht spritzte, vielleicht auch hatte er mich schon früher mit Besorgnis bemerkt, denn jetzt unerwartet rannte er zur Türe und hinaus. Die Glastür schlug zu. Und als ich gleich nachher aus der Türe trat, sah ich ihn nicht mehr, denn dort gab es einige schmale Gassen und der Verkehr war mannigfaltig.

In den nächsten Tagen blieb er aus, aber mein Mädchen kam. Sie war in dem schwarzen Kleide, welches auf den Schultern durchsichtige Spitzen hatte, – der Halbmond des Hemdrandes lag unter ihnen – von deren unterem Rande die Seide in einem wohlgeschnittenen Kragen niederhing. Und da das Mädchen kam, vergaß ich an den jungen Mann und selbst dann kümmerte ich mich nicht um ihn, als er später wieder regelmäßig kam und nach seiner Gewohnheit betete. Aber immer ging er mit großer Eile an mir vorüber, mit abgewendetem Gesichte. Vielleicht lag es daran, daß ich mir ihn immer nur in

Bewegung denken konnte, so daß es mir, selbst wenn er stand, schien, als schleiche er.

Einmal verspätete ich mich in meinem Zimmer. Trotzdem ging ich noch in die Kirche. Ich fand das Mädchen nicht mehr dort und wollte nach Hause gehn. Da lag dort wieder dieser junge Mensch. Die alte Begebenheit fiel mir jetzt ein und machte mich neugierig.

Auf den Fußspitzen glitt ich zum Türgang, gab dem blinden Bettler, der dort saß, eine Münze und drückte mich neben ihn hinter den geöffneten Türflügel. Dort saß ich eine Stunde lang und machte vielleicht ein listiges Gesicht. Ich fühlte mich dort wohl und beschloß öfters herzukommen. In der zweiten Stunde aber fand ich es unsinnig, hier wegen des Beters zu sitzen. Und dennoch ließ ich noch eine dritte Stunde schon zornig die Spinnen über meine Kleider kriechen, während die letzten Menschen laut atmend aus dem Dunkel der Kirche traten.

Da kam er auch. Er ging vorsichtig und seine Füße betasteten zuerst leichthin den Boden, ehe sie auftraten.

Ich stand auf, machte einen großen und geraden Schritt und ergriff den jungen Menschen beim Kragen. »Guten Abend«, sagte ich und stieß ihn, meine Hand an seinem Kragen, die Stufen hinunter auf den beleuchteten Platz.

Als wir unten waren, sagte er mit einer völlig unbefestigten Stimme: »Guten Abend, lieber, lieber Herr, zürnen Sie nur nicht Ihrem höchst ergebenen Diener.«

»Ja«, sagte ich, »ich will Sie einiges fragen, mein Herr, voriges Mal entkamen Sie mir, das wird Ihnen heute kaum gelingen.«

»Sie sind mitleidig, mein Herr, und Sie werden mich nach Hause gehen lassen. Ich bin bedauernswert, das ist die Wahrheit.«

»Nein«, schrie ich in den Lärm der vorüberfahrenden Straßenbahn, »ich lasse Sie nicht. Gerade solche Geschichten gefallen mir. Sie sind ein Glücksfang. Ich beglückwünsche mich.«

Da sagte er: »Ach, Gott, Sie haben ein lebhaftes Herz und einen Kopf aus einem Block. Sie nennen mich einen Glücksfang, wie glücklich müssen Sie sein! Denn mein Unglück ist ein schwankendes Unglück, ein auf einer dünnen Spitze schwankendes Unglück und berührt man es, so fällt es auf den Frager. Gute Nacht, mein Herr.«

»Gut«, sagte ich und hielt seine rechte Hand fest, »wenn Sie mir nicht antworten werden, werde ich hier auf der Gasse zu rufen anfangen. Und alle Ladenmädchen, die jetzt aus den Geschäften kommen und alle ihre Liebhaber, die sich auf sie freuen, werden zusammenlaufen, denn sie werden glauben, ein Droschkenpferd sei gestürzt oder etwas dergleichen sei geschehn. Dann werde ich Sie den Leuten zeigen.« Da küßte er weinend abwechselnd meine beiden Hände. »Ich werde Ihnen sagen, was Sie wissen wollen, aber bitte, gehn wir lieber in die Seitengasse drüben.« Ich nickte und wir gingen hin.

Aber er begnügte sich nicht mit dem Dunkel der Gasse, in der nur weit voneinander gelbe Laternen waren, sondern er führte mich in den niedrigen Flurgang eines alten Hauses unter ein Lämpchen, das vor der Holztreppe tropfend hing.

Dort nahm er wichtig sein Taschentuch und sagte, es auf eine Stufe breitend: »Setzt Euch doch lieber Herr, da könnt Ihr besser fragen, ich bleibe stehn, da kann ich besser antworten. Quält mich aber nicht.«

Da setzte ich mich und sagte, indem ich mit schmalen Augen zu ihm aufblickte: »Ihr seid ein gelungener Tollhäusler, das seid Ihr! Wie benehmt Ihr Euch doch in der Kirche! Wie lächerlich ist das und wie unangenehm den Zuschauern! Wie kann man andächtig sein, wenn man Euch anschauen muß.«

Er hatte seinen Körper an die Mauer gepreßt, nur den Kopf bewegte er frei in der Luft. »Ärgert Euch nicht – warum sollt Ihr Euch ärgern über Sachen, die Euch nicht angehören. Ich ärgere mich, wenn ich mich ungeschickt benehme, benimmt sich aber nur ein anderer schlecht, dann freue ich mich. Also ärgert Euch nicht, wenn ich sage, daß es der Zweck meines Betens ist, von den Leuten angeschaut zu werden.«

»Was sagtet Ihr da«, rief ich viel zu laut für den niedrigen Gang, aber ich fürchtete mich dann, die Stimme zu schwächen, »wirklich, was sagtet Ihr da. Ja, ich ahne schon, ja ich ahnte es schon, seit ich Euch zum erstenmal sah, in welchem Zustande Ihr seid. Ich habe Erfahrung, und es ist nicht scherzend gemeint, wenn ich sage, daß es eine Seekrankheit auf festem Lande ist. Deren Wesen ist so, daß Ihr den wahrhaftigen Namen der Dinge vergessen habt und über sie jetzt in einer Eile zufällige Namen schüttet. Nur schnell, nur schnell! Aber kaum seid Ihr von ihnen weggelaufen, habt Ihr wieder ihre Namen vergessen. Die Pappel in den Feldern, die Ihr den ›Turm von Babel‹ genannt habt, denn Ihr wußtet nicht oder wolltet nicht wissen, daß es eine Pappel war, schaukelt wieder namenlos und Ihr müßt sie nennen ›Noah, wie er betrunken war‹.«

Ich war ein wenig bestürzt, als er sagte: »Ich bin froh, daß ich das, was Ihr sagtet, nicht verstanden habe.«

Aufgeregt sagte ich rasch: »Dadurch, daß Ihr froh seid darüber, zeigt Ihr, daß Ihr es verstanden habt.«

»Freilich habe ich es gezeigt, gnädiger Herr, aber auch Ihr habt merkwürdig gesprochen.«

Ich legte meine Hände auf eine obere Stufe, lehnte mich zurück und sagte in dieser fast unangreifbaren Haltung, welche die letzte Rettung der Ringkämpfer ist: »Ihr habt eine lustige Art, Euch zu retten, indem Ihr Eueren Zustand bei den andern voraussetzt.«

Daraufhin wurde er mutig. Er legte die Hände ineinander, um seinem Körper eine Einheit zu geben und sagte unter leichtem Widerstreben: »Nein, ich tue das doch nicht gegen alle, zum Beispiel auch gegen Euch nicht, weil ich es nicht kann. Aber ich wäre froh, wenn ich es könnte, denn dann hätte ich die Aufmerksamkeit der Leute in der Kirche nicht mehr nötig. Wisset Ihr, warum ich sie nötig habe?«

Diese Frage machte mich unbeholfen. Sicherlich, ich wußte es nicht und ich glaube, ich wollte es auch nicht wissen. Ich hatte ja auch nicht hierherkommen wollen, sagte ich mir damals, aber der Mensch hat mich gezwungen, ihm zuzuhören. So brauchte ich ja jetzt bloß meinen Kopf zu schütteln, um ihm zu zeigen, daß ich es nicht wußte, aber ich konnte in meinen Kopf keine Bewegung bringen.

Der Mensch, welcher mir gegenüberstand, lächelte. Dann duckte er sich auf seine Knie nieder und erzählte mit schläfriger Grimasse: »Es hat niemals eine Zeit gegeben, in der ich durch mich selbst von meinem Leben überzeugt war. Ich erfasse nämlich die Dinge um mich nur in so hinfälligen Vorstellungen, daß ich immer glaube, die Dinge hätten einmal gelebt, jetzt aber seien sie versinkend. Immer, lieber Herr, habe ich eine so quälende Lust, die Dinge so zu sehn, wie sie sich geben mögen, ehe sie sich mir zeigen. Sie sind da wohl schön und ruhig. Es muß so sein, denn ich höre oft Leute in dieser Weise von ihnen reden.«

Da ich schwieg und nur durch unwillkürliche Zuckungen in meinem Gesichte zeigte, wie unbehaglich mir war, fragte er: »Sie glauben nicht daran, daß die Leute so reden?«

Ich glaubte nicken zu müssen, konnte es aber nicht.

»Wirklich, Sie glauben nicht daran? Ach, hören Sie doch; als ich als Kind einmal nach einem kurzen Nachmittagsschlaf die Augen öffnete, hörte ich noch ganz im Schlaf befangen meine Mutter in natürlichem Ton vom Balkon hinunterfragen: ›Was machen Sie, meine Liebe. Es ist so heiß.‹ Eine Frau antwortete aus dem Garten: ›Ich jause im Grünen.‹ Sie sagten es ohne Nachdenken und nicht allzu deutlich, als müßte es jeder erwartet haben.«

Ich glaubte, ich sei gefragt. Daher griff ich in die hintere Hosentasche und tat, als suche ich dort etwas. Aber ich suchte nichts, sondern ich wollte nur meinen Anblick verändern, um meine Teilnahme am Gespräch zu zeigen. Dabei sagte ich, daß dieser Vorfall so merkwürdig sei und daß ich ihn keineswegs begreife. Ich fügte auch hinzu, daß ich an dessen Wahrheit nicht glaube und daß er zu einem bestimmten Zweck, den ich gerade nicht einsehe, erfunden sein müsse. Dann schloß ich die Augen, denn sie schmerzten mich.

»Oh, das ist doch gut, daß Ihr meiner Meinung seid und es war uneigennützig, daß Ihr mich angehalten habt, um mir das zu sagen.

Nicht wahr, warum sollte ich mich schämen – oder warum sollten wir uns schämen – daß ich nicht aufrecht und schwer gehe, nicht mit dem Stock auf das Pflaster schlage und nicht die Kleider der Leute streife, welche laut vorübergehn. Sollte ich nicht vielmehr mit Recht trotzig klagen dürfen, daß ich als Schatten mit eckigen Schultern die Häuser entlanghüpfe, manchmal in den Scheiben der Auslagsfenster verschwindend.

Was sind das für Tage, die ich verbringe! Warum ist alles so schlecht gebaut, daß bisweilen hohe Häuser einstürzen, ohne daß man einen äußern Grund finden könnte. Ich klettere dann über die Schutthaufen und frage jeden, dem ich begegne: ›Wie konnte das nur geschehn! In unserer Stadt. – Ein neues Haus. – Das ist heute schon das fünfte. – Bedenken Sie doch.‹ Da kann mir keiner antworten.

Oft fallen Menschen auf der Gasse und bleiben tot liegen. Da öffnen alle Geschäftsleute ihre mit Waren verhangenen Türen, kommen gelenkig herbei, schaffen den Toten in ein Haus, kommen dann,

Lächeln in Mund und Augen, heraus und reden: ›Guten Tag – Der Himmel ist blaß – Ich verkaufe viele Kopftücher – Ja, der Krieg.‹ Ich hüpfe ins Haus und nachdem ich mehrere Male die Hand mit dem gebogenen Finger furchtsam gehoben habe, klopfe ich endlich an dem Fensterchen des Hausmeisters. ›Lieber Mann,‹ sage ich freundlich, ›es wurde ein toter Mensch zu Ihnen gebracht. Zeigen Sie mir ihn, ich bitte Sie.‹ Und als er den Kopf schüttelt, als wäre er unentschlossen, sage ich bestimmt: ›Lieber Mann. Ich bin Geheimpolizist. Zeigen Sie mir gleich den Toten.‹ ›Einen Toten‹, fragt er jetzt und ist fast beleidigt. ›Nein, wir haben keinen Toten hier. Es ist ein anständiges Haus.‹ Ich grüße und gehe.

Dann aber, wenn ich einen großen Platz zu durchqueren habe, vergesse ich an alles. Die Schwierigkeit dieses Unternehmens verwirrt mich und ich denke oft bei mir: ›Wenn man so große Plätze nur aus Übermut baut, warum baut man nicht auch ein Steingeländer, das durch den Platz führen könnte. Heute bläst ein Südwestwind. Die Luft auf dem Platz ist aufgeregt. Die Spitze des Rathausturmes beschreibt kleine Kreise. Warum macht man nicht Ruhe in dem Gedränge? Was ist das doch für ein Lärm! Alle Fensterscheiben lärmen und die Laternenpfähle biegen sich wie Bambus. Der Mantel der heiligen Maria auf der Säule rundet sich und die stürmische Luft reißt an ihm. Sieht es denn niemand? Die Herren und Damen, die auf den Steinen gehen sollten, schweben. Wenn der Wind Atem holt, bleiben sie stehn, sagen einige Worte zueinander und verneigen sich grüßend, stößt aber der Wind wieder, können sie ihm nicht widerstehn und alle heben gleichzeitig ihre Füße. Zwar müssen sie fest ihre Hüte halten, aber ihre Augen schauen lustig, als wäre milde Witterung. Nur ich fürchte mich.‹«

Mißhandelt, wie ich war, sagte ich: »Die Geschichte, die Sie früher erzählt haben von Ihrer Mutter und der Frau im Garten, finde ich gar nicht merkwürdig. Nicht nur daß ich viele derartige Geschichten gehört und erlebt habe, so habe ich sogar bei manchen mitgewirkt. Diese Sache ist doch ganz natürlich. Meinen Sie, ich hätte, wenn ich am Balkon gewesen wäre, nicht dasselbe sagen können und aus dem Garten dasselbe antworten können? Ein so einfacher Vorfall.«

Als ich das gesagt hatte, schien er sehr beglückt. Er sagte, daß ich hübsch gekleidet sei und daß ihm meine Halsbinde sehr gefalle. Und was für eine feine Haut ich hätte. Und Geständnisse würden am klarsten, wenn man sie widerriefe.

c · Geschichte des Beters

Dann setzte er sich neben mich, denn ich war schüchtern geworden, ich hatte ihm Platz gemacht mit seitwärts geneigtem Kopfe. Trotzdem aber entging es mir nicht, daß auch er mit einer gewissen Verlegenheit dasaß, immer eine kleine Entfernung von mir zu bewahren suchte und mit Mühe sprach:
»Was sind das für Tage, die ich verbringe!«
Am gestrigen Abend war ich in einer Gesellschaft. Gerade verbeugte ich mich im Gaslicht vor einem Fräulein mit den Worten: »Ich freue mich tatsächlich, daß wir uns schon dem Winter nähern –«; gerade verbeugte ich mich mit diesen Worten, als ich mit Unwillen bemerkte, daß sich mir der rechte Oberschenkel aus dem Gelenk gekugelt hatte. Auch die Kniescheibe hatte sich ein wenig gelockert.
Daher setzte ich mich und sagte, da ich immer einen Überblick über meine Sätze zu bewahren suche: »Denn der Winter ist viel müheloser; man kann sich leichter benehmen, man braucht sich mit seinen Worten nicht so anstrengen. Nicht wahr, liebes Fräulein? Ich habe hoffentlich recht in dieser Sache.« Dabei machte mir mein rechtes Bein viel Ärger. Denn anfangs schien es ganz auseinandergefallen zu sein, und erst allmählich brachte ich es durch Quetschen und sinngemäßes Verschieben halbwegs in Ordnung.
Da hörte ich das Mädchen, das sich aus Mitgefühl auch gesetzt hatte, leise sagen: »Nein, Sie imponieren mir gar nicht, denn –«
»Warten Sie«, sagte ich zufrieden und erwartungsvoll, »Sie sollen, liebes Fräulein, auch nicht fünf Minuten bloß dazu aufwenden, mit mir zu reden. Essen Sie doch zwischen den Worten, ich bitte Sie.«
Da streckte ich meinen Arm aus, nahm eine dickhängende Weintraube von der durch einen bronzenen Flügelknaben erhöhten Schüssel, hielt sie ein wenig in der Luft und legte sie dann auf einen kleinen blaurandigen Teller, den ich dem Mädchen vielleicht nicht ohne Zierlichkeit reichte.
»Sie imponieren mir gar nicht«, sagte sie, »alles, was Sie sagen, ist langweilig und unverständlich, aber deshalb noch nicht wahr. Ich

glaube nämlich, mein Herr – warum nennen Sie mich immer liebes Fräulein – ich glaube, Sie geben sich nur deshalb nicht mit der Wahrheit ab, weil sie zu anstrengend ist.«

Gott, da kam ich in gute Lust! »Ja, Fräulein, Fräulein«, so rief ich fast, »wie recht haben Sie! Liebes Fräulein, verstehn Sie das, es ist eine aufgerissene Freude, wenn man so begriffen wird, ohne es darauf abgezielt zu haben.«

»Die Wahrheit ist nämlich zu anstrengend für Sie, mein Herr, denn wie sehn Sie doch aus! Sie sind Ihrer ganzen Länge nach aus Seidenpapier herausgeschnitten, aus gelbem Seidenpapier, so silhouettenartig und wenn Sie gehn, so muß man Sie knittern hören. Daher ist es auch unrecht, sich über Ihre Haltung oder Meinung zu ereifern, denn Sie müssen sich nach dem Luftzug biegen, der gerade im Zimmer ist.«

»Ich verstehe das nicht. Es stehen ja einige Leute hier im Zimmer herum. Sie legen ihre Arme um die Rückenlehnen der Stühle oder sie lehnen sich ans Klavier oder sie heben ein Glas zögernd zum Munde oder sie gehn furchtsam ins Nebenzimmer und nachdem sie ihre rechte Schulter im Dunkel an einem Kasten verletzt haben, denken sie atmend bei dem geöffneten Fenster: Dort ist Venus, der Abendstern. Ich aber bin in dieser Gesellschaft. Wenn das einen Zusammenhang hat, so verstehe ich ihn nicht. Aber ich weiß nicht einmal, ob das einen Zusammenhang hat. – Und sehn Sie, liebes Fräulein, von allen diesen Leuten, die ihrer Unklarheit gemäß sich so unentschieden, ja lächerlich benehmen, scheine ich allein würdig, ganz Klares über mich zu hören. Und damit auch das noch mit Angenehmem gefüllt sei, sagen Sie es spöttisch, so daß merklich noch etwas übrigbleibt, wie es auch durch die wichtigen Mauern eines im Innern ausgebrannten Hauses geschieht. Der Blick wird jetzt kaum gehindert, man sieht bei Tag durch die großen Fensterlöcher die Wolken des Himmels und bei Nacht die Sterne. Aber noch sind die Wolken oft von grauen Steinen abgehauen und die Sterne bilden unnatürliche Bilder. – Wie wäre es, wenn ich Ihnen zum Dank dafür anvertraute, daß einmal alle Menschen, die leben wollen, so aussehn werden, wie ich; aus gelbem Seidenpapier, so silhouettenartig, herausgeschnitten, – wie sie bemerkten – und wenn sie gehn, so wird man sie knittern hören. Sie werden nicht anders sein, als jetzt, aber sie werden so aussehn. Selbst Sie, liebes –.«

Da bemerkte ich, daß das Mädchen nicht mehr neben mir saß. Sie mußte bald nach ihren letzten Worten weggegangen sein, denn sie stand jetzt weit von mir an einem Fenster, umstellt von drei jungen Leuten, die aus hohen, weißen Krägen lachend redeten.

Ich trank darauf froh ein Glas Wein und ging zu dem Klavierspieler, der ganz abgesondert gerade ein trauriges Stück nickend spielte. Ich beugte mich vorsichtig zu seinem Ohr, damit er nur nicht erschrecke und sagte leise in der Melodie des Stückes:

»Haben Sie die Güte, geehrter Herr, und lassen Sie jetzt mich spielen, denn ich bin im Begriffe, glücklich zu sein.«

Da er auf mich nicht hörte, stand ich eine Zeitlang verlegen, ging dann aber, meine Schüchternheit unterdrückend, von einem der Gäste zum andern und sagte beiläufig: »Heute werde ich Klavier spielen. Ja.«

Alle schienen zu wissen, daß ich es nicht konnte, lachten aber freundlich wegen der angenehmen Unterbrechung ihrer Gespräche. Aber völlig aufmerksam wurden sie erst, als ich ganz laut zum Klavierspieler sagte: »Haben Sie die Güte, geehrter Herr und lassen Sie jetzt mich spielen. Ich bin nämlich im Begriffe, glücklich zu sein. Es handelt sich um einen Triumph.«

Der Klavierspieler hörte zwar auf, aber er verließ seine braune Bank nicht und schien mich auch nicht zu verstehn. Er seufzte und verdeckte mit seinen langen Fingern sein Gesicht.

Schon war ich ein wenig mitleidig und wollte ihn wieder zum Spiel aufmuntern, als die Hausfrau mit einer Gruppe herbeikam.

»Das ist ein komischer Einfall«, sagten sie und lachten laut, als ob ich etwas Unnatürliches unternehmen wolle.

Das Mädchen kam auch hinzu, sah mich verächtlich an und sagte: »Bitte, gnädige Frau, lassen Sie ihn doch spielen. Er will vielleicht irgendwie zur Unterhaltung beitragen. Das ist zu loben. Bitte, gnädige Frau.«

Alle freuten sich laut, denn sie glaubten offenbar ebenso wie ich, das sei ironisch gemeint. Nur der Klavierspieler war stumm. Er hielt den Kopf gesenkt und strich mit dem Zeigefinger seiner linken Hand über das Holz der Bank, als zeichne er im Sande. Ich zitterte und steckte, um es zu verbergen, meine Hände in die Hosentaschen. Auch konnte ich nicht mehr deutlich reden, denn mein ganzes Gesicht wollte weinen. Daher mußte ich die Worte so wählen, daß den Zuhörern der Gedanke, ich wolle weinen, lächerlich vorkommen mußte. »Gnädige Frau«, sagte ich, »ich muß jetzt spielen, denn –« Da ich die Begründung vergessen hatte, setzte ich mich unvermutet zum Klavier. Da verstand ich wieder meine Lage. Der Klavierspieler stand auf und stieg zartfühlend über die Bank, denn ich versperrte ihm den Weg. »Löschen Sie das Licht, bitte, ich kann nur im Dunkel spielen.« Ich richtete mich auf.

Da faßten zwei Herren die Bank und trugen mich sehr weit vom Piano weg zum Speisetisch hin, ein Lied pfeifend und mich ein wenig schaukelnd.

Alle sahen beifällig aus und das Fräulein sagte: »Sehen Sie, gnädige Frau, er hat ganz hübsch gespielt. Ich wußte es. Und Sie haben sich so gefürchtet.«

Ich begriff und bedankte mich durch eine Verbeugung, die ich gut ausführte.

Man goß mir Zitronenlimonade ein und ein Fräulein mit roten Lippen hielt mir das Glas beim Trinken. Die Hausfrau reichte mir Schaumgebäck auf einem silbernen Teller und ein Mädchen in ganz weißem Kleid steckte es mir in den Mund. Ein üppiges Fräulein mit viel blondem Haar hielt eine Weintraube über mir und ich brauchte nur abzupfen, während sie mir dabei in meine zurückweichenden Augen sah.

Da mich alle so gut behandelten, wunderte ich mich freilich darüber, daß sie mich einmütig zurückhielten, als ich wieder zum Piano wollte.

»Nun ist es genug«, sagte der Hausherr, den ich bisher nicht bemerkt hatte. Er ging hinaus und kam gleich zurück mit einem ungeheuern Zylinderhut und einem geblümten kupferbraunen Überzieher. »Da sind Ihre Sachen.«

Es waren zwar nicht meine Sachen, aber ich wollte ihm nicht die Mühe bereiten, noch einmal nachzusehn. Der Hausherr selbst zog mir den Überzieher an, der genau paßte, indem er sich knapp an meinen dünnen Körper anpreßte. Eine Dame mit gütigem Gesicht knöpfte, sich allmählich bückend, den Rock der ganzen Länge nach zu.

»Also leben Sie wohl«, sagte die Hausfrau, »und kommen Sie bald wieder. Sie sind immer gerne gesehn, das wissen Sie.« Da verbeugte sich die ganze Gesellschaft, als ob das so nötig wäre. Ich versuchte es auch, aber mein Rock war zu anliegend. So nahm ich meinen Hut und ging wohl zu linkisch aus der Türe.

Aber als ich aus dem Haustor mit kleinem Schritte trat, wurde ich von dem Himmel mit Mond und Sternen und großer Wölbung und von dem Ringplatz mit Rathaus, Mariensäule und Kirche überfallen.

Ich ging ruhig aus dem Schatten ins Mondlicht, knöpfte den Überzieher auf und wärmte mich; dann ließ ich durch Erheben der Hände das Sausen der Nacht schweigen und fing zu überlegen an:

»Was ist es doch, daß ihr tut, als wenn ihr wirklich wäret. Wollt ihr mich glauben machen, daß ich unwirklich bin, komisch auf dem grünen Pflaster stehend. Aber doch ist es schon lange her, daß du wirklich warst, du Himmel und du Ringplatz bist niemals wirklich gewesen.«

»Es ist ja wahr, noch immer seid ihr mir überlegen, aber doch nur dann, wenn ich euch in Ruhe lasse.«

»Gott sei Dank, Mond, du bist nicht mehr Mond, aber vielleicht ist es nachlässig von mir, daß ich dich Mondbenannter noch immer Mond nenne. Warum bist du nicht mehr so übermütig, wenn ich dich nenne ›vergessene Papierlaterne in merkwürdiger Farbe‹. Und warum ziehst du dich fast zurück, wenn ich dich ›Mariensäule‹ nenne und ich erkenne deine drohende Haltung nicht mehr Mariensäule, wenn ich dich nenne ›Mond, der gelbes Licht wirft‹«.

»Es scheint nun wirklich, daß es euch nicht gut tut, wenn man über euch nachdenkt; ihr nehmet ab an Mut und Gesundheit.«

»Gott, wie zuträglich muß es erst sein, wenn Nachdenkender vom Betrunkenen lernt!«

»Warum ist alles still geworden? Ich glaube, es ist kein Wind mehr. Und die Häuschen, die oft auf kleinen Rädern über den Platz rollen, sind ganz festgestampft. Still – still – man sieht gar nicht den dünnen schwarzen Strich, der sie sonst vom Boden trennt.«

Und ich setzte mich in Lauf. Ich lief ohne Hindernis dreimal um den großen Platz herum und da ich keinen Betrunkenen traf, lief ich, ohne die Schnelligkeit zu unterbrechen und ohne Anstrengung zu verspüren, gegen die Karlsgasse. Mein Schatten lief oft kleiner als ich neben mir an der Wand, wie in einem Hohlweg zwischen Mauer und Straßengrund.

Als ich bei dem Haus der Feuerwehr vorüberkam, hörte ich vom Kleinen Ring her Lärm und als ich dort einbog, sah ich einen Betrunkenen am Gitterwerk des Brunnens stehn, die Arme waagrecht haltend und mit den Füßen, die in Holzpantoffeln staken, auf die Erde stampfend.

Ich blieb zuerst stehn, um meine Atmung ruhig werden zu lassen, dann ging ich zu ihm, nahm meinen Zylinder vom Kopfe und stellte mich vor:

»Guten Abend, zarter Edelmann, ich bin dreiundzwanzig Jahre alt, aber ich habe noch keinen Namen. Sie aber kommen sicher mit erstaunlichen, ja mit singbaren Namen aus dieser großen Stadt Paris. Der ganz unnatürliche Geruch des ausgleitenden Hofes von Frankreich umgibt Sie.«

»Sicher haben Sie mit Ihren gefärbten Augen jene großen Damen gesehn, die schon auf der hohen und lichten Terrasse stehn, sich in schmaler Taille ironisch umwendend, während das Ende ihrer auch auf der Treppe ausgebreiteten bemalten Schleppe noch über dem Sand des Gartens liegt. – Nicht wahr, auf lange Stangen, überall verteilt, steigen Diener in grauen, frech geschnittenen Fräcken und weißen Hosen, die Beine um die Stange gelegt, den Oberkörper aber oft nach hinten und zur Seite gebogen, denn sie müssen an dicken Stricken riesige graue Leinwandtücher von der Erde heben und in der Höhe spannen, weil die große Dame einen nebligen Morgen wünscht.«

Da er sich rülpste, sagte ich fast erschrocken: »Wirklich, ist es wahr, Sie kommen, Herr, aus unserem Paris, aus dem stürmischen Paris, ach, aus diesem schwärmerischen Hagelwetter?«

Als er sich wieder rülpste, sagte ich verlegen: »Ich weiß, es widerfährt mir eine große Ehre.«

Und ich knöpfte mit raschen Fingern meinen Überzieher zu, dann redete ich inbrünstig und schüchtern:

»Ich weiß, Sie halten mich einer Antwort nicht für würdig, aber ich müßte ein verweintes Leben führen, wenn ich Sie heute nicht fragte.«

»Ich bitte Sie, so geschmückter Herr, ist das wahr, was man mir erzählt hat? Gibt es in Paris Menschen, die nur aus verzierten Kleidern bestehen, und gibt es dort Häuser, die bloß Portale haben, und ist es wahr, daß an Sommertagen der Himmel über der Stadt fliehend blau ist, nur verschönt durch angepreßte weiße Wölkchen, die alle die Form von Herzen haben? Und gibt es dort ein Panoptikum mit großem Zulauf, in dem bloß Bäume stehn mit den Namen der berühmtesten Helden, Verbrecher und Verliebten auf kleinen angehängten Tafeln?«

»Und dann noch diese Nachricht! Diese offenbar lügnerische Nachricht!«

»Nicht wahr, diese Straßen von Paris sind plötzlich verzweigt; sie sind unruhig, nicht wahr? Es ist nicht immer alles in Ordnung, wie könnte es auch sein! Es geschieht einmal ein Unfall, Leute sammeln sich, aus den Nebenstraßen kommend mit dem großstädtischen Schritt, der das Pflaster nur wenig berührt; alle sind zwar in Neugierde, aber auch in Furcht vor Enttäuschung; sie atmen schnell und strecken ihre kleinen Köpfe vor. Wenn sie aber einander berühren, so verbeugen sie sich tief und bitten um Verzeihung: ›Es tut mir sehr leid – es geschah ohne Absicht – das Gedränge ist groß, verzeihen Sie, ich bitte – es war sehr ungeschickt von mir – ich gebe das zu. Mein Name ist – mein Name ist Jerôme Faroche, Gewürzkrämer bin ich in der rue de Cabotin – gestatten Sie, daß ich Sie für morgen zum Mittagessen einlade – auch meine Frau würde so große Freude haben.‹ So reden sie, während doch die Gasse betäubt ist und der Rauch der Schornsteine zwischen die Häuser fällt. So ist es doch. Und wäre es möglich, daß da einmal auf einem belebten Boulevard eines vornehmen Viertels zwei Wagen halten. Diener öffnen ernst die Türen. Acht edle sibirische Wolfshunde tänzeln hinunter und jagen bellend über die Fahrbahn in Sprüngen. Und da sagt man, daß es verkleidete junge Pariser Stutzer sind.«

Er hatte die Augen fast geschlossen. Als ich schwieg, steckte er beide Hände in den Mund und riß am Unterkiefer. Sein Kleid war ganz beschmutzt. Man hatte ihn vielleicht aus einer Weinstube hinausgeworfen und er war darüber noch nicht im klaren.

Es war vielleicht diese kleine, ganz ruhige Pause zwischen Tag und Nacht, wo uns der Kopf, ohne daß wir es erwarten, im Genicke hängt und wo alles, ohne daß wir es merken, stillsteht, da wir es nicht betrachten und dann verschwindet. Während wir mit gebogenem Leib allein bleiben, uns dann umschaun, aber nichts mehr sehn, auch keinen Widerstand der Luft mehr fühlen, aber innerlich uns an der Erinnerung halten, daß in gewissem Abstand von uns Häuser stehn mit Dächern und glücklicherweise eckigen Schornsteinen, durch die das Dunkel in die Häuser fließt, durch die Dachkammern in die verschiedenartigen Zimmer. Und es ist ein Glück, daß morgen ein Tag sein wird, an dem, so unglaublich es ist, man alles wird sehen können.

Da riß der Betrunkene seine Augenbrauen hoch, so daß zwischen ihnen und den Augen ein Glanz entstand und erklärte in Absätzen: »Das ist so nämlich – ich bin nämlich schläfrig, daher werde ich schlafen gehn. – Ich habe nämlich einen Schwager am Wenzelsplatz – dorthin geh ich, denn dort wohne ich, denn dort habe ich mein Bett – so geh ich jetzt. – Ich weiß nämlich nur nicht, wie er heißt und wo er wohnt – mir scheint, das habe ich vergessen – aber das macht nichts, denn ich weiß ja nicht einmal, ob ich überhaupt einen Schwager habe. – Jetzt gehe ich nämlich. – Glauben Sie, daß ich ihn finden werde?« Darauf sagte ich ohne Bedenken: »Das ist sicher. Aber Sie kommen aus der Fremde und Ihre Dienerschaft ist zufällig nicht bei Ihnen. Gestatten Sie, daß ich Sie führe.«
Er antwortete nicht. Da reichte ich ihm meinen Arm, damit er sich einhänge.

d · Fortgesetztes Gespräch zwischen dem Dicken und dem Beter

Ich aber versuchte schon eine Zeitlang mich aufzumuntern. Ich rieb meinen Körper und sagte zu mir:
»Es ist Zeit, daß du sprichst. Du bist ja schon verlegen. Fühlst du dich bedrängt? Warte doch! Du kennst ja diese Lagen. Überlege es ohne Eile! Auch die Umgebung wird warten.«
»Es ist so wie in der Gesellschaft der vorigen Woche. Jemand liest aus einer Abschrift etwas vor. Eine Seite habe ich auf seine Bitte selbst abgeschrieben. Wie ich die Schrift unter den von ihm geschriebenen Seiten lese, erschrecke ich. Es ist haltlos. Die Leute beugen sich darüber von den drei Seiten des Tisches her. Ich schwöre weinend, es sei nicht meine Schrift.«
»Aber warum sollte das dem Heutigen ähnlich sein. Es liegt doch nur an dir, daß ein eingezäuntes Gespräch entsteht. Alles ist friedlich. Strenge dich doch an, mein Lieber! – Du wirst doch einen Einwand

finden. – Du kannst sagen: ›Ich bin schläfrig. Ich habe Kopfschmer-
zen. Adieu.‹ Rasch, also rasch. Mach dich bemerkbar! – Was ist das?
Wieder Hindernisse und Hindernisse? Woran erinnerst du dich? – Ich
erinnere mich an eine Hochebene, die sich gegen den großen Himmel
als ein Schild der Erde hob. Ich sah sie von einem Berge und machte
mich bereit sie zu durchwandern. Ich fing zu singen an.«
Meine Lippen waren trocken und ungehorsam, als ich sagte:
»Sollte man nicht anders leben können?«
»Nein«, sagte er fragend, lächelnd.
»Aber warum beten Sie am Abend in der Kirche«, fragte ich dann,
indem alles zwischen mir und ihm zusammenfiel, was ich bis dahin
wie schlafend gestützt hatte.
»Nein, warum sollten wir darüber reden. Am Abend trägt niemand,
der allein lebt, Verantwortung. Man fürchtet manches. Daß vielleicht
die Körperlichkeit entschwindet, daß die Menschen wirklich so sind,
wie sie in der Dämmerung scheinen, daß man ohne Stock nicht gehen
dürfe, daß es vielleicht gut wäre, in die Kirche zu gehn und schreiend
zu beten, um angeschaut zu werden und Körper zu bekommen.«
Da er so redete und dann schwieg, zog ich mein rotes Taschentuch
aus der Tasche und weinte gebückt.
Er stand auf, küßte mich und sagte:
»Warum weinst du? Du bist groß, das liebe ich, du hast lange Hände,
die sich fast nach deinem Willen aufführen; warum freust du dich
nicht darüber. Trage immer dunkelfarbige Ärmelränder, das rate ich
dir. – Nein – ich schmeichle dir, und dennoch weinst du? Diese
Schwierigkeit des Lebens trägst du doch ganz vernünftig.«
»Wir bauen eigentlich unbrauchbare Kriegsmaschinen, Türme, Mauern, Vorhänge aus Seide und wir könnten uns viel darüber wundern,
wenn wir Zeit dazu hätten. Und erhalten uns in Schwebe, wir fallen
nicht, wir flattern, wenn wir auch häßlicher sind als Fledermäuse.
Und schon kann uns kaum jemand an einem schönen Tage hindern zu
sagen: ›Ach Gott, heute ist ein schöner Tag.‹ Denn schon sind wir auf
unserer Erde eingerichtet und leben auf Grund unseres Einverständ-
nisses.«
»Wir sind nämlich so wie Baumstämme im Schnee. Sie liegen doch
scheinbar nur glatt auf und man sollte sie mit kleinem Anstoß
wegschieben können. Aber nein, das kann man nicht, denn sie sind

fest mit dem Boden verbunden. Aber sieh, sogar das ist bloß scheinbar.«

Nachdenken hinderte mich am Weinen:»Es ist Nacht und niemand wird mir morgen vorhalten, was ich jetzt sagen könnte, denn es kann ja im Schlaf gesprochen sein.«

Dann sagte ich:»Ja, das ist es, aber wovon redeten wir doch. Wir konnten doch nicht von der Beleuchtung des Himmels reden, da wir doch in der Tiefe eines Hausflurs stehn. Nein – doch wir hätten davon reden können, denn sind wir in unserem Gespräch nicht ganz unabhängig, da wir nicht Zweck noch Wahrheit erreichen wollen, sondern nur Scherz und Unterhaltung. Aber könnten Sie mir nicht dennoch die Geschichte von der Frau im Garten noch einmal erzählen. Wie bewunderungswürdig, wie klug ist diese Frau! Wir müssen uns nach ihrem Beispiel benehmen. Wie gern habe ich sie! Und dann ist es auch gut, daß ich Sie getroffen und so abgefangen habe. Es war für mich ein großes Vergnügen, mit Ihnen gesprochen zu haben. Ich habe einiges mir bisher vielleicht absichtlich Unbekannte gehört – ich freue mich.«

Er sah zufrieden aus. Trotzdem mir die Berührung mit einem menschlichen Körper immer peinlich ist, mußte ich ihn umarmen.

Dann traten wir aus dem Gang unter den Himmel. Einige zerstoßene Wölkchen blies mein Freund weg, so daß sich jetzt die ununterbrochene Fläche der Sterne uns darbot. Mein Freund ging mühsam.

4 · UNTERGANG DES DICKEN

Da wurde alles von Schnelligkeit ergriffen und fiel in die Ferne. Das Wasser des Flusses wurde an einem Absturz hinabgezogen, wollte sich zurückhalten, schwankte auch noch an der zerbröckelten Kante, aber dann fiel es in Klumpen und Rauch.

Der Dicke konnte nicht weiterreden, sondern er mußte sich drehn und in dem lauten raschen Wasserfall verschwinden.

Ich, der so viele Belustigungen erfahren hatte, stand am Ufer und sah es.»Was sollen unsere Lungen tun«, schrie ich,»atmen Sie rasch, ersticken Sie an sich, an innern Giften; atmen Sie langsam, ersticken

Sie an nicht atembarer Luft, an den empörten Dingen. Wenn Sie aber Ihr Tempo suchen wollen, gehn Sie schon am Suchen zugrunde.« Dabei dehnten sich die Ufer dieses Flusses ohne Maß und doch berührte ich das Eisen eines in der Entfernung winzigen Wegzeigers mit der Fläche meiner Hand. Das war mir nun nicht ganz begreiflich. Ich war doch klein, fast kleiner als gewöhnlich und ein Strauch mit weißen Hagebutten, der sich ganz schnell schüttelte, überragte mich. Ich sah das, denn er war vor einem Augenblick nahe bei mir.

Aber trotzdem hatte ich mich geirrt, denn meine Arme waren so groß, wie die Wolken eines Landregens, nur waren sie hastiger. Ich weiß nicht, warum sie meinen armen Kopf zerdrücken wollten.

Der war doch so klein, wie ein Ameisenei, nur war er ein wenig beschädigt, daher nicht mehr vollkommen rund. Ich führte mit ihm bittende Drehungen aus, denn der Ausdruck meiner Augen hätte nicht bemerkt werden können, so klein waren sie.

Aber meine Beine, doch meine unmöglichen Beine lagen über den bewaldeten Bergen und beschatteten die dörflichen Täler. Sie wuchsen, sie wuchsen! Schon ragten sie in den Raum, der keine Landschaft mehr besaß, längst schon reichte ihre Länge aus der Sehschärfe meiner Augen.

Aber nein, das ist es nicht – ich bin doch klein, vorläufig klein – ich rolle – ich rolle – ich bin eine Lawine im Gebirge! Bitte, vorübergehende Leute, seid so gut, sagt mir, wie groß ich bin, messet mir diese Arme, die Beine.

III

»Wie ist das doch«, sagte mein Bekannter, der mit mir aus der Gesellschaft gekommen war und ruhig neben mir auf einem Wege des Laurenziberges ging. »Bleiben Sie endlich ein wenig stehn, damit ich mir darüber klar werde. – Wissen Sie, ich habe eine Sache zu erledigen. Das ist so anstrengend – diese wohl kalte und auch bestrahlte Nacht, aber dieser unzufriedene Wind, der sogar bisweilen die Stellung jener Akazien zu verändern scheint.«

Der Mondschatten des Gärtnerhauses war über den ein wenig gewölbten Weg gespannt und mit dem geringen Schnee verziert. Als ich die Bank erblickte, die neben der Türe stand, zeigte ich mit erhobener Hand auf sie, denn ich war nicht mutig und erwartete Vorwürfe, legte daher meine linke Hand auf meine Brust.

Er setzte sich überdrüssig, ohne Rücksicht gegen seine schönen Kleider und brachte mich in Staunen, als er seine Ellbogen gegen seine Hüften drückte und seine Stirn in die durchgebogenen Fingerspitzen legte.

»Ja, jetzt will ich dieses sagen. Wissen Sie, ich lebe regelmäßig, es ist nichts auszusetzen, alles, was notwendig und anerkannt ist, geschieht. Das Unglück, an das man in der Gesellschaft, in der ich verkehre, gewöhnt ist, hat mich nicht verschont, wie meine Umgebung und ich befriedigt sahen, und auch dieses allgemeine Glück hielt sich nicht zurück und ich selbst durfte in kleinem Kreise von ihm reden. Gut, ich war noch niemals wirklich verliebt gewesen. Ich bedauerte das bisweilen, aber benutzte jene Redensart, wenn ich sie nötig hatte. Jetzt nun muß ich sagen: Ja, ich bin verliebt und wohl aufgeregt vor Verliebtheit. Ich bin ein Liebhaber von Glut, wie ihn die Mädchen sich wünschen. Aber hätte ich nicht bedenken sollen, daß gerade dieser frühere Mangel eine ausnahmsweise und lustige, besonders lustige Drehung meinen Verhältnissen gab?«

»Nur Ruhe, Ruhe«, sagte ich teilnahmslos und nur an mich denkend, »Ihre Geliebte ist doch schön, wie ich hören mußte.«

»Ja, sie ist schön. Als ich neben ihr saß, dachte ich immer nur: ›Dieses Wagnis – und ich bin so kühn – da unternehme ich eine Seefahrt – trinke Wein in Galonen.‹ Aber wenn sie lacht, zeigt sie ihre Zähne nicht, wie man doch erwarten sollte, sondern man kann bloß die dunkle schmale gebogene Mundöffnung sehn. Das nun schaut listig und greisenhaft aus, wenn sie auch beim Lachen den Kopf nach rückwärts beugt.«

»Ich kann das nicht leugnen«, sagte ich mit Seufzern, »wahrscheinlich habe ich das auch gesehn, denn es muß auffallend sein. Aber es ist nicht nur das. Mädchenschönheit überhaupt! Oft wenn ich Kleider mit vielfachen Falten, Rüschen und Behängen sehe, die über schönen Körpern schön sich legen, so denke ich, daß sie nicht lange so erhalten bleiben, sondern Falten bekommen, nicht mehr geradezuglätten, Staub bekommen, der dick in der Verzierung nicht mehr zu entfernen ist und daß niemand so traurig und so lächerlich sich wird machen wollen, täglich dasselbe kostbare Kleid früh anzulegen und abends auszuziehn. Doch sehe ich Mädchen, die wohl schön sind und vielfache reizende Muskeln und Knöchelchen und gespannte Haut und Massen dünner Haare zeigen und doch täglich in diesem einen natürlichen Maskenanzug erscheinen, immer dasselbe Gesicht in ihre gleiche Handfläche legen und von ihrem Spiegel widerscheinen lassen. Nur manchmal am Abend, wenn sie spät von einem Feste kommen, scheint es ihnen im Spiegel abgenützt, gedunsen, verstaubt, von allen schon gesehen und kaum mehr tragbar.«

»Doch habe ich Sie öfters während des Weges danach gefragt, ob Sie das Mädchen schön finden, aber Sie haben immer nach der andern Seite sich gedreht, ohne mir zu antworten. Sagen Sie, haben Sie etwas Böses vor? Warum trösten Sie mich nicht?«

Ich bohrte meine Füße in den Schatten und sagte aufmerksam: »Sie müssen nicht getröstet werden. Sie werden doch geliebt.« Dabei hielt ich mein mit blauen Weintrauben gemustertes Taschentuch vor den Mund, um mich nicht zu erkälten.

Jetzt wendete er sich zu mir und lehnte sein dickes Gesicht an die niedrige Lehne der Bank: »Wissen Sie, im allgemeinen habe ich noch Zeit, ich kann noch immer diese beginnende Liebe gleich beenden durch eine Schandtat oder durch Untreue oder durch Abreise in ein entferntes Land. Denn wirklich, ich bin sehr im Zweifel, ob ich mich in diese Aufregung begeben soll. Da ist nichts Sicheres, niemand kann Richtung und Dauer bestimmt angeben. Gehe ich in eine Weinstube, mit der Absicht mich zu betrinken, so weiß ich, ich werde diesen einen Abend betrunken sein, aber in meinem Fall! In einer Woche wollen wir einen Ausflug mit einer befreundeten Familie machen, gibt das nicht im Herzen Gewitter für vierzehn Tage? Die Küsse dieses Abends machen mich schläfrig, um Raum für ungezähmte Träume zu bekommen. Ich trotze dem und mache einen Nachtspaziergang, da geschieht es, daß ich unaufhörlich bewegt bin, mein Gesicht kalt und warm ist wie nach Windstößen, daß ich immer ein rosa Band in meiner Tasche berühren muß, höchste Befürchtungen für mich habe, ihnen aber nicht nachgehn kann und sogar Sie, mein Herr, vertrage, während ich sonst sicher nie so lange mit Ihnen rede würde.«

418

Mir war sehr kalt und schon neigte sich der Himmel ein wenig in weißlicher Farbe: »Da wird keine Schandtat helfen, keine Untreue oder Abreise in ein entferntes Land. Sie werden sich morden müssen«, sagte ich und lächelte außerdem.

Uns gegenüber am andern Rande der Allee standen zwei Büsche und hinter diesen Büschen unten war die Stadt. Sie war noch ein wenig beleuchtet.

»Gut«, rief er und schlug die Bank mit seiner kleinen festen Faust, die er aber gleich liegen ließ, »Sie leben aber. Sie töten sich nicht. Niemand liebt Sie. Sie erreichen nichts. Den nächsten Augenblick können Sie nicht beherrschen. Da reden Sie so zu mir, Sie gemeiner Mensch. Lieben können Sie nicht, nichts erregt Sie außer Angst. Schauen Sie doch, meine Brust.«

Da öffnete er rasch seinen Rock und seine Weste und sein Hemd. Seine Brust war wirklich breit und schön.

Ich begann zu erzählen: »Ja, solche trotzige Zustände überkommen uns bisweilen. So war ich diesen Sommer in einem Dorfe. Das lag an einem Flusse. Ich erinnere mich ganz genau. Oft saß ich in verrenkter Haltung auf einer Bank am Ufer. Es war ein Strandhotel auch dort. Da hörte man oft Geigenspiel. Junge kräftige Leute redeten im Garten an Tischen vor Bier von Jagd und Abenteuern. Und dann waren am andern Ufer so wolkenhafte Berge.«

Ich stand da auf mit matt verzogenem Munde, trat in den Rasen hinter der Bank, zerbrach auch einige beschneite Ästchen und sagte dann meinem Bekannten ins Ohr:

»Ich bin verlobt, ich gestehe es.«

Mein Bekannter wunderte sich nicht darüber, daß ich aufgestanden war: »Sie sind verlobt?« Er saß wirklich ganz schwach da, nur durch die Lehne gestützt. Dann nahm er den Hut ab und ich sah sein Haar, das wohlriechend und schön gekämmt den runden Kopf auf dem Fleisch des Halses in einer scharf gerundeten Linie abschloß, wie man es in diesem Winter liebte.

Ich freute mich, daß ich ihm so klug geantwortet hatte. »Ja«, sagte ich zu mir, »wie er doch in der Gesellschaft umhergeht mit gelenkigem Hals und freien Armen. Er kann eine Dame mit gutem Gespräch mitten durch einen Saal führen und es macht ihn gar nicht unruhig, daß vor dem Hause Regen fällt oder daß dort ein Schüchterner steht oder sonst etwas Jämmerliches geschieht. Nein, er neigt sich gleichartig hübsch vor den Damen. Aber da sitzt er nun.«

Mein Bekannter strich mit einem Tuche aus Batist über die Stirn. »Bitte«, sagte er, »legen Sie mir Ihre Hand ein wenig auf die Stirn. Ich bitte Sie.« Als ich es nicht gleich tat, faltete er seine Hände.

Als ob unsere Sorge alles verdunkelt hätte, saßen wir oben auf dem Berg wie in einem kleinen Zimmer, trotzdem wir doch schon früher Licht und Wind des Morgens bemerkt hatten. Wir waren nahe beisammen, trotzdem wir einander gar nicht gerne hatten, aber wir konnten uns nicht weit voneinander entfernen, denn die Wände waren förmlich und fest gezogen. Aber wir durften uns lächerlich und ohne menschliche Würde benehmen, denn wir mußten uns nicht schämen vor den Zweigen über uns und vor den Bäumen, die uns gegenüber standen.

Da zog mein Bekannter ohne Umstände aus seiner Tasche ein Messer, öffnete es nachdenklich und stieß es dann wie im Spiele in seinen linken Oberarm und entfernte es nicht. Gleich rann Blut. Seine runden Wangen waren blaß. Ich zog das Messer heraus, zerschnitt den Ärmel des Winterrocks und des Fracks, riß den Hemdärmel auf. Lief dann eine kurze Strecke des Weges hinunter und aufwärts, um zu sehn, ob niemand da sei, der mir helfen könnte. Alles Gezweige war fast grell sichtbar und unbewegt. Dann saugte ich ein wenig an der tiefen Wunde. Da erinnerte ich mich an das Gärtnerhäuschen. Ich lief die Stiegen aufwärts, die zu dem erhöhten Rasen an der linken Seite des Hauses führten, ich untersuchte die Fenster und Türen in Eile, ich läutete wütend und stampfend, trotzdem ich gleich gesehen hatte, daß das Haus unbewohnt war. Dann sah ich nach der Wunde, die in dünnem Strom blutete. Ich näßte sein Tuch im Schnee und umband ungeschickt seinen Arm.

»Du Lieber, du Lieber«, sagte ich, »meinetwegen hast du dich verletzt. Du bist so schön gestellt, von Freundlichen umgeben, am hellen Tag kannst du spazierengehn, wenn viele Menschen sorgfältig gekleidet weit und nah zwischen Tischen oder auf Hügelwegen zu sehen sind. Denke nur, im Frühjahr, da werden wir in den Baumgarten fahren, nein, nicht wir werden fahren, das ist schon leider wahr, aber du mit dem Annerl wirst fahren in Freude und Trab. O ja, glaube mir, ich bitte dich, und die Sonne wird euch schönstens allen

Leuten zeigen. Oh, da ist Musik, man hört die Pferde weit, es ist keine Sorge nötig, da ist Geschrei und Leierkästen spielen in den Alleen.«

»Ach Gott«, sagte er, stand auf, lehnte sich an mich und wir gingen; »da ist ja keine Hilfe. Das könnte mich nicht freuen. Verzeihen Sie. Ist es schon spät? Vielleicht sollte ich morgen früh etwas tun. Ach Gott.«

Eine Laterne nahe an der Mauer oben brannte und legte den Schatten der Stämme über Weg und weißen Schnee, während der Schatten des vielfältigen Astwerkes umgebogen wie zerbrochen auf dem Abhang lag.

Der Nachhauseweg

Man sehe die Überzeugungskraft der Luft nach dem Gewitter! Meine Verdienste erscheinen mir und überwältigen mich, wenn ich mich auch nicht sträube.

Ich marschiere und mein Tempo ist das Tempo dieser Gassenseite, dieser Gasse, dieses Viertels. Ich bin mit Recht verantwortlich für alle Schläge gegen Türen, auf die Platten der Tische, für alle Trinksprüche, für die Liebespaare in ihren Betten, in den Gerüsten der Neubauten, in dunklen Gassen an die Häusermauern gepreßt, auf den Ottomanen der Bordelle.

Ich schätze meine Vergangenheit gegen meine Zukunft, finde aber beide vortrefflich, kann keiner von beiden den Vorzug geben und nur die Ungerechtigkeit der Vorsehung, die mich so begünstigt, muß ich tadeln.

Nur als ich in mein Zimmer trete, bin ich ein wenig nachdenklich, aber ohne daß ich während des Treppensteigens etwas Nachdenkenswertes gefunden hätte. Es hilft mir nicht viel, daß ich das Fenster gänzlich öffne und daß in einem Garten die Musik noch spielt.

Die Vorüberlaufenden

Wenn man in der Nacht durch eine Gasse spazierengeht, und ein Mann, von weitem schon sichtbar – denn die Gasse vor uns steigt an und es ist Vollmond – uns entgegenläuft, so werden wir ihn nicht anpacken, selbst wenn er schwach und zerlumpt ist, selbst wenn jemand hinter ihm läuft und schreit, sondern wir werden ihn weiterlaufen lassen.

Denn es ist Nacht, und wir können nicht dafür, daß die Gasse im Vollmond vor uns aufsteigt, und überdies, vielleicht haben diese zwei die Hetze zu ihrer Unterhaltung veranstaltet, vielleicht verfolgen beide einen dritten, vielleicht wird der erste unschuldig verfolgt, vielleicht will der zweite morden, und wir würden Mitschuldige des Mordes, vielleicht wissen die zwei nichts voneinander, und es läuft nur jeder auf eigene Verantwortung in sein Bett, vielleicht sind es Nachtwandler, vielleicht hat der erste Waffen.

Und endlich, dürfen wir nicht müde sein, haben wir nicht soviel Wein getrunken? Wir sind froh, daß wir auch den zweiten nicht mehr sehn.

Nachts

Versunken in die Nacht. So wie man manchmal den Kopf senkt, um nachzudenken, so ganz versunken sein in die Nacht. Ringsum schlafen die Menschen. Eine kleine Schauspielerei, eine unschuldige Selbsttäuschung, daß sie in Häusern schlafen, in festen Betten, unter festem Dach, ausgestreckt oder geduckt auf Matratzen, in Tüchern, unter Decken, in Wirklichkeit haben sie sich zusammengefunden wie damals einmal und wie später in wüster Gegend, ein Lager im Freien, eine unübersehbare Zahl Menschen, ein Heer, ein Volk, unter kaltem Himmel auf kalter Erde, hingeworfen wo man früher stand, die Stirn auf den Arm gedrückt, das Gesicht gegen den Boden hin, ruhig atmend. Und du wachst, bist einer der Wächter, findest den nächsten durch Schwenken des brennenden Holzes aus dem Reisighaufen neben dir. Warum wachst du? Einer muß wachen, heißt es. Einer muß da sein.

Der Bau

Ich habe den Bau eingerichtet und er scheint wohlgelungen. Von außen ist eigentlich nur ein großes Loch sichtbar, dieses führt aber in Wirklichkeit nirgends hin, schon nach ein paar Schritten stößt man auf natürliches festes Gestein. Ich will mich nicht dessen rühmen, diese List mit Absicht ausgeführt zu haben, es war vielmehr der Rest eines der vielen vergeblichen Bauversuche, aber schließlich schien es mir vorteilhaft, dieses eine Loch unverschüttet zu lassen. Freilich manche List ist so fein, daß sie sich selbst umbringt, das weiß ich besser als irgendwer sonst und es ist gewiß auch kühn, durch dieses Loch überhaupt auf die Möglichkeit aufmerksam zu machen, daß hier etwas Nachforschungswertes vorhanden ist. Doch verkennt mich, wer glaubt, daß ich feige bin und etwa nur aus Feigheit meinen Bau anlege. Wohl tausend Schritte von diesem Loch entfernt liegt, von einer abhebbaren Moosschicht verdeckt, der eigentliche Zugang zum Bau, er ist so gesichert, wie eben überhaupt auf der Welt etwas gesichert werden kann, gewiß, es kann jemand auf das Moos treten oder hineinstoßen, dann liegt mein Bau frei da und wer Lust hat – allerdings sind, wohlgemerkt, auch gewisse nicht allzuhäufige Fähigkeiten dazu nötig –, kann eindringen und für immer alles zerstören. Das weiß ich wohl und mein Leben hat selbst jetzt auf seinem Höhepunkt kaum eine völlig ruhige Stunde, dort an jener Stelle im dunklen Moos bin ich sterblich und in meinen Träumen schnuppert dort oft eine lüsterne Schnauze unaufhörlich herum. Ich hätte, wird man meinen, auch wirklich dieses Eingangsloch zuschütten können, oben in dünner Schicht und mit fester, weiter unten mit lockerer Erde, so daß es mir immer nur wenig Mühe gegeben hätte, mir immer wieder von neuem den Ausweg zu erarbeiten. Es ist aber doch nicht möglich, gerade die Vorsicht verlangt, daß ich eine sofortige Auslaufmöglichkeit habe, gerade die Vorsicht verlangt, wie leider so oft, das Risiko des Lebens. Das alles sind recht mühselige Rechnungen, und die Freude des scharfsinnigen Kopfes an sich selbst ist manchmal die alleinige Ursache dessen, daß man weiterrechnet. Ich muß die sofortige Auslaufmöglichkeit haben, kann ich denn trotz aller Wachsamkeit nicht von ganz unerwarteter Seite angegriffen werden? Ich lebe im Innersten meines Hauses in Frieden und inzwischen bohrt sich langsam und still der Gegner von irgendwoher an mich heran. Ich will nicht sagen, daß er besseren Spürsinn hat als ich; vielleicht weiß er ebensowenig von mir wie ich von ihm. Aber es gibt leidenschaftliche Räuber, die blindlings die Erde durchwühlen und bei der ungeheuren Ausdehnung meines Baues haben selbst sie Hoffnung, irgendwo auf einen meiner Wege zu stoßen. Freilich, ich habe den Vorteil, in meinem Haus zu sein, alle Wege und Richtungen genau zu kennen. Der Räuber kann sehr leicht mein Opfer werden und ein süß schmekkendes. Aber ich werde alt, es gibt viele, die kräftiger sind als ich und meiner Gegner gibt es unzählige, es könnte geschehen, daß ich vor einem Feinde fliehe und dem anderen in die Fänge laufe. Ach, was könnte nicht alles geschehen! Jedenfalls aber muß ich die Zuversicht haben, daß irgendwo vielleicht ein leicht erreichbarer, völlig offener Ausgang ist, wo ich, um hinauszukommen, gar nicht mehr zu arbeiten habe, so daß ich nicht etwa, während ich dort verzweifelt grabe, sei es auch in leichter Aufschüttung, plötzlich – bewahre mich der Himmel! – die Zähne des Verfolgers in meinen Schenkeln spüre. Und es sind nicht nur die äußeren Feinde, die mich bedrohen. Es gibt auch solche im Innern der Erde. Ich habe sie noch nie gesehen, aber die Sagen erzählen von ihnen und ich glaube fest an sie. Es sind Wesen der inneren Erde; nicht einmal die Sage kann sie beschreiben. Selbst wer ihr Opfer geworden ist, hat sie kaum gesehen; sie kommen, man hört das Kratzen ihrer Krallen knapp unter sich in der Erde, die ihr Element ist, und schon ist man verloren. Hier gilt auch nicht, daß man in seinem Haus ist, vielmehr ist man in ihrem Haus. Vor ihnen rettet mich auch jener Ausweg nicht, wie er mich ja wahrscheinlich überhaupt nicht rettet, sondern verdirbt, aber eine Hoffnung ist er und ich kann ohne ihn nicht leben. Außer diesem großen Weg verbinden mich mit der Außenwelt noch ganz enge, ziemlich ungefährliche Wege, die mir gut atembare Luft verschaffen. Sie sind von den Waldmäusen angelegt. Ich habe es verstanden, sie in meinen Bau richtig einzubeziehen. Sie bieten mir auch die Möglichkeit weitreichender Witterung und geben mir so Schutz. Auch kommt durch sie allerlei kleines Volk zu mir, das ich verzehre, so daß ich eine gewisse, für einen bescheidenen Lebensunterhalt ausreichende Niederjagd haben kann, ohne überhaupt meinen Bau zu verlassen; das ist natürlich sehr wertvoll.

Das schönste an meinem Bau ist aber seine Stille. Freilich, sie ist trügerisch. Plötzlich einmal kann sie unterbrochen werden und alles ist zu Ende. Vorläufig aber ist sie noch da. Stundenlang kann ich durch meine Gänge schleichen und höre nichts als manchmal das Rascheln irgendeines Kleintieres, das ich dann gleich auch zwischen meinen Zähnen zur Ruhe bringe, oder das Rieseln der Erde, das mir die Notwendigkeit irgendeiner Ausbesserung anzeigt; sonst ist es still. Die Waldluft weht herein, es ist gleichzeitig warm und kühl. Manchmal strecke ich mich aus und drehe mich in dem Gang rundum vor Behagen. Schön ist es für das nahende Alter, einen solchen Bau zu haben, sich unter Dach gebracht zu haben, wenn der Herbst beginnt. Alle hundert Meter habe ich die Gänge zu kleinen runden Plätzen erweitert, dort kann ich mich bequem zusammenrollen, mich an mir wärmen und ruhen. Dort schlafe ich den süßen Schlaf des Friedens, des beruhigten Verlangens, des erreichten Zieles des Hausbesitzes. Ich weiß nicht, ob es eine Gewohnheit aus alten Zeiten ist oder ob doch die Gefahren auch dieses Hauses stark genug sind, mich zu wecken: regelmäßig von Zeit zu Zeit schrecke ich auf aus tiefem Schlaf und lausche, lausche in die Stille, die hier unverändert herrscht bei Tag und Nacht, lächle beruhigt und sinke mit gelösten Gliedern in noch tieferen Schlaf. Arme Wanderer ohne Haus, auf Landstraßen, in Wäldern, bestenfalls verkrochen in einen Blätterhaufen oder in einem Rudel der Genossen, ausgeliefert allem Verderben des Himmels und der Erde! Ich liege hier auf einem allseits gesicherten Platz – mehr als fünfzig solcher Art gibt es in meinem Bau – und zwischen Hindämmern und bewußtlosem Schlaf vergehen mir die Stunden, die ich nach meinem Belieben dafür wähle.

Nicht ganz in der Mitte des Baues, wohlerwogen für den Fall der äußersten Gefahr, nicht geradezu einer Verfolgung, aber einer Belagerung, liegt der Hauptplatz. Während alles andere vielleicht mehr eine

Arbeit angestrengtesten Verstandes als des Körpers ist, ist dieser Burgplatz das Ergebnis allerschwerster Arbeit meines Körpers in allen seinen Teilen. Einigemal wollte ich in der Verzweiflung körperlicher Ermüdung von allem ablassen, wälzte mich auf den Rücken und fluchte dem Bau, schleppte mich hinaus und ließ den Bau offen daliegen. Ich konnte es ja tun, weil ich nicht mehr zu ihm zurückkehren wollte, bis ich dann nach Stunden oder Tagen reuig zurückkam, fast einen Gesang erhoben hätte über die Unverletztheit des Baues und in aufrichtiger Fröhlichkeit mit der Arbeit von neuem begann. Die Arbeit am Burgplatz erschwerte sich auch unnötig (unnötig will sagen, daß der Bau von der Leerarbeit keinen eigentlichen Nutzen hatte) dadurch, daß gerade an der Stelle, wo der Ort planmäßig sein sollte, die Erde recht locker und sandig war, die Erde mußte dort geradezu festgehämmert werden, um den großen, schön gewölbten und gerundeten Platz zu bilden. Für eine solche Arbeit aber habe ich nur die Stirn. Mit der Stirn also bin ich tausend- und tausendmal tage- und nächtelang gegen die Erde angerannt, war glücklich, wenn ich sie mir blutig schlug, denn dies war ein Beweis der beginnenden Festigkeit der Wand, und habe mir auf diese Weise, wie man mir zugestehen wird, meinen Burgplatz wohl verdient.

Auf diesem Burgplatz sammle ich meine Vorräte, alles, was ich über meine augenblicklichen Bedürfnisse hinaus innerhalb des Baus erjage, und alles, was ich von meinen Jagden außer dem Hause mitbringe, häufe ich hier auf. Der Platz ist so groß, daß ihn Vorräte für ein halbes Jahr nicht füllen. Infolgedessen kann ich sie wohl ausbreiten, zwischen ihnen herumgehen, mit ihnen spielen, mich an der Menge und an den verschiedenen Gerüchen freuen und immer einen genauen Überblick über das Vorhandene haben. Ich kann dann auch immer Neuordnungen vornehmen und, entsprechend der Jahreszeit, die nötigen Vorausberechnungen und Jagdpläne machen. Es gibt Zeiten, in denen ich so wohlversorgt bin, daß ich aus Gleichgültigkeit gegen das Essen überhaupt das Kleinzeug, das hier herumhuscht, gar nicht berühre, was allerdings aus anderen Gründen vielleicht unvorsichtig ist. Die häufige Beschäftigung mit Verteidigungsvorbereitungen bringt es mit sich, daß meine Ansichten hinsichtlich der Ausnutzung des Baus für solche Zwecke sich ändern oder entwickeln, in kleinem Rahmen allerdings. Es scheint mir dann manchmal gefährlich, die

Verteidigung ganz auf dem Burgplatz zu basieren, die Mannigfaltig-
keit des Baus gibt mir doch auch mannigfaltigere Möglichkeiten und
es scheint mir der Vorsicht entsprechender, die Vorräte ein wenig zu
verteilen und auch manche kleine Plätze mit ihnen zu versorgen, dann
bestimme ich etwa jeden dritten Platz zum Reservevorratsplatz oder
jeden vierten Platz zu einem Haupt- und jeden zweiten zu einem
Nebenvorratsplatz und dergleichen. Oder ich schalte manche Wege
zu Täuschungszwecken überhaupt aus der Behäufung mit Vorräten
aus oder ich wähle ganz sprunghaft, je nach ihrer Lage zum Haupt-
ausgang, nur wenige Plätze. Jeder solche neue Plan verlangt allerdings
schwere Lastträgerarbeit, ich muß die neue Berechnung vornehmen
und trage dann die Lasten hin und her. Freilich kann ich das in Ruhe
ohne Übereilung machen und es ist nicht gar so schlimm, die guten
Dinge im Maule zu tragen, sich auszuruhen, wo man es will und, was
einem gerade schmeckt, zu naschen. Schlimmer ist es, wenn es mir
manchmal, gewöhnlich beim Aufschrecken aus dem Schlafe, scheint,
daß die gegenwärtige Aufteilung ganz und gar verfehlt ist, große
Gefahren herbeiführen kann und sofort eiligst ohne Rücksicht auf
Schläfrigkeit und Müdigkeit richtiggestellt werden muß; dann eile
ich, dann fliege ich, dann habe ich keine Zeit zu Berechnungen; der
ich gerade einen neuen, ganz genauen Plan ausführen will, fasse
willkürlich, was mir unter die Zähne kommt, schleppe, trage, seufze,
stöhne, stolpere und nur irgendeine beliebige Veränderung des gegenwärtigen, mir so übergefährlich scheinenden Zustandes will mir
schon genügen. Bis allmählich mit völligem Erwachen die Ernüchte-
rung kommt, ich die Übereilung kaum verstehe, tief den Frieden
meines Hauses einatme, den ich selbst gestört habe, zu meinem
Schlafplatz zurückkehre, in neugewonnener Müdigkeit sofort ein-
schlafe und beim Erwachen als unwiderleglichen Beweis der schon
fast traumhaft erscheinenden Nachtarbeit etwa noch eine Ratte an
den Zähnen hängen habe. Dann gibt es wieder Zeiten, wo mir die
Vereinigung aller Vorräte auf einen Platz das Allerbeste scheint. Was
können mir die Vorräte auf den kleinen Plätzen helfen, wieviel läßt
sich denn dort überhaupt unterbringen, und was immer man auch
hinbringt, es verstellt den Weg und wird mich vielleicht einmal bei der
Verteidigung, beim Laufen eher hindern. Außerdem ist es zwar
dumm aber wahr, daß das Selbstbewußtsein darunter leidet, wenn

man nicht alle Vorräte beisammen sieht und so mit einem einzigen Blicke weiß, was man besitzt. Kann nicht auch bei diesen vielen Verteilungen vieles verloren gehen? Ich kann nicht immerfort durch meine Kreuz- und Quergänge galoppieren, um zu sehen, ob alles in richtigem Stande ist. Der Grundgedanke einer Verteilung der Vorräte ist ja richtig, aber eigentlich nur dann, wenn man mehrere Plätze von der Art meines Burgplatzes hat. Mehrere solche Plätze! Freilich! Aber wer kann das schaffen? Auch sind sie im Gesamtplan meines Baus jetzt nachträglich nicht mehr unterzubringen. Zugeben aber will ich, daß darin ein Fehler des Baus liegt, wie überhaupt dort immer ein Fehler ist, wo man von irgend etwas nur ein Exemplar besitzt. Und ich gestehe auch ein, daß in mir während des ganzen Baues dunkel im Bewußtsein, aber deutlich genug, wenn ich den guten Willen gehabt hätte, die Forderung nach mehreren Burgplätzen lebte, ich habe ihr nicht nachgegeben, ich fühlte mich zu schwach für die ungeheure Arbeit; ja, ich fühlte mich zu schwach, mir die Notwendigkeit der Arbeit zu vergegenwärtigen, irgendwie tröstete ich mich mit Gefühlen von nicht minderer Dunkelheit, nach denen das, was sonst nicht hinreichen würde, in meinem Fall einmal ausnahmsweise, gnadenweise, wahrscheinlich, weil der Vorsehung an der Erhaltung meiner Stirn, des Stampfhammers, besonders gelegen ist, hinreichen werde. Nun so habe ich nur einen Burgplatz, aber die dunklen Gefühle, daß der eine diesmal nicht hinreichen werde, haben sich verloren. Wie es auch sei, ich muß mich mit dem einen begnügen, die kleinen Plätze können ihn unmöglich ersetzen und so fange ich dann, wenn diese Anschauung in mir gereift ist, wieder an, alles aus den kleinen Plätzen zum Burgplatz zurückzuschleppen. Für einige Zeit ist es mir dann ein gewisser Trost, alle Plätze und Gänge frei zu haben, zu sehen, wie auf dem Burgplatz sich die Mengen des Fleisches häufen und weithin bis in die äußersten Gänge die Mischung der vielen Gerüche senden, von denen jeder in seiner Art mich entzückt und die ich aus der Ferne genau zu sondern imstande bin. Dann pflegen besonders friedliche Zeiten zu kommen, in denen ich meine Schlafplätze langsam, allmählich von den äußeren Kreisen nach innen verlege, immer tiefer in die Gerüche tauche, bis ich es nicht mehr ertrage und eines Nachts auf den Burgplatz stürze, mächtig unter den Vorräten aufräume und bis zur vollständigen Selbstbetäubung mit dem Besten, was ich liebe, mich fülle. Glückliche, aber gefährliche Zeiten; wer sie auszunützen verstünde, könnte mich leicht, ohne sich zu gefährden, vernichten. Auch hier wirkt das Fehlen eines zweiten oder dritten Burgplatzes schädigend mit, die große einmalige Gesamtanhäufung ist es, die mich verführt. Ich suche mich verschiedentlich dagegen zu schützen, die Verteilung auf die kleinen Plätze ist ja auch eine derartige Maßnahme, leider führt sie wie andere ähnliche Maßnahmen durch Entbehrung zu noch größerer Gier, die dann mit Überrennung des Verstandes die Verteidigungspläne zu ihren Zwecken willkürlich ändert.

Nach solchen Zeiten pflege ich, um mich zu sammeln, den Bau zu revidieren und, nachdem die nötigen Ausbesserungen vorgenommen sind, ihn öfters, wenn auch immer nur für kürzere Zeit zu verlassen. Die Strafe, ihn lange zu entbehren, scheint mir selbst dann zu hart, aber die Notwendigkeit zeitweiliger Ausflüge sehe ich ein. Es hat immer eine gewisse Feierlichkeit, wenn ich mich dem Ausgang nähere. In den Zeiten des häuslichen Lebens weiche ich ihm aus, vermeide sogar den Gang, der zu ihm führt, in seinen letzten Ausläufern zu begehen; es ist auch gar nicht leicht, dort herumzuwandern, denn ich habe dort ein volles kleines Zickzackwerk von Gängen angelegt; dort fing mein Bau an, ich durfte damals noch nicht hoffen, ihn je so beenden zu können, wie er in meinem Plane dastand, ich begann halb spielerisch an diesem Eckchen und so tobte sich dort die erste Arbeitsfreude in einem Labyrinthbau aus, der mir damals die Krone aller Bauten schien, den ich aber heute wahrscheinlich richtiger als allzu kleinliche, des Gesamtbaues nicht recht würdige Bastelei beurteile, die zwar theoretisch vielleicht köstlich ist – hier ist der Eingang zu meinem Haus, sagte ich damals ironisch zu den unsichtbaren Feinden und sah sie schon sämtlich in dem Eingangslabyrinth ersticken –, in Wirklichkeit aber eine viel zu dünnwandige Spielerei darstellt, die einem ernsten Angriff oder einem verzweifelt um sein Leben kämpfenden Feind kaum widerstehen wird. Soll ich diesen Teil deshalb umbauen? Ich zögere die Entscheidung hinaus und es wird wohl schon so bleiben wie es ist. Abgesehen von der großen Arbeit, die ich mir damit zumuten würde, wäre es auch die gefährlichste, die man sich denken kann. Damals, als ich den Bau begann, konnte ich dort verhältnismäßig ruhig arbeiten, das Risiko war nicht viel größer als irgendwo sonst, heute aber hieße es fast mutwillig die Welt auf den ganzen Bau aufmerksam machen wollen, heute ist es nicht mehr möglich. Es freut mich fast, eine gewisse Empfindsamkeit für dieses Erstlingswerk ist ja auch vorhanden. Und wenn ein großer Angriff kommen sollte, welcher Grundriß des Eingangs könnte mich retten? Der Eingang kann täuschen, ablenken, den Angreifer quälen, das tut auch dieser zur Not. Aber einem wirklich großen Angriff muß ich gleich mit allen Mitteln des Gesamtbaues und mit allen Kräften des Körpers und der Seele zu begegnen suchen – das ist ja selbstverständlich. So mag auch dieser Eingang schon bleiben. Der Bau hat so viele von der Natur ihm aufgezwungene Schwächen, mag er auch noch diesen von meinen Händen geschaffenen und wenn auch erst nachträglich, so doch genau erkannten Mangel behalten. Mit alldem ist freilich nicht gesagt, daß mich dieser Fehler nicht von Zeit zu Zeit oder vielleicht immer doch beunruhigt. Wenn ich bei meinen gewöhnlichen Spaziergängen diesem Teil des Baues ausweiche, so geschieht das hauptsächlich deshalb, weil mir sein Anblick unangenehm ist, weil ich nicht immer einen Mangel des Baues in Augenschein nehmen will, wenn dieser Mangel schon in meinem Bewußtsein mir allzusehr rumort. Mag der Fehler dort oben am Eingang unausrottbar bestehen, ich aber mag, so lange es sich vermeiden läßt, von seinem Anblick verschont bleiben. Gehe ich nur in der Richtung zum Ausgang, sei ich auch noch durch Gänge und Plätze von ihm getrennt, glaube ich schon in die Atmosphäre einer großen Gefahr zu geraten, mir ist manchmal, als verdünne sich mein Fell, als könnte ich bald mit bloßem, kahlem Fleisch dastehen und in diesem Augenblick vom Geheul meiner Feinde begrüßt werden. Gewiß, solche Gefühle bringt schon an und für sich der Ausgang selbst hervor, das Aufhören des häuslichen Schutzes, aber es ist doch auch dieser Eingangsbau, der mich besonders quält. Manchmal träume ich, ich hätte ihn umgebaut, ganz und gar geändert, schnell, mit Riesenkräften in einer Nacht, von niemandem bemerkt, und nun sei er uneinnehmbar; der Schlaf, in dem mir das geschieht, ist der süßeste von allen, Tränen der Freude und Erlösung glitzern noch an meinem Bart, wenn ich erwache.

Die Pein dieses Labyrinths muß ich also auch körperlich überwinden, wenn ich ausgehe, und es ist mir ärgerlich und rührend zugleich, wenn ich mich manchmal in meinem eigenen Gebilde für einen Augenblick verirre und das Werk sich also noch immer anzustrengen scheint, mir, dessen Urteil schon längst feststeht, doch noch seine Existenzberechtigung zu beweisen. Dann aber bin ich unter der Moosdecke, der ich manchmal Zeit lasse – so lange rühre ich mich nicht aus dem Hause –, mit dem übrigen Waldboden zusammengewachsen, und nun ist nur noch ein Ruck des Kopfes nötig und ich bin in der Fremde. Diese kleine Bewegung wage ich lange nicht auszuführen, hätte ich nicht wieder das Eingangslabyrinth zu überwinden, gewiß würde ich heute davon ablassen und wieder zurückwandern. Wie? Dein Haus ist geschützt, in sich abgeschlossen. Du lebst in Frieden, warm, gut genährt, Herr, alleiniger Herr über eine Vielzahl von Gängen und Plätzen, und alles dieses willst du hoffentlich nicht opfern, aber doch gewissermaßen preisgeben, hast zwar die Zuversicht, es zurückzugewinnen, aber läßt dich doch darauf ein, ein hohes, ein allzu hohes Spiel zu spielen? Es gäbe vernünftige Gründe dafür? Nein, für etwas derartiges kann es keine vernünftigen Gründe geben. Aber dann hebe ich doch vorsichtig die Falltüre und bin draußen, lasse sie vorsichtig sinken und jage, so schnell ich kann, weg von dem verräterischen Ort.

Aber im Freien bin ich eigentlich nicht, zwar drücke ich mich nicht mehr durch die Gänge, sondern jage im offenen Wald, fühle in meinem Körper neue Kräfte, für die im Bau gewissermaßen kein Raum ist, nicht einmal auf dem Burgplatz, und wäre er zehnmal größer. Auch ist die Ernährung draußen eine bessere, die Jagd zwar schwieriger, der Erfolg seltener, aber das Ergebnis in jeder Hinsicht höher zu bewerten, das alles leugne ich nicht und verstehe es wahrzunehmen und zu genießen, zumindest so gut wie jeder andere, aber wahrscheinlich viel besser, denn ich jage nicht wie ein Landstreicher aus Leichtsinn oder Verzweiflung, sondern zweckvoll und ruhig. Auch bin ich nicht dem freien Leben bestimmt und ausgeliefert, sondern ich weiß, daß meine Zeit gemessen ist, daß ich nicht endlos hier jagen muß, sondern daß mich gewissermaßen, wenn ich will und des Lebens hier müde bin, jemand zu sich rufen wird, dessen Einladung ich nicht werde widerstehen können. Und so kann ich diese Zeit hier ganz auskosten und sorgenlos verbringen, vielmehr, ich könnte es und kann es doch nicht. Zuviel beschäftigt mich der

Bau. Schnell bin ich vom Eingang fortgelaufen, bald aber komme ich zurück. Ich suche mir ein gutes Versteck und belauere den Eingang meines Hauses – diesmal von außen – tage- und nächtelang. Mag man es töricht nennen, es macht mir eine unsagbare Freude und es beruhigt mich. Mir ist dann, als stehe ich nicht vor meinem Haus, sondern vor mir selbst, während ich schlafe, und hätte das Glück, gleichzeitig tief zu schlafen und dabei mich scharf bewachen zu können. Ich bin gewissermaßen ausgezeichnet, die Gespenster der Nacht nicht nur in der Hilflosigkeit und Vertrauensseligkeit des Schlafes zu sehen, sondern ihnen gleichzeitig in Wirklichkeit bei voller Kraft des Wachseins in ruhiger Urteilsfähigkeit zu begegnen. Und ich finde, daß es merkwürdigerweise nicht so schlimm mit mir steht, wie ich oft glaubte und wie ich wahrscheinlich wieder glauben werde, wenn ich in mein Haus hinabsteige. In dieser Hinsicht, wohl auch in anderer, aber in dieser besonders, sind diese Ausflüge wahrhaftig unentbehrlich. Gewiß, so sorgfältig ich den Eingang abseitsliegend gewählt habe – der Verkehr, der sich dort vollzieht, ist doch, wenn man die Beobachtungen einer Woche zusammenfaßt, sehr groß, aber so ist es vielleicht überhaupt in allen bewohnbaren Gegenden und wahrscheinlich ist es sogar besser, einem größeren Verkehr sich auszusetzen, der infolge seiner Größe sich selbst mit weiterreißt, als in völliger Einsamkeit dem ersten besten, langsam suchenden Eindringling ausgeliefert zu sein. Hier gibt es viele Feinde und noch mehr Helfershelfer der Feinde, aber sie bekämpfen sich auch gegenseitig und jagen in diesen Beschäftigungen am Bau vorbei. Niemanden habe ich in der ganzen Zeit geradezu am Eingang forschen sehen, zu meinem und zu seinem Glück, denn ich hätte mich, besinnungslos vor Sorge um den Bau, gewiß an seine Kehle geworfen. Freilich, es kam auch Volk, in dessen Nähe ich nicht zu bleiben wagte und vor denen ich, wenn ich sie nur in der Ferne ahnte, fliehen mußte, über ihr Verhalten zum Bau dürfte ich mich eigentlich mit Sicherheit nicht äußern, doch genügt es wohl zur Beruhigung, daß ich bald zurückkam, niemanden von ihnen mehr vorfand und den Eingang unverletzt. Es gab glückliche Zeiten, in denen ich mir fast sagte, daß die Gegnerschaft der Welt gegen mich vielleicht aufgehört oder sich beruhigt habe oder daß die Macht des Baues mich heraushebe aus dem bisherigen Vernichtungskampf. Der Bau schützt vielleicht mehr, als ich jemals gedacht habe oder im Innern des Baues zu denken wage. Es ging so weit, daß ich manchmal den kindischen Wunsch bekam, überhaupt nicht mehr in den Bau zurückzukehren, sondern hier in der Nähe des Eingangs mich einzurichten, mein Leben in der Beobachtung des Eingangs zu verbringen und immerfort mir vor Augen zu halten und darin mein Glück zu finden, wie fest mich der Bau, wäre ich darin, zu sichern imstande wäre. Nun, es gibt ein schnelles Aufschrecken aus kindischen Träumen. Was ist es denn für eine Sicherung, die ich hier beobachte? Darf ich denn die Gefahr, in welcher ich im Bau bin, überhaupt nach den Erfahrungen beurteilen, die ich hier draußen mache? Haben denn meine Feinde überhaupt die richtige Witterung, wenn ich nicht im Bau bin? Einige Witterung von mir haben sie gewiß, aber die volle nicht. Und ist nicht oft der Bestand der vollen Witterung die Voraussetzung der normalen Gefahr? Es sind also nur Halb- und Zehntelversuche, die ich hier anstelle, geeignet, mich zu beruhigen und durch falsche Beruhigung aufs höchste zu gefährden. Nein, ich beobachte doch nicht, wie ich glaubte, meinen Schlaf, vielmehr bin ich es, der schläft, während der Verderber wacht. Vielleicht ist er unter denen, die achtlos am Eingang vorüberschlendern, sich immer nur vergewissern, nicht anders als ich, daß die Tür noch unverletzt ist und auf ihren Angriff wartet, und nur vorübergehen, weil sie wissen, daß der Hausherr nicht im Innern ist oder weil sie vielleicht gar wissen, daß er unschuldig nebenan im Gebüsch lauert. Und ich verlasse meinen Beobachtungsplatz und bin satt des Lebens im Freien, mir ist, als könnte ich nicht mehr hier lernen, nicht jetzt und nicht später. Und ich habe Lust, Abschied zu nehmen von allem hier, hinabzusteigen in den Bau und niemals mehr zurückzukommen, die Dinge ihren Lauf nehmen zu lassen und sie durch unnütze Beobachtungen nicht aufzuhalten. Aber verwöhnt dadurch, daß ich so lange alles gesehen habe, was über dem Eingang vor sich ging, ist es mir jetzt sehr quälend, die an sich geradezu Aufsehen machende Prozedur des Hinabsteigens durchzuführen und nicht zu wissen, was im ganzen Umkreis hinter meinem Rücken und dann hinter der wiedereingefügten Falltür geschehen wird. Ich versuche es zunächst in stürmischen Nächten mit dem schnellen Hineinwerfen der Beute, das scheint zu gelingen, aber ob es wirklich gelungen ist, wird sich erst zeigen, wenn ich selbst hineingestiegen bin, es wird sich zeigen, aber nicht mehr mir, oder auch mir, aber zu spät. Ich lasse also ab davon und steige nicht ein. Ich grabe, natürlich in genügender Entfernung vom wirklichen Eingang einen Versuchsgraben, er ist nicht länger als ich selbst bin und auch von einer Moosdecke abgeschlossen. Ich krieche in den Graben, decke ihn hinter mir zu, warte sorgfältig, berechne kürzere und längere Zeiten zu verschiedenen Tagesstunden, werfe dann das Moos ab, komme hervor und registriere meine Beobachtungen. Ich mache die verschiedensten Erfahrungen guter und schlimmer Art, ein allgemeines Gesetz oder eine unfehlbare Methode des Hinabsteigens finde ich aber nicht. Ich bin infolgedessen noch nicht in den wirklichen Eingang hinabgestiegen und verzweifelt, es doch bald tun zu müssen. Ich bin nicht ganz fern von dem Entschluß, in die Ferne zu gehen, das alte, trostlose Leben wieder aufzunehmen, das gar keine Sicherheit hatte, das eine einzige ununterscheidbare Fülle von Gefahren war und infolgedessen die einzelne Gefahr nicht so genau sehen und fürchten ließ, wie es mich der Vergleich zwischen meinem sicheren Bau und dem sonstigen Leben immerfort lehrt. Gewiß, ein solcher Entschluß wäre eine völlige Narrheit, hervorgerufen nur durch allzu langes Leben in der sinnlosen Freiheit; noch gehört der Bau mir, ich habe nur einen Schritt zu tun und bin gesichert. Und ich reiße mich los von allen Zweifeln und laufe geradewegs bei hellem Tag auf die Tür zu, um sie nun ganz gewiß zu heben, aber ich kann es doch nicht, ich überlaufe sie und werfe mich mit Absicht in ein Dornengebüsch, um mich zu strafen, zu strafen für eine Schuld, die ich nicht kenne. Dann allerdings muß ich mir letzten Endes sagen, daß ich doch recht habe, und daß es wirklich unmöglich ist hinabzusteigen, ohne das Teuerste, was ich habe, allen ringsherum, auf dem Boden, auf den Bäumen, in den Lüften wenigstens für ein Weilchen offen preiszugeben. Und die Gefahr ist keine eingebildete, sondern eine sehr wirkliche. Es muß ja kein eigentlicher Feind sein, dem ich die Lust errege, mir zu folgen, es kann recht gut irgendeine beliebige kleine Unschuld, irgendein widerliches kleines Wesen sein, welches aus Neugier mir nachgeht und damit, ohne es zu wissen, zur Führerin der Welt gegen mich wird, es muß auch das nicht sein, vielleicht ist es, und das ist nicht weniger schlimm als das andere, in mancher Hinsicht ist es das schlimmste – vielleicht ist es irgend jemand von meiner Art, ein

434

Kenner und Schätzer von Bauten, irgendein Waldbruder, ein Liebhaber des Friedens, aber ein wüster Lump, der wohnen will, ohne zu bauen. Wenn er doch jetzt käme, wenn er doch mit seiner schmutzigen Gier den Eingang entdeckte, wenn er doch daran zu arbeiten begänne, das Moos zu heben, wenn es ihm doch gelänge, wenn er sich doch für mich hineinzwängte und schon darin so weit wäre, daß mir sein Hinterer für einen Augenblick gerade noch auftauchte, wenn das alles doch geschähe, damit ich endlich in einem Rasen hinter ihm her, frei von allen Bedenken, ihn anspringen könnte, ihn zerbeißen, zerfleischen, zerreißen und austrinken und seinen Kadaver gleich zur anderen Beute stopfen könnte, vor allem aber, das wäre die Hauptsache, endlich wieder in meinem Bau wäre, gern diesmal sogar das Labyrinth bewundern wollte, zunächst aber die Moosdecke über mich ziehen und ruhen wollte, ich glaube, den ganzen, noch übrigen Rest meines Lebens. Aber es kommt niemand und ich bleibe auf mich allein angewiesen. Ich verliere, immerfort nur mit der Schwierigkeit der Sache beschäftigt, viel von meiner Ängstlichkeit, ich weiche dem Eingang auch äußerlich nicht mehr aus, ihn in Kreisen zu umstreichen wird meine Lieblingsbeschäftigung, es ist schon fast so, als sei ich der Feind und spionierte die passende Gelegenheit aus, um mit Erfolg einzubrechen. Hätte ich doch irgend jemanden, dem ich vertrauen könnte, den ich auf meinen Beobachtungsposten stellen könnte, dann könnte ich getrost hinabsteigen. Ich würde mit ihm, dem ich vertraue, vereinbaren, daß er die Situation bei meinem Hinabsteigen und eine lange Zeit hinterher genau beobachtet, im Falle von gefährlichen Anzeichen an die Moosdecke klopft, sonst aber nicht. Damit wäre über mir völlig reiner Tisch gemacht, es bliebe kein Rest, höchstens mein Vertrauensmann. – Denn wenn er nicht eine Gegenleistung verlangen, wird er nicht wenigstens den Bau ansehen wollen? Schon dieses, jemanden freiwillig in meinen Bau zu lassen, wäre mir äußerst peinlich. Ich habe ihn für mich, nicht für Besucher gebaut, ich glaube, ich würde ihn nicht einlassen; selbst um den Preis, daß er es mir ermöglicht in den Bau zu kommen, würde ich ihn nicht einlassen. Aber ich könnte ihn gar nicht einlassen, denn entweder müßte ich ihn allein hinablassen, und das ist doch außerhalb jeder Vorstellbarkeit, oder wir müßten gleichzeitig hinabsteigen, wodurch dann eben der Vorteil, den er mir bringen soll, hinter mir

Beobachtungen anzustellen, verlorenginge. Und wie ist es mit dem Vertrauen? Kann ich dem, welchem ich Aug in Aug vertraue, noch ebenso vertrauen, wenn ich ihn nicht sehe und wenn die Moosdecke uns trennt? Es ist verhältnismäßig leicht, jemandem zu vertrauen, wenn man ihn gleichzeitig überwacht oder wenigstens überwachen kann, es ist vielleicht sogar möglich, jemandem aus der Ferne zu vertrauen, aber aus dem Innern des Baues, also einer anderen Welt heraus, jemandem außerhalb völlig zu vertrauen, ich glaube, das ist unmöglich. Aber solche Zweifel sind noch nicht einmal nötig, es genügt ja schon die Überlegung, daß während oder nach meinem Hinabsteigen alle die unzähligen Zufälle des Lebens den Vertrauensmann hindern können, seine Pflicht zu erfüllen, und was für unberechenbare Folgen kann seine kleinste Verhinderung für mich haben. Nein, faßt man alles zusammen, muß ich es gar nicht beklagen, daß ich allein bin und niemanden habe, dem ich vertrauen kann. Ich verliere dadurch gewiß keinen Vorteil und erspare mir wahrscheinlich Schaden. Vertrauen aber kann ich nur mir und dem Bau. Das hätte ich früher bedenken und für den Fall, der mich jetzt so beschäftigt, Vorsorge treffen sollen. Es wäre am Beginne des Baues wenigstens zum Teil möglich gewesen. Ich hätte den ersten Gang so anlegen müssen, daß er, in gehörigem Abstand voneinander, zwei Eingänge gehabt hätte, so daß ich durch den einen Eingang mit aller unvermeidlichen Umständlichkeit hinabgestiegen wäre, rasch den Anfangsgang bis zum zweiten Eingang durchlaufen, die Moosdecke dort, die zu dem Zweck entsprechend hätte eingerichtet sein müssen, ein wenig gelüftet und von dort aus die Lage einige Tage und Nächte zu überblicken versucht hätte. So allein wäre es richtig gewesen. Zwar verdoppeln zwei Eingänge die Gefahr, aber dieses Bedenken hätte hier schweigen müssen, zumal der eine Eingang, der nur als Beobachtungsplatz gedacht war, ganz eng hätte sein können. Und damit verliere ich mich in technische Überlegungen, ich fange wieder einmal meinen Traum eines vollkommenen Baues zu träumen an, das beruhigt mich ein wenig, entzückt sehe ich mit geschlossenen Augen klare und weniger klare Baumöglichkeiten, um unbemerkt aus- und einschlüpfen zu können.

Wenn ich so daliege und daran denke, bewerte ich diese Möglichkeiten sehr hoch, aber doch nur als technische Errungenschaften, nicht als wirkliche Vorteile, denn dieses ungehinderte Aus- und Einschlüpfen, was soll es? Es deutet auf unruhigen Sinn, auf unsichere Selbsteinschätzung, auf unsaubere Gelüste, schlechte Eigenschaften, die noch viel schlechter werden angesichts des Baues, der doch dasteht und Frieden einzugießen vermag, wenn man sich ihm nur völlig öffnet. Nun bin ich freilich jetzt außerhalb seiner und suche eine Möglichkeit der Rückkehr; dafür wären die nötigen technischen Einrichtungen sehr erwünscht. Aber vielleicht doch nicht gar so sehr. Heißt es nicht in der augenblicklichen nervösen Angst den Bau sehr unterschätzen, wenn man ihn nur als eine Höhlung ansieht, in die man sich mit möglichster Sicherheit verkriechen will? Gewiß, er ist auch diese sichere Höhlung oder sollte es sein, und wenn ich mir vorstelle, ich sei mitten in einer Gefahr, dann will ich mit zusammengebissenen Zähnen und mit aller Kraft des Willens, daß der Bau nichts anderes sei als das für meine Lebensrettung bestimmte Loch und daß er diese klar gestellte Aufgabe mit möglichster Vollkommenheit erfülle, und jede andere Aufgabe bin ich bereit ihm zu erlassen. Nun verhält es sich aber so, daß er in Wirklichkeit – und für die hat man in der großen Not keinen Blick und selbst in gefährdeten Zeiten muß man sich diesen Blick erst erwerben – zwar viel Sicherheit gibt, aber durchaus nicht genug, hören denn jemals die Sorgen völlig in ihm auf? Es sind andere, stolzere, inhaltsreichere, oft weit zurückgedrängte Sorgen, aber ihre verzehrende Wirkung ist vielleicht die gleiche wie jene der Sorgen, die das Leben draußen bereitet. Hätte ich den Bau nur zu meiner Lebenssicherung aufgeführt, wäre ich zwar nicht betrogen, aber das Verhältnis zwischen der ungeheuren Arbeit und der tatsächlichen Sicherung, wenigstens soweit ich sie zu empfinden imstande bin und soweit ich von ihr profitieren kann, wäre ein für mich nicht günstiges. Es ist sehr schmerzlich, sich das einzugestehen, aber es muß geschehen, gerade angesichts des Eingangs dort, der sich jetzt gegen mich, den Erbauer und Besitzer abschließt, ja förmlich verkrampft. Aber der Bau ist eben nicht nur ein Rettungsloch. Wenn ich auf dem Burgplatz stehe, umgeben von den hohen Fleischvorräten, das Gesicht zugewandt den zehn Gängen, die von hier ausgehen, jeder besonders dem Gesamtplatz entsprechend gesenkt oder gehoben, gestreckt oder gerundet, sich erweiternd oder sich verengend und alle gleichmäßig still und leer, und bereit, jeder in

seiner Art mich weiterzuführen zu den vielen Plätzen und auch diese alle still und leer – dann liegt mir der Gedanke an Sicherheit fern, dann weiß ich genau, daß hier meine Burg ist, die ich durch Kratzen und Beißen, Stampfen und Stoßen dem widerspenstigen Boden abgewonnen habe, meine Burg, die auf keine Weise jemandem anderen angehören kann und die so sehr mein ist, daß ich hier letzten Endes ruhig von meinem Feind auch die tödliche Verwundung annehmen kann, denn mein Blut versickert hier in meinem Boden und geht nicht verloren. Und was anderes als dies ist denn auch der Sinn der schönen Stunden, die ich, halb friedlich schlafend, halb fröhlich wachend, in den Gängen zu verbringen pflege, in diesen Gängen, die ganz genau für mich berechnet sind, für wohliges Strecken, kindliches Sichwälzen, träumerisches Daliegen, seliges Entschlafen. Und die kleinen Plätze, jeder mir wohlbekannt, jeder trotz völliger Gleichheit von mir mit geschlossenen Augen schon nach dem Schwung der Wände deutlich unterschieden, sie umfangen mich friedlich und warm, wie kein Nest seinen Vogel umfängt.
Und alles, alles still und leer.
Wenn es aber so ist, warum zögere ich dann, warum fürchte ich den Eindringling mehr als die Möglichkeit, vielleicht niemals meinen Bau wiederzusehen. Nun, dieses letztere ist glücklicherweise eine Unmöglichkeit, es wäre gar nicht nötig, mir durch Überlegungen erst klarzumachen, was mir der Bau bedeutet; ich und der Bau gehören so zusammen, daß ich ruhig, ruhig bei aller meiner Angst, mich hier niederlassen könnte, gar nicht versuchen müßte mich zu überwinden, auch den Eingang entgegen allen Bedenken zu öffnen, es würde durchaus genügen, wenn ich untätig wartete, denn nichts kann uns auf die Dauer trennen und irgendwie komme ich schließlich ganz gewiß hinab. Aber freilich, wieviel Zeit kann bis dahin vergehen und wieviel kann in dieser Zeit sich ereignen, hier oben sowohl wie dort unten? Und es liegt doch nur an mir, diesen Zeitraum zu verkürzen und das Notwendige gleich zu tun.
Und nun, schon denkunfähig vor Müdigkeit, mit hängendem Kopf, unsicheren Beinen, halb schlafend, mehr tastend als gehend, nähere ich mich dem Eingang, hebe langsam das Moos, steige langsam hinab, lasse aus Zerstreutheit den Eingang überflüssig lange unbedeckt, erinnere mich dann an das Versäumte, steige wieder hinauf, um es

nachzuholen, aber warum denn hinaufsteigen? Nur die Moosdecke soll ich zuziehen, gut, so steige ich wieder hinunter und nun endlich ziehe ich die Moosdecke zu. Nur in diesem Zustand, ausschließlich in diesem Zustand kann ich diese Sache ausführen. – Dann also liege ich unter dem Moos, oben auf der eingebrachten Beute, umflossen von Blut und Fleischsäften, und könnte den ersehnten Schlaf zu schlafen beginnen. Nichts stört mich, niemand ist mir gefolgt, über dem Moos scheint es, wenigstens bis jetzt, ruhig zu sein, und selbst wenn es nicht ruhig wäre, ich glaube, ich könnte mich jetzt nicht mit Beobachtungen aufhalten; ich habe den Ort gewechselt, aus der Oberwelt bin ich in meinen Bau gekommen und ich fühle die Wirkung dessen sofort. Es ist eine neue Welt, die neue Kräfte gibt, und was oben Müdigkeit ist, gilt hier nicht als solche. Ich bin von einer Reise zurückgekehrt, besinnungslos müde von den Strapazen, aber das Wiedersehen der alten Wohnung, die Einrichtungsarbeit, die mich erwartet, die Notwendigkeit, schnell alle Räume wenigstens oberflächlich zu besichtigen, vor allem aber eiligst zum Burgplatz vorzudringen, das alles verwandelt meine Müdigkeit in Unruhe und Eifer, es ist, als hätte ich während des Augenblicks, da ich den Bau betrat, einen langen und tiefen Schlaf getan. Die erste Arbeit ist sehr mühselig und nimmt mich ganz in Anspruch: die Beute nämlich durch die engen und schwachwandigen Gänge des Labyrinths zu bringen. Ich drücke vorwärts mit allen Kräften und es geht auch, aber mir viel zu langsam; um es zu beschleunigen, reiße ich einen Teil der Fleischmassen zurück und dränge mich über sie hinweg, durch sie hindurch, nun habe ich bloß einen Teil vor mir, nun ist es leichter, ihn vorwärts zu bringen, aber ich bin derart mitten darin in der Fülle des Fleisches hier in den engen Gängen, durch die es mir, selbst wenn ich allein bin, nicht immer leicht wird durchzukommen, daß ich recht gut in meinen eigenen Vorräten ersticken könnte, manchmal kann ich mich schon nur durch Fressen und Trinken vor ihrem Andrang bewahren. Aber der Transport gelingt, ich beende ihn in nicht zu langer Zeit, das Labyrinth ist überwunden, aufatmend stehe ich in einem regelrechten Gang, treibe die Beute durch einen Verbindungs-gang in einen für solche Fälle besonders vorgesehenen Hauptgang, der in starkem Gefälle zum Burgplatz hinabführt. Nun ist es keine Arbeit mehr, nun rollt und fließt das ganze fast von selbst hinab.

Endlich auf meinem Burgplatz! Endlich werde ich ruhen dürfen. Alles ist unverändert, kein größeres Unglück scheint geschehen zu sein, die kleinen Schäden, die ich auf den ersten Blick bemerke, werden bald verbessert sein, nur noch vorher die lange Wanderung durch die Gänge, aber das ist keine Mühe, das ist ein Plaudern mit Freunden, so wie ich es tat in alten Zeiten oder – ich bin noch gar nicht so alt, aber für vieles trübt sich die Erinnerung schon völlig – wie ich es tat oder wie ich hörte, daß es zu geschehen pflegt. Ich beginne jetzt mit dem zweiten Gang absichtlich langsam, nachdem ich den Burgplatz gesehen habe, habe ich endlose Zeit – immer innerhalb des Baues habe ich endlose Zeit –, denn alles, was ich dort tue, ist gut und wichtig und sättigt mich gewissermaßen. Ich beginne mit dem zweiten Gang und breche die Revision in der Mitte ab und gehe zum dritten Gang über und lasse mich von ihm zum Burgplatz zurückführen und muß nun allerdings wieder den zweiten Gang von neuem vornehmen und spiele so mit der Arbeit und vermehre sie und lache vor mich hin und freue mich und werde ganz wirr von der vielen Arbeit, aber lasse nicht von ihr ab. Euretwegen, ihr Gänge und Plätze, und deiner Fragen vor allem, Burgplatz, bin ich ja gekommen, habe mein Leben für nichts geachtet, nachdem ich lange Zeit die Dummheit hatte, seinetwegen zu zittern und die Rückkehr zu euch zu verzögern. Was kümmert mich die Gefahr, jetzt, da ich bei euch bin. Ihr gehört zu mir, ich zu euch, verbunden sind wir, was kann uns geschehen. Mag sich oben auch das Volk schon drängen und die Schnauze bereit sein, die das Moos durchstoßen wird. Und mit seiner Stummheit und Leere begrüßt nun auch mich der Bau und bekräftigt, was ich sage. – Nun aber überkommt mich doch eine gewisse Lässigkeit und auf einem Platz, der zu meinen Lieblingen gehört, rolle ich mich ein wenig zusammen, noch lange habe ich nicht alles besichtigt, aber ich will ja auch noch weiter besichtigen bis zum Ende, ich will hier nicht schlafen, nur der Lockung gebe ich nach, mich hier so einzurichten, wie wenn ich schlafen wollte, nachsehen will ich, ob das hier noch immer so gut gelingt wie früher. Es gelingt, aber mir gelingt es nicht mich loszureißen, ich bleibe hier in tiefem Schlaf.

Ich habe wohl sehr lange geschlafen. Erst aus dem letzten von selbst sich auflösenden Schlaf werde ich geweckt, der Schlaf muß nun schon sehr leicht sein, denn ein an sich kaum hörbares Zischen weckt mich. Ich verstehe es sofort, das Kleinzeug, viel zu wenig von mir beaufsichtigt, viel zu sehr von mir geschont, hat in meiner Abwesenheit irgendwo einen neuen Weg gebohrt, dieser Weg ist mit einem alten zusammengestoßen, die Luft verfängt sich dort und das ergibt das zischende Geräusch. Was für ein unaufhörlich tätiges Volk das ist und wie lästig sein Fleiß! Ich werde, genau horchend an den Wänden meines Ganges, durch Versuchsgrabungen den Ort der Störung erst feststellen müssen und dann erst das Geräusch beseitigen können. Übrigens kann der neue Graben, wenn er irgendwie den Verhältnissen des Baues entspricht, als neue Luftzuführung mir auch willkommen sein. Aber auf die Kleinen will ich nun viel besser achten als bisher, keines darf geschont werden.

Da ich große Übung in solchen Untersuchungen habe, wird es wohl nicht lange dauern und ich kann gleich damit beginnen, es liegen zwar noch andere Arbeiten vor, aber diese ist die dringendste, es soll still sein in meinen Gängen. Dieses Geräusch ist übrigens ein verhältnismäßig unschuldiges; ich habe es gar nicht gehört, als ich kam, obwohl es gewiß schon vorhanden war; ich mußte erst wieder völlig heimisch werden, um es zu hören, es ist gewissermaßen nur mit dem Ohr des Hausbesitzers hörbar. Und es ist nicht einmal ständig, wie sonst solche Geräusche zu sein pflegen, es macht große Pausen, das geht offenbar auf Anstauungen des Luftstroms zurück. Ich beginne die Untersuchung, aber es gelingt mir nicht, die Stelle, wo man eingreifen müßte, zu finden, ich mache zwar einige Grabungen, aber nur aufs Geratewohl; natürlich ergibt sich so nichts und die große Arbeit des Grabens und die noch größere des Zuschüttens und Ausgleichens ist vergeblich. Ich komme gar nicht dem Ort des Geräusches näher, immer unverändert dünn klingt es in regelmäßigen Pausen, einmal wie Zischen, einmal aber wie Pfeifen. Nun, ich könnte es auch vorläufig auf sich beruhen lassen, es ist zwar sehr störend, aber an der von mir angenommenen Herkunft des Geräusches kann kaum ein Zweifel sein, es wird sich also kaum verstärken, im Gegenteil, es kann auch geschehen, daß – bisher habe ich allerdings niemals so lange gewartet – solche Geräusche im Laufe der Zeit durch die weitere Arbeit der kleinen Bohrer von selbst verschwinden, und, abgesehen davon, oft bringt ein Zufall leicht auf die Spur der Störung, während systematisches Suchen lange versagen kann. So tröste ich mich und wollte lieber weiter durch die Gänge schweifen und die Plätze besuchen, von denen ich noch viele nicht einmal wiedergesehen habe und dazwischen immer ein wenig mich auf dem Burgplatz tummeln, aber es läßt mich doch nicht, ich muß weiter suchen. Viel Zeit, viel Zeit, die besser verwendet werden könnte, kostet mich das kleine Volk. Bei solchen Gelegenheiten ist es gewöhnlich das technische Problem, das mich lockt, ich stelle mir zum Beispiel nach dem Geräusch, das mein Ohr in allen seinen Feinheiten zu unterscheiden die Eignung hat, ganz genau aufzeichenbar, die Veranlassung vor, und nun drängt es mich nachzuprüfen, ob die Wirklichkeit dem entspricht. Mit gutem Grund, denn solange hier eine Feststellung nicht erfolgt ist, kann ich mich auch nicht sicher fühlen, selbst wenn es sich nur darum handeln würde, zu wissen, wohin ein Sandkorn, das eine Wand herabfällt, rollen wird. Und gar ein solches Geräusch, das ist in dieser Hinsicht eine gar nicht unwichtige Angelegenheit. Aber wichtig oder unwichtig, wie sehr ich auch suche, ich finde nichts, oder vielmehr ich finde zuviel. Gerade auf meinem Lieblings-platz mußte dies geschehen, denke ich, gehe recht weit von dort weg, fast in die Mitte des Weges zum nächsten Platz, das ganze ist eigentlich ein Scherz, so als wollte ich beweisen, daß nicht etwa gerade mein Lieblingsplatz allein mir diese Störung bereitet hat, sondern daß es Störungen auch anderwärts gibt, und ich fange lächelnd an zu horchen, höre aber bald zu lächeln auf, denn wahrhaf-tig, das gleiche Zischen gibt es auch hier. Es ist ja nichts, manchmal glaube ich, niemand außer mir würde es hören, ich höre es freilich jetzt mit dem durch die Übung geschärften Ohr immer deutlicher, obwohl es in Wirklichkeit überall ganz genau das gleiche Geräusch ist, wie ich mich durch Vergleichen überzeugen kann. Es wird auch nicht stärker, wie ich erkenne, wenn ich, ohne direkt an der Wand zu horchen, mitten im Gang lausche. Dann kann ich überhaupt nur mit Anstrengung, ja mit Versenkung hie und da den Hauch eines Lautes mehr erraten als hören. Aber gerade dieses Gleichbleiben an allen Orten stört mich am meisten, denn es läßt sich mit meiner ursprüngli-chen Annahme nicht in Übereinstimmung bringen. Hätte ich den Grund des Geräusches richtig erraten, hätte es in größter Stärke von einem bestimmten Ort, der eben zu finden gewesen wäre, ausstrahlen und dann immer kleiner werden müssen. Wenn aber meine Erklärung nicht zutraf, was war es sonst? Es bestand noch die Möglichkeit, daß es zwei Geräuschzentren gab, daß ich bis jetzt nur weit von den Zentren gehorcht hatte und daß, wenn ich mich dem einen Zentrum näherte, zwar seine Geräusche zunahmen, aber infolge Abnehmens der Geräusche des anderen Zentrums das Gesamtergebnis für das Ohr immer ein annähernd gleiches blieb. Fast glaubte ich schon, wenn ich genau hinhorchte, Klangunterschiede, die der neuen Annahme entsprachen, wenn auch nur sehr undeutlich, zu erkennen. Jedenfalls mußte ich das Versuchsgebiet viel weiter ausdehnen, als ich es bisher getan hatte. Ich gehe deshalb den Gang abwärts bis zum Burgplatz und beginne dort zu horchen. – Sonderbar, das gleiche Geräusch auch hier. Nun, es ist ein Geräusch, erzeugt durch die Grabungen irgendwelcher nichtiger Tiere, die die Zeit meiner Abwesenheit in infamer Weise ausgenützt haben, jedenfalls liegt ihnen eine gegen mich gerichtete Absicht fern, sie sind nur mit ihrem Werk beschäftigt und, solange ihnen nicht ein Hindernis in den Weg kommt, halten sie die einmal genommene Richtung ein, das alles weiß ich, trotzdem ist es mir unbegreiflich und erregt mich und verwirrt mir den für die Arbeit sehr notwendigen Verstand, daß sie es gewagt haben, bis an den Burgplatz heranzugehen. Ich will in der Hinsicht nicht unterscheiden: War es die immerhin bedeutende Tiefe, in welcher der Burgplatz liegt, war es seine große Ausdehnung und die ihr entsprechende starke Luftbewegung, welche die Grabenden abschreckte, oder war einfach die Tatsache, daß es der Burgplatz war, durch irgendwelche Nachrichten bis an ihren stumpfen Sinn gedrungen? Grabungen hatte ich jedenfalls bisher in den Wänden des Burgplatzes nicht beobachtet. Tiere kamen zwar, angezogen von den kräftigen Ausdünstungen, in Mengen her, hier hatte ich meine feste Jagd, aber sie hatten sich irgendwo oben in meine Gänge durchgegraben und kamen dann, beklommen zwar, aber mächtig angezogen, die Gänge herabgelaufen. Nun aber bohrten sie also auch in den Gängen. Hätte ich doch wenigstens die wichtigsten Pläne meines Jünglings- und Mannesalters ausgeführt oder vielmehr, hätte ich die Kraft gehabt, sie auszuführen, denn an dem Willen hat es nicht gefehlt. Einer dieser Lieblingspläne war es gewesen, den Burgplatz loszulösen von der ihn umgebenden Erde, das heißt, seine Wände nur in einer etwa meiner Höhe entsprechenden Dicke zu belassen, darüber hinaus aber rings um den Burgplatz bis auf ein kleines, von der Erde leider nicht lösbares Fundament einen Hohlraum im Ausmaß der Wand zu schaffen. In diesem Hohlraum hatte ich mir immer, und wohl kaum mit Unrecht, den schönsten Aufenthaltsort vorgestellt, den es für mich geben konnte. Auf dieser Rundung hängen, hinauf sich ziehen, hinabzugleiten, sich überschlagen und wieder Boden unter den Füßen haben, und alle diese Spiele förmlich auf dem Körper des Burgplatzes spielen und doch nicht in seinem eigentlichen Raum; den Burgplatz meiden können, die Augen ausruhen lassen können von ihm, die Freude, ihn zu sehen, auf eine spätere Stunde verschieben und doch ihn nicht entbehren müssen, sondern ihn förmlich fest zwischen den Krallen halten, etwas was unmöglich ist, wenn man nur den einen gewöhnlichen offenen Zugang zu ihm hat; vor allem aber ihn bewachen können, für die Entbehrung seines Anblicks also derart entschädigt werden, daß man gewiß, wenn man zwischen dem Aufenthalt im Burgplatz oder im Hohlraum zu wählen hätte, den Hohlraum wählte für alle Zeit seines Lebens, nur immer dort auf- und abzuwandern und den Burgplatz zu schützen. Dann gäbe es keine Geräusche in den Wänden, keine frechen Grabungen bis an den Platz heran, dann wäre dort der Friede gewährleistet und ich wäre sein Wächter; nicht die Grabungen des kleinen Volkes hätte ich mit Widerwillen zu behorchen, sondern mit Entzücken, etwas, was mir jetzt völlig entgeht: das Rauschen der Stille auf dem Burgplatz.

Aber alles dieses Schöne besteht nun eben nicht und ich muß an meine Arbeit, fast muß ich froh sein, daß sie nun auch in direkter Beziehung zum Burgplatz steht, denn das beflügelt mich. Ich brauche freilich, wie sich immer mehr herausstellt, alle meine Kräfte zu dieser Arbeit, die zuerst eine ganz geringfügige schien. Ich horche jetzt die Wände des Burgplatzes ab, und wo ich horche, hoch und tief, an den Wänden oder am Boden, an den Eingängen oder im Innern, überall, überall das gleiche Geräusch. Und wieviel Zeit, wieviel Anspannung erfordert dieses lange Horchen auf das pausenweise Geräusch. Einen kleinen Trost zur Selbsttäuschung kann man, wenn man will, darin finden, daß man hier auf dem Burgplatz, wenn man das Ohr vom Erdboden entfernt, zum Unterschied von den Gängen wegen der Größe des Platzes gar nichts hört. Nur zum Ausruhen, zum Selbstbesinnen mache ich häufig diese Versuche, horche angestrengt und bin glücklich, nichts zu hören. Aber im übrigen, was ist denn geschehen? Vor dieser Erscheinung versagen meine ersten Erklärungen völlig. Aber auch andere Erklärungen, die sich mir anbieten, muß ich ablehnen. Man könnte daran denken, daß das, was ich höre, eben das Kleinzeug selbst bei seiner Arbeit ist. Das würde aber allen Erfahrungen widersprechen; was ich nie gehört habe, obwohl es immer vorhanden war, kann ich doch nicht plötzlich zu hören anfangen. Meine Empfindlichkeit gegen Störungen ist vielleicht im Bau größer geworden mit den Jahren, aber das Gehör ist doch keineswegs schärfer geworden. Es ist eben das Wesen des Kleinzeugs, daß man es nicht hört. Hätte ich es denn sonst jemals geduldet? Auf die Gefahr hin zu verhungern hätte ich es ausgerottet. Aber vielleicht, auch dieser Gedanke schleicht sich mir ein, handelt es sich hier um ein Tier, das ich noch nicht kenne. Möglich wäre es. Zwar beobachte ich schon lange und sorgfältig genug das Leben hier unten, aber die Welt ist mannigfaltig und an schlimmen Überraschungen fehlt es niemals. Aber es wäre ja nicht ein einzelnes Tier, es müßte eine große Herde sein, die plötzlich in mein Gebiet eingefallen wäre, eine große Herde kleiner Tiere, die zwar, da sie überhaupt hörbar sind, über dem Kleinzeug stehen, aber es doch nur wenig überragen, denn das Geräusch ihrer Arbeit ist an sich nur gering. Es könnten also unbekannte Tiere sein, eine Herde auf der Wanderschaft, die nur vorüberziehen, die mich stören, aber deren Zug bald ein Ende nehmen wird. So könnte ich also eigentlich warten und müßte schließlich keine überflüssige Arbeit tun. Aber wenn es fremde Tiere sind, warum bekomme ich sie nicht zu sehen? Nun habe ich schon viele Grabungen gemacht, um eines von ihnen zu fassen, aber ich finde keines. Es fällt mir ein, daß es vielleicht ganz winzige Tiere sind und viel kleiner als die, welche ich kenne, und daß nur das Geräusch, welches sie machen, ein größeres ist. Ich untersuche deshalb die ausgegrabene Erde, ich werfe die Klumpen in die Höhe, daß sie in allerkleinste Teilchen zerfallen, aber die Lärmmacher sind nicht darunter. Ich sehe langsam ein, daß ich durch solche kleine Zufallgrabungen nichts erreichen kann, ich durchwühle damit nur die Wände meines Baues, scharre hier und dort in Eile, habe keine Zeit, die Löcher zuzuschütten, an vielen Stellen sind schon Erdhaufen, die den Weg und

445

Ausblick verstellen. Freilich stört mich das alles nur nebenbei, ich kann jetzt weder wandern noch umherschauen, noch ruhen, öfters bin ich schon für ein Weilchen in irgendeinem Loch bei der Arbeit eingeschlafen, die eine Pfote eingekrallt oben in der Erde, von der ich im letzten Halbschlaf ein Stück niederreißen wollte. Ich werde nun meine Methode ändern. Ich werde in der Richtung zum Geräusch hin einen regelrechten großen Graben bauen und nicht früher zu graben aufhören, bis ich, unabhängig von allen Theorien, die wirkliche Ursache des Geräusches finde. Dann werde ich sie beseitigen, wenn es in meiner Kraft ist, wenn aber nicht, werde ich wenigstens Gewißheit haben. Diese Gewißheit wird mir entweder Beruhigung oder Verzweiflung bringen, aber wie es auch sein wird, dieses oder jenes; es wird zweifellos und berechtigt sein. Dieser Entschluß tut mir wohl. Alles, was ich bisher getan habe, kommt mir übereilt vor; in der Aufregung der Rückkehr, noch nicht frei von den Sorgen der Oberwelt, noch nicht völlig aufgenommen in den Frieden des Baues, überempfindlich dadurch gemacht, daß ich ihn so lange hatte entbehren müssen, habe ich mich durch eine zugegebenerweise sonderbare Erscheinung um jede Besinnung bringen lassen. Was ist denn? Ein leichtes Zischen, in langen Pausen nur hörbar, ein Nichts, an das man sich, ich will nicht sagen, gewöhnen könnte; nein, gewöhnen könnte man sich daran nicht, das man aber, ohne vorläufig geradezu etwas dagegen zu unternehmen, eine Zeitlang beobachten könnte, das heißt, alle paar Stunden gelegentlich hinhorchen und das Ergebnis geduldig registrieren, aber nicht, wie ich, das Ohr die Wände entlang schleifen und fast bei jedem Hörbarwerden des Geräusches die Erde aufreißen, nicht um eigentlich etwas zu finden, sondern um etwas der inneren Unruhe Entsprechendes zu tun. Das wird jetzt anders werden, hoffe ich. Und hoffe es auch wieder nicht, – wie ich mit geschlossenen Augen, wütend über mich selbst, mir eingestehe – denn die Unruhe zittert in mir noch genauso wie seit Stunden und wenn mich der Verstand nicht zurückhielte, würde ich wahrscheinlich am liebsten an irgendeiner Stelle, gleichgültig, ob dort etwas zu hören ist oder nicht, stumpfsinnig, trotzig, nur des Grabens wegen zu graben anfangen, schon fast ähnlich dem Kleinzeug, welches entweder ganz ohne Sinn gräbt oder nur, weil es die Erde frißt. Der neue vernünftige Plan lockt mich und lockt mich nicht. Es ist nichts gegen ihn einzuwenden, ich wenigstens weiß keinen Einwand, er muß, soweit ich es verstehe, zum Ziele führen. Und trotzdem glaube ich ihm im Grunde nicht, glaube ihm so wenig, daß ich nicht einmal die möglichen Schrecken seines Ergebnisses fürchte, nicht einmal an ein schreckliches Ergebnis glaube ich; ja, es scheint mir, ich hätte schon seit dem ersten Auftreten des Geräusches an ein solches konsequentes Graben gedacht, und nur weil ich kein Vertrauen dazu hatte, bisher damit nicht begonnen. Trotzdem werde ich natürlich den Graben beginnen, es bleibt mir keine andere Möglichkeit, aber ich werde nicht gleich beginnen, ich werde die Arbeit ein wenig aufschieben. Wenn der Verstand wieder zu Ehren kommen soll, soll es ganz geschehen, ich werde mich nicht in diese Arbeit stürzen. Jedenfalls werde ich vorher die Schäden gutmachen, die ich durch meine Wühlarbeit dem Bau verursacht habe; das wird nicht wenig Zeit kosten, aber es ist notwendig; wenn der neue Graben wirklich zu einem Ziele führen sollte, wird er wahrscheinlich lang werden, und wenn er zu keinem Ziele führen sollte, wird er endlos sein, jedenfalls bedeutet diese Arbeit ein längeres Fernbleiben vom Bau, kein so schlimmes wie jenes auf der Oberwelt, ich kann die Arbeit wenn ich will unterbrechen und zu Besuch nach Hause gehen, und selbst wenn ich das nicht tue, wird die Luft des Burgplatzes zu mir hinwehen und bei der Arbeit mich umgeben, aber eine Entfernung vom Bau und die Preisgabe an ein ungewisses Schicksal bedeutet es dennoch, deshalb will ich hinter mir den Bau in guter Ordnung zurücklassen, es soll nicht heißen, daß ich, der ich um seine Ruhe kämpfte, selbst sie gestört und sie nicht gleich wiederhergestellt habe. So beginne ich denn damit, die Erde in die Löcher zurückzuscharren, eine Arbeit, die ich genau kenne, die ich unzähligemal fast ohne das Bewußtsein einer Arbeit getan habe und die ich, besonders was das letzte Pressen und Glätten betrifft – es ist gewiß kein bloßes Selbstlob, es ist einfach Wahrheit – unübertrefflich auszuführen imstande bin. Diesmal aber wird es mir schwer, ich bin zu zerstreut, immer wieder mitten in der Arbeit drücke ich das Ohr an die Wand und horche und lasse gleichgültig unter mir die kaum gehobene Erde wieder in den Hang zurückrieseln. Die letzten Verschönerungsarbeiten, die eine stärkere Aufmerksamkeit erfordern, kann ich kaum leisten. Häßliche Buckel, störende Risse bleiben, nicht zu reden davon, daß sich auch im ganzen der alte Schwung einer derart geflickten Wand nicht wieder einstellen will. Ich suche mich damit zu trösten, daß es nur eine vorläufige Arbeit ist. Wenn ich zurückkomme, der Friede wieder verschafft ist, werde ich alles endgültig verbessern, im Fluge wird sich das dann alles machen lassen. Ja, im Märchen geht alles im Fluge und zu den Märchen gehört auch dieser Trost. Besser wäre es, gleich jetzt vollkommene Arbeit zu tun, viel nützlicher, als sie immer wieder zu unterbrechen, sich auf Wanderschaft durch die Gänge zu begeben und neue Geräuschstellen festzustellen, was wahrhaftig sehr leicht ist, denn es erfordert nichts, als an einem beliebigen Ort stehenzubleiben und zu horchen. Und noch weitere unnütze Entdeckungen mache ich. Manchmal scheint es mir, als habe das Geräusch aufgehört, es macht ja lange Pausen, manchmal überhört man ein solches Zischen, allzusehr klopft das eigene Blut im Ohr, dann schließen sich zwei Pausen zu einer zusammen und ein Weilchen lang glaubt man, das Zischen sei für immer zu Ende. Man horcht nicht mehr weiter, man springt auf, das ganze Leben macht eine Umwälzung, es ist, als öffnete sich die Quelle, aus welcher die Stille des Baues strömt. Man hütet sich, die Entdeckung gleich nachzuprüfen, man sucht jemanden, dem man sie vorher unangezweifelt anvertrauen könne, man galoppiert deshalb zum Burgplatz, man erinnert sich, da man mit allem, was man ist, zu neuem Leben erwacht ist, daß man schon lange nichts gegessen hat, man reißt irgend etwas von den unter der Erde halb verschütteten Vorräten hervor und schlingt daran noch, während man zu dem Ort der unglaublichen Entdeckung zurückläuft, man will sich zuerst nur nebenbei, nur flüchtig während des Essens von der Sache nochmals überzeugen, man horcht, aber das flüchtige Hinhorchen zeigt sofort, daß man sich schmählich geirrt hat, unerschüttert zischt es dort weit in der Ferne. Und man speit das Essen aus und möchte es in den Boden stampfen und man geht zu seiner Arbeit zurück, weiß gar nicht, zu welcher; irgendwo, wo es nötig zu sein scheint, und solcher Orte gibt es genug, fängt man mechanisch etwas zu tun an, so als sei nur der Aufseher gekommen und man müsse ihm eine Komödie vorspielen. Aber kaum hat man ein Weilchen derart gearbeitet, kann es geschehen, daß man eine neue Entdekkung macht. Das Geräusch scheint stärker geworden, nicht viel stärker natürlich, hier handelt es sich immer nur um feinste Unterschiede, aber ein wenig stärker doch, deutlich dem Ohre erkennbar. Und dieses Stärkerwerden scheint ein Näherkommen, noch viel deutlicher als man das Stärkerwerden hört, sieht man förmlich den Schritt, mit dem es näher kommt. Man springt von der Wand zurück, man sucht mit einem Blick alle Möglichkeiten zu übersehen, welche diese Entdeckung zur Folge haben wird. Man hat das Gefühl, als hätte man den Bau niemals eigentlich zur Verteidigung gegen einen Angriff eingerichtet, die Absicht hatte man, aber entgegen aller Lebenserfahrung schien einem die Gefahr eines Angriffs und daher die Einrichtungen der Verteidigung fernliegend – oder nicht fernliegend (wie wäre das möglich!), aber im Rang tief unter den Einrichtungen für ein friedliches Leben, denen man deshalb im Bau überall den Vorzug gab. Vieles hätte in jener Richtung eingerichtet werden können, ohne den Grundplan zu stören, es ist in einer unverständlichen Weise versäumt worden. Ich habe viel Glück gehabt in allen diesen Jahren, das Glück hat mich verwöhnt, unruhig war ich gewesen, aber Unruhe innerhalb des Glücks führt zu nichts.

Was jetzt zunächst zu tun wäre, wäre eigentlich, den Bau genau auf die Verteidigung und auf alle bei ihr vorstellbaren Möglichkeiten hin zu besichtigen, einen Verteidigungs- und einen zugehörigen Bauplan auszuarbeiten und dann mit der Arbeit gleich, frisch wie ein Junger, zu beginnen. Das wäre die notwendige Arbeit, für die es, nebenbei gesagt, natürlich viel zu spät ist, aber die notwendige Arbeit wäre es, und keineswegs die Grabung irgendeines großen Forschungsgrabens, der eigentlich nur den Zweck hat, verteidigungslos mich mit allen meinen Kräften auf das Aufsuchen der Gefahr zu verlegen, in der närrischen Befürchtung, sie könne nicht bald genug selbst herankommen. Ich verstehe plötzlich meinen früheren Plan nicht. Ich kann in dem ehemals Verständigen nicht den geringsten Verstand finden, wieder lasse ich die Arbeit und lasse auch das Horchen, ich will jetzt keine weiteren Verstärkungen entdecken, ich habe genug der Entdeckungen, ich lasse alles, ich wäre schon zufrieden, wenn ich mir den inneren Widerstreit beruhigte. Wieder lasse ich mich von meinen Gängen wegführen, komme in immer entferntere, seit meiner Rückkehr noch nicht gesehene, von meinen Scharrpfoten noch völlig unberührte, deren Stille aufwacht bei meinem Kommen und sich über mich senkt. Ich gebe mich nicht hin, ich eile hindurch, ich weiß gar nicht, was ich suche, wahrscheinlich nur Zeitaufschub. Ich irre so weit ab, daß ich bis zum Labyrinth komme, es lockt mich, an der Moosdecke zu horchen, so ferne Dinge, für den Augenblick so ferne, haben mein Interesse. Ich dringe bis hinauf vor und horche. Tiefe Stille; wie schön es hier ist, niemand kümmert sich dort um meinen Bau, jeder hat seine Geschäfte, die keine Beziehung zu mir haben, wie habe ich es angestellt, das zu erreichen. Hier an der Moosdecke ist vielleicht jetzt die einzige Stelle an meinem Bau, wo ich stundenlang vergebens horchen kann. – Eine völlige Umkehrung der Verhältnisse im Bau, der bisherige Ort der Gefahr ist ein Ort des Friedens geworden, der Burgplatz aber ist hineingerissen worden in den Lärm der Welt und ihrer Gefahren. Noch schlimmer, auch hier ist in Wirklichkeit kein Frieden, hier hat sich nichts verändert, ob still, ob lärmend, die Gefahr lauert wie früher über dem Moos, aber ich bin unempfindlich gegen sie geworden, allzusehr in Anspruch genommen bin ich von dem Zischen in meinen Wänden. Bin ich davon in Anspruch genommen? Es wird stärker, es kommt näher, ich aber schlängle mich durch das Labyrinth und lagere mich hier oben unter dem Moos, es ist ja fast, als überließe ich dem Zischer schon das Haus, zufrieden, wenn ich nur hier oben ein wenig Ruhe habe. Dem Zischer? Habe ich etwa eine neue bestimmte Meinung über die Ursache des Geräusches? Das Geräusch stammt doch wohl von den Rinnen, welche das Kleinzeug gräbt? Ist das nicht meine bestimmte Meinung? Von ihr scheine ich doch noch nicht abgegangen zu sein. Und wenn es nicht direkt von den Rinnen stammt, so irgendwie indirekt. Und wenn es gar nicht mit ihnen zusammenhängen sollte, dann läßt sich von vornherein wohl gar nichts annehmen und man muß warten, bis man die Ursache vielleicht findet oder sie selbst sich zeigt. Mit Annahmen spielen könnte man freilich auch noch jetzt, es ließe sich zum Beispiel sagen, daß irgendwo in der Ferne ein Wassereinbruch stattgefunden hat und das, was mir Pfeifen oder Zischen scheint, wäre dann eigentlich ein Rauschen. Aber abgesehen davon, daß ich in dieser Hinsicht gar keine Erfahrungen habe – das Grundwasser, das ich zuerst gefunden habe, habe ich gleich abgeleitet und es ist nicht wiedergekommen in diesem sandigen Boden –, abgesehen davon ist es eben ein Zischen und in ein Rauschen nicht umzudeuten. Aber was helfen alle Mahnungen zur Ruhe, die Einbildungskraft will nicht stillstehen und ich halte tatsächlich dabei zu glauben – es ist zwecklos, sich das selbst abzuleugnen –, das Zischen stamme von einem Tier und zwar nicht von vielen und kleinen, sondern von einem einzigen großen. Es spricht manches dagegen. Daß das Geräusch überall zu hören ist und immer in gleicher Stärke, und überdies regelmäßig bei Tag und Nacht. Gewiß, zuerst müßte man eher dazu neigen, viele kleine Tiere anzunehmen, da ich sie aber bei meinen Grabungen hätte finden müssen und nichts gefunden habe, bleibt nur die Annahme der Existenz des großen Tieres, zumal das, was der Annahme zu widersprechen scheint, bloß Dinge sind, welche das Tier nicht unmöglich, sondern nur über alle Vorstellbarkeit hinaus gefährlich machen. Nur deshalb habe ich mich gegen die Annahme gewehrt. Ich lasse von dieser Selbsttäuschung ab. Schon lange spiele ich mit dem Gedanken, daß es deshalb selbst auf große Entfernung hin zu hören ist, weil es rasend arbeitet, es gräbt sich so schnell durch die Erde, wie ein Spaziergänger im freien Gange geht, die Erde zittert bei seinem Graben, auch wenn es schon vorüber ist, dieses Nachzittern und das Geräusch der Arbeit selbst vereinigen sich in der großen Entfernung und ich, der ich nur das letzte Verebben des Geräusches höre, höre es überall gleich. Dabei wirkt mit, daß das Tier nicht auf mich zugeht, darum ändert sich das Geräusch nicht, es liegt vielmehr ein Plan vor, dessen Sinn ich nicht durchschaue, ich nehme nur an, daß das Tier, wobei ich gar nicht behaupten will, daß es von mir weiß, mich einkreist, wohl einige Kreise hat es schon um meinen Bau gezogen, seit ich es beobachte. – Viel zu denken gibt mir die Art des Geräusches, das Zischen oder Pfeifen. Wenn ich in meiner Art in der Erde kratze und scharre, ist es doch ganz anders anzuhören. Ich kann mir das Zischen nur so erklären, daß das Hauptwerkzeug des Tieres nicht seine Krallen sind, mit denen es vielleicht nur nachhilft, sondern seine Schnauze oder sein Rüssel, die allerdings, abgesehen von ihrer ungeheuren Kraft, wohl auch irgendwelche Schärfen haben. Wahrscheinlich bohrt es mit einem einzigen mächtigen Stoß den Rüssel in die Erde und reißt ein großes Stück heraus, während dieser Zeit höre ich nichts, das ist die Pause, dann aber zieht es wieder Luft ein zum neuen Stoß. Dieses Einziehen der Luft, das ein die Erde erschütternder Lärm sein muß, nicht nur wegen der Kraft des Tieres, sondern auch wegen seiner Eile, seines Arbeitseifers, diesen Lärm höre ich dann als leises Zischen. Gänzlich unverständlich bleibt mir allerdings seine Fähigkeit, unaufhörlich zu arbeiten; vielleicht enthalten die kleinen Pausen auch die Gelegenheit für ein winziges Ausruhen, aber zu einem wirklichen großen Ausruhen ist es scheinbar noch nicht gekommen, Tag und Nacht gräbt es, immer in gleicher Kraft und Frische, seinen eiligst auszuführenden Plan vor Augen, den zu verwirklichen es alle Fähigkeiten besitzt. Nun, einen solchen Gegner habe ich nicht erwarten können. Aber abgesehen von seinen Eigentümlichkeiten ereignet sich jetzt doch nur etwas, was ich eigentlich immer zu befürchten gehabt hätte, etwas, wogegen ich hätte immer Vorbereitungen treffen sollen: Es kommt jemand heran! Wie kam es nur, daß so lange Zeit alles still und glücklich verlief? Wer hat die Wege der Feinde gelenkt, daß sie den großen Bogen machten um meinen Besitz? Warum wurde ich so lange beschützt, um jetzt so geschreckt zu werden? Was waren alle kleinen Gefahren, mit deren Durchdenken ich die Zeit hinbrachte gegen diese eine! Hoffte ich als Besitzer des Baues die Übermacht zu haben gegen jeden, der käme? Eben als Besitzer dieses großen empfindlichen Werkes bin ich wohlverstanden gegenüber jedem ernsteren Angriff wehrlos. Das Glück meines Besitzes hat mich verwöhnt, die Empfindlichkeit des Baues hat mich empfindlich gemacht, seine Verletzungen schmerzen mich, als wären es die meinen. Eben dieses hätte ich voraussehen müssen, nicht nur an meine eigene Verteidigung denken – und wie leichthin und ergebnislos habe ich selbst das getan –, sondern an die Verteidigung des Baues. Es müßte vor allem Vorsorge dafür getroffen sein, daß einzelne Teile des Baues, und möglichst viele einzelne Teile, wenn sie von jemandem angegriffen werden, durch Erdverschüttungen, die in kürzester Zeit erzielbar sein müßten, von den weniger gefährdeten Teilen getrennt werden und zwar durch solche Erdmassen, und derart wirkungsvoll getrennt werden könnten, daß der Angreifer gar nicht ahnte, daß dahinter erst der eigentliche Bau ist. Noch mehr, diese Erdverschüttungen müßten geeignet sein, nicht nur den Bau zu verbergen, sondern auch den Angreifer zu begraben. Nicht den kleinsten Anlauf zu etwas derartigem habe ich gemacht, nichts, gar nichts ist in dieser Richtung geschehen, leichtsinnig wie ein Kind bin ich gewesen, meine Mannesjahre habe ich mit kindlichen Spielen verbracht, selbst mit den Gedanken an die Gefahren habe ich nur gespielt, an die wirklichen Gefahren wirklich zu denken, habe ich versäumt. Und an Mahnungen hat es nicht gefehlt.

Etwas, was an das jetzige heranreichen würde, ist allerdings nicht geschehen, aber doch immerhin etwas Ähnliches in den Anfangszeiten des Baues. Der Hauptunterschied war eben, daß es die Anfangszeiten des Baues waren... Ich arbeitete damals, förmlich als kleiner Lehrling, noch am ersten Gang, das Labyrinth war erst in großem Umriß entworfen, einen kleinen Platz hatte ich schon ausgehöhlt, aber er war im Ausmaß und in der Wandbehandlung ganz mißlungen; kurz, alles war derartig am Anfang, daß es überhaupt nur als Versuch gelten konnte, als etwas, das man, wenn einmal die Geduld reißt, ohne großes Bedauern plötzlich liegen lassen könnte. Da geschah es, daß ich einmal in der Arbeitspause – ich habe in meinem Leben immer zu viel Arbeitspausen gemacht – zwischen meinen Erdhaufen lag und plötzlich ein Geräusch in der Ferne hörte. Jung wie ich war, wurde ich dadurch mehr neugierig als ängstlich. Ich ließ die Arbeit und verlegte mich aufs Horchen, immerhin horchte ich und lief nicht oben unter das Moos, um mich dort zu strecken und nicht horchen zu müssen. Wenigstens horchte ich. Ich konnte recht wohl unterscheiden, daß es sich um ein Graben handelte, ähnlich dem meinen, etwas schwächer klang es wohl, aber wieviel davon der Entfernung zuzurechnen war, konnte man nicht wissen. Ich war gespannt, aber sonst kühl und ruhig. Vielleicht bin ich in einem fremden Bau, dachte ich, und der Besitzer gräbt sich jetzt an mich heran. Hätte sich die Richtigkeit dieser Annahme herausgestellt, wäre ich, da ich niemals eroberungssüchtig oder angriffslustig gewesen bin, weggezogen, um anderswo zu bauen. Aber freilich, ich war noch jung und hatte noch keinen Bau, ich konnte noch kühl und ruhig sein. Auch der weitere Verlauf der Sache brachte mir keine wesentliche Aufregung, nur zu deuten war er nicht leicht. Wenn der, welcher dort grub, wirklich zu mir hinstrebte, weil er mich graben gehört hatte, so war es, wenn er, wie es jetzt tatsächlich geschah, die Richtung änderte, nicht festzustellen, ob er dies tat, weil ich durch meine Arbeitspause ihm jeden Anhaltspunkt für seinen Weg nahm, oder vielmehr, weil er selbst seine Absicht änderte. Vielleicht aber hatte ich mich überhaupt getäuscht und er hatte sich niemals geradezu gegen mich gerichtet, jedenfalls verstärkte sich das Geräusch noch eine Zeitlang, so als

nähere er sich, ich Junger wäre damals vielleicht gar nicht damit
unzufrieden gewesen, den Graber plötzlich aus der Erde hervortreten
zu sehen, es geschah aber nichts dergleichen, von einem bestimmten
Punkte an begann sich das Graben abzuschwächen, es wurde leiser
und leiser, so als schwenke der Graber allmählich von seiner ersten
Richtung ab und auf einmal brach er ganz ab, als habe er sich jetzt zu
einer völlig entgegengesetzten Richtung entschlossen und rücke geradewegs von mir weg in die Ferne. Lange horchte ich ihm noch in die
Stille nach, ehe ich wieder zu arbeiten begann. Nun, diese Mahnung
war deutlich genug, aber bald vergaß ich sie und auf meine Baupläne
hat sie kaum einen Einfluß gehabt.
Zwischen damals und heute liegt mein Mannesalter; ist es aber nicht
so, als läge gar nichts dazwischen? Noch immer mache ich eine große
Arbeitspause und horche an der Wand und der Graber hat neuerlich
seine Absicht geändert, er hat kehrtgemacht, er kommt zurück von
seiner Reise, er glaubt, er hätte mir inzwischen genug Zeit gelassen,
mich für seinen Empfang einzurichten. Aber auf meiner Seite ist alles
weniger eingerichtet, als es damals war, der große Bau steht da,
wehrlos, und ich bin kein kleiner Lehrling mehr, sondern ein alter
Baumeister und, was ich an Kräften noch habe, versagt mir, wenn es
zur Entscheidung kommt, aber wie alt ich auch bin, es scheint mir,
daß ich recht gern noch älter wäre, als ich bin, so alt, daß ich mich gar
nicht mehr erheben könnte von meinem Ruhelager unter dem Moos.
Denn in Wirklichkeit ertrage ich es hier doch nicht, erhebe mich und
jage, als hätte ich mich hier statt mit Ruhe mit neuen Sorgen erfüllt,
wieder hinunter ins Haus. – Wie standen die Dinge zuletzt? Das
Zischen war schwächer geworden? Nein, es war stärker geworden.
Ich horche an zehn beliebigen Stellen und merke die Täuschung
deutlich, das Zischen ist gleichgeblieben, nichts hat sich geändert.
Dort drüben gehen keine Veränderungen vor sich, dort ist man ruhig
und über die Zeit erhaben, hier aber rüttelt jeder Augenblick am
Horcher. Und ich gehe wieder den langen Weg zum Burgplatz
zurück, alles ringsherum scheint mir erregt, scheint mich anzusehen,
scheint dann auch gleich wieder wegzusehen, um mich nicht zu
stören, und strengt sich doch wieder an, von meinen Mienen die
rettenden Entschlüsse abzulesen. Ich schüttle den Kopf, ich habe
noch keine. Auch zum Burgplatz gehe ich nicht, um dort irgendeinen

Plan auszuführen. Ich komme an der Stelle vorüber, wo ich den Forschungsgraben hatte anlegen wollen, ich prüfe sie nochmals, es wäre eine gute Stelle gewesen, der Graben hätte in der Richtung geführt, in welcher die meisten kleinen Luftzuführungen liegen, die mir die Arbeit sehr erleichtert hätten, vielleicht hätte ich gar nicht sehr weit graben müssen, hätte mich gar nicht herangraben müssen an den Ursprung des Geräusches, vielleicht hätte das Horchen an den Zuführungen genügt. Aber keine Überlegung ist stark genug, um mich zu dieser Grabungsarbeit aufzumuntern. Dieser Graben soll mir Gewißheit bringen? Ich bin soweit, daß ich Gewißheit gar nicht haben will. Auf dem Burgplatz wähle ich ein schönes Stück enthäuteten roten Fleisches aus und verkrieche mich damit in einen der Erdhaufen, dort wird jedenfalls Stille sein, soweit es hier überhaupt eigentliche Stille noch gibt. Ich lecke und nasche am Fleisch, denke abwechselnd einmal an das fremde Tier, das in der Ferne seinen Weg zieht, und dann wieder daran, daß ich, solange ich noch die Möglichkeit habe, ausgiebigst meine Vorräte genießen sollte. Dieses letztere ist wahrscheinlich der einzige ausführbare Plan, den ich habe. Im übrigen suche ich den Plan des Tieres zu enträtseln. Ist es auf Wanderschaft oder arbeitet es an seinem eigenen Bau? Ist es auf Wanderschaft, dann wäre vielleicht eine Verständigung mit ihm möglich. Wenn es wirklich bis zu mir durchbricht, gebe ich ihm einiges von meinen Vorräten und es wird weiterziehen. Wohl, es wird weiterziehen. In meinen Erdhaufen kann ich natürlich von allem träumen, auch von Verständigung, obwohl ich genau weiß, daß es etwas derartiges nicht gibt, und daß wir in dem Augenblick, wenn wir einander sehen, ja wenn wir einander nur in der Nähe ahnen, gleich besinnungslos, keiner früher, keiner später, mit einem neuen anderen Hunger, auch wenn wir sonst völlig satt sind, Krallen und Zähne gegeneinander auftun werden. Und wie immer so auch hier mit vollem Recht, denn wer, wenn er auch auf Wanderschaft ist, würde angesichts des Baues seine Reise- und Zukunftspläne nicht ändern? Aber vielleicht gräbt das Tier in seinem eigenen Bau, dann kann ich von einer Verständigung nicht einmal träumen. Selbst wenn es ein so sonderbares Tier wäre, daß sein Bau eine Nachbarschaft vertragen würde, mein Bau verträgt sie nicht, zumindest eine hörbare Nachbarschaft verträgt er nicht. Nun scheint das Tier freilich sehr

weit entfernt, wenn es sich nur noch ein wenig weiter zurückziehen würde, würde wohl auch das Geräusch verschwinden, vielleicht könnte dann noch alles gut werden wie in den alten Zeiten, es wäre dann nur eine böse, aber wohltätige Erfahrung, sie würde mich zu den verschiedensten Verbesserungen anregen; wenn ich Ruhe habe und die Gefahr nicht unmittelbar drängt, bin ich noch zu allerlei ansehnlicher Arbeit sehr wohl fähig, vielleicht verzichtet das Tier angesichts der ungeheuren Möglichkeiten, die es bei seiner Arbeits-kraft zu haben scheint, auf die Ausdehnung seines Baues in der Richtung gegen den meinen und entschädigt sich auf einer anderen Seite dafür. Auch das läßt sich natürlich nicht durch Verhandlungen erreichen, sondern nur durch den eigenen Verstand des Tieres oder durch einen Zwang, der von meiner Seite ausgeübt würde. In beider Hinsicht wird entscheidend sein, ob und was das Tier von mir weiß. Je mehr ich darüber nachdenke, desto unwahrscheinlicher scheint es mir, daß das Tier mich überhaupt gehört hat, es ist möglich, wenn auch mir unvorstellbar, daß es sonst irgendwelche Nachrichten über mich hat, aber gehört hat es mich wohl nicht. Solange ich nichts von ihm wußte, kann es mich überhaupt nicht gehört haben, denn da verhielt ich mich still, es gibt nichts Stilleres als das Wiedersehen mit dem Bau, dann, als ich die Versuchsgrabungen machte, hätte es mich wohl hören können, obwohl meine Art zu graben sehr wenig Lärm macht; wenn es mich aber gehört hätte, hätte doch auch ich etwas davon bemerken müssen, es hätte doch wenigstens in der Arbeit öfters innehalten müssen und horchen. – Aber alles blieb unverän-
. dert. – –

Bibliographischer Nachweis

Der Heizer. Ein Fragment. Erste Buchausgabe: Leipzig: Kurt Wolff 1913 (= Der Jüngste Tag. Bd. 3). Später Erstes Kapitel des Romans »Der Verschollene«, 1927 von Max Brod unter dem Titel »Amerika« aus dem Nachlaß herausgegeben. Aufgenommen in »Amerika«. Frankfurt am Main: S. Fischer (= Gesammelte Werke. Hrsg. von Max Brod) 1953

Erinnerung an die Kaldabahn. Aus »Tagebücher 1910–1923«. Frankfurt am Main: S. Fischer (= Gesammelte Werke. Hrsg. von Max Brod) 1951

Bilder von der Verteidigung eines Hofes. Aus »Hochzeitsvorbereitungen auf dem Lande und andere Prosa aus dem Nachlaß«. Frankfurt am Main: S. Fischer (= Gesammelte Werke. Hrsg. von Max Brod) 1953

Verlockung im Dorf. Aus »Tagebücher 1910–1923«. Frankfurt am Main: S. Fischer (= Gesammelte Werke. Hrsg. von Max Brod) 1951

Hochzeitsvorbereitungen auf dem Lande. Aus »Hochzeitsvorbereitungen auf dem Lande und andere Prosa aus dem Nachlaß«. Frankfurt am Main: S. Fischer (= Gesammelte Werke. Hrsg. von Max Brod) 1953

Josefine, die Sängerin oder Das Volk der Mäuse. Erstmals in »Prager Presse«, Jg. 1924, Nr. 110 (Oster-Nr. Beilage ›Dichtung und Welt‹), 20. 4. 1924. Erste Buchveröffentlichung in ›Ein Hungerkünstler‹. Vier Geschichten. Berlin: Verlag ›Die Schmiede‹ (= Die Romane des XX. Jahrhunderts) 1924. Aufgenommen in ›Erzählungen‹. Frankfurt am Main: S. Fischer (= Gesammelte Werke. Hrsg. von Max Brod) 1952

Betrachtungen über Sünde, Leid, Hoffnung und den wahren Weg. Aus »Hochzeitsvorbereitungen auf dem Lande und andere Prosa aus dem Nachlaß«. Frankfurt am Main: S. Fischer (= Gesammelte Werke. Hrsg. von Max Brod) 1953

Der plötzliche Spaziergang. Erstmals in »Betrachtung«. Leipzig: Ernst Rowohlt 1913. Aufgenommen in »Erzählungen«. Frankfurt am Main: S. Fischer (= Gesammelte Werke. Hrsg. von Max Brod) 1952

Entschlüsse. Erstmals in »Betrachtung«. Leipzig: Ernst Rowohlt 1913. Aufgenommen in »Erzählungen«. Frankfurt am Main: S. Fischer (= Gesammelte Werke. Hrsg. von Max Brod) 1952

Der Ausflug ins Gebirge. Erstmals in »Betrachtung«. Leipzig: Ernst Rowohlt 1913. Aufgenommen in »Erzählungen«. Frankfurt am Main: S. Fischer (= Gesammelte Werke. Hrsg. von Max Brod) 1952

Der Aufbruch. Erstmals in »Beschreibung eines Kampfes«. Novellen, Skizzen, Aphorismen. Aus dem Nachlaß. Prag: Heinrich Mercy Sohn (= Gesammelte Schriften. Hrsg. von Max Brod in Gemeinschaft mit Heinz Politzer. Band V) 1936. Aufgenommen in »Beschreibung eines Kampfes. Novellen, Skizzen, Aphorismen aus dem Nachlaß«. Frankfurt am Main: S. Fischer (= Gesammelte Werke. Hrsg. von Max Brod) 1954

Ein Landarzt. Erstmals in »Die neue Dichtung«. Ein Almanach. Mit 9 Bildbeigaben von Ludwig Meidner. Leipzig: Kurt Wolff 1918. – Aufgenommen in »Ein Landarzt«. Kleine Erzählungen. (München und Leipzig:) Kurt Wolff (1919). Aufgenommen in »Erzählungen«. Frankfurt am Main: S. Fischer (= Gesammelte Werke. Hrsg. von Max Brod) 1952

Die Brücke. Erstmals in »Beim Bau der Chinesischen Mauer«. Ungedruckte Erzählungen und Prosa aus dem Nachlaß. Herausgegeben von Max Brod und Hans Joachim Schoeps. Berlin: Gustav Kiepenheuer 1931. Aufgenommen in »Beschreibung eines Kampfes«. Novellen, Skizzen, Aphorismen, Aus dem Nachlaß. Prag: Heinrich Mercy Sohn (= Gesammelte Schriften. Hrsg. von Max Brod in Gemeinschaft mit Heinz Politzer. Band V) 1936. Aufgenommen in »Beschreibung eines Kampfes. Novellen, Skizzen, Aphorismen aus dem Nachlaß«. Frankfurt am Main: S. Fischer (= Gesammelte Werke. Hrsg. von Max Brod) 1954

Das Unglück des Junggesellen. Erstmals in »Betrachtung«. Leipzig: Ernst Rowohlt 1913. Aufgenommen in »Erzählungen«. Frankfurt am Main: S. Fischer (= Gesammelte Werke. Hrsg. von Max Brod) 1952

Der Kaufmann. Erstmals unter dem Sammeltitel »Betrachtung« ohne eigene Überschrift als Nr. I in »Hyperion«. Eine Zweimonatsschrift. Herausgegeben von Franz Blei und Carl Sternheim. [1. Folge,] 1. Band, Heft 1 [Januar–Februar] 1908. München: Hans

.von Weber. Erste Buchveröffentlichung in »Betrachtung«. Leipzig: Ernst Rowohlt 1913. Aufgenommen in »Erzählungen«. Frankfurt am Main: S. Fischer (= Gesammelte Werke. Hrsg. von Max Brod) 1952

Zerstreutes Hinausschaun. Erstmals unter dem Sammeltitel »Betrachtung« ohne eigene Überschrift als Nr. II in »Hyperion«. Eine Zweimonatsschrift. Herausgegeben von Franz Blei und Carl Sternheim. [1. Folge,] 1. Band, Heft 1 [Januar–Februar] 1908. München: Hans von Weber. Unter dem Sammeltitel »Betrachtungen« mit der Überschrift »Am Fenster« veröffentlicht in »Bohemia«, 83. Jg., Nr. 86, Morgenausgabe, Prag, Sonntag, 27. 3. 1910. Erste Buchveröffentlichung in »Betrachtungen«. Leipzig: Ernst Rowohlt 1913. Aufgenommen in »Erzählungen«. Frankfurt am Main: S. Fischer (= Gesammelte Werke. Hrsg. von Max Brod) 1952

Das Urteil. Eine Geschichte. Erstmals in »Arkadia«. Jahrbuch für Dichtkunst. Herausgegeben von Max Brod. Leipzig: Kurt Wolff 1913. Erste Buchausgabe: »Das Urteil«. Eine Geschichte. Leipzig: Kurt Wolff (= Der jüngste Tag. Band 34) 1916. Aufgenommen in »Erzählungen«. Frankfurt am Main: S. Fischer (= Gesammelte Werke. Hrsg. von Max Brod) 1952

Die städtische Welt. Aus »Tagebücher 1910–1923«. Frankfurt am Main: S. Fischer (= Gesammelte Werke. Hrsg. von Max Brod) 1951

»Er«. Aufzeichnungen aus dem Jahre 1920. Erstmals in »Beim Bau der Chinesischen Mauer«. Ungedruckte Erzählungen und Prosa aus dem Nachlaß. Herausgegeben von Max Brod und Hans Joachim Schoeps. Berlin: Gustav Kiepenheuer 1931. Aufgenommen in »Beschreibung eines Kampfes«. Novellen, Skizzen, Aphorismen, Aus dem Nachlaß. Prag: Heinrich Mercy Sohn (= Gesammelte Schriften. Herausgegeben von Max Brod in Gemeinschaft mit Heinz Politzer. Band V) 1936. Aufgenommen in »Beschreibung eines Kampfes. Novellen, Skizzen, Aphorismen aus dem Nachlaß«. Frankfurt am Main: S. Fischer (= Gesammelte Werke. Hrsg. von Max Brod) 1954

Zum Nachdenken für Herrenreiter. Erstmals in »Bohemia«, 86. Jg., Nr. 83, Morgenausgabe, Prag, Sonntag, 27. 3. 1910. Erste Buchveröffentlichung in Almanach »Das bunte Buch«. Leipzig: Kurt

Wolff 1914. Aufgenommen in »Betrachtung«. Leipzig: Ernst Rowohlt 1913. Aufgenommen in »Erzählungen«. Frankfurt am Main: S. Fischer (= Gesammelte Werke. Hrsg. von Max Brod) 1952

Das Gassenfenster. Erstmals in »Betrachtung«. Leipzig: Ernst Rowohlt 1913. Aufgenommen in »Erzählungen«. Frankfurt am Main: S. Fischer (= Gesammelte Werke. Hrsg. von Max Brod) 1952

Blumfeld, ein älterer Junggeselle. Erstmals in »Beschreibung eines Kampfes«. Novellen, Skizzen, Aphorismen, Aus dem Nachlaß. Prag: Heinrich Mercy Sohn (= Gesammelte Schriften. Herausgegeben von Max Brod in Gemeinschaft mit Heinz Politzer. Band V) 1936. Aufgenommen in »Beschreibung eines Kampfes. Novellen, Skizzen, Aphorismen aus dem Nachlaß«. Frankfurt am Main: S. Fischer (= Gesammelte Werke. Hrsg. von Max Brod) 1954

Entlarvung eines Bauernfängers. Erstmals in »Betrachtung«. Leipzig: Ernst Rowohlt 1913. Aufgenommen in »Erzählungen«. Frankfurt am Main: S. Fischer (= Gesammelte Werke. Hrsg. von Max Brod) 1952

Ein Bericht für eine Akademie. Erstmals unter dem Sammeltitel »Zwei Tiergeschichten« zusammen mit »Schakale und Araber« in »Der Jude«. Eine Monatsschrift. Herausgegeben von Martin Buber. 2. Jg. (1917/18), [Oktoberheft und] Novemberheft 1917. Erste Buchveröffentlichung in »Ein Landarzt«. Kleine Erzählungen. (München und Leipzig:) Kurt Wolff (1919). Aufgenommen in »Erzählungen«. Frankfurt am Main: S. Fischer (= Gesammelte Werke. Hrsg. von Max Brod) 1952

Wunsch, Indianer zu werden. Erstmals in »Betrachtung«. Leipzig: Ernst Rowohlt 1913. Aufgenommen in »Erzählungen«. Frankfurt am Main: S. Fischer (= Gesammelte Werke. Hrsg. von Max Brod) 1952

Die Bäume. Erstmals unter dem Sammeltitel »Betrachtung« ohne eigene Überschrift als Nr. VIII in »Hyperion«. Eine Zweimonatsschrift. Herausgegeben von Franz Blei und Carl Sternheim. [1. Folge,] 1. Band, Heft 1 [Januar–Februar] 1908. München: Hans von Weber. Erste Buchveröffentlichung in »Betrachtung«. Leipzig: Ernst Rowohlt 1913. Aufgenommen in »Erzählungen«. Frankfurt am Main: S. Fischer (= Gesammelte Werke. Hrsg. von Max Brod) 1952

Forschungen eines Hundes. Erstmals in »Beim Bau der Chinesischen Mauer«. Ungedruckte Erzählungen und Prosa aus dem Nachlaß. Herausgegeben von Max Brod und Hans Joachim Schoeps. Berlin: Gustav Kiepenheuer 1931. Aufgenommen in »Beschreibung eines Kampfes«. Novellen, Skizzen, Aphorismen, Aus dem Nachlaß. Prag: Heinrich Mercy Sohn (= Gesammelte Schriften. Herausgegeben von Max Brod in Gemeinschaft mit Heinz Politzer. Band V) 1936. Aufgenommen in »Beschreibung eines Kampfes. Novellen, Skizzen, Aphorismen aus dem Nachlaß«. Frankfurt am Main: S. Fischer (= Gesammelte Werke. Hrsg. von Max Brod) 1954

In unserer Synagoge... Aus »Hochzeitsvorbereitungen auf dem Lande und andere Prosa aus dem Nachlaß«. Frankfurt am Main: S. Fischer (= Gesammelte Werke. Hrsg. von Max Brod) 1953

Eine Kreuzung. Erstmals in »Beim Bau der Chinesischen Mauer«. Ungedruckte Erzählungen und Prosa aus dem Nachlaß. Herausgegeben von Max Brod und Hans Joachim Schoeps. Berlin: Gustav Kiepenheuer 1931. Aufgenommen in »Beschreibung eines Kampfes«. Novellen, Skizzen, Aphorismen, Aus dem Nachlaß. Prag: Heinrich Mercy Sohn (= Gesammelte Schriften. Herausgegeben von Max Brod in Gemeinschaft mit Heinz Politzer. Band V) 1936. Aufgenommen in »Beschreibung eines Kampfes. Novellen, Skizzen, Aphorismen aus dem Nachlaß«. Frankfurt am Main: S. Fischer (= Gesammelte Werke. Hrsg. von Max Brod) 1954

Schakale und Araber. Erstmals unter dem Sammeltitel »Zwei Tiergeschichten« zusammen mit »Ein Bericht für eine Akademie« in »Der Jude«. Eine Monatsschrift. Herausgegeben von Martin Buber. 2. Jg. (1917/18), Oktoberheft [und Novemberheft] 1917. Berlin und Wien. – Erste Buchveröffentlichung in »Neue deutsche Erzähler«. Herausgegeben von J. Sandmeier. 1. Band. Berlin: Furche Verlag 1918. – Aufgenommen in »Ein Landarzt«. Kleine Erzählungen. (München und Leipzig:) Kurt Wolff (1919). Aufgenommen in »Erzählungen«. Frankfurt am Main: S. Fischer (= Gesammelte Werke. Hrsg. von Max Brod) 1952

Der Geier. Aus »Hochzeitsvorbereitungen auf dem Lande und andere Prosa aus dem Nachlaß«. Frankfurt am Main: S. Fischer (= Gesammelte Werke. Hrsg. von Max Brod) 1953

Der Dorfschullehrer. Aus »Hochzeitsvorbereitungen auf dem Lande und andere Prosa aus dem Nachlaß«. Frankfurt am Main: S. Fischer (= Gesammelte Werke. Hrsg. von Max Brod) 1953

Der Nachbar. Aus »Hochzeitsvorbereitungen auf dem Lande und andere Prosa aus dem Nachlaß«. Frankfurt am Main: S. Fischer (= Gesammelte Werke. Hrsg. von Max Brod) 1953

Kinder auf der Landstraße. Erstmals in »Betrachtung«. Leipzig: Ernst Rowohlt 1913. Aufgenommen in »Erzählungen«. Frankfurt am Main: S. Fischer (= Gesammelte Werke. Hrsg. von Max Brod) 1952

Eine kaiserliche Botschaft. Erstmals in »Selbstwehr«. (Unabhängige jüdische Wochenschrift), 13. Jg., Nr. 38–39 (Neujahrs-Festnr.), Prag, 24. 9. 1919. – Erste Buchveröffentlichung in »Ein Landarzt«. Kleine Erzählungen. (München und Leipzig:) Kurt Wolff 1919. Aufgenommen in »Erzählungen«. Frankfurt am Main: S. Fischer (= Gesammelte Werke. Hrsg. von Max Brod) 1952

Die Sorge des Hausvaters. Erstmals in »Selbstwehr«. (Unabhängige jüdische Wochenschrift), 13. Jg., Nr. 51–52 (Chanukka-Nr.), Prag, 19. 12. 1919. – Erste Buchveröffentlichung in »Ein Landarzt«. Kleine Erzählungen. (München und Leipzig;) Kurt Wolff (1919). Aufgenommen in »Erzählungen«. Frankfurt am Main: S. Fischer (= Gesammelte Werke. Hrsg. von Max Brod) 1952

Der Kreisel. Aus »Hochzeitsvorbereitungen auf dem Lande und andere Prosa aus dem Nachlaß«. Frankfurt am Main: S. Fischer (= Gesammelte Werke. Hrsg. von Max Brod) 1953

Elf Söhne. Aus »Erzählungen«. Frankfurt am Main: S. Fischer (= Gesammelte Werke. Hrsg. von Max Brod) 1952

Auf der Galerie. Erstmals in »Ein Landarzt«. Kleine Erzählungen. (München und Leipzig:) Kurt Wolff (1919). Aufgenommen in »Erzählungen«. Frankfurt am Main: S. Fischer (= Gesammelte Werke. Hrsg. von Max Brod) 1952

Erstes Leid. Erstmals in »Genius«. Zeitschrift für werdende und alte Kunst. Herausgegeben von Carl Georg Heide, Hans Mardersteig. Drittes Jahr, zweites Buch. München: Kurt Wolff 1921 [recte 1922]. – Erste Buchveröffentlichung in »Ein Hungerkünstler«. Vier Geschichten. Berlin: Verlag »Die Schmiede« (= Die Romane des XX. Jahrhunderts) 1924. Aufgenommen in »Erzählungen«.

Frankfurt am Main: S. Fischer (= Gesammelte Werke. Hrsg. von Max Brod) 1952

Ein Hungerkünstler. Erstmals in »Die Neue Rundschau«. XXXIII. Jahrgang der freien Bühne. Herausgeber: Oskar Bie, S. Fischer, S. Saenger. Oktober 1922. Berlin und Leipzig: S. Fischer. – Erste Buchveröffentlichung in »Ein Hungerkünstler«. Vier Geschichten. Berlin: Verlag »Die Schmiede« (= Die Romane des XX. Jahrhunderts) 1924. Aufgenommen in »Erzählungen«. Frankfurt am Main: S. Fischer (= Gesammelte Werke. Hrsg. von Max Brod) 1952

Der Kübelreiter. Erstmals in »Prager Presse«, Jg. 1921, Nr. 270, Morgen-Ausgabe. Sonntag, 25.12. 1921. Erste Buchveröffentlichung in »Beim Bau der Chinesischen Mauer«. Ungedruckte Erzählungen und Prosa aus dem Nachlaß. Herausgegeben von Max Brod und Hans Joachim Schoeps. Berlin: Gustav Kiepenheuer 1931. Aufgenommen in »Beschreibung eines Kampfes«. Novellen, Skizzen, Aphorismen, Aus dem Nachlaß. Prag: Heinrich Mercy Sohn (= Gesammelte Schriften. Herausgegeben von Max Brod in Gemeinschaft mit Heinz Politzer. Band V) 1936. Aufgenommen in »Beschreibung eines Kampfes. Novellen, Skizzen, Aphorismen aus dem Nachlaß«. Frankfurt am Main: S. Fischer (= Gesammelte Werke. Hrsg. von Max Brod) 1954

Der Jäger Gracchus. Erstmals in »Beim Bau der Chinesischen Mauer«. Ungedruckte Erzählungen und Prosa aus dem Nachlaß. Herausgegeben von Max Brod und Hans Joachim Schoeps. Berlin: Gustav Kiepenheuer 1931. Aufgenommen in »Beschreibung eines Kampfes«. Novellen, Skizzen, Aphorismen, Aus dem Nachlaß. Prag: Heinrich Mercy Sohn (= Gesammelte Schriften. Herausgegeben von Max Brod in Gemeinschaft mit Heinz Politzer. Band V) 1936. Aufgenommen in »Beschreibung eines Kampfes. Novellen, Skizzen, Aphorismen aus dem Nachlaß«. Frankfurt am Main: S. Fischer (= Gesammelte Werke. Hrsg. von Max Brod) 1954

Unglücklichsein. Erstmals in »Betrachtung«. Leipzig: Ernst Rowohlt 1913. Aufgenommen in »Erzählungen«. Frankfurt am Main: S. Fischer (= Gesammelte Werke. Hrsg. von Max Brod) 1952

Die Verwandlung. Erstmals in »Die weißen Blätter«. Eine Monatsschrift. Herausgegeben von René Schickele. 2. Jg., 10. Heft (Oktober) 1915. Leipzig: Verlag der Weißen Blätter. – Erste Buchausgabe: »Die Verwandlung«. Leipzig: Kurt Wolff (= Der jüngste Tag. Band 22/23) (1915). Aufgenommen in »Erzählungen«. Frankfurt am Main: S. Fischer (= Gesammelte Werke. Hrsg. von Max Brod) 1952

Großer Lärm. Aus »Tagebücher 1910–1923«. Frankfurt am Main: S. Fischer (Gesammelte Werke. Hrsg. von Max Brod) 1951

Brief an den Vater. Erstmals in »Die Neue Rundschau«, 63. Jg., Zweites Heft, Frankfurt am Main: S. Fischer 1952. Aufgenommen in »Hochzeitsvorbereitungen auf dem Lande und andere Prosa aus dem Nachlaß«. Frankfurt am Main: S. Fischer (= Gesammelte Werke. Hrsg. von Max Brod) 1953

Das nächste Dorf. Aus »Erzählungen«. Frankfurt am Main: S. Fischer (= Gesammelte Werke. Hrsg. von Max Brod) 1952

Ein Traum. Erstmals in »Das jüdische Prag«. Eine Sammelschrift. Herausgegeben von der Redaktion der »Selbstwehr« (Unabhängige jüdische Wochenschrift) 1917 [recte 1916]. – Aufgenommen in »Der Almanach der neuen Jugend auf das Jahr 1917«. Herausgegeben von Heinz Barger. Berlin: Verlag Neue Jugend [1916], in »Prager Tagblatt« (Unterhaltungsbeilage), 6. 1. 1917, und in »Ein Landarzt«. Kleine Erzählungen. (München und Leipzig:) Kurt Wolff (1919). Aufgenommen in »Erzählungen«. Frankfurt am Main: S. Fischer (= Gesammelte Werke. Hrsg. von Max Brod) 1952

Der Fahrgast. Erstmals unter dem Sammeltitel »Betrachtung« ohne eigene Überschrift als Nr. VI in »Hyperion«. Eine Zweimonatsschrift. Herausgegeben von Franz Blei und Carl Sternheim. [I. Folge,] 1. Band, Heft 1 [Januar–Februar] 1908. München: Hans von Weber. – Unter dem Sammeltitel »Betrachtungen« mit der Überschrift »Der Fahrgast« veröffentlicht in »Bohemia«, 83. Jg., Nr. 86, Morgenausgabe, Prag, Sonntag, 27. 3. 1910. – Erste Buchveröffentlichung in »Betrachtung«. Leipzig: Ernst Rowohlt 1913. Aufgenommen in »Erzählungen«. Frankfurt am Main: S. Fischer (= Gesammelte Werke. Hrsg. von Max Brod) 1952

Kleider. Erstmals unter dem Sammeltitel »Betrachtung« ohne eigene Überschrift als Nr. V. in »Hyperion«. Eine Zweimonatsschrift. Herausgegeben von Franz Blei und Carl Sternheim. [I. Folge,] 1. Band, Heft 1 [Januar–Februar] 1908. München: Hans von

Weber. – Unter dem Sammeltitel »Betrachtungen« mit der Überschrift »Kleider« veröffentlicht in »Bohemia«, 83.Jg., Morgenausgabe, Prag, Sonntag, 27. 3. 1910. – Erste Buchveröffentlichung in
»Betrachtung«. Leipzig: Ernst Rowohlt 1913. Aufgenommen in »Erzählungen«. Frankfurt am Main: S.Fischer (= Gesammelte Werke.
Hrsg. von Max Brod) 1952

Die Abweisung. Erstmals unter dem Sammeltitel »Betrachtung« ohne
eigene Überschrift als Nr. VII in »Hyperion«. Eine Zweimonatsschrift. Herausgegeben von Franz Blei und Carl Sternheim [I.Fol-
ge,] 1.Band, Heft 1 [Januar–Februar] 1908. München: Hans von
Weber. – Erste Buchveröffentlichung in »Betrachtung«. Leipzig:
Ernst Rowohlt 1913. Aufgenommen in »Erzählungen«. Frankfurt
am Main: S.Fischer (= Gesammelte Werke. Hrsg. von Max Brod)
1952

[Ernst Limann – Fragment]. Aus »Tagebücher 1910–1923«. Frankfurt
am Main: S.Fischer (= Gesammelte Werke. Hrsg. von Max Brod)
1951

Das Schweigen der Sirenen. Aus »Hochzeitsvorbereitungen auf dem
Lande und andere Prosa aus dem Nachlaß«. Frankfurt am Main:
S.Fischer (= Gesammelte Werke. Hrsg. von Max Brod) 1953

Vor dem Gesetz. Erstmals in »Selbstwehr«. (Unabhängige jüdische
Wochenschrift), 9.Jg., Nr.34 (Neujahrs-Festnr.), Prag, 7.9. 1915.
– Erste Buchveröffentlichung in »Vom jüngsten Tag. Ein Almanach
neuer Dichtung«. Leipzig: Kurt Wolff 1916. Aufgenommen in
»Ein Landarzt«. Kleine Erzählungen. (München und Leipzig:)
Kurt Wolff (1919). Aufgenommen in »Erzählungen«. Frankfurt am
Main: S.Fischer (= Gesammelte Werke. Hrsg. von Max Brod)
1952

Prometheus. Aus »Hochzeitsvorbereitungen auf dem Lande und andere Prosa aus dem Nachlaß«. Frankfurt am Main: S.Fischer (=
Gesammelte Werke. Hrsg. von Max Brod) 1953

Das Stadtwappen. Erstmals in »Beim Bau der Chinesischen Mauer«.
Ungedruckte Erzählungen und Prosa aus dem Nachlaß. Herausge-
geben von Max Brod und Hans Joachim Schoeps. Berlin: Gustav
Kiepenheuer 1931. Aufgenommen in »Beschreibung eines Kampf-
es«. Novellen, Skizzen, Aphorismen, Aus dem Nachlaß. Prag:
Heinrich Mercy Sohn (= Gesammelte Schriften. Herausgegeben

von Max Brod in Gemeinschaft mit Heinz Politzer. Band V) 1936.
Aufgenommen in »Beschreibung eines Kampfes. Novellen, Skizzen, Aphorismen aus dem Nachlaß«. Frankfurt am Main: S. Fischer (= Gesammelte Werke. Hrsg. von Max Brod) 1954

Beschreibung eines Kampfes. Erstmals in »Beschreibung eines Kampfes«. Novellen, Skizzen, Aphorismen, Aus dem Nachlaß. Prag: Heinrich Mercy Sohn (= Gesammelte Schriften. Herausgegeben von Max Brod in Gemeinschaft mit Heinz Politzer. Band V) 1936. Aufgenommen in »Beschreibung eines Kampfes«. Die zwei Fassungen. Parallelausgabe nach den Handschriften. Herausgegeben und mit einem Nachwort versehen von Max Brod. Frankfurt am Main: S. Fischer 1969. Hier abgedruckt Fassung B.

Der Nachhauseweg. Erstmals unter dem Sammeltitel »Betrachtung« ohne eigene Überschrift als Nr. III in »Hyperion«. Eine Zweimonatsschrift. Herausgegeben von Franz Blei und Carl Sternheim. [1. Folge,] 1. Band, Heft 1 [Januar–Februar] 1908. München: Hans von Weber. Erste Buchveröffentlichung in »Betrachtung«. Leipzig: Ernst Rowohlt 1913. Aufgenommen in »Erzählungen«. Frankfurt am Main: S. Fischer (= Gesammelte Werke. Hrsg. von Max Brod) 1952

Die Vorüberlaufenden. Erstmals unter dem Sammeltitel »Betrachtung« ohne eigene Überschrift als Nr. IV in »Hyperion«. Eine Zweimonatsschrift. Herausgegeben von Franz Blei und Carl Sternheim. [I. Folge,] 1. Band, Heft 1 [Januar–Februar] 1908. München: Hans von Weber. Erste Buchveröffentlichung in »Betrachtung«. Leipzig: Ernst Rowohlt 1913. Aufgenommen in »Erzählungen«. Frankfurt am Main: S. Fischer (= Gesammelte Werke. Hrsg. von Max Brod) 1952

Nachts. Erstmals in »Beschreibung eines Kampfes«. Novellen, Skizzen, Aphorismen, Aus dem Nachlaß. Prag: Heinrich Mercy Sohn (= Gesammelte Schriften. Herausgegeben von Max Brod in Gemeinschaft mit Heinz Politzer. Band V) 1936. Aufgenommen in »Beschreibung eines Kampfes. Novellen, Skizzen, Aphorismen aus dem Nachlaß«. Frankfurt am Main: S. Fischer (= Gesammelte Werke. Hrsg. von Max Brod) 1954

Der Bau. Erstmals in »Beim Bau der Chinesischen Mauer«. Ungedruckte Erzählungen und Prosa aus dem Nachlaß. Herausgegeben

von Max Brod und Hans Joachim Schoeps. Berlin: Gustav Kiepen-
heuer 1931. Aufgenommen in »Beschreibung eines Kampfes«.
Novellen, Skizzen, Aphorismen, Aus dem Nachlaß. Prag: Hein-
rich Mercy Sohn (= Gesammelte Schriften. Herausgegeben von
Max Brod in Gemeinschaft mit Heinz Politzer. Band V) 1936.
Aufgenommen in »Beschreibung eines Kampfes. Novellen, Skiz-
zen, Aphorismen aus dem Nachlaß«. Frankfurt am Main:
S. Fischer (= Gesammelte Werke. Hrsg. von Max Brod) 1954

Jürg Amann
Über die Hungerkunst

»Ich bin einsam – wie Franz Kafka.« Das sage nicht ich von mir. Das hat Kafka von sich gesagt, wenn es richtig ist, was uns Gustav Janouch aus seinen Gesprächen mit ihm überliefert. Was heißt das? Was heißt es, wenn einer von sich behauptet: Ich bin einsam wie ich? Wenn sich einer mit sich selber vergleicht? Vor allem, daß er sich nicht für vergleichbar hält mit den andern. Daß er von uns nicht mit uns verglichen sein will. Daß er in seiner Einzigartigkeit und Einmaligkeit, die allein er mit den anderen teilt, begriffen und also belassen sein will. So einsam ist er.

»Jeder Mensch hat sein Leben und seinen Gott«, soll Kafka gleichfalls zu Janouch gesagt haben. Es paßt ins Bild. Ist es nicht das, unter anderem, was auch das berühmte Türhüter-Gleichnis meint? Da kommt der Mann vom Land vor das Gesetz und bittet um Einlaß in das Gesetz und wartet und wartet vergeblich vor seiner Tür darauf, daß ihm der Einlaß gewährt wird, und wundert sich, als es ans Ende kommt, daß niemand außer ihm Einlaß in das Gesetz verlangt hat; und der Türhüter erklärt ihm: »Hier konnte niemand sonst Einlaß erhalten, denn dieser Eingang war nur für dich bestimmt. Ich gehe jetzt und schließe ihn.« Jeder hat sein Leben und seinen Gott.

Sein Leben. Franz Kafkas Leben. Geburt am 3. Juli 1883 in Prag. Tod am 3. Juni 1924 in Kierling bei Wien. Dazwischen das, was ihn von uns unterscheidet. Die Kindheit mit den drei Schwestern Gabriele, Valerie und Ottilie. Mit dem Kinderfräulein. Zwischen Mutter und Vater. Der ewige Kampf mit dem Vater. Das ständige Wechseln der Wohnung in Prag, wenn sich der Vater mit seinem Geschäft wieder verbessert. Die Deutsche Volksschule am Fleischmarkt. Das Altstädter Deutsche Gymnasium. Die Prager Deutsche Universität. Freundschaften mit Rudolf Illowy, Oskar Pollak, Oskar Baum, Felix Weltsch. Die Freundschaft mit Max Brod. Die Promotion zum Doktor der Rechte. Die »Assicurazioni Generali«. Die Anstellung an der »Arbeiter-Unfall-Versicherungs-Anstalt«. Reisen nach Paris und Berlin. Zu den oberitalienischen Seen. Das jiddische Theater in Prag.

Eine Reise nach Wien, Venedig und Riva. Die Schweizerin. Die Bekanntschaft mit Felice Bauer. Fünf Jahre Briefwechsel. Das zweimalige Sich-Verloben und -Entloben. Die Mittlerin Grete Bloch. Das eigene Zimmer, die eigene Wohnung in Prag. Der Ausbruch der Tuberkulose. Die Flucht zur Schwester Ottla nach Zürau. Die Kur in Schelesen. Der Brief an den Vater. Die Verlobung mit Julie Wohryzek. Die Entlobung. Die Kur in Meran. Der Briefwechsel mit Milena Jesenská in Wien. Die Kur in der Tatra. Die Kur an der Ostsee. Das Zusammenleben mit Dora Diamant in Berlin.

Und vor allem, immer wieder, dazwischen, gleichzeitig, das Schreiben. Das Schreiben von Briefen, Tagebüchern, Aphorismen, Erzählungen, Romanen. Das Schreiben, das ihm hilft, das andere, die anderen zu ertragen. Das es ihm möglich und nötig macht, sie auf Distanz zu halten und doch nicht ganz aus dem Blick zu verlieren.

Möglich und nötig zugleich. Kafka wird früh der Einsame, mit dem er sich dann vergleicht, weil seine Einsamkeit wie jede mit keiner anderen zu vergleichen ist, ist früh aus dem Gleichschritt mit der Welt, mit den andern gefallen. An seinen Jugendfreund Oskar Pollak schreibt der Zwanzigjährige am 6. September 1903 zwar: »Einsiedelei ist widerlich, man lege seine Eier ehrlich vor aller Welt, die Sonne wird sie ausbrüten; man beiße lieber ins Leben statt in seine Zunge; man ehre den Maulwurf und seine Art, aber man mache ihn nicht zu seinem Heiligen.«

Aber so leicht es sich anhört, wird hier schon deutlich, daß es eine Art magischer Abwehrformel für all das ist, was sich als das Gegenteil des Wortlauts gerade noch hinter ihm bannen läßt. Und der sie gebraucht, gehört selber zur Gattung der Maulwürfe. Zwei Monate später, in einem Brief an den gleichen Freund, heißt es denn auch schon: »Verlassen sind wir doch wie verirrte Kinder im Walde. Wenn Du vor mir stehst und mich ansiehst, was weißt Du von den Schmerzen, die in mir sind, und was weiß ich von den Deinen. Und wenn ich mich vor Dir niederwerfen würde und weinen und erzählen, was wüßtest Du von mir mehr als von der Hölle, wenn Dir jemand erzählt, sie ist heiß und fürchterlich. Schon darum sollten wir Menschen voreinander so ehrfürchtig, so nachdenklich, so liebend stehn wie vor dem Eingang zur Hölle.«

Ich bin einsam wie ich. Du bist einsam wie du. Zwischen unseren zwei Einsamkeiten ist keine Brücke. Das Gefühl der Fremdheit, das sich hier formuliert, ist absolut. Selbst dem damals besten und einzigen Freund gegenüber, von dem es im selben Brief umgekehrt heißt: »Du warst, neben vielem andern, auch etwas wie ein Fenster für mich, durch das ich auf die Gassen sehen konnte.« Etwas wie eine Verbindung zur Welt, zu den andern. Aber: »Du warst«, das ist die Vergangenheitsform, und indirekt kündigt sich darin schon die Vision einer Zukunft ohne Gassenfenster an.

Wieder knappe zwei Monate später schreibt er dem Freund: »Wenn man einander schreibt, ist man wie durch ein Seil verbunden. (...) Gestern abend hat mich nämlich dieses Bild gepackt. Nur dadurch, daß die Menschen alle Kräfte spannen und einander liebend helfen, erhalten sie sich in einer leidlichen Höhe über einer höllischen Tiefe, nach der sie wollen. Untereinander sind sie durch Seile verbunden, und bös ist es schon, wenn sich um einen die Seile lockern und er ein Stück tiefer sinkt als die andern in den leeren Raum, und gräßlich ist es, wenn die Seile um einen reißen und er jetzt fällt.«

Kafka ist einer von denen, die nicht nur nach der Tiefe wollen, sondern müssen und der Schwerkraft mit der eigenen Kraft assistieren, indem sie an den Seilen zerren, durch die sie ja nicht nur gehalten, sondern auch gebunden sind. »Aus eigenem Willen, wie eine Faust drehte er sich und vermied die Welt«, wird er über sich schreiben. Das muß der Freund empfunden und er wird sich für seine vielleicht zu große Nähe entschuldigt haben, so daß ihm Kafka am 10. Januar 1904 entgegnen kann: »Du machst Dir in Deinem letzten Brief ungerechte Vorwürfe. Mit tut es gut, wenn mir einer eine kühle Hand reicht, aber wenn er sich einhängt, ist es mir schon peinlich und unverständlich.« Und von hier führt ein direkter Weg zu der Eintragung, die er achtzehn Jahre später, am 19. Mai 1922, über sich in sein Tagebuch machen wird: »Zu zweit fühlt er sich verlassener als allein. Ist er mit jemandem zu zweit, greift dieser zweite nach ihm, und er ist ihm hilflos ausgeliefert. Ist er allein, greift zwar die ganze Menschheit nach ihm, aber die unzähligen ausgestreckten Arme verfangen sich ineinander und niemand erreicht ihn.«

Niemand erreicht ihn. Kafka ist immer der andere. Immer der Schreibende. Immer der Künstler. Schreiben als eine andere Art der Teilnahme am Leben, als eine Art Fortsetzung des Lebens mit anderen Mitteln: darüber kann man bei keinem so viel erfahren wie eben bei ihm.

Noch einmal: Am 3. Juni 1924 stirbt Franz Kafka in einem Sanatorium in Kierling bei Wien. Wenig später erscheint sein letztes noch von ihm selbst zur Veröffentlichung bestimmtes Buch. Es trägt, nach einer der darin enthaltenen Erzählungen, den Titel ›Ein Hungerkünstler‹. Nicht ahnend, wie nahe er dem Ende schon ist, hat ihm der Verlag die Probeabzüge zur Genehmigung ans Krankenbett nachgeschickt. Einen Tag vor seinem Tod bricht Kafka, mit ihrer Durchsicht beschäftigt, über den Fahnen zusammen. Sein Freund und medizinischer Helfer während der Jahre der Lungen- und Kehlkopftuberkulose, Robert Klopstock, berichtet darüber: »Kafkas körperlicher Zustand zu dieser Zeit und die ganze Situation, daß er selbst im wahren Sinne des Wortes verhungerte, war wirklich gespenstisch. Als er die Korrektur beendete, was eine ungeheure, nicht nur seelische Anstrengung, sondern eine Art erschütternder geistiger Wiederbegegnung für ihn sein mußte, rollten ihm lange die Tränen herunter. Es war das erste Mal, daß ich eine Äußerung von Bewegung dieser Art in Kafka miterlebte.«
Es muß in der Tat gespenstisch für den Dichter gewesen sein, auf diese endgültige Weise der eigenen Geschichte zu begegnen. Schon zwei Jahre früher hat er zu fürchten begonnen: »Was ich gespielt habe, wird wirklich geschehen. Ich habe mich durch das Schreiben nicht losgekauft. Mein Leben lang bin ich gestorben und nun werde ich wirklich sterben.« Jetzt ist es so weit. Er stirbt den Tod, den er gedichtet hat. Das Leben hat die Kunst eingeholt. Sein Wort ist Fleisch geworden. »Der Geist, der das vollbracht hat«, nimmt er vorweg, »muß jetzt Triumphe feiern.« Es ist wahr, die Erfüllung eines Hungerkünstlers liegt in seinem Tod.

Was ist die Hungerkunst? Kafka, nicht nur weil er ihr eine Geschichte gewidmet hat, sondern weil diese Geschichte seine Lebensgeschichte ist, ist ihr Experte. »Versuche, jemandem die Hungerkunst zu erklären!« schreibt er zwar: »Wer es nicht fühlt, dem kann man es nicht begreiflich machen.« Aber dann schickt er sich doch zu einer Erklärung an, indem er seinen Hungerkünstler erläutern läßt, warum seine Kunst eine Kunst sei, die man nicht bewundern dürfe: »›Weil ich hungern muß, ich kann nicht anders‹, sagte der Hungerkünstler. ›Da sieh mal einer‹, sagte der Aufseher, ›warum kannst du denn nicht anders?‹ ›Weil ich‹, sagte der Hungerkünstler, hob das Köpfchen ein wenig und sprach mit wie zum Kuß gespitzten Lippen gerade in das Ohr des Aufsehers hinein, damit nichts verloren ginge, ›weil ich nicht die Speise finden konnte, die mir schmeckt. Hätte ich sie gefunden, glaube mir, ich hätte kein Aufsehen gemacht und mich vollgegessen wie du und alle.‹ Das waren die letzten Worte, aber noch in seinen gebrochenen Augen war die feste, wenn auch nicht mehr stolze Überzeugung, daß er weiterhungre.«

Nicht die Speise, die mir schmeckt. Das ist das Stichwort. Milena, in einem Brief an Max Brod, deutet es aus: »Für ihn ist das Leben etwas gänzlich anderes als für alle andern Menschen, vor allem sind für ihn das Geld, die Börse, die Devisenzentrale, eine Schreibmaschine völlig mystische Dinge (und sie sind es ja in der Tat, nur für uns andere nicht), sie sind für ihn die seltsamsten Rätsel, zu denen er durchaus nicht so steht wie wir. (…) Seine Beengtheit dem Geld gegenüber ist fast die gleiche wie die der Frau gegenüber. (…) Diese ganze Welt ist und bleibt ihm rätselhaft. Ein mystisches Geheimnis. Etwas, was er nicht zu leisten vermag. (…) Das alles ist für ihn etwas Fremdes. (…) Gewiß steht die Sache so, daß wir alle dem Augenschein nach fähig sind zu leben, weil wir irgendeinmal zur Lüge geflohen sind, zur Blindheit, zur Begeisterung, zum Optimismus, zu einer Überzeugung, zum Pessimismus oder zu sonst etwas. Aber er ist nie in ein schützendes Asyl geflohen, in keines. Er ist absolut unfähig zu lügen, so wie er unfähig ist, sich zu betrinken. Er ist ohne die geringste Zuflucht, ohne Obdach. Darum ist er allem ausgesetzt, wovor wir geschützt sind. Er ist wie ein Nackter unter Angekleideten. Es ist das alles nicht einmal Wahrheit, was er sagt, was er ist und lebt. Es ist solch ein determiniertes Sein an und für sich, von allen Zutaten entledigt, die ihm helfen könnten, das Leben zu verzeichnen – in Schönheit oder in Elend, einerlei. Und seine Askese ist durchaus unheroisch – hierdurch allerdings um so größer und höher. (…) Das ist kein Mensch, der sich seine Askese als Mittel zu einem Ziel konstruiert, das ist ein Mensch, der durch seine schreckliche Hellsichtigkeit, Reinheit und Unfähigkeit zum Kompromiß zur Aksese gezwungen ist.«

Determiniertes Sein an und für sich. Zur Askese gezwungen. Kafka selbst, in einem Tagebucheintrag vom 3. Januar 1912, sagt es so: »Als es in meinem Organismus klargeworden war, daß das Schreiben die ergiebigste Richtung meines Wesens sei, drängte sich alles hin und ließ alle Fähigkeiten leer stehn, die sich auf die Freuden des Geschlechtes, des Essens, des Trinkens, des philosophischen Nachdenkens, der Musik zuallererst, richteten. Ich magerte nach allen diesen Richtungen ab. Das war notwendig, weil meine Kräfte in ihrer Gesamtheit so gering waren, daß sie nur gesammelt dem Zweck des Schreibens halbwegs dienen konnten. Ich habe diesen Zweck natürlich nicht selbständig und bewußt gefunden, er fand sich selbst.«

Die Kunst des Hungerns, leiblich, geistig, seelisch, kommt also dem Schreiben zugute. Kafkas Verhältnis zur Literatur ist das seines Hungerkünstlers zum Hungern: er kann nicht anders. Determiniertes Sein. Der Zweck fand sich selbst. »Die ungeheure Welt, die ich im Kopfe habe. Aber wie mich befreien und sie befreien, ohne zu zerreißen. Und tausendmal lieber zerreißen, als sie in mir zurückhalten oder begraben. Dazu bin ich ja hier, das ist mir ganz klar.« Und: »Nur die Nächte mit Schreiben durchrasen, das will ich. Und daran zugrundegehen oder irrsinnig werden, das will ich auch.« Oder: »Sünde ist das Zurückweichen vor der eigenen Sendung.« Auch das sagt Kafka.

Seiner Braut, Felice Bauer, die seine Briefe zur Analyse einem Graphologen gezeigt hat, sagt er es so: »Der Mann... soll die Graphologie lassen. Ich bin gar nicht ›überaus sinnlich‹, sondern habe großartige, eingeborene asketische Fähigkeiten. Nicht einmal das ›künstlerische Interesse‹ ist wahr, es ist sogar die falscheste Aussage unter allen Falschheiten. Ich habe kein literarisches Interesse, sondern bestehe aus Literatur, ich bin nichts anderes und kann nichts anderes sein.« Und dann läßt er, zur Illustration, ein sprechendes Gleichnis folgen, das er einer »Geschichte des Teufelsglaubens« entnommen hat: »Ein Kleriker hatte eine so schöne süße Stimme, daß sie zu hören die größte Lust gewährte. Als ein Geistlicher diese Lieblich-keit eines Tages auch gehört hatte, sagte er: Das ist nicht die Stimme eines Menschen, sondern des Teufels. In Gegenwart aller Bewunderer beschwor er den Dämon, der auch ausfuhr, worauf der Leichnam (denn hier war eben ein menschlicher Leib anstatt von der Seele vom Teufel belebt gewesen) zusammensank und stank.«

Was dem Kleriker der Dämon ist, der ihn belebt, ist Kafka die Literatur. Sie ist seine Seele, sein Atem des Lebens. Ohne sie wäre er nicht. Man kann nicht einmal sagen, sie sei sein Schicksal, das wäre zu wenig gesagt, denn gleichzeitig ist er es ja, der es sich wählt. Zwang und Wille sind ihm, was den Beruf betrifft, eines. »Dahinter, daß ich... mich... auch körperlich verfallen ließ, kann eine Absicht liegen. Ich wollte unabgelenkt bleiben, unabgelenkt durch die Le-bensfreude eines nützlichen und gesunden Mannes«, schreibt er, und er fährt fort: »Die systematische Zerstörung meiner selbst im Laufe der Jahre ist erstaunlich, es war wie ein langsam sich entwickelnder Dammbruch, eine Aktion voll Absicht.«
Zwang zur Askese und Absicht: beides ist richtig, es sind die zwei Kehrseiten der Kunst, sie sind nicht zu trennen. »Was bedeutete diese seit der Kinderzeit vielmals wiederholte Ablehnung?« fragt Kafka sich: »Das gemeinschaftliche, gewissermaßen das öffentliche Leben wurde mir durch... Einladung zugänglich gemacht..., trotzdem lehnte ich ab. Ich habe, wenn man es danach beurteilt, unrecht, wenn ich mich beklage, daß mich der Lebensstrom niemals ergriffen hat... – ich hätte das Angebot wahrscheinlich immer abgelehnt.« »Ich kann, so sehr mich die Entwicklung zu widerlegen scheint und so sehr es überhaupt meinem Wesen widerspricht, so zu denken, auf keine Weise zugeben, daß die ersten Anfänge meines Unglücks innerlich notwendig waren, sie mögen Notwendigkeit gehabt haben, aber nicht innerliche, sie kamen angeflogen wie Fliegen und wären so leicht wie sie zu vertreiben gewesen.«
So steht es im Tagebuch. Wie Fliegen kamen sie angeflogen, die Anfänge des Unglücks. Aber es sind ja auch die Anfänge des Glücks. Auch das ist nicht zu trennen. Und: sind Fliegen wirklich so leicht zu vertreiben? So oder so, nicht nur die Welt, heißt das doch, ist daran schuld, daß Kafka auf sie verzichtet. Der Verzicht ist eine Aktion voll

Absicht, planvoll und systematisch durchgeführt, im Bewußtsein der Konsequenzen, des Hungerns nach dem, worauf er verzichtet. Nahrung fände sich schon, aber sie ist nicht gut genug. Das Hungern ist nicht nur Zwang, sondern auch Kunst, erlernte, sich selbst auferlegte, schließlich wie selbstverständlich beherrschte Kunst. Der, der sie ausübt, kann nicht nur nicht anders, er will auch nicht anders. Nur darum kann der Geist, der sich im Hungertod vollenden wird, wie Kafka sagt, am Schluß Triumphe feiern.

Eine kleine Geschichte, Milena mitgeteilt, faßt den Mechanismus ins Bild: »Auf dem Balkon ist ein Spatz und erwartet, daß ich ihm vom Tisch aus Brot auf den Balkon werfe, statt dessen werfe ich das Brot neben mich mitten im Zimmer auf den Boden. Er steht draußen und sieht dort in dem Halbdunkel die Speise seines Lebens, es lockt maßlos, er schüttelt sich, er ist mehr hier als dort, aber hier ist das Dunkel und neben dem Brot ich, die geheime Macht. Trotzdem überhüpft er die Schwelle, noch paar Sprünge, aber mehr wagt er nicht, in einem plötzlichen Schrecken fliegt er fort. Aber was für Kräfte in diesem jämmerlichen Vogel stecken, nach einem Weilchen ist er wieder hier, untersucht die Lage, ich streue noch ein wenig, um es ihm leichter zu machen und – wenn ich ihn nicht absichtlich-unabsichtlich (so wirken die geheimen Mächte) durch eine kleine Bewegung vertrieben hätte, er hätte sich das Brot geholt.«
Kafka verkörpert sich in beiden Gestalten, im Mann und im Vogel. Er, der Mann, wirft sich, dem Vogel, Brot, Nahrung, »Lebensmöglichkeit« zu, wie es andernorts heißt. Er ist von der Nahrung des Lebens immer nur einen Schnabelbreit sozusagen entfernt, bräuchte nur zuzupicken und wird es nie tun, um sich die Möglichkeit, es zu tun, immer offen zu halten. Diese Möglichkeit gibt ihm die Kraft, das weiß er. Diese ungenutzte Möglichkeit, an die Speise zu kommen, ist wichtiger als die Speise. Mehr als die Nahrung selbst ist es der absichtlich-unabsichtliche Verzicht auf die mögliche Nahrung, von dem er sich nährt an seinem Tisch, der sein Schreibtisch ist. Er ist dem Halbdunkel des Lebens so nahe, daß er es durchschaut, und so fern, daß es ihn nicht verschlingt. So wirken, das weiß er auch, die geheimen Mächte. So wirkt er selbst: ich, die geheime Macht.

Aber warum? Warum geschieht das, was geschieht? Warum wird der Vogel vertrieben? Warum läßt sich der Vogel vertreiben? Warum der Verzicht auf die Speise des Lebens? Warum die Askese, das Fasten, das Hungern? Es mag unsichtbare, unnennbare Gründe geben, der sichtbare, nennbare Grund ist die Kunst. »Und tatsächlich«, schreibt Kafka, »so mager wie ich bin, und ich bin der magerste Mensch, den ich kenne (was etwas sagen will, da ich schon viel in Sanatorien herumgekommen bin), ebenso ist auch sonst nichts an mir, was man in Rücksicht auf das Schreiben Überflüssiges und Überflüssiges in gutem Sinne nennen könnte. Gibt es also eine höhere Macht, die mich benützen will oder benützt, dann liege ich als ein zumindest deutlich ausgearbeitetes Instrument in ihrer Hand.« Und er schreibt: »Von der Literatur aus gesehen ist mein Schicksal sehr einfach. Der Sinn für die Darstellung meines traumhaften innern Lebens hat alles andere ins Nebensächliche gerückt, und es ist in einer schrecklichen Weise verkümmert und hört nicht auf, zu verkümmern. Nichts anderes kann mich jemals zufriedenstellen.« Und schreibt schließlich: »Derjenige, der mit dem Leben nicht lebendig fertig wird, braucht die eine Hand, um die Verzweiflung über sein Schicksal ein wenig abzuwehren – es geschieht sehr unvollkommen –, mit der anderen Hand aber kann er eintragen, was er unter den Trümmern sieht, denn er sieht anderes und mehr als die anderen, er ist doch tot zu Lebzeiten und der eigentlich Überlebende.«

Tot zu Lebzeiten und der eigentlich Überlebende. Franz Kafka hat überlebt. Franz Kafka wird überleben. Er hat sich dieser Welt, mit der er lebendig nicht fertig wurde, enthungert. Hat sich zum Schreibwerkzeug gehungert. Hat auf die Speise des Lebens, die ihm nicht schmeckte, verzichtet. Um ein Werk zu hinterlassen, das noch immer lebt von seinem ungelebten Leben. Das ist die Hungerkunst.

Inhalt

Kafkas Sprache ist schlicht und prägnant; die Situationen aber, in die er seine Gestalten versetzt, haben stets etwas Traumhaftes und häufig zugleich Unheimliches, Unausweichliches, Unvergeßbares, dem man sich als Leser – erschrocken und fasziniert zugleich – nicht entziehen kann, so als stünde man selbst mitten im Traum. Auf diese Weise gelangen der Dichter (und mit ihm seine Leser) zu einer der Wirklichkeit fernen Vorstellung, die sich, um der Verständigung willen, des Rahmens der äußeren Welt bedient, um ihn in eine andere, visionäre Welt zu versetzen: die der Wahrheit. Sie aber ist nur anschaulich zu machen, wenn man die Wirklichkeit durchschaut, wie es Franz Kafka getan hat. Er bekannte: »Es ist schwer, die Wahrheit zu sagen, denn es gibt zwar nur eine, aber sie ist lebendig und hat daher ein lebendig wechselndes Gesicht.«

Dieses Buch hat seine eigene Rhythmik, läßt alle für frühere Kafka-Ausgaben gefundene Ordnung außer acht, löst auch von Kafka selbst zusammengefaßte Prosastücke aus der alten Komposition, um sie neu vorzeigen zu können; es will hinführen zur vertiefenden Lektüre des Werkes von Franz Kafka, das im Detail allerdings kaum eindeutig interpretierbar scheint – einer Lektüre, die im letzten aber unverlierbaren, weil unbewußt weiterführenden Gewinn bedeutet. Gegenüber früheren Ausgaben des Erzählwerkes enthält dieser Band Texte, die aus parallel publizierten Tagebüchern und Aufzeichnungen übernommen wurden.